一千零一夜

الف ليلة وليلة

纳 训 译

人民文学出版社

目　次

阿里·沙琳和祖曼绿蒂的故事

阿里·沙琳诞生及其父母之死

相传古时候,虎拉萨地方,有个富商,名叫麦基顿丁。他的钱财很多,婢仆成群,过着丰衣足食、吃不完、用不尽的享福、舒适生活。只是美中不足,他已年满花甲,膝下还没子嗣。眼看他毕生经营积蓄下来的一笔很大的财产,将无人继承,因而在漫长的岁月里,他一向感慨嘘唏,忧心如焚。这种令人最不愉快的晚年生活,一直延长到他六十寿辰的时候,才有所转变,因为他突然老蚌生珠了。麦基顿丁老年得子,欢喜若狂,爱子如掌上明珠,给他取名阿里·沙琳。

阿里·沙琳生得眉清目秀,像十五晚上满圆的月亮那样美丽可爱,而且生长在极其优越的环境中,在父母无微不至的抚养、培育下,他的年龄和学行相应逐渐成长、丰富起来,到了成年阶段,知书识礼,品行学问以及待人接物的本领都有成就。这时候,他父亲麦基顿丁已是风前残烛,气息奄奄,长年卧病不起,显然大去之日近在眼前。因而他把儿子阿里·沙琳唤到床前,说道:"儿啊,为父我归真返原的日期就快到了;在我瞑目长逝之前,我需要嘱咐你几句话呢。"

"父亲有什么话要嘱咐的？请说吧。"阿里·沙琳准备聆听他父亲的遗言。

"我嘱咐你：别把任何人都当知己去结交；凡是足以遭灾引祸的事情，必须提高警惕，多加防避；至于为非作恶之辈，千万不可随便接近他们，因为那种坏人的情形跟铁匠没有区别。和铁匠在一起，即使不被火星灼伤身体，也会叫烟子熏坏眼睛。诗人吟得好：

一

你想得到一个人的友谊，
在目前这个时代里是不可能的事情。
尤其遭灾罹祸的时候，
更难找到守信践约的忠实朋友。
这是我对你的嘱咐，
足够引起你的注意。
从此你应该索然独处，
断然息交绝游。

二

人是潜伏着的一种痼疾，
只消仔细观察、注意，
便知他们传播欺哄、诈骗的病菌，
你千万不可随便和他们亲近。

三

交际场中只会听到一派胡言乱语，
不可能收获切身利益。
除非探讨学术、改善境遇，
你最好抛掉交游念头。

> 人类的行为受到某智者的初步检验，
> 我对他们的本性也曾经亲身体会。
> 原来所谓的情谊只不过是阴谋、欺骗，
> 他们的信仰更离不开矫饰、虚应的范围。"

"听明白了，遵命就是。"阿里·沙琳规规矩矩地回答父亲，"此外我应该做什么呢？"

"在力量来得及的时候，你应该心甘情愿地多做些好事情；对人必须经常保持和蔼可亲、慷慨为怀的德行，勇往直前地广施博济；因为慈善事业，并不是任何时候想干就可以干得了的。诗人吟得好：

> 从事好善乐施的慈善事业，
> 并非任何时候都可以如意。
> 必须在可能范围内力求见诸实践，
> 免得他日懊悔，噬脐莫及。"

"听明白了，遵命就是。"阿里·沙琳唯命是从地答应遵循老父的嘱咐，"其他我还该做什么呢？"

"儿啊，你必须随时随地记得安拉，才能得到他的关心、照应。你要爱惜金钱，不可浪费，因为你手中的钱财一旦挥霍殆尽，势必低声下气地仰求他人鼻息。须知一个人在社会上的地位，原是凭据他手中的金钱来确定的。诗人吟得好：

> 我的钱财少，
> 亲友不睬我。
> 我的钱财多，
> 人人亲近我。
> 几许仇敌辈，
> 为钱结交我。

一旦金钱尽，

　　朋辈仇恨我。"

　　"听明白了,遵命就是。"阿里·沙琳表示言听计从,"此外还有什么要嘱咐的吗?"

　　"儿啊,你要做什么事情,必先三思而后行,不可操之过急。事无大小巨细,应该先和年长的人商议,向他们讨个主意。如果你能体恤可怜人的处境,那么比你高强者就会向你表示同情、怜悯心情。你不可存心亏枉,压迫别人,否则安拉对你的暴行是不会坐视不管的,他会派人来惩罚你呢。诗人吟得好:

一

　　个人意见不会有两人见解全面,
　　做事应该与人商议征求他们的意见。
　　你用一面镜子可以照出自己的脸面,
　　要看脑勺子就得再加镜子一面。

二

　　做事必须镇静,不可操之过急,
　　待人宽大为怀别人才能同样待你。
　　安拉的腕力高于一切,
　　任何成大事者的手段都望尘莫及。
　　大凡一个暴徒横行霸道的时候,
　　更恶毒的强敌势必应时而出同他作对。

三

　　你千万不可仗势欺人,
　　因为作恶是招仇引恨的根源。
　　深夜里你固然可以埋头熟睡,

可受害者却辗转不能成眠。

他控诉、咒骂你的时分，

安拉却眼睁睁地洗耳恭听。

酒是万恶之首，它损坏人的健康，磨灭人的智慧，应该绝对戒禁。诗人吟得好：

我和酒向来绝缘，

因而灵魂与肉体、意识与言语之间的联系能够长期保全。

除了头脑清醒的人我生平不与酒鬼交游，

所以毕生不曾视酒如命，烂醉如泥。

以上几桩事情，我一向耿耿于怀，今日才和盘托出，谆谆嘱咐你，作为诀别赠言。希望你牢牢记在心头，好自为之。从今以后，我把你托付给安拉了。"

麦基顿丁谆谆嘱咐阿里·沙琳之后，有气无力地呼喘了一会便晕厥，昏迷不省人事。过了一会，他慢慢苏醒过来，虔心虔意地忏悔、祷告一番，并喃喃地读了《作证言》："我证明安拉是唯一的，我也证明穆罕默德是他的使徒。"接着他气喘吁吁地寿终正寝，与世长别。

阿里·沙琳眼看父亲气绝身死，瞑目长逝，不禁悲从中来，忍不住伤心落泪，痛哭流涕。继而他节哀顺变，振作起来准备善后，预备举行隆重的葬礼。人们听了麦基顿丁的噩耗，不分尊卑老幼，都来凭吊，参加殡礼。基于慎终追远的信念，阿里·沙琳不辞辛劳，不惜多花钱财，凡是丧仪所需的东西都备办齐全，应有尽有，于是在亲戚朋友们参与的场合下，隆重地举行丧葬仪式。他们洗过麦基顿丁的尸体，装敛起来，围着朗诵了《古兰经》，循序办完各种传统仪式，然后送往茔地安葬，还在墓碑上刻了下面的诗句：

你是从土地里被创造成人类的一员，

而且学会使用流利的语言发表意见。

通过人生历程你回到土壤里变成僵硬的尸体，

似乎你一直留在土里不曾来到人间。

阿里·沙琳办完父亲的丧事,按照风俗习惯,躲在家中守孝,终日悲哀哭泣,为父亲之死,感到无限忧愁痛苦。就在这种苦难的日子里,所谓祸不单行,他的老母又相继而亡。没办法,他只得忍气吞声地替母亲料理丧事,像葬送父亲那样举行了隆重的殡仪,然后躲在家中过悲哀苦闷的守孝生活。守满孝期,他才振作起来,来到他父亲开设的商店中,从事经营买卖,自己主持一切,并且遵循父亲临终时的遗言,不与人交际、往来,克勤克苦、循规蹈矩地经营生意买卖,继承父亲的遗业,继续埋头苦干了一年。

阿里·沙琳和祖曼绿蒂

阿里·沙琳初次出来做事的时候,牢牢记住父亲的遗嘱,小心翼翼、勤勤恳恳地待在铺中,按部就班、循规蹈矩地做生意买卖,早出晚归,过了一年简单、朴实的苦干生活。然而好景不长,时过境迁,从事生意买卖的阿里·沙琳,少年得志,手中有的是金钱,人们都另眼看待他,很多放荡不羁、不务正业的坏青年都想结识他,企图从中占他的便宜,想出种种方法接近他,包围、引诱他。阿里·沙琳本人在生意场中与同行打了一年的交道,经验阅历日益丰富,而且人大心大,慢慢把父亲临危时的遗言逐渐遗忘了,终于受到那帮坏家伙的包围,跟他们交往、结识起来。他经不起坏青年们怂恿、引诱,终于丢了正业,跟他们同流合污,学着喝酒、赌博,茶铺进,酒馆出,净从坏处发展,染得满身的坏嗜好,性格、行为前后判若两人,他自己却毫不知觉,反而洋洋自得地说:"先父给我积下这笔产业,我现在不趁早使用它,还待留给谁来享受呢?诗人吟得好:

如果你竭尽平生精力积下一笔产业,

　　　　　　试问你打算几时拿它享受？

不错，我应该按照诗人的指示，尽情享受先父遗留下来的产业呢。"

　　阿里·沙琳既打定要过享乐生活的主意，所以日日夜夜和那帮纨绔子弟、酒肉朋友打堆，挥金如土，奢华浪费无度，一直过着吃喝玩乐的糜烂堕落生活。这样一来，他坐吃山空，没有多久，他父亲遗留下来的金钱，被他挥霍殆尽。慢慢地他感到手头不便，索性拍卖房屋、铺面，继而衣服什物也在典当拍卖之列，最后一贫如洗，生活无着，整个家当败得仅剩身上的一套衣服，已经到了山穷水尽。这时候，他才如大梦初醒，痛定思痛，懊悔已来不及。从此他吃早饭没晚餐，过着穷苦无告的窘迫生活。有一天他没早饭吃，到午后还饿着肚子。饥肠辘辘，饥饿难耐，便异想天开自言自语地说道："让我去找一找那帮花我的钱在一起吃喝享乐的朋友们，也许他们中会有人招待我吃顿便饭也说不定。"

　　阿里·沙琳抱着满腔热望，兴致勃勃地去找往日交游、过往甚亲的那帮酒肉朋友。他走遍全城，敲过每个朋友的大门，可是人家闭门坐视不理，躲着不肯露面。他奔波了大半天，没捞到一顿饭吃，饥肠辘辘，饿得要命，初次尝到世态炎凉的滋味。他大失所望，愤慨达于极点。没奈何，他走投无路，拖着疲惫不堪的两条腿，慢步向前，不知不觉从市场经过，发现人群围成一个圆圈，集会在那里，挤得水泄不通。他被好奇心吸引，自言自语地说道："好奇怪！人们干吗都挤在那里？指安拉起誓，我必须走过去，看一看到底是怎么一回事。"他嘀咕着一直走到人群里，抬头一看，见人群围着的是一个年轻美丽的少女。揆情她是被人当奇货拿来市上陈列，预备待价而沽的。她的面颊闪着玫瑰色的红颜，她的身段既窈窕，形貌又昳丽，人品十全十美，显然是当代女流中绝无仅有的美女。诗人的赞誉，对她来说是恰如其分的：

　　　　她是按照美学原理拿标准模型铸成的一个美女，

体态轻盈适中,个子高矮得宜。

她的美妙体形激发人们羡慕、追求的念头,

同时也惹得傲慢、骄矜者产生嫉妒、愤恨心理。

满盈的月亮是她的脸面,

招展的花枝是她窈窕、柔荑的肢体,

麝香是她口中喷射出来的芬芳气味,

举世无人和她争艳、媲美。

她的身体似乎涂满珠液,

每一部分精致的肢体上都悬着一轮晶亮的明月。

阿里·沙琳眼看姑娘超群出众的姿色,非常吃惊、羡慕,暗自说道:"指安拉发誓! 我暂不离开这里,等着看一看,到底她的身价值多少钱,同时也让我知道,究竟是谁把她买到手。"于是他走到人群里,跟他们站在一起。当时商人们以为他是上市场来竞买姑娘的,因为他们知道他是富家子弟,继承了他父母遗下的很大一笔产业。

在人们聚得够多的时候,一个经纪人从从容容走到姑娘面前,指着她对在场的人说道:"各位巨商大贾,各位富翁财主,现在开始出卖这个叫祖曼绿蒂的姑娘了。她生得像一颗宝贵的独珍珠,也像一块蕴藏无价的绿翡翠。她在妇女中,有如星辰里的明月,是寻欢求乐者的鹄的。你们谁肯出来给她开盘出个价钱? 买卖是不压头的,最先开盘出价的人,不管价钱出得多高或多低,他总是不会受到谴责和埋怨的。各位只管放心,生意买卖是自由进行的,谁都不能干预谁的言行,大家请随便竞买吧。"

"我出五百金。"经纪人刚说罢,果然有个商人开盘出价。

"五百一十金。"另一个商人增加十金竞买。

"六百金。"一个面貌丑陋不堪、名叫赖施顿丁的老头子,鼓起一双蓝眼睛,一下子便增加九十金竞买。

"六百零十金。"另一个商人又增十金竞买。

"一千金。"那个叫赖施顿丁的老头毫不迟疑地喊出这个高价,企图借此压倒其他竞买的商人。果然人们听了这个数字,便噤若寒蝉,一个个都住嘴不再增价竞买。

商人们既然停止竞买,显然一千金已是最高的价格。经纪人这才转向姑娘的主子,征求他的意见。姑娘的主人说道:"当初我发过誓言,我要把她卖给谁的时候,必须征求她的同意。我既然许过愿心,还得劳你和她商议商议,看她是否同意。"

经纪人果然回到祖曼绿蒂面前,说道:"月儿般的小姑娘,这位商人出一千金的身价,想把你买到手。现在征求你的意见,你是否同意?"

祖曼绿蒂侧目看赖施顿丁一眼,见他面貌奇丑,瞪着一双蓝眼睛,顿时产生讨厌念头,因而她断然拒绝,剀切说道:"这个老头子白发苍苍,衰朽到如此恶劣境地,奴身可不愿卖到这样老朽之人的手里。诗人应该受到安拉奖励,因为他吟了下面的诗句:

> 那天我苦苦哀求希望亲她一个嘴,
>
> 虽然上了年纪我可是有金钱和各种物质享受。
>
> 她瞅着我的白发断然拒绝:
>
> '不,指人类的创造者发誓,这是绝对做不到的事情。'
>
> 因为我的头发胡子白了就没谈情说爱的权利,
>
> 莫不是我还活着便在我嘴里塞上一团棉絮?"

经纪人听了祖曼绿蒂由衷之言和她举出的诗例,非常同情、怜惜她的处境,说道:"指安拉起誓,你的苦衷应该受到人们的谅解和体恤。你的身价不仅值区区的一千金,老实说,喊一万金也不为贵,你是值这个价钱的。"他说毕,随即转到祖曼绿蒂的主子面前,说明她本人不愿卖给那个老头子的理由。主人听了,吩咐经纪人:"既然如此,你跟她协商,另选别的买主吧。"

赖施顿丁想用强迫手段占有祖曼绿蒂,可是她本人不愿意,交易不成。这当儿,另一个主顾走到经纪人面前,说道:"照那位老人所出的价格,我愿出一千金买她。劳你征求她的同意,把她卖给我吧。"

祖曼绿蒂冷眼看那个顾客一眼,见他的苍白胡须是染黑了的,不觉大吃一惊,感到那种伪装作假的面貌卑鄙、可耻到极点,实在令人讨厌,因而喟然吟道:

> 我眼前出现一个奇形怪状的人形,
> 他生就一根适用鞋底挞伐的粗硬项颈。
> 蚊蚋在他蓬垢的胡须里营巢栖息,
> 他突兀的额头恰似拴牲口的一根木橛。
>
> 这个因我的姿色、身段而陶醉、入迷的魔鬼,
> 恬不知耻地惯于耍阴谋、作祟。
> 为达到欺骗的目的他把白发染得漆黑一片,
> 借以掩蔽他不可告人的密谋。
> 居家之时、出门之际他经常应用不同颜色的两套须胡,
> 俨然是魔法师变化出来的一个丑角。

她吟罢,叹道:"诗人对这种人的批评,真是言之成理:

> 她说:'我发觉你染黑了白头。'
> 我回道:'只为逃避你的视、听。'
> 她笑笑说:'这真是一桩滑稽、可笑事情,
> 　　　　因为你长于欺骗,所以连头发也随着诡辩、作祟。'"

经纪人听了祖曼绿蒂的吟诵和举的例证,表示信服,说道:"指安拉起誓,你说得真对。"

顾客莫名其妙,瞠目问道:"她说的到底是怎么一回事?"

经纪人把祖曼绿蒂的诗重吟一遍,并解释给他听。染须发的老头听了咒骂他的诗,自知形秽,便打消竟买念头。接着另一个生意人来到经纪人面前,说道:"请你同她商议,我愿拿人家出过的一千金

这个价钱买她。不知她是否同意。"

经纪人果然同祖曼绿蒂商议。她回头看那个顾客一眼,见他瞎了一只眼睛,心里颇不高兴,说道:"此人只有一只眼睛,诗人曾经给这号人下过判语:

> 谨防独眼龙从中作祟、渔利,
>
> 即使一天的工夫也别和他交往、接近。
>
> 如果独眼龙身上有半点利益可取,
>
> 安拉不至于叫他瞎了眼睛。"

祖曼绿蒂看不上独眼龙,生意不能成交。经纪人指着另一个顾客问道:"姑娘,你愿不愿和这位顾客谈交易?"

祖曼绿蒂抬头看那顾客一眼,见他是个矮子,一口长胡须垂到腰际,形貌丑陋,令人一见生气。她看不顺眼,鄙然说道:"此人个子既矮小,相貌又丑陋,诗人对他的写照真是丝毫不苟:

> 我有一个腮帮子长满胡须的朋友,
>
> 他的胡须长得令人讨厌,
>
> 恰像冬天里的黑夜,
>
> 既长且黑而又阴森可畏。"

经纪人听了祖曼绿蒂的言谈和她举出的诗例,知道她看不起矮个子,所以免谈交易,并且觉得替她找顾主颇不容易,因而剀切地对她说:"姑娘,从这帮前来竞买的生意买卖人中,你自己物色一个比较称心如意的人儿吧。你看中谁,再告诉我,让我和他接头,然后把你卖给他好了。"

祖曼绿蒂抬起头来,环顾周围的人群,一个个仔细打量一番,可是谁都看不上眼,直至她的视线落在阿里·沙琳身上,这才一见倾心,百般惊羡他的标致漂亮的体态和潇洒活泼的仪表。于是她毫不犹豫,坦率地说道:"这个标致漂亮的年轻人,面容光滑红润,头发卷曲美丽,仪表不凡,风度严肃,应为诗人文豪赏识、注意,是有情人的

知音,可以从他的甜言蜜语里寻求慰藉,因此诗人对他作过如下的
赞誉:

一

他们让你漂亮的脸面赤裸裸地显露在人前,
但那为你而神魂颠倒、入迷的人却要遭受他们的埋怨。
如果他们要我保持心地平静、安宁,
还请他们权且掩蔽一下你这美丽可爱的面颜。

二

他口中流出来的津液醇酒般甘美,
他呼出的气息带着一股麝香气味。
李子旺索性让他离开乐园,
唯恐那帮仙女一时为他失检、变节。
人们经常挑剔、埋怨他微不足道的一点傲慢性情,
其实当空的皓月即使略带些许缺陷那有什么关系!

三

和一个羚羊般可爱的人儿见面时他慨然许下诺言,
我怀着惴惴不安的心情眼睁睁等他履行诺言。
他眉目传情充分表现出真情实意,
可是眼皮已经破裂他怎能保证诺言?

四

他们说:'他腮上露出一条条皱纹,
           你怎么同这样的人谈情?'
我回道:'请你免开尊口,少说几句无稽谰言。
           他脸上纵有皱纹也不过是伪装的遗痕。

跟他亲嘴等于跨进乐园,

他唇里流出的口液像仙河之水一样甜蜜.'

老实说,我只愿和这样的人谈交易。"

经纪人听了祖曼绿蒂为赞美阿里·沙琳而背诵的诗,眼看她表现在言词之间不可抑制的高兴快乐情绪,认为买卖有成交的可能,因而顿觉心旷神怡,于是赶忙转向她的主人,商讨交易问题,并夸奖她聪明伶俐,对她诵诗的本领表示惊奇、钦佩。

"她聪明伶俐、能背诵诗文,这不是她唯一的特长,不足为奇。"祖曼绿蒂的主人对经纪人说,"此外她还懂得《古兰经》的七种读法,会写七种书法,对《圣训》有高深的造诣,能正确说出历代传述者的姓名,并精通各种学艺。她的一双纤手比黄金白银还值钱,因为她善于描绣丝绸门帘,每八日完成一个,可卖五十金币。"

"这样多才多艺的能手,她落在谁手里,准会给他带来无穷的幸运。"经纪人赞不绝口。

"就是因为这个缘故,所以我才让她自己选择顾主呢。现在你跟她看中的那个主顾进行交易吧。"

经纪人听从她主子的吩咐,来到阿里·沙琳面前,亲切地吻他的手,说道:"这个姑娘从稠人广众中看上了你,选你做她的主顾。你就买下她吧。"接着他把祖曼绿蒂多才多艺知书识礼的特殊情况详细叙述一遍。最后说道:"这是安拉赏赐你的无上恩惠。能把这样的人儿买到手,她会给你造福呢,我预先向你祝福、道喜了。"

阿里·沙琳听了经纪人的花言巧语,低头沉默不语,内心里却暗自讥笑自己,想道:"如今我两手空空,穷到连早饭都吃不上口。不过我总觉得惭愧,在生意人面前不好意思说我囊空如洗,没钱收买奴隶。"因此他故作镇静,对经纪人的怂恿、鼓励,不置可否。

祖曼绿蒂见阿里·沙琳漫不经心,低头不言不语,致使她站在一旁干着急。她急不可耐,对经纪人说道:"请你搀我过去,让我把自身呈现在他眼前,并亲自怂恿、鼓励他完成这项交易,因为我一心一意只希望此身卖到他手里。"

经纪人果然牵着祖曼绿蒂的手,带她走到阿里·沙琳面前,再一次征求他的意见。阿里·沙琳仍不作答。祖曼绿蒂便自告奋勇,直接和阿里·沙琳交谈起来,说道:"我可敬爱的先生哟,你干吗不肯成交这宗买卖呢?你随便拿点钱出来收买我吧,将来我会成为你过幸福日子的原因呢。"

阿里·沙琳抬头瞅着祖曼绿蒂,说道:"你的身价高到一千金币,难道非逼人出此高价买你不成?"

"那请你出九百金买我好了。"

"不成。"阿里·沙琳断然拒绝。

"出八百金吧。"

"也不成。"阿里·沙琳仍然拒绝。

祖曼绿蒂急于要把自身卖到阿里·沙琳手里,所以屡次减低身价,但始终得不到阿里·沙琳的同意。最后她说:"好了,出一百金买我该可以了吧。"

"我可没有一百金这个整数呀。"

祖曼绿蒂嫣然一笑,问道:"到底短多少呢?"

"指安拉起誓,目前我遭时不遇,不但一百金,就是比一百金再少的数字我都没有。老实说,现在我的处境不仅谈不上黄金白银,即使铜钱,我手中也是一个子儿没有的。请你别开生路,另找主顾吧。"

祖曼绿蒂一看阿里·沙琳那副赌咒发誓的可怜相,知道他手中无钱,便对他说:"这样罢:你牵我离开人群,到僻静地方去,让我替你想办法好了。"

阿里·沙琳听她吩咐,果然带她来到路旁。趁人们不注意的时候,她赶忙从衣袋里掏出一个钱包,递给阿里·沙琳,说道:"这里有一千金。你拿九百金兑给经纪人,作为买我的身价银子,其余一百金暂时保存起来,作为生活方面临时开支的费用好了。"

阿里·沙琳听从祖曼绿蒂的吩咐,果然从那个钱袋中数九百金,兑给经纪人,买下祖曼绿蒂,并带她回家。

祖曼绿蒂自己选择了主顾,欢欣鼓舞地来到阿里·沙琳家中,举目一望,只见一片凄凉、寂寞景象,整个屋子空空洞洞,一贫如洗,家具、摆设什么都没有,只好再掏腰包,另给他一千金,吩咐道:"你上街去跑一趟,拿三百金买一套家具什物拿来应用,并买三个金币的饮食来充饥,此外还须给我买一块帷幕一般大的绸布,并买些金线、银线和刺绣用的七色丝线,拿来供我作绣制门帘之用。"

阿里·沙琳按照祖曼绿蒂的吩咐,去到市中,买了家具什物和饮食并制作门帘用的绸布和丝线,一股脑儿带到家里。祖曼绿蒂打起精神来,把家具什物有条不紊地布置、摆设妥帖,然后燃上灯烛,这才坐下来陪阿里·沙琳吃喝。从此天生一对恩爱伴侣,彼此情投意合,心满意足,开始过同甘共苦的夫妻生活。他俩边谈笑边吃喝,直至吃饱喝足,才手牵手地双双进房去安歇。他俩鱼水的结合和如意的生活,诗人曾作如下的描绘:

> 好生和你心爱的人儿紧密联系,
> 嫉妒者的笑骂、诬蔑尽可置之不理。
> 对爱情来说,
> 他们的言行只会有害无益。
>
> 梦寐中我见你躺在我身边,
> 并从你温柔的口唇间吮吸最甜蜜的醴泉。
> 我所见的都是真实可靠的事情,
> 出乎嫉妒者的企求我将一帆风顺地达到目的。
>
> 一对情投意合的恩爱伴侣,
> 躺在一张床上共枕同席,
> 胸膛紧密贴合在一起,

互相枕着对方的手肘，
沉浸在甜蜜的美梦里。
这样一幅美妙可爱的图景，
人们从来不曾看见。

爱神把两颗火热的心灵天衣无缝地编织在一起，
嫉妒者要破坏这场爱情，
他们耍阴谋到头来也是徒劳无益；
显然是胡乱拿起一块冷铁，
企图把它打造成适用的器皿。

请向幸灾乐祸的坏蛋进句忠言：
你向来埋怨、否认爱情，
处心积虑地糟蹋恋爱者的名誉，
试问你能否治疗受伤者的心病？

奉劝投身情场的青年：
一旦发现真诚爱你的情侣，
尽可抛弃世间的一切，
但不可不把这唯一的人儿作为最终目的去追求。

阿里·沙琳和白尔苏睦

阿里·沙琳和祖曼绿蒂安安静静地欢度了一夜。次日清晨，从梦中醒来，祖曼绿蒂收拾打扮一番，然后安心地坐下来，拿起绸布，剪裁成门帘子，并在上面自出心裁地描绘出各种飞禽走兽和奇花异卉，再用金、银线和彩色丝线聚精会神地从事刺绣。先后花了八天工夫，制成一个锦绣灿烂、无比美观华丽的绣花门帘子。上面的花卉鸟兽，绣得栩栩如生，活灵活现，显然是价值极高的一件艺术品。她得意洋洋地封卷起来，交给阿里·沙琳，嘱咐道："这个门帘子，你拿到市场去，以五十金的价钱卖掉它。可你得注意，千万别与来往的过境人打交道，否则会造成你我之间失群离散的悲剧呢。原因是当今之世，幸灾乐祸、包藏祸心的坏人太多；他们随时随地用仇视的眼光窥探我们的行业，一点也不放松，企图趁隙掀风播浪，非拆散我们的幸福家庭生活，他们是不甘休的。"

"听明白了，遵命就是。"阿里·沙琳满口应诺，表示对她的嘱咐言听计从。于是他果然把绣花门帘带到市场，按照祖曼绿蒂的吩咐，以五十金的代价，卖给坐商，继而他买了绸布、彩色丝线和生活需要的食品，拿到家中吃喝、使用，并把卖门帘子剩余的钱，交祖曼绿蒂保存。就这么样，阿里·沙琳和祖曼绿蒂在一起，过着夫唱妇随、自给自足的快乐幸福生活。

祖曼绿蒂勤勤恳恳，埋头描绘、刺绣，按照她的习性，每八天的工夫制成一个艺术价值极高的绣花门帘，让阿里·沙琳拿往市场售卖。光阴荏苒，不知不觉也就过了一个年头。这期间，阿里·沙琳与祖曼绿蒂一对青年恩爱夫妻，相敬如宾，感情非常融洽，生活也格外安定，而且日有积蓄，前途光明无量。然而好景不长。第二年刚开始，阿里·沙琳照例上市场做交易，把绣花门帘交给经纪人，托他转手出卖。经纪人替他找到一个信奉基督教的过境顾客。顾客看中货物，一开口便出六十金。阿里·沙琳不愿跟基督教徒谈交易。但是顾客别有用心，通过经纪人，不断地加价，最后索性出一百金收买门帘，并以十金的代价贿赂经纪人。经纪人再一次和阿里·沙琳商量，征求他的同意，说明顾客所出的价格，并竭力怂恿他以那样的高价把门帘卖给基督教徒，说道："我的主人啊，你不必害怕基督教徒，他对你不会怎么样的。"同时别的生意人也异口同声地鼓励、催促他完成此项交易。

阿里·沙琳碍于情面，终于勉强卖掉门帘，拿着货款，惴惴不安地离开市场。在回家的路上，他发觉那个基督教顾客老是追随着他，引起他的疑虑。迫不得已，他只好开口问道："你干吗老跟着我？"

"我有事要上对面胡同口去。放心吧，上帝保佑，你是不会短少什么的。"基督教徒扯谎回答阿里·沙琳的质问。

阿里·沙琳刚回到自家门前，只见那个基督教徒同时也寸步不离地跟踪出现在他后面。他心里生气，破口骂道："你这个鬼祟家伙！我上哪儿，你跟到哪儿。这到底是什么意思？"

"我口渴呀，请看上帝的情面，给我一杯水喝吧。"

阿里·沙琳暗自好笑，心里想道："这是一个下流无耻的贪嘴家伙。他追随我跑一大半天，原是为讨一杯水喝。指安拉起誓，我可不能拒绝他。"于是急急忙忙回到家中，端一杯水，预备拿出去满足基督教徒的要求。这当儿，祖曼绿蒂见阿里·沙琳回来，关切地问道："亲爱的，门帘卖了没有？"

"卖了。"阿里·沙琳简单地回答一句。

"是卖在商人手里呢，还是跟过客打的交道？我要问明情形，这是因为我惴惴不安，突然感觉心绪不宁，似乎离散的兆头已经出现在我眼前了。"

"我向来只和商人打交道，门帘自然是卖在生意人手里的。"

"希望你告诉我真实情形，让我预先有个准备。我来问你：你端这杯水是做什么用的？"

"满足基督教徒的要求，是拿给他去喝的。"

"全无办法，只望伟大的安拉拯救了！"祖曼绿蒂长叹一声，凄然吟道：

> 寻求离散的人儿哟！
> 请你慢些，
> 不可过于性急，
> 别叫爱人的拥抱把你诱惑、欺骗。

希望你理智些，

别感情用事，

因为时运是惯于欺诈、作祟的，

须知聚合—终止离散便继之而开始。

祖曼绿蒂的惊恐情绪和感伤的呻吟，一点引不起阿里·沙琳注意。他只顾端着水往外走，见那个基督教徒已经进入前院，心里很不高兴，骂道："你到这儿来干吗，狗崽子？不得我的许可，你怎么能随便闯到我家里？"

"少爷，你别生气。在我看来，在门前和门堂里等你都是一样的，当中没有丝毫分别。总而言之，到此为止，我再不迈步向前走，你只管放心。你出自积善之家，慈善、慷慨成性。你的恩惠我是感激不尽的。"基督教徒巧言令色地支吾着，从阿里·沙琳手中接过杯子，一饮而尽，然后把杯子递还阿里·沙琳。

阿里·沙琳拿着杯子，等他出去；可他死乞白赖，坐着不动。不得已，阿里·沙琳只好板着面孔来下逐客令："你干吗坐着不动？快站起来，去你的吧！"

"少爷，我已喝过你的凉水，可我还希望得到你家里的一点食物充饥，即使给我一点残葱碎饼，对我来说都是急需而可贵的。你既然做了好事情，就不该斤斤计较功绩，免得流入沽名钓誉者的行列。诗人对这样的人曾作如下的描绘：

惜乎那辈名副其实的正人君子一去不复返矣。

你若站在他们门前告急，

他们仗义疏财的行为堪称慈祥、慷慨的典型。

可叹继往开来的都是虚情假意之流。

如果你因故仰求他们的鼻息，

他们连凉水都不肯赏你一杯。"

"别跟我啰唆！去你的吧。我家里什么吃的都没有。"阿里·沙琳断然拒绝。

"少爷，如果你家里没有现成的食物，那我这儿有的是钱，你拿一百金去市中买吧。哪怕买一个麦饼来给我充饥也是好的，这会促使我们成为盐饼之交呢。所谓饥不择食，我现在饿得要命，急需一点食物充饥，以救燃眉之急，即使一根葱一个饼，对我来说，都是极可贵的。总而言之，凡是可以充饥的都是好食品，不一定要求珍馐海味。诗人吟得好：

> 一个干面饼足以消灭饥火，填塞胃口，
> 我何苦战战兢兢终日愁眉苦脸？
> 对待帝王和悲惨的贫民方面，
> 死神历来是公正无私一视同仁的。"

阿里·沙琳听了基督教徒似是而非的谈话，一下子愣住了，暗自想道："这个基督教徒疯了。让我拿他一百金，随便买点值两块钱的食物来敷衍他一下，借此机会奚落、取笑他吧。"他打定主意，便喜笑颜开地表示接受对方的要求，说道："既然如此，你在这儿待一会，我锁好屋门，再上市场给你买吃的去吧。"

"听明白了，遵命等你就是。"基督教徒满心欢喜。

阿里·沙琳拿把挂锁把屋门关锁起来，带着钥匙，去到市中，买了煎乳酪、白蜂蜜、香蕉和面饼，一股脑儿拿回来递给基督教徒，供他吃喝，满足他的要求。

"少爷，你买这么多食物，够十个人吃了。"基督教徒露出笑容，"我一个人吃不了，也许你会陪我一块儿吃吧。"

"我饱着哪，你快吃吧。"阿里·沙琳断然拒绝。

"俗话说：'不与客人同席，属于野种脾气。'你我既处宾主地位，应该一块儿吃喝才对。"基督教徒拿话激励阿里·沙琳陪他吃喝。

阿里·沙琳听了基督教徒带讽刺兼鼓励的言语，不便再推辞，只好坐下来敷衍塞责，随便吃了一点就息下来，不肯再吃。这当儿，基督教徒眼亮手快，马上拿起一个香蕉，剥掉皮，掰为两截，暗地里把混有鸦片的、足以麻痹大象的一块烈性麻醉剂，往一截香蕉里一塞，然后蘸上蜂蜜，递给阿里·沙琳，说道："指贵教发誓，我的少爷，请尝一尝这个吧。"

基督教徒既然发誓表示亲热，阿里·沙琳碍于情面，不好意思拒绝，勉强接过去，胡乱塞在嘴里，随便嚼一嚼便咽下肚去。接着药性发作，阿里·沙琳一头栽倒，昏迷不省人事，跟长年酣睡的梦中人毫无差别。

祖曼绿蒂遭劫

基督教徒眼看阿里·沙琳失去知觉，睡梦沉沉，人事不知，这才一骨碌爬了起来，得意忘形地突然露出狰狞面孔，活像一只脱毛的野狼。他洋洋自得，似乎是战败命运的胜利者，毫不迟疑地把阿里·沙琳身上的钥匙偷到手，撇下躺在地上的阿里·沙琳，扬长找他哥哥报捷去了。

这个基督教徒处心积虑、鬼鬼祟祟地干出这种见不得人的勾当，这到底是怎么一回事呢？原因是这样的：这个所谓的基督教徒，名叫白尔苏睦，是个诡计多端、招摇撞骗成性的大坏蛋。他哥哥原来就是取名赖施顿丁、冒充穆斯林的那个年满花甲的老头子。一年前，他曾在市中出一千金的高价竞买祖曼绿蒂不成功，反而被她臭骂一顿，因而他怀恨在心，恼羞成怒，并在他弟弟白尔苏睦面前诉苦、叫屈。白尔苏睦听了他哥哥的诉苦，颇不受用，怀着打抱不平的决心，安慰他哥哥说："别为这桩事情苦恼、着急；我会想办法把她弄到你手里，保证不花一金一元。"于是他千方百计，想尽各种办法，终于借买门帘之故，纠缠着阿里·沙琳不放。最后下毒手麻醉他，夺取他身上的钥匙，一口气跑到他哥哥赖施顿丁家中，报告经过情况。

老头赖施顿丁从他弟弟白尔苏睦口中，知道阿里·沙琳的下场，喜不自胜，顿觉心旷神怡，随即跨上骑骡，带领家丁、奴仆，跟随他弟弟白尔苏睦一哄而出。事先他还特意准备一千金，带在身边，预备万一发生意外，碰到官吏时，好拿它作为贿赂之用。

赖施顿丁率领仆从，跟随白尔苏睦，马不停蹄，匆匆忙忙赶到阿里·沙琳门前。白尔苏睦掏出钥匙，开门进去，指使仆从们袭击祖曼绿蒂，威胁她不准出声喊叫，否则就要她的命。就这样他们把祖曼绿蒂绑架起来，拖出门外，再照原样锁起大门，摔下钥匙，然后带着祖曼绿蒂逃跑。

赖施顿丁带领仆从抢着祖曼绿蒂回到家中，把她打在丫头使女行中，以示报复、侮辱，并恶狠狠地骂道："小娼妇哟！去年在市中出一千金收买你的就是老汉我呀。当时你不愿意跟咱谈交易，还恶言相对，骂得我哑口无言。今天不花一金一元，我可把你弄到手了。"

祖曼绿蒂伤心饮泣，眼眶里噙满热泪，反抗道："你这阴险恶毒的强盗！害得我们夫妻生离死别。你所作的罪孽，总有一天安拉会替我清算呢。"

"你这个放肆、淫荡成性的小娼妇！我马上就给你点厉害看看。指耶稣基督和圣母马利亚起誓，你若不改奉基督教，事事听从我的命令，我就用各种刑法惩治你。"赖施顿丁下定决心，非压服祖曼绿蒂不可。

"指安拉起誓，你即使把我的身体割得四分五裂，我崇奉伊斯兰教的信仰始终不变。安拉是为所欲为的，也许短时期内我会蒙受他的拯救。古人说得好：'身体有遇险、罹难之忧，正教无遭灾、受劫之虞。'这是千真万确的名言。你应该从这里得到教训。"

赖施顿丁见祖曼绿蒂毫不畏惧，敢于和他争辩，因而恼火到极点，一时暴跳如雷，喝令婢仆："你们快给我把她推翻、拖倒，让我来惩治她吧。"

婢仆们听从命令,一齐动手,推的推,拽的拽,终于把祖曼绿蒂推倒,按在地上,叫她动弹不得。赖施顿丁这才拿起手杖,不住地鞭挞。手杖雨点般落在祖曼绿蒂身上,打得她遍体鳞伤。她哀哭求救,可一直没人伸出援救之手。她绝望之余,只好忍气吞声,默默地祈求安拉搭救她。她边呻吟边悄悄地说道:"反正有安拉主持公道,这就够了。"她把脱难的希望寄托在安拉身上。她呻吟了一会便昏晕过去,人事不知。

赖施顿丁眼看祖曼绿蒂被折磨得死去活来,已经不像人样,这才心满意足,感到无比快慰,于是喝令婢仆们:"你们拽着她的两只脚,把她拖进厨房去,关在那儿,不给饭吃。"

赖施顿丁吩咐毕,洋洋自得,安安逸逸地过了一夜。次日清晨,他心血来潮,吩咐婢仆们把祖曼绿蒂从厨房中带出来,继续鞭挞、折磨,直打得她皮开肉绽,这才喝令婢仆们把她拖进厨房监管起来。

祖曼绿蒂叫赖施顿丁打得皮破血流、遍体鳞伤,躺在厨房里气息奄奄,动弹不得。她呻吟着喃喃地说道:"安拉是唯一的主宰,穆罕默德是他的使徒。有安拉在,这就够了。托他保佑,这是最可靠不过的。"

阿里·沙琳和邻妇

阿里·沙琳吃了麻醉剂,一时昏倒,失去知觉,像死人一样,昏昏沉沉地躺在地上,直到第二天,药性逐渐失效之后,他才蒙眬醒来,睁眼喊道:"祖曼绿蒂!"却没人回答他。他急急忙忙奔到屋里,一看,只见屋内阴森森地寂然无声,祖曼绿蒂的踪影都不见了。他仔细思量一番,这才慢慢觉察到:发生这样的事件,毫无疑问,全是那个基督教徒弄鬼,一手制造出来的。他知道上当,痛定思痛,气得叹息、哭

泣,凄然吟道:

一

爱情消逝得不留一点痕迹,
我的灵魂因之而彷徨、迷离。
落魄之后我更显得卑微、下贱,
正需求夫人多方怜悯、体恤。

我的遭遇恰像弓手在狭道上碰着仇敌,
他张弓搭箭准备致敌死命。
想不到弓弦戛然断为两截,
这怎么还能和敌人对垒?

患难日积月累,
忧愁、苦恼的事件没有个止境,
叫我如何回避命运?
往哪儿去寻找安全的栖身之地?

原指望百年偕老、永不分离,
为此目的我早做预防、准备。
无奈厄运突然降临,
我的眼睛便随之而失明。

二

她把帐篷扔在沙地里,
让一个可怜人望着她的遗迹悲哀、哭泣。
临行她频频回头瞻望故居,
眼看着东倒西歪的断墙残檐伤心饮泣。

她停下来探听个中情节，
山中的回声答复她提出的问题：
"相逢聚首的机会一去不复返矣！"
这仿佛是划破天空的一道闪电，
转瞬便消逝得无踪无影，
一直没告诉她重逢的信息。

阿里·沙琳百般懊悔自己太粗心大意，不听祖曼绿蒂的嘱咐。可是后悔已来不及，结果越哭越伤心，越想越着急，气得撕破衣服，迷迷糊糊地每只手攥着一个石头，不住地捶自己的胸膛，喊着祖曼绿蒂的名字，一刻不停地在城中兜圈子，惹得孩子们成群结队地围着他看热闹，都叫他："疯子！疯子！"认识他的人见了那种情形，都觉得惊奇诧异，都流下同情的眼泪，叹道："这是阿里·沙琳呀！怎么他一下子变成这个样子了？"

阿里·沙琳一直叫嚷着在城中兜圈子，不停地捶打自己，到天黑才倒在胡同中人家的墙脚下露宿。次日早晨，他蒙眬醒来，仍然攥着两个石头，边狂叫边捶打自己，不停地在城中流浪，直至天黑时候，才拖着疲惫不堪的身体，东倒西歪地回到自家门前。这时候，邻居的一个善良的老太婆，忽然发现他那潦倒、狼狈的模样，大吃一惊，赶忙走到他面前，亲切地说道："哟！我的孩子啊，愿安拉救拔你；你到底是什么时候患的疯病呀？"

阿里·沙琳听了邻居老大娘关心同情的慰问，慨然吟道：

他们说："为了爱情你终于疯癫得不成人形。"
我回道："最甜蜜的生活气味只有疯人才能享受。
　　　请别再提疯狂这桩事情，
　　　只管把致我疾病的人儿找回。
　　　如果她能治疗我的疾病、保全我的生命，
　　　你们就别谴责、埋怨我的行径。"

邻居老大娘听了阿里·沙琳的吟诵,知道他是为丢失爱人而失望过度,因而导致他的神经错乱,于是她怀着满腔同情怜悯心肠,说道:"全无办法,只盼伟大的安拉拯救了。我的孩子,究竟发生什么意外事件,才使你一下子落寞到这步田地呀!我希望知道此中原因,也许我可以稍尽微薄之力,助你一臂之力,解决困难问题。"

阿里·沙琳果然把基督教徒白尔苏睦欺骗他的前因后果,从头到尾,详细叙述一遍。老大娘听了叙述,知道他的遭遇,忍不住洒下同情的眼泪,安慰道:"我的孩子,这可不能责怪你。"接着她凄然吟道:

> 恋爱者今生受够了种种折腾,
> 这种苦难远远超过来世地狱中的火刑。
> 他们宁可为爱情而牺牲的纯洁精神,
> 足以证明上面的判断并非虚言。

老大娘吟罢,抖擞精神,决心帮助阿里·沙琳解决困难问题,终于提出自己的办法,对阿里·沙琳说:"我的孩子,你别吝惜金钱,快拿出一笔本钱来,去买个银匠用的那种篾笼子,并买一些手镯、戒指、项圈、耳环等妇女用的簪环首饰,摆在篾笼中,拿来给我,让我扮成小商贩模样,顶着笼子去各处兜售,借贩卖首饰的机会,往人家里去打听祖曼绿蒂的消息。若是安拉愿意,我会找到她的下落呢。"

阿里·沙琳听了老大娘的建议,不禁喜出望外,亲切地吻她的手,表示感谢,并振奋起来,立刻跑到市中,按照老大娘的要求,买了一个篾笼和一些簪环首饰,一股脑儿带回家来,交给老大娘。

邻家老大娘换身补丁衣服穿着,罩上一方蜜黄色的面纱,扮成一个零售流动商贩,挂着拐杖,顶着篾笼,去到家家户户门前叫卖。她不辞辛苦劳瘁,耐心地以贩卖首饰为幌子,到处探听祖曼绿蒂的下落。她经过大街,通过小巷,大凡人家居住的地方,都有她的足迹。她不停地奔走,几乎走遍城中的每一个角落。

所谓有志者事竟成。有一天邻居老大娘终于来到那个冒充穆斯林、取名赖施顿丁的老鬼门前，隐约听见屋内传出一股凄惨的呻吟、哭泣声。她觉得奇怪，站着仔细听了一会，然后走过去，壮着胆子敲门。

　　随着敲门声，一个丫头出来开了门，和颜悦色地跟老大娘打招呼。老大娘赶忙和她交谈起来，说道："我带这些银首饰来找主顾，你们家里的太太小姐有要买首饰的吗？"

　　"有的是，请进来吧。"丫头回答着引老大娘走进屋子，让她跟同伴们坐在一起。

　　丫头们围着老大娘，每人从篾笼中剔选几件心爱的首饰，预备买下来留着佩戴。这时候，老大娘露出一副慈祥和蔼的面孔，热情地和她们打交道，有意识地降低首饰的价钱，给他们多占些便宜，以便她们感到快乐，从而博取她们的欢心、好感。她趁她们忙着选买首饰的时候，边跟她们交谈，边转着眼珠朝发出悲叹、呻吟声的那个方向窥探。她看见祖曼绿蒂被捆绑着躺在地上，动弹不得，情况非常凄惨可怜。她忍不住淌下同情的眼泪，但只好装出不认识她的样子，故意指着她问丫头们："孩子们，那个小姑娘干吗躺在地上不起来？"

　　经她一问，丫头们七嘴八舌，毫无顾忌，把祖曼绿蒂的遭遇详细讲给她听。最后她们推卸责任，表明态度，说道："这样虐待她，原非我们的本意。不过老爷如此吩咐，我们不敢违背他的命令，幸亏如今老爷出门旅行去了。"

　　"孩子们，你们老爷既不在家，我就要替你们出个主意了：希望你们解掉这个可怜人身上的绳子，暂时恢复她的自由，让她喘口气。等你们老爷快回家时，再拿绳子原样把她捆绑起来也不嫌迟。这样做对你们来说是不碍事的。总而言之，你们行些阴功，将来安拉会恩赏你们呢。"

　　"你的意见很好，我们照办就是。"丫头们欣然接受老大娘的建议，果然解掉祖曼绿蒂身上的绳子，并给她饮食吃喝。

老大娘的计谋得售,眼看祖曼绿蒂暂时得到自由,心里感到快慰;可她仍然抑制着欢喜的心情,故意显出悲天悯人的面孔,一味埋怨自己,叹道:"但愿我断了两条腿,也不要到你们家里来,看见这种惨无人道、伤天害理的悲惨事情!"她自怨自艾地感叹着慢步去到祖曼绿蒂面前,低声说道:"我的孩子,安拉保佑你,很快他会救你脱险的。"接着她暗中告诉祖曼绿蒂,她是替阿里·沙琳出来打听她的下落,预备救她脱险的,叫她好生注意外面的动静,准备夜里逃走。最后她嘱咐道:"今天晚上,你的主人阿里·沙琳要上这儿来救你。到时候,他吹口哨暗示你。听见口哨声,你同样吹口哨回应他,然后从窗户里抛下一根绳子,再拽着绳子滑出去。这样一来,他就带你逃出虎口了。"

老大娘交代清楚,安排妥帖,随即告辞,匆匆来到阿里·沙琳家中,告诉他找到祖曼绿蒂的消息,并详细叙述彼此见面和定计逃走的经过情形,同时还把赖施顿丁住宅所在的街道巷名和周围的环境状况详细解释、说明,最后才嘱咐道:"今晚半夜时候你上那儿去,站在屋外面,吹一声口哨和祖曼绿蒂暗中联系。听见你的口哨声,她会应声打窗户里逃出来的。这样一来,你要上哪儿去,就可带她一块儿去了。"

阿里·沙琳听到祖曼绿蒂的消息,喜不自胜,对老大娘表示十分感激,同时他喜极而悲,挥着清泪,凄然吟道:

一

责难者不再风言风语,
暂且停止攻击、责备;
但我处在被遗弃的苦难地位,
身体折磨得只剩一架骨头,
心脏疲弱得差一点停止呼吸,
眼泪不断地淌流。

情窦未开的人儿哟！
你不明白失爱后我所尝到的滋味。
请暂别打听我的消息，
免得增加你的顾虑。
一个形似温良、夸夸其谈的情敌，
用甜言蜜语打伤我的心灵，
从而肆无忌惮地进行抢劫，
造成我们之间的离愁别恨，
害得我辗转反侧、通宵不能成寐，
心地没有平静的机缘，
再挣扎也达不到忍耐的目的，
一直停留在可望而不可即的境地，
老在埋怨与责难者之间彷徨、迷离，
只是一往情深的恋念心情始终不渝，
从来没产生过息交忘旧的念头。
因为除了你，
人世间谁也不可能占据我的心灵。

二

基于安拉的启迪蒙你光临、报喜，
随身带来悦耳畅怀的好消息。
我这颗因离散而破碎的心永久忘不了你的恩情，
仅以身上这件故衣聊充酬谢的礼品。

阿里·沙琳怀着悲喜交集的心情，依从老大娘的指引，耐心等到日落天黑，这才走出去。经过大街小巷，按照老大娘的指示，一直来到赖施顿丁的住宅所在地，朝前一看，便清楚明白地认识赖施顿丁的房屋，周围环境跟老大娘所说的情况完全相符。于是他趁天黑人静时，蹑手蹑脚地走到走廊下，悄悄地坐在墙凳上，以便到时候吹口哨行事。然而事情竟然出人意料。由于发生事变之后,他过分急躁,接连几夜失眠,疲惫不堪,经不起瞌睡袭击,不知不觉便呼呼地进入梦乡,酣睡得像醉汉一样。

祖曼绿蒂第二次遭劫

那天夜里,有一个匪徒进城来偷东西。他在赖施顿丁屋子周围转来转去,始终找不到一个爬进去的缺口,只是无意间发现阿里·沙琳睡在门前的墙凳上,便悄悄偷了阿里·沙琳的缠头,正要溜走的时候,可巧他的身影已被祖曼绿蒂看见。

原因是这样的:祖曼绿蒂从和邻居老大娘见面,明了个中真情实况之后,便依从老大娘的吩咐,预备了绳子,还弄得一袋金钱带在身上,耐心地等机会逃走。深更半夜已经是约定逃走的时候,她急不可待,打窗户里探头向外一望,可巧朦胧看见那个窃贼的身影,满以为他就是阿里·沙琳,于是胡乱吹了一声口哨,作为呼应,随即毫不迟疑地拽着绳子,打窗户里滑了下来。这当儿,那个窃贼回头往哨声方面望过去,见有人从屋里溜出来,觉得事情很凑巧,暗自说:"这桩事奇怪极了,当中一定有个稀奇古怪的缘故呢。"于是他不顾一切地冲了过去,把祖曼绿蒂和她带出来的一袋金钱,一股脑儿扛了起来,风驰电掣般没命地跑了。

祖曼绿蒂从赖施顿丁家中逃了出来,跌在匪徒手里,还以为是阿里·沙琳带着她逃走,满心欢喜,情不自禁地聊起天来,说道:"亲爱的! 据邻居老大娘说,从我遭劫之后,你过于悲哀、着急,因而影响健康,害得你憔悴瘦损、精疲力竭,已经到了一蹶不振的境地。可是现在你带着我跑得这么快,显然你的精力比一匹骏马还旺盛呢。"

匪徒一声不响,只顾扛着人没命地逃跑。祖曼绿蒂不见他答话,心里怀疑,伸手一摸,发觉他满腮刺手的胡子,像澡堂中的扫帚那样又粗又硬。她这一惊非同小可,赶忙问道:"你是干什么的?"

"不瞒你这个小娼妇,"匪徒开口了,"我叫赭旺·库尔迪,是艾哈默德·戴乃孚的党羽。我们总共四十个弟兄凑合在一起,专靠偷窃维持生计。今夜里,我们每个人都要轮流着跟你睡觉呢。"

祖曼绿蒂听了赭旺·库尔迪的脏话,知道命运跟她作对,活该自己倒霉,气得边哭泣、边打自己的面颊。可是哭泣、挣扎又管什么用呢!她思前想后,觉得除了听天由命、逆来顺受,自己是毫无办法的。于是她镇静下来,决心把自身的一切交给安拉,忍受着眼前的灾难,耐心等候安拉伸出援救之手,并自解自叹地说道:"安拉是唯一的救世主!我们刚摆脱一重危险,接着又跌在更严重的灾难里。这有什么办法呢?除非安拉伸出援救之手,我们是无法摆脱灾难的。"

匪徒赭旺黑夜里来到赖施顿丁屋前,预备进去偷窃,无意间把祖曼绿蒂夺到手,说起来,这当中是有来龙去脉的。原来匪首艾哈默德·戴乃孚笼络着的四十个扒手,当天正计划天黑时怎样分头进乡村城镇去偷窃、抢夺的时候,小喽啰赭旺自告奋勇,向匪首艾哈默德·戴乃孚献计,说道:"我在那个城市里待过,情况比较熟悉。据我所知,城外有一个山洞,又深又大,四十个人躲避在里面是容纳得下的。现在我打算在你们之前,早动身一步,先把我母亲送往洞中,再进城去偷些饮食、财物什么的,摆在洞里,等你们来时,就把你们当宾客招待吧。"

"你要怎么办,照你的计划行事好了。"匪首艾哈默德·戴乃孚同意赭旺的想法。

匪徒赭旺的计划既然得到匪首的赞同,他便先行出动,一直去到山洞中,让他妈坐镇在里面,然后急急忙忙离开山洞,预备进城去偷窃。可巧在进城的途中,他发现一个骑兵睡在路旁打尖,一匹战马拴在左近的树上。他趁骑兵酣睡不醒,便见财起意,抽出刀来,结果了他的性命,掳着他的武器、衣服连同战马,回到山洞里,交给他妈看管起来,这才从从容容地离开山洞,一口气奔到城中,想方设法、一心一意要完成偷窃计划。

他在基督教徒赖施顿丁的屋子周围兜了几个圈子,存心爬进去偷窃,无奈门墙高大,无路可入,结果他顺手牵羊,偷了阿里·沙琳的缠头,接着趁祖曼绿蒂仓皇逃难、措手不及的时候,抢了她没命地逃跑,一直回到山洞中,把人交给他妈,嘱咐道:"娘,你好生看管她吧。我有事还要出去,明天赶早回来。"他说着扬长去了。

祖曼绿蒂被匪徒赭旺抢到山洞中,跟他妈过了一夜的俘虏生活。次日清晨,她摆头东张西望,把洞中的情景看在眼里,觉得处境既然糟糕到这步田地,怨天尤人、悲哀哭泣都不管用。想到这里,她振作起来,暗自说:"我干吗一味悲观失望,不想办法逃出虎口,挽救自己的生命呢?难道我必须坐而待亡,等那四十个禽兽回来糟蹋、蹂躏我吗?让他们把我当漏水的破船炮制吗?"她越想越兴奋,睁大眼睛望着赭旺他妈,亲切地说道:"老大娘,你不要带我到洞外去坐坐吗?我可以在温暖的阳光下替你老人家篦一篦头呢。"

"是呀,我的孩子! 指安拉起誓,我是需要梳一下头发的。因为这群瘟猪带着我东奔西走,终日忙忙碌碌,到哪儿都住不长,所以长期以来我没上澡堂去洗澡、理发,因此这个头乱得太不像样了。"

匪徒赭旺他妈欣然赞成祖曼绿蒂的建议,老老实实毫不猜疑地和她一起走出山洞,坐在外面晒太阳。祖曼绿蒂借此难逢的好机会,向老婆子献殷勤,耐心细致地替她梳头,拿篦子一边篦,一边掐死寄生在她头上的虱子。这样一来,正搔着老婆子的痒处。她感觉舒服、愉快,不知不觉便呼呼地睡熟了。

趁老婆子睡得正香甜的时候,祖曼绿蒂赶忙跑进山洞,把被赭旺杀害的那个骑兵的衣服缠头拿出来穿戴起来,并佩上他的宝剑,一下子把自己装扮成一个男子汉,这才带着她从赖施顿丁家中弄出来的那袋金钱,跨上战马,准备逃出虎口。临走,她虔心虔意地祈祷道:"善于保佑人类的安拉啊! 恳求您看先知穆罕默德的情面,保护我安全逃脱危险,保全性命吧。"

祖曼绿蒂快马加鞭,匆匆离开山洞。在归途中,她突然犹豫、踟蹰起来,暗自想:"如果我径直回城去,也许会叫那个被害骑兵的家属发现,这必然带来麻烦,对我是不利的。"于是她勒转马头,决心高飞远走,往他乡去死里逃生。

因祸得福祖曼绿蒂一跃而为国王

祖曼绿蒂一旦逃出虎口,身心得到自由,顿觉前途光明,感到无限的快慰。她骑着战马,随身带着大笔金钱,抱定高飞远走、往他乡去求生的决心,毫无后顾之忧,因而她随心所欲,不计较跋涉之苦,只驱策战马,一直勇往直前,不停地在荒郊野外迈步前进。在旅途中,她摘野果充饥,喝泉水解渴,整整跋涉了十天的路程,一直没碰到一个人影,也没看见一个乡村。第十一天的旅程开始以后,她才渐入佳境,逐步跨上世外桃源的境地。朝前一望,一座人烟稠密的城市隐约映入眼帘。那时候正当阳春时节,大地上潺潺的流水、怒放争妍的奇花异卉、枝头上的鸟语果香,这一切大自然景象已经把这里的天地变成一座安静的人间乐园,令人一见便向往、陶醉在这似锦的景象里。她怀着兴奋、快乐心情,快马加鞭,一口气奔到城下。抬头一望,只见满城文武官员、部队和老百姓都集会在城门外面,像煞有介事似的。眼看那种情景,她感到惊奇诧异,暗自说:"人们都挤在城门外面,这里面一定有什么缘故吧。"于是她大胆走近人群。

出乎意料。祖曼绿蒂走过去的时候,部队便迎面拥来,跪下去欢迎她,齐声呼道:"国王万岁! 但愿安拉匡助你!"同样文武官员也毕恭毕敬地排成两行,夹道迎接她,异口同声地说道:"陛下一旦驾临,给敝邑的穆斯林带来光明、幸福了。"于是他们率领黎民替她祈福求寿,高呼国王万岁。

碰到这样的情景,祖曼绿蒂莫名其妙,以为他们错认了人,因而坦率地说道:"各位官绅父老们,你们都把我当国王欢迎、看待,这到底是怎么一回事呀?"

"这是安拉慨然赏你崇高的地位,让你来做我们的首脑,主持国家大事的一种迹象。"一位朝臣回答了祖曼绿蒂的问话,"告诉你吧:我们国内有这样的一种传统风俗:如果国王没有子嗣,而他一旦驾崩的时候,满朝文武官员必须率领部队、黎民,到城外等候三天,静听天命替我们解决继承王位的问题。在三天的期限之内,凡是从你刚才经过的那条路途上这儿来的人,不论是谁,我们都得请他做我们的国王。赞美安拉,是他派你这位漂亮的土耳其人来做我们的国王的。老实说,假若来者是个不如你的人,我们还是要请他做我们的国王呢。"

祖曼绿蒂原是个非常聪明、机警的人。她听了朝臣的解释,恍然大悟,知道原来是这么一回事情。于是她顺水推舟,以假作真地说道:"你们别以为我仅仅是一个普通的土耳其人而已,其实我原是出身名门贵胄的。不过我不满意那种养尊处优的家庭生活,才毅然离开家人出来周游寻乐呢。你们看吧,这是我随身带来的一袋金钱,预备在旅途中拿它作扶危济贫之用的。"

人们听了,都相信她,越发欢喜、爱戴她,同样她也表示格外爱护他们。在这样的情况下,她满心欢喜,暗自说:"安拉是为所欲为的,也许他会让阿里·沙琳到这儿来和我相会呢。"

之后,祖曼绿蒂在文武官员和部队陪同、簇拥下进城,一直去到王宫门前下马。接着朝臣们左右前后搀扶、簇拥她进宫,让她坐在宝座上,然后一齐跪下去行礼,表示绝对服从她的命令。

祖曼绿蒂因祸得福,一跃而为国王,掌握一国的大权。她执政之后,第一件所做的好事便是打开国库,既犒赏三军,又对国内穷苦无告的老百姓广施博济。因此她的名望一下子就传遍全国各地,博得军民的拥护爱戴,赞美歌颂之声,不绝于道。接着她下令取消苛捐杂税,大赦天下,关心庶民疾苦,为民除害,秉公正直,赏罚分明,因而军民对她既崇拜敬仰又怀着畏惧心情。总之从她执政以来,逐渐造成国泰民安的局面,百姓安居乐业,她的名望地位也日益显赫。而美中不足的,只是她经常为想念阿里·沙琳而悲哀哭泣,总是沉思默祷,恳求安拉冥冥中帮助她,让她和阿里·沙琳有重相会的机会。有一天夜里,夜阑人静,万籁俱寂,祖曼绿蒂辗转不能成寐,想着往昔跟阿里·沙琳生活在一起的美满幸福日子,忍不住痛哭流涕。她越哭越伤心,凄然吟道:

> 惦念你的心情长期不变,
> 它不受时空的限定。
> 泪水冲破我的眼睑,
> 裂口逐渐扩张到不可愈合的境地。
> 我顾影自怜、伤心饮泣,
> 且为爱情的厄运悲叹、流泪。
> 夫和妻好比影和形须臾不可分离,
> 离散对他们说来是最残酷的极刑。

她痛定思痛,哭得筋疲力竭,至深更半夜,才擦干眼泪,感到怨天尤人、悲哀哭泣都不管用,必须抑制激情,平心静气地安下心来,等有机会时,再做打算。因而她决心改变态度和生活方式,做一劳永逸的长期打算。于是她给宫中的婢仆规定了津贴,划分了职责范围,责成他们和她们各守职位,并宣布她要利用公余时间,一个人静静地埋头修功悟道,严格履行宗教仪式,不准人妨碍、扰乱她。

从那回以后,她果真实行计划,每当公务完毕,便离开华丽的宫室,摒弃一切,选一间僻静的侧室,悄悄地躲在里面,从事斋戒、祷告,身边只留两个小太监使唤。她利用这种办法,一方面修身养性,一方面耐心打听阿里·沙琳的消息。她的举止行为,博得满朝文武官员钦佩、景仰,异口同声地公认她是信仰诚笃、操守严肃的忠实信徒。

赴国宴白尔苏睦自投罗网

　　光阴荏苒。祖曼绿蒂当权执政以来,屈指已届周年。在这漫长的岁月里,白昼她临朝视事,发号施令,勤勤恳恳,视国事为己任;夜间则静坐斗室,持斋念主,虔心虔意地在修养方面下功夫,指望最后能与阿里·沙琳碰头聚首。然而理想与事实竟然背道而驰。在整整一年的期限里,她不但不知道阿里·沙琳的下落,而且连他的消息也听不到一点。因此她忧心忡忡,大失所望,苦恼、不安的心情,迫使她无法再耐心等待下去。从经验里她得到教训,显然坐待其成的办法是不中用的,因而她觉得必须另想办法,别开生路。于是她再接再厉,急起直追,召集宰相和朝臣,吩咐他们替她物色一批工程师和建筑工人,赶快在王宫前面开辟一个尽可能宽大的广场。宰相和朝臣们遵循命令,诚惶诚恐地招募工匠,并督促匠人大兴土木,在短期内完成建筑广场的任务。国王祖曼绿蒂亲自到广场内视察,并指定在广场的一端,建筑一座圆顶高耸的堂皇富丽的礼台,摆上御用的椅凳,供国王和朝臣们起坐之用。

　　建筑落成之日,国王祖曼绿蒂吩咐备办丰盛的筵席,招待文武百官,在广场中设宴。待大家吃饱喝足,是尽欢而散的时候了,她才向他们宣布:"从今以后,我打算每个月在这里和老百姓见面一次,招待他们吃喝,表示与民同乐的意思。希望你们每当新月初升之日,给我预备各种丰富的饮食,一桌一桌地摆在广场中,并且通知城中的庶民,叫他们停业一天,关起门户,都来参加国宴。凡违拗命令的人,就在他的门前绞死。"

　　从此以后,国王祖曼绿蒂的命令便形成惯例。朝臣遵循命令,执行任务,每到新月初升之日,便预先准备各种丰富饮食,并即时通知城中的居民,招唤他们前来参加国王的宴会。老百姓响应号召,按时关门闭铺,成群结队地欣然前来广场中赴宴。国王祖曼绿蒂坐在礼台的首席,指挥朝臣招待庶民。朝臣们殷勤接待庶民,让他们顺序围桌坐下,嘱咐道:"各位来宾不必客气,大家只管尽量吃喝。你们要多吃多饮,国王才喜欢呢。"老百姓围着丰富可口的饮食,果然开怀吃喝起来。他们边大吃大喝,边侧目悄悄地偷看国王。偷看以后,人们都产生同样的感觉,每个人都暗自说:"哟!国王只是注意我自己的举止行动呀。"因而他们怀着喜惧参半的心情,听从朝臣们的嘱咐,只顾埋头吃喝。他们都吃饱喝足了,这才替国王祈福求寿,高呼国王万岁,祝国王万寿无疆,然后尽欢而散。在归途中,人们念念不忘国王的恩惠,继续歌颂国王,说道:"这样关心、爱护老百姓的君王,我们生平还没遇见过呢。"

宴会结束,国王祖曼绿蒂欣然转回王宫,觉得自己的布置、办法满有意思,暗自说:"若是安拉愿意,我可以在这样的场合里获得阿里·沙琳的信息。"于是安静下来,耐心等待好消息降临。

时间过得很快,不知不觉第二个月也就到来。朝臣们认真执行任务,趁新月还未出现,便早日准备,备办了极其丰富的饮食,按期举行宴会,投合国王的情趣。到了新月初升之日,广场中便摆满筵席。国王祖曼绿蒂照例驾临,坐在礼台上的首席,一方面指挥朝臣们热情接待宾客,一方面暗中仔细观察、注意每个来宾的举止行动。全城的老百姓接受邀请,响应号召,成群结队、扶老携幼地前来赴会。来宾按照先后秩序,一个个入席围桌坐下,开始吃喝起来。正当人们津津有味,吃喝得非常起劲的时候,国王祖曼绿蒂移动着的目光,一下子停留在白尔苏睦身上了。她仔细定眼一看,便认识他是借向阿里·沙琳买门帘之故趁机抢夺她的那个基督教徒。她这一喜非同小可,暗自说:"这是第一件喜事哪!我的愿望总算实现了。"

无恶不作的基督教徒白尔苏睦,到处招摇撞骗,无远弗届。活该他要倒霉。今天他也混在人群中前来参加宴会,叫国王祖曼绿蒂一眼看穿他的真面目。他可茫然不知自己的命运,只顾贪馋,恨不得一口吞下一桌筵席。他嘴里嚼着,眼里看着,饕餮面目暴露无遗。席间原有一盘糖饭,表皮上净是糖粉,一看便知是挺香甜可口的珍贵食品。白尔苏睦眼望着那盘糖饭馋涎欲滴,恨不得拿来一口吞下肚,才满他的愿望。可是那盘糖饭老远地摆在他的对面,所以他不能如愿以偿。然而他厚颜无耻,硬推挤着同席的人,伸长胳膊,把那盘糖饭挪到自己面前,企图独自享受。他的行为可鄙,坐在他身边的同席者提意见说:"你干吗不吃摆在你面前的饮食?这对你来说不是很可耻吗?你硬要伸手去拿摆在别人面前的食物,这是什么道理?你不觉得害臊吗?"

"我只是喜欢吃这种甜食呀!"白尔苏睦满不在乎地强调他的嗜好。

"你爱吃,只管吃吧!只怕你吃了不好消化。"

"让他吃吧!他吃剩的有我来接受。"同席的一个大烟鬼也嘀咕着凑热闹。

"你这个卑鄙龌龊的大烟鬼!告诉你吧:你们是不配吃这种饮食的。因为这是御用食品,你们不得随便动用它,还是留待撤回宫去,让它物归原主的好。"

白尔苏睦不听警告,伸手向盘中抓糖饭塞在嘴里,大嚼特嚼,胡乱咽在肚中,接着又第二次伸手去抓。这当儿,国王祖曼绿蒂指着他吩咐侍从:"你们快去把那个吃糖饭的家伙给我带来,别让他再吃下去。"

四个武装卫兵即时跑到白尔苏睦面前,打落他手中的糖饭,摔倒他,然后七手八脚地把他拖往礼台。宴会场中突然发生这样的事件,人们不知道是何缘故,顿时停止吃喝,大家窃窃私语,伸长脖子看热闹。当时和他同席的人感受比较深,有人议论说:"指安拉起誓,他净拣好的享受,不肯吃普通饮食,这是他贪馋、不对的地方!"有人说:"我可是喝点摆在我面前的麦片粥也就够了。"接着那个大烟鬼也欣然说道:"我本来一心一意等着吃他剩下的这盘糖饭的,可是谁知他才吃了一口就出事了。赞美安拉,幸亏他阻止我抢吃糖饭,才免遭杀身之祸哩。"其余的人也议论纷纷地说道:"我们都静下来,等着看他的下场吧!"

白尔苏睦被卫兵拖到礼台下面。国王祖曼绿蒂瞪他一眼,严厉地审问道:"该死的蓝眼人哟!你姓甚名谁?你到我国来干吗?"

白尔苏睦头戴缠头,身着阿拉伯服装,不肯说实话,只想瞒骗国王,因而胡乱回道:"我叫阿里,原是一个织工。为经营生意买卖,我才到这座城市里来的。"

国王祖曼绿蒂不跟他辨别是非,只是吩咐左右的侍从:"你们快给我拿沙盘、铜笔来吧!"

侍从遵循命令,立刻取来一个沙盘和一只铜笔。国王祖曼绿蒂拿起沙盘、铜笔,比手画脚地占卜起来,随便在沙盘上画了一个猴子模样的图形,然后抬起头来,瞅着白尔苏睦仔细上下打量一回,才声色俱厉地说道:"狗东西!你胆敢撒谎欺骗国王吗?难道你不是一个基督教徒吗?你不是叫白尔苏睦吗?你不是存心到这儿来干坏事吗?现在你还是从实招认的好,否则,指主宰的荣誉起誓,我非宰你不可。"

经国王一审问,白尔苏睦一下愣住了,嗫嚅着说不出话来,显得异常尴尬、狼狈。朝臣和在场的人都钦佩国王的本领,异口同声地说道:"国王陛下精通占卜学呢。赞美安拉!她有这种本领,算是得天独厚了。"

"趁早给我从实招认吧!"国王厉声说,"否则我就要你的狗命。"

"大国王啊!奴婢真是一个基督教徒,陛下的卜算非常准确,恳求陛下饶恕我的罪过。"白尔苏睦果然低头认罪。

真相大白之后,在场的人,包括朝臣和来宾,对国王卜算的正确性,越发感到惊奇诧异,都钦佩她的本领,异口同声地说道:"我们的国王还是一位杰出的星相家呢,像她这样的人物,当今是绝无仅有的。"

国王祖曼绿蒂抱定报仇雪恨、除害安良的决心，毅然判白尔苏睦死刑，下命令剥下他的皮，填以稻草，把尸体挂在广场门前示众，并吩咐在城外挖个坑，把他的肌肉、骨头抛在坑里烧成灰烬，然后与粪便之类的肮脏污垢之物混在一起埋葬。

当差的听了国王的吩咐，齐声回道："听明白了，遵命就是。"于是他们遵循命令，即刻带走白尔苏睦，按照国王的指示执行任务。

人们眼看白尔苏睦的下场，大家感叹不已，议论纷纷，有的说："他的这种报应是恰如其分的；错吃一口饮食，赔了一条命，这该是多倒霉的事啊！"有人说："从今以后，我可是一辈子不吃糖饭了。"尤其那个大烟鬼怀着幸运的心情叹道："赞美安拉！幸亏有他护佑，我没吃到糖饭，所以才免踏这个家伙的覆辙而保全性命哩。"

从那回以后，人们对糖饭印象很深，认为是不吉利的象征，人人怀着戒心，对它不但不感兴趣，而且避之唯恐不速。

施卜计赭旺伏诛

时间过得很快。自从国王祖曼绿蒂规定每月设席宴会庶民以来，不知不觉也就过了两月。当第三个月开始的时候，朝臣们执行命令，照例备办了极其丰富可口的筵席，摆在广场中，按时邀请城中的老百姓前来参加宴会。当日，国王祖曼绿蒂驾到广场中，坐在礼台的首席，指挥朝臣们殷勤招待宾客；一帮武装侍卫人员形影不离、小心翼翼地在国王周围保卫、侍奉，排场非常庄重严肃。参加宴会的老百姓络绎不绝，陆续进入广场，顺序围桌坐下。不过大家都有戒心，不敢坐靠近糖饭的座位，并主张不吃糖饭，免遭杀身之祸。当时来宾中有两个亲朋碰在一起，一见面便打招呼，做了如下的交谈：

甲："喂，哈只赫勒辅。"

乙："唉！哈只哈利德。"

甲："你千万别吃糖饭啊！宁可坐远些，不然，你会挨吊呢。"

经过上次的教训，人们心中有数，大家围桌坐下。广场中的每一桌筵席都坐满人，真是席无虚位。于是宴会开始，谁都拣自己爱吃的饮食吃喝。国王祖曼绿蒂趁人们吃得香甜、起劲的时候，摆着头聚精会神地观察每个客人的举止动静。就在这个节骨眼上，有个不速之客跟跟跄跄地突然闯进广场，前来赴宴。他的慌张行为非常惹人注目。国王祖曼绿蒂定眼仔细一看，立刻就认识清楚，原来这个不速之客就是抢夺她本人而且还杀害一个骑兵、名叫赭旺·库尔迪的那个强盗。

匪徒赭旺一旦出现在广场中，自投罗网，这当中是有原因的。原来那天夜里，他把祖曼绿蒂抢到山洞中，交给他妈看管着，然后赶忙去见他们的头子和匪党，告诉他们说："昨天晚上我的生意很好，轻易赚了一笔大财。我不但杀死一个当兵的，夺下他的战马和武器，而且还弄到手一个姑娘和一袋金银。叫我说，那个姑娘呀，她比那袋金银还值钱呢。现在人马和财物都藏在城外的山洞里，有我娘在那儿看管着，这回咱们可以痛快地享受一下了。"

听了匪徒赭旺的报喜，匪首和喽啰们都为此感到欢喜快乐。当天傍晚，匪党约伙成群地随赭旺一股脑儿去到山洞里。赭旺得意忘形，一心一意要把抢到的赃物拿出来邀功，供大家享受。然而事出意料，他进得山洞来一看，只见里面空空洞洞，他抢来的人马和财物，不翼而飞了。他忙向他妈打听，才知道个中实情，气得咬手，懊丧到极点，尖声嚷道："指安拉起誓，这个小娼妇，我非去找她不可；即使她躲到阿月浑子①壳里，我也得把她弄到手，才能泄我心头之恨。"

匪徒赭旺既然发下誓愿，因而怀着寻找祖曼绿蒂的野心，不辞跋涉，从一个地方溜到另一个地方，不断地奔波，走遍了许多乡村城镇，最后来到祖曼绿蒂执政掌权的这个王国里。恰巧他进城那天是国王

---

① 一种干果。

祖曼绿蒂欢宴庶民的日子,城中关门闭铺,不见一个人影。他抬着头东张西望,看见窗户里的妇女,便向她们打听城中人的去向。有人告诉他每逢月初国王设席欢宴庶民,人们前去参加宴会的情形,并指示他宴会的地点。于是他急急忙忙奔向广场,企图混在人群中,饱餐一顿。他进入广场,抬头一看,人们都围桌大吃大喝,真是席无虚位,只见上月白尔苏睦参加宴会时所坐的那张桌子,靠近摆糖饭的一个座位还空着,于是他不顾一切,一屁股坐了下去,饥不择食,伸手去抓糖饭。同桌的人同声惊叫起来,问道:"我们的弟兄手足哟!你打算干什么呀?"

"我要吃这盘糖饭充饥果腹呢。"赭旺满不在乎地说。

"你一吃这种饮食,准会被人绞死。"有人警告他。

"请你免开尊口,不要胡言乱语。"赭旺不听警告,反而伸手把糖饭索性挪到他自己面前。

这当儿,在他身旁坐着的那个大烟鬼见他挪动糖饭,吓得突然从烟醉中清醒过来,惊慌失措地跳将起来,边离开座位,边嘀咕道:"咱干吗需要这盘饮食呀!"

赭旺伸出鸦爪般的手掌,从盘中抓了一把糖饭握在掌中。他那只抓饭的手掌刚离开盘子,立刻就变了形状,好像骆驼蹄子一般。他挤动着手指,把掌中的糖饭捏成柑橘似的一个大饭团,然后塞在嘴里,也不咀嚼,便狼吞虎咽地吃下肚去。他一咽,便发出霹雳般的响声。他的粗鲁、莽撞行为,惹得同桌的人感到惊奇、恐怖。那盘糖饭被他抓了一把,盘底就露出来。他左近的一个食客眼看那种情形,喟然叹道:"赞美安拉,是他叫你一把抓掉大半盘糖饭呀。现在盘中的糖饭所剩无几,看来它不至于贻害我们了。"

"让他吃吧!在我心目中,他显然是被绞死的一具僵尸呀。"大烟鬼趁热闹凑趣两句,随即转向赭旺,骂道:"你只管吃吧!只怕你吃了不好消化。"

赭旺第二次伸手,从盘中又抓了一把糖饭,握在掌中,像第一次那样,正挤动手指捏饭团的时候,国王祖曼绿蒂大声喝令侍从:"快去把那个吃糖饭的家伙给我逮起来,别让他再吃第二口。"

侍从遵循命令,迈步跑了过去,趁对方冷不提防,一个措手不及,立刻把虎视着糖饭盘的赭旺逮捕起来,带到国王面前。这当儿,同桌的人都幸灾乐祸起来,议论纷纷,马上谈论开了。有人下结论说:"我们忠告过他,可是他不听忠言,所以落得这个下场;这对他来说,是罪有应得、理所当然的;显见得,坐这个位子的人,活该是要倒霉的;吃这盘糖饭的人,注定是要丧命的。"

"你姓甚名谁? 是做什么的? 到我国来干吗?"国王祖曼绿蒂开始审问赭旺。

"禀告大国王陛下:小的叫鄂斯曼,向来在花园中替人管理花木,因为丢失东西,所以我才出来寻找。"匪徒赭旺撒谎欺骗国王,企图逃避罪责。

"给我拿沙盘和铜笔来!"国王祖曼绿蒂吩咐侍从们。

侍从遵循命令,立刻拿来沙盘和铜笔。国王祖曼绿蒂拿起铜笔,在沙盘中又写又画,一本正经地占卜起来。写画之后,仔细观察、盘算一回,然后抬起头来,瞅着赭旺,说道:"你这个该死的肮脏家伙!干吗撒谎欺骗国王? 根据占卜,我知道你叫赭旺·库尔迪,是一个强盗,杀人越货,无恶不作。"国王祖曼绿蒂当场说明他的底细,随即声色俱厉地骂道:"你这个瘟猪! 如果再不从实招供,我非割你的头不可。"

赭旺听了国王的审断,吓得面无人色,磕着牙齿,浑身发抖,知道已无抵赖、逃避罪责的余地,倒是从实招认罪过,或许可以免受惩罚而能苟全性命。想到这里,他不得不低头认罪,坦然说道:"国王陛下的审断千真万确,当中没有丝毫差错。小的作恶多端,罪该万死。不过我现在诚心忏悔,决心痛改前非,虔心虔意地皈依安拉,恳求主上饶恕我吧。"

"对不起,你像瘟疫一样,为患人间,已有日矣,至今恶贯满盈,咎由自取,我可是不让你再危害穆斯林了。"国王祖曼绿蒂简单地对匪徒赭旺作了判决,随即吩咐侍从:"你们带他下去,先处以绞刑,然后按照上月处置白尔苏睦那样,如法炮制他的尸首。"

侍从遵循命令,立刻带走匪徒赭旺。人们眼看那种情景,惊喜参半,面面相觑,尤其那个大烟鬼感慨最深,对糖饭抱着讨厌、仇恨心情。他边转身背向着那盘糖饭,边嘀咕道:"从今以后,如果我再面对面地看你一眼,这就算我犯了最大的禁忌。"

匪徒赭旺被判处死刑,被侍从带走,一场风波始告平息,宴会继续进行,宾客大吃大喝,直至大家吃饱喝足,才尽欢而散。国王祖曼绿蒂也率领朝臣和侍从,洋洋得意地各自回宫去休息。

宴宾客赖施顿丁落网

时间过得很快。自从国王祖曼绿蒂规定按月摆宴招待庶民以来,不知不觉也就过了三个月。第四个月开始的时候,朝臣执行命令,照常备办筵席,按期邀请城中居民前来参加宴会。人们应邀,成群结队,按时陆续来到广场中,围桌坐下,静候国王驾临。开餐时间一到,国王祖曼绿蒂随即驾临,坐在礼台上的首席,指挥朝臣们殷勤招待宾客,并宣布宴会开始,人们便动手吃喝起来。国王祖曼绿蒂坐在礼台中央,居高临下,面对整个广场中的宾客,注意观察他们的举止动静。无意之间,她发觉先前白尔苏睦、赭旺坐过的那桌席间,靠摆糖饭的那方面,足以容纳四个客人那么宽的地方还空着无人坐,心里觉得奇怪。可巧就在这时候,一个不速之客闯进广场大门,踉踉跄跄地奔到没人敢坐的那个空位坐下,伸手去抓食物,企图饱餐一顿。他的举止动作很引人注意。国王祖曼绿蒂定眼仔细一看,顿时就认识清楚。原来这个不速之客,就是自称名叫赖施顿丁的那个该死的基督教徒。所谓仇人相逢分外眼红。国王祖曼绿蒂发觉此中秘密,不禁喜出望外,暗自盘算:"这个万恶的异教徒已经自投罗网了,这该是多么吉利而可贵的宴会啊!"

这个叫赖施顿丁的基督教徒,突然来到这个城市,自寻死路,这当中却有一个奇怪的原因呢。当初他把祖曼绿蒂抢到手,自鸣得意,接着便因事出门去了。待他旅行归来,家里人才告诉他:祖曼绿蒂失踪了,同样家里还丢了一袋金银。他听了这种不好消息,大发雷霆,气得撕身上的衣服,打自己的面颊,拔自己的胡须。他越想越恼火,感到人财两空,损失太大,非想办法弥补不可。于是他打发他弟弟白尔苏睦出去寻找祖曼绿蒂,可是白尔苏睦一去不返,杳无音信,日子久了,他等得不耐烦,便亲自出马,野心勃勃地到处打听白尔苏睦的去向,并寻找祖曼绿蒂的下落。他走遍许多城镇乡村,越走越远,终于被命运带到祖曼绿蒂当权、执政的这个王国里。他进城那天,恰巧是月初,正碰上国王宴会黎民,街上不见行人,商店都关门闭户。他觉得奇怪,向从窗户里往外探头的妇女打听人们的去向。有人告诉他:"每当月初,国王设席欢宴老百姓,现在人们都去参加宴会去了。逢到宴会之期,男人都应邀前去参加宴会,谁都不可待在家中或商店里。"她们还指示他宴会的地点,因此他急急忙忙前来参加宴会,打算混在人群中饱餐一顿。

他踉踉跄跄地闯进广场大门,抬头一看,只见人们正吃得热闹,每桌筵席都满坐,真是席无虚位,只是白尔苏睦和赭旺先后坐过那桌席间靠摆糖饭的地方还空着,他便走过去,一屁股坐下,动手吃喝起来。这时候,国王祖曼绿蒂毫无顾虑,大声喝令侍从:"你们快去把那个吃糖饭的家伙给我逮过来!"

根据经验、习惯,侍从们一看便知国王所要逮捕的就是赖施顿丁。于是他们跑过去,逮住他,即时把他带到国王面前受审。

"你这个该死的家伙!你姓甚名谁?是做什么的?到我们这儿来干吗?"国王祖曼绿蒂开始审问。

"回禀大国王陛下:小的叫卢斯图,没有正当职业,仅仅是个贫僧而已。"赖施顿丁撒谎欺骗国王。

国王祖曼绿蒂暂不跟他辨别是非曲直,只管吩咐侍从:"给我拿沙盘和铜笔来!"

侍从遵循命令,照例拿来沙盘和铜笔。国王祖曼绿蒂拿起笔,从从容容地在沙盘上连写带画,一本正经地只顾占卜,并盯着沙盘细心观察、思考一番,然后抬起头来,瞪着赖施顿丁说道:"狗东西!你干吗撒谎欺骗国王?我可是卜算出来了:你叫赖施顿丁,是个基督教徒,却冒充穆斯林,专门拐骗穆斯林妇女,一向逍遥法外,无恶不作;至今你恶贯满盈,是伏法认罪的时候了。现在你从实招供吧!如果你再抵赖,不肯服罪,我就要你的命。"

赖施顿丁听了国王指出他的罪状,无法抵赖,只得低头认罪,结结巴巴地说道:"回禀大国王,陛下审断的都是事实,小的罪该万死。"

国王祖曼绿蒂吩咐侍从摔倒赖施顿丁,当场处罚他,每只大腿打一百大板,并鞭身一千鞭,然后判处死刑,叫带下去立刻执法,像处置白尔苏睦和赭旺那样,如法炮制。

审判结束,罪犯被带走,国王祖曼绿蒂指示朝臣们好生招待老百姓,叫他们安心吃喝,不必顾虑。于是宴会继续下去,人们果真泰然自若地开怀吃喝,直至吃饱喝足,才尽欢而散。国王祖曼绿蒂满心欢喜,欣然回到宫中,怀着感恩的心情说道:"赞美安拉!因为这班危害我虐待我的恶徒先后落网、伏法,使我感到无限的慰藉;这一切的一切,都是他事先安排好的。"接着她欣然吟道:

> 他们独断专行,
> 一时猖狂、霸道到极点。
> 霎时间随着时过境迁的转变,
> 他们的不法行为也就销声匿迹,
> 人世间仿佛没发生过那样的事情。
> 如果他们得势期间稍微具备一点公平合理的常情,

到头来人们自然会报以敬重的同情心理。

只因他们暴虐成性、恶贯满盈，

时日才执法清洗他们的罪行。

他们刚一倒头，

舆论便发布声明：

"这个后果来自那个前因，

显然是自作孽不可活的结局，

可不能埋怨时日无情。"

阿里·沙琳和祖曼绿蒂不期而遇

国王祖曼绿蒂吟罢，思今追昔，回忆着她和阿里·沙琳之间的离散遭遇，不禁悲从中来。她痛哭流涕，借此消除胸中的郁结，然后竭力抑制激情，慢慢镇静下来，逐渐恢复常态，这才心平气和、自言自语地说道："也许叫我轻易消灭敌人的安拉，会恩上加恩，在短时期内，让我和心爱的人儿重相聚首。"于是她虔心虔意地祈祷，恳求安拉宽恕、默助她，说道："安拉是万能的，为所欲为的，也是最了解最疼顾奴婢不过的；在最近期内，也许他会让我和阿里·沙琳在这里碰头、见面。"她不停地感赞安拉，诚诚恳恳地祈求宽恕、默助。她深信每一桩事情既有开始，必有终结的道理，因而她泰然自若地等待命运给予最后判决，欣然吟道：

一

待人接物应抱达观、放任态度，

因为各种事物须经安拉一手规划过；

何况你碰到的不尽是糟糕透顶的坏事情，

称心如意的好事情倒也不见得完全和你绝缘。

二

应该把往事和过去的日子全都卷起，
当心别再跨进忧愁苦恼的屋宇。
也许锐意追求的某种事情一时难于达到目的，
可是机会一旦来临，问题便迎刃而解。

三

遭时不遇的时候你要耐心忍受，
灾难临头之际也须逆来顺受。
在岁月里黑夜处于大腹便便、接近分娩的孕育境地，
到临盆、坐蓐时它会产下各种稀奇古怪的生命。

四

忍耐些，不可过于任性！
在忍耐的前提下必然会出现美满的结局。
如果你深知忍耐方面的秘密，
便可泰然自若地摆脱忧愁顾虑。
须知眼前即使你不甘心自动忍受，
到头来也难免不在命运的威胁下被迫低头。

祖曼绿蒂吟罢，竭力抑制情绪，努力振奋起来，一直保持常态，白天临朝发号施令，处理国家大事，夜里躲着修功悟道，继续祷告、祈求，并想着阿里·沙琳经常悲哀哭泣。在这样情况下，她坚持了一个月。到下月开始，她吩咐朝臣准备筵席，照例邀请城中居民前来参加宴会。

宴会之日，人们成群结队来到广场中，围桌坐下，鸦雀无声地等待国王宣布开餐时间。国王祖曼绿蒂坐在礼台上的首席，居高临下，坐在席间等候开餐的宾客都映入她的眼帘，尤其显眼的是摆糖饭的

那个地方,还空着没人去坐。有时候她把视线移向广场大门,看一看陆续走进来的每一个客人,同时她还暗中祈祷:"让约瑟夫回到雅各膝前、替昂幽补消除忧患的主宰呀!您是最伟大的,为所欲为的,恳求您行行好,让阿里·沙琳快回到我面前来吧!纠正偏差、倾听呼吁、应答要求的全宇宙的主宰呀,恳求您应答我的祈求吧!"

她边祈祷,边注视陆续进广场来参加宴会的客人。这当儿,走进广场大门的恰巧是个讨人爱的小伙子。他生得标致漂亮,文质彬彬,举止大方稳重,在人群中,像鹤立鸡群似的,只是美中不足,他显得面容憔悴,身体瘦弱,好像大病初愈似的。他从容走到席前,只见席无虚位,便走到摆糖饭那个地方的空位上坐下。

祖曼绿蒂一见那个青年,似乎有些面熟,心弦顿时震动起来。待他坐定,仔细斟酌一番,这才辨别清楚:原来这个漂亮青年就是阿里·沙琳本人。她欢喜若狂,乐得几乎喊叫起来。幸亏她竭力抑制澎湃的激情,唯恐在大庭广众中泄露秘密,惹人笑话,所以尽管她的五脏六腑激动得快要跳出口来,却不得不用最大的毅力抑制感情,不动声色地维持常态,好生把自身的真情实感掩蔽起来。

阿里·沙琳突然出现在宴会场中,说来话长。原来那天夜里他按照计划去援救祖曼绿蒂,却糊里糊涂地在赖施顿丁门前的墙凳上睡熟。在他酣睡不醒的时候,发生了遗失缠头和祖曼绿蒂被赭旺·库尔迪抢走等一系列不幸事件。待他蒙眬醒来,发觉缠头被偷,才感到有人给他捣鬼、作对,而且周遭什么动静没有,说明情况有了变化,援救的计划已成泡影。他懊悔不已,噬脐莫及,唉声叹气地说道:"我们是属于安拉的,我们都要归宿到安拉御前去。"

当时阿里·沙琳大失所望,上天无路,入地无门,别无办法,只得垂头丧气、悲观绝望地去敲邻居的大门。那位告诉他祖曼绿蒂的下落,并替他计划援救祖曼绿蒂的邻居老大娘听见敲门声,赶忙出来了解情况。阿里·沙琳一见老大娘,忍不住伤心哭泣,气得死去活来。最后他哭哭啼啼地把昨夜里的遭遇,从头到尾,详细叙述一遍。老大娘非常生气、着急,埋怨他粗心大意,狠狠地责备他不以事为事,喟然叹道:"你的灾难、痛苦,是你自己找来的。"老大娘一直埋怨、责备他,骂得他哑口无言。他痛定思痛,直气得鼻孔流血,昏倒在地上,人事不知。

过了一会,阿里·沙琳慢慢苏醒过来,睁眼见老大娘为他一把鼻涕一把眼泪地伤心、着急,越发感到心烦意乱,凄然吟道:

> 悲莫悲兮生离死别,
> 乐莫乐兮重逢聚首。
> 安拉惯于消除有情人之间的距离,
> 在逐鹿场中他能助我一臂之力。

老大娘非常同情、可怜阿里·沙琳的遭遇和处境,决心帮忙到底,尽力替他解决困难问题,吩咐道:"你待在这儿,等我替你去打听消息。我去一会,很快就回来。"

"听明白了,遵命就是。"阿里·沙琳把希望寄托在老大娘身上。

老大娘抖擞精神,任劳任怨地出去替阿里·沙琳奔走张罗,直到正午才回家。她一见阿里·沙琳,便失望地对他说:"唉,阿里哟!这回我认为你非忧郁而送命不可了,你要和祖曼绿蒂见面只能等来世了。这是因为今天早晨,那个基督教徒家里的人发现他家朝花园那方面的窗户给弄坏了,祖曼绿蒂也失踪了。据说同时还丢失了一袋金银呢。我上那儿去打听的时候,正碰上省长带领一群官员在他家门前查办这事件呢。事情糟到这步田地,全无办法,只盼伟大的安拉拯救了。"

阿里·沙琳听了老大娘的叙述,脸色霎时变得暗淡无光,悲观绝望到极点,眼前只有死路一条,相信非送命不可,忍不住哭得死去活来。从此他伤感过度,害了一场大病,整整卧床一年。幸亏邻居老大娘把他当亲人看待,替他延医治疗,并抬汤送药,长期周到地关心、调理他,才算把他从死亡中救活。

阿里·沙琳死中得活，追怀往事，不胜其悲痛，凄然吟道：

> 悲愁围着我的身体越积越多，
> 和爱人碰头聚首的日期越发渺茫不定。
> 泪水持续不断地从腮颊上滚流，
> 心脏火焚般痛得无法忍受。
> 恋念、渴望、惶恐一直折腾着我的身心，
> 磨得我心绪惶恐不宁、身体瘦削、憔悴得不堪回首。
> 我主！
> 假若世间有什么仙丹妙药可以医治我的疾病，
> 恳求在一息尚存之际，尽快给我享受那种恩惠。

阿里·沙琳的健康有了起色，邻居老大娘感到高兴，亲切地开导、鼓励他：“孩子，一年以来你卧病不起，终日悲哀哭泣，处境是够凄惨的了。可是你再吃苦下去，也不会把你的妻室换回来的。现在你振作起来，到各地方去走走，也许在旅途中你能打听到她的消息，最后会达到和她团圆的目的。”她始终不渝地怂恿、鼓励他，并送他去澡堂沐浴，宰鸡做滋补的饮食给他吃喝。经过一个月的调理，他的健康恢复了，便听从老大娘的指示，从此开始旅行生活。

阿里·沙琳抱着寻找祖曼绿蒂的目的，不辞跋涉，做长途旅行，经过无数乡村城市，终于来到祖曼绿蒂执掌政权的这个王国里。他到京城那天，恰巧碰上国王宴飨黎民，便作了不速之客，前来参加宴会。他走进广场，找到那个空位坐下，饥不择食，伸手去拿摆在身边的糖饭吃。同席的人都替他担忧，劝阻他：“小伙子，别吃这盘糖饭吧！因为凡吃这盘饮食的人，没有不遭杀身之祸的。”

“你们别管我，让我吃吧。”阿里·沙琳拒听人家劝阻，“他们要怎么对待我，让他们对待吧。反正我活厌烦了，即使遭到杀身之祸，也许我会因此摆脱苦恼生活而获得长期的安息呢。”于是他不顾一切，拿起糖饭就吃。

阿里·沙琳刚吃了第一口,国王祖曼绿蒂便想唤他来问话,可是考虑到他饥肠辘辘,正是需要吃喝的时候,所以打消唤他的念头,暗自说:"我不忙唤他,让他吃饱了再说吧。"

阿里·沙琳一口接一口,只顾吃喝。同席的人被他的举止吓得目瞪口呆,鸦雀无声地等着看他的下场。国王祖曼绿蒂坐在礼台上耐心等着,冷眼看他吃饱喝足了,这才吩咐侍从:"你们去请吃糖饭的那个青年来吧!必须轻言慢语、和颜悦色地告诉他,我有话对他说。"

"听明白了,遵命就是。"侍从们齐声应诺,随即来到阿里·沙琳面前,彬彬有礼、非常和气地对他说:"客人,国王有话对你说,你放宽心随我们去见国王吧!"

"听明白了,遵命就是。"阿里·沙琳应诺着从容随侍卫去见国王。

同席的人眼看那种情景都感到惊奇,一下子议论开了。有人说:"全无办法,只盼伟大的安拉拯救了。你们看国王会拿他怎么办呀?"有人说:"放心吧!国王是会优待他的。如果国王存心处罚他,那不让他吃饱就动手了。"

阿里·沙琳来到国王祖曼绿蒂面前,毕恭毕敬地问安、致敬,并跪下去吻了地面。国王和蔼可亲地回问他一声,然后打听他的情况,问道:"你姓甚名谁?是做什么的?到这儿来干吗?"

"回禀国王陛下:小的叫阿里·沙琳,是生意买卖人家的子弟,家住在虎拉萨。因为寻找失散了的一个女仆,我才流浪到贵国来的。那个女仆,在我心目中,比我自己的眼珠还可贵呢。从她失踪以后,我始终惦念着她,一直没有安定过。"阿里·沙琳老老实实地向国王说了真情实话。但由于旧事重提,一时触动他满腔激情,忍不住痛哭流涕,感伤得昏迷不省人事。

国王祖曼绿蒂吩咐拿玫瑰水洒在他脸上,等他慢慢苏醒过来,这才吩咐侍从拿来沙盘和铜笔,然后执笔在沙盘中写画起来,并仔细观察、思考一回，随即抬头对阿里·沙琳说："你所说的都是事实，一点也不虚假。在最近期内，安拉会让你和她见面的；从此你别忧愁苦闷了吧！"

国王祖曼绿蒂安慰阿里·沙琳几句，吩咐侍从带他去澡堂沐浴熏香，叫预备考究的宫服给他穿，牵御马供他骑，并在当天晚上带他进宫去安息。侍从遵循命令，即刻带走阿里·沙琳。这时候，人们议论纷纷地又谈开了。有人说："国王这么诚恳、和气地对待那个青年人，这到底是什么缘故呢？"有人说："我不是说过国王不会处罚他吗？从他耐心等小伙子吃饱喝足这方面看，我就料到这种情况了。这是因为他生得漂亮而不是坏人呀。"人们把这桩新鲜事作为谈话资料，边吃喝边谈论；人们的主张、见地不同，各说其说，各是其是，一时议论纷纭，直到大家吃饱喝足，才尽欢而散。

国王祖曼绿蒂在宴会席间和阿里·沙琳邂逅相遇，她心中的欢喜快慰，真是无法形容。席罢，她跟庶民一样，尽欢回到宫中。从遭难以来，在她心目中，从来不知道还会有这么一天，她和心爱的人儿能够在一起聚首谈心。而今天出乎意料，她终于和阿里·沙琳邂逅相遇，今夜里就要跟他团圆聚首，她怎么能不欢喜快乐呢？好不容易等到天黑，她便显出睡眼蒙眬的样子，提前来到卧室里，准备在那里和阿里·沙琳见面谈心。她向来习惯一个人独寝，卧室里仅留两个小仆人伺候。她正襟危坐在龙床上，床头和床尾都燃着蜡烛，挂在室中的金灯，像初升的太阳，射出明亮的光泽。一切安排得妥妥帖帖，这才打发仆人去请阿里·沙琳。

宫中的人听得国王召见阿里·沙琳，都感到惊奇，认为国王另眼看待那个青年，是史无前例的大事情，因此，各人有不同的见解和说法，一下子交头接耳地议论开了，互相谈得很热闹。有人竟然下判语："总而言之，主上如此宠遇、眷顾这个青年，明天准会命他统兵挂帅呢。"

阿里·沙琳应邀来到国王祖曼绿蒂的寝室里，跪下去吻了地面，毕恭毕敬地替她祈福求寿。国王祖曼绿蒂暗自说："我暂且不告诉他真实情形，必须逢场作戏，先跟他戏耍一回。"于是她问阿里·沙琳："阿里，你上澡堂洗过澡吗？"

"是的，主上，我去洗过了。"阿里·沙琳如实回答。

"你累了吧！我这儿备有鸡、肉食物和甜蜜的果子汁，你快去吃喝。等你吃饱喝足，再来和我谈心吧。"

"听明白了，遵命就是。"阿里·沙琳回答着来到桌前，放宽心地吃喝起来。直至吃饱喝足，才走到国王祖曼绿蒂的床前。

"你上床来，替我按摩按摩我的脚腿吧！"国王祖曼绿蒂吩咐阿里。

阿里·沙琳勉为其难地上床去，开始替她按摩。他的手刚接触她的脚和腿，便觉得她的皮肤比丝绸还光滑、细腻。

"你继续从下至上地替我按摩全身吧！"国王祖曼绿蒂吩咐阿里·沙琳。

"恕过吧，主上！奴婢只能替陛下按摩脚干，超过膝盖范围，这是使不得的。再说要我往上按摩，这是什么意思呢？"阿里·沙琳恳求国王收回成命。

"你违拗我的命令吗？这样做对你是不吉利的，你的性命是难保的。"国王威胁阿里·沙琳几句，随即利诱道，"照理说，你应该依从我，听我的吩咐，先往上替我按摩一回，然后脱掉衣裳裤子，和我同衾共枕，安睡一夜，这便是我要你往上摩的用意。这样一来，我不但把你当作最亲信的伴侣，而且还要加官晋爵，委你为朝臣呢。"

"回禀主上，这类事情是我生平没做过的。如果陛下硬要逼迫我，将来总清算之日，我会在安拉面前控诉您呢。现在恳求陛下饶恕我，尽可把赏赐我的贵重衣物全都收回去，然后放我一条生路，让我走吧。"阿里·沙琳婉言拒绝国王的要求，表示分庭抗礼。同时他感觉处境不妙，左右为难，忍不住边叹气边流泪。

国王祖曼绿蒂眼看阿里·沙琳那股临危不苟的认真劲头，扑哧一声笑起来,笑得前仰后合。她笑够了,才一本正经地说道:"阿里呀,瞧你健忘到这步田地,竟然把我忘得一干二净;我跟你面对面说笑、戏谑了半天,你到底还没认识我吗?"

"主上,您是谁呀?"阿里·沙琳感到迷惘。

"我是您的丫头祖曼绿蒂呀。"国王这才说出她的姓名。

阿里·沙琳定眼仔细一看,认识在他面前的国王,果真是祖曼绿蒂,当中不容存在丝毫疑虑。这时候,他猛狮扑羊般,一下子把她搂在怀里,不住地痛吻。阿里·沙琳与祖曼绿蒂邂逅相遇,夫妻团圆聚首;所谓新婚不如久别,彼此畅叙别后相思离愁,欢欢喜喜、快快乐乐地过了一夜。

次日清晨,国王祖曼绿蒂临朝视政,趁早朝之便向文臣武将宣布:"我要随这个青年去他的家乡做一次旅行。在我旅行期间,你们推选一个人出来代理国王执掌政权吧。"

"听明白了,遵命就是。"文武百官异口同声地回答国王,表示唯国王的命令是听。

国王祖曼绿蒂归心似箭,去志已决,因而赶着准备行李,用驼、骡驮着粮食和金银财宝,偕阿里·沙琳踏上旅程,双飞双宿地跋山越岭,通过戈壁平原,满载而归,终于回到自己家里。从此他俩夫唱妇随,相敬如宾,不但生男育女,而且急公好义,乐善好施,争着做慈善事宜,过着愉快幸福生活,直至白发千古。

布都鲁和祝贝谊尔的故事

相传哈里发何鲁纳·拉施德执政期间,有一天夜里,他心绪不宁,患严重的失眠症,在床上翻来覆去,始终睡不熟,弄得筋疲力竭;没办法,只好把马师伦叫到面前,说道:"喂!马师伦,今晚我失眠,一直睡不着觉,疲困极了。你去找个人来陪我取乐、开心吧!"

"主上,您要不要上御花园去欣赏花卉?"马师伦替哈里发想出消愁解闷的办法,"那儿还可以观看满天的星斗和光辉的明月呢。"

"现在我可没有观花赏景的兴趣。"哈里发不接受马师伦的建议。

"主上,您宫里有上三百的妃嫔,每一位妃嫔都有她自己的独立宫殿。您可以下个命令,叫她们停止行动,一个个待在自己的宫殿里,然后您突然上每一幢宫殿里去走一趟,借此机会,尽量欣赏、玩耍一回,这也是消愁解闷的办法呢。"马师伦再一次替哈里发想出另一种消愁解闷的办法。

"马师伦,宫殿是我的产业,妃嫔是我的主权,可是目前我对这些产业、主权,丝毫不感兴趣。"哈里发还是不同意马师伦的建议。

"主上,您把那帮诗人、学者请进宫来,叫他们吟诗、讲故事给您听吧。"马师伦替哈里发想出另一种办法。

"我可是没心绪听吟诗、讲故事呀。"哈里发还是不赞成马师伦的建议。

"主上,叫您心爱的娈童、陪饮的朋友和诙谐、凑趣的随从们都出来围着您,讲稀奇古怪的笑话和滑稽故事给您开心吧!"马师伦又替哈里发想出消愁解闷的办法。

"马师伦,我一点也不想听笑话呀。"哈里发还是不同意马师伦的办法。

"主上,您索性砍掉我的头吧。也许这种办法可以消除您的忧愁、失眠呢。"马师伦似乎计穷而厌倦了。

哈里发听了马师伦的怨言,忍不住笑了一笑,说道:"马师伦,你出去看吧:陪随我的那帮亲信朋友,到底还有谁待在门外?"

马师伦遵命走出寝宫,兜了一个圈子,然后回到寝宫,回禀哈里发:"主上,现在待在门外的是阿里·本·曼苏尔·海礼尔。"

"叫他进来吧。"哈里发吩咐马师伦。

阿里·曼苏尔随马师伦来到哈里发面前,毕恭毕敬地问候他:"众穆民的领袖,您好!"

哈里发回问一声,说道:"曼苏尔,讲个你知道的有趣故事给我听吧。"

"众穆民的领袖啊! 讲我亲眼看见过的,还是讲从别人传说中听来的?"曼苏尔征求哈里发的意见。

"百闻不如一见。亲眼看见的事物,自然比道听途说的确切、可靠。如果你亲眼看见什么有趣的见闻,那就讲给我听吧。"哈里发说明他的希望。

"众穆民的领袖,您请听吧!"曼苏尔准备讲述。

"曼苏尔,我倾耳、注目、专心一致地等着听哪。"哈里发表明他急于要听奇闻的慎重态度。

于是曼苏尔开始津津有味地讲布都鲁和祝贝谊尔的恋爱故事:

我向来每年都去巴士拉旅行一趟,向巴士拉国王穆罕默德·本·苏里曼·何实密亚领取他颁发给我的一笔津贴。有一次我照例按时作巴士拉之行;刚到那儿,恰巧碰到国王穆罕默德·苏里曼正准备上山打猎。我恭恭敬敬地问候他。他回问我一声,说道:"来呀,曼苏尔,骑着马跟我们一道上山打猎去吧。"

"主上,我不善于骑马呀。"我说明不能奉陪他的理由。他不勉强,让我住在宾馆里,吩咐侍从、官员好生招待我,然后率领人马上山打猎去了。

侍从和官员们遵循国王的命令,小心翼翼地伺候我,把我当上宾款待,尊敬我尊敬到无以复加的地步,起居饮食都非常舒适可口。当时,我忽然想道:"长期以来,我每年从巴格达来巴士拉旅行一趟;可是每来一次,除了出入于宫廷和御花园外,巴士拉的情况和形势一点不知,茫然不晓,这未免太遗憾、可笑了。现在我吃得饱饱的,正需要出去散步、消遣。如果不趁此好机会出去观光,那还要等到什么时候才有机会呢。"想到这里,我便穿上最华丽的衣服,一个人偷偷摸摸地溜出王宫,在巴士拉城中溜达。

巴士拉是个闻名的大城市,城中有七十条街道,拿伊拉克的尺度来衡量,每条街巷都是顶宽顶长的。我只顾往前走,走得筋疲力竭,渴得要命,终于在一条胡同里迷失方向。这时候,眼前出现一幢大建筑。那幢屋宇的大门上钉着两个铜环,门上挂着红缎子门帘,大门的两侧分别摆着两条石凳,门前的棚架上攀缘着茂盛的葡萄树,形成宅前一片荫影,景色宜人,是个乘凉的好地方。我不自主地停下脚步,仔细欣赏、玩味那样的幽静处所,正在羡慕、叹服不迭的时候,一股如泣如诉、既凄惨而又抑扬的歌声,忽然从那幢屋宇里飘荡出来:

> 因为恋念远离家乡故国的一个小羚,
> 我的身体成为忧愁、疾病盘踞的大本营。
> 吹动我满腹愁肠的和风啊!
> 请看安拉情面,
> 暂且离开此地,
> 前去向他晓谕大义。

或许你的偶然几句责备，

能使他回心转意。

如果他俯首听你斡旋，

请委婉曲折地谈一谈爱情问题。

为恢复我的欢欣、自由，

也无妨透露我的不平之鸣。

见面时请对他说："你的那个奴婢，

　　　　他一不犯罪或违拗命令，

　　　　二不媚外或颠倒黑白，

　　　　三不惹是生非或背信弃义，

　　　　这样的奴婢怎能承担驱逐的责备！"

假若他微笑着对劝解表示首肯，

那请你循序再进一言："他一往情深，

　　　　忠心耿耿，

　　　　终夜为你叹息、饮泣、失眠；

　　　　如果你慨然与他恢复旧情，

　　　　这对你有何损失？"

如果他坦然表示满意，

我们的希望就算实现。

万一他脸色间显出愤恨情绪，

你可不必对他客气，

只消推诿说："对不起，

　　　　我们不太了解个中情形。"

我倾耳听了歌唱，很受感动，自言自语地说："如果说这位歌手演唱得十全十美，那是因为她把自己的品德、口才和音色之美，充分体现在歌喉里，才能唱出这么美丽、动听的歌曲。"我怀着满腔钦佩、敬仰的激动心情，不自主地慢步走到门前，轻轻掀起门帘，朝里面一看，只见屋中端坐着一位年轻美貌的少女：她的面颜白皙得像十四晚上初升的明月,两条蛾眉深锁着一双惺忪的眼睑,甘菊般红润的上下唇组成的那张樱桃小口,其状有如所罗门的戒指;她那口整齐的皓齿和石榴般突出的两个乳峰具有无穷的媚力,足以戏弄文豪、诗人的观感、视听。总而言之,她的形貌具备着各形各色的美丽,形成强烈的吸引力,非常惹人注意;凡看见她的人,无论男女,必得尽量饱一饱眼福,真是百看不厌。诗人对她作过如下的描绘、赞许:

一

是谁用珍珠替你镶配这口均匀、整齐的牙齿?
而且拿甘菊和葡萄美酒涂染你的红香嘴唇?
黎明向谁借到你的笑颜去放射光明?
拿红玉锁封闭你的口舌者又是何人?
见你一面的人居然兴奋得迷离、失魂,
那和你亲嘴者的欢乐程度又当做何解释?

二

你这珍珠镶成的均匀、整齐牙齿,
对那红玉般的腮角必须多加怜惜;
千万别把它不当一回事地随便咬啮,
难道它不曾把你当成唯一的独珠子?

三

她一抛头露面就得要人的命,
她一隐退人们就为她都变成情敌。
她是光明的太阳、皎洁的月亮,
她性格里却没有拒人于千里之外的孤僻、高傲。
天堂门凭她的衬衣可以开启,
月球环绕着她的项圈运行。

我站在门帘后面,探头观看的时候,她一回头见我站在门前,不觉大吃一惊,便吩咐女仆:"你去看是谁站在门前?"

女仆匆匆来到我面前,问道:"老头子!你不害臊吗?难道这种无耻下流行为是白发苍苍的老头应有的吗?"

"年迈发白这是事实,我是承认的;至于无耻下流行为,我可是一点也没有。"我向女仆分辩。

"你无端闯进别人家里,随便窥探别人的眷属,世间还有比这种行为更下流无耻的吗?"女主人不等女仆说话,便向我直接提出质问。

"小姐,关于这桩事情,我是有理由向你辩白的。"

"你有什么理由?"女主人逼问我。

"我是外乡人,一时渴得要命,因此我才到你们家来讨水喝呢。"我向她说明理由。

"既然如此,我们原谅你了。"女主人说着随即吩咐另一个女仆:"卢特符,你拿金杯给他弄杯水喝吧。"

女仆果然拿镶珠宝的红金杯子给我端来一杯凉水。我揭开覆在杯上的绿丝帕,便闻到一股强烈的麝香馨味。我边慢慢喝水,边仔细偷看女主人的举止动静,耽搁了好一阵,才把杯子递还女仆,然后站着不动。

"老人家,走你的大路吧!"女主人下逐客令了。

"小姐,我回想到一件往事,不胜感慨万千。"我说明迟延不走的原因。

"你回忆的到底是怎么一回事情?"她追问我。

"我想起沧桑世变不可捉摸的一件奇怪事情。"

"沧桑世变原来就是会变出多种奇奇怪怪的事情的,难怪你要感慨万千。不过从沧桑世变中你所发现而值得如此沉思默想的,到底是什么呢?"她寻根究底地追问个中原由。

"我所回忆而叹息的是这幢屋子的老主人,他生前原是我的一个知心朋友。"

"他姓甚名谁?"

"穆罕默德·本·阿里·赵赫律。他先前是很富豪的。不知他死后是否遗下一男半女?"

"不错,他遗下一个女儿,名叫布都鲁。他的全部产业都叫女儿继承下来了。"

"好像你就是他的女儿吧?"

"不错,我就是他的女儿。"她笑了一笑,接着说,"老人家,你谈的够长的了,现在请便吧。"

"走我一定是要走的。不过我看你的神色不太正常,因而引起我对你的关怀。你的处境、情况如何? 全都告诉我吧! 也许安拉会让我来安慰你,替你解决困难问题的。"

"老人家,如果你是忠实可靠的人,我们无妨向你泄露一下个中秘密。告诉我吧! 你是谁? 让我斟酌看一看,到底你是不是能够保守秘密的人。诗人吟得好:

> 只有忠诚老实的人才能保守秘密,
> 秘密在善良人心里永久不会泄露。
> 我把秘密封锁在一间屋子里,
> 锁门的钥匙已经丢失得无影无踪。"

"小姐既然要知道我的姓名,我可以坦率地告诉你:我叫阿里·本·曼苏尔·海礼尔,是哈里发何鲁纳·拉施德的亲信随员。"

她听了我的名字,立刻站了起来,离开座位,走到我面前,亲亲热热地向我问好,说道:"欢迎您,曼苏尔! 现在我放心了,相信您是会替我保守秘密的,我可以把真实情况告诉您。近来由于我所处的是失恋境地,所以我神色不振,心绪不宁,这便是我苦恼、不幸的根源呀。"

"小姐,你是名门闺秀,你恋爱的对象,自然是知书识礼、品学兼优的正人君子。而正式跟你谈情说爱的,到底是谁?"

"祝贝谊尔·本·鄂迈义尔。他原是佘玉巴尼人中的望族。"她说出爱人的姓名,还告诉我他是巴士拉青年人中出类拔萃的一个。

"小姐,你和他经常会晤吗?彼此有书信来往吗?"我追问他俩的来往情形。

"不错,联系是有的。不过他和我只是口头谈情,而不是出自钟情的恋爱。这是因为他不守信义,不践约言,行为反复无常,才造成这样局面的。"

"那么造成你俩貌合神离的失恋原因,到底是什么呢?"

"原因在于:某天我的这个使女替我梳了头,编好辫子,一时觉得我美丽可爱,情不自禁地低下头来,亲亲热热地吻我的腮颊,不想就在这个时候祝贝谊尔突然光临。他一见丫鬟吻我,非常生气,存心和我断绝关系,喟然吟道:

> 一旦发现有人和我分享爱情,
> 我便毅然决然抛弃恋爱念头;
> 因为跟朝三暮四的人谈情,
> 显然不会有美满的结局。

他吟罢,转身就走。从他盛怒之下一旦离开我,直到今天,他不但不主动给我写信,而且也不给我回信。曼苏尔哟!我要写封信请您送到他手里。此去如果您能给我捎来他的回信,我送您五百金的报酬。要是他不肯写回信,那我也不让您白跑腿,必须给您一百金的酬劳。"

"好的,就这么办吧。"我慨然答应替她送信。

"听明白了,遵命就是。"她欣然如释重负,随即呼唤丫头,说道:"快给我拿笔墨纸张来。"

女仆遵命,即时拿来笔墨纸张,她便执笔写了下面的诗:

> 亲爱的!你对我怎么这样疏远、生气?

什么时候你和我才能重新聚首并消除你胸中的嫌隙？

你断然和我绝交这到底是何居心？

显见得你的面目已经不是我先前所认识的那张笑脸。

你爱听信各种流言蜚语，

谗害者才肆无忌惮、不惜词费地对我横加诋毁。

挑拨离间者的风言风语固然耸人听信，

你自己须要多加注意，从中吸取经验。

你对无稽之言自有鉴别的能力，

指安拉发誓！我求你告诉我所听到的一切。

假若那里面真有出自我口中的一句言语，

它定有解释的余地，也会有被歪曲和误解的可能。

旧约圣经总算是安拉启示的箴言，

还被后人涂改得面目全非。

过去多少情场中人都被谗害者诋毁得身败名裂，

在雅各面前约瑟夫同样遭受坏人诬蔑。

总清算之日你、我和挑拨离间之流总要碰在一起，

那时节我们之间的全盘账目才可顺利清理。

她写毕，折封起来，递给我。我带着信去找祝贝谊尔。当时他出去打猎，我便耐心坐在门前等候。过了一会，祝贝谊尔打猎归来，我一看，原来是个英俊漂亮的青年，容貌、仪表非常惹人注目，我望着他只会发愣。他见我坐在门前，即时跳下马来，趋前问候我，热情地拥抱我。和他拥抱的时候，我感到无限慰藉，似乎整个宇宙都落在我怀抱里。

他带我去到屋里，让我陪他坐在床上，然后吩咐仆人端饮食来招待我。仆人即刻抬来一张虎拉萨特产的木材制成的桌面并配备黄金腿的堂皇餐桌，同时摆出饭菜和各种煎烤俱全的肉食。我坐在桌前，仔细欣赏那张考究的餐桌和丰富可口的饮食，不自主地呆若木人。

"请动手吃喝吧！请多吃点让我这个东道主感觉愉快吧。"祝贝谊尔一再催我吃喝。

"对不起,指安拉起誓:除非你先满足我的要求,我是不轻易吃你的饮食的。"我坦率地表示我的来意。

"你要求什么呢?"他表示惊讶。

我趁机掏出布都鲁写给他的信,塞在他手里。他拆开信一看,知道是这么一回事情,毫不迟疑地把信一撕,扔在地上,说道:"曼苏尔,你本人的任何要求我都可以满足,只是跟这封信的主人有关的要求,那可是例外了。她的信我是不作答复的。"

我看了他坚定不渝的态度和口气,非常恼火,起身不辞而走。他却一把扯住我的衣尾,不让我走,说道:"曼苏尔,你等一等,让我把她嘱咐你的话讲给你听吧。尽管事先我跟你俩不在一起,可情况我是清楚、明白的。"

"她嘱咐我什么呢?"我反问他。

"写这封信的人不是对你这样说吗:'如果此去你能给我捎来他的回信,我送你五百金的报酬。要是他不肯写回信,那我也不让你白跑腿,必须送你一百金的酬劳'?"

"不错,她是这样说的。"我坦白地承认事实。

"那你坐下来,痛痛快快地吃喝,欢欢喜喜地在我这儿耍一天吧。临了,你五百金的报酬会出在我身上的。"

我没有话说,果然心平气和地坐下来,整天待在他家里,痛痛快快地吃饱喝足,然后欢欢喜喜地陪他促膝谈心。深夜里,我们越谈越高兴,我终于抑制不住愉快心情,因而得意忘形,不自主地说道:"我的主人啊!你家里样样俱全,只是没有弹唱的声音。"

"不错,长期以来,我们饮酒谈心,都不要音乐助兴。"他边向我解释,边唤他的使女:"佘者勒图·顿尔,你来呀!"

一个女郎应声从房里走了出来,手里拿着一具印度琵琶,装在一个非常考究的绸布匣里。女郎一直来到我们面前,从容坐下,打开匣子,取出琵琶,抱在怀里,熟练地弹起来,一口气弹了二十种曲调。继而她边重弹第一种曲调,边抑扬顿挫地唱道:

谁没有从恋爱的苦痛中尝到它的甜蜜滋味，

他就无法和翻脸的爱人恢复感情。

撇开正规路线奢谈爱情，

同样不可能从爱情的旅程中发现易于通行的坦途。

我一向不尊重不信任情人的誓言，

所以招致各式各样的灾难和折腾。

我一口又一口净喝爱情的苦酒，

在自由民和奴隶面前显得格外卑微、下贱。

多少个夜晚情人曾陪我谈心、共饮！

从她口唇上我吮吸过无数甜蜜的津液。

然而那良夜的寿命却短暂得令人不可思议，

薄暮与黎明之间显然没有间隙。

命运存心不让我和心爱的人儿共同生活在一起，

它的决议今日已经正式执行。

命运的判决没有抵抗的余地，

哪个奴隶敢于违背主子的命令？

女郎刚唱完，她的主人狂叫一声，顿时晕倒，昏迷不省人事。女郎显得异常气愤，当面埋怨我："老人家，这么一来你可惹祸了，但愿安拉饶恕你。你要知道：我们家里日常生活起居，对于弹唱歌舞这类余兴，早已严加戒禁，原因是怕发生像刚才主人昏倒这类不幸的事件。现在事情既已到了这步田地，还有什么话好说的。不过你也不必顾虑，权且上那间房里休息去吧。"

我听从女郎吩咐，去到她指示的房中，一觉睡到天明。清晨有个仆童走进房来，递给我一袋金钱，说道："这是我们主人答应给你的五百金币，你收起来吧。我们主人嘱咐你别再找那个让你送信的娘儿去了，就当你和我们都没听到这个信息就行了。"

"听明白了，遵命就是。"我连声应诺，表示听从他们主人的嘱咐，然后带着他赏赐的金币走了出来。一路之上，我暗自想道："那个娘儿从昨天就眼巴巴等我给她捎回信去呢。指安拉起誓,我非去见她不可,非把我和他之间的情况告诉她不可。假若我不去见她的面,难免她是要咒骂我的,甚至于凡是从我家乡上这儿来的人也要受谴责的。"想到这些利害关系,我毫不犹豫,一直走向她家去。

布都鲁早已等在门后。我刚跨进大门,她便先开口对我说:"哦!曼苏尔,你只算虚此一行,并未满足我的要求。"

"是谁告诉你这个消息的?"我感到惊奇。

"泄露秘密的自有其人。"她一本正经地说,"据我所知,当你递信给他的时候,他接过去撕了,扔在地上,还对你说:'曼苏尔,你本人的任何要求我都可以满足,只是跟写此信之人有关的要求,那可是例外了。她的信我是不作答复的。'当时你生气,起身就走;可他拽着你的衣尾不让你走,并对你说:'你是我的客人,应该留在我家里,痛痛快快地吃喝,欢欢喜喜地玩他一天,然后你拿着五百金的报酬再走。'你果然坐了下来,陪他痛痛快快地吃饱喝足,并欢天喜地地和他促膝谈心,最后一个歌女还为你们弹琴唱歌,结果他感动得昏晕过去。"

"你知道得这么清楚,莫非当时你跟我们在一起吗?"我怀着迷惘心情问她。

"曼苏尔,诗人吟得好:

> 情人心里长着一双眼睛,
> 它的视界肉眼根本望尘莫及。

诗人的这两句名言,难道你从来不曾听见?不过曼苏尔,你不必惊奇诧异,因为一桩事情只消经历一昼一夜循环、更迭之后,它就会变得面目全非。"她解释一番,随即抬起头来,望着上空,喃喃地祈祷道:"主啊!像您叫我因钟情于祝贝谊尔而遭磨难这样,求您也为我的深情而叫他感受一些痛苦吧。主啊!求您把爱情索性从我心里转移到他身上去吧。"

布都鲁祈祷毕,给我一百金的酬劳。我带着赏钱向她告辞,闷闷不乐地回到王宫里。当时国王已经狩猎归来,我向他领取了津贴,然后告辞,一帆风顺地回到巴格达。

似水流年。不知不觉也就过了一个年头。第二年初,是我领津贴的时候了,便照例作巴士拉之行,谒见国王穆罕默德·苏里曼,向他领取了津贴,正准备回家的时候,突然想起布都鲁的终身大事,暗自说:"指安拉起誓,我一定要去见她,以便看一看她的爱情究竟进行到什么程度了。"于是我果真去到她家门前一看,只见门前洒扫得干干净净,婢仆们出的出,进的进,情景显得非常兴旺、活跃,与一年前那种冷冷清清的气象大不相同。我触景生情,暗自伤感,喟然叹道:"或许这位红颜小姐失恋之后,伤感过度,竟为爱情而牺牲了,她的故居也物易其主,叫哪个官宦人家给占有了。"我不敢打听消息,悄然离开她的故居,慢步来到祝贝谊尔门前,朝前一看:只见大门两侧的墙凳,东倒西歪,破烂不堪,也看不见婢仆的踪影,一副破败景象,已今非昔比。眼看那种凄凉情景,我暗自伤心,想道:"也许他过世了。"我站在门前,流着清泪悲伤哭泣,凄然吟道:

> 我的心一直追随着旅行者的身影和足迹,
> 从此我的节日也随之一去不复返。
> 我伫立门前凭吊他的故居,
> 澎湃的泪水冲破我的眼睑。
> 我洒着眼泪向断檐残壁打听消息:
> "往昔乐善好施、慷慨成性的房主人如今他在哪里?"
> 它回道:"可敬爱的房主人默然打回老家去了,
> 　　　　他的遗骸埋藏在地下宫殿里,
> 　　　　你不必在此多留恋、空悲戚!"
> 安拉会叫逝者的荣誉、德行长存在后人眼里,
> 天长地久永不磨灭。

正当我吟诗追悼房主的时候,一个黑仆人从屋里跑出来,恶狠狠地责问我,说道:"该死的老头子,你快住嘴吧。你吟诗凭吊这所屋子,这是什么意思?"

"这是一位老朋友的故居,从前我经常到这儿来和他见面谈心。"我说明凭吊那幢房屋的理由。

"他姓甚名谁?"

"祝贝谊尔·本·鄂迈义尔。"

"那他遭遇什么了呢?值得你这样追念?"仆人表示惊奇,"赞美安拉!咱们主人依然故我,喏!他还是从前那样豪华富裕,和我们生活在一起,当中只不过他一往情深,爱上一个叫布都鲁的女子,因而在情场中受到一些折腾。由于他过于痴情,终于相思成疾,病得顽石般麻木不仁,病情已经到了饥不索食、渴不思饮的境地。"

"我要见他一面,劳驾替我请示一番吧。"

"老人家,你要见有感觉的人呢,还是要见没感觉的人呀?"仆人对我的请求感到惊奇。

"无论如何我非见他一面不可。"我坚决表示要见房主人。

仆人进去请示一番,得到许可,然后出来通知我,并带我去到祝贝谊尔的卧室里。我见他金石般呆然躺在床上,向他比手势和呼唤他,他却茫然不知;跟他交谈,他也不知回答。当时他的一个随从对我说:"阁下如果能背诵什么诗文,可以高声朗诵几节给他听听,这样一来,他会慢慢清醒过来和你交谈呢。"

我依从那位随从的指示,果然高声吟道:

> 你是否断然忘却了布都鲁的爱情,
> 或者还继续和她保持恋爱关系?
> 夜里你是否一觉睡到天明,
> 或者通宵辗转不能成寐?
> 如果你一直为爱情流着眼泪,
> 在天堂中你将赢得至高无上的一个席位。

他听了我的吟诵,慢慢睁开眼睛,神气栩栩、笑嘻嘻地同我交谈:"欢迎你,曼苏尔。诚然事情已经弄假成真了。"

"我的主人啊!你需要我替你做什么事吗?"我问他。

"不错,现在我要给她写一封信,请你带去交在她手里。如果你能给我捎来她的回信,我将给你一千金的报酬;要是她不肯复信,我可不让你白跑腿,必须送你一百金的酬谢。"

"好的。你要这么办,就这么办吧!"我慨然同意替他送信。

祝贝谊尔即时吩咐侍从拿来笔墨纸张,执笔写道:

> 我的理智被爱情劫掠无遗,
> 谨以安拉的名义求你多加怜惜。
> 钟爱你的心情给我带来不治之疾,
> 使我变成被你俘虏的一个卑贱奴隶。
> 过去我一向轻视卿卿我我的说爱谈情,
> 认为那是轻而易举、不足挂齿的嬉戏。
> 直至爱情海中的惊涛骇浪在我眼前出现,
> 我才遵循安拉的判决负荆前来向你请罪。
> 你可以用赐见的办法表示同情,慨然赏我以生存的权利,
> 或者不惜施展报复行为,断然宣判我的死罪。

他写毕,折封起来,递给我。我拿着那封情书,一直去到布都鲁门前,照例慢慢掀起门帘,朝里面一看:只见十个明星般的使女,喜笑颜开、有说有讲地围着皓月似的布都鲁。她坐在使女当中,恰像晴空中的一轮太阳,笑容可掬,脸上不存在丝毫忧愁、苦恼痕迹。我眼看那种情景,顿时感到惊奇、高兴。这当儿,她回头见我站在门前,欣然说道:"欢迎你,曼苏尔!请进来吧。"

我趋前向她请安、问好,把情书递在她手里。她拆开看了一遍,启齿笑了一笑,说道:"古人说得好:

> 钟爱你的痴情始终不渝,

一直等着你给我派来一个送信的差役。

我认为诗人这样描写是真诚可靠的。喏！曼苏尔，现在我为你而写一封回信，以便你捎去向他领取他允许给你的那份报酬。"

"谢谢你的好意，但愿安拉加倍回赐你。"我当面表示感谢，诚诚恳恳地替她祈祷。

她吩咐女仆拿来笔墨纸张，随即执笔写道：

> 誓约被你破坏无遗，我单方面怎样履行诺言？
> 你看我正直可欺，所以蓄意肆虐、胡为。
> 你毅然表示同我断交，
> 而且甘冒天下之大不韪悍然暴露叛逆行为。
> 我忠心耿耿始终维护誓言，
> 为保全你的令名我曾披肝沥胆一再发过誓愿。
> 到头来却亲眼看见你做出这种穷凶极恶行径，
> 又亲耳听到你为诽谤我制造出来的流言蜚语。
> 先前如果你对我稍加礼遇，则我奉承的心情自然只会加倍，
> 莫非在抬高你身价的同时，我必须过分贬低自己？
> 我决心甩掉沾在手上的污渍和你永断葛藤，
> 欣然转背往另一个方向奔赴前程。

她写毕，把信递给我。我接在手里，从头读了一遍，认为不太妥当，随手撕掉它，说道："指安拉起誓，他气息奄奄，危在旦夕，读了这封信，那只有死路一条。你高抬贵手，给他另写吧。"

"听明白了，遵命就是。"她接受我的意见，执笔写道：

> 虽然非难者信口开河的无稽谰言我全听到了，
> 可我依然睡得非常香甜。
> 我的心听从命令把你忘得干干净净，
> 从此我的眼睑不会再碰到失眠。
> 有人造谣说"决裂是最痛苦的事件"，

其实我从此中所尝到的却是舒畅、惬意的甜头。

我讨厌人们在我面前谈起你的事情和提起你的姓名，

因为那是不值得挂齿的无聊话题。

我的每一部分肢体连同汗毛都把你忘得一干二净，

让谗言者鉴别我的为人并从中吸取教训。

她第二次写毕，把信递给我。我一看，觉得还是不妥当，说道："小姐，指安拉起誓，他不读此信则已，但读，他的灵魂准会离开他的躯体。"

"曼苏尔，我被爱情拖到这步田地，所以才把心里要说的话说给他听呢。"

"假若你说的比这个更多些，对你来说都是应该而有理的。不过你要知道：宽恕原是贵人的本性呀。"

布都鲁听了我的劝解，颇受感动，眼眶里噙满泪水，毫不犹豫，慨然执笔写道：

嫉妒者的诬蔑使你感觉欢喜、快慰，

试问你的令人厌恶的放荡行为还要延长到什么时候？

我也许无意间言行失检，

指望你把听到的谗言对我讲清。

我愿意拿眼睛铺成床位，

欢迎你躺在上面休息、睡眠。

为钟情你我痛饮爱情之酒，

我酩酊沉醉的时候你可别求全责备。

她第三次写毕，把信递给我。我接过来一看，感到满意，说道："小姐，你这封美妙的书信，等于一服药剂，可以治疗病人的心病。"于是我揣着信，立刻告辞。我刚走出大门，便听她喊着我的名字嘱咐道："曼苏尔，请告诉他吧：今晚我要上他家去做客呢。"

她的话使我越发高兴、快乐。我带着回信，一口气奔到祝贝谊尔家中。刚跨进房门,就看见他目不转睛地望着门外,一心一意等我给他捎来回信。我把回信递给他。他打开一看,喜出望外,狂叫一声,顿时晕厥,昏迷不省人事。一会儿,他慢慢苏醒过来,说道:"我来问你,曼苏尔:这是她用那双纤手写的回信吗?这张信笺叫她的手指摸过吗?"

"自然是她用手写的啰,莫非人能用脚写字不成!"

我和祝贝谊尔刚谈了两句话,接着便听见走廊中响起叮叮当当的脚镯声。我们回头一看,只见布都鲁已姗姗来到我们面前。祝贝谊尔一见她的面,俨然健康人一样,精神抖擞,一骨碌爬起来,把她搂在怀里不放。这时候,他的不治之疾已不翼而飞了。

祝贝谊尔和布都鲁见面言欢,寒暄几句,便安然坐了下来,只是布都鲁老站着不动。我觉得奇怪,问道:"小姐,你干吗不坐下来谈呢?"

"告诉你吧,曼苏尔,必须符合我们之间所规定的条件,我才肯坐下来呢。"布都鲁回答我的问话。

"你俩之间到底规定过什么样的条件呀?"我进一步追问个中原因。

"条件简单得很,只不过情人之间的秘密,不让局外人窥探而已。"她坦率地给我回答问题,随即把嘴唇贴在祝贝谊尔的耳朵上,悄悄地说了几句话。祝贝谊尔点头说:"听明白了,遵命就是。"于是他站起来,走到一个仆人面前,低声悄悄地吩咐几句。仆人连声应诺,唯命是从地匆匆走了出去。

过了一会,那个奉命出去的仆人请来一位法官和两个证人。祝贝谊尔起身迎接,并拿出一袋金币,递给法官,说道:"这袋里有一万金币,请阁下拿这笔钱作为聘礼,替我和这位小姐缔结婚约吧。"

法官承受祝贝谊尔的委托,回头征求布都鲁的意见:"你愿意缔结这个婚约吗?"

"我愿意。"布都鲁剀切地回答法官。

法官当证婚人的面,替祝贝谊尔和布都鲁办理缔婚手续,写了婚书。一切手续办完之后,布都鲁打开钱袋,伸手进去,满握一把金币,慨然给予法官和两个证婚人,作为酬谢,并将其余的钱,全部交给祝贝谊尔收存。

法官和证婚人欣然告辞归去,我仍然留在那里庆贺他俩洞房花烛之喜,彼此欢欢喜喜地娱乐到深更半夜,我才恍然悟道:"这对相亲相爱的情侣,经历长期离愁,今日才重逢聚首,达到白头偕老的最终目的;当此新婚初夜,我应该提前告退,早去安息,好让他俩清清静静、卿卿我我地欢度良辰。"想到这里,我起身拔脚就走。不想布都鲁一把拽着我的衣尾,不让我走,问道:"刚才你心里想的什么呀?"

我把自己的感觉和打算,赤裸裸地说给她听。她听了抿着嘴笑笑,说道:"你还是坐下来跟我们一起欢谈下去吧!到你该走的时候,我们会打发你走的。"

我果然坐下来,谈笑风生、说所欲说地继续陪他俩玩到接近黎明时候,布都鲁这才指着一间屋子对我说:"曼苏尔,那间屋子我们给你收拾出来,铺好床位,你权且上那儿休息、睡觉去吧。"

我听从主人的吩咐,去到指定的屋子里,倒在床上,不知不觉就睡熟了。次日清晨,一个童仆给我送来一罐水和一个铜盆。我盥洗后,刚作过晨祷,就见祝贝谊尔和他的娇妻布都鲁刚洗完澡,双双从沐浴室里出来,边走边整理发辫。我迎过去向他俩请安问好,再一次祝他俩破镜重圆、百年偕老之喜,并戏谑道:"首先慎重考虑而后进行的事情,其结果必然称心如意。"

"你说得对。照理说你应该格外受到尊敬和酬谢。"祝贝谊尔边回答我,边呼唤管库的,吩咐道:"快给我拿三千金来。"管库的遵循命令,即时拿来三千金的一袋金钱。他把那袋金钱递给我,说道:"请收下我们的这点薄酬吧。"

"我可不愿随便领受你的报酬,除非你把在恋爱生活中,你对她先是极端反感、厌恶,后来又落魂失魄地锐意恋念她这种前倨后恭的原因告诉我,我接受你的酬劳,才心安理得呢。"我拒收他的报酬,有意借此知道爱情在他俩之间的发展过程。

"听明白了,遵命就是。"他慨然答应我的要求,"你要知道:新年元旦佳节,我们这里的人大都乐意出去泛舟消遣。那天我自己也遵照传统的风俗习惯,和几个知心朋友出去消遣、寻乐。在河中,我看见一只致的画舫中,载着十个月儿般活泼、伶俐的婢女,大伙簇拥着她们这位布都鲁小姐,边泛舟,边弹唱。当时布都鲁小姐怀中抱着琵琶,不停地弹了十一种曲调。继而她重弹第一种曲调,并抑扬顿挫地唱道:

> 烈火比起我内心的热情已无温度可言,
> 顽石同我情人的心灵相比只能列入软体之列。
> 一具流质制造的躯体配上一颗石头雕凿的心灵,
> 这种创造规律令我感到惊奇、诧异。

她的歌喉和弹艺非常吸引人,我听了她的弹唱很受感动,情不自禁地恳求她:'请你按原调把歌词再弹唱一遍给我们听吧。'可是她拒而不答。我一时兴奋,指使舟子向她们进攻。舟子们一窝蜂,拿橙子投掷、打趣她们,差一点把她们的画舫给闹沉了。当初她们只顾躲闪,没有招架之功,处境非常狼狈,直至舟子们停止投掷,她们才划着小舟顺流而去。从那回打闹之后,痴情便从她那边转移到我这方面,牢固地占据着我的心神。我急于要恢复旧情,曾一度单思成疾,差一点为爱情而牺牲性命;幸亏你做了月下老人,从中奔走、斡旋不遗余力,终于使我达到跟她结为眷属的最终目的。因此我们对你必须表示尊敬、感谢。"

我听了他俩之间的这段曲折、艰苦的恋爱过程,很感兴趣,再一次庆祝他俩有情人终成眷属的美满婚姻,然后带着他送我的报酬,欣然告辞,满载而归。

哈里发何鲁纳·拉施德屏息倾耳静听阿里·本·曼苏尔讲了布都鲁和祝贝谊尔的恋爱故事,顿觉心旷神怡,达到消愁解闷的目的,终于轻松愉快地度过那夜长人不寐的失眠之夜。

富翁和六个婢女的故事

相传从前哈里发迈蒙执政期间,有一天他召集文臣武将、诗人文豪和他的亲信随从进宫,和他们在一起聊天寻乐。当时他最得意的随员穆罕默德·巴士拉亚也在坐。哈里发迈蒙回头看他一眼,说道:"巴士拉亚,现在劳你讲个我从来不曾听过的故事给我们听吧!"

"众穆民的领袖啊!陛下要我讲我亲耳听到的,还是讲我亲眼看见的?"巴士拉亚征求哈里发的意见。

"你听到的或者看见的都行;总而言之,只要是稀奇有趣的就可以。"

巴士拉亚于是聚精会神地讲起《也门富翁和他的六个婢女的故事》:

在过去不久的年代里,也门地方有个非常有钱的富翁。有一次他到巴格达来旅行,看中这个城市的繁华富丽,便置下房产地业,索性把家室全都搬到这里。他家里有六个月儿般美丽可爱的婢女,虽然她们的肤色、体态各不相同,其中第一名是白色的,第二名是棕色的,第三名是胖子,第四名是瘦人,第五名是黄色的,第六名是黑色的,但她们都生得极其美丽可爱,而且知书识礼,能歌善舞,因此主人非常宠爱她们。

有一天主人备办丰富可口的饮食、酒肴,唤婢女们出来陪他吃喝享受。他们大吃大喝,尽情吃饱喝足,然后边饮酒边聊天。主人斟一杯酒端在手里,指着白肤色的姑娘说:"你这个新月般的小家伙,快唱一个动听的歌曲给我听吧!"

姑娘从容抱起琵琶,调了弦,抑扬顿挫地边弹边唱道:

> 我的眼睛里时时反映出情人的形影,
> 他的姓名深深地埋藏在我的五脏里。
> 怀念他时我身上的筋肉都变成了赤心,
> 注视他时我皮肤上的汗毛都变成了眼睛。
> 非难者谴责我:"难道你不可以忘掉爱情!"
> 我回道:"不可能的事情怎么能够实现?
> > 你请便,别干预我!
> > 因为你把困难的事情看得过于容易。"

主人听了弹唱,洋洋得意,一口喝了杯中的酒,随即斟一杯递给刚才弹唱的那个婢女,对她的歌颂表示满意。继而他再斟一杯,端在手里,指着棕色的姑娘说:"你这个姣态十足的铜色脸,你的歌喉非常动人心弦,快唱一曲给我们听听!"

棕色姑娘从容抱起琵琶,调了弦,边弹边悠然唱道:

> 我发誓此生只钟情于你,
> 恋念你的心情至死不渝。
> 你是一轮皎洁、满圆的明月,
> 美丽的人儿在你旗帜下前进。
> 你的英俊超越一切,
> 安拉随时陪伴着你。

主人听了弹唱,乘兴喝了手中的酒,然后另斟一杯递给刚才弹唱的棕色姑娘,对她的歌颂表示满意。继而他斟满一杯端在手里,指示胖姑娘,要她弹唱。

胖姑娘从容抱起琵琶,调了弦,然后边弹边唱道:

我此生只图博得你的欢欣、快慰，

　　别人的恼恨我一概置之不理。

　　只要你能显露出一张喜笑颜开的脸面，

　　帝王的威权我都不放在眼里。

　　怎样使你称心如意这是我唯一的目的，

　　因为凡是有几分姿色的人都争相跟你攀亲论戚。

主人听了弹唱，喜气洋洋，把手中的酒递给胖姑娘，对她的歌颂表示满意。继而他再斟一杯，端在手里，然后指着瘦姑娘说："你这个下凡的仙女，快唱一曲仙乐给我们听听！"

　　瘦姑娘从容抱起琵琶，调了弦，然后边弹边唱道：

　　从卫道方面说难道我没有为你牺牲的机会？

　　你固然可以随便把我抛弃，我可无法忍受这种待遇。

　　我们能否找到一位法官替咱们解决爱情问题？

　　希望他主持公道判给我应享的权利。

主人听了弹唱，非常得意，一口喝了手中的酒，然后另斟一杯递给刚才弹唱的瘦姑娘，对她的弹唱表示满意。继而他斟满一杯端在手里，然后指着黄肤色的姑娘说："你这个白昼里的太阳，快唱一支美妙的歌曲给我们听吧！"

　　黄姑娘从容抱起琵琶，调了弦，边弹边唱道：

　　每当我出现在情人面前，

　　他总拿宝剑般锐利的眼光刺中我的心灵。

　　我的生命掌握在他手里，可是享受不到应有的宠幸，

　　幸亏安拉主持公道，恢复我的权利。

　　当初我劝自己断然和他决裂，

　　然而除他之外我的心却不肯另找其他足以寄情托爱的伴侣。

　　只有他才是我唯一的希望和目的，

　　只可恨命运经常在我们之间作祟。

主人听了弹唱,怡然自得,一口喝了杯中的酒,随即另斟一杯,递给刚才弹唱的黄姑娘,对她的弹唱表示满意。继而他又斟满一杯端在手里,然后指着黑姑娘说:"眼珠子般的黑宝贝呀,你来弹唱一曲吧!即使只弹唱一两句,我们听了也会心满意足的。"

黑姑娘从容抱起琵琶,调了弦,一口气弹了几种曲调,然后边重弹第一种曲调,边抑扬顿挫地唱道:

> 爱情摧毁我的生命,
> 但愿眼睛慷慨流泪。
> 在情场中我受尽各种嫌隙,
> 为爱他我不顾嫉妒者无理攻击。
> 我一心一意要在蔷薇园里生存下去,
> 非难者却禁止我欣赏他那玫瑰色的脸面。
> 随着歌声和琵琶的弹奏,
> 那里始终轮转着欢乐的酒杯。
> 从认识后他一直坚守信义,
> 让我看到空中闪烁、高照的吉星。
> 然而我无端遭逢弃绝,
> 什么事件比这个更令人痛心?
> 他腮颊上泛滥着玫瑰色的红艳,
> 那是安拉赏赐他的特权、专利。
> 除安拉外如果膜拜人类为教法所允许,
> 那我每天必须向他叩拜几回。

主人听了弹唱,不胜其快慰,一口气喝了杯中的酒,随即另斟一杯,递给黑姑娘,对她的弹唱表示满意。

姑娘们轮流给主人弹唱,喝了主人赏赐的醇酒,大伙心满意足,一齐跪下,吻了地面,表示感谢,并齐声说道:"恳求老爷品评奴婢们的技艺和操行。"

主人摆着头仔细欣赏她们不同肤色的美态,深感化工之妙,虔心虔意地赞颂安拉一番,然后对姑娘们说:"从和你们生活在一起,我不但熟读了《古兰经》,学会了乐理,而且还从你们口中听到古人的信息,并知道各民族的经历。现在为了进一步鉴别你们的礼貌和口才,希望你们每人当面谈谈自己的特点和可贵的地方,同时也希望你姊妹之间互相品评一回,比如说你们中白的对黑的、胖的对瘦的、红的对黄的,都可互相评判,指出对方的缺点。但无论夸耀自己也好,评判别人也好,都必须引经据典,或举诗歌、轶事为论据。"

　　"听明白了,遵命就是。"姑娘们齐声回答主人。于是她们中的白姑娘站起来,指着黑姑娘的鼻子说:"告诉你这个该死的黑皮:相传从前白色曾表白它自己说:'我是闪烁的光线,我是十四晚上的明月;我的色泽鲜艳,我的容貌灿烂如锦;诗人为夸奖我的美丽,吟了下面的诗句:

　　　　白女郎的面颜光滑、细腻,

　　　　俨然是珍珠构成的。

　　　　她的身段像"埃利府"①一样笔直,

　　　　细弯的眉毛跟"努乃②"没有区别。

　　　　她弯弓似的眼睑一旦开启,

　　　　敏锐的秋波便像离弦之箭射中人心。

　　　　她窈窕的身躯托着美丽的脸面,

　　　　跟招展的蔷薇、桃金娘和水仙花媲美争妍。

　　　　园丁在花园里苦心培育花卉,

　　　　可她花枝般的身体里却包罗着许多花园。

毫无疑义,我的颜色像晴朗的白昼,像盛开的花卉,像闪烁的星辰。'

---

　　①　阿拉伯文的第一个字母,写法跟阿拉伯数字的"1"字相同。
　　②　阿拉伯文的第二十五个字母,写法是一个半圆形,朝上方开口的地方点一圆点。

安拉在圣经里曾对圣摩西说:'把你的手伸进你的口袋里,一会儿它将变成不会作恶的白手。'又说:'至于那班面孔变白的人群,他们将永久享受安拉的恩惠。'我的颜色是神圣的标记,我的可爱和美丽达到至高无上的境地。像我这样的颜色很能引人注目。白衣服历来为人乐道、称美。白色的特点是数不完说不尽的。从天上降下来的霜、雪也是白的。白为诸色之冠,这是有口皆碑、人所公认的。穆斯林历来以戴白缠头向人夸耀、自矜。如果我例举自己的好处继续谈下去,话就长了,我不打算啰唆,只言简意赅、适可而止地谈到这里为止。现在让我开始评判你这个黑面皮吧。你这个与墨、铁同类的、跟讨厌的乌鸦没有区别的黑种人呀!请听我说吧:诗人在褒贬黑白时吟了下面的诗句:

> 你可是不曾看见:
> 珍珠以其色泽鲜明而身价十倍,
> 煤炭每担却只值一个银币?
> 你莫非不曾听见:
> 总清算日面容白皙的人们共同走进乐园,
> 面孔变黑的人们却被赶去填塞地狱?

在古人的嘉言懿行里,为表彰善良,曾经流传下来这样的一件趣闻:据说从前圣诺亚有一天在郊外午睡,他的两个儿子萨睦和哈睦坐在他身边。忽然大风突起,刮开他的衣服,致使他的下身裸露无遗。当时哈睦眼看那种情形,只顾咧着嘴哈哈笑个不停,幸亏萨睦一骨碌爬起来,赶忙拿衣服替父亲遮羞。事后圣诺亚从梦中惊醒,知道儿子对这桩事情的反应,便称赞萨睦,替他祈福求寿,而狠狠地臭骂哈睦一顿。从那以后,萨睦笑逐颜开,面容越长越白皙,他的子孙中,不但有先知圣贤,而且帝王将相辈出,终于发展成一个兴旺的民族。至于哈睦嘛,从挨了父亲咒骂之后,蓬头垢面,面孔越长越黑魆,别无出路,只好逃到埃塞俄比亚去偷生苟活,结果他的子孙都成为黑种民族。

而黑人的无知愚昧是众目昭彰、人所公认的。前人问得好：'谁能从黑人中找到一个知识分子？'……"

"够了，你坐下来吧！你太饶舌了。"主人禁止白姑娘继续谈下去，随即指点黑姑娘，叫她发言。黑姑娘站起来，指着白姑娘说道："莫非你不知道吗？在《古兰经》里安拉曾对穆圣说：'指以黑暗覆盖万物的夜晚起誓，指照亮大地的白昼起誓。'如果夜晚不比其他事物更显赫、著称，那么安拉不至于指它起誓了，也不至于叫它走在白昼的前面了。这是明眼人公认不讳的。黑色是青年人的装饰品，活到发白时候，人生就没趣了，离死也就近了，这些道理莫非你不知道吗？假若它不比其他事物更特殊、出色，那么安拉不会让心脏的中心部分和眼珠都成为黑色的了。诗人吟得好：

一

由于黑姑娘的皮肤具备赤心、瞳孔的色素，
这就是我执意追求、热爱她的缘故。
为了避免和白头发、白寿衣接触，
我讨厌白色可不能算是错误。

二

黑姑娘有深褐色的嘴唇，
值得人们热爱、追求。
白姑娘跟患白癫疯的人差不离，
一见就令人讨厌。

三

黑姑娘的肤色虽黑，可她的行为洁白，
她的表和里恰像眼睛和光线。
我为爱黑姑娘而发狂的时候，你们可别惊异，因为'扫多五'①本来就是使人发狂的根源。
她的颜色跟黑夜没有区别,
没有黑夜月光就无法显现。

再说,情人在黑夜里幽会难道不是唯一的最适宜的好机会? 能像黑暗那样保护他们不跌在挑拨和嫉妒者眼里的到底还有什么呢? 此外什么东西能像曙光那样善于暴露他们的羞怯行为呢? 这是黑色的特点,仅此荦荦大端,该足以使你钦佩了吧! 许多可歌可泣的事情,跟黑色都是分不开的。诗人吟得好:

一

在黑夜的眷顾、支援下我跟他们幽会,
这当中曙光却一味跟我作对。

二

情人和我欢欢喜喜地在一起过夜,
夜之黑幕掩蔽着我们的羞怯行径,
曙光却无端给我们带来威胁、恐惧,
因此我对清晨说:'膜拜太阳的全是虚伪、邪恶的僧侣。'

三

借夜幕的掩蔽情人偷偷摸摸来和我幽会,
为害怕和避免旁人看见他仓皇迈步向前。
我拖着长裙匆匆起身迎接,
还谦逊地把腮颊铺在地上让他当路走。
新月像剪下的一片指甲突然在夜空升起,
朦胧的光线差一点暴露我们的羞怯行为。

----

① "扫多五"有黑(此处指黑姑娘)和忧郁两种含义。

既已发生的事情我不打算多提，
你尽管由妙处着眼，可不许开口探听个中消息。

四

你要和情人促膝谈心，
只好把幽会的时间选择在夜间；
既可避免爱说闲话、好搬是非的太阳看见，
又能得到黑夜的同情、掩蔽。

五

白胖得发喘的大姑娘并非我心目中的情娘，
我一心一念只追求瘦小黛黑的姑娘。
竞赛日我宁可选骑一匹小乌驹，
让对手跨上大白象和我争夺第一。

六

黑夜里情人前来和我幽会，
一见面彼此紧紧地拥抱在一起。
我们一块儿欢度良夜，
不知不觉也就过到黎明。
我祈求我们的主宰——安拉：
继续给我们再有碰头的机会，
并尽可能延长夜晚该占有的时限，
当我们情投意合、趣味盎然之际。

安拉用来书写圣经的墨水是黑的，作为贡品献给帝王的麝香、龙涎香
也是黑的，这些都属于黑色的特殊范围。此外关于黑色方面许多值
得夸耀、骄傲的事情，数不完，说不尽，一时不胜枚举。诗人吟得好：

你可是不曾看见：

麝香的价格比一般货物何止高过几十倍，

白石灰每一担最多只值一块钱？

莫非你不知悉：

眼珠上的一颗小白斑点足以断送一张美丽的脸形，

黑眼睛的一瞥有如中的之箭能给人留下不可磨灭的痕迹？

关于赞美黑色的诗文，汗牛充栋，举不胜举，如果我继续谈下去，话就长了；我可不爱啰唆，只打算如此言简意赅地举此荦荦大端，已经够说明问题了。至于你这个白娘儿呀！你的颜色同白癫疯的皮肤如出一辙，和你搂抱或睡在一起，显然有窒息、闷死的危险。据说白皑皑的霜雪和刺骨的寒流同样出现在地狱里，那是为了给下地狱的歹徒们增加更多痛苦的缘故。"

"你坐下来吧！谈这些已经够了。"主人制止黑姑娘，随即指示胖姑娘，叫她起来发言。

胖姑娘遵命欣然站起来，卷起裤管，露出两条小腿，并扒掉上衣，让她的胸、臂和肚腹全都裸露无遗。她身上只剩一件透明的薄衬衣，于是乎她那丰满、肥圆的肢体便赤裸裸地显露在外面。她得意洋洋地指着瘦姑娘夸耀说："赞美安拉！是他创造我呀。同样是安拉使我生得既漂亮，长得又肥胖；他还拿招展的、结满果实的树枝比喻我的身体，越发增加我的丰满和美丽。他还把我比成桃李丰收的一座大果园。安拉在圣经里说：'他牵来一只肥胖的小牛。'这句话使我感到无上的荣幸和快慰，因此我应该多多赞美、感谢他的恩惠。说到肥美的东西，谁都爱好、欢喜。比如城市里的居民，历来向往着肥胖的飞禽，指望吃到它们的肥肉。人类一般都爱好肥肉，都拿肥肉来饱口腹。凡是走进肉店的人，谁都要求屠户卖给他肥肉。诗人吟得好：

旅队已经动身起程，

你应该去给情人送行，

但不知你是否忍心和她遽尔分手？

胖姑娘姗姗举步向前，

似乎要上邻家去周旋，

她的步态妖娆、均匀令人百看不厌。

哲人说得好：'三件事情包含着无穷乐趣，那就是吃肥肉、骑肥马、肉体相擦。'总之在肥美方面有着许许多多值得夸耀赞美的特点，一时也说不完数不尽。至于你呢，我可怜的瘦娘儿哟！你的身体瘦骨嶙峋，脚杆同麻雀腿、拨火棍毫无差别。显然你是一块瘦腊肉，也是一根干木头。在你身上简直找不到一点令人悦目畅怀的特点。诗人吟得好：

我祈望安拉多加保佑，

千万别叫我跟粗绳般的娘儿在一起睡眠。

因为我欣然就寝急需消除疲劳之际，

她肢体上的每一只硬角会抵触我的身体。"

"够了，你坐下来吧！"主人制止胖姑娘，随即指示瘦姑娘，叫她起来发言。

瘦姑娘遵循命令，喜笑颜开地站了起来，说道："赞美安拉，他创造我的身体，使我生长得既窈窕又美丽，像花枝一样吸引人心。由于我的体态小巧玲珑，所以起、坐都非常伶俐方便。达观快乐的人，都公认我的形影是敏捷、活泼的，我的内心是光明磊落的。说实在的，赞美自己的情人，说她魁梧得像大象、山岳那么粗壮、巍峨的赞词，我是从来不曾听见过的。我只听人说：'我的情人有颀长的个子，柔弱的腰肢，'这才算得是合情合理的赞誉。在饮食方面，我是有节制的，不需要吃大量的饭菜，喝大量的汤水，很有限的一点饮食，就够满足我的胃口。在娱乐玩耍方面，我的谈笑举止诙谐、有趣。我的精神比小麻雀的更充沛，我的动作比燕八哥还敏捷。我的笑脸如花似玉，我的身体柳枝藤条般标致、柔美，因此爱人把我的钟情视为追求的最

终目的。像我这样美丽可爱的人，世间是很难找得到的。诗人曾对
我作了如下的赞誉：

> 我拿迎风招展的柳树枝比喻你那苗条、妖娆的身躯，
> 我也把你那美丽可爱的容颜和我自己的命运视为不可分割
>   的一桩事情。
> 唯恐你一旦跌在情敌手里，
> 我惶惑终日地追随、守望着你的形影。

我的容颜能使忠实的追求者怡然陶醉，也管叫痴情的失意者垂头丧
气。情人表示亲近、倾倒的时候，我慨然迁就，满足他的愿欲，从来不
做虚伪的拒绝。至于你呢，我的胖娘儿呀！吃喝方面，你可有大象一
样的胃口，非大量的饮食不够满足你的食欲。你大腹便便，拒人于千
里，跟你睡在一起，感觉不到半点乐趣，而且根本无法安息。如此说
来，你这尊粗糙、臃肿的躯体，到底有什么好处可取？一块肥肉除了
可供食用之外，有什么值得夸耀的？再说你为人乖张、孤僻，谁只消
和你说笑一句，你就板起面孔大发脾气。你卖弄风情的时候，总是瞪
着眼睛鼓着鼻子吹气。你不行动则已，一旦走动，总是耷拉着舌头喘
气。你是饕餮成性之人，再多的饮食也难填满你的肠胃，因此你体重
如山，貌似枯木。你缺乏活动能力，所以活该倒霉，除了终日吃喝睡
眠，在你身上简直看不到一点吉利、振作的气味。你似乎是一只鼓胀
着的皮酒囊，又像一头变形的大象。你大小便时，像打雷下雨，经常
爆发出唏唏哄哄的声音。你每次进厕所去便溺，必须靠人替你擦洗
屁眼，这是你过于懒惰、十分蠢笨的证据。总而言之，你这粗胖、臃肿
的身体，没有丝毫值得夸耀、骄傲的特点。诗人吟得好：

> 臃肿的身体跟吹胀了的尿脬没有区别，
> 又粗又硬的腰肢活像山中的一块大石头。
> 她刚在西头开始步行，
> 东边的地面已被压得气喘、呻吟。"

"够了，你坐下吧！"主人制止瘦姑娘，然后指示黄姑娘，叫她起来发言。

黄姑娘遵循命令，从容站了起来，赞美、感谢安拉一番，然后指着褐色姑娘说道："在《古兰经》中，我的肤色曾被称誉，因为慈祥的安拉在圣经里说：'一种纯粹的黄色，黄得令人可爱。'这句话说明黄色的特点高于一切，非其他的颜色可以媲美。这也说明我的肤色、容颜高贵、美丽无比，它跟金币、星辰、月亮、成熟的苹果和番红花之柱头的鲜艳色泽毫无区别，其他的任何颜色都望尘莫及。由于黄色具备多方面的优越和特点，它把我的容貌、体形点缀、衬托得格外光华、柔和、美丽，像纯粹的金子一样可贵。诗人曾对我作过如下的赞誉：

> 她皮肤上的金黄色是太阳放射出来的光泽，
> 使人像看见灿烂的金币那样悦目畅怀。
> 番红花当然不能和她媲美，
> 因为她的容颜连月亮都望尘莫及。

至于你呢，我的褐色娘儿哟！你的肤色显然是水牛的皮色，叫人看着很不愉快。如果日用物品具有你这种颜色，总会受到人们一致谴责；假若食物具有你这种颜色，它会被人指为毒害。你和苍蝇具有同类的颜色，狗彘见了都不愉快。从各种颜色中，褐色给人的感受不外苦恼、沉闷。世间不存在什么褐金子、褐珍珠、褐宝石，我从来没听人这样称呼过。你进厕所的时候，皮肤会变色，出来的时候，你的丑态越发显赫。你既不属于黑色，也不近于白色，仅仅是单调的一种褐色，这不可能被承认为正规、可取的颜色。总的说来，你身上没有一点优美色彩。诗人吟得好：

> 她具有尘埃般发霉的肤色，
> 像堆积在旅客脚上的土块。
> 我转瞬看见她的头额，
> 顿时感到无法忍受的不快。"

黄姑娘刚念过诗人品评褐色的诗,她的主人便吩咐她:"够了,你坐下吧!"同时他指示褐色姑娘,叫她起来发言。

褐色姑娘的音容笑貌异常出色。她不但脸面生得俊秀,有漆黑的头发,玫瑰色的腮颊,眉眼又黑又大,而且个子高矮适中,身段苗条,有纤细的腰肢,丰满的臀部,兼之能言善道,口齿伶俐过人。她从容站起来,说道:"赞美安拉,他让我长得不胖也不瘦,也是他不让我的皮肤成为白癜疯病患者的白色,也不成为黄疸病的黄色,也不成为木炭般的黑色,而是让我的皮肤具有聪明人所喜爱称道的褐色。诗人们有口皆碑,极其能事地赞美褐色,承认它是至高无上、唯一可称赞的一种颜色。诗人吟得好:

一

如果你真能解释褐色本身具备的神秘含义,
你的视线对白色、红色会感到极端乏味。
从她滔滔的甜言蜜语和眉来眼去的真情流露里,
何鲁特学会了耍魔术、念咒语。

二

谁能介绍我认识那个褐色的温柔少女?
传说她窈窕、秀丽得像枪杆一样笔直、华腻。
她那丝绸一样柔软的两鬓和秋水般沉静的眼睛,
使得情人经常处于魂销魄散的境地。

三

褐色的确是她皮肤上最特殊、文雅的色泽,
它让白色去跟月亮空口争胜、比赛。
如果她肯向白色借点颜色来把自己装扮、点缀,
她的美貌必然会因此变得苍白、失色。

可不是她的醇酒灌得我酩酊大醉，
而是她的脖项使得我陶醉、迷恋。
她美貌的各部位间发生了嫉妒心情，
每一个美丽部位都希望任鬓角的职位。

四

两绺鬓发伏在窈窕、美丽的褐色姑娘腮前，
我对她怎能不向往、倾倒、陶醉？
鬓发是她身上各部分美丽的主体，
在诗人的赞歌中占着崇高、重要地位。
我看见一颗黑痣生在一个美女的眼睑下面，
追求她的人们却为它恨不得挖掉情敌的眼睛。
难道是为拜倒在一个全身都是黑痣的美女裙下
　　我应该受到责备？
但愿我这一辈子都不跟那帮折磨人的小丑接近。

我的形貌昳丽，体态端正稳健；我的肤色不但王公富豪们同声赞美，而且一般庶民也绝口称羡；我的举止轻巧、灵便，行动活泼伶俐；我的皮肤光滑，体质细腻；我的内心光明磊落，外表堂皇富丽，堪称表里如一，德才兼备；我的口齿灵便，言谈嬉戏别具诙谐情趣。至于你呀，我的黄娘儿哟！你像野生在鲁格门前的黄色向日葵，浑身都是筋骨，因此我管你叫细颈瓶、生锈铁、猫头鹰、荆棘果制成的有毒食品。和你睡在一起，会受到致命的窒息，等于埋在坟墓里，丝毫享受不到人生乐趣。总而言之，在你身上找不到一点值得夸耀的优点。诗人吟得好：

不为忧愁、疾病她脸上的黄色却有增无减，
令人一见就感觉心胸郁闷、头晕目眩。
如果我不趁早回头忏悔，决心跟她决裂，

将来为吻她的腮颊势必遭受磨碎牙齿的责罚。”

褐色姑娘刚举出诗例,作为贬损黄姑娘的证据,她的主人便制止她:“够了,你坐下吧!”于是说了很多好话安慰她们,解除她们之间为争胜抬高自己贬低别人所引起的嫌隙,并赏赐她们极其奢侈、华丽的衣服和最名贵的珍珠、宝石首饰,让她们装饰打扮得像人间仙女一样美丽,供他个人享受。老实说,她们的姿色和弹唱技艺,真算得是空前绝后的。

哈里发迈蒙听了穆罕默德·巴士拉亚讲完《富翁与六个婢女的故事》,心满意足,很感兴趣,情不自禁地靠近他,问道:“巴士拉亚,那六个姑娘和她们的主人住在什么地方,你知道吗?你能替我把她们从她们主人手里买过来吗?”

“众穆民的领袖啊!据我所知,她们的主人爱她们爱到极点,他是不可能和她们分手的。”

“我准备一笔大款给你带去,预备拿一万金的高价买他一个姑娘,总数是六万金。你随身带这笔钱去到那六个姑娘的主人家里,从他手中把她们给我买回来吧。”

穆罕默德·巴士拉亚遵循哈里发迈蒙的吩咐,果然带着六万金去到那个也门富翁家中,告诉他哈里发愿出高价买他的六个婢女。也门富翁为看重哈里发的面子,毫无异议,欣然答应出卖她们。

姑娘们买到手,带到宫里,哈里发一见,感到无限欢喜快慰,让她们住在非常幽静雅致的宫殿里,过优越、舒适的生活。从此哈里发经常和她们在一起谈天消遣,看她们跳舞,听她们弹唱,非常欣赏她们美丽的姿态、纯善的性格和不同的肤色,尤其钦佩她们能言善道的伶俐口才,宫闱生活频添了无限春色、乐趣。

至于那个也门富翁嘛,他长期跟能歌善舞、多才多艺的年轻姑娘们混在一起,过惯了灯红酒绿、吃喝热闹的享乐生活,因而一旦和姑娘们分手,便落落寡欢,感到非常孤苦寂寞。日子越久,他越发觉得无法适应那种寂寥环境。没奈何,他只好大胆上书,向哈里发诉苦,尽量倾吐他对姑娘们炽烈的渴望、系念之情。信末他附上如下的诗句:

> 我的六个活泼、美丽的婢女被你掳去,
> 请代我向她们致以崇高的敬意。
> 她们是我的耳、目和生命,
> 也是我饮食、起居、娱乐的泉源。
> 我始终忘不了她们的倩影和恩情,
> 从离别之后我一直没有安睡过一宿。
> 可叹我这无止境的离愁和流不尽的眼泪!
> 但愿当初造物主别让我在人类中有生存的权利。
> 她们睁开弓形的眼睑,用敏锐的秋波一瞥的时候,
> 恰似弓箭手们张弓搭箭瞄准我的胸膛射击。

这封诉苦信送到王宫里,哈里发迈蒙读后,有动于衷,慨然给每个姑娘一套最华丽的衣服,并赏赐她们六万金,然后送她们回老家去,物归原主。

也门富翁见姑娘们满载而归,人财两全,不禁喜出望外。他深深感到能和她们重逢聚首,实属三生有幸,因此他欢喜快乐到极点。她们带来的财物固然引起他的欢欣快慰,但比起得人之喜来,其差距真不可以道里计。从此他越发眷恋她们,朝朝暮暮和她们在一起欢度晚年,听她们弹唱,看她们跳舞,一块儿吃喝玩耍,过极其奢华、享乐生活,直至白发千古。

何鲁纳·拉施德和
艾彼·诺瓦斯同少女、娈童的故事

　　相传从前哈里发何鲁纳·拉施德执政期间,有一天夜里,他患失眠症,辗转不能成寐,因而思前想后,百感交集。没奈何,他只好起身,离开寝宫,出去走走,吸点新鲜空气,以期消除失眠给他带来的苦闷。他沿着宫殿侧面的路径一直往前走,不期而然地来到后院的一间侧室门前,随手掀开门帘,见室内有床,床的左右两边点着两只蜡烛,床上似乎有人在睡觉,一个黑影隐约可见。他觉得奇怪,走进去仔细踏看,发现一个玻璃瓶中装着一瓶老酒,酒杯扣在酒瓶口上。哈里发眼看那种情景,不觉大吃一惊,叹道:"莫非黑夜里有人偷偷地在此幽会不成!"于是他走到床前,见床上睡着的是一个女人。他伸手揭开覆盖在她脸上的头发,一看,原来是个生得像十四晚上的明月那么美丽可爱的少女。他一见倾心,抑制不住胸中澎湃的激情,拿起酒杯和酒瓶,斟满一杯,望着女郎的玫瑰色腮颊,一饮而尽,然后伏下去,甜蜜地吻女郎一下。

　　"安拉的信托者哟!这是怎么一回事呀?"女郎从梦中蒙眬醒来惊问道。

　　哈里发回道:

　　　　"一个不速之客前来敲门,
　　　　请你当客人招待他到清晨。"

"既然如此,我必须尽所有的力量尊敬客人。"女郎说着站起来,殷勤敬酒,陪哈里发痛饮几杯,然后抱起琵琶,调一调弦,随即边弹边抑扬顿挫地唱道:

> 爱情的口舌透露我心中的秘密,
> 说明我对你一见钟情。
> 我悲伤的神魂终日彷徨、迷离,
> 这内心的情愁有证人可以分析。
> 热泪随时奔流,爱火日益猛烈,
> 这种摧残生命的爱情我可不作丝毫隐匿。
> 在认识你以前我并不知道什么是爱情,
> 无奈人的命运在出生前早经安拉一手规定。

女郎唱罢,说道:"众穆民的领袖啊!我可是无端而受冤屈呀。"

"这是怎么一回事情?是谁冤枉、虐待你呢?"哈里发表示同情、怜悯。

"好久以前,令郎以一万块钱的价钱收买奴婢,存心把奴婢献给陛下;后来皇后替太子付了身价银子,却吩咐他把我羁縻在这间屋子里。"

"那你打算怎么办呢?告诉我吧!让我替你做主。"

"我一心只希望陛下明天晚上到这儿来和我过夜。"

"好的,若是安拉愿意,我一定满足你的心愿。"哈里发慨然答应女郎的要求,然后撇下她,径自回寝宫去了。

次日清晨,哈里发上朝视政,并召见艾彼·诺瓦斯,预备跟他议事,可他不在家里。于是打发侍臣去寻找。侍臣到处寻找打听,结果知道他在一个美少年头上花了一千块钱,因为不能兑现,所以被人扣留在酒店里。侍臣到酒店里和艾彼·诺瓦斯见面,问他到底发生什么事情。艾彼·诺瓦斯直言不讳,承认他为爱一个美少年而花了一千块钱,但因不能兑现而被扣押的实情。

"叫我看他一眼吧!"侍臣怀着惊奇、诧异的心情对艾彼·诺瓦斯说,"假若他果真值得你花这笔大钱,那你是会受到原谅的。"

"你等一等,他一会就来了。"艾彼·诺瓦斯满怀信心地回答侍臣。

侍臣和艾彼·诺瓦斯谈话之间,那个美少年突然出现在他俩面前,衣冠楚楚,油头粉面,雪白的外衣下面,还分别穿着红色和黑色的内衣各一件。艾彼·诺瓦斯一见美少年,情动于衷,忍不住长叹一声,欣然吟道:

> 他睁着惺忪、朦胧而且又黑又大的一对眼睛,
> 身着一件白上衣骤然在人前出现。
> 我对他说:"你不声不响地从我面前溜过去,
> 　　　　我可是非常乐意跟你打招呼、问候。
> 　　　　拿玫瑰染红你腮角的造物主应该受到赞美,
> 　　　　因为他按照自己的愿意随便创造人类。"
> 他说道:"你请撇开空谈、争辩!
> 　　　　因为创造者的技艺奇妙无比且不受任何局限。
> 　　　　我的运气、脸色跟衣服的颜色如出一辙,
> 　　　　它们的特色不外乎白,白,白!"

美少年听了艾彼·诺瓦斯的吟诵,矜然脱掉白上衣,露出里面的红内衫。艾彼·诺瓦斯盯着他越发惊叹不已,欣然吟道:

> 他身着秋牡丹色的红衬衣在人前出现,
> 口头称我为友,实际却持敌对态度。
> 我说道:"你的衣饰稀奇、新艳,
> 　　　　相貌像明月那样美丽。
> 　　　　这红衬衣是你腮上的玫瑰染的?
> 　　　　或者是受到你心血的渗透?"
> 他回道:"太阳送我一件衬衣,

颜色是它落山时用晚霞染的。
　　我的衣色跟酒色、腮色如出一辙，
　　它们的特色不外乎赭，赭，赭!"

　　艾彼·诺瓦斯吟罢，美少年从容脱掉红衬衫，身上仅剩贴身的一件黑内衣。艾彼·诺瓦斯目不转睛地紧盯着他，喟然吟道:

　　他穿一件黑衬衫在人前出现，
　　给人们的内心带来一股晦气。
　　我对他说:"你不理不睬地打我面前过去，
　　　　让怀恨、嫉妒成性的人感到欢喜、快慰。
　　　　我的运气跟你的头发、衣色如出一辙，
　　　　它们的颜色不外乎黑，黑，黑!"

　　侍臣眼看那种情景，知道艾彼·诺瓦斯溺于酒色的狂妄无耻情形，赶忙回宫报告。哈里发听了消息，即时预备一千块钱，递给侍臣，叫他拿去兑给酒店老板，替艾彼·诺瓦斯解围，赎回他的自由。侍臣遵循命令，带着一千块钱，急急忙忙回到酒店，替艾彼·诺瓦斯缴了欠款，从酒店老板手中赎出他的身体，然后带他进宫去见哈里发。艾彼·诺瓦斯随侍臣来到宫中，站在哈里发面前。一见面，哈里发就罚他吟诗，说道:"艾彼·诺瓦斯，你来吟首诗给我听吧! 不过你的诗里，必须把'安拉的信托者啊! 这是一回什么事情'这一句话包括进去。"

　　"听明白了，遵命就是。"艾彼·诺瓦斯欣然接受命令，随即出口成章，当面吟道:

　　在漫长的黑夜里我辗转失眠，
　　精神既疲惫思绪又奔腾。
　　没奈何我起床出宫散步一回，
　　信步来到一间侧室门前，
　　见室内床上卧着一个黑影，

仔细看去却是黑发覆面的一个睡美女。

她的容颜白皙美丽得像一轮灿烂的明月，

身段苗条标致得跟招展、含羞的柳树枝毫无差别。

我望着她美丽可爱的脸面贪婪地干了一杯，

并乘兴伏下去甜蜜地亲了她一个嘴。

她从甜梦中朦胧惊醒，

像暴风雨中摇来摆去的花枝那样战战兢兢地发抖。

她边纵身跳起边发出怨言：

"安拉的信托者啊！这是怎么一回事情？"

我说道："一个不速之客前来敲门，

　　　　希望你当客人招待他到清晨。"

她欣然回道："既是这般情形，

　　　　　　我当极尽绵薄殷勤款待客人。"

　　哈里发听了艾彼·诺瓦斯的吟诵，觉得诗的内容，全是叙述他自己昨夜失眠的情况和与女郎邂逅相遇的经历，一时感到惊奇诧异，因而半开玩笑地承认事实，说道："你绘声绘色，描写得淋漓尽致，昨夜里你好像跟我们在一起似的。你这个鬼怪东西！愿安拉杀死你。"他说罢，拉着艾彼·诺瓦斯，带他去到后宫的侧室里，让他跟藏在那儿的妙龄女郎见面。

　　艾彼·诺瓦斯见女郎身穿蓝色衣服，头戴蓝色面纱，窈窕美丽得像下凡的仙女。他怀着惊奇、羡慕心情，目瞪口呆地看她几眼，然后若有所悟地吟道：

敬告头戴蓝色面纱的妙龄美女，

我一心一意等待你的眷顾、怜惜。

因为追求者一旦蒙受情人的白眼，被人弃绝，

悲叹的洪流会冲破他的胸襟，淹没他的灵魂。

指着你那白皙、可爱的面颜我发出誓言：

> 这颗被爱火灼伤的心灵难道你不给予怜悯、慰藉?
>
> 愿你在爱情方面助他一臂之力,
>
> 千万别听信愚昧、下流者的流言。

艾彼·诺瓦斯吟罢,女郎当哈里发的面敬他一杯酒,然后从容抱起琵琶,边弹边抑扬顿挫地唱道:

> 莫不是为折磨我,你打算把爱情分一半给别个?
>
> 抑或为了让别人独享幸福,你才要遗弃我?
>
> 我控告你们在爱情方面所犯的罪行如果哪个法官能够
>
>   受理,
>
> 他也许会公平合理地做出一个正确的判决。
>
> 今后要是打你们门前过往都不允许,
>
> 我可是会站在老远的地方高声向你们打招呼、致敬。

女郎弹唱毕,哈里发示意她多给艾彼·诺瓦斯斟酒,直把他灌得酩酊大醉,哈里发才站起来,亲手斟一杯递给他。他接过去一口喝干,倒了下去,人事不知,却还紧紧地捏着酒杯。哈里发吩咐女郎从他手中取下酒杯,好生收藏起来。女郎遵循命令,果然从艾彼·诺瓦斯手中剥下酒杯,藏在自己的胯缝里,哈里发才抽出宝剑,雄赳赳气昂昂地站在艾彼·诺瓦斯面前,拿宝剑头戳着他的胸口。艾彼·诺瓦斯睁眼看见明晃晃的宝剑,一怔,吓得魂不附体,顿时清醒过来,毫无醉意,只听哈里发喝令道:"你以酒杯为题,当面吟诗一首,告诉我你和酒杯的关系和它的去向吧!要是吟得不对,我就当场要你的命。"

艾彼·诺瓦斯按照哈里发的吩咐,从容吟道:

> 酒杯是我故事中的主题,
>
> 一个少女因它变成了窃贼。
>
> 我正需要借酒浇愁、寻乐之际,
>
> 酒杯却被姑娘偷去。

她把赃物收藏在一处幽静地区，
那是我一心向往而不可即之地。
但慑于长上的尊严，我不敢说出那个地名，
因为那地方属于他的主权范围。

　　哈里发听了艾彼·诺瓦斯的吟诵，感到惊奇诧异，喟然叹道："该杀头的家伙呀！你到底是从哪儿知道这个的？不过话得说回来，你的诗算得切题，令人满意，到头来还该我赏赐你。"于是果然赏他一套衣服和一千金币。

　　艾彼·诺瓦斯带着衣服和赏金，欢天喜地地满载而归。

偷金盘者的故事

从前有一个人,欠人家的钱太多,债台高筑,无法归还,累得疲惫不堪,情况非常窘迫、恶劣。为了逃避债主的催逼,他不得已扔下家人,背井离乡,企图逃往他乡寻找生路。

他在途中茫然不知所向地继续跋涉了一段时间,终于来到一座城墙高耸、建筑巍峨的大城市里。当时他风尘仆仆,饥饿、疲惫不堪,形状异常卑贱、凄凉。他正在走投无路,在街头踟蹰徘徊的时候,只见一群人从街前经过,他便趁机追随他们,一直来到一处似乎是一座王府的地方,随他们走进屋去,直到堂内。堂上坐着一个相貌堂堂,威风凛凛的非凡人物,周围站满了婢仆,看样子好像是王孙公子之辈。

威严的主人起身迎接贵宾,请他们一一坐下;其中只有那位不速之客,见了富丽堂皇的建筑,和高朋满座,婢仆成群的景象,唯恐遭逢不测,因此陷于彷徨、迷离状态,悄然离开人群,退到人后无人注意的地方坐下。

他刚坐下,便有人牵出几只身披绸缎、脖子戴金圈银链的猎犬来到他附近,把它们顺序分别拴起来,并端来盛满丰富饮食的金盘,每只狗前放下一盘,然后转身而去。他眼看金盘中的食物,饥肠辘辘,馋涎欲滴,打算过去和狗一块儿吃喝;可是一种无名的恐惧,使他不敢动手。这时候,有一只猎犬似乎知道他的饥饿情况,向后退了几步。他饥不择食,趁机走过去,端起盘子,大吃大嚼,饱餐一顿,然后放下盘子,拔脚要走。这时猎犬却抬起脚来一招,似乎是教他带走金盘。他果然顺手偷了金盘,揣在怀里,悄然溜了出去。因为他的行动无人知晓,所以能够从容脱身。

他把金盘带往别的城市变卖,买了其他货物,运到家乡贩卖,赚了大钱,除还清债务,手中还有余钱。他便从事经营生意,越赚越多,一变而为富翁,过着舒适幸福生活。

日子过得很快,不知不觉,转眼就过了几个年头。他饮水思源,私下想道:"我非往金盘主人的家乡去旅行一趟不可;我要携带几样贵重的礼物送给他,并把猎犬送我的那个金盘的代价还给他。"

他打定主意,选了几件适当的礼物,并携带一笔钱,这才动身起程。他继续不停地跋涉了几昼夜,一直来到那座城市里。他急于要见金盘的主人,便穿过大街小巷,急急忙忙,找到那幢建筑的所在,抬头一看,眼前净是断檐残壁,原来堂皇巍峨的高楼大厦,如今一变而为鸦雀盘踞的废墟。一片破败零落的凄凉景象,使他骇然震惊;面对这种破垣残壁,不须解说,便悟到沧桑世变的可畏,因而不胜今昔之感。

他转着眼珠,凭吊这种凄凉的残迹余痕,无意间发现一个孤人,那副凄凉、可怜的状态,令人不寒而栗;即使铁石心肠的人见了也会发生恻隐之心。他怀着感慨、悲哀的心情,走过去说道:"请问你:这儿发生过什么天灾人祸?这家主人遭了什么患难?先前赫赫不可一世、门庭之光有如日月星辰的那位房主人哪儿去了?房屋怎么会遭逢变故?为什么只剩下断墙残壁?"

"你眼前这个可怜的人,原来就是这所屋子的主人。我固然痛恨灾祸,但你也要知道,圣人为了安慰遭灾难的人曾经说过:'安拉创造的一切,安拉有权利把它们从地面上收回去。'这是金玉良言,我们后人应当引以为戒。如果你要追问这桩事件的原因,我告诉你吧:沧海桑田,不足为奇。我是这所屋子的主人,屋子是我一手建筑起来的。在我的经营管理下,我掌握着雄厚的资财,车马婢仆成群,威名显赫,盛极一时;可是到了现在,世道变化,轮到我头上来,妻财子奴,荣华富贵,一切全都完了,最后变成这个孤苦伶仃的穷汉。我觉得你既然来问我,其中必有原因;你且撇开惊奇的念头,把情况告诉我吧。"

听了房主人的谈话,他感到忧愁、苦闷,随即把过去发生的事情,毫不隐瞒地叙述一遍,最后说道:"现在我给你带来一份厚礼,也许它能使你欢喜。从前我从你这儿拿走的那个金盘的代价,也同样带来偿还你。我必须这样做,因为那个金盘是我恢复财富、转忧为喜的原因,也是我起家立业的依据,因此我必须向你表示感谢。"

房主人听了他的谈话,摇摇头,凄然伤心、叹息,说道:"你这人呀!我怀疑你是个疯子。你的这种馈赠,凡是有理智的人,谁也不愿接受的。我的猎狗送你一个金盘,我有什么理由要收回它呢。我的处境虽然窘迫、穷困,可是收回猎狗送出去的东西,这也不失为奇耻大辱。指安拉起誓,你要送我的那些礼物,在我看来,并不比剪下的一片指甲更值钱。你从哪儿来,请你从哪儿归去吧,愿你一路平安。"

他听了房主人坚定的言谈,对他能屈能伸的抱负和刚强的气节,衷心钦佩、赞叹;最后只得和他握手作别,临行吟道:

> 人去了,
> 狗也去了,
> 全都去了;
> 但愿去了的人和狗,
> 一路伴着福星。

亚历山大省长和窃贼的故事

相传从前霍萨懋丁在亚历山大任省长职务期间,有一天深夜里,一个当兵的闯进他的办公室,向他申冤诉苦,说道:"报告省长大人,我是今天下午来到亚历山大的,住在一家旅店中。睡到二更时候,从梦中醒来,发觉我的被袋被人割破,装在里面的一千金币叫人给偷了。因此我前来申冤诉苦,恳求大人做主,替我找回这笔失款。"

省长听了当兵的报告,立刻下令,吩咐他的人马,即时去到旅店中,把住在里面的人,不分青红皂白,通通逮捕起来,拘禁在监狱中,等待明天审讯。

次日清晨,省长升堂判案,先准备好刑具,然后吩咐把昨夜从旅店中逮捕的嫌疑犯和失款的士兵一齐带到堂上,刚要开始拷打、审问的时候,忽然有个男人奔到大堂上,挤开人群,走到省长和原告的士兵面前,说道:"报告省长大人,我前来自首认罪,这件盗窃案同这些人无关,他们都是无辜而受冤枉的人,快释放他们吧!因为这位士兵的钱是我偷的。喏!钱在这儿呢。"他说着从衣袖里掏出一袋钱来,放在省长和士兵面前。

省长指着钱袋对士兵说:"把你的钱拿走吧!事情已经清楚明白了,现在你该没有理由怀疑旅店中这些人偷你的钱了吧!"

当时被拘捕的嫌疑犯免受拷打、审讯之苦,大家都感激、钦佩那个偷钱的人,异口同声地称赞他的义气和大胆。

继而那个偷钱的人还天不怕地不怕地跟省长攀谈起来,当众人的面夸口说:"报告省长大人,我前来自首,把偷到手的这袋金钱拿来归还原主,我这样做还算不得是能干;要是我第二次从这位士兵手中拿走这袋金钱,那才真够得上是有本领呢。"

"你这个骗子手!当初你是怎样把钱偷到手的?你谈谈吧!"省长对偷窃行为似乎颇感兴趣。

"回禀大人:那天在开罗城中的一家钱庄里,我见这位士兵向钱商交易,把兑出来的钱装在这个钱袋里。当时我见财起意,打定偷窃主意,便寸步不离地跟随着他,从大街追到小巷,可一直没有下手的机会。往后他从开罗动身起程,我仍然不抛弃偷窃念头,一直跟随着他,从一个城市到另一个城市。沿途之上,我想方设法,总没能够把钱偷到手。最后来到亚历山大,随他下在同一旅店中,住在他的间壁,仔细窥探他的行止,直至他睡熟,发出鼾声,我才蹑手蹑脚、偷偷摸摸地溜进他的房间,拿刀割破钱袋,就这样把这袋钱拿到手了。"他边叙述,边比手画脚地伸手把摆在省长和士兵面前的钱袋拿起来,然后从容退到省长和士兵后面。

当时在场的人都聚精会神地倾听他叙述偷窃的情形,眼看他拿起钱袋朝后退,满以为他是表演偷窃时的动作给他们看。殊不知事实竟然出人意料。那个骗子趁人听得出神而不提防的时候,趁机逃跑,纵身跳入大堂后面的池塘中。

"追贼呀!你们跟踪跳下去捉住他吧!"省长惊慌失措,大声疾呼,喝令当差的追赶贼人。

当差的闻声奔到池边,赶忙脱衣服,然后沿石级而下至池塘中,但为时已晚,贼人早已逃得无影无踪。省长即时派人跟踪追捕。无奈亚历山大城中的街巷四通八达,奉命追捕的人尽管卖力、奔走,结果还是空手而回,终于没有抓到窃贼。

省长眼看骗子在大庭广众中,当他的面抢走金钱,逃之大吉,逍遥法外,心中非常难过、害羞。没办法,他只好用半责备半安慰的话对士兵说:"你知道是谁偷你的钱了,现在你没有理由责备别人了吧。我把你遗失了的钱给找回来了,只怪你自己不好生保管它呀!"

士兵听了省长之言,啼笑皆非,大失所望,没奈何,只好垂头丧气地离开大堂。同时那些因嫌疑而被拘禁的各色人等,也因为那个骗子、窃贼敢作敢为的大无畏的表演行为,终于摆脱了偷钱的嫌疑。

三个省长的故事

相传从前国王纳萧尔执政期间,他经常召集地方官,跟他们聊天、闲谈,借此了解各地区的情况。有一天他召集开罗、布拉格和密斯鲁三个地方的省长进宫,对他们说:"诸位负责地方行政,经历自然是很丰富的,今天我希望你们每人把到任以来所碰到的事物中,认为最奇怪的各说一件给我听听。"

"听明白了,遵命就是。"三个省长听了国王的吩咐,齐声回答。于是他们顺序谈了下面的故事:

开罗省长的故事

我从到开罗任职以来,奇奇怪怪的事件差不多是经常遇到的,其中最奇怪的是:在城中有两个以当证人为职业的人,为人倒也公允、正直,民间每逢发生械斗、杀伤等案情,他俩都到场调查、作证,对职务倒也称职,人们也都信任他俩;只是美中不足,他俩向来好色,爱酗酒,时常做出有伤风化的丑事,我屡加训诫都不生效。我打算重重地处罚他俩,以儆效尤,可是拿不着错头。由于想不出更好更有效的办法,我只得暗中找卖酒的、卖糖果的、卖水果的、卖蜡烛的生意人做我的耳目,暗中替我监视、调查他俩的举止行动,凡见他俩独酌或共饮,或遇他俩个别或合伙前来向他们沽酒或购买其他下酒食用物品的时候，马上给我递个信，好让我处置他俩。他们都乐意帮助我，异口同声地说："听明白了，遵命就是。"

有一天夜里，忽然有人来报信，告诉我那两个证人正在朋友家中聚饮，已经喝得酩酊大醉，人事不知。我打听清楚他俩聚饮的地方，便微服出去查访，身边只带一个童仆。我一口气奔到他俩聚饮的地方，把门一敲，一个侍女闻声出来开门，问道："你是谁？"

我不理睬，一直冲进屋去，只见那两个证人和房主人围桌吃喝得正高兴，不但桌上摆着各式各样丰富可口的酒肴果品，而且身边还有坏女人陪伴、劝酒。

他们一见我便站起来打招呼，非常谦逊地让我坐在首席，说道："竭诚欢迎你，你是一位贵客、上宾，也是最称心的同饮者。"他们殷勤招待我，一个个态度爽直，举止大方，没有丝毫勉强、畏惧气色。主人陪我坐了一会，然后退席。一会儿他又出现在席间，随身带来三百金币，不慌不忙，从容说道："省长大人精明强悍，对我们的不法行为，大人的权能是足够制止、惩罚我们的。不过为了这些枝节、无聊事情，大人必须劳心役形，多伤脑筋，这何苦来呢？今奴婢等备有区区薄礼，伏乞大人高抬贵手，赏个脸，慨然饶恕我们的罪行，那么大人的阴功，安拉冥冥中会回赐你呢，因为安拉对人们是掩其恶而扬其善的。能掩蔽别人丑恶的人，是会受到安拉嘉奖的。"

当时我听了他的花言巧语，觉得不无道理，暗自想道："倒不如收下这笔现款，权且姑容他们一次，等下次他们跌在我手里，再报复、惩罚他们不迟。"由于我贪财而不择手段，果然接受了他们的贿赂，而不追究他们，只顾拿着金币，欣然转回省府，且喜无人知道其中秘密。殊不知事情竟然出乎我的意料。因为第二天，法官的差人前来传我，说道："报告省长大人，小人奉法官之命，前来请大人去法院里走走，因为法官有公事和大人商量。"

我莫名其妙，不知到底有什么公事好商议的，只得随差人上法院去一趟。我去到法院里,只见那两个证人和昨夜拿三百金贿赂我的那个房主人都跟法官坐在一起。彼此见面之后,那个房主人站起来,向法官起诉,呈上状纸,告我勒索他三百金币。当时我别无办法,只好断然否认事实,可是举不出确凿的人证物证。相反,原告却有那两个公正的证人支持,下死力替他证明。结果法官根据证人的证明作出判决,着我退还三百金币。官司宣告失败,我无法抵赖,承认赔还三百金币。在那种情况下,我既害羞又着急,悔恨当初不处罚他们为失计;结果怀着报复心情闷闷不乐地退出法院。

布拉格省长的故事

我到布拉格任职以来,所经历的事件无奇不有,但比较奇怪的是:自我投身官场之后,交游日广,开支日益增加,入不敷出,因而债台高筑,日积月累,不到几年工夫,所欠之债款,已达三十万金币之多。每逢想到债务问题,总是惶恐不安,终日闷闷不乐。为解决债务问题,我变卖产业,以便一劳永逸地还清债款,然后息交绝游,安安逸逸地过太平日子。然而我自己的产业和手边的什物都很有限,通通变卖了,所得不超过十万金币,不够赔还债款,债务问题解决不了,其他妥善办法没有,因而如坐针毡,忧心如焚。在这样的情况下过日子,真是度日如年。

有一天夜里,我正感觉忧愁苦闷的时候,忽然听见敲门声,便吩咐仆人:"你出去看!是谁敲门?"仆人去了一会,然后惊惶失色、颤巍巍地回到我身边。我问他:"你怎么了?"

"门前有个身披皮衣、赤胸露肚的彪形大汉,手里握着宝剑,腰中仗着长刀,声称要见老爷。他身边还带着几个喽啰,他们的装束、打扮,跟他一模一样。"

我抽出宝剑,鼓起勇气,出门去看到底是怎么一回事情。到门前一看，见那伙人的装束、情况，跟仆人所说的没有两样。我壮着胆问道："诸位找我，请问有何公干？"

"我们是一伙绿林，"他们中为首的大汉说，"今夜里我们打劫得一批横财，这宗生意我们是特意为你做的。据说你欠债累累，害得你坐卧不宁，我们很同情你，为帮助你解决困难问题，我们才给你弄来这批横财，好让你拿去还债。"

"横财在哪里？"我急于要知道其中秘密。

经我一问，他们七手八脚地抬来一个沉甸甸的大木箱，里面装满了金银器皿。我眼看那么多的金银器皿，不禁喜出望外，暗自说："用这批横财还债足够而有余，从此债务问题迎刃而解，我可以高枕无忧了。"因而我不跟他们讲客气，接受了他们送到门上的那箱横财，心安理得地好生收藏起来。临了我忽然想道："做人应该礼尚往来。如果我一毛不拔，而让这群绿林英雄空手而归，这不是做人的道理。"想到这里，我便毅然决然把为还债而变卖产业、什物所得的十万金币拿出来，作为酬劳，全部送给他们，并一再感谢他们的好心肠。他们收下金币，在黑夜里悄然归去，我可是一个也不认识他们。

次日清晨，我怀着满腔的热情和希望，打开木箱看看那些金银器皿，准备拿去变卖，好筹款还债。我仔细一看，这才认识清楚，原来箱中的器皿，全是些铜制镀金镀锡的假家伙，总值不过五百金币。

我手中的十万金币全丢了，换得一箱无用的破铜烂铁，真是偷鸡不着蚀了一把米。想到这里，我大失所望，气得发抖，忧愁苦恼情绪日益加剧，差一点为这桩事而丧命。

密斯鲁省长的故事

我到密斯鲁任职以来，所经历的案件中，比较最奇怪的是：有一次我判处十名罪大恶极的强盗绞刑。执法后，吩咐当差的将每具尸体摆在一块木板上,好生看守,不准发生盗尸等事件。

次日,我亲身到法场视察执法情况,见一块木板上摆着两具尸体,显然是当差的违法乱纪,不照规矩办事,因而我追究责任,问当差的:"是谁这样做的? 一块木板哪儿去了?"

当差的支支吾吾,一个个不肯承认事实。我感到其中必有缘故,要拷打他们,他们这才从实招认,说道:"报告省长大人,昨夜晚奴婢们大意失职,都睡熟了。到深夜我们从梦中醒来,才发现被处死刑的强盗中,有一具尸体连同木板,叫人给偷走了。发生这样失职事件,无法交差,知道要受处分,因而我们担心受怕。正当大伙面面相觑,无法可施之际,恰巧有个出远门的乡下人,牵着一匹驴子打这儿路过。我们不管三七二十一,胡乱把他捉来吊死他,再把他的尸首跟一具强盗的尸体摆在一起,作为补偿遗失了的尸体,勉强凑足数目,企图敷衍塞责,逃避处分。这便是缺了一块木板的前因后果。奴婢等从实招认,伏乞大人从宽发落。"

"那乡下人身边带的什么东西呀?"我盘问当差的。

"他的驴背上驮着一个鞍袋。"

"里面装的什么东西呢?"我进一步追问。

"不知道。"

"给我拿鞍袋来!"我吩咐他们。

当差的果然拿来鞍袋。我叫他们打开检查。他们打开鞍袋一看,里面没有衣物,却是血淋淋被割得肢体破裂的一具男人尸首。我眼看那种情形,不胜惊讶、感慨之至,暗自叹道:"赞美安拉! 这个乡下人中途被杀,并非无因,原来他是个杀人犯嘛。古人说得好,杀人者人恒杀之。被他杀害之人的血迹未干,而他也就死在别人手里,这就是现世现报呀!"

钱商和匪徒的故事

　　相传从前有个做兑换银钱的生意人,在钱市中开个铺子,从事经营、牟利。有一天他从钱市回家,身边带着一袋金钱,从一伙窃贼面前经过。当时窃贼们望着那袋金钱眼红,欲盗无术,只是可望而不可即。继而他们中诡计多端的一个大骗子,向伙伴们夸口说:"我能把他手中那袋金钱弄到手呢。"

　　"你怎么弄法?"伙伴们似乎不太相信。

　　"你们等着瞧吧!"大骗子满有把握地说着,随即跟踪钱商。

　　钱商回到家中,把钱袋放在搭板上,然后预备小净,以便按时礼拜。他边吩咐女仆:"我要做礼拜,给我灌壶水来作小净吧!"边急急忙忙往厕所去便溺。女仆遵循命令,诚惶诚恐地拿壶去灌水,一时疏忽大意,忘了关闭大门。这样一来,那个跟随钱商、打算盗窃的大骗子有机可乘,终于闯了进去,轻而易举地偷了摆在搭板上的钱袋,悄然溜之大吉。他回到伙伴队中,把偷钱的经过详详细细、洋洋得意地从头叙述了一遍。

　　伙伴们听了他的叙述,大家都啧舌称赞,说道:"指安拉起誓,不可否认,你是我们中最精明强干的人,尤其这桩事干得格外出色,这不是任何人能够做得到的。不过揆之情理,现在钱商家中一定会发生不可避免的祸事。这是因为那个商人从厕所中出来不见了钱袋,他难免要责怪女仆而痛打她。如此说来,你所干的这桩漂亮事情不见得尽善尽美而应该受人夸赞吧！如果你能拯救那个女仆,使她免除主人的嫌疑、打骂,那才真个算得是英雄好汉哩。"

"若是安拉愿意,我一定要拯救那个丫头,不让她受冤枉。"骗子说着离开伙伴们,一口气跑到钱商门前,侧耳一听,果然听见女仆被主人鞭挞得悲哀哭泣,惨不忍闻。他迫不及待,使劲把门一敲,随即听见商人在里面问道:"谁敲门呀?"

"我呀,是钱市中你间壁那位邻居的仆人找你来了。"骗子随口撒谎欺骗钱商。

钱商开门走了出来,问道:"你找我有什么事?"

"我们主人向你致意。他说你粗心大意到这步田地,竟然变成另一个人了。你干吗把这么重要的一袋金钱扔在铺子门前不收拾就走了? 要是别人见了,会把它拾走的。幸亏我们主人发觉,才替你收捡起来,要不然,你的损失可就大了。"骗子说罢,拿出钱袋给钱商看。

钱商一见钱袋,不胜其惊奇诧异,边伸手去拿钱袋,边嘀咕道:"这原是我的那袋金钱呀!"

"指安拉起誓,你得给我们主人写张收据,我才能把钱交给你呢。"骗子故作镇静,"因为没有收据,恐怕我们主人会怀疑我没有把钱交到你手里。因此之故,求你先写张收据,盖上私章吧。"

钱商深信不疑,果然回家去写收据。这当儿,骗子带着满满的一袋金钱一溜烟逃得无影无踪。这么一来,钱商的女仆得了解救,就不至于长期受屈、挨打了。

姑肃省长和骗子的故事

相传从前尔辽温丁任姑肃省长期间，有一天夜里，一个相貌不凡，衣着整齐的人，带着一个头顶木箱的仆人，前来拜访他。来客站在他门前，对看门的仆人说："劳驾进去报告省长大人，我因一桩秘密事件前来求见。"

看门的仆人进去报告之后，省长慨然答应接见来客，吩咐仆人带他进去。客人随仆人来到屋中，省长一打量，见客人相貌堂堂，衣冠楚楚，不觉油然发生敬爱心情，因而非常谦恭地让他坐在身边，亲切地跟他谈话，说道："你来见我，有什么事情？"

"不瞒大人，我是一个拦路抢劫的强盗，长期以来，无恶不作，罪该万死。现在我幡然觉悟，虔心忏悔，因而前来自首，愿意在大人的监督、教化下，改邪归正，做个守法的好百姓，恳求大人从中帮助，促成我的愿望。为了表示诚心，我随身带来一箱名贵的簪环首饰，总值约四万金币。这样的贵重物品，只适于大人享用，所以我拿来进贡，请大人收下吧。至于今后我自己的出路，却只有一个打算：恳求大人赏我一千金，俾我拿它作为本钱，经营小生意，借此糊口度日，过清白生活，以终余年，则大人的恩德，小民自当没齿不忘。"这位来访之客，语重心长地自首、忏悔一番，然后打开箱子，让省长看里面的东西。省长一看，箱内装的净是灿烂的金条、银条、宝石、珍珠和名贵的首饰。眼看那么多财宝，省长先是吓得目瞪口呆，继而不禁喜出望

外,乐得差一点跳将起来。他毫不迟疑,大声喝令管钱库的,说道:
"快把盛着一千金币的那个钱袋给我取来吧!"

管库的遵循命令,即时取来一千金的一袋金币。省长接过来,亲手递给来访的客人,满足他的要求。来客收下赏银,深深感谢、赞美一番,然后告辞,在黑夜里悄然归去。

第二天省长欢欣鼓舞、慎重其事地请金匠的头目到家中来鉴定、估价那箱金银珠宝。经过认真仔细审断、识别,金匠这才指出,那所谓的金、银原来是些铜和锡,其余的珍珠宝石等名贵首饰,也不过是些烧料的伪制品。

省长知道自己受骗,咬牙切齿,痛恨到极点。他急于要报复、雪恨,派大批人员到处侦察、缉捕。可是骗子早已逃之大吉,始终没人知道他的踪影。

伊补拉欣·迈赫底亚和富商的故事

相传从前哈里发迈蒙执政期间,常与亲戚朋友在一起谈天,借以消愁解闷,并增广见闻。有一次他对伊补拉欣·本·迈赫底亚说:"把你见闻中认为最奇怪的事情讲一桩给我们听吧!"

"听明白了,遵命就是。"伊补拉欣欣然答应着,随即讲了下面他跟富商的妹妹结婚的故事:

有一天我骑马出去消遣、寻乐,信步走近一家门前,突然闻到一股馨香扑鼻的饮食气味,顿时惹动我的食欲,致使我馋涎欲滴,迫切希望吃到那样的香美食品。可是我不能冒昧闯进别人家里去求食,同时又不甘心打消贪食的念头,因而一时糊涂起来,正彷徨、犹疑之际,忽然听到一缕清脆、悠扬的歌声从屋里飘荡出来。那歌喉之美、曲调之雅,是我从来没听过的。我陶醉在歌声里,这才把饮食的香甜气味忘得一干二净。我决心想法进那家屋里去看个究竟,于是摆头四下观看,见附近有一个裁缝铺,便过去向裁缝问好,顺便打听那屋里住的是谁。

"这是一位富商巨贾的住宅,"裁缝告诉我,"跟他家来往的都是生意场中的知名人士。他们经常在一起饮酒作乐,弹唱歌舞,生活阔气极了。"

我向裁缝了解情况的时候,恰巧有两个聪明、伶俐的高贵人物,骑着骏马打我们面前经过,径向商人的住宅走去。裁缝告诉我,他俩是那位富商最知心的朋友。我趁机策马赶到他俩面前,向他俩打招呼,寒暄道:"我为二位不惜肝脑涂地。主人早就等候二位光临了,请快走吧!"于是我和他俩一块儿去到门前,陪他俩走进屋去。

主人见我跟他的两位知心密友在一起,毫不怀疑,认为我是他俩的朋友,因而表示热情欢迎,让我坐在首席,并摆出丰富可口的饮食,殷勤招待我们。我暗自欢喜,想道:"感谢安拉的赏赐,我能吃到这样的饮食,已经达到一饱口腹的目的了,现在只剩听音乐的耳福还没得偿罢了。"

饭后,主人引我和他的两位密友来到饮酒作乐的客厅里。客厅中早已高朋满座,贵友咸集。由于主人另眼看待,把我当贵宾殷勤款待,亲切地和我交谈,因而引起宾客们对我的重视和亲近,争相和我应酬,对我表示无上的敬意。我们举杯欢饮。酒过数巡,人们喝得有点醉意,一个窈窕、美丽、活泼的女郎,像招展的花枝一样姗姗走进客厅。她怀抱琵琶,边弹边抑扬顿挫地唱道:

> 一幢屋宇包容着我们的身躯,
> 你却不趁机和我接近、谈心。
> 除却比手势和眉目传情,
> 彼此被爱火焚烧着的苦心和灵魂深处的秘密,
> 竟然没有表达、泄露的机会,
> 处于这样的境地岂不令人惊奇、诧异?

少女的弹唱掀起我满腔激情,她那绝世的姿色和她弹唱的那首绝妙的歌曲,使我感动得无法控制自己,甚至于我对她的弹唱技艺因羡成嫉,贸然说道:"小丫头,你的弹技固然熟练,但美中不足,这里还存在着缺点呢。"

女郎勃然大怒,摔掉琵琶,声色俱厉地问道:"你们是什么时候让这个坏家伙来参加盛会的?"

当时人们哗然，面面相觑，对我表现出不满情绪。我非常懊悔不该在大庭广众中失言而贻笑大方，暗自说："这样一来，我的希望理想全都完了！"在那样的情况下，要挽回狂澜，免受埋怨，唯一的办法，只能是当众人之面，以身作则地演奏一曲，显一显身手，让他们知道我言之成理，并非胡言乱语。想到这里，我理直气壮地说道："给我拿具琵琶来，让我指出她弹法失当的地方吧。"

"听明白了，照你的办法行事。"在座的人异口同声地赞成我的建议，并给我预备了一具琵琶。

我抱起琵琶，调一调弦，随即边弹边唱道：

> 这是为爱你而被苦恼折磨得颓唐、憔悴的有情人，
> 他打开泪管任眼泪冲刷自己的身体。
> 他伸出左手向安拉乞求胜利，
> 还用右手抚摩着心脏维护奄奄一息的生命。
> 在爱人的视线下他的生命逐渐凋谢，
> 致他死命的是她的纤手和眼睛。

女郎听了我的弹唱，感动得跳将起来，一下子拜倒在我脚下，不息地吻我的脚，表示无上的敬仰，说道："恳求老爷多多原谅奴婢。指安拉起誓，先前我一点也不知道你在音乐界的崇高地位；像你这样造诣极高的绝艺，我是生平第一次听见的。"

在座的宾客听了我的弹唱，也十分感动，一个个都称赞我，表示竭诚钦佩、尊敬，再三恳求我再弹唱几曲给他听。我兴致勃勃地果然弹唱了几曲拿手杰作。宾客听了入迷，大家怡然陶醉，兴高采烈地尽欢而散。深夜里客室中只剩主人、女郎和我三个人，于是洗盏更酌，彼此兴致淋漓地边饮酒边谈心。主人说道："过去不认识你，我活到这个年纪，等于白牺牲了岁月。承蒙安拉恩顾，今夜里我能和你聚首共饮，实在感到无上高兴、荣幸。不过指安拉起誓，直到现在我还不知道对饮者到底是谁。因此希望你让我知道你的尊姓大名吧。"

我本来不打算暴露自己的真面目，只是支吾着跟他敷衍、应酬。经他又一次发誓再三要求，我才告诉他我的姓名。主人听了我的名字，顿时跳将起来，毕恭毕敬地站在我面前，诚惶诚恐地说道："原来是你这位高贵伟大的人物赏脸、光临，这的确使我受宠若惊，惊喜不置！换言之，我这是得天独厚了，我是无法感谢上苍的。或许这是南柯梦境吧，否则今夜里我怎么会同皇叔举杯对饮呢？我什么时候敢于妄想有这么一天阁下会光临寒舍呢？"

我当面发誓，费了许多唇舌才劝服他坐下。他坐下来继续和我谈心，用巧妙的言词，轻言慢语、委婉曲折地探听我到他家来参加宴会的原因。我把经过的情况，从头到尾，毫不隐匿，详细叙述一遍，最后说道："在饮食方面，当初我想一饱口腹的欲望，已经一帆风顺地达到目的了，可是音乐方面，我想一饱耳福的夙愿，至今还没得偿呢。"

"若是安拉愿意，你的夙愿是会得偿的。"主人说着即时吩咐女郎去唤歌女们出来见我。于是他家里的歌女，先后一个接一个地走出来，当面试唱一曲给我听。我侧耳从头细听，所有的歌女都唱过了，可是始终没发现当初我在门外听到的那个歌喉。最后主人对我说："指安拉起誓，除家母和我妹妹之外，其余的姑娘都出来试唱过了。指安拉起誓，最后我非请家母和妹妹出来和你见面不可。"

我非常钦佩主人的慷慨、豪爽，说道："为报答你的恩情，我不惜牺牲自己的生命。现在请先唤令妹出来和我见面吧。"

"好的，我非常乐意。"主人欣然答应我的要求。

在主人的指示下，他妹妹果然姗姗走了出来，当面试唱了一曲。我一听就知道先前我在门外听到的歌声，原来就是她唱的。我一旦看见理想中的歌手，不禁喜出望外，赶忙对主人说："我甘心做你的替身。先前我听见的歌声，原来就是这位小姐唱的。"

主人毫不犹豫，即时吩咐仆人请来证婚人，并拿出两锭黄金，对证婚人说道："这位是哈里发的叔父、我们的领袖伊补拉欣·迈赫底亚,他向我妹妹求婚,我们同意缔结这头亲事,因此请你来办理缔婚手续。这锭金子是他给我妹妹的聘礼。"接着他回头对我说:"我妹妹、你的未婚妻正式接受你的聘金了。"于是他把两锭金子分别递给他妹妹和证婚人每人一锭。

"这头亲事是我自愿而乐意缔结的。"我向主人和证婚人表示态度。

办完结婚手续,主人征求我的意见:"我打算在寒舍里替阁下收拾、布置一间房间,以便你们夫妻在一起过夜。"

我不好意思过分受人抬举、尊敬,而且不便在他家里过夜,因而婉言谢绝:"不必另行替我们布置房间,请预备送她到我家去,这就感激不尽了。"

主人满足我的愿望,果然送他妹妹到我家里,并陪嫁了许多妆奁。我家虽然宽阔;但妆奁的数量太多,简直无法摆布。从此我们夫妻二人,过着相敬如宾的恩爱生活。到如今我们的爱情已经开花结实,她替我生了站在御前这个小子。

哈里发迈蒙听了伊补拉欣·迈赫底亚结婚的故事,非常钦佩商人的慷慨、豪爽行为,慨然叹道:"商人的行为果然算得特殊、典型。像他那样的人物,我却是生平第一次听到的。"他很想认识商人,因而吩咐伊补拉欣带商人进宫去,让他看看他本人。

伊补拉欣果真带商人进宫,介绍他跟哈里发结识。哈里发接见他,同他促膝谈心,非常赏识他的礼貌和阔达性格,从此把他当为知心的随从人员,陪他吃喝、玩乐,彼此形影不离,直至白发千古。

一个因施舍而被砍手者的故事

相传古代有个暴君,不准老百姓做好事。有一天他悍然宣布说:"老百姓中,凡敢私相授受、随便施舍的,一律受砍手之罪。"命令发布之后,老百姓战战兢兢,人人自危,唯恐大祸临头,因而人们即使碰到遭灾受难的人,也不敢表示同情、伸出援救之手。可是偏偏在这个恐怖时期,一个饿得快要断气的乞丐,迫不得已,悄悄地向一个善良的女子乞讨,哀求道:"求你发善心,赏我一点吃的充饥吧。"

"我怎么敢给你吃的?国王有令在先,任何施舍的人都要受砍手之罪呢。"女子说明不得已的苦衷。

"看安拉的情面,求你赏点吃的,救救我这条命吧。"乞丐一再哀求。

女子听了乞丐喊着安拉向她乞求,衷心感动,顿萌慈悲、怜悯心肠,不顾一切,慨然给乞丐两个面饼充饥。

事后,消息传到宫中,国王大发雷霆,吩咐当差的传那个女子进宫治罪,砍掉她的两手。

那个女子为施舍受了处罚,变为残废,回到家中,过着悲惨无告的苦难生活。

国王是个暴虐、好色成性的人。有一天他对太后说:"娘,我打算再娶个妃子,你给我物色个顶美丽的女子吧。"

"王宫附近的庶民中,有个非常美丽的女子,可惜她身上带有很大残疾,真是美中不足啊。"

"她带的什么残疾呀?"

"她的两只手被砍掉了。"

"让我看她一眼再说吧。"

太后果然把被砍手的美女召进宫去,让国王过目。

国王一见倾心,看中她的窈窕美丽,因而不顾她的残疾,终于娶她为妃子,夫妻相亲相爱,感情很好,已经生了一个王子。而这个被国王所看中、一跃而为妃子的女子,原来就是当初为给乞丐两个面饼而受砍手之罪的那个无辜善良的女子。她受国王垂青,被选为妃子,身心有了归宿。然而好事多磨,国王对她的宠幸引起后妃们嫉妒,群起造谣败坏她的名节,联名上书国王,诬蔑她为娼妓之流,恨不得置之死地。

国王不分青红皂白,听信流言蜚语,翻脸不认人,断然抛弃她,让太后设法把她送出宫去,弃掷于郊外。

那个被遗弃的善良女子,背着孩子,在茫茫的漠野,想着自己的身世和遭遇,悲哀哭泣,走投无路。在饥渴交迫的情况下,她满腔郁结,疲惫不堪,漫无目的地四处流浪;当经过一条河渠时,便伏下去喝水解渴。想不到她刚低下头去喝水,背上的孩子一骨碌跌到河里。她眼看孩子淹没在河里,没人救命、打捞;她认为是祸不单行,眼前只有死路一条,便坐在岸上号啕痛哭起来。

当时有两个男人从那里经过,见她坐在岸上哭泣,觉得奇怪,走到她面前,问道:"你干吗坐在这里哭泣?"

"我背着的孩子跌在河里淹死了。"她说明悲伤的原因。

"我们替你把他打捞起来好吗?"

"好极了。你们行行好吧。"

过路人喃喃地祈祷一番。随着他俩的祈祷,跌在河里的孩子随之而浮出水面,终于安然回到他母亲怀抱里。

"你希望安拉恢复你那被砍掉的两只手吗?"过路人接着探询女

子的心事。

"希望极了。"女子毫不迟疑地回答。

于是过路人又喃喃地祈祷起来。随着他俩的祈祷,女子被砍掉的两手果然即时恢复了原状。

"你认识我们吗?"过路人接着问她。

"不,只有安拉最认识你们。"

"我们是你赏给乞丐的那两个面饼呀。当时你的两只手就是为施舍而被国王砍掉的。"

过路人说罢,飘然而去。女子用她复原的两只手,紧紧地搂着死而复生的孩子,虔心虔意地感谢、赞美安拉。

一个犹太教徒和珍珠的故事

　　相传从前以色列人中，有个虔诚的信徒，为人忠诚老实，他的家属全靠纺纱糊口。他每天把家人纺线的纱带往市中交易；卖掉纱，然后买棉花，并用赚得的钱买食物带回家去，供家人继续纺纱，并维持家人的生活；一天做了一天吃，生活倒也勉强过得下去。

　　有一天那个虔诚的信徒照例拿纱到市中去经营买卖。在市中，一个弟兄辈的亲戚和他碰头，向他诉苦、求援。他慈悲为怀，慨然把卖纱所得的钱都给那个亲戚，成全别人，宁可不买棉花和食物，而空着手回家去。

　　家里的人等着棉花纺纱，并急需食物充饥，见他空手回来，问道："你买的棉花和食物哪儿去了？"

　　"一个亲戚向我告急，我把卖纱的钱都给他了。"

　　"家里没有其他可卖的东西，这该怎么办呢？"家里人表示绝望。

　　没有吃的，家人陷于挨饿的境地。不得已，信徒只好把家中仅有的一个破木托盘和一个旧瓮拿去市中变卖，可是谁也不肯收买那种破旧器皿。正当他耐心等待顾主的时候，可巧一个和他同命运的卖鱼人，打他面前经过，手中拿着一尾发腐而卖不出去的臭鱼。于是二人交谈起来。卖鱼人说道："让我们把卖不出去的货物互相交换行吗？"

　　"行。"信徒慨然同意交换货物。

信徒把用破托盘和旧瓮换来的臭鱼带回家去。家里人见了,感觉失望,问道:"我们拿这尾臭鱼怎么办呀?"

"拿去洗干净,烧烤出来,暂时糊口,然后等候上帝分配我们的生计吧。"

家人遵从吩咐,拿鱼去洗,预备烧烤。他们刚破开鱼肚,发现里面有颗珍珠,于是赶忙把情况告诉信徒。

"你们仔细看吧,"信徒说,"假若那颗珍珠被钻过小孔,显然那是别人的财物;要是没有孔,这便是上帝赏赐我们的衣食了。"

他们仔细斟酌,见珍珠还没钻过孔。

次日信徒把珍珠带到市上,给他认识的一个珠宝商看。商人问道:"你哪儿来的这颗珍珠?"

"是上帝赏赐我们的衣禄。"

"这颗珍珠值一千块钱,我愿出此价收买。如果你不愿卖,那就拿去让别的大商人看看吧!他们比我识货,本钱也比我的多。"

信徒果然把珍珠拿去请顶大的珠宝商估价。商人看了货色,说道:"这颗珍珠值七万块钱。这是最高价格,不可能再加价了。"于是兑七万元给信徒,买下那颗珍珠。

信徒雇脚夫担钱回家。刚到门前,便有个乞丐迎面走来,向他乞讨,说道:"你行行好,把上帝赏赐的衣食赏我一点吧!"

"昨天我们的情况跟你差不离,也是没穿少吃的。现在我把钱分一半给你吧。"信徒说着,把卖珍珠的钱一分为二,慨然给乞丐三万五千块钱。

"愿上帝赐福、保佑你。钱我不要你的,请你收起来吧。我不过是奉上帝之命,前来试验你的心肠罢了。"

信徒听了乞丐之言,怡然说道:"赞美、感谢上帝!恩惠全是他赏赐的。"从此他和家人,过着丰衣足食的幸福生活,直至白发千古。

法官艾博·汉松·臧亚第的故事

相传从前哈里发迈蒙执政之初,大名鼎鼎的法学家艾博·汉松·臧亚第怀才不遇,债台高筑,被债主逼得走投无路,处境非常狼狈,吃尽苦头,几乎无法生活下去。后来他毫无讳言地对亲朋叙谈当时的窘况:

当初我遭时不遇,穷到无以复加的地步;每天面包商、杂货店老板和其他的债主登门讨债,络绎不绝,逼得我走投无路,苦恼到极点,已经到了上天无路、入地无门的境地。在那样的情况下,我日夜不安,如坐针毡。有一天童仆进来请示:"门前有个客人要见主人,让他进来吗?"

"带他进来吧!"我吩咐童仆。

来客是个呼罗珊人。彼此见面,互相招呼、问候一声,客人接着问道:"阁下是艾博·汉松·臧亚第吗?"

"不错,我就是臧亚第。你有什么事?"

"我是个异乡人,要去朝觐,途中携带盘费不太方便,打算把一万块钱寄存在你这里,等朝觐归来,再来取用。不过话得讲清楚:万一朝觐事毕,朝觐团从麦加回来之后,你不见我,便知道我已无常,寄存在你这里的钱就当礼物送你。如果我平安归来,你把寄存之款还我好了。"

"若是安拉愿意，一切都照你的吩咐办吧。"我慨然答应替他保管盘费。

客人拿出钱袋。我吩咐童仆拿来一杆秤，当面称过，他才把钱交给我，然后告辞，匆匆归去。

我收下呼罗珊人寄存之款，即时请债主来，一一清还债务，并将还债剩余之款，按生活需要随便开支，一下子把一笔寄存之款花得所剩无几。当时我满以为距呼罗珊人朝觐归来之期为时还远，在这期间安拉会解救我，或许我找到别的头路，就不难凑足寄存之款的数目赔还他了。然而事实竟然出人意料。第二天童仆进来报告说："那位呼罗珊客人又来求见，让他进来吗？"

"带他进来吧！"我同意接见他。

呼罗珊客人进得家来，直截了当地对我说："我原是决心要去朝觐的，但不幸突然接到家父逝世的噩耗，不得已只好回家奔丧；现在请把寄存之款还给我吧。"

客人的谈话，像晴天霹雳，使我感到无可忍受的忧愁苦闷；那种苦难境遇，我相信是任何人不曾遭遇过的。当时我陷于痴呆、迷惘状态，哑口无言对答。假若我断然否认其事，他必得叫我赌咒，即使不当场丢脸，来世的罪责更难推卸。如果直言不讳，对他讲明情况，他必然和我争论，我的根底就被揭穿，有碍面子。总之我感到左右为难。最后迫不得已，只好撒谎说："我家浅门薄户，保存你的存款不太稳当，为安全起见，我把你的钱转存在朋友家了。若是安拉愿意，你明天来取吧。"

呼罗珊人当我说的是真话，怡然走了。想着第二天呼罗珊人要来取款，那天晚上我如坐针毡，辗转不能成寐，整夜不曾合上眼皮。深更半夜，我唤醒童仆，叫他替我备骑骡，我要出去。童仆提醒我说："老爷！现在深更半夜时候，外面黑得伸手不见掌，离天亮还早着呢。"没奈何，我勉强倒在床上，可始终睡不熟，累次催唤童仆，害得他不胜其烦。因此，天刚黎明，他就给我备好骑骡的鞍辔。

大清早我毫无计划、目的，骑马出走，满腔郁结、苦恼，茫然不知所向，索性把缰绳撂在牲口脖上，任它向巴格达东面，漫无止境地朝前走。途中见一伙人迎面走来，我不愿跟他们碰头，便拨转马头，走向别条大路。他们见我身着绿袍，反而加紧脚步，赶到我面前，问道："请问你知道艾博·汉松·臧亚第住在什么地方吗？"

"我就是艾博·汉松·臧亚第。"我直截了当地告诉他们。

"跟我们进王宫去吧！哈里发请你呢。"他们说明来意。

我随他们去到宫中，来至哈里发迈蒙面前。他问道：

"你是谁？"

"我是法学大师艾彼·郁稣福的同事。"

"你的大名叫什么？"

"艾博·汉松·臧亚第。"

"近来你的生活、起居如何？跟我谈谈吧！"

我毫不掩饰，坦然把自己的窘况、际遇，从头到尾，详细叙述一遍。哈里发迈蒙听了，悯然流泪，说道："该死啊！难怪穆圣在天之灵不让我安安逸逸的睡觉，原来为的就是你呀。不瞒你说，昨晚我刚入梦，便见穆圣对我说：'该死的，你救救艾博·汉松·臧亚第吧！'我从梦中惊醒，却不认识谁是艾博·汉松·臧亚第。我第二次刚睡熟，又梦见穆圣对我说：'该死的，你救救艾博·汉松·臧亚第吧！'我从梦中醒来，还是不知道艾博·汉松·臧亚第到底是谁。我第三次刚睡熟，又梦见穆圣对我说：'该死的，你救救艾博·汉松·臧亚第吧！'于是我不敢再睡，整夜醒着，并唤醒当差的，催他们分头去找你。现在总算把你给找来了。"

哈里发迈蒙说罢，赏我一万块钱，说道："这是给你赔还呼罗珊人的。"接着又赏我一万块钱，说道："这是给你维持和改善生活的。"最后又赏我三万块钱，说道："这是给你置装用的。你拿去预备一番，等朝觐团出发之日，你再到宫里来，我派你一个职位好了。"

我带着赏钱回到家中，爽然做了晨祷，满身轻松愉快。这时候呼罗珊人已如约前来取款。我让他坐下，即时拿出一袋钱，递给他，说道："这是你寄存的钱，你拿去吧！"

呼罗珊人看了一眼，说道："这可不是我原来的那袋钱呀。"

"不错，果然不是你原先寄存的那袋钱。"我坦白地承认事实。

"这是什么缘故呢？"他露出怀疑的神色。

经他追问，我不得不把事情的原委详细说给他听。他听了悯然落泪，慨然说道："指安拉起誓，当初假若你对我说明真情实况，我是不会向你索取存款的。现在我再指安拉发一次誓，这笔存款，我分文不收回了。你留着使用吧，这是很合情理的。"他说罢，告辞归去。

我遵循哈里发迈蒙的吩咐，治备好行装，等到朝觐期至，便如约进宫。哈里发迈蒙和蔼可亲地接见我，让我靠近他坐下，从礼拜毯下取出一张委状递给我，说道："拿去吧！这是派你去麦地那当法官的委任状，你的薪俸已经做了规定，可以按月领取。到任后，希望你惧怕安拉，勤勤恳恳地奉公守法，才对得起穆圣对你的关怀、照顾呢。"

哈里发迈蒙对我的一番训诫，颇引起当时在座之人的惊异。他们退而向我打听个中原委，我把自己的经历，从头到尾，详细叙述一遍。后来消息从他们口中辗转相传，越传越远，差不多人人都听见这件趣闻，一时之间曾传为佳话。

艾博·汉松·臧亚第奉哈里发迈蒙之命，到麦地那上任，任法官职务，替人排难解纷，执法如山，孜孜不倦，任劳任怨，数十年如一日，直至白发千古。

一个破产者发家致富的故事

　　相传从前有个富人，钱财很多，过着豪华享乐生活，挥金如土；年深日久，坐吃山空，终于荡尽家财，宣告破产，衣食无着，穷得一文不名，显有饿死之虞。没奈何，他的妻室替他出主意，叫他去向一个颇有交情的朋友借贷，以救燃眉之急。

　　他听从老婆的指使，果然去向老朋友告急，讲明他的窘况和需求。他的朋友不忘旧情，慨然借给他五百金币，叫他拿去做本钱，小心经营，就不难致富。

　　他原是经营珠宝生意而发财的，所以借到本钱之后，便重理旧业，仍去珠宝市中，开个铺子，买卖珍珠宝石。

　　有一天有三个陌生人来到他铺中，打听他父亲的去向。他告诉他们老人家已经过世了。陌生人问道："他老人家有子嗣吗？"

　　"有的，我本人就是他的亲生儿子。"

　　"谁知道你是不是他的儿子？"陌生人表示怀疑。

　　"市中做生意买卖的，谁都知道我是他的儿子。"

　　"你请他们来证明此事吧！"

　　他果真请来几位商人，大伙异口同声地证明他是死者的子嗣。陌生人得到确凿证据，这才递给他一个鞍袋，说道："这鞍袋里盛着三万金币和一些无价的名贵珠宝。这笔钱财，原是令尊托我们替他收藏着的。老人家既已逝世，这笔财产该归你继承，请收起来吧！"

陌生人说罢，从容告辞归去。

他凭空收到一笔遗产，喜不自胜，即时打开鞍袋，取出里面的珍珠宝石，仔细观看，预备陈列起来，让顾客选购。这时候，有个妇女来到他铺里，一眼看中那些珠宝中价值五百金的一件首饰，却愿出三千金的高价向他购买。

生意成交后，他预备五百金，带在身边，兴高采烈地来到借他本钱的那位老朋友家里，说道："你借给我的五百金，我送来赔你了。承蒙安拉解救、恩赏，现在我有办法有出路了。"

"这是我送给你的，"他的老朋友说，"当初我开支这笔钱，原是为安拉而存心做好事的。所以希望你把钱和这张字条一并拿去。回到家里，请读字条，便知个中底细。"

他听从朋友吩咐，果真把钱和字条带到家中，然后打开字条一看，见上面写道：

> 先前我的至亲们曾经去你铺中访询，
> 他们原是家君、叔叔和姑父萨礼和·阿里。
> 继之我母亲还同你完成了一项交易，
> 同样那笔金钱和那批珍珠宝贝也是从我这里发放出去。
> 我可不是存心借此谋求任何酬谢，
> 反而觉得我做的欠周而感愧无地。

一个破产者一梦醒来
又恢复财富的故事

　　古代巴格达城中有个富翁,拥有无数的财产,向来过的是享福奢侈生活,挥金如土,坐吃山空,没有几年工夫,就把全部财产花完,弄得一贫如洗,手中一个子儿没有,从此必须辛勤劳动,才能勉强维持生活。他因为过去过惯了挥霍享福的生活,一旦贫穷落寞下来,心中随时忧愁苦恼,终日闷闷不乐。有一天他在睡梦中,见有人对他说:"你的衣食在埃及,上那儿寻找去吧。"

　　他相信梦中的见闻,毫不犹豫,毅然决然背井离乡,怀着希望理想,做长途旅行,风尘仆仆,奔波跋涉,终于来到埃及。可是进城时,已是深夜,找不到住宿的地方,便在一座礼拜堂中投宿,暂住一夜。然而事属巧遇,当天夜里,礼拜堂隔壁的人家失盗,被一群小偷经由堂内越墙去偷窃。主人梦中惊醒,发现贼踪,马上呼喊捉贼;巡警闻声赶来,贼帮早已逃跑。省长亲身到堂中查看,发现那个巴格达人正睡在堂内,于是不分皂白,把他逮捕起来,痛打一顿,打得差一点丧命,最后把他监禁起来。

　　他在监里过了三天牢狱生活,才被提审。省长亲自审讯,问道:"你是从哪儿来的?"

　　"从巴格达来的。"

　　"你为什么到埃及来?"

"因为梦中有人对我说:'你的衣食在埃及,上那儿寻找去吧。'因此我才旅行到埃及来的。可是我在这儿得到的衣食,却是你赏给的一顿鞭子。"

省长听了,哈哈大笑,笑得合不拢嘴巴,说道:"你真是个愚蠢家伙!我自己在梦中曾经三次听人对我说:'巴格达城中某地方有所房屋,形式如此这般,周围有个花园,园中的喷水池下面埋着许多金银,你上那儿取去。'我可是不相信,一直不想上巴格达去取非分之财。你这个愚蠢家伙,居然相信胡思乱梦,一念之差,不辞跋涉,从巴格达跑到埃及来,自寻苦头,真是呆笨之至。"省长说罢,赏他一个银币,嘱咐道:"给你,拿去做路费,赶快回去守本分做人吧。"

他收下省长的施舍,迅速起程,奔回巴格达。因为省长告诉他的那个梦境,原来就是他自己的房屋。由于心中有数,所以他刚到家便开始挖掘,末了获得地下的宝藏,竟然又一变而为富翁。

哈里发穆台旺克鲁·阿隆拉和
宫女马哈波白的故事

　　相传从前哈里发穆台旺克鲁·阿隆拉执政期间,他的宫中养着四百名宫娥彩女。其中二百名是希腊姑娘,二百名是阿拉伯、埃塞俄比亚女子。后来鄂拜谊德·塔锡鲁又送给他四百名女郎,充当宫人;其中二百名是西方出生的白面姑娘,二百名是埃塞俄比亚和阿拉伯生长的褐色美人。她们中有个巴士拉人,名叫马哈波白,体格容貌非常窈窕美丽,举止性情非常活泼伶俐,弹唱歌舞、琴棋书画无所不长,因此博得哈里发穆台旺克鲁的宠遇,爱她如掌上明珠,随时不离她的左右。

　　马哈波白在几百名宫女中,独邀哈里发的宠爱,便骄傲自大,言行放肆,有伤哈里发的尊严。哈里发穆台旺克鲁一怒之下,弃之不顾,且不准宫中的人理睬她,把她孤立起来。

　　过了一晌,哈里发穆台旺克鲁仍耿耿不能忘怀马哈波白,爱她的心情与日俱增。有一天他跟左右的亲信谈心,说道:"昨夜里,我在梦中见马哈波白和我生活在一起,彼此又和好如初了。"

　　"但愿安拉让那样的好事情出现在白昼里。"亲信们说明他们的愿望。

　　正当他们君臣谈论此事的时候,忽然一个女仆匆匆来到哈里发穆台旺克鲁面前,悄悄地报告说:"刚才我们听见马哈波白房中有弹唱的声音,可不知到底为了何事。"

哈里发穆台旺克鲁随女仆即时来到后宫,站在马哈波白的房门外面,果然听见马哈波白边弹琵琶,边哀怨地唱道:

> 我走遍整座官殿,
> 一直看不见一个人影。
> 我向他告饶、诉苦,
> 他却置之不顾。
> 我似乎犯了滔天罪孽,
> 今生已无忏悔、幸免机会。
> 莫不是这里面有人替我说情,
> 他才在梦寐中和我恢复交情?
> 惜乎一旦天明梦醒,
> 彼此又各自东西。

哈里发穆台旺克鲁听了马哈波白的弹唱,既钦佩她歌词、唱腔的美妙、动听,又深感他俩之间异床同梦的巧合,因而他不念旧恶,推门闯进房去。马哈波白一见哈里发驾临,即刻站起来,奔到他面前,跪了下去,亲切地吻他的脚,说道:"指安拉起誓,主上光临贱妾的这个景象,昨夜梦中,我亲眼看见了。今晨醒来,我回忆梦境,作此诗而歌之,聊表系念之忱。"

"指安拉起誓,昨夜我在梦中看见的,也是这个景象呀。"哈里发说着把她搂在怀里,从此二人和好如初,恢复旧情。于是哈里发寸步不离地陪她过了七昼夜,充分表示出对她的宠爱心情。马哈波白受宠若惊,十分感动,用麝香把哈里发的名字穆台旺克鲁写在她自己的腮上,表示对哈里发的敬仰爱戴。哈里发看见他的大名出现在马哈波白的腮上,不胜感激涕零,欣然吟道:

> 一位女书法家在她自己腮上写了贾尔发的姓名,
> 这是我生平不曾见过的创举。

她的巧手仅仅在腮角上写了一个姓名，

　　可它等于在我心房中留下不可磨灭的无数笔迹。

　　后来哈里发穆台旺克鲁百年归天之后，宫中无数的宫娥彩女，淡
漠视之，若无其事，其中只有马哈波白例外。她为哈里发之死哭得死
去活来，结果因伤感过度，卧病不起，终于在哈里发死后不久，便相继
一命呜呼。宫中之人，鉴于她和哈里发之间，彼此情深爱笃，应该活
在一起，死在一堆，所以把她的尸体葬在哈里发穆台旺克鲁的皇陵旁
边，以慰他俩在天之灵。

屠户王鲁东和爱熊女郎的故事

相传从前国王哈克睦·比·艾睦里拉统治埃及时期,在开罗有个开羊肉铺的屠户,名叫王鲁东,生意买卖很好,赚了不少钱财。他的顾客中有个年轻女郎,每天带一个脚夫,来到铺中,用比埃及金镑重两倍半的一枚金币,买一只宰了的小羊,交给脚夫,放在背篓中带走。次日清晨,年轻女郎照例带脚夫来买羊。屠户王鲁东每天可赚她的一枚金币,天天如此,过了很长的一段时期。

日子一久,屠户王鲁东觉得奇怪。一天他心里念叨:"这个娘儿每天都来买羊肉,一直没间断,而她用的都是金币,这真是一桩奇事啊。"于是他暗中找替女郎背羊肉的脚夫,打听她的情况。脚夫告诉他:"她的真实情况,我也莫名其妙;这是一个谜,我觉得非常奇怪。她雇我每天从你这儿买了羊肉,再花一枚金币向别的商人买日常生活必需的食物、水果、蜡烛、干果等食品,最后花一枚金币向一个基督教商人买两瓶葡萄酒。她把所买的东西放在篓中,叫我替她背着,随她去到相府园,这才拿布带缠住我的眼睛,然后牵着我的手,一直向前走。所经之地,我一点也看不见,也不知她带我到了什么地方。行了一阵,她吩咐道:'放下背篓吧!'接着她给我一个空篓,然后牵着我的手,把我送到相府,替我解掉眼上的布带,然后给我十块钱的报酬。"

屠户王鲁东听了脚夫的叙述,喟然叹道:"安拉会拯救她的!"然而他对女郎的行止仍不得要领。他念念不忘,老为这桩事搜索枯肠,因而越想越迷惑,弄得心神不安,整夜失眠。

次日清晨,年轻女郎照例带脚夫来到屠户王鲁东铺中,买了小羊,交给脚夫装在箩中拿走。屠户王鲁东待她走后,即时叫一个小孩看守铺子,他自己抽出身来,跟踪追随年轻女郎,暗中窥探她的行止。只见女郎买了其他日用物品,然后带脚夫一起出城,行至相府园,才拿布带束住脚夫的眼睛,然后牵他向前走,直到山麓,在一个大石头附近停下,帮脚夫放下背箩,再牵他往回走。

屠户王鲁东躲在僻静地方,仔细窥探她的行止,耐心等她送走脚夫,再转来拿走买来的东西,直至她的形影不再出现之时,他才试探着慢慢走到大石边,扳着石头摇了一摇,不见什么动静。他转过去,发现大石后面有个地洞,洞口敞着,旁边摆着一个铜盖子,洞内有台阶。他蹑手蹑脚地慢慢沿台阶走进去,经过一段长廊,来到一间房前,房门旁边有个壁龛;他沿梯爬进壁龛,从壁缝里向房内一看,见那个年轻女郎正在收拾买来的羊肉。她拣肥美的切成小块,放在锅里,拿去煎炒,并把剩余的生肉扔给一头又粗又大的狗熊享受。一会儿饭菜煮熟了,她便坐下来细嚼慢咽,饱餐一顿,然后摆上果品、酒肴,满斟一杯,一饮而尽,随即用金盘盛酒敬奉狗熊。她边自斟自饮,边继续拿酒灌狗熊,直喝得醉眼蒙昽,才扒掉衣裙,赤裸裸地躺下去,跟狗熊苟合起来,淫荡不拘地拿它当爱人看待,任畜生不停地糟蹋、蹂躏自身,直弄到彼此心满意足、筋疲力竭,才昏昏沉沉、人事不知地睡倒。

屠户王鲁东眼看娘儿淫荡无耻的下流行径,既惊奇又气愤,暗自说:"这是我动手的好机会了!"随即抽出带在身边那把非常锋利的屠刀,从容走出壁龛,进入房内,走到娘儿和狗熊面前。只见她俩醉生梦死地酣睡不醒,一动也不动。他毫不犹豫,举起屠刀,架在狗熊咽喉上,使劲一宰,一下子就割断它的脖子。狗熊滚动着发出如雷的呼喘声。娘儿闻声惊醒,见狗熊被杀,吓得魂不附体,一声狂叫起来,说道:"王鲁东哟! 这是我好心待人应得的报酬吗?"

"你这个不自尊重的骚货! 难道世间的男子都死绝了,你才寄情于畜生,干出这种下流无耻的勾当吗?"屠户王鲁东理直气壮地责问娘儿。

娘儿被问得哑口无言,低头默不作声。继而她转眼看看被杀死的狗熊,痛定思痛,毅然说道:"告诉你吧,王鲁东! 现在摆在你面前的有两条路可走:第一是听从我的吩咐,你便可平安无事,又能发家致富。第二是违反我的意志,你就是自作孽,非遭杀身之祸不可。告诉我吧! 你到底喜欢走哪条道路?"

"我选择第一条道路。你有什么吩咐? 只管说吧!"

"像宰熊那样,你杀死我,再把这个宝藏中你需要的东西拿走吧!"娘儿干脆说出她的愿望。

"我比这头狗熊高尚,又有尊严。希望你回头是岸,痛改前非,诚心忏悔,然后同我结成终身伴侣,以便我们在此宝藏中,安度晚年吧。"屠户王鲁东坦率道出他的心愿。

"它死了我怎么还能生存下去? 你想的离事实太远了。指安拉起誓,你若不杀我,我一定会致你死命的。你还是听我吩咐的好,免得毁灭你自己。这是我的决心,已经讲清楚明白了,你善自选择吧。"

屠户王鲁东见她执迷不悟,不可救药,怒目说道:"好的,我宰了你,让你去受安拉的惩罚而遗臭万年吧。"于是抓着她的头发,手起刀落,一刀结果她的性命。接着他摆头观看,见室内净是黄金白银和珍珠宝石,数量之多,远非任何帝王所收集的可以比拟。他拿脚夫的背箩,从金银珠宝中,尽量挑选一箩,拿衣服盖着,背出地洞,慢慢走回家去。

他背着一箩名贵的珠宝,满载而归。刚走到城门下,便跟国王哈克睦·比·艾睦里拉和他的十名卫兵遇见了。国王走到他面前,和他谈话,问道:"王鲁东! 你杀死那个娘儿和她的狗熊了吗?"

"启禀主上,都叫我杀死了。"屠户王鲁东承认事实。

"你放下背篓吧! 不必担心、顾虑。这是你的财物,谁都强占不了。"

他果然放下背篓。国王揭开看了一眼,说道:"其中的底细,我了若指掌,仿佛亲身到现场看见这桩事件。不过事件如何开始、结束? 还是请你自己谈谈吧!"

他听从国王吩咐,果然把事件的经过,从头到尾,详细叙述一遍。国王听了,说道:"你说的都是事实,无可非议。现在你陪我们上那儿去走一趟吧!"

他不敢违拗命令,立刻带国王去到宝藏所在地,见洞门已经关闭起来。国王吩咐道:"王鲁东,你过去揭开铜盖吧!"

"指安拉起誓,我开不动呀。"他感觉恐惧。

"不,你开得动的;据符箓所载,这个宝藏,只有你能开启。你走过去念着安拉的大名一开就行了。"

他遵循命令,边念安拉的尊名,边伸手一揭,果然轻而易举地就揭开封锁着洞门的铜盖。

"你进去把储藏在里面的珠宝给我取出来吧!"国王再一次吩咐王鲁东,"据史书记载,只有叫王鲁东这个名字而具有你这种形象的人,才能在一定时期杀死娘儿和狗熊,并取出宝藏中的金银宝物。我一直等待这一天的到来,今日总算等到了。"

屠户王鲁东遵循命令,大胆走进宝藏,把里面的黄金白银和珍珠宝石,全都搬了出来。国王践约,让屠户王鲁东带走他挑选的那篓财物,并派人用牲口把其余的全部宝物运到宫中,归他个人享受。

屠户王鲁东发了横财,一旦变成富翁,改行经商,在闹市开设商店,一跃而为富商巨贾。由于他的名声太大,人们便称他的商店所在的那条街为王鲁东大街,一直相沿至今。他自己名利双收,过着幸福愉快生活,直至白发千古。

公主和猿猴的故事

　　相传从前某国王的女儿,爱上宫中的一个黑奴,暗中与他私通,后来淫风越炽,放荡成性,弄到须臾离不开黑奴的地步。

　　有一天公主和一个管家婆谈心、诉苦,叙述她的嗜好和偏爱。管家婆告诉她,动物中最能性交的莫过于猴类。

　　过了一晌,有一天公主站在宫窗前,见有人牵一个大猿猴从宫窗外面路过。公主立刻揭开面纱,仔细端详一回,然后挤眉弄眼地向牵猴者示意。牵猴的解了拴着猿猴的脖链,放它爬进宫去。从此公主把猿猴藏在宫中,整天整夜和它在一起吃喝、性交。

　　过了好长一晌,国王知道公主的败坏行为,非常惭愧、气愤,要杀公主,以止后患。公主发觉此事,赶忙收卷大批金银财宝和衣服什物,用一匹骡子驮着,她自己女扮男装,穿一身奴仆衣服,然后骑马带着猿猴逃跑。她不分昼夜地跋涉,直逃到埃及境内,在开罗城外荒无人烟的沙漠地区定居下来。

　　公主每天都进城买吃喝的,每去必向一个年轻屠户买牛羊肉,而且买肉的时间都是午后。日子久了,年轻屠户眼看她的苍白憔悴面容,觉得奇怪,心里想:"这个奴仆的举止与众不同,此中必有隐情。"

　　次日,公主照例来屠户铺中买了肉,扬长而去。年轻屠户被好奇心驱使,悄悄跟踪追随,暗中窥探她的行止,一直跟到郊外荒凉地带,只见她进入栖身的地方,生着火,煮熟饭菜,饱餐一顿,并把足够的肉食喂她身边的一个大猿猴。继而她脱掉身上的奴仆衣服，换上一身最华丽的女人服装。这时候他才知道，原来她是女扮男装。接着她摆出酒肴，跟猿猴对饮，直喝得醉眼蒙眬，才躺了下去，让猿猴爬在她身上交欢起来。约莫搞了十次之多，她感到充分满足，便昏昏沉沉地酣睡不醒。猿猴拉条锦被盖在她身上，然后退到一边，坐着不动。

年轻屠户眼看那种卑鄙无耻行径，非常奇怪、生气，不顾一切地从他隐蔽的地方，一跃跳到猿猴面前，趁它来不及撕他的一刹那，举起手中的尖刀，使劲一刺，一下就拉破猿猴的肚腹，当场结果了它的性命。公主闻声惊醒，见猿猴被杀，吓得魂不附体，狂叫一声，顿时晕倒，昏迷不省人事。过了一阵，她慢慢苏醒过来，惊慌失措地责问年轻屠户："是谁叫你这样做的？指安拉起誓，你索性杀我一刀，让我跟它死在一块儿吧！"

年轻屠户好心好意地劝告、安慰公主，说明他愿意代替猿猴的职位，保证满足她的欲望。他费了许多唇舌，才使她安静下来。于是二人山盟海誓，彼此结为夫妻，打算过幸福、恩爱生活，百年偕老。然而理想与事实背道而驰。过了一晌，年轻屠户感到力不从心，代替不了猿猴的职位，无法满足妻室的要求，因而向一个经验阅历丰富、有医术知识的老婆子诉苦，说明他的处境。

老婆子同情、怜悯他，愿意想办法替他解决困难，吩咐道："你必须给我预备一个土锅，盛满新鲜醋，并找一斤紫菀根来。"

年轻屠户听从老婆子的指示，果真给她预备了一锅新鲜醋和一斤紫菀根。老婆子把紫菀根放在锅中，摆在火炉上煮沸，然后吩咐年轻屠户跟他老婆性交，让她得到满足而酣睡不醒之时，才拿土锅口对准她的阴户去熏。结果蒸腾的热气透入阴户，接着便有什么东西从阴户中流出。年轻屠户仔细一看，见是两条蠕虫，一条黑的，另一条黄的。他感到惊奇、恐怖。老婆子告诉他："你甭惊奇，这都是有来历的。这条黑虫，是她跟黑奴苟合而孕育成的；这条黄虫，是她跟猿猴杂交产生出来的。她的性欲那么旺盛，就是虫儿在阴户中作祟的缘故。"

公主一觉醒来，精神焕发，举止正常，前后判若两人。之后她跟年轻屠户生活在一起，过了很长一段时间，都不要求过性生活，毫无淫荡情操。性情的突然转变，她自己却莫名其妙，只是觉得惊奇、诧异。这时候，她丈夫才把老婆子替她治疗的经过，从头到尾，详细叙述一遍。

她听了，油然产生快慰感激心情，立刻请老婆子到自己家中，当生身之母供养、孝敬。从此，她和丈夫、老婆子在一起，过着丰衣足食的快乐、幸福生活，直至白发千古。

乌木马的故事

　　相传古代有个非常有权势的国王,膝下有一男三女。太子生得标致漂亮,如同月儿一般;公主们花枝招展,如花似玉,非常美丽可爱。有一天,国王照例坐在宝座上治理国事,突然有三个哲人进宫来求见。他们中的一个手中拿着金乌鸦,一个手中拿着铜喇叭,一个手中抬着乌木马。国王见了,问道:"这是些什么东西? 它们有什么用途?"

　　金乌鸦的主人向前回道:"这是一只金乌鸦,无论白天黑夜,每过一个钟头,它便振翅长啼,报告时辰。"继而铜喇叭的主人向前回道:"把这支铜喇叭放在城门下面,可以当卫兵使用;遇有敌人临城,它能发出警报,敌人可以唾手被擒。"最后乌木马的主人向前说道:"主上,这匹乌木马,它能带着骑它的人飞向他要去的地方。"

　　国王听了哲人们的叙述,说道:"如此说来,让我试验之后,再赏赐你们吧。"于是先试验金乌鸦,亲眼看见乌鸦的作用,和它主人所说的完全符合;继而试验铜喇叭,它的作用和主人所说的也没有两样。试验的结果,非常满意,国王便对金乌鸦和铜喇叭的主人说:"你们希望我赏你们什么呢? 告诉我吧!"

　　"希望主上把公主匹配给我们做妻室。"

　　国王应许他们的要求,果然把两个公主分别匹配给两个哲人为妻。当时乌木马的主人向前,跪下去吻了地面,说道:"恳求陛下像

144

赏赐我的朋友那样赏赐我吧。"

"待我试过你的马儿再说。"

当时太子在侧,自告奋勇,对国王说:"父王,让我来骑这匹马儿,亲身试验一回,再来把它的用途报告父王吧。"

"儿啊,你愿意试验它,就去试验好了。"

得了国王的许可,太子一跃骑上乌木马,摇动着两脚,马儿却站着一动也不动。他嚷道:"哲人!你夸口说马儿能带着骑它的人飞跑,可是它怎么一动也不动呀?"

哲人听了太子质问,迅速走过去,指着马身上一颗突出的钉子给他看,说道:"捏着它吧。"太子伸手一捏钉子,马儿便震动起来,带着他向上飞腾,继续不停地升到高空,一直高到看不见地面,他这才惊惶、迷离、懊悔不该轻举妄动,随便试验。他自言自语地说道:"这是哲人阴谋危害我啊!毫无办法,只望伟大的安拉拯救了。"

他转着眼睛仔细观察马身,看来看去,终于发现马肩下左右各突出公鸡头似的一颗枢纽。他暗自想道:"除了这两个突出的枢纽外,没有其他别的东西。"于是伸手捏住右面的枢纽,只见马儿飞得更高更快,便立刻撒手。接着试验左面的枢纽,出乎意料,才捏住枢纽,马儿飞行的速度便逐渐减低,慢慢向下降落,致使他的生命有了保障。

经过危险的试验,太子懂得马儿的用途,高兴快乐,欢喜若狂,衷心感谢安拉保佑他安全脱险,免于危亡。可是原先马儿飞得太快太高,飞越的路程很远,必须经过很长时间才能落到地面。因此他趁马儿下降的时候,拨着马头,作了一番试验,自由如意地驾驶着,时而向上升,时而向下落。经过一番试验,最后驶近地面,注目一看,已经到达一处从来不曾到过的所在:绿草如茵,树林茂密,河水缓流,一片宽阔的平原中,出现一座巍峨美丽的城市。他眼望着这种情景,失声叹道:"哟!这座城市叫什么名字?但愿我能知道这是什么地方那该有多好啊!"

这时太阳已经西偏,已近傍晚,他驾驶着马儿在暮色中沿城兜着圈子,左右前后打量着,暗自想道:"去城中寄宿一夜,这是再好没有的。暂且过一夜,待明日一早驾马飞回家去,把我的经历和亲眼看见的事物禀告父王。"于是他注意寻找一处对自身和马儿的安全有保障而不被人看见的所在,作为暂时栖息的地方。这时候,他忽然发现城中央有一座高耸入云的宫殿,周围矗立着高大、宽阔的围墙,形式非常牢固、庄严。"这地方好极了!"他赞叹着,伸手扭动枢纽,马儿便慢慢落在那座宫殿的平顶上。

太子跳下马来,赞美安拉一番,绕着马儿,仔细打量,自言自语地说道:"指安拉起誓,制造这匹马儿的人真算得是个聪明能干的哲人学士;要是安拉延长我的寿岁,让我平安转回家园,和父王母后见面言欢,那时节我一定要优待那位哲人学士,加倍赏赐他。"

太子待在屋顶上,饥肠辘辘,渴得要命,因为自从骑马离家之后就一直没有吃喝。他耐心地等着,直到人们睡了,这才自言自语地说道:"这么富丽堂皇的宫殿中,想必不至于没有饮食吧。"于是他撇下马儿,摸索着预备去寻找食物充饥。他找到楼梯,走了下去,见庭院中镶着云石。他眼望着坚固别致的建筑和富丽堂皇的陈设,感到惊羡。可是屋中既无人迹,也没有声响,因而他感到彷徨、迷离,转着恐怖的目光东张西望,不知该向哪儿去找饮食。他自言自语地说道:"算了吧,最好我还是上屋顶去和马儿在一起过夜,明天一早再驾马飞回家去。"正当他站着这样斟酌、打算回屋顶去的一刹那,蓦然发现一线隐约可见的火光,向他站立的地方移动。他仔细打量,看见一个月儿般美丽的绝世佳人,被一群婢女簇拥而来。

这个窈窕美丽的女郎,原来是公主,国王爱她如掌上明珠。国王十分宠爱她,特意给她建筑这座行宫,供她消遣解闷。因此公主每当感觉疲倦或不高兴的时候,便率领婢仆到宫中小住一二日,多则住上几天,借以消愁解闷。那天晚上,她照例带着宫娥彩女们来宫中消遣寻乐,并有一个男仆持剑保护。

到了宫中,她们一齐动手布置,点上香炉,接着一起游戏玩耍。

大家正在热热闹闹,玩得高兴快乐的时候,太子趁机袭击,一拳打倒仆人,夺过宝剑,进而追击那些陪随公主的宫娥彩女,把她们赶得东逃西窜,一时混乱起来。其中只有公主从容不迫,挺身说道:"也许你是昨天向我求婚而被父王拒绝的那位太子吧。父王说你相貌奇丑;指安拉起誓,父王说这种话,显然是撒谎呀!"

原来印度国的太子曾向公主求婚,因为他相貌奇丑,遭到国王拒绝,所以当事件突然发生的时候,公主疑心太子就是向她求婚遭到拒绝的印度太子。这时候一个宫女在侧说道:"公主,这不是向你求婚的人。因为那个人的相貌非常丑陋,而这个人是标致漂亮的。老实说,向你求婚而遭拒绝的那个人,只够资格做他的仆人。公主,你仔细瞧,这位青年英气勃勃,他不是平常人呀!"

宫女说罢,走到被打的仆人面前,把他唤醒。仆人蒙眬苏醒,惊慌失措,纵身跳将起来,赶快寻找宝剑。宫女对他说:"那个打倒你,抢走你的宝剑的人,正和公主坐在一起谈话呢。"他原是奉国王的命令,负责保卫公主,不让发生意外的。因此一听宫女的话,便赶快跑进大厅,果然看见公主和太子坐在一起谈话。他走到太子面前,问道:"我的主人,你到底是人还是神?"

"你这个该死的坏奴才!胆敢把波斯国的太子当为鬼神看待吗?我揍死你!"他说着拿起宝剑,"我是驸马,国王已经把公主匹配给我了。"

"我的主人呀!照你说,你既然是人类,贵为太子,那么跟我们公主匹配成夫妻,这是再适宜不过的了。"

仆人急急忙忙离开行宫,撕破身上的衣服,抓灰土撒在头上,哭哭啼啼大喊大叫地跑回王宫去见国王。国王听了哭喊声,惊慌失措,问道:"什么事情?你吓我一跳,赶快告诉我吧,说简单些。"

"主上,快救公主去!她被一个扮成人形,冒充太子的魔鬼缠住了!陛下赶快去驱逐他去。"

听了仆人的报告,国王骇然震惊,决心杀死他,喝道:"奴才!你为什么疏忽大意到这步田地,致使魔鬼敢来缠扰公主?"于是他蹒跚奔到行宫,见宫娥彩女们齐齐整整地排班站着,便向她们打听情况,问道:"公主怎么样了?"

"启禀主上,我们陪公主一起到宫里来,不知不觉间,那个月儿般的青年突然跳出来袭击我们;他手里握着明晃晃的宝剑,人倒生得很漂亮,是我们从来没有看见过的。我们问他是干什么的,他造谣说主上已经把公主匹配给他。关于他的事情我们就是知道这一点点,分不清他到底是人还是神。不过他文质彬彬,很有礼貌,不见有什么卑鄙龌龊的行为。"

听了宫女的叙述,国王心中的怒火才算熄灭。继而他见太子和公主坐在一起谈得很亲密,仔细一看,人果然生得漂亮,面如满月,十分可爱。可是他抑制不住为保护公主而产生的忿恨情绪,便不顾一切,抽出宝剑,恶魔般冲进大厅,袭击太子。太子见了,忙问公主:"这是你父亲吗?"

"不错,他就是父王。"

太子跃身起来,紧握着宝剑,霹雳似的咆哮一声,威胁着说要用宝剑挑起国王。国王慑于对方的凶暴,知道年轻人比自己强壮、有力,迫不得已,只好忍气吞声,把宝剑轻轻地插在鞘中,和颜悦色地走近太子,说道:"年轻人,你是人还是神?"

"要不是为了保全你和公主的尊严,我非让你流血不可。我是波斯国的王子,你怎么敢说我是鬼是神?我父亲波斯王有无上的威权,要是他高兴,可以开大兵来,踏平你的河山,消灭你的王国。"

听了太子的谈话,国王心中不免惊惶、恐怖,说道:"照你说,你既是王子,可是为什么不经我的同意便闯进我的宫里来?又为什么造谣说我把公主匹配给你呢?你要知道:许多王孙公子前来向公主求婚,都被我杀掉。谁能保证你不死在我手里呢?我只要开声口,仆从们立刻可以冲进来杀死你,试问有谁能够援救你呢?"

"你的见识如此浅薄,眼光这样短小,这真是令我惊奇而不可理解的地方。莫非你企图把女儿嫁一个比我更好的女婿吗？我问你，比我更健壮、更勇敢、更慷慨、更有权、更有势的人，你生平见过没有？"

"不，指安拉起誓，像你这样的人物，我从来没有见过。不过你既然要娶亲，就该请三媒六证前来正式求婚，我是可以把女儿许配给你为妻的；要是无名无义，偷偷摸摸就想娶走我的女儿，你就是侮辱我，败坏我的门风了。"

"你说的对，很有道理。不过按你刚才夸口的那样，要是命令你的仆从和军队前来杀我，这就是你的耻辱了，同时也是教人对你发生疑惑的原因。现在我有一个建议，希望得到你的同意。"

"什么建议？你说吧！"

"我建议现在你来和我比武，作一次单独的决斗；谁杀掉对方，谁就称霸为王。否则今夜你就离开我，暂且归去；明天再召集兵马、仆从，前来和我比武，决个雌雄。你可以出动多少兵马？告诉我吧！"

"不算仆从，单是正式军队，可以出动四万人马。"

"好吧，明天清晨开出所有的人马，告诉他们：我是来向公主求婚的，以对抗全体官兵为条件；说我夸口能击败他们，而他们却不能制服我。然后让他们和我比武，我要是被他们杀死，则万事皆休，你的秘密也能保全而不会泄露；要是我击败他们，那么像我这样的人，当然最应该被选为驸马了。"

太子夸夸其谈，话里带着夸张、威胁、恫吓的口气。国王听了，认为他的话还是不错，慨然赞同他的意见，于是陪他坐谈，继而吩咐侍从通知宰相，教他立刻命令官员，集合全体官兵，武装起来，枕戈待旦，准备和太子比武。

国王和太子对坐谈心，听了太子的谈话，十分钦佩他的谈吐和为人。两人越谈越起劲，不知不觉，已是黎明时候，国王这才起身回宫，吩咐兵马整队出发，准备和太子比武。同时他选择一匹骏马，配上最好的鞍辔,借给太子作为比武时的坐骑。太子却不接受,说道:"主上,我暂且不要骑马,让我先到军中,看看他们的阵容再说吧。"

"你要看,请随便去看好了。"

国王引太子去到阵前,让他看过军队的阵容和人马的数量,随即当面宣布:"众三军,现在有个青年王子来向公主求婚,我看他人生得挺漂亮,英勇过人,本领很好。他夸口说,他匹马单刀,一个人可以战败你们全体,即使你们有十万之众,在他看来也微不足道。他如此大言不惭,在比武的时候,你们必须好生对付他,把他挑在你们的刀尖上吧。"接着国王回头对太子说:"我的孩子,现在是比武的时候了,如何比法,你自己出去向他们显显你的身手吧。"

"主上,你这么办未免太不公允了;他们都骑在战马上,我却步行,这怎么能和他们对比呢?"

"我曾经给你预备一匹战马,你却不愿意骑它。好吧,你喜欢骑哪匹,你自己选择好了。"

"你的马没有一匹我看得上眼的,我只愿意骑我自己带来的那匹。"

"你的马在哪儿?"

"在你行宫里。"

"在我行宫里的什么地方?"

"在行宫的屋顶上。"

"在屋顶上!这是你失败的第一步了。该死的家伙哟!马怎么能在屋顶上呢?现在,你的虚伪和荒谬全都暴露出来了。"

国王惊奇地回头看了侍从一眼,吩咐道:"你们进宫去,瞧瞧屋顶上有什么东西,赶快给我带了下来。"当时人们感到十分惊奇,面面相觑,纷纷议论,说道:"马儿怎么能从那么高的楼梯上走下来?这真是我们闻所未闻的奇谈哩!"

侍从遵循国王的命令,迅速去到行宫的屋顶上,果然发现一匹无比美好的骏马站在上面,非常雄壮可爱。他们走过去仔细观看,发现是用象牙和乌木制造的，忍不住哈哈大笑，说道："那个小子所说的，原来是这样的一匹马儿呀。他或许疯了！等着看吧，事情总有水落石出的时候呢，也许他有什么作为也说不定。"于是他们抬起马儿，小心翼翼地把它从屋顶上一直搬到城外，规规矩矩地放在国王面前。人们好奇地涌过来围着观看。马儿的雄壮姿态和新奇美观的鞍辔不仅引起一般人的钦佩赞扬，而且国王本人望着也称羡不已。他问道："孩子，这就是你的马儿吗？"

"不错，陛下，它的作用一会儿你就可以看到。"

"既然是你的马儿，你拿去骑吧。"

"除非你的士兵远远地离开它，我是不肯骑的。"

国王命令周围的士兵离开太子，退到相距一箭之远的地方，太子这才欣然说道："主上，现在我要骑我的马儿了。我预备袭击你的兵马，准教他们胆战心惊，吓得东奔西逃、抱头鼠窜。"

"好吧，你想怎么办就怎么办好了。你可别让步，须知我的人马是不会宽容你的。"

太子从从容容一跃跨上乌木马，勒转马头，预备冲锋陷阵。国王的兵马也趁机摆好阵势，准备临阵对敌。大家议论纷纷，有人说："待这小子进入阵地，咱们拿枪挑起他来。"有人说："遭殃哪！这么标致漂亮的青年，咱们怎么忍心杀他？"有人说："指安拉起誓，不经过极大的困难，咱们是不能打败他的。如果他不是精明强干、英勇过人的杰出人物，他不至于这么逞能了。"

太子骑在马上，正襟坐着，在万眼盯着他注视他的时候，伸手开动了升腾的枢纽，马儿便震动蹦跳起来，一会儿，腹中充满空气，便向上升腾，一直飞入云霄。国王看见太子骑着马儿飞到高空，惊慌失措，吓得面无人色，大声叫道："捉住他，该死的家伙！别让他动手，先抓住他。"

宰相和朝臣们眼看这种情景，莫名其妙，赶快安慰国王，说道："主上，世间难道有人能够赶得上飞鸟吗？此人显然是个大魔术家。

幸蒙安拉保佑,陛下平安无恙;赞美安拉护佑陛下,不曾受那个小子危害。"

看了太子的行动,国王闷闷不乐地转回宫去,走到公主面前,对她讲了比武场上的见闻。他见公主因离开太子而心情十分悲伤苦恼,已经身染重病,卧床不起,医药无效。国王忧心如焚,把女儿搂在怀中,吻她的眉心,说道:"儿啊! 安拉保佑我们不受那个魔术家的危害,让我们赞美感谢他吧。"他屡次对女儿叙述太子骑马飞向空中的情景,她却听而不闻,终日长吁短叹,痛哭流涕,暗自说道:"指安拉起誓,我从此绝食吧! 不到和他聚首见面的时候,我绝不吃喝。"国王感到十分忧愁苦闷,但他始终抑制苦恼情绪,温存地好言安慰她;然而他的安慰,却反而增加她对太子的相思和恋念。

太子驾马飞到空中,摆脱了危险;可是他对公主仍然念念不忘,心坎里还存在着一线希望和慰藉。因为他在和国王谈话时,问过公主和国王的姓名,已经知道他是萨乃奥五国王,因此怡然自得,安心地加速马力,一直飞回波斯。他到了京城,在空中绕了几个圈子,就降落在王宫的平顶上,随即下马,匆匆跑进内宫,谒见国王;见国王正因和他分离而感到忧愁苦闷。

国王一见太子,立刻起身,亲切地搂着他,眉飞色舞,欣喜若狂。父子见面之后,太子向国王打听制造乌木马的那个哲人的下落。国王说道:"儿啊,那个坏家伙,愿他一辈子没有好道路可走;他是使咱父子分别离散的原因,我已经把他监禁起来了。"

太子在国王面前替哲人说情,要求恢复他的自由。最后国王释放了他,重加赏赐,当上宾款待;可是国王始终不肯践约把公主许配给他,因此引起他的怨恨,对泄露驾马的秘密这件事尤其懊恼不置,但处在淫威之下,只是敢怒而不敢言。后来国王对太子说:"儿啊,经过这回冒险,从此你别再骑那匹马儿了;你不明白马的真情实况,难免是要受害的。"太子把在萨乃奥五和公主邂逅相遇,以及和国王交谈、斗智的经过对国王叙述一遍;国王说道:"如果国王要杀你,他早就杀掉你了,这不过是你还不到死期罢了。"

太子想念萨乃奥五国王的女儿,老是忘记不了,无法抑制追求的欲望。于是他偷偷摸摸去到屋顶,跨上乌木马,开动升腾的枢纽,驾着飞腾起来,前去寻找公主。

次日清晨,国王不见太子,十分惊惶,立刻上屋顶去寻找。他一看不见了乌木马,知道他骑马飞走了,顿时感到离愁之苦,百般懊悔当初不把马儿收藏起来,自言自语地说道:"指安拉起誓,待我儿这次归来,我可要把马儿收藏起来,不让他骑,免得我为他的安全而担心。"他说罢,垂头丧气,长吁短叹,伤心饮泣。

太子驾着马在空中继续不停地飞行,一直飞到萨乃奥五,降落在第一次降落的地方,跳下马儿,蹑手蹑脚地去到公主游息的大厅里,四面一看,却寂然不见一个人影;公主不在那里,宫娥彩女和保护她的仆人也不在那里。他这一惊非同小可,大失所望。于是他摸索着寻找,在宫中转来转去,最后终于找到公主的卧室,见她卧病不起,床前有宫娥彩女侍候。他不顾一切,蓦然闯了进去,问候她们。公主听见他的声音,挣扎着坐起来,对他表示尊敬。他一声喊道:"哟!我的人儿呀!这些日子你可把我寂寞够了。"

"不,你才真是使我寂寞的人呢。"

"公主,我和国王之间的纠葛以及他对待我的情况,你觉得怎么样?说真的,要不为看重你,我一定要杀死他,把他作为后人的警诫呢。不过因为你的缘故,我很敬爱他。"

"你为什么扔下我扬长而去?没有你,难道我还有好日子过吗?"

"你顺从我,愿意听我说吗?"

"要说什么,尽管说吧。你无论吩咐我什么,我都依从你,一点也不违背你。"

"那么来吧,随我到我的家乡去。"

"好的,我愿意极了。"

太子听了公主的答复，喜笑颜开，欢喜若狂，握着她的手，对天盟誓，随即带她去到屋顶上，让她骑在自己前面，伸手开动升腾的枢纽，两人双双飞上天空。当时宫娥彩女惊慌失措，一哄跑进王宫报告消息。国王和王后听了公主出走的消息，赶忙跑出宫门，抬头观看。只见太子和公主骑着乌木马在高空飞行，感到十分惶恐，不自主地哀求道："王子呀！看安拉的情面，求你可怜我和我的老伴，别叫我们的女儿离开我们吧。"

太子不顾一切，带着公主逃跑。在旅途中，他怀疑公主是否惜别、懊悔，不愿分别父母，便问道："你不愿离开父母，要我送你回家吗？"

"我的主人，指安拉起誓，我不要回去；我愿意跟随你，永远和你生活在一起。"

太子听了公主果断的回答，感到十分欢喜快慰，为了体贴她，免得她感受恐怖疲劳，便减低飞行速度，缓慢地继续向前。在归途中，他们路经一处绿草如茵，清泉潺流的地区，便落在那里休息、吃喝。继而他拿带子绑住公主，加意保卫，避免发生意外，然后轻松愉快地继续起飞，一直回到京城。当时他满心欢喜，认为目的已经达到，并且存心在公主面前显示国王的威风地位，教她知道他父亲比她父亲更权威、更伟大，因此他不直接回城，而降落在城外国王经常在那儿消遣游息的御花园中，把公主让进屋去，说道："你暂且在这儿休息，我先进城去谒见父王，给你预备宫室，然后差人前来接你，让你亲眼看看我们的威风。"

听了太子的吩咐，公主衷心欢喜，说道："好的，你要怎么办就怎么办吧。"她以为这样一来，她总会在威严、热闹而且非常适合自己身份的仪式下被迎接进城去。

太子撇下公主，匆匆进城入宫，谒见父王。国王见太子平安归来，喜笑颜开，喜出望外，立刻起身迎接。太子说道："父王，我已经把对你说过的那位国王的女儿带来了。我让她暂时住在城外御花园中;现在我前来报告,以便父王准备仪仗,前去迎接她,让她看看陛下的军威和仪仗。"

"好极了,准备迎接她就是。"国王应诺着立刻命令老百姓打扫装饰城郭,吩咐文武大臣和大小官员士兵全都穿戴配备齐全,预备前去迎接公主。太子也慎重其事地忙着搬出宫中历年收集珍藏的首饰、珍珠、宝贝、金玉等装饰品,以及各种彩色的绫罗绸缎和各种富丽堂皇的摆设,布置了一座宫殿,预备给公主居住;他还选择了印度、希腊、埃塞俄比亚等国籍的姑娘充作宫娥彩女。一切预备齐全,才匆匆出城,先赶到御花园中迎接公主。

他到了御花园中,走进公主先前休息的屋子一看,却不见她的踪影;再去看乌木马,也不翼而飞。他这一惊非同小可,失望到极顶,气得批自己的面颊,撕身上的衣服,昏头昏脑地在园中打转。过了好一阵,他的神志才逐渐恢复过来,自言自语地说道:"我没有告诉她,她怎么知道马儿的秘密呢? 也许是那个造马的哲人无意间在此看见了她,为了报复才把她和马儿一起带走的吧。"于是他找到园丁,向他们打听消息,问道:"你们看见有人进花园来没有?""别的人我们没有看见,"园丁回答,"只是那个哲人来园中采集标本。"他听了园丁的话,证实带走公主的就是那个哲人。

说来事属巧遇。当太子把公主安置在园中回城之后,那个制造乌木马的哲人来到御花园中采集标本,蓦然闻到一股麝香的芬芳香味,那是从公主身上发散出来的。他随着香味找去,在屋前发现他亲手制造的那匹乌木马。他十分高兴快乐,欣喜若狂;因为马儿被驾走之后,他感受过很大的痛苦、绝望。他赶快走过去,仔细检查,发现机件全都完整,没有损坏。他打算立刻骑马逃走,可忽然犹疑起来,暗自想道:"我非看看太子带来的东西不可。"于是他撇下马儿,闯到屋里,看见一个像晴空中的太阳一般美丽的女郎坐在里面。他一见便知道她不是普通人,准是太子领到这儿小住,预备迎接她进城的。于是他灵机一动,忙趋前跪下去吻了地面。公主举目见他生得奇丑,形状令人讨厌,便问道:"你是谁?"

"公主,我是太子的差人,奉命前来迎接你,带你上城郭附近的那座花园中去。"

"太子在哪儿?"

"他在国王御前,马上就要来隆重地迎接你了。"

"哟!难道除你之外,太子就没有别的差人可使吗?"

哲人哈哈大笑,说道:"公主,别教我的丑陋欺骗你吧。你若以貌取人,那你就错了。你若像太子了解我那样地认识我,你一定会称赞我的。他利用我的丑陋派我前来接你,这是具有特殊用意的;否则,他宫里有的是婢仆、侍从,成千上万,人数多得数不清。"他的话打动了公主;她信以为真,毫不怀疑,立刻起身,伸手给他,说道:"老伯,我们怎么去?你带牲口来给我骑吗?"

"公主,先前带你到这儿来的那匹乌木马,现在你同样可以骑它嘛。"

"我自己不能驾驶它呀!"

哲人报着嘴笑了一笑,知道计策已售,已经战胜了她,说道:"来吧!我代你驾驶好了。"于是跨上乌木马,让公主骑在后面,用带子紧紧地绑起来,伸手一开升腾的枢纽,马腹中迅速充满空气,随即震动起来,升上天空,继续不停地飞行。公主茫然不知他的诡计,直至飞到高空,已经看不见大地时,她才开口问道:"喂!你说太子派你来接我,太子到底在哪儿呢?"

"太子是个卑鄙下流的家伙,愿安拉丑化他。"

"你这个该死的奴才!为什么你敢违背主子的命令?"

"他不是我的主子。你知道我是谁吗?"

"除了你对我所说的那些话外,关于你的事情,我一点也不知道。"

"先前我是撒谎欺骗你的。为了我们骑的这匹马儿,我终身感到遗恨,因为这匹马是我亲手制造的,可是被太子抢走了。现在我算是把它夺回来了,并且把你也弄到手里;我可以借此报复,像他烧我的心那样烧一烧他的心了;从今以后,他休想再得到这匹马了。你安心自如,欢喜快乐吧!我会加倍奉承你,比太子待你更好呢。"

"倒霉哪!我上不能侍奉父母,中途又和爱人分离失散!"公主批着自己的面颊,痛哭流涕。

哲人驾着乌木马,一直飞到希腊境内,在一处树林丛生、河渠湍流的平原地带降落。这地方距城市不远;恰巧那天希腊国王率领人马出外打猎消遣,从这儿经过。他一眼看见哲人、公主和他的乌木马,立刻吩咐随从前去逮捕。哲人没有防备被擒,和公主一起押到国王面前。国王见他相貌奇丑难看,又见公主非常标致漂亮,因而问道:"小姐,你和这个老头子是什么关系?""她是我的妻子!"哲人不待公主开口,抢着回答。公主当面否认,说道:"不,主上,指安拉起誓,他不是我的丈夫,我并不认识他;是他强迫着把我骗到这儿来的。"

听了公主的控诉,国王下令拷打。随从一齐动手,把哲人摔倒,一顿好打,几乎结了他的性命。之后国王吩咐把他押进牢狱,监禁起来,并把乌木马和公主一起带回宫去,可是他不知道这匹马的用途,也不会驾驶它。

公主失踪后,太子悲哀苦恼,决心出去寻找。于是他换上旅行服装,带着途中需要的银钱什物,抑制着苦恼颓丧心情,踏上征程,做长途旅行。他不辞跋涉之苦,经历许多村庄、城镇,打听公主的下落。一路之上,每到一个地方,便探听乌木马的消息。人们听了乌木马,都感觉新鲜奇怪,谁也不相信他。他却不气馁,不灰心,一直坚持着决心寻找到底。他经过漫长的时日,耗费许多精力,吃了不少苦头,问来问去,始终打听不到半点消息。后来他旅行到萨乃奥五,继续寻找探听,可是不但不见她的踪影,反而看见国王因公主失踪而忧愁苦闷,徒增一重痛苦。没奈何,他毅然离开萨乃奥五,到了希腊,打听公主和乌木马的下落,抱着不达到目的,誓不回头的决心。

他住宿在旅店中,看见一伙客商在一起促膝谈心,便靠近他们坐下,听见他们中有人说:"伙伴们,我看见一桩稀奇古怪的事情了。"

"什么事?告诉我们吧。"其余的人问。

"我路过京城时,听到当地的人传出一件奇闻,是这样的:有一天,国王率领人马出去打猎消遣,在郊外树林丛生的地方,发现一个相貌奇丑的老头子,身边带着一个非常标致漂亮的妙龄女郎和一匹形状灵活、结构精巧的乌木马。"

"国王怎么办呢?"

"国王吩咐随从擒住老头子,向女郎打听情况。老头欺骗国王,冒充是女郎的丈夫,可是女郎断然否认,说她不是他的妻室。国王命随从把老头子痛打一顿,然后监禁起来。至于那位女郎和那匹乌木马的下落,这我就不清楚了。"

听了商人的谈话,太子走到他面前,谦逊地和他交谈,向他打听国王的姓名和去京城的方向。他知道后,心情顿时开朗,感到欢欣快慰,胸中的忧郁,霎时烟消云散;当夜他安安逸逸地睡了一夜。

次日清晨,太子动身,踏上旅程,继续不停地跋涉,直赶到京城。可是他准备进城的时候,却被守城的士兵拦住,要带他进宫去,让国王询问他的籍贯、职业和到京城来的原因。这是希腊的习惯,对旅客必须经过审问、登记,才准在城中居留。那天太子赶到京城,为时太晚,国王已经退朝,无从办理居留手续。不得已,守城的士兵只好带他到监狱中,暂时看管一夜。由于他生得标致漂亮,容貌不凡,狱卒不忍心让他在监中受苦,照顾他跟他们一块儿坐在狱门外面,请他和他们一块儿吃喝。饭后大家坐在一起谈心,都围着他说长道短,问道:"你是从哪儿来的?"

"我是从波斯国来的。"

大家听了波斯国这个名称,都哈哈大笑,其中有人说:"小波斯人,关于波斯的传说,我听过许多,懂得不少波斯人的风俗习惯,可是我从来没见过,也没听过比我们狱中那个老波斯人更荒唐无稽的了。"接着又有人说:"像他那样奇丑下流的人,我从来也没见过。"

"何以见得他荒唐无稽呢?"太子问。

"他是国王出猎时在郊外森林中发现而被擒回来的;他冒充哲人方士;当时他身边带着一个美丽的妙龄女郎和一匹无比精致的乌木马。那位美丽的姑娘被接进宫去,受到国王的宠爱,可惜她疯了,国王非常关心她,请医生替她医治,一心要医好她的疾病。那个老波斯人照他的说法如果真是哲人方士,那一定可以医治姑娘的疾病了。那匹乌木马现在还原样保存在国王的库藏中。这个监禁在狱中的波斯老头终日长吁短叹,伤心哭泣,尤其是夜深人静时,吵得我们不能安安静静地睡觉。"

听了狱卒的谈论,太子知道哲人失败悲哀的情况,突然心中产生了一个可以设法达到希望目的的念头。后来狱卒们预备睡觉,吩咐他进狱去暂宿一夜,接着便锁上狱门。太子去到狱中,听见那个哲人操着波斯语言叹道:"哟!该死的我,欺骗太子,抢夺姑娘,真是自作孽啊!我不肯放弃她,没有达到希望目的,这一切都怪我失算;因为我不自量力,一心追求不适于自身享受的事物,这才一败涂地。谁不自量力,妄自追求非分的事物,他一定会蹈我的覆辙呢。"

听见哲人呻吟哭泣,太子在旁问道:"你要到什么时候才止住悲哀哭泣呢?你以为你的遭遇别人没有遭遇过吗?"听了太子的质问,哲人恍然有所领悟,认为他是患难知心,同病相怜;于是把自己的身世和所碰到的苦难对他尽情吐露,企图博得暂时的慰藉。

次日,守城的土兵到狱中去见太子,带他进宫谒见国王,报告昨天他到时已经散朝,无从求见的理由。国王听了问道:"你从哪儿来?叫什么名字?做什么事情?为什么到这儿来?"

"我叫哈勒者图,是波斯人,从事学术工作,精通医学,专门替人医治各种疾病。因此我周游列国,观察各地风土人情,借以增进自己的知识学问。在我游历期间,赶上哪儿有害病的,便替病人治疗。我干的就是这个。"

听了太子的回答，国王感到十分高兴快乐，说道："尊贵的医生啊！你来得真是时候，我们正需要你呢。"于是对他叙述女郎害病的情况，最后说道："如果你能医好她的疯病，你要什么我都可以给你。"

"愿安拉增加陛下的威望，我愿意尽力医治她的疾病。我恳求陛下告诉我：她几时害的疯病？她和哲人、马儿是怎样被发现的？"

国王从头到尾叙述当日发现他们的经过，最后说道："那个哲人现在还关在监狱里呢。"

"他们带来的那匹马儿，陛下是怎么处置它的？"

"我把它原封不动地保存在一座宫殿里。"

太子暗自想道："既然如此，我打算先看看马儿，在行动之前，必须检查清楚；要是马儿安然没有发生意外，我要做的事便可以一帆风顺地达到希望目的。万一它的构造受到损坏，我就得另想办法援救公主。"主意打定之后，他回头对国王说："主上，刚才提到的那匹马儿，我打算先去看一看，也许能从它身上发现医疗疾病的征兆呢。"

"好的，欢迎你去察看。"国王满口应允，立刻起身，牵着太子的手去到藏马的宫中。太子四面观看一番，仔细检查，发现各部分的机件全都完整，毫无损坏，因而十分高兴快乐。他对国王说："愿安拉增加陛下的威望！现在我该去看女郎，开始替她治病了。若是安拉愿意，希望我能借此一手医好她的疾病。"继而他建议国王注意保全马儿，然后随国王前往公主养病的地方。到了室内，抬头一看，见她蓬头垢面，摇摇摆摆，癫癫狂狂地吵闹着，胡言乱语地叫嚣着。其实她不是真害病而是装疯，她这样做全是维护自身的一种策略。太子看了这种情形，对她说："没有关系，这是不碍事的。"于是温存耐心地和她谈话，安慰她，慢慢地让她认识他自己。公主认清了太子，过分喜欢，狂叫一声，晕了过去，昏迷不省人事。国王以为她所以狂叫，是因为害怕他的缘故，因此立刻退了出去。太子趁机把嘴凑到她的耳边，悄悄地说道："在目前这个紧急关头，你多多忍耐，好生保全我们的生命。这时候,我们应该抑制感情,耐心地想出办法来对付这个暴君,逃脱他的羁绊。我将要出去告诉他,说你是着了魔,向他保证医好你的疾病,并提出解掉你的镣铐作为医治条件。待他进来,你花言巧语地敷衍他,让他看到你的疾病在我治疗下已经有了起色;这样一来,我们就可以顺利地达到希望和目的了。"

"听明白了,遵命就是。"公主欣然应诺。

太子从容走出病室,喜笑颜开地对国王说:"主上,凭着陛下的福气,我已经替她诊断医治过,刚着手就有成效,算是替陛下救活了一条生命。现在劳驾进去瞧瞧,好言安慰她,让她高兴快乐吧。从此陛下的目的已经达到,我祝贺陛下了。"

国王走进病室,公主一见便起身迎接,跪下去吻了地面。国王欢喜若狂,吩咐婢仆好生服侍她,陪她进澡堂沐浴、熏香,给她预备衣服、首饰。婢仆们遵循命令,大家前去祝福她侍候她,拿宫服和首饰给她穿戴起来,然后侍候她进澡堂沐浴、熏香,把她打扮得花枝招展,如同满圆的月儿一般美丽可爱。之后,她被宫娥彩女簇拥着去到国王面前,跪下去祝福他。国王十分高兴快乐,对太子说:"这全是你的功劳,上帝为你的医药而恩赏我们了!"

"主上,你如果要她完全恢复健康,旧病不再复发,还有一个一劳永逸的办法呢。那就是请陛下统率文武百官和部队,带着那匹乌木马,一起去到那天陛下出猎碰到他们的地方,让我在那儿把妖魔收来斩掉,不准他再在人世间作祟,就可以保护女郎永久安全无恙了。"

"好极了,就这么办吧。"国王满口应允,随即下令军中,准备全体出发,并吩咐抬出乌木马,然后率领人马,开往郊外,去到捕获哲人的地方。太子指挥人马排队站在一旁,并指定乌木马和公主在一起,立于距国王和队伍隐约可见的地方。一切布置妥帖,便对国王说:"恳求陛下准我焚香,恭念咒语,把妖魔收禁起来,不让他再来缠扰女郎。我收了妖魔,跨上马儿,让女郎骑在后面,它便活跃起来,向前行进;待它行到御前,一切手续便算完结。"

国王十分信任太子,满心欢喜快乐,率领人马听他摆布,大家眼睁睁地等着看他收妖。太子趁机跨上乌木马,让公主骑在前面,用带紧束起来,然后伸手开动升腾的枢纽,马儿便升腾起来,越飞越高,扬长遁去。国王和部下等了半天,始终不见他飞回,这才大失所望,懊悔不迭,垂头丧气地带领人马回城,悄然躲在宫中,痛定思痛,越想越懊恼。宰相和朝臣们知道国王因为姑娘被劫而忧愁苦恼,大家约着进宫,竭力安慰劝解,说道:"那个抢夺姑娘的家伙,原来是个大魔法师。赞美上帝,他保佑主上摆脱了魔法师的阴谋和危害。"

太子救了公主,驾着乌木马,扬扬得意,开足马力,继续不停地赶路,一直飞回波斯,降落在自己预备的那座宫殿里。他安全地让公主住定,这才进宫,谒见父王母后,祝福一番,然后报告救回公主的消息和经过。国王和王后十分欢喜快乐,吩咐办理筵席,替太子和公主举行婚礼,欢宴宾客和庶民,整整热闹欢庆了一个月。

国王爱子心切,为了避免发生其他意外,毁了乌木马,断绝后患。新婚之后,太子的希望目的既已达到,十分欢喜快乐,即时预备厚礼并致书萨乃奥五国王,报告他和公主结婚和彼此健康的消息。使臣星夜赶到萨乃奥五,呈上书信和礼物。国王读了书信,知道公主安然无恙,感到高兴快乐,优待使臣,并预备珍贵礼物,托使臣回送太子。

使臣带着礼物回到波斯,报告经过,呈上礼物;太子听了大喜。从此波斯与萨乃奥五两国之间书信礼物往来频繁,每年必有报聘,邦交日益亲善。后来波斯国王驾崩,太子登极为王,继承老王遗教,秉公正直,锐意兴革,国泰民安,与民同乐,过着升平日子,直至白发千古。

艾奈斯和王丽都的故事

古代有个非常有权威的国王,他的宰相叫伊补拉欣,向来博得国王的信任看重。宰相的女儿王丽都·斐勒·艾喀玛米,生得窈窕美丽,活泼伶俐,而且聪明过人,爱读诗书。因为她知书识礼,文雅稳重,博得国王的赏识器重,常被邀到宫中陪国王、王后和公主们一块儿吃喝、游玩。

按照传统的习惯,国王每年都召集部下和庶民在一起做球艺比赛。比赛那天,人们从各地赶来看热闹,越集越多,车水马龙,非常热闹。宰相的女儿王丽都打扮得花枝招展,也坐在窗前看热闹。正当选手们比赛得精彩热闹的时候,她发现一个出类拔萃的青年军官,满面笑容,长臂阔肩,英气勃勃,非常标致漂亮,因此她一见倾心,偷偷地看他几眼,忍不住对她的保姆说:"军中那个出众的漂亮青年叫什么名字?"

"哟!小姐,他们全都生得漂亮,你说的到底是谁?"

"等一会我指给你看吧。"

王丽都拿起一个苹果一抛,落在那个青年身上。他抬头一看,见宰相的女儿坐在窗前,好像夜空中的月儿那么美丽可爱;因此也一见钟情,顿时感到心神不定,六神无主。

比赛结束后,王丽都念念不忘,向保姆打听那个青年的消息,问道:"我指给你看的那个青年,他叫什么名字?"

"他叫艾奈斯·伍珠德。"

王丽都听了保姆的回答，摇摇头，长吁短叹几声，心有所感，执笔写了一首抒情诗，很珍惜地用绣花丝帕包起来，放在枕下。她的这种反常举止叫保姆发觉了，因此她就陪她谈天，安慰她，催她早睡。保姆待她睡熟，悄悄地偷出枕下的诗一看，知道她爱上艾奈斯，有意做他的妻室。之后，她仍然把诗放在枕下，待她一觉醒来，这才好言劝慰她，说道："小姐，我疼你、爱你，因此我要劝告你：你要知道，有心事不吐露出来，这会使人忧郁成疾的呢。坦坦白白地把心事说出来，这算不了什么，不会惹人非议、责备的。"

"亲爱的妈妈，我害着心病，这是无药可治的。"

"凭着安拉的旨意，我替你医治好了。"

听了保姆体贴入微的温存劝慰，王丽都感到无限的快慰，可是她仍然忸忸怩怩，不肯吐露真情实话。她怀着听其自然，静观后果的念头，暗自想道："这桩秘密事，谁都不知道；对于这个老妇人，非经过考验，我是不能轻易告诉她的。"

后来老保姆对她说："小姐，我在梦中好像听见有人对我说：'你们小姐看中了艾奈斯·伍珠德，有意和他匹配成夫妻；这桩事情，你应当深思熟虑，努力奔走斡旋，从中鼎力协助，促成她的心愿，并且须要好生保守秘密，这你就功德无量了。'喂！小姐，我不嫌冒昧，把梦中的见闻告诉你了；该怎么办，你自己决定吧。"

听了保姆的话，王丽都取出藏在枕下的诗，递给保姆，嘱咐道："这封信你送去交给艾奈斯·伍珠德，并打他那儿捎个回信来。"

保姆收下信，带到艾奈斯家中，吻他的手，极其能事地颂扬一番，然后递上书信。艾奈斯接过去一看，知道里面的寓意，喜不自胜，立刻在原信背面，热情地恳挚地写上几行回信，折叠起来，交给保姆，说道："有劳伯母捎给你们小姐，希望你好生安慰她。"

"听明白了，遵命就是。"保姆回答着，匆匆回到相府，交给小姐。王丽都接过去吻一吻，放在头上顶一顶，这才打开阅读。她知道里面的意思,随即在下端写了回话,折叠起来,交给保姆,教她前去送信。保姆带着信离开王丽都的闺房,预备前去送信,可是刚到大门口,碰到巡哨的问道:"你上哪儿去?"

"上澡堂沐浴去。"她心中有事,猛吃一惊,过分地慌张、恐惧,无意间竟把小姐的情书遗失在门口。刚好有个当差的打门前经过,捡起那封情书,带到宰相面前,说道:"报告相爷,我打门前经过,看见这张字纸落在地上,被我捡起来了。"宰相接过去打开一看,知道里面的意思,仔细斟酌,看出是王丽都的笔迹,气得痛哭流涕,胡须都被眼泪流湿了,于是赶忙去见夫人。夫人见他伤心流泪,问道:"老爷,你为何伤心哭泣?"

"这儿有一封信,你拿去看看。"

宰相的夫人看了信,知道是女儿王丽都和艾奈斯两人之间往来的情书,当时气得几乎哭出声来,可是她竭力抑制感情,忍住眼泪,对宰相说:"老爷,哭也无用,关于这种败坏门风的丑事,我们只好含垢忍辱,把它隐藏起来,免得遭人耻笑。"于是她温存地安慰宰相,减轻他的忧愁苦闷。

听了夫人的劝慰,宰相平静下来,说道:"我替我们的女儿担忧着呢。莫非你不知道,艾奈斯在国王面前是受宠得势的红人。这桩事情我所以觉得害怕,其中有两个原因:第一,从我自身这方面说,她是我的女儿;第二,从国王那方面说,艾奈斯是他看重的亲信;因此,这桩事可能扩大,演出不测的祸事,那怎么得了! 你说吧,到底该怎么办才好?"

"老爷暂且忍耐一会,让我祷告一番再说。"

宰相夫人埋头祈求、祷告之后,对宰相说:"在枯诺兹海中有个叫瑟克辽的孤岛;上那儿去的路程极为险阻,必须经过艰难困苦,才能去到岛上。还不如把女儿送到岛上去躲避。"

宰相同意夫人的想法,决心在岛上建筑一幢坚固结实的屋子,预备丰富的粮食和使唤的婢仆,作为女儿避难的处所,让她在岛上过清静的快乐生活。主意打定之后,他迅速招集工程师、木匠和泥水匠,送到瑟克辽岛上,破土动工,建成了一幢无比坚固美观的山庄。建筑落成之后,宰相准备行李、盘缠,吩咐女儿连夜出发。王丽都走出闺房,望着杂乱的行李,忍不住伤心哭泣。她仓促间不能和艾奈斯见面,但又必须让他知道自己的遭遇,便匆匆在大门上写道:

> 屋子呀!
> 指安拉起誓,
> 待明日清晨,
> 爱人到此暗示着向我致意的时候,
> 劳你把馨香、无上的敬意转寄一寄;
> 因为他们鬼鬼祟祟,
> 逼我仓促成行,
> 不知今夜将投宿何地。
> 从今后,
> 天涯海角,
> 不知将流落到什么地域。
> 黑夜里,
> 林中栖息的鸟儿
> 引颈长啼,
> 向我洒下同情的眼泪。
> 时代的口舌
> 也忍不住呻吟、叹息,
> 说道:"惨矣!
>   一对情侣,
>   生离死别。"
> 当初每见离散之杯被斟满、
> 时日任意摧残我们的时候,
> 我能吞声忍气、

卑躬屈节地和它周旋；
可是今日已到最后关头，
已矣！
往事不堪回首，
我怎么能把你忘记？

宰相吩咐护送的人，教他们把小姐和伺候她的婢仆们送往岛上，好生安置在新建的山庄里，然后从速回来报告；登陆后，必须把船只全都捣毁，避免发生后患。护送的人唯命是从，趁黑夜里起程，护送小姐成行。他们整天整夜跋涉，经过阳关大道、平原、漠野，也绕遍了崎岖的羊肠小径，最后来到枯诺兹海滨，张起帐篷供小姐和侍从休息，并迅速准备一只大船。一切预备妥帖，这才遵照宰相的命令，伺候小姐和随从上船，小心翼翼地渡海去到瑟克辽岛上，把他们安置在新建的山庄里，然后返棹归岸，捣毁船只。

艾奈斯清晨从梦中醒来，盥洗晨祷后，骑马径往王宫，照例打相府门前经过，找机会暗中向王丽都表示对她的热爱和敬意；可是他刚到门前，一眼看见门上的诗，受了莫大刺激，突然觉得天昏地暗，整个身心似乎都不存在。继而他慢慢恢复神志，勒转马头，返回家去；从此一种无名的烦恼和不安缠绕着他，郁结苦闷，整日惴惴不安，无从抑制情绪，直到黑夜降临，他还是缄默不语，始终不肯吐露真情。他黯然走出家门，漫无目的地去到郊外，继续不停地摸索、跋涉了整整一夜。次日天明，他仍然向前迈进，在如火的太阳光下，山岳都被晒得快要燃烧起来；他感到十分饥渴，已经到了日暮途穷，无法可想，快就失去性命的时候，忽然发现前面有树林，树下的沟渠中流着清水。他急忙奔过去，坐在树荫下乘凉，喝水解渴；可是他饥渴过度，觉得淡而无味，毫不济事。当时他筋疲力竭，形容枯槁憔悴，面无人色，一双脚走得又肿又痛，眼望前途茫茫，忍不住惨然落下伤心的眼泪。

他伤心哭泣一阵，别无办法，最后还是勉为其难地挣扎着向前，一个人孤单单地在原野中跋涉。他一路上冒着生命的危险，每遇毒蛇猛兽当道,便沉着应付,竭力回避,真是虎口余生,历尽千辛万苦,才穿过荆棘丛生的危险地带,越过高山,去到一处一望无际的漠野。他无意间发现沙漠上留下的足迹,知道那是护送王丽都出走的人们遗留下来的脚印,于是精神抖擞,怀着缥缈的希冀,不顾一切地向前迈进。他继续跋涉了几昼夜,终于来到波涛汹涌的海滨,一看沙上的脚印没了,知道王丽都已乘船破浪而去,从此心头上的一线希望也就消灭,只好呆呆地望洋兴叹,吟道:

> 前途迢迢,
> 我已受不了煎熬。
> 他们乘风破浪去了,
> 教我如何前去追找?
> 眼泪不断地淌流,
> 浸蚀了我的眼睛;
> 忍耐的兵马一败涂地,
> 在后面落荒逃去。

艾奈斯吟罢,痛哭流涕,悲伤过度,一时晕厥,倒在海滨,昏迷不省人事。经过很长的时间,他才慢慢苏醒过来,抬头左右观看,不见一个人影,一时心惊胆战,怕遭野兽袭击,不得已爬到山巅去躲避。正当他徘徊不知所措的时候,忽然听见空谷人声,侧耳静听,知道是个虔心诚意的信徒,离开尘世,躲在山洞中,避世修行。他三次敲门,隐士都闭而不纳,因而他伤心哭泣,吟道:

> 灾难斫丧了我青春的心灵,
> 一昼夜使我变成了白头。
> 该怎么样我才能摆脱忧愁、疲惫,
> 一帆风顺地达到希望、目的?
> 这是大难临头的日期,
> 我去到她的屋前,

看见门上留下的字迹。

我悲哀、哭泣，

用泪水灌溉大地，

把忧愁、苦闷牢牢地埋藏在心头，

不向路人和亲戚吐露半点真情。

他刚吟罢，山洞之门豁然洞开，传出赞叹之声；他钻进去，向隐士问好。隐士回答着问道："你叫什么名字？"

"我叫艾奈斯·伍珠德。"

"你为什么到这儿来？"

艾奈斯把自己的身世和前后的遭遇从头到尾详细叙述一遍。隐士听了，洒下同情的眼泪，说道："艾奈斯，告诉你吧：我在这儿避世修行已经二十年，从来没有见过一个人影。可是昨天突然听得哭泣之声，我赶忙朝着声音所在的方向观看，发现人群张篷住在海滨，正在装备一只大船；人们陆续上船，划着径向海中驶去；之后，有几个同去的人划着那只大船回来，捣毁大船，然后扬长而去。那些乘船去了不曾回来的人，我想恐怕就是你所要寻找的对象。如此说来，艾奈斯呀！你的忧愁、苦恼可就大了！"隐士说着走到他面前，拥抱他，两人同声痛哭，哭声震动山岳，越哭越伤心，最后声嘶力竭，双双地晕倒，昏迷不省人事。过了好一阵，才慢慢苏醒过来，在荒山空谷中，两人相对失声，彼此指天为誓，愿结为知心朋友。隐士安慰他，说道："你别忧愁，今夜里我虔心诚意地替你祈祷，恳求安拉救援你，在暗中帮助你，使你达到希望目的。"

"听明白了，遵命就是。"

王丽都被护送的人送上孤岛，安置在新建的山庄里。她举目望着山色和别致的建筑，忍不住伤心哭泣，自言自语地叹道："指安拉起誓，这是最理想不过的好地方，只是缺少爱人的形影，这是美中不足的遗憾呢。"后来她发现岛上有各种鸣禽，便吩咐随从结网捕了几只善于歌唱的美丽小鸟关于笼中，养在山庄里，听它们歌唱，借此消

愁解闷,聊以自悦。可是每当黑夜降临,万籁俱寂的时候,她便感觉悲哀、苦恼,吟道:

> 我心里烧起熊熊的火焰,
> 烈焰灼伤我的肝肺。
> 分别之日不能向他告别,
> 我衷心感到忧愁懊悔。
> 只要他知道我的遭遇,
> 我就甘心忍受命运的规定。
> 良宵啊!
> 求你向我的爱人致意,
> 证明我和你在一起不曾安眠。

艾奈斯在荒山空谷中和隐士结识,彼此情投意合,很是亲密。有一天隐士对他说:"你到谷中去,收些枣树皮带来给我。"他听从吩咐,果然去到谷中,收集许多枣树皮,带往山洞中。隐士拿起枣树皮,一面搓一面编织,做成一只浮筏,然后对他说:"去吧,谷中有的是葫芦,现在已经干了。你去采集一些系在这个枣皮筏上,把它扔在海中,乘着前去寻找你的爱人。这样也许你会达到希望目的。人不冒险,不吃苦头,那是不容易成功的。"

"听明白了,遵命就是。"他回答着,向隐士告辞,预备按照他的指示去做。临行隐士替他祈祷,祝他成功。于是他一直去到谷中,采集葫芦,系在枣筏上,带往海滨,扔在水里,跃身乘上浮筏,接着一阵海风掠过,浮筏如飞地被吹到海中,在波浪中起伏荡漾。经过三天的漂流生活,看见许多奇怪景物,经历无数风浪危险,最后他终于被命运驱使,到了瑟克辽孤岛上。当时他头晕眼花,疲惫不堪,饥渴得要命。幸亏那儿山清水秀,鸟语花香,果树成林。他采果子充饥,喝泉水解渴,休息一会,慢慢恢复精神,便起身向前走动。蓦然他发现远方出现一片白色,迎着走过去一看,原来是一幢坚固结实的建筑,大门紧闭着，毫无声响。没办法，他走投无路，只得在门前坐下。到了第三天，大门忽然洞开，屋里出来一个仆人，见艾奈斯坐在门前，问道："你打哪儿来？是谁带你上这儿来的？"

"我是打艾斯摆汉来的。我原是携带货物航海旅行，从事做生意买卖的；可是中途遇险，落在海中，被风浪吹到这儿来了。"

仆人流下同情的眼泪，搂着他说道："安拉延长你的寿命了，我可爱的人呀！提起艾斯摆汉，它是我的家乡呀，我的父母还在那儿呢！只是我幼年时代，当地的一个大族战胜我们，把我当作他们的俘虏，被卖为奴隶，直到今天，依然故我，过着牛马生活。"他说罢，问候他，祝福他，并领他走进大门。

艾奈斯去到院落中，举目看见一个大池，周围岸上长着茂密的树木，枝头挂着金质银门的雀笼，笼中的鸣鸟清脆地歌唱着。他走到第一个雀笼面前仔细看了看，见里面关着一只金丝雀，正抬高嗓子，越唱越起劲。他心有所感，说道："慈祥的小鸟哟！"接着便晕倒，昏迷不省人事。之后他慢慢苏醒过来，忍不住伤心哭泣，自言自语地叹道："慷慨多情的金丝雀呀！你唱得这么清脆、响亮，像我这样的人难道也蒙你错看吗？我的情况只有唯一的主宰清楚明白，你去向他打听吧。从今以后，纵然粉身碎骨，我也是不能忘记她的。"

艾奈斯怀着满腔情愁，慢步走到第二个雀笼面前，见里面关着一只唱鸽，正抖擞精神，引颈长鸣，好像十分喜欢他的样子。他触景伤情，说道："我永久感谢你的盛情。"说着忍不住痛哭流涕，自言自语地叹道："你这只活泼的唱鸽，这样兴高采烈地欢迎我；可是你不知道我胸中正燃烧着烈火，血泪像山洪般不断地从腮上流过；然而悲欢离合是人生避免不了的灾祸，我应当逆来顺受，静候安拉的安排，等候着和爱人团圆聚首。那时候，我要拿自己的金钱周济穷苦黎民，我要开笼放鸟，让它们尽情地自由地飞翔，并把我自己心头的遗恨扫除净尽，痛痛快快无忧无虑地生活下去。"

他叹息着慢步走到第三第四个雀笼面前，听了笼中的夜莺和画眉的婉转、哀艳的歌唱,心有所感,留下深刻的印象,想着失踪的爱人,伤心的眼泪不断地从腮上流下,苦闷到极点,已经不能抑制自己。他回头望着同乡问道:"这所房子是干什么用的? 里面有什么东西? 是谁建筑的?"

"这所房子是宰相伊补拉欣给他的千金小姐王丽都建筑的;为了保护小姐不遭天灾人祸,所以让她和侍从住在这儿。我们奉宰相的命令,每年等大陆上送生活必需的物品来时,才准开门一次。"

艾奈斯听了同乡的叙述,暗自想道:"目的已经达到了,可还需要一段长时间才能和她见面呢。"

王丽都被禁锢在孤岛的山庄里,虽然婢仆成群,住着高楼大厦,可是起居饮食却很不安定,惴惴不安。她走遍整座宫室,无隙可乘,没有逃走的地方,气得眼泪直流。后来她拿几件衣服联结起来,去到屋顶上,一端系在雉堞上,一端垂向屋外,冒险顺着滑了下去,逃出牢笼。当时她身上穿着华丽的丝绸细软,头上戴着珍贵的珍珠、宝贝首饰,不顾一切地在荒岛上跋涉,一直走到海滨,见一个渔翁驾着小船在海中打鱼;后来小船被海风吹到岸边,渔翁抬头见她站在岸上,大吃一惊,划着小船逃跑。她边打手势,边喊道:"渔父,你别害怕,我是人哪! 请你慈悲为怀,发善心救救我吧! 我是为了爱情才流离失散,落得无家可归的啊。"

听了王丽都苦苦哀求,渔翁心有所感,洒下同情的眼泪,触景伤情,蓦然忆起自己童年的遭遇,长叹两声,毅然撑船拢岸,说道:"上船来吧! 要上哪儿我送你去好了。"

王丽都急急忙忙上得船去,渔翁划着向前航行。一会儿大风突起,推着小船破浪前进;渔翁茫然不知该向何方航行,因而索性顺着风向,任船自由漂流。小船在大风中如飞地破浪前进,经过三天的航行,最后来到一座近海的城市附近,预备在那儿靠岸登陆。

那座城市原来是一个王国的京城,国王叫丹尔巴斯,权势很大。当时国王和太子在宫中,正向临海的窗户眺望海景,偶然看见那只小船,仔细一看,发现里面坐着一个月儿般美丽的女郎,耳上垂着风信子石的耳环,脖子上戴着珍珠项链,一看就知道是王侯的千金小姐。于是他赶忙离开宫殿,走出后门,见小船靠在岸边,渔翁忙着系缆,女郎却酣睡在船中。他走过去唤醒她,问道:"你打哪儿来? 你是谁的女儿? 为什么到这儿来?"

"我是伊补拉欣的女儿,"王丽都哭哭啼啼地说,"家父是国王沙敏虎的宰相。我上这儿来的原因稀奇古怪着哪。"于是她把自己的遭遇从头到尾,原原本本,毫不掩饰,全都告诉了国王。她说罢伤心哭泣。国王听了,心有所感,发生同情、怜悯心肠,说道:"你可以达到希望目的了,从此不必忧愁顾虑了,我一定帮助你,你要上哪儿我一定送你去。我准备打发使臣把金银、麝香、绸缎送去献给国王沙敏虎,并写信和他联络,敦睦邦交,促成你的婚姻大事。今日我竭力帮助别人,只希望将来我能事事顺利罢了。"他说罢,立刻宣宰相上殿,给他许多金银礼物,叫他带去送给国王沙敏虎,嘱咐道:"此去必须把国王御前一个叫艾奈斯的军官带来,并禀告国王,我有心和他结秦晋之好,愿将公主匹配给他的随从艾奈斯为妻室,希望打发他和你前来缔结婚约。"于是他执笔修书,说明他的希望目的,交给宰相,再三吩咐道:"此去要是不把艾奈斯带来,我是要罢免你的职位的呢。"

"听明白了,遵命就是。"宰相唯命是遵,满口应诺,匆匆起程,诚惶诚恐地兼程赶到国王沙敏虎御前,向他致意,呈上国王的书信和礼物。国王读了信,见里面提到艾奈斯,忍不住痛哭流涕,对使臣说:"艾奈斯·伍珠德在哪儿? 从他走后我们就不知他的去向。你如果能把他带来,我照你带来的礼物加倍赏赐你。"他说罢,长吁短叹,伤心饮泣;继而又对使臣说:"请你回去禀告贵国王,艾奈斯出走一年多了,我不知他的去向,始终没有听到他的信息。"

"主上,我奉命前来迎接艾奈斯,临行敝国王一再嘱咐:'此去要不把人带来,我要罢免你的职位,你也别回来见我。'在这种情况下,我怎么敢空着手去见敝国王呢?"

"你带领人马陪使臣到各地方去寻找艾奈斯吧。"国王吩咐他的宰相伊补拉欣。

"听明白了,遵命就是。"宰相伊补拉欣遵从国王的命令,带领人马,陪国王丹尔巴斯的宰相起程周游各地,寻找艾奈斯。他们每经过一个村庄或到一个城镇,便认真访察,问当地的人:"可有一个叫艾奈斯·伍珠德的打你们这儿经过? 他的形貌如此这般……"人家总是回答说:"我们不知道。"他们为了完成使命,不辞跋涉辛苦,从乡村到城镇,从城镇经过平原、漠野,一直去到海滨,然后乘船渡海,去到瑟克辽孤岛上。国王丹尔巴斯的宰相问道:"怎么把这个孤岛叫瑟克辽①呢?"

"据说古代有个女神,从老远的中国迁居于此,和人类结了婚,在孤岛上过了很长的时间,生下几个子女。当时每当船只从此经过,商旅总是听到孩子的哭啼声,宛如丧子的妇人在哀泣,人们便问:'这儿有丧子之妇吗?'因此这个孤岛便得了瑟克辽的名称。"

宰相伊补拉欣的话,引起使臣的惊诧。于是他们登陆,一直去到宰相伊补拉欣给他的女儿王丽都建筑的那幢山庄面前敲门。仆人开门,见是宰相,赶忙吻他的手,迎接进去。去到院里,宰相见穷酸的艾奈斯混在仆人队中,问道:"这个人是打哪儿来的?""他原是个生意人,"仆人们回答,"可是在海中遇险,财货全部淹没,只剩一条生命,因此我们才把他救到这儿来的。"

宰相伊补拉欣撇下艾奈斯,匆匆去到室内,却不见王丽都的踪影,忙向婢女打听。婢女们回道:"小姐跟我们在一起住了不久,往后就无影无踪地不见了;她怎么走的,我们也不知道。"宰相听了,眼泪簌簌地从腮上流下,自言自语地说道:"但愿我知道我的心肝到哪儿去了! 这样的一幢屋子,鸟语花香,陈设富丽堂皇,铺垫都是丝绸细软,而且门墙很高,可是它的主人哪儿去了呢!"他叹息着伤心哭

---

① 瑟克辽,丧子之妇。

泣,说道:"命运注定了,这是无法避免的。"于是他顺便走到屋顶的平台上,发现几件巴尔勒拌克衣服结在一起,系在雉堞上,直垂到墙外。他眼看着这种情景,知道女儿从这里溜走了;像迷途的狂恋者,不顾一切地扬长去了。他转着眼珠仔细端详,见那里栖息着一只乌鸦和一只猫头鹰,认为是倒霉的兆头,忍不住伤心流泪,吟道:

> 我来到爱女的屋子里,
> 希望借此泼灭心中忧愁、苦闷的火焰。
> 可是屋中不见我的爱女,
> 却迎头碰上倒霉的乌鸦和猫头鹰,
> 并听到时代的口舌宣布说:
> "你太残忍,
> 须在泪泉、烈焰中,
> 苦恼地度此残生。"

他吟罢,垂头丧气地走下平台,吩咐仆人分头去山中寻找小姐。仆人们遵循命令,四面八方,找遍整个孤岛,始终不见她的踪影。

艾奈斯听了王丽都失踪的消息,大失所望,气得糊里糊涂,昏迷不省人事,一病不起,气息奄奄,情况异常凄惨。人们都认为他神经失常,已经不可救药,非常可怜、同情他的遭遇。当时宰相伊补拉欣因女儿失踪感到悲观、失望,垂头丧气,一筹莫展,痛苦到极顶。同时国王丹尔巴斯的宰相经过跋山涉水,不曾找到艾奈斯·伍珠德,也心灰意懒。他虽然达不到目的,销不了差事,可是不愿再消耗精力,牺牲时日,决心收拾回国。他向宰相伊补拉欣告辞,说道:"我存心行个阴功,打算带走这个无依无靠的可怜青年,替他治病。他的家乡艾斯白汉距我国不远,待他的病痊愈,我就打发他回家去。我做这桩好事,也许安拉能救援我,使我获得敝国王的饶恕。"

"好的,你打算怎么办就怎么办吧。"宰相伊补拉欣欣然同意。于是国王丹尔巴斯的宰相带着昏迷不省人事的艾奈斯同宰相伊补拉欣分手,回国去了。

　　他们离开瑟克辽孤岛,行了三天之后,艾奈斯慢慢苏醒过来,睁眼问道:"我在什么地方呀?""你现在和国王丹尔巴斯的宰相在一起呢。"随从回答着赶忙把他苏醒的情况报告宰相。宰相吩咐拿粔和蔷薇水给他吃喝,嘱咐好生伺候、安慰他,并催促人马继续跋涉,兼程行进,直赶到京城附近。消息传到宫中,国王打发差人送信给宰相,对他说:"如果没有找到艾奈斯·伍珠德,就别进城见我。"宰相得到国王的信,如闻霹雳,顿觉进退两难。当时他并不知道王丽都在皇宫里,也不知道派他寻找艾奈斯的原因,也不知道国王为什么要结那头亲事,更不知道身边的那个青年就是艾奈斯。同样,艾奈斯也不知道他们要带他上什么地方去,不知道宰相是国王丹尔巴斯派来寻找他的使臣。正当徘徊歧途,进退两难的时候,宰相见艾奈斯苏醒过来,神志清爽,便和他闲谈起来,说道:"此次我奉命出差,没有完成任务;国王听说我回国,派人送来命令,如果没有完成任务,不准我进城去见他。"

　　"国王派你什么任务?"

　　宰相把情况从头到尾叙述一遍。艾奈斯听了,说道:"既然如此,相爷不必顾虑,请带我去见国王,我保证替你找到艾奈斯·伍珠德。"

　　"这是真的?"宰相欢喜若狂。

　　"是真的。"

　　宰相跨马,昂然进城,带艾奈斯去到宫中,谒见国王。国王问道:"艾奈斯·伍珠德在哪儿?"

　　"启禀主上,我知道艾奈斯·伍珠德居住的地方。"艾奈斯说。

　　"他在什么地方?"国王走到艾奈斯面前。

　　"离此很近;陛下为什么要找他? 告诉我吧,我马上去唤他来。"

　　"好极了! 不过此事需要保密。"于是斥退左右,带他去到后宫,把故事从头对他叙述一遍。艾奈斯听完之后,说道:"给我一套华丽的衣服穿起来吧,我马上去找艾奈斯。"国王果然给他拿来一套华丽衣服。艾奈斯穿戴起来,说道:"我就是艾奈斯·伍珠德。"随即吟道:

> 背地里提说爱人的消息,
> 给我带来慰藉,
> 驱散我们之间的距离、沉寂。
> 我仅有一双盈盈泪眼,
> 流下来的眼泪,
> 清洗了我的忧心。
> 由于别恨离愁,
> 致使我身体瘦损,
> 形容憔悴。
> 我纵然哭坏了眼皮,
> 也无法制止血泪奔流。
> 我束手无策,
> 颠沛迷离,
> 满腔绝望、忧郁,
> 历尽千辛万苦,
> 遭尽人间颠危。
> 头发白了,
> 心血干了,
> 一直打不通穷途颠危。
> 他们存心隔离我们,
> 可是他们的企图却反而替我们打开聚首的门路。
> 谁知道别离之后,
> 时日又教我们重相会,
> 而且把执行过的判决书卷起,
> 用快慰驱除我心版上的忧愁顾虑!

艾奈斯吟罢,国王欣然说道:"指安拉起誓,你们是一对真诚的情人,像空中灿烂的两颗明星;你们的遭遇也是最离奇古怪的。"于是他开诚布公,从头对他叙述王丽都的际遇。艾奈斯听了,问道:"主上,王丽都在哪儿?"

"她就在我宫里。"国王回答着,吩咐邀请法官和证人,替他俩缔结婚约。他十分尊重他们,当上宾招待,同时派使臣报聘国王沙敏虎,告诉他艾奈斯和王丽都邂逅相遇和缔结婚约的消息。国王沙敏虎听了,十分欢喜,立刻回书,希望他们回国在他宫里举行婚礼,并预备了驼、马,打发使臣前来迎接。

国王丹尔巴斯读了国王沙敏虎的回信,赏艾奈斯和王丽都许多钱财衣物,并派一队人马沿途护送。他们到了京城,人们都出来看热闹,车水马龙,轰动一时,十分热闹。国王宫中设下丰盛的筵席,大宴宾客,并召集国中有名的艺人,弹唱、歌舞,整整热闹了七天。在七天的欢庆期间,国王每天都赏赐庶民衣服,招待饮食,与民同乐。在欢呼庆祝声中,艾奈斯和王丽都欢喜快乐得热泪盈眶。王丽都心有所感,吟道:

> 快乐骤然降临,
> 驱散苦难、忧愁,
> 让我们聚首谈心,
> 教嫉妒者苦恼、忧郁。
> 相会的和风吹散满天瘴气、乌云,
> 复活了我们的身体,
> 滋养了我们的心灵。
> 人们脸上闪出同情、愉快的表情,
> 内心里还奏着报喜的乐曲。
> 别以为我们因忧虑而哭泣,
> 只为快慰之极而感激涕零。
> 数不尽的恐怖我们亲眼看见,

说不完的苦楚我们亲身经历。

　　　我们忍苦耐劳，

　　　尝尽蹂躏、侮蔑，

　　　可到了最后关头，

　　　一刹那的见面、欢欣，

　　　教我忘记种种厉害的恐怖、忧愁。

王丽都吟罢，艾奈斯和道：

　　　幸福给我们树起大旗，

　　　让我们畅饮快乐清亮之杯。

　　　我们团圆聚首，

　　　互道别后相思、离愁，

　　　回忆失眠之夜的滋味。

　　　愿今后忘记过去的一切，

　　　尽情享受现在和将来的欢欣。

　　艾奈斯和王丽都吟罢，当宾客的面，衷心感谢国王沙敏虎，并把
国王丹尔巴斯赏赐的钱财衣物分送给庶民，然后告辞，回到自己家
中。从此一对青年恩爱夫妻，相敬如宾，过着快乐舒适的幸福生活，
直至白发千古。

艾彼·诺瓦斯和
哈里发何鲁纳·拉施德的故事

　　相传从前哈里发何鲁纳·拉施德执政期间,大诗人艾彼·诺瓦斯交游很广。有一天,他摒弃一切,静悄悄地躲在家中,煞费苦心地预备了一桌无比丰富可口的酒席,存心请最可爱的人儿陪他吃喝享受,尽情快乐一番。

　　一切准备齐全,他才怀着渴望心情,从容走出大门,寻找适于参加宴会的人儿,以便达到吃喝、玩耍的目的。他边走,边祈祷道:"安拉我的主人呀! 今天,恳求您把配参加宴会而适于陪伴我的人儿,差几个到我跟前来吧。"

　　他念叨着朝前一看,见迎面来了三个仙童般活泼可爱的美少年。他们的肤色、模样虽然不同,可是体态、形貌之标致、漂亮,却是绝无仅有而非常引人注目的。眼看着那样可爱的美少年,他神志迷离,一下子愣住了。他当时的情形,跟诗人的吟诵毫无差别:

> 我从一对美男子面前路过,
> 不自主地说道:"我爱你们两个。"
> 他俩问道:"你可是财主、大户?"
> 我回道:"我的金钱如土,每日挥霍无度。"
> 他俩说:"既是恁情形,这就是我们的事情。"

艾彼·诺瓦斯生性落拓,爱吃喝嫖赌,做不正经的寻乐消遣。他既寻花问柳,又以嗜男色成癖,一生放荡不拘,形骸狼藉,因而诗人曾对他作了如下的描绘:

> 一个老头子有着少年懵懂脾气,
> 喜欢跟小白脸们交游、嬉戏。
> 身体生存在清净的卯绥里,
> 心儿却回忆着花天酒地的哈勒比。

当时他喜笑颜开地走过去,向那三个美少年打招呼、问好,表示愿意和他们亲近。对方极其恭敬地回问他一声,拔脚就往前走。他拦住他们,不让走,随口吟道:

> 我家里有丰富的奢侈品,
> 你们不必舍近求远。
> 那里陈酒闪烁着白沫,
> 是道院中僧侣们一手酿做。
> 席间不仅摆着味美、可口的羊肉,
> 而且各种飞禽食品也应有尽有。
> 你们且嚼且喝,
> 醇酒给你们带来欢欣、快乐。
> 吃饱喝醉之后,
> 大伙不拘形迹地逢场作戏。

艾彼·诺瓦斯的诗很有诱惑力,三个美少年听了,不禁馋涎欲滴,只图贪口腹,因而受骗,应邀去他家中做客,见桌上摆满了丰富可口的菜肴,种类之多,跟他在诗中提到的全都相符。于是大伙坐下来,细嚼慢咽,大吃大喝,饱餐一顿。

三个美少年陪艾彼·诺瓦斯吃饱喝足,趁酒兴无拘无束地谈笑、嬉戏一会,然后互相争艳斗美,要求艾彼·诺瓦斯给他们做公正的品评,指出他们中究竟谁的面貌最美丽,谁的身段最标致。

艾彼·诺瓦斯一而再地吻了其中一人之后,指着他吟道:

> 金钱根本不可能替这腮上长着黑痣的人儿赎罪,
> 因此我甘心为他牺牲自己的生命。
> 最可贵是他的脸面光滑得一毛不见,
> 所以一切的美丽都在黑痣上集中表现。

接着他吻了第二人的嘴唇,指着他吟道:

> 可爱的人儿腮上长着一颗黑痣,
> 像樟脑上的麝香那样别致。
> 我一见便觉得惊奇,称羡,
> 他却说:"你请去赞美先圣贤!"

继而他接连吻了第三人十次,指着吟道:

> 银酒杯中盛满金汁,
> 醇酒沾湿美少年的十指。
> 转动着惺忪、睥睨的眼睑,
> 他跟随上酒人品尝酒味。
> 哈奈谊尼两架山岳被他的腰肢连在一起,
> 因为他是土耳其人中最活泼美丽的一头小麂。
> 虽然喝得酩酊大醉、人事不省,
> 但我的心一直在他躯体里跳跃不停。
> 这个引导我趋向底亚鲁·比库尔,
> 那个怂恿我前往锺密尔谊尼。

三个美少年听了艾彼·诺瓦斯的品评,欣然每人喝了两杯,待轮到艾彼·诺瓦斯干杯时,他举起酒杯,一饮而尽,随即吟道:

> 只能喝小羚羊亲手斟给的美酒,
> 彼此才可以卿卿我我地尽情谈心。
> 除非斟酒者怡然显出荧荧笑脸,

酒的本身不会使人感到乐趣。

酒过二巡,轮到艾彼·诺瓦斯干杯时,他醉眼蒙眬,已有几分醉意,吟道:

> 请斟上几杯葡萄美酒,
> 陪随酒伴一杯接一杯开怀畅饮。
> 除非跟小羚羊在一起你别随便乱饮,
> 因为吻他的腮颊比喝酒还过瘾。

艾彼·诺瓦斯干了杯,喝得酩酊大醉,于是他既不畏罪,又不知耻,居然猥亵成性地挨近美少年们,搂着他们又是亲嘴,又是拥抱,毫不顾惧地边狎邪,边胡乱吟道:

> 有年轻貌美的少年陪随饮酒,
> 才能充分感受乐趣。
> 这个为我唱歌,那个随声附和,
> 还有第三人举杯向我祝福。
> 我需要亲嘴,
> 一个腮角便凑近我的唇边。
> 今日跟他们痛快淋漓畅饮,
> 令人叹为生平最美满的享受。
> 浓酒淡酒我们都饮,
> 凡有玩乐情趣的一概欢迎。

艾彼·诺瓦斯跟美少年们玩得正高兴,突然听见敲门声。他们让来人进去。来人走到屋里。他们抬头一看,原来是哈里发何鲁纳·拉施德驾临。他们肃然起立,赶忙跪下去吻地面。慑于哈里发的威严,艾彼·诺瓦斯一怔,从醉乡清醒过来,只听哈里发问道:"艾彼·诺瓦斯! 你这是搞的什么事情?"

"众穆民的领袖啊! 事情明显得很,不用问,您一眼就可看清楚的。"艾彼·诺瓦斯从容回答。

"艾彼·诺瓦斯,我来找你,决心委你任法官,让你负专责审理龟鸨们的案件好吗!"

"陛下果然有意委我担任这个重要职务吗?"

"自然啰。"哈里发毫不犹豫地回答。

"那么陛下有诉状让我替你审判吗?"

哈里发何鲁纳·拉施德被艾彼·诺瓦斯问得哑口无言,形迹非常狼狈,只好怒形于色地撇下他们,拔脚就走。他回到宫中,想着艾彼·诺瓦斯毫不留情的当面讽刺,耿耿于怀,恨之入骨,整夜辗转不能入梦。

当天夜里,艾彼·诺瓦斯与三个美少年在家中过夜,通宵达旦,尽兴吃喝、玩乐,直闹到天明才收场。他送走客人,整理衣冠,然后进宫视事。

按哈里发何鲁纳·拉施德的习惯,每天公毕,他必去座谈室,与那帮诗人、乐师和亲信的陪饮者齐聚一堂,借吟诵、演奏和谈笑消遣、寻乐。那天公毕,哈里发来到坐谈室,诗人、乐师和陪饮者按他们官阶的高下,严格顺序坐下,大家鸦雀无声,等候哈里发宣布坐谈开始的时候,诗人艾彼·诺瓦斯才踉踉跄跄地赶到。他照例走到自己的座位前,刚要坐下的一刹那,哈里发便唤刀手马师伦,命令他扒掉艾彼·诺瓦斯的衣冠,拿马鞍备在他背上,并用马笼头套着他的头,再牵他去后宫各院游行示众,然后割他的头来领赏。

"听明白了,遵命就是。"马师伦应诺着即时执行命令,果然当众扒掉艾彼·诺瓦斯的衣冠,给他背上架一具驴鞍,头上套一个马笼头,当牲口牵去遍游十二宫三十六院,向为数三百六十之众的后妃和宫娥彩女们示众,让她们嘲笑、戏弄他。可是艾彼·诺瓦斯却满不在乎,嬉皮笑脸地只顾咧着嘴乐。看热闹的人越发觉得趣味无穷,因而都赏他钱。到示众毕,他的衣袋里已装满了赏钱。

那天宰相张尔蕃因重要公事出差。当他公毕,来到哈里发御前销差时,见艾彼·诺瓦斯的狼狈形迹,不禁大吃一惊,问道:"艾彼·诺瓦斯!你犯何罪才受这种惩罚呀?"

"我没有犯罪。不过我写了最美的诗,歌颂我们的主人哈里发陛下,因此他才拿最好的衣服赏赐我呢。"

哈里发何鲁纳·拉施德听了艾彼·诺瓦斯的回答,由不得从怨恨的心中,发出爽朗的哈哈笑声。于是慨然饶恕艾彼·诺瓦斯,不但收回杀他的成命,而且还赏他一万块钱。

阿补顿拉·穆阿默尔和
一对落魄夫妇的故事

　　相传从前巴士拉的一个富人,从市中买了一个聪明、伶俐的丫头,下一番功夫教她读书识字、学习礼体,然后把她收房,结成一对恩爱夫妻,过着幸福美满生活。由于他过分宠爱妻室,事事迎合、讨好她,并为追求舒适豪华的享乐生活,他浪费无度,挥金如土,因而不到几年工夫,便坐吃山空,宣告破产,一贫如洗,衣食无着,眼看就要受冻挨饿。他的妻室看到那种情景,不得已向他提议说:"当家的,你一旦穷到这步田地,我是同情你的困难处境的。现在你需钱度命,我没有别的办法帮助你,你还是卖掉我吧! 因为你卖掉我,拿几个钱来维持生活,比留我在你身旁眼睁睁等死较为得计。你先走这步,也许安拉默助你,会让你过丰衣足食的生活呢。"

　　丈夫实在穷得无奈,不愿坐而待亡,只好采纳妻室的建议,果然带她去到市中,请经纪人代找主顾。

　　通过经纪人的介绍、撮合,当时巴士拉的执政阿补顿拉·本·穆阿默尔看中娘儿,愿出五百金的价格买她。生意成交之后,买主当经纪人的面兑了钱,卖主收下卖妻银子,夫妻即将生离死别之际,彼此依依不舍,娘儿终于忍不住,边伤心哭泣,边凄然吟道:

　　　　但愿金钱给你带来幸运,
　　　　我心中所残存的不外乎遗憾和怀念。

彷徨、惆怅的灵魂哟！

告诉你吧：

不管你情愿与否，

爱人可是一去不复返矣。

她丈夫听了她的吟诵，潸然泪下，吟道：

处于生死关头无法活命，

你可别责难、抱怨。

我满腔郁结的苦难心情，

只可能从回忆、怀念中寻找慰藉。

今朝永别矣，

但愿你平安、如意。

往后要谋面，

除非是穆阿默尔允许。

阿补顿拉·穆阿默尔耳听他俩一唱一和的对吟，眼见他俩哭哭啼啼、难分难舍的凄惨情景，一下子起了怜悯念头，慨然对卖主说："指安拉起誓，显然你和她彼此爱笃情深，是一对恩爱的伴侣。中途离散，对情侣来说，是最悲惨最痛苦的遭遇，因此我不该从旁促成你俩的分离。现在你把她和五百金币一并带走吧！愿安拉祝福、赏赐你们白发到头。"

他夫妇二人听了阿补顿拉·穆阿默尔的慷慨言行，不禁感激涕零，赶忙吻他的手，表示衷心感谢，然后双双回到家中，继续过相敬互爱的幸福生活，直至白发千古。

一对为爱情而殉身者的故事

相传从前白尼·鄂兹勒人中,有个活泼、多情的年轻小伙子,急于要结婚,所以天天出去寻找对象。有一天,他碰到本族中一个非常美丽苗条的姑娘,便一见倾心,刻意追求,接连几天写信向她求爱。然而他虽然落花有意,可是对方却流水无情。他的信如石沉海底,对方一直以听而不闻、视若无睹的态度不予理睬,表示拒绝。结果他大失所望,但爱慕、恋念姑娘的心情过于诚笃,欲罢不能,因而单思成疾,一病卧倒,病势日益加重,差一点就要丧命。后来消息传开,众目昭彰,人们都把他的事迹当笑话谈论。

过了一晌,年轻小伙子的疾病不但没有起色,反而越来越严重,已经到了死亡边缘,痛苦达于极点。为挽救他的生命,他家里的人和姑娘的至亲密友,疲于奔命,都劝姑娘去看看他,可是她断然拒绝。最后他们告诉她,那个多愁善感的小伙子为爱她爱得快要断气了。她听了消息,被青年的痴情感动,大发慈悲、怜悯心肠,慨然去看青年。

青年一见姑娘之面,相对无言,只是边流眼泪悲哀哭泣,边有气无力地吟道:

> 我的尸体被四人扛起,
> 送葬的队伍从你面前行进。
> 莫非你不愿意参加殡礼,

向行将埋骨的逝者送别?

姑娘听了青年的哀吟,有动于衷,痛哭流涕,说道:"指安拉起誓,我再也想不到你为爱情而至于不顾生命。如果我早知道这种情形,我一定全力帮助你,促使你的希望实现。"

青年听了姑娘由衷之言,忍不住伤心泪滂沱四溢,有如倾盆大雨。他边哭泣,边凄然吟道:

> 死亡在我和她之间下了判决,
> 她才姗姗降临。
> 她俯允和我亲近,
> 但亲近已不济于实际。

青年吟罢,呼喘着长叹一声,顿时气绝身死。姑娘伏在他尸体上,边吻他,边号啕痛哭。她越哭越伤心,终因伤感过度,昏迷不省人事。过了一会,她慢慢苏醒过来,便嘱咐家里的人,等她死了,叫他们把她跟青年埋在一起。继而她哭哭啼啼地吟道:

> 我们在大地上过着美满幸福生活,
> 家庭、宗族和祖国都以此骄傲、快乐。
> 没奈何时光把我们分割,
> 硬叫我们去坟墓里过活。

姑娘吟罢,痛哭流涕,哭得死去活来,整整昏迷了三天。到第四天,终于气绝身死。家里的人按照她的嘱咐,果然把她跟青年埋在一起,以慰她在天之灵。

少年和小丫头的恋爱故事

相传从前有个多情的男孩子和一个富户人家的小丫头,二人在学校里同班攻读。男孩子爱小丫头爱到极点,无法控制爱慕情绪。有一天,他趁同学们不注意的时候,拿起小丫头的小黑板,偷偷地写道:

> 一个为爱你而神魂迷离的男性,
> 不知你对他的痴情做何评定?
> 他无法掩蔽蕴藏在胸中的隐情,
> 所以大胆倾诉因爱情而经受的苦刑。

小丫头拿起自己的小黑板,无意间发现写在上面的诗句,从头读了一遍,深知诗作者的寓意,感动得涕泗交流,执笔在男孩子的诗下写道:

> 发现追求者精疲力竭、大失所望之际,
> 我们会为他贡献出隆情厚意。
> 为促成他追求的最终希冀,
> 赴汤蹈火我们在所不避。

上课时,老师来到小丫头面前,无意间看见她黑板上的诗句,拿起来仔细一读,体会到她和他彼此爱慕之情,颇为感动、赞许,毅然在他俩诗下写道:

应该大胆接受追求者的苦心，

免得他因失恋而发癫。

不必顾虑先生的责难、干预，

因为他早已尝尽此中的甘苦滋味。

实属巧遇。那天小丫头的主人到学校里，一眼看见她黑板上的诗句，顺手拿起来，从头读了男孩、丫头和先生三人写的诗，觉得趣味无穷，乘兴挥笔，在他们的诗下写道：

天长地久愿你俩永不分离，

安拉会使嫉妒、诽谤者感到狼狈、羞怯。

在我生平的经历中，

你们的先生堪称手腕最高明的月下老人。

小丫头的主人写罢，即时请来法官和证婚人，当面许可把丫头配给男孩为妻。于是写下婚书，预备最丰富的筵席，举行婚礼，大宴宾客。婚后又格外优待、照顾他俩。从此一对恩爱的小夫妻，过着欢喜快乐的幸福生活，直至白发千古。

穆台兰密肃和伍迈玉曼的故事

　　相传从前名诗人穆台兰密肃遭时不遇,慑于诺尔曼·本·孟宰尔的权势,不得不逃走。他流亡在外,销声匿迹,长期不敢抛头露面。人们议论纷纷,以为他早已物故,因此很多人野心勃勃,都想娶他的娇妻伍迈玉曼。

　　由于提亲的人太多,伍迈玉曼家里的人都劝她改嫁,重新做人。可是伍迈玉曼和穆台兰密肃彼此情深谊笃,她不忘旧情,因而断然拒绝,坚持不从流俗。然而她家里的人,始终规劝、纠缠她,最后逼她跟一个本地人结婚。

　　当新婚之夜,鼓乐喧天,吹打得正热闹的时候,逃亡在外的穆台兰密肃突然回到故乡。他听了敲鼓和吹唢呐的乡音,知道是人家办喜事,耳目为之一新,在好奇心的指使下,便向路旁的孩子打听是谁家在办喜事。孩子们告诉他说:"穆台兰密肃的老婆伍迈玉曼改嫁了,今晚是新婚之夜呢。"

　　穆台兰密肃听了可怕的消息,既恐怖又绝望,可是他希望亲眼看一看实情,因而想方设法混在一群女宾丛中,走进洞房。他举目一望,只见伍迈玉曼和新郎衣冠楚楚,打扮得齐齐整整,二人并肩坐在一起,刚要举行合卺礼。他定眼仔细打量,见伍迈玉曼愁眉不展,怅然若有所思。继而她长叹一声,哭哭啼啼地吟道:

　　　沧桑世交,递嬗不息,

但愿我知道穆台兰密肃流落在什么地区！

穆台兰密肃原是个多才多艺的风流学士。他听了伍迈玉曼的哀吟，兴奋到极点，不顾一切地回答她提出的问题，吟道：

我远在天边，
近在眼前。
在回到故乡之前，
我始终不曾把你忘记。

新郎听了唱和之声，回头一看，见吟诗的原是伍迈玉曼的前夫穆台兰密肃，不禁感到惊奇诧异，喟然吟道：

当初我想象的何其幸运！
到头来只落得愿与志违。
今日二位在一间屋子里聚首，
但愿你们结发夫妻相敬白头。

他吟罢，撇下伍迈玉曼和穆台兰密肃，拔脚就走，让他俩重相聚首，破镜重圆。

从此穆台兰密肃和伍迈玉曼新婚不如久别，一对旧夫妻，相敬如宾，过着恩爱的愉快幸福生活，直至白发千古。

哈里发何鲁纳·拉施德和
后妃祖白玉黛的故事

    相传从前哈里发何鲁纳·拉施德执政期间,非常宠爱后妃祖白玉黛,无微不至地关怀、体贴她,专门在她游息的幽静所在地,凿池引流种树,供她消遣、寻乐。

    有一天,正当盛夏时节,天气炎热,后妃祖白玉黛信步来到游息处所,见池周绿树成荫,枝叶稠密、茂盛,景色异常幽美可爱。她触景生情,觉得如此清澈的池水,在成行的树墙掩蔽之下,如能进去沐浴一回,乐在其中矣,外人是看不见的。想到这里,她不顾一切,果然乘兴即时脱掉衣裙,下入水池去沐浴。

    池水清澈凉爽,深不过顶。后妃祖白玉黛泡在池中,用银瓶灌水浇身,身心感到凉爽、愉快,乐不可支。

    哈里发何鲁纳·拉施德闻知后妃祖白玉黛往池边消遣寻乐,便离开宫殿,悄悄跟踪追来,躲在树后窥探她的行踪。只见她一丝不挂,赤裸裸地在清可见底的池中沐浴,景象之美妙,非言语可以形容其万一。于是他目不转睛,呆呆地盯着她裸露无遗的丰满白皙身体,大饱眼福。

    后妃祖白玉黛发觉树后有人,回头仔细一看,见是哈里发何鲁纳·拉施德躲在那里窥探秘密。她感觉羞惭,仓促来不及穿衣,只好用手遮住阴户,可是肥硕的屁股仍然裸露无遗。哈里发何鲁纳·拉

施德眼看她狼狈不堪的处境,赶忙回避。他边退避,边抒情吟道:

> 我用审美眼光欣赏她的玉体,
> 爱慕、兴奋的心情倍增。

他吟了两句,茫然不知怎样抒发满腔的激情,因而不得不向宫廷诗人艾彼·诺瓦斯求援。他即时唤来艾彼·诺瓦斯,吩咐道:"你给我写一首诗吧! 而诗的开头,必须把下面两句包括进去:

> 我用审美的眼光欣赏她的玉体,
> 爱慕、兴奋的心情倍增。"

"听明白了,遵命就是。"艾彼·诺瓦斯应诺着出口成章地即刻吟道:

> 我用审美的眼光欣赏她的玉体,
> 爱慕、兴奋的心情倍增。
> 我做了一只小羚羊的俘虏,
> 在两架乳峰的余荫下面栖处。
> 她拿银瓶灌水,
> 直往身上浇泻。
> 从手指缝里透出秘密,
> 她整个身躯都裸露无遗。
> 我抱定死而无憾的心情,
> 但愿即刻和她接触一二回。

哈里发何鲁纳·拉施德听了艾彼·诺瓦斯的吟诵,忍不住抿着嘴笑,认为他想说而说不出来的话,叫艾彼·诺瓦斯发挥得淋漓尽致,因而大加赏赐。

艾彼·诺瓦斯轻而易举地完成哈里发分派他的临时任务,得到奖赏,受宠若惊,欣然告辞归去。

哈里发何鲁纳·拉施德和诗人的故事

相传从前哈里发何鲁纳·拉施德执政期间,有一天夜里,他惴惴不安,心绪不宁,在床上翻来覆去睡不着觉,因而索性起床,走出寝宫,在院前的走道上散步消遣。无意间碰到一个喝得醉眼蒙眬、摇摇欲坠的醉人。他走过去仔细一看,原来是他一向最宠爱的一个宫女。于是他顺水推舟,拽着她不放,兴致勃勃地跟她戏弄起来,缠得她衣解裤脱,高低要跟她来一回。

宫女被哈里发缠得啼笑皆非,无法脱身,只好低声下气地苦苦哀求、告饶,说道:"众穆民的领袖啊!奴婢不知陛下突然降临,因而蓬头垢面,毫无准备。恳求陛下开恩恕罪,暂且忍耐下去,等明天夜里,奴婢静候陛下光临。"

哈里发强求不遂,只好接受她的请求,把她放走。

次日傍晚,哈里发何鲁纳·拉施德打发童仆通知那个宫女,说哈里发今宵要应约到她屋里和她幽会、谈心。她听了哈里发要来会她的消息,赶忙回答说:"昨夜的约言,今朝一笔抹灭。"

哈里发何鲁纳·拉施德得到回话,喜怒皆非,只好吩咐陪他饮酒作乐的亲信:"你们吟诗给我听吧!希望每首诗里都有'昨宵的约言,今朝一笔抹灭'这句成语。"

"听明白了,遵命就是。"亲信们异口同声地回答。于是赖歌史吟道:

如果你洞悉我在情场中的冤抑，
会感到饮食起居索然乏味。
她撇下痴情、发狂的我毫不怜惜，
兀自闭门息交绝游。
"昨宵的约言，今朝一笔抹灭"，
这是她自食其言的借口。

接着艾彼·沐斯尔补起身吟道：

你心不在焉违反起居惯例，
这如醉如梦的心情几时才能澄清？
她为你心如火焚终日以泪洗面，
这种情景莫非你还不够惬意？
从内心里她发出沉重的叹息：
奇哉"昨宵的约言，今朝一笔抹灭"！

最后艾彼·诺瓦斯吟道：

爱情坚定不渝，
只可叹会面遥遥无期。
情况不言而喻，
用不着深思熟虑。
夜里我和醉醺醺的一个宫女相遇，
显然她那羞涩、庄重的神色并不稍减。
她断然拒绝、摆脱纠葛，
挣扎得裤坠、巾①落。
她扭着肥大的屁股企图逃避，
胸前吊着两个晃荡的小石榴。
我对她说："请你给我一个约会！"

---

① 指披巾或面纱。

她说道:"盼你明天早些光临。"

第二天我问她:"诺言是否如期履行?"

她回道:"昨宵的约言,今朝一笔抹灭。"

哈里发何鲁纳·拉施德听了诗人们的吟诵,喜怒参半,吩咐侍从,赏赖歌史和艾彼·沐斯尔补每人一万块钱,同时下令砍艾彼·诺瓦斯的头,处以死刑,当面宣布他的罪状说:"你昨夜混入宫廷,窥探宫闱秘密,罪当斩断首级。"

"指安拉起誓,"艾彼·诺瓦斯辩白说,"昨晚我一直睡在自己家里,什么地方都没去。至于我在诗中谈到的情节,纯是根据陛下一言半语而想象、虚构出来的。安拉说得好——他是最诚实不过的——'诗人被恶魔缠绕、追随,难道你不曾看见:他们在每一处山谷、流域中徘徊、遨游,并叙述他们没做过的事情?'"

哈里发何鲁纳·拉施德听了艾彼·诺瓦斯的辩白,顿时消除胸中的疑虑和误会,立刻收回成命,并加倍赏赐,给他两万块钱的赏银,表示歉意。

艾彼·诺瓦斯既免了割头之罪,又得到一大笔赏银,因而感激涕零,同其余两个诗人,欣然向哈里发告辞,满载而归。

艾彼·艾斯瓦督和丫头的故事

　　相传从前艾彼·艾斯瓦督在奴市中买了一个斜眼的丫头，非常欣赏她的姿色，预备把她收房，当娇妾看待。可是家里的人当他的面嘲笑、诽谤那个丫头。艾彼·艾斯瓦督觉得惊奇、诧异，把两只手掌向上猛烈一拍，表示无限气愤，喟然吟道：

　　　　她的形貌本无缺点，
　　　　可是横遭他们诽谤、批评。
　　　　虽然她的眼睛稍有一点缺陷，
　　　　那只能说是瑕不掩瑜。
　　　　即使眼睛里出现一点缺陷，
　　　　可她整个体态堪称尽善尽美。
　　　　因为她的腰肢以上既那样窈窕、美丽，
　　　　腰肢以下又这般丰满、肥润。

磨坊主人和老婆的故事

　　相传从前有个性情老实的男人，养着一匹毛驴，开一间磨坊，勤勤恳恳地靠磨面粉谋生。这个磨坊主人已经结婚，很爱妻室。可是他的老婆性格刁狡，不守本分，不忠于丈夫，一心单恋着邻居的一个男人，千方百计地勾结、引诱对方。可是人家讨厌而不理睬她。

　　有一天夜里，磨坊主人在梦中，见有人对他说："你的磨坊的地下是个宝藏，只消从驴行道挖掘下去，便可获得财宝而致富。"他从梦中醒来，欣然把梦中的见闻告诉老婆，并嘱咐她好生保守秘密。可是他老婆野马心在外，次日就去找她心爱的那个邻居，把她丈夫准备挖宝藏的秘密，毫不保留地说给他听，借此与他勾结、亲近。对方听了发现宝藏的好消息，有动于衷，约定当天夜里上她家去挖宝藏。

　　夜里，邻居趁黑夜偷偷摸摸来到磨坊里，跟磨坊主人的老婆幽会，并即时打磨侧的驴行道挖掘下去，果然发现宝藏。于是二人欢天喜地地赶忙把财物搬出来，摆在地上。眼望着这么大一笔横财，他俩不知如何处置才好。继而男的问道："这批财物，咱们该怎么处置它呀？"

　　"咱们把它平均分为两份，你我各得一份，自己保存起来，然后咱们分头活动。你去和你的老婆办离婚手续，我也设法跟我丈夫脱离夫妻关系。等彼此的手续办理妥帖，你再娶我为妻。那时节，你我既成夫妻，咱俩的钱财就可并在一起使用了。"

"我不同意这种办法。"男的提出异议,"我所顾虑的是,在魔鬼的诱惑下,你会扔掉我去爱别人的。常言道,金子摆在家中,恰像太阳在宇宙里。最妥善的办法,还是把财物全都交给我保存,好让你无牵无挂、专心一致地去办离婚手续,以便短期内达到我们结为夫妻的最终目的。"

"我引以为畏的事,跟你所顾虑的大同小异。这些财物是我指点你才挖掘出来的。我可不愿把我自己的这份财物交给你。"女的断然拒绝男的要求。

她的拒绝,使对方大失所望,因而产生谋财害命的念头。于是他下毒手杀死了她,扔下她的尸体,趁天亮前,掳着全部财物逃跑了。

磨坊主人从梦中醒来,不见老婆,便起身劳作。他牵驴去到磨坊中,拿轭驾在它颈上,吆喝着开始推起磨来。毛驴刚走几步便停下来,站着不动。磨坊主人使劲鞭打毛驴,可是越打,它越不走,反而后退几步。这是因为走道前面躺着女主人的尸体,致使它感觉恐怖而无法前进。磨坊主人不知毛驴徘徊不前的原因,索性拿刀扎它。可是再扎也不生效,它始终站着不动。磨坊主人气得无奈,狠狠一刀戳穿毛驴的肚子,终于结果它的性命。

一会儿,天大亮了。磨坊主人才发现死驴前面躺着他老婆的僵尸。他仔细踏看,见地下的宝藏已经被人挖掘,财物已被人盗走。他这一惊非同小可。因为丧失财物而又害死了老婆和毛驴,他气得要死,遗恨终身。他痛定思痛,越想越着急,忍不住痛哭流涕,自怨自艾地叹道:"这一切的不幸遭遇,都是我自己不检点,随便泄露秘密的结果啊!"

蠢汉和骗子的故事

相传从前有个愚蠢的笨伯,为人忠诚老实,因而容易招人欺侮。有一次那个笨伯把他家中养着的一匹毛驴牵出去放牧,中途有两个诡计多端的大骗子碰见他,看他呆头呆脑的模样,认为此人可欺,因而那两个骗子中的一人对他的伙伴说:"我要把这匹毛驴从它主人手中拿过来呢。"

"你怎么拿法呀?"伙伴似乎不太相信他的想法。

"你随我来,让我做给你看吧。"骗子蛮有把握地说着,一直走到毛驴面前,悄悄地卸下它的笼头,把毛驴牵给他的伙伴,然后拿马笼头套在自己头上,随笨伯一直向前走。走了一程,估计他的伙伴已经把毛驴牵走,他这才站着不动。

笨伯捏着缰绳使劲拽,可是拽不动。他回头一看,见马笼头套在一个人头上,惊问道:"你是什么东西呀?"

"我是你的毛驴嘛。"骗子一本正经地回答,"我的遭遇奇怪着呢。情况是这样的:我家里有一位年迈的母亲,为人非常廉洁、虔诚。有一天我喝醉酒回家,母亲劝诫我说'儿啊,你犯罪、作孽了,快向安拉忏悔、求饶吧!'我可不听她规劝,反而拿拐杖打她。她气不过,破口咒骂我,求主惩罚我。安拉应答她的乞求,罚我变为毛驴,流落到你手里。从那时起,直受苦受难到现在。今天高堂老母忽然想起儿子的苦难,顿生慈悲、恻隐心肠,因而替我求解。安拉应答她的乞求,因而豁免我的罪孽,慨然恢复我的原形,使我又变成堂堂的人类。"

笨伯听了骗子娓娓动听的谎言,惊奇、懊丧不已,喟然叹道:"全无办法,只盼伟大的安拉拯救了!指安拉起誓,弟兄哟!我一向骑你,役使你,这都是千不该万不该的。不过'不知者不为过',求你原谅我吧!"

笨伯当骗子的面忏悔、求解一回,随即撇下他,如梦如醉,昏头昏脑地回到家中。他的妻室见他垂头丧气、狼狈不堪的忧郁、苦恼情形,大吃一惊,问道:"你干吗不高兴?发生什么意外吗?毛驴哪儿去了?"

"关于毛驴的事情,你一点也不知悉。现在我全都告诉你吧。"于是他把从骗子口中听到的,从头到尾,详细叙述一遍。

老婆听了,认为自己做了不人道的事,郁郁于衷,喟然叹道:"哟!真该受安拉惩罚呀。咱们竟把人类当牲口役使,怎么过了这么长的时间都不知道呢?"于是她虔心虔意地忏悔,并广施博济,希望借此弥补过失。她丈夫也心灰意懒,一直待在家中,不理家务,也不干活。日子久了,老婆看着不成个体统,因而对丈夫说:"你老待在家中不动,要待几时才重理正业呀?你还是上街去买一头毛驴来使用吧!"

笨伯听从老婆的指使,果然来到市中,一眼看中一匹毛驴,预备买它。可是他仔细一打量,这才认识出他要购置的毛驴,原来就是他先前养着的那匹毛驴,被人带到市中来找主顾。他既识别清楚,便靠近毛驴,把嘴贴在它的耳朵上,悄悄地说道:"该死的倒霉家伙哟!也许你喝醉酒,又打你妈了。这回我可是再不上当买你了。"他说罢,回头就走,不敢多在市中逗留。

法官艾彼·郁稣福和国王、王后的故事

　　相传从前哈里发何鲁纳·拉施德执政期间,有一天中午时候,他进寝宫去午睡,发现他睡觉的床铺上有一摊湿淋淋的精液,不禁大吃一惊,勃然色变,苦恼、生气到极点,立刻唤王后祖白玉黛来至床前,指着床上的精液问道:"这是什么东西?"

　　王后祖白玉黛垂头审视一回,说道:"众穆民的领袖,这是精液呀。"

　　"告诉我这精液的来历吧! 否则我当场杀死你。"哈里发气势汹汹地威逼一步。

　　"众穆民的领袖啊! 指安拉起誓,我可不知道它的来历呀。至于你所怀疑的,那跟我本人是毫不相干的。"

　　哈里发为弄明事情的真相,特召名法官艾彼·郁稣福进宫,告诉他宫里发生的疑案,并指床上的精液给他看。法官艾彼·郁稣福抬头一看,见天花板上有一条裂缝,便胸有成竹地解答问题,说道:"众穆民的领袖啊! 蝙蝠的精液,跟人类的比较起来是大同小异的。据我的推测,这显然是蝙蝠的精液哩。"于是他索取一杆矛,举起来往天花板的裂缝一戳,一只蝙蝠便应声跌了下来。这样一来,哈里发胸中的怀疑顿时烟消云散,王后祖白玉黛也一旦摆脱了嫌疑,因而她笑逐颜开、振振有词地谈笑起来,并嘱咐侍从给法官艾彼·郁稣福预备丰厚的报酬。当时她宫中还珍藏着一个硕大的水果,同样御花园中的树上也还保养着独存的一个，二者都是超季节的，所以显得特别珍贵。王后祖白玉黛预备拿最珍贵的东西招待法官艾彼·郁稣福，先征求他的意见，说道："请问你这位宗教界的领袖，我手边有个又大又甜的鲜果，此外御花园中的果树上还养着另一个硕果。这两个鲜果，你最喜欢哪个？"

"按照我们的规矩，不到现场的，一概不予审理。凡到现场的，必须给予判决。"

王后祖白玉黛听了法官艾彼·郁稣福的回答，把两个果子都拿给他。他分别每个果子尝了一尝。王后祖白玉黛问道："两者的味道有何区别？"

"每当我想赞美两者之一的时候，另一个必然要提出反对的论据。"

哈里发听了艾彼·郁稣福的回答，欣然启齿笑了一回，并给他丰厚的报酬，同时王后也实践诺言，慨然给他更多的报酬。由于他出言谨慎、做事细心，博得哈里发何鲁纳·拉施德和王后祖白玉黛的赏识、钦佩，因而名利双收，满载而归。

哈里发哈克睦和富商的故事

相传从前哈里发哈克睦·比艾睦里拉执政期间,有一天,他威风凛凛地在仪仗队簇拥下出巡。路经一座花园,见主人婢仆成群,显得非常富厚,便过去向他要水喝。主人殷勤招待、奉承,满足了哈里发的要求,说道:"众穆民的领袖啊! 也许陛下赏光,到敝园中小息一会,则奴婢就感激、荣幸不尽了。"

哈里发慨然应邀,率领仪仗队进入花园。主人张罗着收拾、陈设,表示竭诚欢迎,赶忙铺下毯子百张,皮垫、靠枕各百个,并摆出鲜果、糕点各百盘,果子汁百瓶,作为招待稀客、上宾之用。哈里发眼看那种豪华富丽的陈设和丰富可口的饮食,感到惊奇诧异,不得不打听个中情形,因而他跟园主人谈话,说道:"贵东道主的举止行动,实在令人感激、钦佩。岂不是你早知道我们由此路过,所以才给我们预备了这么多的陈设和食物?"

"不,众穆民的领袖啊! 指安拉起誓,我并不知道陛下出巡的消息。我不过是陛下庶民中的一个商人。我家里有成百的妻妾。当玉驾光临敝园的时候,我遣人通知她们,向她们索取饮食和垫坐,因而她们每人把自己的卧具和多余的食物送给我,作为招待宾客之用。其实我每天早餐吃喝的都是这种食品,并未因陛下驾临而增加什么东西。"

哈里发听了商人的回答,赶忙伏下去叩头,表示感赞安拉,说道:

"赞美、感谢安拉！他使我的老百姓中有极其富豪的庶民,甚至于富豪到不用预备,仅用剩余的食品,便可招待哈里发和他的大批随行人员。"于是他吩咐侍从赶回宫去,把当年钱粮赋税的收入,计三百七十万元,从国库中悉数取来,拱手送给商人,说道:"这笔钱你拿去添着开支吧！这个区区之数,比起你这豪爽气概应得的报酬来,实在还差得远呢。"他交代清楚,这才跨马,吩咐打道回宫。

国王艾诺实尔旺和村姑的故事

相传从前波斯国王艾诺实尔旺在位期间,为人公正,好打猎。有一天,他率领人马出去狩猎。为要猎获一只羚羊,他离开部下,一个人勇往直前地追赶,因而越跑越远。当他跟踪追逐羚羊的时候,发现附近有个小村庄。当时他渴得要命,便舍弃羚羊,走向那个村庄,去敲靠路边的一家农户的门,向主人要水喝。

听见敲门声,屋里出来一个女郎,看他一眼,随即转身进去,拿一棵甘蔗,榨出汁,盛在碗中,撒上一点形似尘埃的香料,然后端出来,递给国王艾诺实尔旺,满足他的要求。

国王艾诺实尔旺一看,见碗中飘着尘埃,便小心翼翼,慢慢一点一滴地喝完水,这才开口说:"小姑娘!蔗汁是很好的,只可惜叫尘埃给弄浊了。要没有尘埃混在里面,那该是更甜的了!"

"不瞒贵客说,那是我故意撒在里面把水给弄浊的。"

"你干吗这样做呢?"

"因为我看你太渴了,生怕你一口气把水喝掉,这对你是有害的。如果没有些许渣滓混在汁里,你必定忙着一口气把它喝尽。而这样的喝法,对你的身体是有害无益的。"

国王艾诺实尔旺惊佩村姑的谈吐和聪明,认为她的言谈反映出她过人的聪明和智慧,因而跟她聊起天来,问道:"这样一碗蔗汁,你是用几棵甘蔗榨出来的?"

“一棵。”

国王艾诺实尔旺感到惊奇,即时调出钱粮簿查看,看到该村税率定得过低,便暗自说:“这个村庄出产的甘蔗,一棵竟能榨出这么多汁水,可它的税率怎么定的这样低呢?”于是他决心等回到宫中,再下令增加该村的税额。

国王艾诺实尔旺继续入山打猎,至傍晚归来,路经那个村庄,顺便又去敲那家农户的门要水喝。村姑闻声开门一看,知道是他又来要水喝,赶忙转进去给他弄水。国王急不可待,一再催促。可是过了好一阵,她才端出一碗蔗汁。国王埋怨道:“你慢吞吞地耽搁这么久,这是为什么呢?”

“因为一棵甘蔗汁不够你解渴,所以我给你榨了三棵。可是三棵甘蔗汁的总数,却远不如先前一棵甘蔗那么出数。”

“这是为什么呢?”

“这是因为主上突然改变念头的缘故。”

“你打哪儿知道这个?”

“根据先圣贤所谓‘国王的念头一旦转变,庶民的福泽、利益因之而缩减’的训示而体会出来的。”

国王艾诺实尔旺听了村姑的对答,会心地笑了一笑,豁然打消了增税的念头,并且为了赏识村姑能言善道的口才和活泼伶俐的美态,即时向她的父母提亲,娶她为妃,跟她在一起过相亲相爱的幸福生活,直至白发千古。

水夫和金饰匠夫妇的故事

相传从前补哈律城中住着一个运水的脚夫,每天担水到一个金饰匠家去,三十年如一日,一直没间断。金匠的老婆,体态容貌非常窈窕、美丽,德行也纯善、廉洁。有一天水夫照例送水到金匠家中,当时女主人站在庭院里。水夫把水倒在水缸中,然后情不自禁地走到女主人面前,拉着她的纤手,捏一捏、摩一摩,然后撇下她,扬长而去。

水夫的反常举止行为,引起金匠老婆的惊奇诧异。她百思而不解其意,只好耐心等丈夫归来,这才开口问道:"我要你坦白承认,你今天在市中究竟做了什么触怒安拉的坏事情?"

"我并没做什么触怒安拉的坏事情呀。"金匠矢口否认。

"不,指安拉起誓,你做过触怒安拉的坏事情了。假若你不把你做过的事情如实告诉我,我就不待在你家里,从此咱们彼此不见面好了。"

"好的,我把今天做了的事如实告诉你吧。一桩意外之事是这样发生的:今天我照常在铺中做手艺,忽然来了一个女主顾,嘱咐我给她制一只金手镯。生意讲妥之后,我埋头忙着制造手镯,做完后挂起来等她来取。到时候女主顾来了,我取下手镯给她。她伸出手,让我替她戴在手腕上。她的纤手那么白嫩、美丽,非常吸引人心,我一见就迷离、陶醉,顿时想起前人的诗句:

那装饰她手臂的金钏光明、灿烂,

仿佛流水中冒出万道火光。

一只金镯箍着她白皙、美妙的手臂，

好像惊涛吞噬着熊熊的火焰。

我情不自禁，紧捏着她的纤手，摩挲了一回。"

"安拉最伟大！"金匠的老婆惊呼起来，"你干吗做那样的坏事情？告诉你吧：那个水夫，天天送水供应咱们，三十年如一日。咱们看他为人正直，向来循规蹈矩，没有丝毫违法、邪僻言行，可是今天，他却拉着我的手，又摩又捏。"

金匠听了老婆的谈话，喟然叹道："这不过是一报还一报而已！假若我做的再过火些，则水夫的行为一定会变本加厉。"他感叹之余，恍然如有所悟，对老婆说："我们求安拉保佑吧！我犯罪作孽，自当洗心忏悔。希望你替我向安拉求情、请罪。"

"只要我们诚心忏悔，安拉是会饶恕我们的，他一定会使我们得到美满的结局呢。"

次日，水夫照例担水到金匠家。他一见女主人，便倒身匍匐在她脚下，苦苦哀求，说道："太太啊！昨天我受了恶魔怂恿、引诱，一时糊涂，行为不端，冒犯你的尊严，罪该万死。今天我前来向你请罪，求你高抬贵手，慨然饶恕我的罪行吧。"

"不碍事。你起来，回家去吧！这类的事不能怨你，罪因是我丈夫弄出来的。因为他在铺中做了见不得人的坏事，所以安拉才给他现世应得的报应呢。"

国王、王后和渔翁的故事

相传从前国王海斯鲁嗜鱼成性。有一天,一个渔翁打得一尾大鱼,送到宫中,献给国王。国王非常高兴、满意,吩咐赏渔翁四千块钱。当时王后施玲在侧,认为国王赏的不对,当面指责说:"你把事情给弄糟了。"

"何以见得?"国王不服气。

"因为今后你若拿这个数目赏赐奉承你的人,对方不见得满意,会借口说'他以赏赐渔翁的数目打发我。'假若你赏赐的还不到这个数目,对方会借口说:'他待我不如渔翁。'如此说来,你不是把事给弄糟了吗?"

"你说得固然有理,不过事情已经过去。何况把赏出之钱索回来,这对国王说来,该是多丢人的事呀!"国王处在进退维谷的境地。

"在索回赏钱方面,我可以替你想个好办法。"

"什么好办法?"

"假若你要索回赏钱,只消唤渔翁回来,对他说:'这尾鱼是公的还是母的?'如果他说是公的,那你就对他说:'我们只要母鱼呀。'假若他说是母的,那你对他说:'我们只要公鱼呀。'这样一来,赏钱不就轻易索回来了吗?"

国王海斯鲁听从王后指使,如法愚弄渔翁。然而渔翁是个机警、聪明的人。当他来到国王面前,国王问他这鱼是公的还是母的时候,他赶忙跪下去吻了地面,毕恭毕敬地回道:"这尾鱼呀,既不是公的,也不是母的,它是两性的。"

国王听了渔翁的回答,哑然笑了一笑,吩咐再赏渔翁四千块钱。

渔翁去到国库,向司库官领取了八千块赏钱,装在他随身携带的一个皮口袋里,扛起来,刚走了几步路,一枚银币滚了出来,落在地上。他放下钱袋,弯腰去捡钱。王后看着他的举止很不顺眼,在国王面前挑剔说:"国王陛下!你看见这个家伙的吝啬行为没有?他小气到连落在地上的一枚银币都不肯轻易舍弃,而让国王的奴婢们捡个便宜呢。"

国王听了王后的指责,对渔翁产生讨厌、蔑视情绪,说道:"施玲,你说得很有道理。"于是吩咐侍从唤渔翁回来,当面斥责道:"你这个下贱的畜生!你放下背上的一袋银币,硬弯下腰去捡落在地上的一枚银币。你干吗吝啬到这步田地呢?"

渔翁赶忙跪下去吻了地面,然后毕恭毕敬地回道:"愿安拉赏主上长命百岁!我可不是看重一枚银币,所以才小心翼翼地去捡它。其实是因为那枚银币的一面铸有主上的肖像,另一面刻着主上的大名,所以我不肯轻易把它弃掷于地,唯恐有谁不经意地踩它一脚,那就等于轻视、糟蹋国王的肖像和大名。这种罪责,我是承担不起的。"

国王钦佩渔翁的谈吐,称赞他的见解,欣然吩咐再赏他四千块钱。

国王海斯鲁和渔翁的一次交往,长了许多见识。事后,他以身作则,用自己的经验阅历,教化他的臣民,公开劝告他们,说道:"千万不可拿妇人的言行,作为待人接物的准绳。谁听信她们的意见,必然因小失大,结果只会加倍吃亏。"

雅侯约·哈利德和穷汉的故事

相传从前雅侯约·本·哈利德·白尔买铿在官场中地位很高，有权有势，大名鼎鼎，尤以疏财仗义见称。有一天，他从王宫回家，看见一个陌生人坐在门前。他快到家时，那陌生人赶忙站起来问候他，说道："雅侯约啊！我很需要你的扶持、照顾，我是以安拉为介绍人而来求见你的。"

雅侯约慨然收容那个求见的陌生人，当食客供养他，吩咐仆人收拾一间屋子供他居住，吩咐管账的每天送给他一千块钱，并拿雅侯约本人专用的饮食招待他，当上宾奉承。

陌生人在雅侯约家中，吃得好，住得好，每天领取薪俸，过着舒适、愉快的享福生活，不知不觉也就过了一月。这时候，他屈指一算，手边已积蓄三万块钱。这样一笔大款，是他从来梦想不到的，因而他庸人自扰，心怀疑惧，唯恐雅侯约向他索回赠款，所以带着钱，偷偷摸摸地不辞而走。

仆人把食客不辞而走的消息报告主人。雅侯约听了，喟然叹道："此人差矣！指安拉起誓，只要他愿意在我家里一辈子住下去，天长地久，我对他的赐予是不会终止的；在款待、尊敬他方面，我始终是不会改变态度的。"

原来白拉密克这个家族，历来以慷慨好义、从善如流著称于乡党之间，而后起之秀的雅侯约继承祖宗遗业，在疏财仗义、救危扶弱方

面,已经进展到登峰造极的境地,因此诗人对他作了如下的赞誉:

我向"慷慨"打听它的身份:

"你是不是自由人?"

它回道:

"不,我是雅侯约·哈利德的奴仆。"

我追问道:

"是他转手买来的吗?"

它回道:

"你甭瞎说!

我是世袭的家生奴。"

穆罕默德·艾敏和歌姬的故事

　　相传从前贾尔凡尔·本·木萨·艾勒何迪家中养着一个歌女，名叫白都伦·恺比鲁，生得容貌美丽，身段窈窕，品性贤淑活泼，而且能歌善舞。在当代妇女行中，堪称才貌双全、首屈一指的佼佼者。当时有权有势的穆罕默德·艾敏·本·祖白玉黛听了她的大名，想把她买到手，因而亲自征求贾尔凡尔的同意，强求他割爱。可是贾尔凡尔断然拒绝，说道："阁下知道，出卖歌女、拿收房的丫头讲价还价这类事情，对我的身份地位来说，都是不适宜的。假若不需要她料理家务事情，那我毫不吝啬，一定会拿她当礼物，拱手奉送给你的。"

　　穆罕默德·艾敏虽然不曾把白都伦买到手，可是恋念她的心情并不稍减。有一天，他上贾尔凡尔家去谈天消遣。贾尔凡尔特为他邀请一帮知心朋友，大家齐聚一堂，叫白都伦弹琴唱歌给他们听。

　　白都伦收拾打扮得齐齐整整，花枝招展地来到客厅中，怀抱琵琶，从容调了弦，然后抑扬顿挫地演唱她的绝技。

　　穆罕默德·艾敏边侧耳聆听弹唱，边开怀畅饮，陶醉在快活的气氛里，差一点飘然飞起来了。他兴致勃勃地越喝越起劲，老催侍从斟酒，直把贾尔凡尔灌得酩酊大醉，他这才带着白都伦回到自己家里，但是行为非常检点，小心翼翼地始终不接触她。

　　第二天，他设席邀贾尔凡尔赴宴，吩咐白都伦在幕后弹唱。贾尔凡尔一听，便知是白都伦歌唱，心里很生气。可是碍于身份地位，兼之他的修养、见识都高人一等，所以处之泰然，愤恨情绪，丝毫不流露在颜色之间。

席罢，宾客尽欢而散，贾尔凡尔起身告辞。穆罕默德·艾敏吩咐仆人把银币、金币、珍珠、宝石、丝绸、锦帛和各种名贵的古玩，一股脑儿搬到贾尔凡尔的小艇中，当礼物送他。

船载满了，仆人们还继续搬运。舟子只好拒绝说："够了，再装小艇就要压沉了。"于是他们赶忙撑船离岸，欣然满载而归。

塞欧德·萨里睦和
樊子鲁、张尔蕃昆仲的故事

　　相传从前塞欧德·本·萨里睦曾经一度破产,差一点叫债主给逼死。后来他叙述当时的情况说:在哈里发何鲁纳·拉施德执政期间,我一度破产,债台高筑,负担极重,无法应付,情况糟糕到极点,登门讨债的人此去彼来,门庭若市,拥挤不堪,把我包围得水泄不通。我走投无路,埋头想尽各种办法,终不济事。情况越来越坏,到了计穷策尽,无法可施的时候,我才去找奥布顿拉·本·马立克·虎佐尔,向他呼吁求援,求他伸出援救之手,想个好办法替我解围。

　　"你的忧愁苦恼心情和紧急困难处境,显然只有白拉密克这个家族可以帮助你解决问题。"奥布顿拉给我指出解决困难的办法。

　　"谁受得了他们那种骄矜、傲慢气焰呀?"我觉得他们高不可攀。

　　"人到矮檐下,怎能不低头! 为了挽救你自己,必须勉为其难地忍受一切。"

　　在奥布顿拉的鼓舞下,我起身告辞,即时去找雅侯约·本·哈利德的儿子樊子鲁和张尔蕃,把我的遭遇和处境讲给他俩听。他俩听了我的诉苦、呼吁,表示同情怜悯,安慰我说:"只有安拉能够满足你的需求,他会伸出援助之手,给你享受无量的恩惠,而不必仰求他人的鼻息。因为凡是他要做的事情,都可即时付诸实现的。对奴婢的处境,他是最明白不过的,向来是慈悲、宽大为怀的。"

我辞别樊子鲁和张尔蕃,垂头丧气、忧心如焚地回到奥布顿拉家中,把奔走、求援的经过,从头详细说了一遍。他听了,对我说:"今天你应当待在我家里,让我们等着看安拉怎样替你安排吧。"

　　我在奥布顿拉家中,心不在焉,如坐针毡、惴惴不安。过了一会,我的童仆突然赶到,对我说:"报告主人,刚才有人赶着一帮骡马,驮着驮子到咱家门前。赶马的说,他是奉樊子鲁和张尔蕃的命令来见主人的。"

　　听了童仆的报告,奥布顿拉欣然说道:"但愿这是你的救星降临。到底是怎么一回事?你快回去看吧。"

　　我告别奥布顿拉,连奔带跑,很快赶到自家门前。那赶马的人递给我一张便条。我接过来一看,只见上面写道:"今天你到我们家里,叙谈你的困难处境。你走后,我们弟兄进宫去,向哈里发报告你的境遇。哈里发慈悲为怀,吩咐从国库中提取一百万块钱接济你。我们报告说,一百万块钱,只够你赔债之用,此外生活问题还不能解决。于是哈里发慨然吩咐再增加三十万元。此外我们弟兄每人解囊,各资助百万元。今遣人一并送去三百三十万元,供你作还债及生活不时之需的费用。"就这样,我的困难问题全部迎刃解决。

一个泼妇愚弄丈夫的故事

相传从前有个家庭，两口子性情不投，因而生活过得不好。女的性情刁狡，经常作弄、欺负丈夫。有一天丈夫买来一尾鱼，让她拿去洗涤、烹调，预备聚礼后享受。男的交代清楚，出外干活去了。可巧男人刚走之后，她的一个朋友到她家来，约她去参加她家举行的婚礼。她欣然接受邀请，把鱼放在水缸中，收拾打扮一番，扬长而去。她在朋友家中整整逗留了一周。她丈夫到处寻找，可没有人知道她的行踪，因而始终找不到她。

过了一周，下星期五聚礼日，娘儿倦游归来，把鱼从水缸中捞出来，递给她丈夫。他正在气头上，拿着那尾活生生的鱼儿，跟老婆吵起架来，惹得隔壁邻舍的人都来围着他两口子看热闹。他向他们诉苦，数说老婆的罪状。可惜人们都不相信他，说道："一尾鱼摆这么长的时间还活着，这是不可能的事。"于是他们反而断定他发狂，大家动手把他拘禁起来，随便奚落他，鄙笑他。他气得眼泪直流，喟然吟道：

> 一个丑恶老太婆，
> 向来过着猥亵、污秽的生活。
> 她那块邪媚、妖冶的脸皮，
> 是她淫乱行为的证据。
> 平时她放荡、荒淫，

月经期间权操鸨母职业。
长年累月她一直胡作非为，
不卖淫便充当皮条头。

一个善良女人和两个歹徒的故事

相传古代以色列人中，有个信仰诚笃、操守廉洁的善良女人，每天都去礼拜堂中做礼拜，从不间断。而她去礼拜堂之前，必先在附近的一座花园中盥洗。园中的两个老园丁，心术不正，行为不端，经常调戏她，存心奸污她，她可是不理睬。最后他俩威逼她说："你必须顺从我们，满足我们的要求，否则我们就出面作证，诬你与人私通之罪。"

"既有上帝保佑，我就不怕你们诬陷。"

两个老家伙强求不遂，恼羞成怒，果然敞开园门，胡乱吼叫起来。人们闻声从四面八方赶到园中，问道："你俩怎么了？发生什么事了？"

"这个娘儿跟一个小伙子私通，奸夫畏罪溜走了。"他俩指着那个廉洁女人，陷害贤良。

按当时以色列的风俗习惯，凡犯奸淫罪的，必被押往大庭广众中示众三天，然后处以投石砸毙的死罪。那个善良无辜的女人，既被两个老园丁诬以奸淫罪名，有口难辩是非，终于受到示众的处分。在示众期间，两个老园丁每天都到公共场所，伸手摩着她的头，洋洋得意、嬉皮笑脸地说道："赞美上帝，是他降给你应得的罪罚啊！"

示众期满，无辜的善良女人被解出去执行处决的时候，先知但以理也混在看热闹的人群中，奔到法场。当时他不过是未成年、刚满十二岁的一个儿童,可是终因这桩冤枉案件而第一次在人前显示奇迹。当时他大声疾呼,说道:"你们暂别投石砸她,待我在罪犯和证人中做一次审判,你们再执法吧!"

人们接受他的要求,给他摆了一张椅子。于是他坐下去,以法官自居,开始审理案情,先把两个作为见证人的老园丁调开,分别讯问,开了法界个别审讯的新纪元。他先问一个老园丁:"你到底看见了什么?"

园丁把捏造的事实从头说了一遍。他便追问道:"通奸事件是在花园中的什么地方发生的?"

"靠东面的梨树下面。"

第一个老园丁提供了确凿证据退下去之后,第二个老园丁上场。但以理如法审讯,问他看见了什么。他把捏造的事实从头叙述一遍。但以理问道:"事件是在园中的什么地方发生的?"

"靠西边的苹果树下。"

作为见证人的两个老园丁分别提出了不同的口供,审讯算是告了一个段落。在个别审讯证人期间,那个无辜被陷害的女人一直站在一旁,仰头凝视天空,高高举起两手,虔心虔意地乞求上帝保佑。当审判宣告结束,是非分明之际,突然晴天一个霹雳从空而降,两个老园丁顿时被劈死。这景象充分说明那个无辜被诬的善良女人清白无罪,同时也第一次显示出先知但以理的奇迹。

张尔蕃和乡下老人的故事

相传从前哈里发何鲁纳·拉施德执政期间，有一天他率领亲信艾补·伊斯哈格、张尔蕃和艾彼·诺瓦斯出外巡游，路经一处荒无人烟的沙漠地带，见一个乡下老人伏在一匹毛驴身上赶路。哈里发觉得奇怪，吩咐张尔蕃：“你问一问这个老头，他是哪里人？”

张尔蕃遵循命令，走近乡下老头，问道：“老人家，你是打哪儿来的？”

“打巴士拉来的。”乡下老人响亮地回答一声。

“要上哪儿去？”

“上巴格达去。”

“去那里干什么？”

“打算找药治我的眼睛。”

哈里发何鲁纳·拉施德听了乡下老人跟张尔蕃的谈话，知道他的来历去向，还嫌不够，又吩咐张尔蕃：“开他的玩笑吧！”

“无故开人家玩笑，这会讨人骂呢。”张尔蕃不想听从吩咐。

“开个玩笑，这有什么了不起的！”哈里发坚持己见。

迫于无奈，张尔蕃果然跟乡下老头开起玩笑来，说道：“我告诉你一个单方，如果因此治好你的眼睛，你拿什么报答我？”

“安拉自然会替我从丰报答你的恩情哩。”

“你仔细听我讲吧！这个药方呀，我可是从来还没对人讲过呢。"

"什么样的好单方？你快讲吧！"老头急于要知道药方的底细。

"这剂妙药是用四种东西配合成的。你须收集空气、日光、月光和灯光各三两，把它们混在一起，晒三个月，然后放在无底臼中，花三个月的工夫，把它捣成粉末，再盛在一个有裂缝的大碗中，露它三个月，然后每天睡时，取三勺敷在眼上。如此连续敷用三个月，若是安拉愿意，你的眼病就痊愈了。"

乡下老人耐心听张尔蕾说完药方，伸个懒腰，把满肚子的闷气使劲排泄，放出一个响屁，说道："请收下这个冷屁，作为我给你的报酬吧！如果应用你的单方，治好我的眼疾，那时节，我还要送给你一个丫头，叫她一辈子侍奉你，俾安拉借她消磨你的寿命，待你呜呼哀哉的时候，好把你的灵魂一下子赶进地狱。你一旦倒头，那个丫头会打着她自己的脸面，边伤心哭泣，边数落说：'白胡子老头，你的结局多么凄惨、可怜！'她的悲哀哭泣，将使你的脸皮变成黑铁。"

哈里发何鲁纳·拉施德听了乡下老头的咒骂，忍不住捧腹大笑，笑得差一点倒在地上。最后他吩咐侍从赏乡下老人三千块钱，这才率领随员，尽欢而散。

哈里发鄂迈尔和乡下青年的故事

相传从前哈里发鄂迈尔·本·汉塔补执政期间,有一天,正当他跟一帮见广学富的谋臣在一起替庶民排难解纷、审理讼案的时候,突然有两个英俊有为的小伙子,抓着一个衣冠整洁、相貌不凡的青年的衣领,直闯进公堂来起诉。鄂迈尔看三个青年一眼,吩咐两个原告撒手,并唤他们一起走到他身边,然后指着被告的青年对原告说:"你俩跟他之间发生了什么纠纷?"

"我俩是同胞兄弟,向来循规蹈矩,做事从不逾理。家父已年满花甲,为人正直,历来生财有道,治家有方,在乡党中颇有声誉,向为众人尊敬、爱戴。他把我们从小抚养成人,又给我们谋求无量幸福。今天他老人家往果园里散步、消遣,摘成熟的果实,可是竟被这个青年无故杀死。家父无辜受害,死于非命,这个青年不务正业,杀人犯罪,因此我们前来申冤,恳求哈里发主持公道,按法律规定,给杀人犯判处应得的惩罚。"

鄂迈尔听了原告的控诉,愕然看被告一眼,说道:"这两个青年的诉讼你都听见了,你怎么回答呢?"

被告的青年非常镇静,毫无畏色,微笑着祝福、颂扬哈里发几句,然后从容地说道:"指安拉起誓,众穆民的领袖啊!我听清楚他俩的控诉了。他俩的控告并非虚构,他俩听说的都是事实。总之,生前注定了的事一定是要实现的。不过我想趁此机会谈谈自己的身世、际遇，让哈里发知道事件的前因后果。我本来是最高尚的阿拉伯人的后裔，土生土长在乡村里。只因连年干旱，无法生存下去，我才带着钱财和家眷，东奔西走，经过漫长的里程，最后逃荒到此地。今天我赶着非常珍贵的一群骆驼从果园附近路过。那驼群中有匹纯种的公驼，生得非常雄壮，在驼群中俨然是戴着王冠的一位国王。因为它善于传种，所以我爱它如命。不幸那匹公驼闯进一座果园里，待我赶去牵它的时候，只见园中出现一个老人，右手握着一个石头，猛狮般怒气冲冲地跑到公驼面前，把手中的石头猛烈一掷，一下子把公驼给砸死。我亲眼见心爱的公驼被人打死，心里顿时燃起愤怒的火焰，情不自禁地捡起打死公驼的那个石头，向老人还击，造成了致他死命的原因，他终于被他用来砸死公驼的那个石头打死。他断气时狂叫一声，吓得我拔脚逃跑，可是这两个青年跑得更快。他俩跟踪追赶，一会就逮住我，这才把我带进公堂来起诉的。"

"你已经承认你所犯的罪过了。杀人者偿命，这是法律规定的，无可赦免。但愿当初不发生这桩不幸事件，那该是多好啊！"

"听明白了，遵命就是。凡是根据法律判决的处分，我全都领受。"犯罪的青年怡然接受哈里发的判决，"不过我家里还有一个年幼的堂兄弟。他父亲临终时，把许多金银交给我替他保存。这桩事有安拉作证。当时老人家谆谆嘱咐我：'这是你的弟弟，我死后劳你多费神，把他抚养成人。'我接受他的委托，把他遗留下来的金银埋在地里，不曾让任何人知道这桩事情的底细。假若陛下立刻处我死刑，这就形成遗失那份遗产的原因，将来总清算之日，那个孤儿会在安拉面前控告你。因此恳求陛下宽限我三天，让我回去处理一下孩子的善后，然后我会规规矩矩地转来受刑。我言行一致，愿请人保证。"

鄂迈尔听了青年的请求，低头沉思默想一会，然后环顾左右的人，问道："谁能担保他按期归案而不逃避罪责呢？"

犯罪的青年举目看了跟哈里发坐在一起的官员们一眼，从容指着艾彼·臧尔说:"请这位担保吧。"

鄂迈尔当面征求艾彼·臧尔的意见,说道:"艾彼·臧尔,你听见了吗?你担保这个青年人按期归案吧。"

"是,众穆民的领袖啊!我担保他三天后归案好了。"

鄂迈尔同意艾彼·臧尔担保,即时放犯罪的青年回家料理善后。

三天限期届满,鄂迈尔按时升堂执法,他的属僚像众星拱月般围绕着他,气氛非常严肃。接着原告和保人艾彼·臧尔也陆续到场,只是被告杳无音信。这时候,两个原告急不可耐,提出质问:"艾彼·臧尔,凶手哪儿去了?你是打算怎样叫逃犯归案的?老实说,非把犯人拿来抵罪,我们是不离开这个地方的。"

"到了最后限期,如果那个青年仍不到场,我当尽保人之责,拿我偿命好了。"

"指安拉起誓!"鄂迈尔说,"要是那个青年果不归案,我只能按教法从事,一定判艾彼·臧尔死罪。"

哈里发的决心,使得堂上的气氛显得越发紧张、严肃,显然艾彼·臧尔要受累,因而人们唉声叹气,都洒下同情的眼泪。在座中的官吏自告奋勇,群起斡旋,劝原告接受赎金了案,可是两原告固执己见,一定要以命偿命。人们大失所望,正感到惊慌失措的时候,被告的青年突然赶到公堂上,喜笑颜开,汗流满面地站在哈里发面前,毕恭毕敬地请安、祝福一番,然后说:"我已经把那个孤儿送往他舅父家,讲明他的遭遇,并指埋金银的地方给他们看。一切交代清楚之后,我才像自由民那样实践约言,趁老热天气赶来投案请罪哩。"

人们都钦佩青年的忠诚老实性格和视死如归的勇敢精神,有人当面夸赞道:"你多么善良、守信呀!"

青年人听了人们的夸赞,慨然说道:"死期降临的时候,谁都无法逃避,这个道理,难道你们都不相信?我之所以按期归案,实践诺言,目的在于不让人说:'人世间已不存在信义。'"

"众穆民的领袖啊!"艾彼·臧尔若有所感地说,"指安拉起誓,我跟这个青年素昧生平，也不知他是何许人氏，可我居然做了他的保人，只因那天在大庭广众中，他指定我做他的保人，我碍于情面，不便拒绝，免得他陷于绝境。再说答应别人的要求，并不是过失，所以我冒着生命危险，慨然做他的保人，目的在于不叫人说：'人道已经同人类绝迹。'"

在被告的信义行为和保人艾彼·臧尔的人道精神感召下，两个原告慨然放弃报复念头，说道："众穆民的领袖啊！鉴于这个青年为人忠实、守信，能化悲哀为喜愉，我们情愿捐献家父的生命，不向他讨血债了。我们这样做的目的，在于不让人说：'人世间已经不存在恩惠。'"

由于被告青年为人忠实、守信，终于获得原告的原宥，于是哈里发鄂迈尔以宣布免罪释放犯罪青年，向在座的人报喜，作为最后判决。此外他还当众称赞艾彼·臧尔见义勇为的人道精神，并夸奖两个原告青年舍己为人、以德报怨的决心和善举，表示钦佩、感激，吟道：

> 谁做慈善的事情，
> 谁准会得到同样报酬。
> 功德在人神之间长存，
> 天长地久永不磨灭。

于是他提议由国库中提一笔款偿命，以此征求两个原告青年的同意。可是两弟兄断然拒绝，说道："为看重慈祥、清高的安拉之情面，我们才宽恕他呢。心怀这种意向的人，他的恩惠是不会招致责难与祸患的。"

哈里发迈蒙摧毁金字塔的故事

相传从前哈里发迈蒙执政期间,有一次他巡狩至埃及,一心要捣毁金字塔,收集塔中的财物。他打定主意之后,便聚精会神,全力以赴。他尽了最大的努力,开支了一大笔钱,却没达到目的,只是把其中的一个金字塔掘了一个小窟窿。

据说迈蒙从被开掘的那个小窟窿中,曾经收集到一些金银。不过其数量与他开掘时所开支的费用恰恰相等,不多也不少。他颇引以为奇怪,而且面对着庞然如山的金字塔,深感力不从心,所以不得不幡然打消破坏古迹、窃取财物的念头。因为他存心捣毁的金字塔,其中最高大的计三座,原是古埃及帝王的坟墓,被誉为世界奇观之一。它本身的高大、坚固和神秘性是绝无仅有的,也是任何地区的古建筑物望尘莫及的。三个最高大的金字塔,纯粹用最庞大、顶坚固的石头建成。建筑金字塔的匠人,先从每个磐石的两面凿个洞,拿铁杆穿入洞中,应用几何原理,再把别的石头插叠起来,并在洞隙中灌入熔铅,使石头之间彼此贴合、固定下来。如此顺序层层堆积,终于建成庞然高耸入云的金字塔。塔高为当时当地通用尺度的十丈。塔为锥形的四方体。从顶至底每边的长度计三十丈。据古人说,靠西边的那个金字塔中,有三十个彩色花岗石建筑的库藏,里面珍藏着大批珠宝、金银、稀罕的塑像、用漆涂得不会生锈的名贵武器、可折叠而不破碎的玻璃和凝固了的各种药剂。

在第二个金字塔里储藏着大祭师们的行状,刻在花岗石片上,每人一块,记载着各人的特殊手艺和技巧。墙上还绘着壁画,画中人物顺序排行坐着,正在制作各种工艺,形同雕塑,栩栩如生。

每一座金字塔都有专人看管。看管人员世代相传,因袭祖业,虽沧桑世变,他们却从来不中断职守。

金字塔的巍峨奇观,很能激动人的观感视听,使身临其境者感觉惊奇诧异。历代诗人学士的描写、记载,车载斗量,美不胜收。其中有人吟道:

一

古帝王们企图身后永久博得人们追念,
只有借建筑物的口舌才能达到。
君不见沧桑世变面目全非,
只是两座金字塔巍然屹立?

二

请仔细看看两座金字塔的形影,
倾耳听听两者的漫长经历。
如果它俩肯开口畅谈一回,
我们便可洞见时日前后所做的一切。

三

像埃及金字塔这样牢不可破的古迹,
试问天下的建筑哪一幢足以跟它匹敌?
大地上的一切无不经受时日威胁,
只有金字塔是它唯一的劲敌。
我的眼睛尽情欣赏它的艺术结构,
只是建筑者的居心我却体会不透。

四

建筑金字塔的人今日安在?
他的子孙又是一个什么状态?
建筑物固然可以流传后代,
待时日赶到时它就无法存在。

小偷和商人的故事

　　相传从前有个生意人,当初他不务正业,专靠偷窃过生活,后来才诚心忏悔,改邪归正,从事经营生意买卖。他在市中开个铺子,经营匹头生意。年深日久,他的买卖很发达。有一天,过了营业时间,他关锁铺子,照例回家过夜。可是出乎他的意料,那天夜里有个诡计多端的小偷,装扮成商店主人的模样,来到铺前,掏出钥匙,开了铺门,并招呼街上的守夜人,递给他一支蜡烛,吩咐道:"拿去替我燃着吧!"

　　小偷趁守夜人去燃烛的时候,闯到铺里,燃着另一支蜡烛,坐在柜台前,翻开账簿,边看边算账,直到更残夜静,他才吩咐守夜的:"去找一个赶驼的,带匹骆驼来替我运货吧!"

　　守夜的果然替他雇了一个驼夫,带来一匹骆驼。于是他吩咐驼夫拿四捆匹头给骆驼驮着,然后关锁铺门,赏守夜的两块钱,然后随驼夫从容归去。

　　次日清晨,商人刚来到铺前,守夜的为了两块赏钱,怀着满腔感激心情,赶忙问候他,替他祈祷,显得格外殷勤。他可是莫名其妙,只觉得奇怪。待他开了铺门,见扔在柜台上的账簿和烛泪,仔细一查看,这才发现遗失了四捆匹头。他问守夜的:"这是怎么一回事呀?"

　　守夜的把昨夜雇驼夫驮走匹头的经过,从头叙述一遍。商人听了,吩咐守夜的:"去把昨夜雇来驮布的那个驼夫给我找来。"

"听明白了,遵命就是。"守夜的满口应诺,随即找驼夫来见商人。

商人追问驼夫:"昨夜你把匹头运往哪里去了?"

驼夫把运布到渡口,并将匹头摆在渡子船上的经过,从头叙述了一遍。

商人听了驼夫的叙述,吩咐道:"带我上渡口找船主去!"

驼夫果然带商人赶到渡口,指着渡子说道:"喏!这是船主,匹头就是运到他船上的。"

商人追问渡子:"你把那个商人和匹头渡往哪里去了?"

"渡往对岸,他雇一个驼夫,把匹头给运走了。运到什么地方,我可不知道。"

"去把从你船上运走匹头的那个驼夫替我找来吧!"

渡子果然替商人找来驼夫。

商人追问驼夫:"你替商人把匹头运往哪儿去了?"

驼夫讲明运往的地点。商人吩咐驼夫:"带我上那儿去,把卸货地点指给我看吧!"

骆夫果然领商人去到距河岸很远的一个旅店中,把卸货的仓库指给他看。商人走到库前,开门一看,见四捆匹头,原封未动。于是他把四捆匹头拿给驼夫,雇他的骆驼运回去,同时还把小偷摆在匹头上的一件斗篷也交驼夫带走。

小偷费了许多周折才偷到手的四捆匹头,一朝被主人拿走,大失所望。由于他做贼心虚,噤若寒蝉,只会暗中叫苦。然而他的斗篷也叫人拿走,这就不得不叫他出面交涉。于是他暗中追随商人,直到河边,等驼夫把匹头挪到渡船中,他才出现在商人面前,说道:"老兄,你在安拉的保护范围内,把遗失了的匹头全都找到手,丝毫损失没有。请把斗篷还给我吧!"

商人慨然把斗篷还给他,并不加以刁难、阻挠,只向他会心地笑了一笑,然后彼此各得其所地分手归去。

马师伦和高尔宾的故事

　　相传从前哈里发何鲁纳·拉施德执政期间,有一天夜里,他患严重的失眠症,辗转不能成寐。没办法,他只得向宰相张尔蕃诉苦,说道:"今夜里我失眠,心烦意乱到极点,我可不知道怎么办,心绪才能平静下来。"

　　当时哈里发的侍卫马师伦站在一旁,突然笑出声来。哈里发听见笑声,正颜厉色地问道:"你笑什么? 你这是蔑视我呢,还是你发狂了?"

　　"不,指安拉起誓,众穆民的领袖啊!"马师伦诚惶诚恐地分辩说,"我一时糊涂笑出声来,并不是我有意如此。这只为昨天我出城去,在底格里斯河畔,见人群挤在那里,我走过去一看,原来是一个叫伊本·高尔宾的在讲笑话给人听。现在我想起他的笑话,不由自主地就笑出声来。我错了,主上! 饶恕我吧。"

　　"你马上去把那个说笑话的人给我找来吧!"

　　"听明白了,遵命就是。"马师伦应诺着急急忙忙走出王宫,多方打听,最后找到伊本·高尔宾,说道:"哈里发找你呢,快随我进宫去吧!"

　　"听明白了,遵命就是。"高尔宾满口应诺。

　　"此去可是有一个条件哩。"

　　"什么条件呀?"

"我带你进宫去,哈里发无论赏你什么,你只能留下四分之一,剩余的归我所有。"

"咱俩平分,每人一半好了。"高尔宾提出自己的意见。

"不行。"马师伦不同意平分的办法。

"我留下三分之一,其余三分之二归你享受如何?"高尔宾再退让一步。

费了许多唇舌,争执了好一阵,马师伦才同意高尔宾的办法。于是二人一起进宫。

高尔宾来到哈里发面前,竭尽其能地赞颂,祝福一番,然后毕恭毕敬地站在一旁听候吩咐。

"讲个笑话给我听吧! 要是你讲的不能引我发笑,我便拿这个皮袋打你三下。"

高尔宾听了哈里发的吩咐,想道:"慢说用皮袋打三下不碍事,即使拿板子打三大板又算得什么呢!"原来他以为哈里发将用来打他的那个皮袋是空的。于是他满怀信心,振振有词地讲最有趣味、能使生气者发笑的笑话给哈里发听。他力求讲得更动听,不惜尽量用上许多下流、粗鄙不堪的俚言,但结果适得其反。哈里发听了他讲的笑话,不仅笑不起来,连口角都不动一下。他觉得奇怪,并感觉惊惶、恐怖。

哈里发拿起皮袋,说道:"现在该罚你了!"于是手起袋落,重重地打了他的脖子一下。他痛得要命,忍不住一声吼叫起来。原来袋中装着四个鹅卵石,每个石头有两磅重。这时候,他突然想起马师伦先前给他提出的条件,便大胆说道:"恳求主上饶命,让我说两句话吧!"

"你有什么好说的? 只管说吧!"

"马师伦去找我时,给我提出一个条件,我都同意了。所谓的条件,就是当我进宫来获得主上什么赏赐的时候,我留下三分之一,其余三分之二归他所有。这样的分配法,是费了很多唇舌,经过多次争执之后,他才同意的。现在我获得的不是恩赏而是处罚。这一打是我应得的三分之一,其余剩下的两打,是该归他留下的三分之二。我已经拿到自己的一份了。他站在那儿,恳求主上给他应得的那份吧!"

哈里发听了高尔宾揭露的秘密,笑得前仰后合,差一点倒在地上。他笑够之后,叫马师伦来到身边,拿起皮袋,刚打了一下,马师伦就忍不住哭叫起来,说道:"众穆民的领袖啊!我要三分之一就够了,请给他三分之二吧!"

哈里发望着他俩捧腹大笑一阵,赏赐每人一千金,这才使他俩欢天喜地地归去。

哈里发何鲁纳·拉施德和王子的故事

相传从前哈里发何鲁纳·拉施德执政期间,他的儿子年方十六便产生厌世心情,不与世俗同流合污,断然选择忍苦耐劳、勤修苦练的行道,一生过着洁身自好、自食其力的劳动生活。有一次他从坟茔路过,思绪万千地对死人说:"你们曾经拥有人世间的一切,终究避免不了走上死亡的途径。今日你们归宿到坟墓里,但愿我能知道你们所说的和你们所听到的一切。"他说罢,战战兢兢,痛哭流涕,喟然吟道:

> 每次葬礼都激动我的恐怖心情,
> 泣妇的哭丧声往往使我忧心如焚。

有一天哈里发何鲁纳·拉施德在宫中,文臣武将和大小官员簇拥着他,仪态非常庄重严肃。他们从王子身边走过,见他头缠毛布巾,身着粗毛长袍,衣履草率随便,俨然是平民打扮。他们看不顺眼,便议论纷纷地谈论起来。有人说:"这个孩子太给哈里发丢脸了!如果严加训诫,他是会好起来的。"

哈里发听了属僚们的议论,心有所感,当面斥责王子,说道:"儿啊!你衣冠不整,生活随随便便,在帝王面前,这太丢我的脸了。"

王子举目看哈里发一眼,默不作声。继而他抬头见宫墙的雉堞上,站着一只小鸟,便欣然跟它谈起话来,说道:"小鸟小鸟!凭据造物主的奥妙,你飞下来,在我手上栖息一会吧。"

小鸟闻声,果真飞了下来,落在他的手上。一会儿他又对小鸟说:"飞回去吧!"小鸟果然又飞到雉堞上。继而他又吩咐小鸟:"小鸟,小鸟! 你飞下来,在哈里发手上站一会吧!"这回小鸟拒听命令,不肯飞下来。这样一来,他便理直气壮地对他父亲说:"众穆民的领袖啊! 你恋念红尘,贪得无厌,在圣贤面前,这真够丢我的脸了。现在我决心离开你。此去我永不回头,等来世我们才有见面的机会了。"

王子毅然决然离开荣华富贵的宫廷生活,流浪到巴士拉,靠做泥工维持生活。他做一天工,只索取一元零一个"东尼古"①的报酬。他以一个东尼古糊口,拿一块钱接济别人,一生过着淡泊、勤苦生活。

后来艾博·阿密尔·巴士拉亚对人说:我家里倒了一堵墙壁,我往泥工站找人来修补。在那里我看见一个笑容可掬的漂亮青年。我走到他面前,问候一声,说道:"小伙子,你要找工做吗?"

"不错,我是要找工做的。"

"来呀! 上我家替我砌墙去吧。"

"我得向你提几个条件。"

"小伙子,你打算提什么条件呢?"

"做一天工,给我一元零一个东尼古的报酬。清真寺中的宣礼者招祷时,让我停下工来,前去参加祷告。"

"好的,我同意你提出的两个条件。"我慨然答应他的要求,于是带他回到家中,雇他替我砌墙。像他那样勤勤恳恳、认真严肃对待工作的匠人,我可是从来不曾见过。到了开饭时间,我催他吃饭,他却摇头说'不',我才知道他还斋戒着。响礼时,他听见宣礼者的招祷声,便对我说:"我所提的条件,你还记得吧?"

"自然记得。"我同意他去做礼拜。

---

① 东尼古,古钱币名,相当于一元的六分之一。

他解了腰带，停下工作，认真盥洗一番，然后往清真寺中参加集体祷告。祷告毕，他回到我家中，继续埋头工作到晡礼时候，才停下工来，盥洗一番，前往清真寺参加集体祷告。晡礼毕，他即时回来，继续工作。我对他说："小伙子，到停工时候了，你息工吧。因为工作时间一般是午后晡礼时截止的。"

"赞美安拉！我可是要工作到天黑才下工呢。"他断然拒绝我的劝告，继续埋头工作到天黑。

我给他两块钱，作为他工作一天的报酬。他接在手里一看，愕然问道："你这是什么意思？"

"指安拉起誓，你埋头努力工作，太辛苦了，这不过是你应得酬劳的一部分呀。"

"除了我们彼此议定的数额，我不愿多取分文。"他把两块钱扔还我。

我再三劝他收下两块钱，他始终不接受我的劝说。最后我只好给他一元零一个东尼古。他收下钱，欣然和我告别。

第二天清晨，我老早赶到泥工站，却找不到那个青年泥工。经过打听，才知道他只是礼拜六才到站卖工。

第二周礼拜六早晨，我赶到泥工站，找到青年泥工，忙对他说："请到我家里去工作吧！"

"可以的，不过须照前次我向你提出的条件行事。"

"可以的，照你的条件行事好了。"我慨然答应他的要求，于是带他回家去，吩咐他砌墙。我待在他看不见我的地方，冷眼看他工作。只见他双手把泥巴捧起来，摆在墙上摊开，使石头与石头很快就坚固地贴合、累积起来，动作既敏捷，工作又出数。我暗自叫好，说道："这是先圣贤们的办法呀！"

他辛勤劳作了一天，工作量比第一次有过之而无不及。天黑息工时，我付给他工资。他带着酬劳，欣然归去。

第三周礼拜六清晨，我上泥工站，不见那个青年来卖工。经过打听,有人告诉我:"他生病了,躺在一位老大娘的竹棚里。"

我在坟地附近找到那位以廉洁、虔诚著称的老大娘的住处,走进竹棚一看,见青年泥工枕着土坯,躺在地上,什么垫的都没有,可他清秀的面孔,却焕发着光芒。我问候他,坐在他身旁,对着他年轻、孤苦的身世和他清心寡欲、廉洁虔诚的操守,忍不住流下同情的眼泪。我问他:"需要我帮你做什么事吗?"

"不错,明天清晨,劳你驾到这儿来。那时候我已瞑目长逝。劳你替我挖一座坟,并洗涤一下尸体,将就把我身上的长袍撕来当寿衣用。殓前务请检查一下衣袋,取出装在里面的东西,代为暂时保存。等装殓、埋葬以后,请上巴格达去,待在王宫门前,等哈里发何鲁纳·拉施德出宫时,把从我衣袋中取出之物交给他,并代我向他致意。"

他嘱咐毕,接着背诵《信仰箴言》,并滔滔不绝地赞颂安拉,然后吟道:

> 请将死者的委托物转交给拉施德,
> 冥冥中安拉会报酬你的恩德。
> 见面时请告诉拉施德:
> "一个渴望和你见面的流浪徒,
> 从遥远的地方诚恳地向你馨香祷祝。
> 不是恼恨或厌倦使他离开家园,
> 因为生活在一起只会朝夕吻你的右手①。
> 其实他敬而远之地和你保持一定距离,
> 仅仅是崇高、廉洁的意旨迫使他拒受你的世业。"

他吟罢,诚心诚意地忏悔一番,然后赞颂先圣贤,并背诵《古兰经》,最后吟道:

> 寄语奉劝父亲:

---

① 阿拉伯人的习惯,与父母或长辈握手时,须吻其手背,以示尊敬。

生命短暂有限，

荣华富贵如昙花一现，

切不可因享乐而入迷、受骗。

知道庶民遭殃活不下去的时候，

应该明白你自己对他们所负的责任。

参加殡礼送死人上山的时候，

须觉悟你自己总有一天要被送葬者抬进坟茔。

　　我接受青年泥工的嘱托，听了他吟诵之后，怅然和他告别，回家过了一夜。次日清晨，我急急忙忙赶到他栖息的竹棚里，见他果然瞑目长逝了。我遵照他的嘱托，替他料理善后。洗过尸体，拿长袍装殓时，发觉衣袋中藏着价值几千币的一颗红宝石。原来他不是无依无靠的穷小子。我大吃一惊，喟然叹道："指安拉起誓，这青年玩世、苦行，已经到了登峰造极的境地。"

　　我埋葬了他的尸体，践约做巴格达之行，待在王宫门前，直等到哈里发何鲁纳·拉施德出宫之时，才赶忙趋前，把红宝石呈现在他面前。他接过去一看，便知其中底细，一下子就昏晕过去。他的侍从不问青红皂白，立刻把我逮捕起来。

　　过了一会，哈里发慢慢苏醒过来，见我身在缧绁之中，便喝令侍从："解掉他的臂缚，好生领他进宫去等我吧！"

　　侍从们听从吩咐，和颜悦色地带我进宫去，当宾客招待。过了一会，他们奉到命令，才带我去见哈里发。一见面他便问我："这颗宝石的主人，他怎么了？"

　　"他死了。"我回答一声，接着把情况从头详细叙述一遍。他边哭泣，边喟然叹道："儿子成功、胜利，做父亲的却一败涂地！"继而他唤了一声，房中应声出来一个娘儿。可她一见我，即时就要退避。幸亏哈里发阻止说："你过来吧！和他见面是不碍事的。"

　　娘儿走到哈里发面前，向他致意。哈里发把宝石递给她。她一见那颗宝石，狂叫一声，顿时晕厥。过了一会，她慢慢苏醒过来，问道:"众穆民的领袖啊！我的儿子怎么样了？"

哈里发泣不成声,眼泪汪汪地指着我说:"你把他的情况都告诉她吧。"

我听从吩咐,果真把所见所闻,从头到尾,详细叙述一遍。她听了,边伤心哭泣,边轻声说:"眼珠般的孩子哟,我多么想见你一面呀！你口渴时,但愿我能拿水喂你;你孤单寂寞时,但愿我能安慰、体贴你。"继而她痛哭流涕,凄然吟道:

> 我凭吊在异地丧命的一个离乡人,
> 弥留时没有一个可谈心、诉苦的亲人在他身边。
> 先前他跟亲人在一起同享荣华富贵,
> 中途一变而为举目无亲的孤魂。
> 时日暂时隐藏的东西终久会昭然若揭地暴露在人前,
> 死亡不肯放过我们中的任何一员。
> 逝了的人儿哟！
> 主宰规定你在异乡丧命,
> 延长我们见面的距离。
> 儿子呀！
> 和你谋面的愿望固然受到死亡隔离,
> 可到世界末日我们终有见面的机缘。

我听了她的哀吟,感到惊奇诧异,问道:"众穆民的领袖啊！莫非死者是你的儿子吗？"

"不错,他是我的儿子。我还没执政的时候,他经常跟学者结交,和虔诚的信士们往来。到我执政时,他就跟我疏远,甚至于不见我的面。我对他母亲说:'这个孩子产生厌世情绪,醉心于修身养性的苦行,也许他会碰到灾难和不幸。你给他一件贵重物品带在身边,以备不时之需。'他母亲给他这颗红宝石,经过多番劝说,他才收受。于是他扔下我们,独自高飞远走。从那时起,直至他弃世之前,我们就没见他的面。"接着哈里发对我说："走吧！带我看他的坟墓去。"

我陪随哈里发回到巴士拉,带他去茔地里,指王子的坟给他看。他边叹息边哭泣,气得昏迷不省人事。过了一会,他慢慢苏醒过来,便悔过、忏悔,说道："我们是属于安拉的,我们都要归宿到安拉御前去。"并替死者祈祷。

当时哈里发何鲁纳·拉施德要我做他的随员,征求我的同意。我婉言谢绝,说道："主上的好意,使奴婢受宠若惊,不过从令郎的言行方面,我受到很大的教益。今后我只想躲在家里,安然度过晚年。"

在和哈里发分手之时,我心有所感,欣然吟道:

> 我是一个陌生人,
> 人不找我,
> 我也不见人。
> 我没有妻室儿女,
> 也没有亲戚、故旧。
> 即使不出远门,
> 仍不失为离乡人。
> 我在清真寺里栖身、游息,
> 心儿永久同它联在一起。
> 赞美、感谢安拉的恩典,
> 他叫肉身和灵魂结成一体。

一个愚顽学究的恋爱故事

　　相传从前有个爱交游的博学之士。有一次他对人谈他的经历时说：某天我打乡村私塾门前经过，见一个相貌端正、衣着整洁的先生，正在教儿童读书写字。我顺便进去看看。先生热情接待我，让我坐下。我借谈话之便，从读法、语法、修辞和诗文等方面考究他，发现他各方面都有成就，有问必答，因而当面夸奖、鼓励他："你各科都有根底，在安拉的帮助下，愿你坚定、努力。"从那回起，我和他结交、认识，过往甚亲，在漫长的一段时期内，每次见面，都觉得他有长进。我想道："一般聪明人公认缺乏知识的笨人才当私塾教员，他这样饱学的人，却甘心教育孩提，这真是奇怪事情。"

　　我每隔几天便去找那个私塾先生谈天。有一次我照例去看他的时候，见私塾门关着。我向左近人家打听他的消息，知道他家死了人。我心里想："我应当上他家去慰问他。"于是急忙去到他家门前，把门一敲，里面闻声出来一个丫头，问道："你要做什么？"

　　"我找你的主人。"

　　"主人在家居丧呢。"

　　"我是他的朋友，前来慰问他。请告诉他吧！"

　　她进去请示。一会儿她转来，开门让我进去。我去到他面前，见他缠着头巾，孤单寂寞地兀自坐着。我安慰他："愿安拉加倍补偿你的损失！这是每个人必经的道路，你应当节哀顺变。"继而我追问

245

他：“你家里是谁无常的？”

“是我最敬爱的一个人儿无常了。”

“令尊大人吗？”

“不。”

“令堂孺人吗？”

“不。”

“你的弟兄手足吗？”

“不。”

“至亲密友吗？”

“不。”

“那死者到底跟你是什么关系呢？”

“是我的情人呀。”

听了他的回答，我想道：“他的无知、愚昧，第一次给证实了。”接着我安慰他：“世上也许能找到比她更美丽的娘儿吧。”

“我还没有见她的面，怎么知道别的娘儿比她更美或更丑呢？”

听了他的谈话，我想道：“他的无知、愚昧，又一次给证实了。”接着我问他：“没见面的人，你怎么爱上她了呢？”

“告诉你吧：有一天我坐在窗前，听见过路人唱道：

温姆·尔睦鲁哟！

但愿安拉报酬你，

请归还我的心，

无论它溜到哪里。

听了行路人的歌唱，我想道：‘倘若温姆·尔睦鲁不是绝无仅有的绝世美人，诗人就不这样赞美她了。’因此我一听钟情，一心爱上了她。可是才过了两天，那行路的又从我窗下经过，唱道：

毛驴载着温姆·尔睦鲁动身启行，

从此她和它一去不复返矣！

听了行路人的歌唱,我知道她死了,所以我悲哀哭泣,为她而居丧,这已是第三天了。"

我听了他一派胡言,证实他不失为无知愚妄的学究,只好撇下他,拔脚就走。

一个愚顽教师的故事

相传从前某私塾先生正在教孩子们读书的时候，忽然有个举止文雅的客人前来拜访他，和他坐在一起谈天。从谈话中知道他对法学、语法、文学都有造诣，心里觉得奇怪，想道："人们说一般私塾先生都是愚顽腐儒嘛！"客人想着起身告辞的时候，私塾先生热情挽留，说道："今晚请到我家去做客吧！"

客人接受邀请，随先生去到他家中。主人端出饭菜，宾主开怀吃喝。饭后，彼此促膝谈心，至二更时，主人给客人铺了床，让他睡下，这才上楼去跟老婆安歇。

客人惴惴不安，翻来覆去，恨不得快入睡的时候，忽然传来嘈杂的狂叫声。他侧耳细听，知道喊声来自楼上女主人的房间里。他大声问道："发生什么事了？"

"大事不好，先生快要死了！"女主人回答他。

"快带我上楼去看吧！"他要知道事件的究竟。

他随女主人去到楼上，走进寝室，见主人昏迷卧在血泊中。他赶快拿水洒在主人脸上，等了一会儿，待主人慢慢苏醒过来，这才问道："刚才你跟我在一起，身体都很好，怎么才上楼来就出事呢？这到底是什么缘故呀？"

"刚才我上楼来，独自坐着参悟造物主化工之妙，心里想：安拉创造的任何东西，对人来说，都有它一定的用途。比如人身上的两只手可以拿东西,两只脚可以走路,一双眼可以看,一对耳可以听,一根阴茎可以性交、生育,如此等等不胜枚举,其中只是两个睾丸是多余无用的。想到这里,我拿身边的剃头刀,忍痛把两个睾丸割了下来,因此就出事了。"

客人听了主人之言,立刻告辞归去。当时他心里想道:"难怪人说私塾里的先生,虽然懂得书本知识,可他们都是无知愚顽的学究。"

一个文盲冒充学究的故事

相传从前某清真寺里的一个仆役,目不识丁,本来是个文盲,可是他不守本分,好虚荣,爱高攀,想取巧、骗人过活。有一天,他异想天开,认为办个私塾,以教学糊口,倒也不错。主意打定了,他预备几张书桌和一些纸张摆设起来,在门前挂块招牌,再给自己戴上一个硕大无比的缠头,然后道貌岸然地坐在门前,以广招徕。来往过路的人,见他戴着那么大的缠头和室内的陈设,满以为他是一位博学的法学大师,因而送子弟来求学。这样一来,他洋洋得意,指手画脚地吩咐这个读书,那个写字,让学生你问我,我问他地互教互学起来。

有一天,他照例懒洋洋地坐在门前,见一个娘儿,手里拿着一封信,向他迎面走来。他心里想:"这个娘儿一定是来请我给她念信的。我不识字,这可怎么办呀?"他嘀咕着立刻站起来,准备逃避。但他还来不及走动,那个娘儿已经赶到他面前,问道:"先生要上哪儿去?"

"我去做晡礼,一会儿就转来。"

"晡礼时间还不到呢,请先替我念念这封信吧。"

他把信接过去,打开,倒拿着,从头仔细看下去。他边看边摇头,有时紧皱眉头,表现出关怀、忧虑的神情。娘儿眼看他的表情,大吃一惊,因为信是她丈夫从他乡寄回来的家书,所以感觉疑惧,心里想:"毫无疑问,我丈夫一定是无常了。这位先生想必是不方便告诉我噩耗吧。"没奈何,她只好直截了当地说道:"先生,如果我丈夫死了,你就对我说实话吧。"

他摇摇头,默不吭声。

"我撕身上的衣服吗?"娘儿接着问他。

"你撕吧!"

"我打自己的嘴巴吗?"

"你打吧!"

娘儿拿着信,哭哭啼啼回到家中,跟儿女们抱头痛哭。邻居听了哭声,赶忙打听,才知道她接到丈夫的噩耗,因而伤心哭泣。其中有个男人觉得奇怪,说道:"这恐怕是谣传吧!因为昨天我刚收到她丈夫寄来的信,说他身体很好,再过十天他就回家了。"于是他即时去到娘儿家,问道:"你收到的信呢?"

娘儿把信递给他。他打开一看,只见上面写道:

夫人尊前:

别来甚念。我在外,身体安好,诸凡如意,勿以为念。我打算十日后回家。今寄上披肩、兜肚各一件,聊表系念之忱。

娘儿知道真实情况,转忧为喜,即时拿着原信,赶到私塾,质问道:"你干吗作弄我?"随即把她丈夫平安无恙,并寄回披肩和兜肚的消息,如信中所述,详细说给他听。

私塾先生听了,强调说:"夫人说的对;请原谅我吧。只因当时我心事重重,急躁不安,一时糊涂,所以把披肩装在兜肚里这件事,竟然误认为你丈夫无常而被殓葬了。"

娘儿不知道私塾先生原是个招摇撞骗的坏蛋,因而心平气和地说道:"既然如此,这可不能怪你了。"于是带着信,欣然告辞归去。

国王和淑女的故事

相传从前某国王微服出宫,访查民情。路经一个村庄,感到口渴,一个人进村去,站在一家庄户门前要水喝。屋里出来一个漂亮女人,端给他一杯凉水。他边喝水,边打量那个女人,被她的姿色所吸引,终于起了淫心,便忘其所以地进而调戏她。

那个漂亮女人,聪明伶俐,一眼看出他是国王,慑于他的权势,不敢违拗,只好毕恭毕敬地请他进屋去,殷勤招待,让他坐下,拿本书给他,说道:"你暂且读书消遣吧,我料理一会儿就来陪你。"

国王翻读书本,看到书中有关禁止奸淫和安拉对奸淫罪所规定的惩处条例,有动于衷,吓得心惊胆战,浑身发抖。幸亏他知过必改,立刻虔心忏悔一番,然后高声呼唤。待主人应声来到他面前,这才把书本还给她,并规规矩矩地告辞归去。

国王走后,那女人的丈夫回来,她把经过情况,从头叙述一遍。他听了顿时感到困惑、迷惘,暗中叫苦,沉吟道:"怕只怕国王钟情她了!"于是胸怀戒心,从此不敢接触老婆,夫妻之间老过着貌合神离的苦恼生活。日子既久,女的不耐其烦,不得已,只好把丈夫对她疏远、淡漠的态度,如实告诉娘家。

她的后亲打抱不平,替她起诉,告到官厅。国王亲自到法庭,主持其事,替两造排解。原告首先发言,他们指着被告陈述起诉理由,说道:"此人向我们租了一块地栽种,可是他种了几年就不经营,任地荒芜下去，既不办理退租手续，给我们有转租机会，他本人又不继续栽种，快把田给荒废了。我们所顾虑的是，唯恐这块地因废耕而荒废掉。因为田地无人耕种、管理，是会变成荒地的。"

国王听了原告的诉词，转问被告："你干吗不继续耕种？"

"因为听说狮子到那块地里去过，所以我不敢去耕种，怕被狮子吃掉。因为狮子太猛勇，我敌不过它，所以我害怕它。"

国王听了被告的辩白，从两造的隐语中，恍然明白事情的来龙去脉，便坦率地对被告说："你的那块地是顶适于耕种的良田，狮子并未践踏你地里的庄稼。你只管放心去耕种，愿安拉使你丰收，狮子不会再到你地里去了。"国王吩咐毕，命侍从取来一份贵重礼物，送给被告和他的妻室，祝他夫妻破镜重圆之喜。

奥布顿·拉侯曼和神鹰的故事

　　相传从前西非洲有个出色的旅行家,长年累月在海外旅行。有一次他被困在海岛上,过了很长的时间才脱险回家,随身带来一根羽翮,是从神鹰蛋中还未脱壳的鹰雏翅上拔下来的,约莫有盛水的山羊皮袋那么粗。因为神鹰的体格很大,一只刚孵出的雏鹰,它的翅膀就有六千尺长。人们看着那根羽翮,都感到惊奇诧异。那个旅行家叫奥布顿·拉侯曼·麦埃礼彼,因为他久居中国,所以人们称他为支那人。在旅途中,他的见闻之广,所遇风险之多,那是指不胜屈的。

　　据说有一次他同伙伴们在中国海中航行,发现远方有个小岛,便向那边驶过去。直至海岛附近,朝前一望,才知海岛宽大无比。船里的人带着绳子、斧头和羊皮袋,纷纷登陆去打柴、汲水。走了一程,前面出现白色、闪光的圆屋顶,大伙便争先恐后地奔过去,仔细一看,才知道那是一个神鹰蛋,约莫有十丈长。

　　眼看那么高大的神鹰蛋,他们无法带走,只好大家一齐动手,用斧子、石头、柴棒尽量敲打它。蛋壳被他们打破,里面便露出还未完全成形的、丘陵般坚固的一个鹰雏。他们一齐动手,费了九牛二虎之力,才拔下它翅膀上的一根羽毛。继而他们尽可能地割取鹰肉,带到船中,然后张帆启行。

　　船在海中整整航行了一夜。次日清晨,孤舟继续乘风破浪前进之际,一只神鹰,乌云般漫天盖地地飞翔而来。它两只爪中攫着丘陵般、比船还大的一个石头,在上空围着帆船盘旋,最后把大石对准帆船抛了下来。幸亏船行甚速,大石落在船后,掀起如山的波涛。船在浪头上颠来簸去,差一点全舟覆没。

在归途中,他们煮神鹰肉享受,大家吃得很香甜。当时同船的人中,有的是年满花甲而须眉皆白的老头子。可是头天吃过神鹰肉,第二天他们的头发胡子突然变黑了,而且当时同舟航行的人,凡是吃了神鹰肉的,他的头发胡须,始终保持黑色,至死不变。出现这种奇迹,据说是吃神鹰肉的结果;但是也有人强调说,那是因为他们拿制箭用的木棍当锅铲煎炒神鹰肉的缘故。

尔殿育·载谊德和逊督公主的故事

　　相传从前伊拉克国王诺尔曼·本·孟宰尔执政期间,他的女儿逊督公主生得非常标致漂亮,是当代绝无仅有的美女,国王爱如掌上明珠。当她年满十一岁那年,复活节基督教徒在白教堂举行圣餐礼,她的丫头玛利亚带她去看热闹。恰巧那天美男子尔殿育·本·载谊德奉波斯王之命赶到哈谊勒进贡,也顺便去看热闹。

　　尔殿育形貌昳丽,身段标致,眼珠炯炯发光,英俊有为,玛利亚对他早就落花有意,但限于身份地位,无缘高攀。当时她见他出现在白教堂中,便向公主窃窃私语,说道:"你看那个小伙子!指安拉起誓,像他这样漂亮的男子,你恐怕是第一次看见的吧。"

　　"他是谁?"

　　"载谊德的儿子尔殿育。"

　　"我想靠近他仔细看看,就怕他认识我。"

　　"他从来没见过你,怎么会认识你呢?"

　　逊督公主怀着爱慕心情,果然走过去,仔细端详。只见他举止潇洒,口若悬河,滔滔不绝地跟随从们谈笑,不仅人生得标致漂亮,而且服饰富丽堂皇,在同辈中,俨然鹤立鸡群,因而对他一见钟情,顿觉心荡色变,无从抑制胸中的激情。

　　玛利亚眼看逊督公主的激动神情,知道她对尔殿育产生爱慕心情,便从旁怂恿她:"过去跟他谈谈吧!"

逊督公主果然走到尔殿育面前,喜笑颜开地跟他谈了几句话,然后转身匆匆归去。

　　尔殿育看了逊督公主的形影,听了她的谈话,一见倾心,顿觉心荡神驰,怅然不知所措。随从眼见他的苍白脸色,吓得面面相觑,莫名其妙。幸亏他急中生智,即时派个随从,跟踪追去,窥探她的行止。一会儿,随从转来告诉他,说她是国王诺尔曼的女儿逊督公主。他听了越发增加恋念心情。他走出教堂,神色迷离,茫然不知去向。颓然吟道:

> 恳求两位好朋友迈步快行,
> 迅速打听一下路径,
> 再来带我走向逊督的家园,
> 让我向她致以崇高的敬礼。

　　尔殿育回到寓所,惴惴不安,整夜辗转不能成寐。次日清晨,想不到玛利亚突然出现在他面前。他幡然改变一向傲岸、不理睬她的态度,笑容可掬地问道:"你找我有什么事吗?"

　　"我想问你要一样东西。"玛利亚说明来意。

　　"需要什么? 你只管说。指安拉起誓,无论你要什么,我都给你。"

　　玛利亚尽情吐露爱慕、恋念尔殿育的一片痴情,说明她需要他给个方便,跟她幽会一回。

　　尔殿育慨然答应她的要求,但提出一个条件:叫她在逊督公主面前多想办法,让他和她有碰头见面的机会。玛利亚同意他提出的交换条件。于是他带着她双双去到某胡同中的一家酒馆里幽会、谈天。

　　玛利亚的愿望满足之后,匆匆回到宫中,对逊督公主说:"你不想跟尔殿育见一面吗?"

　　"我想他想得神魂迷离,昨夜里通宵不曾合一合眼皮。你说吧,我怎样才能跟他见面呢?"

"我带他去到一处僻静地方，让你从宫内俯视他吧。"

"照你的办法行事好了。"逊督公主同意玛利亚的意见。

玛利亚布置一番，把尔殿育带进宫去藏起来，然后指他藏身的地方给逊督公主看。逊督公主居高临下，视线刚落在尔殿育身上，情动于衷，不能自主，差一点一跟头栽下去。接着她喃喃地说道："玛利亚哟！今晚你要不把他带到我跟前，我就活不了啦。"她说罢一时晕倒，昏迷不省人事。丫头们赶忙把她抬进闺房去。

玛利亚趁机奔到国王诺尔曼面前去报告消息，把逊督公主钟情于尔殿育的始末，和为恋念他而昏倒的情形，从头到尾详细叙述一遍。她还危言耸听地告诉国王，如果不让她跟尔殿育结婚，可能会出岔子，万一她不顾一切而殉情，那在阿拉伯人面前，对他来说，实属奇耻大辱。最后她提醒国王，除非把她嫁给尔殿育，别无挽救办法。

国王诺尔曼低头沉吟，想来想去，一再犹豫不决。最后他气汹汹地说道："该死的家伙哟！我怎么好把公主嫁给他呢？我可不愿先开口向人提亲呀。"

"尔殿育爱慕公主的心情，比公主想他的程度有过之无不及；他的痴情比公主的更厉害呢。关于这桩婚事，我可以想个两全其美的办法，从不让他知道陛下事先明白个中情况方面行事，这就不影响主上的尊严、体面了。"

玛利亚说服了国王，得到他的同意，这才去见尔殿育，说明她奔走、斡旋的结果，然后替他出主意，说道："你筹备一桌酒席，邀请国王赴宴。待他喝得有几分醉意时，趁机向他求婚，他是不会拒绝你的。"

"只怕这种事惹他生气，那会成为我们之间隔阂、仇恨的原因呢。"

"这你用不着顾虑。我跟他谈妥帖了，才来见你哩。"

尔殿育按照玛利亚的指示，果然预备了丰富的筵席，欢宴国王诺尔曼和他的亲信随从。国王欣然应邀赴宴。席间尔殿育殷勤劝酒，待他有了醉意,才趁机向他求婚。国王慨然允诺,决定三天后成婚。

　　婚后,尔殿育和逊督公主一对美貌年轻夫妻,在国王诺尔曼的卵翼下,过着非常恩爱、快乐的幸福生活。然而好景不长,流水般的年月才过了三年,不幸尔殿育触怒国王而遭杀身之祸。逊督公主孤单寂寞,从此悲观厌世,摒弃红尘,在哈谊勒城郊,建屋隐居起来,过着悲哀、烦恼的遁世生活,以终余年。至今,逊督公主当年的故居,还在哈谊勒城郊,原样保存。

翟尔比辽和穆斯礼麦的故事

　　相传名诗人翟尔比辽·虎左欧在同辈中,以行为浪漫、不拘小节著称。他曾对人说:有一次我坐在克尔虎门前,碰到一个女郎打我面前路过。像她那样窈窕、美丽可爱的妇女,我可是生平第一次碰见。她一摇一摆的步态,尤其惹人注目。我一见倾心,顿觉心荡神驰,爱她爱得心花怒放。我一时抑制不住满腔激情,坦然向她表示爱慕心情,开口吟道:

　　　　泪水冲破我的眼皮澎湃、奔流,

　　　　瞌睡却一直不跟我的眼睑碰头。

她扭转身体,回头看我一眼,毫不迟疑,信口吟道:

　　　　只要她用驯服的眼光一瞥,

　　　　他的眼疾即时就会痊愈。

她应对的迅速和遣词的优美使我感到惊奇、诧异。我乘兴再一次吟道:

　　　　涕泗交流者的哀求、呼吁,

　　　　可否博得你的同情、响应?

她毫不犹豫,即时唱和,吟道:

　　　　你若存心向我们寻求爱情,

爱情在我们这里却无借贷气息。

她唱和时形态之美,是我从来没见过的,音调之铿锵悦耳,也是我生平第一次听见的。我钦佩她长于辞令,即时改变韵律,进一步试验她的深浅,吟道:

> 命运可否让我们欣然见面?
> 使天下有情人皆成亲眷!

她嫣然一笑,嘴角之美,那是我从来没见过的。她毫不迟延,即时唱和,吟道:

> 命运有何权力?
> 怎敢干涉我们的事情?
> 你掌握着命运,
> 让我们怡然团聚。

我一骨碌站起来,赶忙吻她的手,说道:"碰到这样的好机会,这是我一辈子想象不到的。但愿你本着怜爱心情,毫不勉强地欣然随我来吧!"于是我朝前走,她跟在我后面。可惜当时我没有适于接待像她这样美人的地方,只好带她去找我的知心朋友穆斯礼麦·本·瓦里德,因为他有一幢美好的居室。我一敲门,穆斯礼麦闻声开门出来见我。我问候他,说道:"在这样的时候,你愿意接待朋友吗?"

"竭诚欢迎你们! 二位请进来吧。"穆斯礼麦慨然接待我们。

就这样我们走进屋去,算是找到归宿地。然而事情不妙,恰巧碰上他手头拮据,便胡乱给我一方手帕,说道:"拿去卖掉它,买你需要的食物吧!"

我奔到市中,卖掉手帕,买了饮食,赶快转回去,只见他已经把女郎引入地下室。听见我的脚步声,他蹦了出来,站在我面前,笑嘻嘻地说道:"翟尔比辽呀! 你替我做了好事情,安拉会报酬你呢。将来总清算之日,愿安拉加倍赏赐你。"他边说边把我手中的食物接过去,返回地下室,砰地关上屋门,把我扔在门外。我讨厌他的言行,气得茫然不知所措。他却躲在门后,乐得发喘。接着他对我说:"指我的生命起誓,翟尔比辽呀!诗人说得好:

> 我躺在她怀抱里安然酣睡,
>
> 让朋友保全下身洁净而心烦意乱地辗转过夜。

你知道这两句诗是谁写的吗?"

我愤恨到极点,回道:"该诗人跟下面一诗的作者同是一人:

> 腰带上有角千只的人,
>
> 他可以偷天换日。"

我破口大骂一通,斥责他做事缺德,不讲交情。他一言不发,静听我骂够了,才坦率地说道:"该死的傻家伙哟!是你自己找进我家来,卖了我的手帕,用我的钱买食物的呀。你自愿当皮条纤,该怨谁呢?"他说罢,扔下我,径找女郎去了。

这时候,我恍然如大梦初醒,喟然叹道:"可不是吗?指安拉起誓,说我是傻家伙、皮条纤,算你骂得对。"我苦恼到极点,垂头丧气地离开他的门庭。这桩事情,在我记忆里留下不可磨灭的烙印,致使我伤心到今天。因为从那回以后,我就没见那个女郎的面,连她的音信都无法打听。

伊斯哈格·卯绥里亚和商人的故事

　　相传从前卯绥里地方有个大音乐家,叫伊斯哈格·本·伊补拉欣,被选为宫廷艺人,在王宫中服务,博得哈里发的赏识、爱护。有一次他叙述自己的经历说:我整天待在宫中,有时感觉厌倦。有一天早晨,我骑马打算去郊外沙漠地带走走,借此消遣寻乐。临行,我吩咐仆从:"如果哈里发的使臣或其他的人来找我,告诉他,我因事清早出去了。至于上什么地方去,你们也不知道。"于是我单人匹马,在城中周游。正午时候,天气太热,便在哈勒睦大街停下来,走到一幢大建筑门前,就它那突出街前的飞檐下乘凉。我刚站定,便见一个黑奴牵一匹毛驴到那里停下。我一看,见一个姑娘骑在镶珠宝的鞍褥上,穿着极其华丽的衣服,身段苗条,容貌俊秀,明眸皓齿,举止大方。我一见钟情,无法控制激情,跳下马来,向过路人打听,才知道她是一个歌女。

　　我怀着恋念心情,眼看她匆匆走进屋去,妄想混到里面,一饱耳福。正当彷徨不知所措的时候,正好来了两个哥儿模样的翩翩美少年,向主人打个招呼,从容走了进去。我不顾一切,也随他俩一起进去,显然被他俩视为应邀的客人之一。

　　我跟其他的客人坐在一起吃喝。饭后,仆人给客人们斟上醇酒。接着那个姑娘怀抱琵琶,轻盈地迈步进入客室,轻举玉指,边弹边歌唱起来。我们边喝酒,边听歌唱,乐趣盎然。后来我起身入厕小便,东道主向那两个小伙子打听我的情形,他俩不知我是什么人,因而他判断说:"这是个不速之客,不过他为人倒也活络,你们殷勤款待他吧!"

小便后,我回到客厅,坐着倾耳聆听姑娘弹唱。她以熟练、高超的弹奏手法,婉转、圆润的歌喉,变换着美妙的曲调,弹唱了几支古今名曲。她的弹唱技艺,使在座的人怡然陶醉,赞不绝口。继而她用我的曲谱,弹唱下面的诗句:

一

> 眼前一片面目全非的断檐残壁,
> 亲戚故旧早已星散无遗。
> 兴旺、热闹的盛景短如昙花一现,
> 继往开来的却是不可收拾的败落残局。

二

> 对怀恨而决裂的人说吧:
> ——他不念旧情断然扔下你远走高飞——
> "虽然你抱的是开心、戏耍心情,
> 可是从这里你已经达到预期的目的。"

她弹唱得比先前更准确、紧凑,不过美中不足,还有走调之处,因此我请她重弹一遍,预备替她改正。但想不到那两个小伙子之一误解我的好心,恶狠狠地站起来,指着我的鼻子骂道:"像你这样厚颜无耻的不速之客,我们可是从来不曾见过。难道你当食客净吃白食还不知足?非胡乱发言不可吗?如此说来,你真够得上白食兼长舌的范例了。"

我一时惭愧得低头不便向他分辩;虽然东道主一再解劝,可他一直骂不绝口。幸亏到了祷告时候,他们起身去做礼拜,我故意退后一步,拿起姑娘的琵琶,赶忙替她矫正一下琴弦,这才前去参加祈祷。

礼拜毕,大伙儿回到客厅坐下,那个小伙子接着又埋怨我,啰啰唆唆地骂个不停。我始终默不作声,忍受着辱骂。这时候,姑娘抱起琵琶,动手一弹,马上觉察琴弦有了变动,因而大声问道:"是谁动过我的琵琶?"

"我们谁都不曾动它。"在坐的人回答说。

"不,指安拉起誓,一定是一位行家替我调过弦了。我一试便知道,琴弦被他调得巧妙、准确极了。"

我不能再缄默,只好挺身而出,说道:"琴弦是我调的。"

"指安拉起誓,请你试弹一回吧。"

我不便拒绝,只好拿起琵琶,选择比较新奇、复杂的曲调,拿出我的绝艺,边弹边唱道:

> 我凭一颗诚挚的心生活下去,
> 可它已被爱火烧成灰烬。
> 奴婢有安拉给他们储备衣廪,
> 我却始终得不到她的爱情。
> 在情场中我吃尽各种苦头,
> 此中滋味凡恋爱过的人都能体会。

在座的客人听了我的弹唱,很感兴趣,赞不绝口,一个个站起来,靠拢我坐下,说道:"指安拉起誓,你的弹唱有起死回生的妙用,请再弹唱一曲给我们听吧。"

"好的,在下愿效犬马之劳。"我答应他们的请求,拿起琵琶,调过弦,随即边弹边唱道:

> 被色情浸坏心肝的人哟!
> 难道忧愁不曾把你重重包围?
> 你违法横行放暗箭射伤我的心灵,
> 弄得鲜血在胸腔与横隔膜间澎湃奔流。
> 虚妄的嫉妒心促使你胡行妄为,

绝交日此中隐情才昭然若揭。

为了爱情你胆敢杀人流血，

难道我的鲜血该是报复者的最终目的？

我弹唱毕，放下琵琶，只见在坐的人都站了起来，一个个感动得拜倒在我脚下，说道："指安拉起誓，别叫我们绝望吧！请你再弹唱一曲给我们听，安拉会加倍赏赐你呢。"

"再为你们弹唱一曲、二曲、三曲都可以，不过你们知道我是谁吗？我叫伊斯哈格·本·伊补拉欣·卯绥里亚。指安拉起誓，在王宫里哈里发要我弹唱的时候，偶尔间我还不太高兴哩。可是今天你们叫我听够令人痛心疾首的辱骂之言了。指安拉起誓，除非你们把这个爱争吵的家伙撵走，否则我是不愿弹唱的，也不愿同你们待在一起的。"

那个长舌家伙的朋友埋怨道："当初我一再劝你少多嘴，就是怕发生意外事情呀。"

客人们群起攻击那个好争吵的漂亮小伙子，大家一齐动手，拽着他的臂膀，终于把他驱逐出去，我才心平气和地拿起琵琶，把姑娘根据我的曲谱弹唱过的歌曲，从头弹唱一遍，满足了客人们的要求。

我跟东道主谈心，悄悄地告诉他我对姑娘的钦佩和不可抑制的爱慕心情。他慨然说道："只要你依我一个条件，她就属你所有。"

"什么条件呀？"我问他。

"你在我家里待满一个月，就可以把姑娘和她的珍贵衣服首饰都带走。"

"好的，我同意了。"我接受东道主的条件，一直待在他家里。当时谁都不知道我的去向；哈里发派人到处寻找，也得不到我的下落。

待满一个月的期限，东道主果然履行诺言，打发姑娘带着她的珍贵衣服、首饰跟我走，并陪嫁一个男仆供我们使唤。我带着姑娘，满载而归，感到无限欢喜快乐，仿佛宇宙中的一切都是我的了。

我骑马进宫谒见哈里发。一见面哈里发喜不自胜，问道："该死的伊斯哈格啊！你上哪儿去了？"

我把此次出游偶然碰到的一切，从头到尾，详细叙述一遍。哈里发对这桩事情颇感兴趣，说道："让我看一看那个当东道主的生意人吧！"

我说明商人的住址，哈里发即刻派人把他请到宫中，和他谈心，问明个中情形，最后说道："如此说来，你为人倒是讲义气的，应该获得奖励。"于是慨然赏商人十万块钱。

继而哈里发吩咐道："伊斯哈格，去带姑娘来见我吧。"

"听明白了，遵命就是。"我应诺着果然带姑娘进宫。她在哈里发面前弹唱了几曲，博得哈里发的赞美、赏识，获得五万块钱的赏银。

最后哈里发吩咐道："今后我规定每逢礼拜四在宫中演奏，届时你带姑娘进宫来，让她在帘后弹唱，贡献她的技艺。"

我遵循命令，每礼拜四带她进宫去演唱。从此宫中和我私人家里的生活终于添了无限乐趣。这一切都是我偶然出游得到的收获。

三个不幸青年的故事

相传从前文豪鄂图波叙述他的经历时说：有一次，许多文人跟我在一起摆龙门阵，大伙热热闹闹地谈了不少掌故。后来话题转到恋爱故事方面，每人把自己知道的有趣的爱情故事毫不保留地畅所欲言，其中只是一个老头例外，他始终缄默不语，直至大家无话可谈的时候，他才开口说："你们要我讲一个你们从来没听过的故事给你们听吗？"

"好极了，你讲吧！"我们异口同声地回答着欢迎他讲故事。

于是那老人讲道：我有一个女儿，她钟情于一个青年人，我们却不知其中的实情。而她看中的那个青年却爱上一个歌女，但那个歌女非常同情、怜爱我的女儿。有一次我参加一个集会，那个青年和歌女都在场。当时那歌女唱道：

> 哭泣是谈情说爱者的卑鄙行为，
> 尤其那得不到同情、怜悯者的眼泪显得更下流。

那青年听了歌女的弹唱，很受感动，说道："你唱得真好，我的小姐！指安拉起誓，莫非你这是鼓励我去殉情吗？"

歌女在帘后回道："不错；假若你是诚心讲恋爱的人，你就死吧。"

青年听了歌女的回答，把头靠在枕头上，闭着眼睛，不言不语，直至轮到他喝酒时,我们唤他不醒,伸手摇他不动,这才知道他已气绝身死。

我们围着那暴卒的青年面面相觑,束手无策,欢乐的场面顿时被扰乱,弄得大家不欢而散。我怀着沉重心情,郁郁不乐地回到家中,引起家人的惊奇,因为我比平时早回家的缘故。

我把刚才在集会场中发生的不幸事件叙述一遍,企图借此引起他们的惊奇。我的女儿听了我的谈话,起身离开我们,进入另一间房内。我随她走进那间房里,只见她靠在枕头上,情况跟我所谈的那个青年毫无差别。我伸手一摇,才发觉她已身死气绝。

我们准备善后,装殓她的尸体,跟那个暴卒的青年同日送往祖坟埋葬。可想不到在上山的途中,突然碰到第三起送葬的,我一打听,才知道死者是在集会场中弹唱的那个歌女。据说她是听了我女儿的噩耗,便靠着枕头而断气的。就这样在一日之内,我们埋葬了三个不幸的青年人。

白尼·团育人中一对情死青年的故事

　　相传从前有个白尼·台密睦人对高西睦·本·尔殿育说:有一次我出去寻找走失了的牲口,一直去到白尼·团育人的地界内,发现那里住着两个家族,彼此有共同的语言,两者的形貌、服饰也很近似。我转着好奇的眼光仔细打量:见其中一个家族中的一个年轻人,好像久经病魔缠绕,骨瘦如柴,活像一个盛水的羊皮口袋。当时他大声凄然吟道:

　　　　心上的人儿呀干吗不来和我见面?
　　　　莫不是她吝啬成性或者生我的气?
　　　　我卧病不起亲戚故旧都来探视,
　　　　来往的人群中独不见你的倩影。
　　　　假若你生病不起我该首先奔到你面前,
　　　　任何威胁休想阻止我迈步前进。
　　　　看不见你,我孤苦寂寞到极点,
　　　　失去你的爱情我只有死亡的途径。

当时另一家族中的一个少女听了年轻人的吟诵,像离弦之箭,没命向他奔去。她家里的人跟踪追赶,抓住她不让走。她拼命挣扎、反抗的时候,那个赢弱不堪的小伙子纵身跳将起来,一直奔向女郎,可他的行动被家里人知道,他们即时往后追赶,拽着他不放。但他不示弱,努力挣扎，费尽仅有的力气，最后他和女郎终于同时摆脱阻拦者，彼此相向着奔到一起，互相拥抱着，双双倒在地上，不声不响地瞑目死在一起。

不幸的事件发生之后，从帐篷中走出一个年满花甲的老头，站在两具尸体面前，气喘吁吁地伤感流泪、悲哀哭泣。说道："但愿安拉慈悯你俩！我们是属于安拉的，我们都要归宿到安拉御前去。指安拉起誓，虽然生前我不准你俩碰头聚首，死后我可是要把你俩埋在一起。"于是他吩咐准备善后，安葬死者。

人们替两个死者挖了一座坟，洗涤他俩的尸体，并装殓在寿衣里，然后送上山去埋葬。当时两大家族中的男男女女，眼看一对青年男女的悲惨结局，无不声泪俱下，畅洒同情之泪。

我向那位老人打听死者的情形。他说道："姑娘是我的女儿，青年是我的侄子。他俩之间发生恋爱关系，已经到了难分难舍的境地。一切情况，你已亲眼看见。"

我问道："干吗不让他俩结成夫妻呢？"

"我怕因此产生不名誉的耻辱事件。而我所顾虑的事件，今天终于发生了。"

一个狂人情死的故事

相传从前艾博·阿巴斯·姆办勒督叙述他的经历时说：有一次，我因公跟几个朋友一起做摆律督之行。路经锡勒盖鲁修道院，便在它檐下打尖、乘凉。那里的一个男人对我们说："院里住着一群疯人，其中有一个非常好谈哲理。假若你们跟他见面，他的谈吐一定会使你们感到惊奇、诧异。"

我和朋友们怀着好奇心，一起走进修道院，看见一个男人坐在一间屋子里的皮垫上，光着头，面向墙壁若有所思地一动也不动。我们问他好。他同样回问我们，可是不回头看我们。

"你吟诗给他听吧！他听吟诵就开口说话了。"告诉我们情况的那个男人对我说。

于是我果然吟道：

> 你这位夏娃子孙中善良的生灵！
> 除却你人世间就谈不上齐全、美丽。
> 你的言行会被安拉指为完善的范例，
> 今后你将千秋万世永不磨灭。

他听了我的吟诵，回过头来吟道：

> 安拉知道我被灾难重重包围，
> 不能尽情吐露切身的各种遭遇。

我一身具备两个灵魂，

虽然分居在两个区域，

但体内和身外的两个灵魂相差无几；

我相信她的感受跟我的体会显然是大同小异。

他吟罢，欣然问道："你觉得我说的对是不对？"

"你说得很对。"我们异口同声地回答他。

继而他伸手捡起身边的一个石头。我们以为他要拿石头砸人，吓得一个个抱头鼠窜，远远地离开他。其实他并不伤人，只是紧握着石头边使劲捶他自己的胸膛，边大声呼唤："你们别害怕，大家过来听我说吧！"

我们果然走到他面前，只听他吟道：

他们叫灰毛骆驼跪在晨曦下面，

催她跨上牲口迅速动身起行。

隔着狱壁我举目张望她的背影，

眼泪汪汪地高声呼吁：

"今日的生离即明日的死别，

恳求驼夫暂且停步待我向她送别。

我对誓言始终坚守不渝，

但不知他们怎样履行诺言。"

他吟罢，问道："你知不知道他们的消息？"

"知道的。"我回答，"他们无常了。愿安拉慈悯他们！"

他的脸色霎地变得苍白，一骨碌跳将起来，说道："你怎么知道他们死了？"

"如果他们还活着，那是不会这样扔下你不管的。"

"你说对了。指安拉起誓，他们去后，我可不愿贪生苟活呀。"他说着全身战栗发抖，接着一跟头栽倒，不声不响地扑在地上。我们赶忙过去唤他，伸手摇他，发觉他已气绝身死。我们感到惊奇，难过到极点，忧心如焚地替他料理善后，装殓、埋葬他的尸体。

公事完毕我回到巴格达，进宫去销差。哈里发穆台旺克鲁见我脸上的泪痕，问道："你干吗哭泣？"我把那个疯人情死的经过，从头到尾，详细叙述一遍。哈里发听了，顿生恻隐心肠，埋怨道："你干吗随便戏弄有病之人？你惹事作孽，害了一条生命，现在该悔悟了吧！指安拉起誓，假若现在你还不知悔悟而产生同情怜悯心肠，我就非处罚你不可了。"这桩事情始终使他耿耿于怀，终身难忘。

一个修道院长皈依伊斯兰教的故事

　　相传从前语法大师艾补·白凯尔·本·穆罕默德·安巴律亚叙述他的见闻时说:有一次我因事离开家乡安巴律,去希腊的尔睦律亚图旅行了一趟。旅途上从一个村落中的艾诺瓦尔修道院门前路过。院长兼僧侣的头目奥补督勒·买西哈请我进去参观,当上宾招待膳宿。院中有四十名勤勤恳恳的僧侣,他们吃苦耐劳、认真严肃的道行我是第一次看见的,实在令人钦佩。我跟他们住了一宿,备受他们的敬重。

　　次日告别院长和僧侣们,前往尔睦律亚图,办完事,很快便转回家乡。来年我往麦加朝觐,环游圣寺期间,看见那个叫奥补督勒·买西哈的僧侣和他的五个同道也在环游的行列中。我仔细打量,辨识清楚之后,才走到他面前,问道:"阁下是奥补督勒·买西哈①修士吗?"

　　"其实我已改名奥补顿拉②了。"

　　我听了他的回答,赶忙吻他的白头发,一时感动得热泪盈眶,即时拉他到一旁坐下,说道:"告诉我吧! 你是为什么改奉伊斯兰教的?"

---

　　①　奥补督勒·买西哈,耶稣的仆人,基督教徒常以此命名。
　　②　奥补顿拉,安拉的仆人,伊斯兰教徒常以此命名。

"我改奉伊斯兰教的原因奇妙得很,经过的情况是这样的:某次穆斯林的一群苦行者从我们乡村路过,打发一个小伙子买食物充饥。那小伙子见市中卖面饼的一个少女,生得非常窈窕美丽可爱。他一见钟情,神志迷离,一时晕厥,昏迷不省人事。待他苏醒过来,他便回到同伴中,把他碰到的事,从头叙述一遍,最后说道:'你们走吧!我不跟你们一块儿去了。'伙伴们谴责他,劝告他,可他始终不听。结果伙伴们动身走了,他一个人留下,来到那个女郎门前坐下。女郎问他要什么,他说他爱上她了。女郎不理睬,表示拒绝。他可是满不在乎,不食不饮,整整在女郎门前待了三昼夜,每逢女郎出门,便呆呆地望着她。女郎被他纠缠着,只好把情况告诉家里的人。她的父兄非常气愤,唆使村中的孩子群起而攻之,拿石头砸得他头破血流,肢体也受了伤,但他仍然不走。村里人决心要杀他,其中有人把情况告诉我。我往现场查看,见他躺在地上,形状非常可怜。我擦干他脸上的鲜血,把他抱进修道院,替他医治伤痍。他跟我在一起过了十四天,创伤初愈,刚能走动,便离开修道院,去到那个女郎门前坐下,眼巴巴地等待她,呆望她。女郎见他又来,走到他面前,说道:'指上帝起誓,这回我可同情你了,只要你改信我的宗教,我便跟你结为夫妻。'他回道:'要我抛弃认一的正教而改信异端,这是安拉所禁止的。'女郎说道:'你随我来,到我房中去,让你得到满足,然后规规矩矩地去你的吧!'他回道:'不,十二年以来我埋头勤修苦练之功,可不能因转眼即逝的欲念而眼望它前功尽弃呀!'女郎说道:'既然如此,撇开我,去你的吧!'他回道:'可是我爱你的心,欲罢不能呀。'女郎没办法,只好转背不理睬他。后来他继续追求女郎的行为叫儿童们知道了,他们又群起围攻、驱逐他。他被石头砸伤,倒在地上,人事不知。我闻讯赶到,驱散儿童们,扶起他的头,只听他喃喃地祈祷道:'我主,让我和她在天堂中聚首吧!'我抱他回修道院去,可惜中途他便气绝身死。我在村外挖一座坟,埋葬他的尸体。当天晚上,深更半夜时候,那个女郎狂叫一声,从梦中惊醒。家里人闻声赶到她床前,问她何事惊叫。她回道:'我刚睡熟,见那个穆斯林青年进我房来,带我去到天堂门前。守门的说我是异教徒,不许进去。我当他的面改奉伊斯兰教,随他去到天堂中,只见宫殿林立,树木苍天,景致之美,非言语可以形容其万一。后来他带我去到一幢宝石宫殿面前,指着对我说:'这幢宫殿是预备给我和你同住的,必须跟你一起我才肯进去。若是安拉愿意,再过五天,我和你便可一块儿住在里面了。'他说着伸手从门前的树上摘了两个苹果递给我,说道:'你吃一个,留一个带回去给修士看一看吧。'我吃了苹果,觉得那种甜蜜的味道是我生平不曾尝过的。最后他牵我的手,带我走出天堂,送我回到家中。我从梦中醒来,觉得满口的苹果味,而且留下来的苹果还在我身边呢。'她说着掏出一个苹果。这个苹果在黑夜里像星辰一样闪闪发光。她家里的人把她和苹果一起带到修道院来看我。她先对我们原原本本地叙述梦境,随即掏出苹果作证。我们仔细斟酌,看不出它与一般果品有共同的地方,显然不是世间的产物。我拿刀把苹果按院中伙伴们的人数剖开,每人分给一块。大家尝了,觉得苹果又香又甜,那种味道的确是我们生平不曾尝过的。这到底是怎么回事,我们也弄不清楚,只好猜测说:'也许是恶魔作祟,诱惑她背叛她的宗教吧。'女郎跟父兄回到家中,不吃不饮,到了第五天夜里,她起床悄悄走出家门,走到那个穆斯林青年埋骨的地方,倒身伏在坟上,不声不响地死了,她家里的人却什么都不知道。次日清晨,我们村中来了两个穆斯林老人,身穿粗毛衣服,身边还带着两个同样服饰的妇女。他俩告诉村人说:'在你们村里有个改奉伊斯兰教的女穆斯林,已经无常了,我们是来替她料理善后的。'村人莫名其妙,赶快寻找那个女郎,发现她死在坟头上。于是他们理直气壮地说:'这是我们族内的人,她信的是基督教,她的善后应该由我们自家人办理。'但两个穆斯林老人却强调说:'不,其实她已改奉伊斯兰教了,她的尸体应当由我们按照穆斯林的仪式埋葬。'他们两方面互相坚持己见,争执不下。最后那两个穆斯林老人之一说道:'她皈依伊斯兰教的迹象是可以拿事实来证明的。现在你们请修道院中的四十位僧侣来拿走她的尸体吧！如果他们能搬动她，这便证明她是基督教徒。否则，让我们中的一人来试试看，如果一人能举起她的尸体，这便证明她是穆斯林。这个办法，你们是否同意？'村人同意穆斯林老人的办法，互相鼓舞，即时请了四十个僧侣来搬尸体，费了九牛二虎之力，却弄不动她，这才拿一根粗绳系着她的腰使劲拽，可拽断了绳子也弄不动她。村人不服气，大家群策群力地亲自动手尝试了一回，也无法弄动她。最后我们计穷力尽，无法搬动尸体，只好对两个穆斯林老人之一说：'你去搬动她吧！'老人走了过去，拿他的外衣盖在她的尸体上，说道：'凭慈祥、怜悯的安拉之大名和使徒穆罕默德的信仰，我来搬吧。'他念叨着伸手轻而易举地抱起了尸体，把它搬到附近的一个山洞中，接着那两个穆斯林妇女走进洞去，洗涤、装殓她的尸体。最后两个老人按照穆斯林的仪式，把她埋葬在那个穆斯林青年的坟旁，然后扬长归去。

"自从经历那桩事情之后，我们背地里互相谈论说：'真理是最应该受到推崇、信服的。我们曾经亲眼看见真理了。关于伊斯兰教的真实、正确性，任何证据都不比我们亲眼看的这个更鲜明。'于是我首先改奉伊斯兰教，继而修道院中的四十名僧侣也全都改奉伊斯兰教，最后村中人也相继皈依伊斯兰教，大家都成为穆斯林。我们派人去美索不达米亚，请求那里的穆斯林派人教导我们教义和教律。他们果然派了一位廉洁、渊博的法学大师到我们村中，教我们祈祷仪式和伊斯兰教义。现在我们可好了。赞美安拉！一切恩惠都是他赏赐的。"

艾补·尔梭和古勒图·阿谊妮的故事

相传从前哈里发迈蒙执政期间,他弟弟艾补·尔梭·本·拉施德爱上阿里·本·徐杉睦的歌女古勒图·阿谊妮,一心要娶她为妾。虽然古勒图·阿谊妮对他也很钟情、向往,可是他为人自重、豁达,从来不曾对人谈他的心事,也不把爱慕情绪表现在颜色之间,只是暗中活动,愿出重金赎买她,并用尽各种办法都达不到目的。最后到了计穷无法可施的时候,恋念她的心情仍不稍减,因而他趁开斋节群臣朝拜退归之机会,谒见哈里发迈蒙,建议道:"皇兄如果利用今天节日休假之期,趁亲信幕僚不知不觉、毫无准备的时候,突然去他们家中访问,这便可从他们日常生活和活动情况中,知道他们的为人了。"他替哈里发打这个主意,其目的是找机会去古勒图·阿谊妮的主人家中跟她相会、谈心。

哈里发迈蒙听了艾补·尔梭的建议,说道:"你的见解倒也正确可行。"于是采纳他的意见,吩咐仆人准备一番,带着亲信随从,乘一只叫"飞鸟"的画舫出访。他们首先来到哈密德·塔威鲁·突松家中,见主人跟一帮艺人席地而坐,有的抱着琵琶,有的拿着竖笛或其他的乐器,吹弹歌唱的正热闹,乐趣盎然。

哈里发迈蒙和随从们坐下,听他们弹唱。一会儿,主人摆出牛羊肉做的饮食招待宾客。只因食物中缺少鸡鸭鱼肉,哈里发连看都不看一眼。艾补·尔梭灵机一动,说道:"众穆民的领袖啊! 咱们突然到这儿来,主人不知道陛下驾临,仓促间来不及预备饮食。现在劳陛下动驾往有准备而适于陛下起坐的人家去吧!"于是陪随哈里发,带领随从们一起上阿里·本·徐杉睦家去。

徐杉睦听说哈里发驾临,赶忙出迎,诚惶诚恐地跪下去吻了地面,然后毕恭毕敬地迎哈里发和随从进家,带他们进入非常富丽堂皇的一间客厅中,殷勤接待。客厅的墙壁、柱子和地板都是云石的,壁上画着希腊式的各种图画,地上铺着印度席,席上摆着巴士拉地毯。哈里发迈蒙坐在客厅中,一会儿抬头看看天花板,一会儿举目欣赏墙上的图画,一会儿又转目注视厅中的陈设,倒也觉得新鲜、惬意,欣然说道:"有什么好吃的? 给我们一点儿吃吧!"

主人即时摆出丰盛的饭菜,除了山珍、肉汤、煎炒和凉拌的菜肴不计其数外,单是用家禽烹调出来的菜肴就有近百种之多。哈里发迈蒙跟随从们饱餐一顿之后,说道:"有什么好喝的? 给我们一点喝吧!"

主人即时吩咐用金、银和水晶杯斟上葡萄美酒,并端出果品和香料。敬酒的全是活泼伶俐的童仆,身穿亚历山大出产的绣金衣服,一个个像月华那样漂亮。每个侍童的胸前挂着水晶瓶,瓶中盛着用蔷薇和麝香精制的香水,因而他们所到之处,香气四溢。哈里发迈蒙陶醉在芬芳的气氛里,对那样的景象感到无上的乐趣和惊讶,乘兴叫主人:"徐杉睦啊!"

主人应声俯伏下去,吻了地毯,然后毕恭毕敬地站在哈里发面前,说道:"主上有何吩咐?"

"有什么动听的歌曲? 弹唱几支给我们听吧。"

"听明白了,遵命就是。"主人应诺着即时命令侍从:"快去通知歌女们,赶快出来弹唱!"

"听明白了,遵命就是。"侍从应诺着即刻退了出去。不一会儿,侍从带十个仆人走进客厅,每人抬来一把金交椅,按顺序整整齐齐地摆起来。接着便有十个如花似玉的姑娘,鱼贯进入客厅。她们身穿一色的黑缎服,头戴划一的黄金冠,摇摇摆摆地走到椅前坐下,抑扬顿挫地弹唱各种歌曲。哈里发仔细欣赏,见她们中有个生得格外秀丽,眉眼特别惹人注目,因而对她另眼看待,问道:"小丫头,你叫什么名字?"

"给主上回:我叫赛卓哈。"

"赛卓哈,你给我们独唱一曲吧!"

"听明白了,遵命就是。"她应诺着随即边弹边唱道:

> 两只狮子一旦出现在我眼前,
> 我就迈着畏怯、软弱的脚步趋前迎接。
> 唯恐嫉妒者的眼睛作祟,
> 因而满腔感觉畏怯、恐惧,
> 像失去幼儿的母羚羊那样悲切、可怜。
> 直奔到一位享福女郎面前才定了神。

姑娘唱罢,哈里发感到满意,说道:"小丫头,你唱得真好! 告诉我吧:这支歌曲是谁作的?"

"诗是尔睦鲁·本·麻尔迪·剀莱伯作的,曲是麻尔白督谱的。"

哈里发、艾补·尔梭和阿里·本·徐杉睦怡然陶醉,举杯各饮了一杯。接着歌女们起身退了出去,另外的十个姑娘鱼贯而入。她们穿着织金的也门服装,坐在交椅上,弹唱各种调子的歌曲。哈里发对其中一个发育健壮、活像一头小野牛的美丽姑娘说:"小丫头,你的名字叫什么?"

"给主上回:我叫宗彼娅。"

"宗彼娅,你给我们独唱一曲吧!"

"听明白了,遵命就是。"宗彼娅应诺着引吭高歌,唱道:

> 自由如意的仙女毫无忧愁顾虑,
> 像栖息在麦加的羚群绝对受不到猎人威胁。

> 甜蜜、温存的言行会惹人疑心她们是娼妓之流，
> 但伊斯兰教保证她们不犯奸淫罪行。

哈里发听了歌唱，夸赞说："你得天独厚，真唱得好。告诉我：这诗是谁作的？"

"这首诗是赭律鲁作的，曲是伊本·瑟律祝谱的。"

哈里发和在坐的人举觞各饮一杯，感到无限欢欣快乐。继而歌女们起身退了出去，接着又鱼贯进入十个歌女，身穿红缎子镶珠宝的绣金衣服，光着头，喜笑颜开，活像晶莹闪光的红宝石。她们顺序坐在交椅上，弹唱各种动听的歌曲。其中有个笑容可掬，像初升的太阳满面光泽的姑娘，格外惹人注目，因而哈里发问她："小丫头，你的名字叫什么？"

"给主上回：我叫法蒂娜。"

"法蒂娜，你独唱一曲给我们听吧！"

"听明白了，遵命就是。"法蒂娜应诺着边弹边悠扬地唱道：

> 离愁使我吃尽苦头，
> 你突然降临是适时的无上恩惠。
> 你的面容聚积了各种恩典，
> 那里面可有我忍耐的功绩。
> 为爱你，我消磨了全部生命，
> 但愿付出的生命能够换得聚首的报酬。

哈里发听了歌唱，夸赞道："法蒂娜，你也是得天独厚的，所以唱得很美。告诉我吧：这支歌是谁作的？"

"给主上回：诗是尔定育·本·载谊德作的，曲调是古人遗留下来的。"

哈里发、艾补·尔梭和阿里·本·徐杉睦欣然举觞各饮一杯。继而歌女们起身退了出去，接着又有十个姑娘鱼贯而入，一个个喜笑颜开，身穿红绸绣花衣，结着镶珠宝的腰带，活像空中闪烁发光的星

辰。她们顺序坐在交椅上,唱各种悦耳歌曲。哈里发对其中一个柳枝般窈窕婀娜的姑娘说:"小丫头,你的名字叫什么?"

"给主上回:我叫栾莎莪。"

"栾莎莪!你独唱一曲给我们听吧。"

"听明白了,遵命就是。"栾莎莪应诺着欣然唱道:

> 这是一个柳枝般苗条、柔软的仙女,
> 她的美丽可以消除我满腔的情愁。
> 仿佛小羚羊在旷野游息,
> 她移动轻盈步履向前慢行。
> 我把她的腮颊当醇酒痛饮,
> 直喝得酩酊大醉才肯罢休。
> 如能朝夕生活在一起,
> 这是我梦寐寻求的目的。

哈里发听了歌唱,夸赞道:"栾莎莪,你唱得真好。再唱一曲给我们听吧!"

栾莎莪听了哈里发的夸奖,受宠若惊,赶忙站起来,跪下去吻了地面,然后抑扬顿挫地唱道:

> 她迈步走出去观看婚礼,
> 身穿一件散发着龙涎香馨味的衬衣。

哈里发听了歌唱,非常感动。栾莎莪迎合他的嗜好,反复重唱了几遍。哈里发听罢,欣然吩咐打道回宫。阿里·本·徐杉睦赶忙起身挽留,说道:"启奏主上,臣下曾以一万金买了一个非常满意的歌女,打算唤她出来让陛下看一看。如果陛下看得上眼而她自己也乐意,臣下就送她进宫去当歌姬。假若陛下看不上眼,那就当面听她演唱一曲吧。"

"好的,唤她出来见我吧!"哈里发同意主人的建议。

主人喜不自胜,出声一唤,便有一个花枝招展的姑娘应声姗姗走进客厅。她头戴镶满珍珠宝石的红金冠,如弓的眉毛下露出一双明眸的大眼,不仅身段苗条,形貌美丽,而且举止像小羚羊一般活泼伶俐,因而既惹人注目,又迷惑人心,再虔诚的信徒见了都会感觉心荡神驰的。她慢步走至交椅前坐下。哈里发非常惊奇、羡慕她的姿色,尤其艾补·尔梭一见姑娘的面,脸色霎时改变,感到急促不安。哈里发觉得奇怪,问道:"艾补·尔梭,你怎么了? 怎么你的脸色一下子变得这么苍白?"

"皇兄,这是因为我的宿疾发作了。"

"你早已认识这个姑娘吗?"

"是啊,莫非月亮能躲藏起来吗?"

哈里发转向姑娘,问道:"小丫头,你叫什么名字?"

"给主上回:我叫古勒图·阿谊妮。"

"古勒图·阿谊妮,唱个歌给我们听吧!"

"听明白了,遵命就是。"古勒图·阿谊妮应诺着悠扬婉转地唱道:

> 深夜里情人向你辞行,
> 黎明时随朝觐的旅客启行。
> 围绕着圆顶屋他们张起骄傲的帐篷宿营,
> 静悄悄躲在绸帐里过夜。

哈里发听了,夸赞道:"你得天独厚,唱得真好。告诉我吧:这支歌是谁作的?"

"诗是翟尔比辽·虎左欧作的,曲是宰尔祖尔谱的。"

艾补·尔梭听了古勒图·阿谊妮的歌唱和谈吐,抑制不住满腔激情,流涕呜咽起来,致使在坐的人都觉得惊奇诧异。

古勒图·阿谊妮感到左右为难,回头看哈里发一眼,说道:"主上许可我变个调子另唱一曲吗?"

"你喜欢唱什么就唱什么吧!"哈里发慨然答应她的要求。

古勒图·阿谊妮沾沾自喜,引吭高歌,唱道:

> 假若你追求的人儿明白表示爱你,
> 就该好生培养彼此间的爱情,
> 千万不可听信诽谤者的流言,
> 因为使有情人反目、决裂是他们奔走的目的。
> "情人在一起容易生厌,彼此离开倒能保持感情",
> 这是调唆者惯称经验之谈的一派胡言。
> 其实这两种办法都不足以巩固我们的感情,
> 不过比较起来在一起比分居稍胜一筹。
> 撇开真挚感情空谈爱情,
> 虽朝夕共处也只是貌合神离。

艾补·尔梭听了古勒图·阿谊妮的歌唱,知道她影射自己,有动于衷,坦然向哈里发请示,说道:"索性揭穿此中秘密,我们可以不再吃苦头。皇兄是否许可我同她唱和一曲?"

"自然可以,你有什么话要对她说的,只管说吧。"哈里发慨然答应他的要求。

艾补·尔梭揩干眼泪,欣然唱道:

> 我把爱情埋藏在心坎里,
> 从不曾开口说我爱你。
> 如果说爱情在我眼里表现得不太明显,
> 这是因为我离灿烂的月亮过于接近。

古勒图·阿谊妮听了艾补·尔梭的和唱,抱起琵琶,边弹边唱道:

> 假若你强调的是真实情形,
> 对自己的信用就不这样斤斤辩解。
> 不跟一个表里如一的贤淑女郎生活在一起,

你的日子也不至于过得这般安逸。

除了空口无凭的几句应酬话，

你所强调的丝毫不能令人相信。

艾补·尔梭听了古勒图·阿谊妮的唱答，感到恍惚、迷离，忍不住伤心、叹气。没奈何，他只好抬头望着古勒图·阿谊妮，边流泪边唱道：

我的衣服里裹着一个瘦弱的身体，

我的精神一向恍惚、迷离。

我有一颗常年患病的心灵，

还有一双流不完泪水的眼睛。

我刚跨上光明的爱情之路，

转瞬又被责难者带入迷途。

这一切的赐予我已经无力承受，

但愿我主即时解救或者让我立刻咽气。

艾补·尔梭唱罢，主人阿里·本·徐杉睦听了非常感动，伏下去吻他的脚，说道："安拉听见你的祈祷而答应你的要求了。假若哈里发不需要她，那你就把她和她的珍贵衣服首饰全都带走吧。"

"我们固然需要她，"哈里发迈蒙说，"不过为了满足艾补·尔梭的要求，促使他达到目的，我们必得放弃自身的利益。"他说罢起身告辞，从容乘舟归去，只留艾补·尔梭一个人待在主人家里。

阿里·本·徐杉睦慨然履行诺言，催古勒图·阿谊妮收拾衣服首饰，让艾补·尔梭带走她。

艾补·尔梭的愿望一朝实现，感到无限欢喜快慰。从此一对有情人碰在一起，结成恩爱夫妻，过着舒适、愉快的幸福生活，直至白发千古。

宰相法台哈·郝高和
哈里发穆台旺克鲁·阿隆拉的故事

　　相传从前哈里发穆台旺克鲁·阿隆拉执政时代，有一次他卧病服药期间，文臣武将表示关怀，竞相奉赠各种稀罕名贵礼物，借此慰问，祝愿他早日恢复健康。其中宰相法台哈·本·郝高独出心裁，送他一个身体非常健壮、容貌无比美丽的姑娘，和一个盛满红酒的水晶瓶并一个红金酒杯，那金杯上刻着下面的诗句：

　　　　圣上停止服药之际，
　　　　健康随之而出现。
　　　　举此金觞畅饮一杯，
　　　　比任何补品更能恢复元气。
　　　　此为愈后最适当的调理，
　　　　愿您打破前人的清规戒律。

姑娘和酒具一起送到宫中，当时任太医职务的是希腊名医约哈诺。他读了金盏上的诗，哑然一笑，说道："众穆民的领袖啊！指上帝起誓，看来宰相法台哈比我还高明呢。主上无妨采纳他的建议，试用他的偏方吧。"

　　哈里发听从约哈诺的劝告，果然试用法台哈的偏方调理，短期内居然恢复了元气。

文人和女学者争辩男女孰贵的故事

　　相传从前巴格达城中有个品学兼优、德高望重的女学者,一生抱着济世救人的慈善心肠,设坛讲学宣道,曾经闻名一时,人们管她叫赛义德图勒·买沙羽海①。凡是听过她宣讲的人,都敬佩她。某学者对她的学行曾做如下的述评:赛义德图勒·买沙羽海的学问最渊博,禀赋最聪明,操守最清高,性格最和善。像她这样的妇女,我从来没见过。她设坛讲学宣道,经常有文人学士到她家里听她讲学,和她讨论,甚至于互相争辩。回历五六一年,她来到哈蒙图城中,我约着一个知心学者去拜访她,借此求教。她拿出一盘水果招待我们。她的年轻漂亮的弟弟在她身边协助招待客人。继而她退到帘后和我们座谈。我提出各派法学大师关于法学方面有争议的问题,向她求教。她畅所欲言、详分缕析地解答我的疑问。我凝神倾听她讲解,感到无限乐趣。我的朋友却心不在焉,对她的讲解不感兴趣,只睁大眼睛,呆呆地望着她弟弟,聚精会神地欣赏他的漂亮面孔。

　　朋友的举止被她看见了,因此她解答问题之后,转向我的朋友说:"我认为你是一个唯男子高过妇女的信仰者吧!"

　　"自然啰。"他直认不讳。

　　"这是为什么呢?"

---

　　①　即学士中的女长者。

"因为是安拉叫男子高过妇女嘛。男子既然比妇女高贵,所以我感到高傲、自矜。对于比不上男人而卑微的妇女,我自然感觉讨厌的了。"

赛义德图勒·买沙羽海启齿哑然笑一笑说:"关于这个问题,如果我提出不同的意见,你是否愿意据理和我辩论?"

"非常愿意。"

"你说男子高过妇女,到底有何根据?"

"根据不外乎传说和理性两方面。所谓传说,包括经典和圣训。在经典中,安拉说:由于安拉叫男子彼此超群出众,因而他们强过妇女。在充当证人方面,安拉说:如果作证的人不是两个男子,就得是一个男子和两个妇女。在继承遗产方面,安拉说:假若继承人是弟兄姊妹,则儿子应享受女儿的双倍。就是在这样的场合里,安拉叫男子高过妇女的。他指出女性只等于男性的二分之一,便是因为男子比女子更高贵。至于圣训中关于赔偿血债的数额问题,穆圣是把妇女的数字规定为男子的二分之一的。再从理性方面说,男子是'发尔里①',女子是'买夫尔里②'。发尔里自然比买夫尔里更高贵。"

"我的先生呀!你讲得好妙啊。指安拉起誓,我要反驳你的论据,都叫你给例举出来了。从你口中说出来的证据,恰好帮助我驳倒了你自己。这是因为安拉仅仅是从性别方面叫阳性贵过阴性的,这点在你我之间没有不同的见解。而这种称谓是一般性的,它概括了婴孩、儿童、少年、成年和老年人,他们之间没有丝毫差别。所谓的高贵既然是从男性的称谓方面形成的,则你对老人和少年的看法和想法应该是一致的,因为老年人和小孩子在男性方面是同样的,两者之间毫无差别。归根结蒂,你和我之间的争点,在于交际、享乐的性质

---

① 发尔里,是阿拉伯文"主动者、整人者"一词的音译。阿拉伯人有时将"发尔里"当鸡奸者的同义词用。

② 买夫尔里,是"被动者、挨整者"一词的音译,有时被指为"相公、娈童"的同义词。这里是双关语,指房事中男女的动作、位置而言。

方面。可是在这方面,你没举出男孩高过女孩的证据。"

"可尊敬的夫人啊!男少年具有标致的身体、玫瑰色的腮颊、可爱的微笑、甜蜜的语言,这些特点,难道你不知道?少年既然具备这么多特点,他们自然比少女高贵。穆圣说:'没出胡子的少年有着黑眼仙女的魅力,不可以老注视他们的面颜。'这便是有力的证据,诗人艾彼·诺瓦斯吟得好:

> 他一身具备的高贵难以计算,
> 不来月经和不怀孕只算得微乎其微的一件。

另一个诗人也说得对:

> 大师艾彼·诺瓦斯是浪漫派的倡导人,
> 为鼓励同族人他说了下面的断言:
> 跟少年谈情是人生无上的享受,
> 你们在天堂中根本找不到这种乐趣。

按习惯说,一个女子被人夸奖、赞美而存心夸大她的美貌时,总是拿她跟少年媲美,这是因为美丽是男子的特性。诗人吟得好:

> 甩着大屁股的少女和少年欢聚,
> 像北风中的树枝摇来摆去。

假若少年不是最高贵最美丽,人家怎么会拿姑娘同他媲美呢?不过一般说来,少年人容易驾驭,为人知足、温和、善交际,肯迁就,尤其耳边下垂的绒鬓、腮上发红的光辉、嘴唇上细软的胡须,把他的面容点缀得好像一轮光明灿烂的明月。诗人艾彼·台蒙睦吟得好:

> 调唆者诽谤说:他毫毛满面,令人讨厌。
> 我说道:这不是缺点,你别过分挑剔!
> 他把具备肥大臀部的那个姑娘抱在怀里的时候,
> 绿茵茵的胡须便在灿烂的脸上露出珠光宝气。
> '我要叫奇迹永久和他的腮颊在一起,'

这是玫瑰花庄严的誓语。
我用眼睑代替口舌同他谈心，
他以眉梢传情回答问题。
他的优美远远超出你的认识范围，
茸毛保护他免受追寻者的窥窃。
细毛和软髭一旦在他腮上和唇边出现，
他的性格、容貌显得格外活泼、美丽。
先前埋怨我不该爱他的确有其人，
当他们同他见面谈话时都说'你可真美'。

此外还有许多诗人也作过同样的赞誉：

一

非难者埋怨说：他毫毛满面，难道你没看见？
　　　　　干吗和这样的人谈爱情？
我回道：如果你们以为我昏庸、愚昧，
　　　　请仔细看一看他眼中流露出来的真诚感情。
　　　　谁久居在荒凉、寂寞之地，
　　　　一旦春天降临他怎肯舍此而他迁？

二

诽谤者散播谣言，
说他已经把我忘记。
这是一派胡言，
因为钟情者绝对不会忘记。
单纯的玫瑰腮颊一直铭刻在我心里，
何况那香草丛中的玫瑰，我怎能忘记？

三

他的鬈发和眼睛是两种锐利的武器，

两者配合起来他就能致人死命。

他嗜血害命，抽出水仙花铸成的宝剑，

并用桃金娘制成的剑鞘把它佩戴。

四

我不为喝他的葡萄美酒而沉醉，

是他那惹人的鬈发使我陶醉。

他身上的各部分美丽互相嫉妒、埋怨，

因为大家都希望充当他的鬈发才算最显贵。

这些诗都是青年男子比女人高贵的证据。诗人们撇开女人，单独称赞男子，仅此已够他们夸耀、自豪的了。"

"愿安拉保佑你！"赛义德图勒·买沙羽海说，"你强词夺理，例举证据，处心积虑地证实你的论点，可是归根结底，真理越来越明显，事实证明你已经逾出常轨。在争辩方面我提出的概略论据你认为不够满意，呗！现在我进一步给你详细分析。指安拉起誓，男孩子怎能跟姑娘媲美？谁会拿羊羔和野牛对比？姑娘的优美特点是不胜枚举的。一般说来，谈话是轻言慢语的，身段像罗勒一样是苗条标致的，配着甘菊般的牙齿、马笼头般的头发、白头翁般的腮颊、苹果般的脸蛋、醇酒般的嘴唇、石榴般的乳峰、藤条般的脖子、斜坡般的肩膀、剑锋般闪光的鼻子、太阳般灿烂的额角、连接在一起的眉毛和黑白分明的眼睛。她一开口，嫩碧的珠子源源不断地从嘴里滚流；铿锵的语音震撼着人的心弦。她启齿微笑的时候，你会认为月亮从她的口角之间放射出光芒。假若她生气瞪你一眼，就等于从眼珠里抽出一柄锋利的宝剑，情况就随之而改变，她所具备的一切美丽，便消失得无踪无影。她有两片比乳酪还软比蜂蜜还甜的红口唇。她是众目睽睽的中心,游牧人和定居者都被她吸引。她有着如山峦隆起的胸膛,上面嵌着牙雕似的乳房。还有极其光滑、柔软的肚腹、圆滚如柱的胫股、山岳般又肥又大的臀部和仿佛用纯金铸成的非常美丽的一双手同两只脚。告诉你这个可怜人吧!人类跟神仙比较起来,算得了什么呢?你不知道吗:帝王将相的权力高于一切,可他们在妇女面前,却一个个都低着头,并依赖她们享受人生的乐趣。经常有人恭维妇女说:‘你们掌握生杀予夺之权!’这的确是经验名言。试问多少富翁财主曾叫女人弄得倾家荡产、一钱不存?多少高官显贵曾被女人弄得卑微下贱?唯女人诱惑了文人,破坏了圣贤的道行,使富翁倾家荡产,叫享福人罹祸遭殃。尽管事实如此,人们却不认为女人作恶,下流;反之,一般有识之士对她们的爱慕、敬重情绪却是有增无减。多少虔诚的信徒曾为她们违法犯禁!多少孝子贤孙曾为她们忤逆父母!这一切的形成,只因她们的爱情征服了人心。可怜人呀!难道你不知道:为了妇女,有人不惜大兴土木,建筑宫殿;为了她们,有人广置奴婢;为了她们,有人痛哭流涕;为了她们,有人收集装饰用的麝香、龙涎香和各种名贵的簪环首饰;为了她们,有人调兵遣将,大动干戈;为了她们,有人囤集粮食;为了她们,有人杀人流血,摧残生命。有人说世界属于妇女,这句话是千真万确的。至于你提到的圣训,恰恰是反驳你的证据。因为圣训说‘没出胡子的少年有着黑眼仙女的魅力,不可老注视他们的面颜’这句话的意思,是拿少年跟仙女比较的。自然啰,比较的对象,较之跟它相比的事物更高贵,这是毫无疑义的。换言之,假若女人不是最高贵最美丽的,人家就不会拿她们做比较的对象了。至于你说习惯上人们经常拿姑娘跟少年媲美,其实不然,你强调的恰恰与事实相反,因为人们常说:‘这个小子很像女子。’这话才是合情理的。至于你举例的诗句,显然是极少数诗人反乎常情而发出的牢骚呓语,是不能登大雅之堂的。至于那些好男色甘犯教规者的卑鄙下流行为,在圣经中安拉严厉谴责他们说:‘岂不是你们撇下合法的妻室,却偏找男人发泄性欲?这是作奸犯科行为!’这号人向来随心所欲、一贯放荡、淫逸成性,因此他们异想天开,拿少年跟姑娘媲美,还拿姑娘当娈童鸡奸,毫不知耻地说:'她是适于两用的。'他们的头子艾彼·诺瓦斯也曾吟过下流无耻的诗句:

> 在宫中服役的窈窕美女,
>
> 一身适于兼任淫妇和娈童的职业。

你强调说少年脸上的鬓发和胡须,增加他的美丽,这简直是反乎事实的违心之言。其实男人嘴上长了胡须,只会给他的面容增加丑陋。"

赛义德图勒·买沙羽海说罢,剀切吟道:

> 胡髭在他嘴巴上显现,
>
> 惹得情侣抱怨、生气。
>
> 除却炭色的鬓发两片,
>
> 他脸上从来没有丝毫烟气。
>
> 一页光滑的白纸被墨汁浸透,
>
> 难道还有下笔的余地?
>
> 万一他受宠被选,
>
> 那是判官无知愚昧的证据。

她吟罢,继续一本正经地说道:"赞美伟大的安拉!人生最美满最完善的喜悦,只能得之于妇女。永恒不变的福气,也只能从女人身上发现。这样的事情,你怎么一点儿也不知悉?安拉许可在天堂中拿黑眼仙女匹配先圣贤,作为他们崇善积德的报酬。如果除她们之外还有其他更美满的享受,安拉一定会拿它许约他们的。穆圣说:'跟妻室生活在一起,经常洒点香水和不患眼疾,这都是我生平最感兴趣的事情。'将来在天堂中,安拉格外关怀照顾先圣贤,叫童仆侍候他们,这是因为天堂中的生活纯粹是享乐的,永久不变的,童仆的设备,能使幸福更臻完备。离开使唤范围而把儿童当玩物任意摧残,那是罪大恶极的堕落腐败行为。诗人吟得好:

好男色属于猥亵、下流行为，
爱女性才是高尚、正常途径。
跟相公、娈童鬼混一夜，
清晨遍体染满恶臭。
被大便浸黄了的衣裤，
公开宣布他的奇耻大辱。
衣服上斑驳的便溺痕迹，
不容他抵赖自己干下的罪行。
倒是那帮仙子一样令人倾倒、恋念的美女，
谁能同跟她们接触的人相提并举？
清晨带着她赠送的芬芳告别，
回到家中用扑鼻的遗香熏染自己的屋宇。
拿姑娘比拟少年显然违反类比规律，
难道可以拿沉香同粪便匹比？

乡亲们！你们叫我破坏了羞耻惯例，逾出了妇女的自由范围，违反了学者应保持的尊严，毫不顾忌地乱谈男女间的淫荡、猥亵行为。不过古人说得好：'自由人的胸腹等于埋葬各种秘密的坟墓；由于互相信任，彼此才开诚布公地谈心；一切的功德懿行，须凭动机去决定。'现在我替自身，也代你们和其他的穆斯林向安拉忏悔、悔过吧！他是慈祥的，饶恕过失的。"

　　她说罢，顿时静默下来，不再回答问题。我们只好向她告别。由于听她的辩论，获益不浅，因而我们感到欢喜满意。另一方面，却因一旦和她分别，觉得依依不舍，怅然如有所失。

阿里·塔锡尔和木悟妮丝的故事

　　相传从前有人介绍阿里·本·穆罕默德·阿补顿拉·本·塔锡尔收买一个出口成章、很有诗才的姑娘，当女仆使唤。那姑娘叫木悟妮丝，是个天才的诗人，曾经闻名一时。她被带到阿里·本·塔锡尔家中。主人问她："小丫头，你的名字叫什么？"

　　"给老爷回，我叫木悟妮丝。"

　　阿里·本·塔锡尔早已听过这个名字。他低头沉思一会儿，然后举目望着她，吟道：

　　　　有人为爱慕你身染疾病，
　　　　病势日益加剧，
　　　　终日癫狂、迷离，
　　　　你对痴情郎持何见地？

　　"愿老爷官运亨通，备受安拉宠幸！"木悟妮丝祝愿两句，然后从容吟道：

　　　　发现情愁折磨痴情郎的时候，
　　　　我们慨然给予方便，促其愿望实现。

　　阿里·本·塔锡尔非常钦佩她的才智，终以七万元的高价买下她，并把她收房，提升为宠幸的夫人，结果生了成为达官贵人而扬名显亲的鄂贝义顿拉·本·穆罕默德，夫妻过着相亲相爱的美满、幸福生活，直至白发千古。

商人阿里·密斯里的故事

　　古代埃及有个富商,叫哈桑·赵赫礼。他一生经营生意,赚了大钱,并积蓄下无数的珠宝货物、田产地业,够他几辈子享用不尽。他的儿子标致漂亮,名叫阿里·密斯里,自幼学习《古兰经》,攻读诗书,精通各种学术,多才多艺;成年后,追随他父亲在商界从事经营生意买卖。

　　赵赫礼年迈力衰,身染重病,卧床不起,自知大去之日已近,便叫阿里·密斯里来到床前,剀切地说道:"儿啊,宇宙是会毁灭的,只有来世永存不朽;每个人都得走死亡的道路。现在我快要死了,打算趁此嘱咐你几句,告诉你做人处世的道理。如果你听从我的嘱咐,小心谨慎做人,便可安全幸福地度过一生;否则,在人生旅途上,你会碰到许多艰难困苦,弄得衣食无着,那时候懊悔就来不及了。"

　　"父亲,听您老人家的话,按照您老人家的吩咐做事,这是我做儿子必须履行的义务,因此我怎么能不听您老人家的话,怎么敢不遵照您老人家的嘱咐去行事呢?"

　　"儿啊,我遗留给你无数的财帛、房产,即使每天开支五百金,你这一辈子也吃喝享受不完。但是,儿啊,你活着的时候就该惧怕安拉,严格遵守穆圣的命令、禁忌,继续不断地乐善好施,经常结交好人、学者,多多同情、怜悯、帮助孤苦无告的人,大公无私,不做违法乱纪的事,远离那般贪鄙、作恶的歹徒,好生爱护家中的奴婢,尤其要照顾、敬爱你的妻室。她是出身高贵的,已经身怀有孕,也许安拉会赏你一个有出息的子嗣呢。"

赵赫礼嘱咐着儿子,百感交集,泣不成声,断断续续地说道:"儿啊,我祈求伟大仁慈的安拉恩顾你,保护你,给你开辟广阔的生活道路。"

阿里·密斯里痛哭流涕,说道:"父亲,指安拉起誓,您老人家说的这些话,好像是临终之言,我不忍心听下去了。"

"不错,你说得对;我明白我自己的情况,然而你可别忘记我的嘱咐啊。"

赵赫礼不息地朗诵信仰箴言,到弥留时,勉强挣扎着喊道:"儿啊,你靠近我些。"于是伸出手臂,紧紧地搂住儿子痛吻,继而急促地哮喘起来,一会儿便瞑目长逝,与世永别。

阿里·密斯里感到无限的悲哀、痛苦,家里响起一片凄惨、悲伤的哭泣声。亲戚朋友闻声前来慰问,协助治理丧事,按规定进行;一切准备妥当,举行隆重的葬礼。亲戚朋友把死者送到祖茔,朗诵几章《古兰经》,埋葬完毕,转回去,安慰丧主一番,然后各自归去。

阿里·密斯里设坛追祭,在四十天的祭期内,除了上清真寺去做礼拜之外,其余的时间,总是待在家里守孝;每当礼拜五聚礼日,照例前去上坟。自从父亲过世后,他洁身自爱,深居简出,经常朗诵《古兰经》,谨守拜功,过孤独幽静的生活。可是日子久了,有些同年纪的商人子弟约着去看他,跟他聊天,说道:"你打算悲哀到什么时候呢? 自从令尊大人过世后,你就丢下生意买卖不管,也不跟亲戚朋友往来;如果长此下去,这会影响你的健康呢。"

那些被恶魔纠缠着的年轻人,花言巧语,对阿里·密斯里说好说歹,怂恿他,约他一起出去玩耍,说道:"骑上你的骡子,跟我们一块儿往花园中走走,借此消愁解闷吧。"

他经不起那班年轻小伙子的引诱,便跨上骑骡,携带仆人,随他们去到一座大花园中。有人买来饭菜,大家大吃大喝;痛快淋漓地游玩、嬉戏，一直谈笑到日落，才尽欢而散。

次日，那些年轻人成群结队，来到阿里·密斯里家中，说道："走吧。"

"上哪儿去？"

"往另一座花园里去；那儿景致最好，比昨天那座花园好玩得多。"

阿里·密斯里跨上骑骡，随他们去到一座大花园中，预备了丰盛的饭菜，大吃大喝；饭后又添上酒肴。这些人赞不绝口地大肆宣传，说道："这不但能消愁解闷，而且会使人兴奋、愉快呢。"他们在阿里·密斯里面前极其能事地夸赞酒的好处，末了，阿里·密斯里信以为真，陪他们吃喝，直到日落才尽欢而散。

阿里·密斯里喝了酒，回到家中，头晕眼花，醉眼蒙眬。妻子见了问道："你怎么变成这模样了？"

"今天出去玩得挺高兴，朋友们拿酒招待，我陪他们喝了几杯，现在头晕眼花，有些醉了。"

"你和这班坏人交往，莫非你忘记父亲临终时的嘱咐了吗？"

"他们不是坏人！他们都是生意人的子弟，大家喜欢在一起寻乐嬉戏罢了。"

阿里·密斯里不间断地每天随那些年轻人轮流着到热闹、好玩的地方寻乐，毫无节制地大吃大喝，纵情地嬉戏作乐。有一天，那些酒肉朋友不客气地对他说："这一晌我们尽了东道之谊，欢迎你招待你；现在可轮到你招待我们了。"

"好的，我准备招待你们吧。"

阿里·密斯里预备了最丰富的食品，携带厨役、仆从和煮咖啡的人，去到一座大花园中，招待朋友，住在里面，整整吃喝玩耍了一个月。

大闹了一个月，阿里·密斯里花了一笔巨款，可是他执迷不悟，恶魔仿佛在对他说："花吧！即使你每天花那么多一笔巨款，你的钱财也是用不完的……”于是他满不在乎,挥金如土,不停地花天酒地,过了三年挥霍、浪费的生活。妻子规劝他,拿父亲临终时的遗言告诫他;可是他听而不闻,花完现款,便出卖珍珠、宝贝,继而拍卖房产、田地。到后来卖完花光,仅剩下自己居住的一所房屋,便拆卸木板、云石出卖。到最后卖无可卖,才索性卖掉居室,勉强维持生活。接着买主前来接收房屋,对他说:“我需要这所房子居住,请你找地方搬家吧。”

阿里·密斯里过去住惯高楼大厦,婢仆成群,享受荣华富贵,一朝产业荡完,落寞下来,妻子和一子一女,一家人嗷嗷待哺,要生活下去,只得迁到一间破烂不堪的茅棚里栖息,一贫如洗,过吃早没晚的生活。妻子埋怨道:“当初我规劝你,拿父亲临终时的遗言提醒你,可是你不听我的话,这才落寞到这步田地。毫无办法,只望伟大的安拉拯救了。现在拿什么来养活儿女呢? 去吧,你去找朋友们,也许那班商人的儿子能帮助你,给你些食物拿来维持今天的生活呢。”

阿里·密斯里受生活压迫,不得不硬着头皮,低声下气地去找那些纨绔子弟、酒肉朋友,向他们呼吁、求救;结果谁都板起面孔,说俏皮话讥笑、打击他,什么也不给他。他满腔郁结,垂头丧气地回到家中,对妻子说:“他们什么也没有给我。”

妻子失望之余,自告奋勇,打算向邻居去乞讨,要点饮食来度日。于是她去到旧日相识的一位妇人家中。主人见她褴褛、狼狈的模样,起身迎接,亲切地吻她,流着同情、怜悯的眼泪问道:“哟! 我的姊妹,你怎么了?”

她把丈夫破产、落魄的经过叙述了一遍。主人听了十分同情、惋惜,说道:“欢迎你到我家里来。我的姊妹哟! 你需要什么,尽管对我说,我无偿地帮助你。”

“谢谢你,愿安拉恩赏你。”

主人慨然送她许多生活必需的物品,够她一家人开销一个月。她把物品带回茅棚,阿里·密斯里望着伤心流泪,问道:“你这是哪儿弄来的?"

"从旧时认识的一个邻居那儿讨来的。我告诉她我们的遭遇,她说:'你需要什么,尽管对我说,我无偿地帮助你。'这些食物用品全是她送给我们的。"

"你既然获得了这些食物用品,我也打算上别的地方去走一趟,也许安拉能给我指出一条广阔的出路呢。"

他征得妻子的同意,吻一吻儿女,匆匆走出茅棚,漫无目的地向前走,一直去到布拉格。那里停着一只帆船,预备开往底睦亚图。可巧在那个码头上,他父亲的一位世交碰见他,打个招呼,问道:"你上哪儿去?"

"我上底睦亚图去;那儿有几家亲戚,我去看看他们就回来。"

那位世伯带他去到自己家中,当客人招待,十分尊敬他,给他预备了饮食、盘费,然后送他上船。到了底睦亚图,他走投无路,没有可去的地方,在街上徘徊观望。当时有一个商人见他尴尬、狼狈的样子,觉得可怜,就把他收留下来,让他住在自己家里。过了几日,他自己觉得不好意思,自言自语地说:"住在别人家里,要逗留到什么时候为止?"他思前想后,认为非走不可,于是向商人告辞。商人给他预备盘费,送他上船。从此他离开故乡,一直流浪到大马士革。

他到了大马士革,举目无亲,一个人孤单单地在城中漫无目的地流浪着;后来碰到一个好心肠的商人,把他带回家去,才算有个归宿,安心地在商人家住下。过了几日,有一天他听得有一个商队要往巴格达去经营生意,就打算随他们做巴格达之行。于是他匆匆回到商人家中,征求他的同意,然后致谢、告辞,跟随商队动身起程。途中有个商人同情、爱护他,照顾他吃喝,继续不停地跋涉,直至距巴格达只有一天路程的地方,突然中途遇匪,商队的财货被劫,只有个别商人幸免,因此这些生意人四散逃窜,各奔前程。阿里·密斯里逃到巴格达,已是日落时候,守城的正预备关锁城门,他赶上去求道:"请让我进去吧。"

“你从哪儿来？要上哪儿去？”守城的问。

“我是埃及的一个生意人，携带货物、骡马、仆从到这儿来经营生意。我在他们之前先走一步，预备找好卸货的地方；可是不幸途中遇匪，骑骡和行李全被抢劫一空，什么都没有剩，只留得这条生命了。”

“欢迎你和我们一块儿过夜，明天我们替你找一个适合你居住的屋子好了。”

阿里·密斯里受到人们的尊敬，觉得很幸运；他伸手一掏，发现袋中剩下一枚金币，那是在布拉格那位世伯给他的，于是他递给一个守城门的，说道：“这儿有一枚金币，你拿去买些饮食来我们吃吧。”

一会儿，守城门的买来面包和烤肉，大家饱吃一顿，然后睡觉。次日，守城门的带他去见巴格达城中的一个富商，叙述他的情况。商人信以为真，认为他是有货物的大商人，因此在铺中殷勤招待一番，然后领他去到自己家中，拿顶好的衣服给他穿，并带他去澡堂沐浴。

沐浴归来，主人招待他吃饭，然后吩咐仆人：“麦斯武德，你带这位客人去看那两所房子吧；他喜欢哪所，就把哪所的钥匙交给他好了。”于是阿里·密斯里随仆人去到一条巷中，见三所新盖的房屋，并排在一起，全都锁着。仆人开了第一所房子，让他参观，继而又开第二所；待他参观之后，仆人问道：“你喜欢哪所？我把钥匙交给你。”

“另外那所大房子是谁的？”阿里·密斯里问。

“那所大房子也是我们主人的。”

“打开让我看看吧。”

“这样的大房子你是不需要住的。”

“为什么？”

“因为这所房子里经常闹鬼；头天晚上在里面过夜的人，第二天总得死在里面。我们从来不开大门，总是从其余那两所房子的屋顶上溜下去收拾死者的尸体。因此这所房子历来关锁着，我们主人不让开它。”

"你打开让我看一看吧。"阿里·密斯里说着,私下想道:"这就是我所寻求的;我进去过它一夜,明天干脆死了,这不就摆脱苦难了吗?"

仆人遵循他的命令,开了大门。他进去一看,是一所无比宽大美好的建筑,于是对仆人说:"我就是看上这所房子,给我钥匙吧。"

"不,我得向主人请示过,才可以给你呢。"

仆人急急忙忙回到主人家中,向主子请示,说道:"那位埃及商人一心要住那所大房子,其余的两所他看不上,这该怎么办呢?"商人听了,马上动身,随仆人去见阿里·密斯里,说道:"先生,这所房子你是不需要住的。"

"我只看中这所房子,对于闹鬼的传说,那我是不怕的。"

"你要是非住这所房子不可,那请劳驾写下一个字据,说明是你自愿的;万一发生意外,你自己负责,与我无关。"

"好的,就这么办吧。"

阿里·密斯里慨然接受商人的要求,从法院里请来一位证人,当面写下字据,交给商人,并从商人手里收下锁门的钥匙,开门进去,预备在里面住宿。商人打发仆人送给他铺盖,替他铺在门堂里的坐板上;一切布置妥当,才告辞回家。阿里·密斯里怀着好奇心,漫步走到里层,见院中有一眼井,井栏上摆着木桶,便取桶汲水盥洗,然后埋头祷告。之后仆人奉命送来饭菜、灯烛、蜡台、铜壶、水罐和其他日常生活起居需用的器物。他燃上灯烛,吃了夜饭,收拾一番,然后晚祷。礼拜毕,该睡觉了,他自言自语地说道:"走吧,把被褥搬上楼去睡觉,比这儿好得多。"于是他马上行动起来,带着被褥,去到楼上一间大厅里;那儿天花板漆得金光夺目,壁上镶着彩色云石,装修、陈设得非常华丽。他打开被褥,坐着朗诵几章《古兰经》,预备睡觉的时候,突然有人对他说:"哈桑之子阿里呀!你要不要我把金子撒给你?"

"你要撒的金子在哪儿?"

阿里·密斯里才一问,无数的黄金就像弹丸一般,不停地落下来,落满整个大厅。接着他又听得有人对他说:"你的寄存物我已经还给你了,我完成自己的任务,现在请你释放我,恢复我的自由吧。"

"指伟大的安拉起誓,我要你告诉我这些金子的来历。"

"这些金子是从古代给你保留下来的;在过去漫长的日子里,只要有人到这儿来过夜,我便对他说:'哈桑之子阿里呀!你要不要我把金子撒给你?'可是他听了,总是吓得狂叫起来,结果被撒下的黄金打断脖子,丧了性命,我这才归去。这次你到这儿来,我喊着你父亲和你的名字对你说:'哈桑之子阿里呀!你要不要我把金子撒给你?'你却问我:'你要撒的金子在哪儿?'因此我知道你是金子的主人,才把金子撒给你的啊。此外,在也门你还有一个宝库,如果你上那儿去,把它取了回来,这对你是再好也没有的。现在求你释放我,恢复我的自由吧。"

"指安拉起誓,倘若你不把在也门的那个宝库给我取来,我是不释放你的。"

"如果我给你取来那个宝库,你释放我吗?你把那个宝库的奴隶恢复自由吗?"

"是啊,我释放你。"

"那么请你发誓吧。"

阿里·密斯里果然对他发誓,并对他说:"此外还有一桩事也需要你去做。"

"什么事?"

"我的妻室儿女还在埃及,住在一间茅棚里,你必须把他们安安全全地送到这儿来。"

"若是安拉愿意,我替你去接他们,让他们安安逸逸地坐在驼轿里,有婢仆伺候,同时给你取来也门的宝库。不过这需要三天期限,才能完成任务。"

阿里·密斯里在大厅中兜了几个圈子,打算找个妥善地方,收藏金子;无意间他发现大厅中拱廊的一块云石上,突出一颗钉子,便伸手一按，云石豁然洞开，内面显出一道房门。他开门进去，原来是间宽大的贮藏室，当中摆着许多布袋；于是他取出布袋，把金子装在袋中，搬到贮藏室里，收藏起来，然后把门一关，再按钉子，云石立刻恢复原状。一切弄妥帖了，他才离开大厅，回到大门堂里，若无其事地盘腿坐在坐板上。这时候，忽然有敲门之声，他应声站起来，开门一看，原来是仆人奉命前来打听他的消息。

仆人见他安然活着，惊喜交集，急急忙忙跑回去传报喜讯，对主人说："老爷，那位住在闹鬼的那所房子里的商人，至今平安无恙；清晨他一个人独自坐在门堂里的坐板上，好好地活着，什么意外的事都没有。"主人听了，十分欢喜，马上携带早餐，亲身前去踏看。一见面他就热烈地拥抱他，亲切地吻他的眉心，问道："昨夜里安拉是怎样对待你的？"

"一切都好；昨夜我是在楼上那间云石大厅里过夜的。"

"出现什么东西吗？看见什么没有？"

"不，什么都没有；我读了几章《古兰经》，然后解衣睡觉；今晨一觉醒来，汲水盥洗，然后晨祷，坐在这儿休息。"

"赞美安拉，你安全无恙了。"

商人怀着惊奇、愉快的心情和阿里·密斯里分手，回到家中，打发大批婢仆，携带家具什物，一齐去到阿里·密斯里住的那所房子里，大伙动手洒扫、布置，把那所久已废置的房屋装潢、摆设得焕然一新。一切布置妥帖之后，他又指定三个男仆、三个婢女和四个女郎住下，供他使唤。从此阿里·密斯里的大名传了出去，一般生意人都来拜望他，送他礼物，上至珍贵物品，下至生活起居需要的衣服食物，应有尽有。他们非常热心、殷勤地照顾、接待他，带他去市中参观、游览，并向他打听消息，问道："你的货物什么时候可以运到这儿？"

"快了，三天后就运到了。"

三天的期限过了，那个在大房子中看守金库的魔鬼如期赶回巴格达，对阿里·密斯里说："准备迎接你的妻室儿女和我给你从也门取来的财物吧！我是把他们打扮成富商的模样迎接来的,那些骡马、骆驼和婢仆,全是妖魔装扮成的。"

　　原来那个看守金库的魔鬼从也门去到埃及,见阿里·密斯里的妻室儿女饥寒交迫,无衣无食,境遇非常可怜,因而便把他们接到城外,拿从也门宝库中取来的华丽衣服给他们穿戴,预备驼轿给他们乘坐,小心翼翼地把他们送到巴格达,自己先一步进城报告消息,交代差事。阿里·密斯里得到消息,立刻去见城中的生意人,说道:"来吧,劳驾陪我到城外迎接我的商队去;同时还得请你们的夫人赏脸,一起出去和内人见面认识认识。"

　　"听明白了,遵命就是。"商人们同声应诺,诚心诚意,马上打发仆人回去请出妻子儿女,成群结队,约着去城外,聚会在一座大花园里,坐着等候迎接阿里·密斯里的商队和他的妻子。

　　他们议论纷纷,正谈得兴高采烈的时候,忽然郊外一阵尘埃飞扬,引起大家注意,都站起来观看。一会儿,尘埃开处,出现许多人马和驼队,浩浩荡荡地迎面走来,由远而近,一直来到他们面前。骡夫的领队趋前吻阿里·密斯里的手,说道:"报告主人,我们到迟了;我们原是打算昨天进城的,可是怕途中遇匪,因而在驻扎地逗留了四天,直到风声静了,才动身成行的。"

　　商人们跨上自己的骑骡,带头领商队在前面走,太太小姐们陪阿里·密斯里的妻儿在后面跟随;车水马龙,热闹空前,仪式非常隆重。商人们眼看商队驮着的箱笼货物,露出羡慕的颜色;太太小姐们望着阿里·密斯里的妻子穿着的盛装,咋舌称道不已,说道:"哟! 你们穿戴、打扮得这么豪华、富丽,这种服装,不仅王公、富商、大臣没有见过,就是巴格达国王也有不起呀。"

　　商人们陪随阿里·密斯里,他们的太太小姐伴着阿里·密斯里的妻室儿女,欢天喜地,热热闹闹地进巴格达城,来到那所新收拾出来的大屋子里。骡马集中在院落中,卸下货物,搬到室内收藏起来。太太小姐们被招待在富丽堂皇的云石大厅中,仿佛是一座百花齐放、百鸟争鸣的大花园;大家喜笑颜开,说的说,笑的笑,快快乐乐地过到正午,仆人摆出丰盛的筵席,招待客人;大家吃饱喝足,洒了蔷薇水,熏过乳香,男男女女才尽欢而散。

商人们向阿里·密斯里告辞,带着妻室回到自己家中,对阿里·密斯里的富豪派头念念不忘,十分羡慕,谁都乐意奉承他,因此各尽所能,争相预备厚礼馈赠。他们的妻室也勾心斗角,准备礼物送给阿里·密斯里的老婆。就在那天之内,阿里·密斯里收到的礼物,有女郎、男仆、婢女、粮食、糖果等各式各样的东西,真是应有尽有,指不胜屈。那位房主人尤其热心,始终陪随着阿里·密斯里,不遗余力地帮忙、收拾布置。后来他向阿里·密斯里建议:"叫仆人们都把牲口拉到厩中关起来,让他们休息吧。"

"不必了,今晚他们就要动身回去。"阿里·密斯里说着,吩咐他们晚上起程回家。仆人们遵循命令,赶着牲口去到郊外,随即一个个飞向空中,一哄而散。

阿里·密斯里留房主人住了三天,殷勤招待,表示感谢。待房主人告辞走了,他才有工夫和自己的妻子谈心,亲切地安慰她,问道:"自从我离家之后,你们是怎样生活的? 碰到什么艰难困苦没有?"妻子把饥寒交迫,挨冻受饿的苦难生活叙述了一遍。他听了说道:"赞美安拉,你们平安无恙,不曾冻死饿死。告诉我吧,你们是怎么到这儿来的?"

"昨夜里我和孩子都睡熟了,可是不知不觉间,有人把我母子抬起来,不停地在空中飞行;飞着飞着,最后落在有阿拉伯帐篷的地方,那里有驮着驮子的骆驼和两乘大驼轿,周围站满婢仆、侍从。我问他们:'你们是什么人? 这是谁的货物?''我们是商人阿里·密斯里的奴婢,'他们说,'我们奉命来接你们,准备送你们上巴格达去。'我问道:'上巴格达去的路程远不远?''不远,'他们说,'一夜就到了。'于是让我们母子坐在驼轿里,动身起程,行了一夜,第二天就到这儿和你见面,一路平安,没有感到丝毫艰难困苦。"

"谁给你们的这些衣服？"

"商队的那位头目打开一驮货物的箱子，取出几套衣服，给我们母子每人一套，然后关锁起来，把钥匙递给我，嘱咐道：'好生收起来，往后交给你丈夫吧。'咦，钥匙在这儿，给你。"

"你还认识装衣服的那个箱子吗？"

"我认识。"

阿里·密斯里带老婆去到装货物的房中，指那些箱笼给她看。她仔细端详，指着其中的一个说道："咦！这就是装衣服的那个箱子。"

阿里·密斯里打开箱子，发现里面全是名贵的服装，还有其他箱笼的全套钥匙。于是他取了出来，顺序一个个开了所有的箱笼，细细致致地观看那些无比名贵的、为一般帝王所梦想不到的奇珍异宝。继而他原样关锁起来，带着钥匙，和妻子一起回到大厅中，怡然自得地说道："这是安拉赏赐的恩惠。"于是他又走到有钉子的那块云石面前，一按钉子，开门进去，指储藏在室中的金子给妻子看。她看了问道："哪儿来的这许多金子？"

"这是从安拉的恩惠中得来的。当日我离开家，走投无路，漫无目的地走着，一直去到布拉格，那儿有船要开往底睦亚图，便糊里糊涂搭船旅行到底睦亚图；在那儿碰到先父的一位旧交，蒙他招待、留宿，问我预备上哪儿去。我告诉他打算上大马士革去拜访亲戚……"他把别后的经过，从头到尾，详详细细地叙述了一遍。老婆听了，说道："这全是父亲临终时替你向安拉祈祷的结果。当日他说：'我祈望安拉保佑你，万一遭遇患难，望安拉在短期内救拔、指引你出路。'赞美安拉，他救拔了你，补偿了你的损失。指安拉起誓，从今以后，你断绝那些浪子朋友，随时随地虚心惧怕安拉，踏踏实实做人吧。"

"我接受你的劝告，希望安拉保护我不再跟那般逍遥浪荡的人们结交往来，从此洗心做人，虔心诚意地畏惧安拉，认真遵循穆圣的命令和禁忌。"

阿里·密斯里开始过快乐幸福生活,在热闹市区开设一间铺子,带着儿子和仆人,经营珠宝生意,成为巴格达城中最富豪的巨商。日子久了,他的名声传到宫中,国王派大臣去请他。大臣去到他铺中,对他说:"国王召见你;你遵命进宫去一趟吧。"

"听明白了,遵命就是。"阿里·密斯里受宠若惊,诚惶诚恐地预备了四个红金匣子,盛满世间罕有的珍珠、宝石,带在身边,随大臣去到宫中,跪在国王面前,吻了地面,极其能事地赞颂祝福,愿他荣华富贵,三呼万寿无疆。国王听了,怡然自得,说道:"客商,敝国为你的光临而感到慰藉、荣幸。"

"陛下,小民带来一些薄礼,奉敬主上,祈望主上收下吧。"

他说着双手奉上金匣,国王打开一看,里面全是他所没有而价值一库银子的奇珍异宝,因而喜不自胜,说道:"客商,你的礼物我接受了,若是安拉愿意,我要以等价的礼物酬谢你。"

阿里·密斯里感到无限高兴快乐,亲切地吻了国王的手,然后告辞回家。他走后,国王召集文武官员,把那批珍贵的礼物给他们欣赏,说道:"爱卿们,告诉我吧!来向公主求婚的王子到底有多少?"

"来向公主求婚的王公,数目可多了。"

"他们有谁送我这样名贵的礼物吗?"

"不,这可没有;因为他们谁也没有这样名贵的宝物。"

"我有意招这位商人为驸马,把公主匹配给他为妻,你们有何高见?"

"按照主上的主张行事,不会有错。"文武官员同声赞成。

国王欣然吩咐侍从带着四匣珍贵礼物,随驾回到后宫,和王后见面言欢,打开四匣奇珍异宝给她欣赏。王后看了这些无比珍贵的宝物,赞不绝口,问道:"这是哪位国王送来的?他也许是向公主求婚的那些王公中的一个王子吧?"

"不,这是一个到巴格达来经营生意的埃及商人送给我的。我听了他的名声,派大臣请他进宫来,希望和他结交往来,打算买他的一些珠宝,给公主作为妆奁。他应邀来朝,随身带来这四匣稀有的名贵礼物。他是一个聪明、活泼、伶俐的漂亮青年,跟一般王孙公子没有多少差别。一见面,他给我留下很好的印象;我感到无限的高兴、快慰,愿意招他为驸马。我曾把他的礼物给文武朝臣欣赏,征求他们的意见,大家都说向公主求婚的王孙公子虽多,可是谁也没送过这样名贵的宝物。我对他们说:'我打算招他为驸马,把公主匹配给他为妻,你们有何高见?'他们都说:'按照主上的主张行事,不会有错。'关于这桩婚事,你的意见如何?"

"事情掌握在安拉和你的手里;只要主上认为可以,这就行了。"

"对,若是安拉愿意,我只能把公主匹配给这个青年为妻。"

次日早朝,国王下令召阿里·密斯里和巴格达城中的商人进宫,请他们坐下,宣布要招阿里·密斯里为驸马的消息,并即时请来法官,吩咐道:"你为公主和阿里·密斯里订婚,替他们写下婚书吧。"阿里·密斯里听了,立刻站起来,说道:"请饶恕吧,主上;像我这样一个生意人,实在是不配当驸马的。"

"我决心招你为驸马,并委你担任宰相职位。"说罢,立刻赐他一袭宫服,叫他穿戴起来,拜他为相。阿里·密斯里坐在宰相席上,奏道:"主上,承蒙陛下赐官封爵,臣不胜荣幸之至;敢请陛下准臣再进一言。"

"有何建议?你只管说吧。"

"陛下既已宣布要替公主成婚,臣有一子,请主上招他为驸马;不知主上以为如何?"

"你有儿子吗?"

"不错,有一个儿子。"

"快打发人去接他来吧。"

"听明白了,遵命就是。"

阿里·密斯里的儿子奉命来到宫中,跪在国王面前,吻了地面,然后彬彬有礼、毕恭毕敬地站在一旁。国王见他容貌不凡,年方十四，一表英俊人才，生得标致漂亮，比公主有过之无不及，心中暗自高兴，问道："孩子，你叫什么名字？"

"我叫哈桑。"

国王高兴、满意，决心招哈桑为驸马，把公主何丝妮莩珠德匹配给他为妻，命法官写下婚书，隆重地举行订婚仪式，文武官员和商人们齐聚一堂，举杯祝贺，痛饮之后，才尽欢而散。

阿里·密斯里一跃而为宰相，商界的朋友们，随他回到府中，热烈庆贺。待客人散了，他衣冠楚楚，去见老婆。老婆见他身穿宫服，头戴官帽，感到惊讶，问道："这是怎么一回事呀？"他把事情的经过从头到尾，详细叙述一遍，最后说道："国王要招我们的儿子哈桑为驸马，把公主匹配给他为妻，已经订过婚了。"老婆听了，欢喜若狂，夫妻快乐如意，舒舒服服地过了一夜。

次日清晨，阿里·密斯里进宫执行宰相任务；国王十分器重他，让他坐在御前，亲切地和他谈话，说道："爱卿，我打算早日给公主和令郎料理婚事，不知你的意思如何？"

"陛下认为早日料理好，那自然是对的。"

于是择日举行婚礼，宫中张灯结彩，并下令装饰城郭，整整热闹欢庆了三十天。王后百般喜欢驸马，爱如掌上明珠，对宰相夫人也格外客气，亲如姊妹。国王对驸马表示厚爱、优待，动工建筑一幢堂皇的宫殿供他和公主居住，哈桑之母陪儿子夫妇同住一晌，才回相府。王后看他母子难分难舍，向国王建议："主上，哈桑他母亲不能撇开宰相，同儿子住在一起，也不可能为照顾宰相而丢着儿子不管；这得给她母子想个两全其美的办法才对。"

"不错，你想得周到。"于是下令在王宫附近，动工在短期内建筑一幢宫殿，供宰相夫妇居住。从此王宫和其余两幢新建的宫室，鼎足矗立在一起，国王有事要和宰相商量，夜里可以步行过去，或者打个招呼，宰相马上就到御前；同样哈桑夫妇跟他们父母之间，朝夕与共，彼此往来，见面也很方便；大家就这样过着舒服、快乐的幸福生活。

时光催人老，不知不觉也就过了许多年头。国王年迈体衰，久病不起，自知大去之日已近，便召集文武朝臣，对他们说："我的疾病日益加重，这恐怕是不治之疾，因此请你们来商议善后。你们有什么好办法，提出来大家商议吧。"

"关于哪方面的事情需要商议？请主上吩咐吧。"

"我现在已经年迈力衰，身染疾病，唯恐我身后国家会遭敌人侵袭，因此请你们前来商议继承问题，希望你们趁我在世之日，大家同心协力，一致选出继承王位之人，好让我把国家大事交代给他，了却一桩心愿，同时你们大家也好安安心心地辅佐他。"

"我们一致推选驸马继承王位，因为他聪明、智慧，做事精明强干，国家的大小事情，他都洞悉；宫中尊卑、长幼的疾苦，他都清楚明白。"

"你们全都愿意吗？"

"是，我们都愿意。"

"也许在我面前，碍于情面，你们才这样说吧；可是背地里恐怕你们就有意见了。"

"指安拉起誓，我们的意见，口腹一致，再也不会改变的。我们推选驸马继承王位，这完全是出自我们的心愿。"

"既是这样，那么明天召集法官和朝中文武官员到这儿来，隆重地举行继位典礼吧。"

"听明白了，遵命就是。"

朝臣们唯命是听，同声应诺着告辞出宫，从事准备，通知文武官员和城中士绅，前去参加继承王位大典。

次日，文武官员和士绅们整冠去到宫中，推代表先去请示，得了国王允许，这才全体入见，毕恭毕敬地站在御前，向他祝福，说道："主上，我们应召，全都到齐了。"

"巴格达的官绅们，告诉我吧：今后你们愿意谁来继承王位？趁我在世之日，好把国家大事交代给他。"

“我们已经同意驸马继承王位了。”

“既然如此，你们去请驸马到这儿来吧。”

文武官员和士绅们遵循命令，一起去到哈桑宫中，对他说：“来吧，跟我们一起往宫中见国王去。”

“为什么要见国王呢？”

“为了一桩对你和我们都有利益的事情。”

哈桑随文武官员和士绅们去到宫中，跪在国王面前吻了地面。国王吩咐道：“儿啊，你坐下来吧。”哈桑遵命坐下，国王接着说道：“哈桑我儿，文武官员和士绅们一致同意你来继承王位；现在我打算趁我在世之日，举行继位典礼，好把国家大事交给你负责掌管，俾国家能够长治久安，不至发生意外。”

“父王啊，”哈桑毕恭毕敬地站起来，跪下去吻了地面说，“朝中文武官员，有的年纪比我长，有的能力比我强，我还年轻，没有经验阅历，论哪方面都不够资格继承王位，恳求父王原谅我，另选贤能吧。”

“我们只是看中你；请你继承王位做我们的国王吧。”朝臣和士绅们齐声说。

“家父比我年长，我和他是一样的，我不该走在他前面，你们选他继承王位吧。”

“不，我只赞成同僚们的意见。”宰相阿里·密斯里说，“朝臣和士绅们既然看中你，一致同意你继承王位，你就不该违背国王的命令，辜负朝臣和士绅们的期望才对。”

宰相阿里·密斯里的一席话，说得哈桑面有愧色，低头不语。国王趁机问道：“官绅们，你们愿意哈桑继承王位吗？”

“是啊，我们都愿意他继承王位。”

朝臣和绅士们同声回答，一齐朗诵《古兰经》首章七遍，国王这才吩咐法官：“你把刚才朝臣们推选驸马继承王位，登极为王的决议记录下来，作为合法的证件。”法官遵照命令，写下证明，老王在证件上签了字，然后率领文武百官和众士绅，举行登极仪式。哈桑坐在宝座上，朝臣们顺序过去吻他的手,表示竭诚拥护、爱戴;于是他正式宣布掌握政权,临朝视政,封赠朝臣,大赦天下;继而又前往内宫,谒见老王,亲切地吻他的手,衷心感谢王恩。老王喜不自胜,嘱咐道:"儿啊,今后你掌握国家大事,执行职务,事无大小,必须随时畏惧安拉。"

"凭着父王的祈祷、关怀,愿安拉冥冥中助我成功、胜利。"

哈桑回到自己家中,和母亲、妻子、家人见面言欢,人人眉开眼笑,欢天喜地祝贺他,吻他的手,说道:"今天是最吉利的日子呢。"继而他前往相府,拜望父亲,于是相府中响起一片欢呼、庆祝之声。宰相阿里·密斯里高兴快乐,怡然自得,谆谆嘱咐他必须畏惧安拉,爱民如子。

哈桑欢欢喜喜,舒舒服服,安然高枕睡了一夜,次日清晨,做过晨祷,然后升朝听政,受群臣朝拜,坐在宝座上,发号施令,埋头处理国家大事,替庶民排难解纷,命人行善,禁人作恶,整整辛苦了一天。傍晚退朝后,前往后宫看望老王,见他气息奄奄,疲弱不堪,说道:"父王保重,这不要紧,御体会复原的。"

老王睁眼一看,说道:"哈桑我儿,我快要死了,你的妻室和她母亲,我把她们都托付给你。你须要敬畏安拉,孝顺父母,关心国家大事。你要知道:是安拉教我们做人公正,从善如流的啊。"

"听明白了,遵命就是。"

哈桑毕恭毕敬地聆听老王的嘱咐,并躬身侍候晨昏;继续守了三日,老王才驾崩,全国举哀,隆重地举行殡葬,并设坛追祭了四十天。

哈桑自从登极为王之后,兢兢业业,治国有方,经验丰富,博得庶民拥护爱戴。他父亲阿里·密斯里继续做右丞相,并另选一位贤能任左丞相;父子群策群力,任劳任怨,因此在他当政期间,一直国泰民安。

在漫长的日子里,国王哈桑的三个子嗣逐渐成长,精明强干,有他父亲之风。后来国王哈桑百年归终,他的儿子继承王位,执掌国家大事,与民同乐,过舒适、快乐的幸福生活,直至白发千古。

哈只和老妇的故事

　　相传从前有个朝觐归来的哈只①,在旅途中打尖时,睡了一觉醒来,同路的哈只们都走光了,只剩他一个人落后。没奈何,他鼓起勇气,孤单寂寞地在漫长的旅途上跋涉。他迈步一直向前,走了很远的路程,结果走错了路,迷失了方向。在荒郊野外,只见一个老妇人站在帐篷门前,还有一条狗卧在地上。他赶忙趋前,向老妇人问好,并乞食充饥。

　　老妇人说:"你去那边山谷间捕几条蛇来,我烧烤出来给你吃。"

　　"我既不敢捕蛇,同样我也没吃过蛇。"

　　"你别怕!我带你一块儿去。"老妇人说着带哈只和狗去到谷中,捕了几条蛇,然后回到帐篷中,把蛇烧烤出来,给他当饭吃。

　　哈只怕饿坏身体,觉得非吃不可,于是只得硬着头皮吃烧蛇肉。他吃饱后,感到口渴,向老妇人要水喝。老妇人说:"那边有的是泉水,你自个儿去喝吧!"

　　哈只去到泉水边,掬水一尝,泉水苦得要命,简直咽不下去。可他口干舌燥,渴得无法忍受,认为非喝不可,于是硬着头皮喝苦水解渴。

　　哈只喝过水,回到帐篷中,对老妇人说:"老人家,你住在这个荒

---

①　伊斯兰教徒去麦加圣地朝觐的,被称为"哈只"。

无人烟的地方,嚼蛇肉充饥,喝苦泉解渴,过着孤单寂寞生活,这使我觉得奇怪极了。"

"那么你们那儿的生活是什么样儿呢?"

"我们家乡过的是丰衣足食的生活;住的房屋高大宽阔,吃的是肥肉和香甜的水果,饮用的水又甜又多,而且家畜成群,一般妇女妖娆、美丽,只有天堂中的仙女可以跟她们媲美。总之,那儿吃的住的喝的都是挺好的。"

"这些我都听懂了。请告诉我:你们那儿是不是有国王统治你们? 虐待你们? 在暴君的统治下,人们的生命财产是否受到威胁、掠夺? 他高兴的时候,是否随便把你们驱逐出境,叫你们无家可归?"

"自然啰,那样的事情有时是会发生的。"

"指安拉起誓,如此说来,在苛政下,你们那可口的饮食和美好的享受,只算得是饮鸩止渴吧。而我自己处在安宁、自由的环境里,虽然吃喝粗茶淡饭,倒觉得是有益于身体的补品哩。古人说得好:'对穆斯林来说,除了信仰之外,其他最大的恩惠只能是健康和安宁。'这种传说你可是不曾听见? 而所谓的这种恩惠,最大限度也只可能在公正廉明的贤君执政时期能够出现。因为古帝王们只希稍有威风,令人见而生畏,即可掌握政权,一统天下。可现在呢,一般帝王将相,总是企图自身具备无上的权威,江山才能坐得稳,因为现在的人和社会不像从前那样纯朴、简单了。人与人之间,尔虞我诈,残忍成性,相互咒骂;到处都是罪恶、耻辱,弄得人世间没有一块干净地方。在这种情况下,当政者如果优柔寡断而没有过人的威力,那毫无疑问,社会不知将糟糕、混乱到什么地步! 俗话说得好:'官虐庶民经百世,苍生相残不期年。'这话算是经验之谈。这是因为老百姓如果道德败坏,散漫、作恶成性,安拉会差遣更残酷的暴君来管辖、统治他们。这种事例,从史传中是可以找到的。相传从前汉昭祝·本·郁稣福执政期间,有人上书奏议,书中有'你当畏惧安拉,不可任意虐待百姓'等警句。他读了感到既愤恨又生气,匆匆走上讲坛,凭他能言善辩的三寸不烂之舌,大发牢骚,长篇阔论地讲了一通,最后说道:'庶民们!安拉派我做你们的君王,管理你们的事情;你们必须循规蹈矩地做人,否则,即使我死掉,你们的反抗行为,也难免要受惩治的。因为像我这样的人,安拉创造了很多的;老实说,我可算不得是最权威、最暴横的人。其实,继往开来,比我更暴虐、更权威的,还大有人在。诗人吟得好:

> 宇宙间存在一种权力,
> 安拉的权力却高于一切。
> 人世间发生一桩冤枉事件,
> 便有同样的报应。'

一言以蔽之,苛政是可怕的,只有公道才能济世救人。但愿安拉改善我们的环境,洗涤众生的心地。”

哈只听了老妇之言,非常感佩,于是二人相对痛哭流涕。

陶望督督和学者答辩的故事

相传从前巴格达城中有个很有名望地位的大商人，他的财货、产业很多，丰衣足食，过着舒适幸福生活，可是美中不足，膝下没有子嗣。日子一天天消逝，经过漫长的岁月，商人依然如故，还是没儿没女的。光阴荏苒，不知不觉间，商人已经过到年迈气衰、腰弓背驼的晚年阶段，眼看自己没有香火后代，大批财产无人继承，将来百年归天之后，连祭祀扫墓的人也没有一个，因而惴惴不安，忧心如焚，恐怖到极点。这时候他把最后的希望寄托在安拉身上，虔心虔意地祈祷，发下誓愿，并躬身立行，白天持斋，夜间祷告，经常拜访虔诚、笃实的信徒。这样过了没有多久，他的诚心和哀求感动安拉，祈求得到应答，他的妻妾中，有一人终于身怀有孕。妊娠期满，生下一个月华般可爱的男孩。

商人老年得子，宿愿已偿，爱如掌上明珠。为了感谢安拉，他赶忙还愿，既广施博济，又赏一般鳏寡孤独的人衣服穿。儿子诞生后的第七天，给他取名艾补·哈桑，并指派奶娘、保姆哺乳、侍奉他。在父母无微不至的关怀和成群的婢仆周到照顾之下，艾补·哈桑逐渐长大，开始读书写字，循序渐进地学习《古兰经》、教义、诗文、数射和处世接物的知识本领。到了成年之时，终于成为一个饱学之士。由于他造诣高深，学识渊博，兼之人生得标致漂亮，成为当代独一无二的人物，因而在人前慢步大摇大摆，显出矜骄、傲慢的形态。尤其凭他

那惹人眼目而众口夸赞的玫瑰腮、闪光额、褐鬈毛,他越发抑制不住傲岸情绪。情况正如诗人的写照:

> 白嫩的腮颊上长出春草似的鬈发,
> 蔷薇何以在春后独自开花?
> 莫非你不见他腮颊上茂盛的花草、树行?
> 显然是盛开在绿叶上的紫罗兰。

　　从艾补·哈桑诞生之日起,他父亲便感到说不出的高兴快慰,觉得人生乐趣无穷,父子过着极其舒适、快乐的幸福生活,直至儿子长大成人,他自己也活到日薄西山之时,才把艾补·哈桑唤到身边,嘱托后事,说道:"儿啊! 为父活到今天,眼看大去之日已近,快要与世长别了。除了准备去见伟大的安拉,别的念头没有。今生我给你遗下的钱财货物、田产地业,足够你和你的子孙好几代享用。你要本着畏惧安拉的心情,恰当地使用这份遗产,不可浪费无度。在交际方面,除了对你有帮助的仁人君子,切不可乱交朋友!"

　　艾补·哈桑的父亲语重心长地嘱咐儿子之后,没有多久便一命呜呼,瞑目长逝。艾补·哈桑尽为子之道,大办丧事,慎重其事地安葬了父亲,然后待在家中,居丧守孝。可是刚过了几天,就有朋友去找他,安慰他说:"令尊大人有你这样的子嗣,他虽死犹生;过了的事,总是一去不复返的;守孝是娘儿们的事呀……"他们花言巧语地劝慰他,陪他上澡堂去沐浴,有说有讲地替他消愁解闷。

　　艾补·哈桑在朋友们的包围、怂恿下,终于把父亲的遗嘱忘得一干二净。他恃钱无恐,头脑被财产冲昏,满以为幸运长期跟随着他,金钱一辈子也用不完,于是他大吃大喝,每餐非鸡肉不吃,非醇酒不喝;终日寻欢作乐,足迹遍歌舞娱乐场所;衣食费用毫无节制,挥金如土,一直过着骄奢淫逸生活;结果他坐吃山空,没有几年工夫,便倾家荡产,一贫如洗;他父亲遗下的全部财产,除了一个婢女外,其他一无所存。那婢女窈窕、美丽、聪明、活泼、伶俐,而且学有专长,博学多能;像她那样才貌兼备的女流,当时是绝无仅有的,因此她以学富貌美著称。她的身段高矮胖瘦适中,形貌雍容华贵:像八月中旬的明月那样闪光的前额下面,镶着两道弯曲细长的眉毛,一双羚羊眼似的眼睛,一个剑刃似的鼻子,一对白头翁一样红润的腮颊,一口珍珠般均匀整齐的牙齿,一张所罗门印章式的小嘴;兼之她口才伶俐,能言善道,爱整洁,长于装饰打扮,因而天生的丽质,显得越发美丽可爱。她很年轻,仅仅是九五一十四的妙龄少女,体态苗条轻盈,皮肉光滑细腻,似乎是透明的水晶体;她的美态使见者彷徨、迷离;她的睥睨有如锐利的箭矢;一言以蔽之,她有闭月羞花之美,诗人们对她曾做如下的描绘:

一

她一出现,美丽的体态令人陶醉,
她一回避,离愁就能致人于死命。
她像招展的花枝,也像光明的日月星辰,
性格里不存在丝毫残忍、冷淡的气息。
她的衬衣下面藏着一座乐园,
满圆的月亮绕着她的项圈循环。

二

二五加四的一位妙龄少女,
好似晴空中满圆的一轮明月。
为她发狂可不是我的罪行,
因为是她的倩影初次出现。

三

她身上喷出檀香、麝香的芬芳气味,
同样还闪烁着金、银和玫瑰的灿烂光线,

显然是园圃中的花魁或颈饰上的珍珠宝贝，
或者称她为庙堂中的神仙也当之无愧。
她的苗条腰肢劝她说:"你起来走一走!"
肥硕的臀部却反对说:"不必起行;要走动,须
　　　　　　　　　轻脚慢步地缓行。"
我向她谈情说爱,
她的美丽鼓励她说:"慷慨、大度些!"
她的风情却阻止她说:"不用考虑,
　　　　　　　　　断然拒绝。"
赋予她美丽的安拉应受赞颂、感激,
但钟情她的人所获得的却是喋喋不休的怨言。

艾补·哈桑破产后,穷如水洗,处境非常恶劣,身边仅剩那个婢女陪他受苦,没有吃的喝的,整整饿了三天肚子,也睡不着觉。婢女望着可怜,建议说:"少爷,你带我上皇宫去求见哈里发何鲁纳·拉施德,以一万金的身价把我卖给他吧。如果他嫌贵,你可以对他说:'我这个婢女的身价应该比一万金更多些,因为她的才貌是无人可以媲美的,她是最适于侍奉陛下的。陛下可以当面试验,便知她的身价是可增而不可减的。'老实说,当今能同我比拟的人是找不到的,所以非得到我规定的这个数值,你可别轻易出卖我。"

艾补·哈桑先前不知道婢女原是个绝代的才女佳人,不得已,只好接受她的建议,果然带她进宫去求见哈里发何鲁纳·拉施德,按她所吩咐的说了一遍。哈里发听了,转向婢女,问道:"你叫什么名字?"

"我叫陶望督督。"

"你精通什么学艺?"

"给主上回:学术方面,举凡语法、诗韵、修辞、圣训、圣经注释、文学、法学、医学、哲学、神学、算术、几何、测量、历史、伦理、音乐、舞蹈等学艺我都懂得;我能背诵《古兰经》,熟悉它的七种读法;全部

《古兰经》的字数、句数、节数、篇数、降经的原因、降在麦加与麦地那的篇名和数目、废除的字句以及全经二分之一、四分之一、八分之一的比例等，我都了如指掌。圣训方面，我知道传述者的姓名、传述者的秩序，并识别其中的真伪；此外我爱吟诗作赋，善于弹唱歌舞，熟悉音阶、音符和曲调；因此每当我熏沐打扮起来弹唱歌舞之时，颇能引人入胜，博得众口赞赏。总而言之，我在学术方面的造诣，远非一般学士艺人可以望尘。"

哈里发何鲁纳·拉施德听了陶望督督的一席话，眼看这么年轻的小姑娘，居然如此能说善道，不禁衷心感佩，毅然回头对她的主人说："她既然如此博学多能，让我招人提出问题来试验她。如果她真能回答，我就把她的身价加倍兑给你；否则，你还是带她回去，留着自己用吧。"

"听明白了，遵命就是。"艾补·哈桑欣然赞同哈里发的意见。

哈里发何鲁纳·拉施德即时写信给巴士拉的执政官，吩咐他派当时称雄文坛而以精通语法、修辞、辩论闻名的伊补拉欣·本·赛亚尔，率领一班对朗诵、医理、天文、几何、哲学修养有素的学者，前来京城听令。

伊补拉欣·本·赛亚尔率领一班饱学之士，茫然不知有何公干，诚惶诚恐，星夜赶到巴格达，进宫谒见哈里发何鲁纳·拉施德，听候他的吩咐。哈里发让他们坐下，然后吩咐带陶望督督来见他们。

陶望督督奉命来到大庭广众中，笑容可掬地向哈里发和在坐的学者请安、问好，随即坐在为她设置的金交椅上，然后从容大方地说道："众穆民的领袖啊！让到场的学者们考我吧。"

哈里发听了陶望督督的催促，回头对学者们说："这个姑娘宣称她对各种学艺有高深的造诣，因此我找你们来当面试验她，以便证明她所说的到底是不是事实。"

"众穆民的领袖，听明白了，我们唯陛下的命令是听。"学者们异口同声地回答哈里发。

陶望督督低头静默一会儿，说道："请问你们中谁是法学、圣训和朗诵方面的学艺大师？"

"我就是。"有一位学者回答她。

"有什么问题？你只管提吧！"

"你读过圣经，对它的意义颇有研究。是吗？"

"不错。"

"那我就从天命、圣行方面来提几个问题。小姑娘，告诉我吧：谁是你的主宰？谁是你的圣人？谁是你的引导者？谁是你的弟兄？何处是你的方向？什么是你的方法？什么是你的大道？"

"安拉是我的主宰，穆罕默德是我的圣人，《古兰经》是我的指导者，穆民是我的弟兄，麦加的圣寺是我的方向，行善是我的方法，圣行是我的大道。"

"你是凭什么认识安拉的？"

"理解力。"

"何谓理解力？"

"理解力分为：（1）固有的，（2）人为的两种。固有的理解力是安拉赋予奴婢的；人为的理解力是奴婢根据经验、学习获得的。"

"理解力在人身的什么地方？"

"理解力产生在心田里，逐渐伸长并固定在脑海里。"

"你是凭什么认识圣人的？"

"凭圣经、征兆、证据和奇迹。"

"告诉我吧：所谓天赋的义务和固定的法则所指的是什么？"

"天赋的义务所指的是穆斯林应该遵守的五种天命：（1）念《作证词》——安拉是唯一的，穆罕默德是他的使徒，（2）每天礼拜五次，（3）每年斋戒一个月，（4）生活富裕者济弱扶危，（5）在经济、健康许可的范围内去麦加朝觐。至于固定的法则，那是指昼、夜、日、月而言。它们孕育出人们的生命、理想和希望，但人们却不知道它们同时还摧毁着人们的寿命。"

"信仰的特征是什么？"

"礼拜，施舍，斋戒，朝觐，打保卫战，避免违法行为。"

"你是根据什么做礼拜的？"

"对主宰的信仰和奴婢的意念。"

"礼拜必须做的是什么？"

"小净①，遮羞，穿干净衣裤，在洁净的地方，面向麦加圣寺，站立和赞颂。"

"你是凭什么出去做礼拜的？"

"凭奴婢的意念。"

"你是凭什么意念进清真寺的？"

"凭服侍的意念。"

"你是根据什么面向麦加圣寺的？"

"根据天命和圣行。"

"礼拜是从哪里开始的？ 到何阶段结束？"

"从盥洗起至念赞词'安拉最伟大'为开始，至仪式毕最末致祝词为结束。"

"故意不做礼拜的人应受什么处分？"

"按圣训的说法，故意不做礼拜的人，即不是真正的穆斯林。"

"礼拜到底是怎么一回事情？"

"礼拜是安拉与信徒之间的一种联系，是天赋的义务，是伊斯兰教的基础。对信徒来说，它起着十项特殊作用：(1)使人的心地光明，(2)使人的眉眼开朗，(3)博得安拉的喜悦，(4)引起魔鬼的恼恨，(5)抵御横祸，(6)防护敌人的暗算，(7)博取同情、怜悯，(8)防止复仇、责难，(9)缩短安拉与信徒间的距离，(10)遏制淫荡、刚愎心情。"

---

① 穆斯林做礼拜前，必先洗脸，洗手、脚，洗肛门、阴户或阴茎。一般称这种洗法为"小净"。

"如果把礼拜比喻为锁,它的钥匙是什么?"

"小净。"

"小净的钥匙是什么呢?"

"念安拉的大名。"

"念大名的钥匙是什么呢?"

"信心。"

"信心的钥匙是什么呢?"

"信任。"

"信任的钥匙是什么呢?"

"希望。"

"希望的钥匙是什么?"

"服从。"

"服从的钥匙是什么?"

"承认安拉是唯一的主宰。"

"什么是小净的天命和圣行。"

"按沙斐尔派穆罕默德·本·伊德律斯大师的说法,小净的天命计六件:(1)立意①,(2)洗脸,(3)摸湿部分头发,(4)洗手至手肘,(5)洗脚至踝骨,(6)洗时按自上而下、自右至左的秩序进行。它的圣行计十件:(1)念安拉的大名,(2)先洗手,(3)漱口,(4)灌鼻,(5)摸湿全部头发,(6)摸湿耳壳的内面和外面,(7)以指疏松稠密的胡须,(8)搓洗指丫和趾丫,(9)先右后左,(10)每部位洗三次而不中断。洗毕念《作证词》:我证明安拉是唯一的主宰,穆罕默德是他的使徒;继而念《祈祷词》:主啊:把我列入悔过和洁净者的行列吧! 赞美你,我主! 你是唯一的主宰;我诚心忏悔,恳求你饶恕我的过失。因为圣训说:小净后念作证词和祈祷词的,将来八座天堂门敞开,任他选择。"

---

① 阿拉伯文"念也图"一词的意思是,事先做思想准备。

"一个人预备小净时,天神和妖魔会对他做什么吗?"

"天神和妖魔分别从他的右边和左边赶来保卫和扰乱他。如果一开始他念安拉的大名,妖魔便落荒而逃,天神张起透明帐篷保护他;帐篷的四根绳索前各站一个天神,齐声替他祈祷。假若开始时他不念安拉的大名,天神离去,他被妖魔包围,直扰得他神志涣散、错误百出。圣训说:完备的小净既可驱逐妖魔,又能防止暴徒侵袭。"

"人睡醒后首先该做什么?"

"洗手。"

"什么是大净①的天命和圣行?"

"大净的天命是:(1)立意,(2)洗全身。它的圣行是:(1)先小净,(2)搓洗头发,(3)擦皮肤,(4)最后洗脚。"

"何谓代净? 它的原因、天命和圣行是什么?"

"在缺水或水少的情况下,以土代水做小净谓之代净。它的原因计七种:(1)缺水,(2)水不够分配,(3)留作饮料,(4)旅行期间迷失方向,(5)生病,(6)骨折,(7)创伤。它的天命计四件:(1)立意,(2)用土,(3)抹脸面,(4)抹手至手肘。它的圣行是:(1)念安拉的大名,(2)先右后左。"

"礼拜的先决条件是什么?"

"(1)身体洁净,(2)遮羞,(3)遵守时间,(4)对准方向,(5)在干净的地方。"

"什么是礼拜的实质和圣行?"

"礼拜的实质是:立意,念'安拉最伟大'的赞词,立正,朗诵《古兰经》,鞠躬,叩头,端坐,诵祈祷词,最后以祝福而告终。它的圣行是:招祷,立正,念'安拉最伟大'的赞词时举两手,诵《古兰经》第一章后继诵其他部分章节,动作与动作之间念'安拉最伟大'的赞词,念颂词和忏悔词。"

---

① 穆斯林在性交或遗精后,必须沐浴,谓之"大净"。

"什么东西应该课以捐税？"

"金、银、驼、牛、羊、小麦、大麦、黍、玉米、扁豆、豌豆、谷、葡萄干、枣等。"

"金的税率怎样规定？"

"金价不超过二十金币的免税,满定额者按四十分之一抽税,多者照比例类推。"

"银币和钞票的税率如何？"

"不足二百元的免税,满定额者抽五元,多者以此类推。"

"骆驼怎样抽法？"

"满五头者,抽牝羊一只;满二十五头者,抽怀胎的骆驼一头。"

"绵羊怎么抽法呢？"

"满四十只的抽一只。"

"谁应当斋戒？ 它的天命和圣行是什么？"

"除了月经期间和分娩的妇女,所有到法定年龄的穆斯林,都应该在见新月或听到确实消息的次日开始斋戒。它的天命是:立意,白天不吃喝,不性交,不呕吐。它的圣行是:在规定的最后时刻斋戒,太阳一落山即开斋,除正常言语外,不说长道短,随时赞颂并朗诵《古兰经》。"

"什么事物不损害斋诚？"

"抹油,点眼药,咽口液,误吞道途中的尘埃,梦遗,接见妇女,流血,刺皮放血等都不坏斋。"

"节日的礼拜是什么性质的？ 怎样礼法？"

"每年开斋节和牺牲节举行的两次礼拜,叫节日会礼,属于圣行范围;每次会礼都是两拜,不念招祷词。按沙斐尔派的教法,第一拜念'安拉最伟大'的赞词八遍,并举手八次;第二拜念五遍,并举手五次。"

"日蚀月蚀的时候该礼拜吗？ 怎么礼法？"

"日蚀月蚀时,都是礼两拜;不招祷,每拜立正两次,鞠躬两次,叩头两次,最后跪坐,念作证词和祝福词。"

"求雨的拜怎么礼?"

"求雨时是礼两拜;不招祷,领导礼拜的长者倒披斗篷,进行宣讲,并忏悔、祈祷。"

"附加的拜共几拜?"

"最少一拜,最多十一拜。"

"午前的拜共几拜?"

"最少两拜,最多十二拜。"

"静修属何范围? 它的条件是什么?"

"属于圣行范围。它的条件是:立意,非不得已时不轻易离开清真寺,不接触女人,斋戒,缄默。"

"什么人应该去麦加朝觐?"

"成年的、健康的、经济富裕的穆斯林,平生应该朝觐一次。"

"朝觐的天命是什么?"

"披戒衣,上尔勒法帖山待一些时候,环游圣寺,剃头或剪短头发。"

"受戒的天命是什么?"

"脱去衣履,只披不经裁缝的戒衣,不用香水等装饰品,不剃头,不剪指甲,不打猎杀生,不性交。"

"朝觐的圣行是什么?"

"诵《应招词》,到麦加后和离麦加前分别环游圣寺,在木兹德勒凡和米诺住宿,投石。"

"卫教战争的实质和圣行是什么?"

"卫教战争的实质是:(1)外有异教徒进攻,(2)内有领袖号召、领导,(3)充分准备粮草、武器,(4)临阵与敌人战斗。它的圣行是:激励士气。这是根据安拉的指示:'穆圣,你鼓励穆民起来抵抗吧'的教训而规定的。"

"生意买卖的天命和圣行是什么?"

"它的天命是：（1）卖方索价，买方还价，彼此议定价格成交，（2）不许借买卖重利盘剥。它的圣行是：议价后买方或卖方要毁约时，须在双方分手前当面提出意见。这是因为圣训说：'议价后买卖的一方要取消交易时，须在与对方分手前提出意见。'"

"生意场中什么东西不得交换、买卖？"

"根据圣训，不许生意人把干枣当鲜枣、鲜无花果当干无花果、肉干当鲜肉、乳酪当奶油买卖或互相交换；总之凡同类而不同性质的食物，都在禁止交换、买卖之列。"

法学大师听了陶望督督的回答，知道她非常聪明、伶俐、机警；对法学、圣训、圣经注释和其他学科的知识尤其渊博，衷心感到钦佩；可他不服气，暗自说："在哈里发面前，我非提出难题压倒她不可。"于是继续提出问题，问道：

"从语言方面解释，'小净'一词的意义如何？"

"它在语言方面包含洁净、弃污的意思。"

"'礼拜'一词呢？"

"求好的意思。"

"'斋戒'一词呢？"

"节制的意思。"

"'大净'一词呢？"

"洗净、涤罪的意思。"

"'捐税'一词呢？"

"增加的意思。"

"'朝觐'一词呢？"

"拜访、谒见的意思。"

"'卫教战争'一词呢？"

"抵抗的意思。"

至此,学者感到词穷,再提不出问题的时候,便站起来,说道:"众穆民的领袖啊,我证明这位姑娘的法学知识,比我更丰富更渊博呢。"

　　陶望督督说道:"如果你真是一位学者,让我提几个问题,你即时回答吧!"

　　"好的,你问吧!"法学大师同意陶望督督的提议。

　　"如果把伊斯兰教比为树木,它的正干是什么?"

　　"它的正干计十件:(1)读《作证词》,它是信仰,(2)礼拜,它是契约,(3)捐课,它是纯净,(4)斋戒,它是遮蔽、保护,(5)朝觐,它是法令,(6)卫教战争,它是尽职,(7)与(8)劝善与禁恶,它是荣誉,(9)交际,它是友好,(10)求学,它是康庄的道路。"

　　"它的根子是什么呢?"

　　"它的根子有四种:(1)信仰笃实,(2)意志坚定,(3)遵守约法,(4)履行诺言。"

　　"还剩最后一个问题,如果你回答不出来,我就扒你的衣服。"

　　"可以的,你问吧!"

　　"伊斯兰教的旁枝是什么?"

　　学者沉默一会儿,无言对答。陶望督督说道:"快脱下你的衣服,让我解释给你听吧!"

　　哈里发说道:"你先解释吧!我会脱他的衣服给你呢。"

　　陶望督督解释道:"它的旁枝共二十二件:(1)严格遵循圣经,(2)效法穆圣,(3)戒行凶作恶,(4)吃合法的饮食,(5)杜绝非分财物与不法行为,(6)纠正错误言行,(7)忏悔,(8)学习宗教知识,(9)敬爱先圣贤,(10)服从默示,(11)信任先知,(12)防止滋生叛教的心情和行为,(13)准备身后,(14)相信力量,(15)处顺境时宽恕别人,(16)处逆境时发愤图强,(17)逆来顺受,(18)认识安拉,(19)了解圣人的职责,(20)挫败妖魔的阴谋捣乱,(21)克制欲念和自私心情,(22)虔心虔意地膜拜安拉。"

哈里发何鲁纳·拉施德听了陶望督督的解释,吩咐法学家脱下他的衣服和缠头。法学家只好当着哈里发的面,怅然脱下缠头和衣服,终于被迫而狼狈退席。

法学家走后,另一位学者挺身而出,说道:"小姑娘,让我给你提几个问题吧!"

"你只管提。"陶望督督慨然同意。

"交易场中预购货物的正确条件是什么?"

"确定价格,确定品种,确定交货日期。"

"吃饮食的天命是什么?"

"承认饮食是安拉给予的,衷心感谢安拉的恩赏。"

"怎样感谢安拉的恩赏?"

"把安拉给予的恩赏按其用途充分利用。"

"吃饮食的圣行是什么?"

"念安拉的大名,洗手,跪坐在左脚的小腿上,用三个指头取食物,吃摆在自己面前的饮食。"

"吃饮食的礼节是什么?"

"不满口大嚼,少看同席的人。"

"心的支柱是什么? 它的反面又是什么?"

"心的支柱及其反面都是三件:(1)坚定信仰,它的反面是靠拢叛教徒,(2)坚持圣行,它的反面是崇尚异端,(3)循规蹈矩,它的反面是惹是生非。"

"小净的条件是什么?"

"(1)信仰伊斯兰教,(2)头脑清醒,能辨好坏,(3)用干净水,(4)在不影响健康或妨害宗教的情况下,这都是小净应具备的条件。"

"什么叫信仰?"

"信仰分为九种:(1)信安拉是膜拜的对象,(2)信自己是崇拜者,(3)信神圣的特性,(4)信死亡与复活,(5)信寿数,(6)信《古兰经》中停止执行的篇、章,(7)信经中被指为代替的篇、章,(8)信安拉、天神和圣人,(9)信命运,包括其中的好坏、甘苦诸方面。"

"三件事情损害了另外的三件事情。这是指的什么?"

"相传先贤肃夫亚·索律说过:'三件事情损坏另外的三件事情:(1)轻视虔诚者,损来世,(2)轻视君王者,毁其身,(3)浪费者,弃其财。'"

"天门是怎么开启的? 共有多少门?"

"《古兰经》说:'天敞开各道大门。'穆圣说:'除了创造宇宙的安拉,人是不知天门的数目的;不过人间一旦出生一人,天便为他敞开两道门:一道是给他降衣食的,另一道是收容他的功德的。第一道门到人死时关闭,第二道门待他的灵魂升天后关闭。'"

"何谓一物? 何谓半物? 何谓无物?"

"一个穆斯林谓之一物,一个伪君子谓之半物,一个邪教徒谓之无物。"

"人心有几类?"

"人心大别为五类:(1)健全的心,(2)疾病的心,(3)悔悟的心,(4)警惕的心,(5)光明的心。安拉的朋友圣亚伯拉罕的心是健全型的,邪教徒的心是疾病型的,虔诚者的心是悔悟型的,先知穆罕默德的心是警惕型的,穆斯林的心是光明型的。一般学者的心可分为三种:(1)贪恋红尘的心,(2)向往来世的心,(3)信仰诚笃的心。有人说:'心不外乎三种:(1)挂着的心,是属于邪教徒的;(2)不存在的心,是属于伪君子的;(3)坚定的心,是属于穆民的。'也有人把心分为:(1)凭信仰而开朗的心,(2)怕隔离而伤感的心,(3)为赏罚而恐惧的心等三种。"

"你说的对,"学者承认姑娘的回答正确,并表示词穷,不再提问题。陶望督督欣然转向哈里发,说道:"众穆民的领袖啊! 他考试我,已经到了无话可说的地步;现在该我提两个问题试验他了。如果他能回答,那就很好;否则,我要扒他的衣服呢。"

"什么问题？你只管提！"学者不等哈里发开口，便先表示意见。

"何谓信仰？"

"所谓信仰是口头承认，内心默认，并见诸行动。穆圣说过：'必须完成五桩事情，信仰才算完备：（1）信赖安拉，（2）委托安拉，（3）服从安拉的命令，（4）满意安拉的规定，（5）为安拉而做任何事情。'因为要敬爱安拉，为安拉而施舍并劝善禁恶的信徒，他的信仰才算完善的。"

"天命的天命是什么？居各个天命首位的天命是什么？各个天命所需求的天命是什么？包括各个天命的天命是什么？进入天命范围的圣行是什么？天命赖它而完成的圣行是什么？"

学者哑口无言对答。哈里发何鲁纳·拉施德吩咐陶望督督："你先解释吧！我会叫他脱衣服给你呢。"于是陶望督督解释道："天命的天命是认识安拉；居各个天命之首的天命是《作证词》——安拉是唯一的主宰，穆罕默德是他的使徒；各个天命所需的天命是小净；包括各个天命的天命是大净；进入天命范围的圣行是小净时搓洗指丫、趾丫和疏松稠密的胡须；天命赖它而完成的圣行是割礼。"

学者听了陶望督督的解释，知道自己浅薄，不得不服输，只好站起来，当哈里发的面说道："众穆民的领袖啊！我求安拉作证：这位姑娘的神学、法学知识比我渊博得多。"他说罢，自行脱下衣服，然后怅然被迫退席。

陶望督督看在座的学者一眼，问道："你们中谁是《古兰经》的朗诵兼语法、修辞大师？"

一位古兰经注兼朗诵家闻声站起来，走近陶望督督坐下，问道："你读过《古兰经》而懂得其意义吧？"

"不错，稍懂一点。"

"《古兰经》包罗多少章？多少节？多少句？多少字？朗诵时该叩头的地方有几处？提过多少圣人的姓名？提过哪些鸟虫？在麦加和麦地那两地各降几章？"

"总共包罗一百一十四章,降在麦加的计七十章,降在麦地那的计四十四章;全经计六千二百三十六节,七万九千四百三十九句,三十二万三千六百七十字;该叩头的地方计十四处,提到二十五位圣人的大名。他们是:亚当、诺亚、亚伯拉罕、以士马利、伊斯哈格、雅各、约瑟夫、以利沙、约拿、鲁颖、萨礼和、胡德、舒欧补、大卫、所罗门、祖勒·克夫尔、伊德律斯、以利亚斯、雅侯约、臧克里亚、约伯、摩西、亚伦、耶稣、穆罕默德。所提过的鸟虫是蚊子、蜜蜂、苍蝇、蚂蚁、戴胜鸟、乌鸦、蝗虫、燕鸟、蝙蝠等九种。"

"最著名的是哪章?"

"黄牛章。"

"最长的是哪节?"

"《阿也图库尔西》比较最长,总计五十句。"

"有一节经文总计九个句子,你能指出它吗?"

"经文'在创造天地、昼夜的不同与航行在海中对人类有益的船只……'这节便是。"

"着重谈公正的是哪节?"

"经文'安拉命令你们公道、行善、关怀亲戚骨肉,并禁止你们奸淫、为非作恶……'这节经文是着重谈公正的。"

"哪节经文的内容是谈贪婪的?"

"经文'难道他们中每个人都妄想进天堂吗?'这节经文的内容便是谈贪婪的。"

"哪节经文的内容是谈希望的?"

"经文'对那些作恶、犯罪的人说:不要绝望吧!安拉会饶恕你们,因为他是慈悲的、宽大的'这节便是谈希望的。"

"你是师承哪个学派朗诵《古兰经》的?"

"我学的是'艾赫禄勒·占乃图派';这学派的读法是最感人不过的。"

"哪节经文中谈到圣人受骗?"

"在'他们带着那件人为的血衣回来'这节经文中,谈到雅各受到约瑟夫的哥哥们的欺骗。"

"在哪节经文中异教徒说的是真话?"

"在'犹太教徒说:基督教算不得什么。同样地基督教徒说:犹太教算不得什么。他们都读圣经,彼此说的都是真话'这节经文中异教徒所说的都是真话。"

"在哪节经文中安拉提到他自己?"

"在'我创造人、神,以便他们尽膜释的天职'这节经文里安拉提到他自己。"

"在哪节经文中有天神的谈话?"

"在'我们颂扬你,我们赞美你'这节经文中。"

"对《求护词》中'求主保护我免受该驱逐的妖魔扰乱'一词,你的见解如何?"

"朗诵《古兰经》时,先读《求护词》是必需的,这有《古兰经》的明文为证。因为安拉说:'读《古兰经》时,求安拉保护你免遭该驱逐的妖魔扰乱吧'。"

"《求护词》的字眼有变换的地方吗?"

"《求护词》的字眼,读时因人而略有变易,但为数不多。比如有人说'求全听全知的安拉保佑我免遭该驱逐的妖魔扰乱',有人说'求权威的安拉保佑'等。其实最好的还是《古兰经》的原文,穆圣向来是沿用该原文的。据纳斐尔的父亲传述:'穆圣夜间礼拜时常说:"安拉最伟大,更多的感赞应归给安拉,因而我早晚赞颂安拉。"接着他又说:"求安拉保佑我免受该驱逐的妖魔扰乱、诱惑和危害"。'据伊本·阿巴斯传述:'天使伽百利第一次给穆圣送默示时,教他念《求护词》说:"穆罕默德,你说'求全听全知的安拉保佑我'吧!并说'奉至仁至慈的安拉之名'吧!继而你念'奉你那用精血创造人类之主的大名'吧。"

经注学家听了陶望督督的回答,非常钦佩她的辞令、口才、学问和特长,进而问道:"对'奉至仁至慈的安拉之名'这个句子,你的意见如何? 它是《古兰经》的原文吗?"

"不错,它是《蚂蚁章》中的一节;此外全部《古兰经》每章之首,都记载着这个句子;不过对这方面的看法,一般学者的见解是不同的。"

"为什么《忏悔章》的开头没有记载这个句子呢?"

"因为这章是为废除穆圣与多神教之间的协定而降示的;当时阿里·本·艾彼·塔里补奉命同多神教徒谈判,他当面向他们宣读默示,而故意删去'奉至仁至慈的安拉之名'这句经文的。"

"诵'奉至仁至慈的安拉之命'这句经文,有什么好处呢?"

"相传穆圣说过:'做任何事情,凡诵"奉至仁至慈的安拉之名"这句经文者,事情可望顺利进行'。又说:'凡在病人面前诵"奉至仁至慈的安拉之名"这句经文者,疾病可望迅速痊愈'。相传最高的一层天刚建造起来的时候,始终动荡不已,幸亏安拉把'奉至仁至慈的安拉之名'这句经文写在上面,它才镇静下来。相传'奉至仁至慈的安拉之名'这句经文降示之后,穆圣欣然说道:'从此对地陷、变形、溺水这三种横祸,我可是有保障了'。诵这句经文可得的福利多着呢,细谈起来,话就长了。"

"'奉至仁至慈的安拉之大名'这个句子的来源如何?"

"《古兰经》初降之时,他们写下'安拉啊! 凭你的大名开始。'到了降'你们称安拉或称至仁者吧! 你们随便称呼都一样,因为二者都是许多称誉中的一个'这段经文时,他们便写下:'奉至仁的安拉之大名。'在降'你们的主宰是独一无偶的,他是至仁至慈的'这段经文时,他们才写'奉至仁至慈的安拉之大名'这个句子呢。"

经注学家听了陶望督督的回答,十分钦佩,低头暗自说:"这的确是最稀奇古怪的事呢! 这个小丫头对'奉至仁至慈的安拉之大名'这个句子的原委,解释得多么确切、明白呀! 不过,指安拉起誓,我非想办法难住她不可,也许我能战胜她。"于是他继续提出问题,说道："小姑娘！告诉我吧:《古兰经》是一次降下来的呢,还是分批降下的?"

"那是忠实的伽百利天神,从安拉御前,把命令、禁令、诺言、警告、信息和例证等《古兰经》的内容,在二十年期间,根据当时的实际需要,分批送给最后一位先知穆罕默德的。"

"第一次降下来的是哪章?"

"据伊本·阿巴斯说,第一次降下的是《血块章》。据钟比尔·本·阿补顿拉说,第一次降的是《盖被的人章》。"

"最后降的是哪章呢?"

"最后降的是《高利贷章》;有人却说是《援助章》。"

"先知穆罕默德时代,收集《古兰经》的有多少人? 他们都是谁?"

"当时参加收集《古兰经》的计四人;他们是伍板叶·本·卡尔补、载谊督·本·萨比图、艾补·鄂贝谊德·翁密尔·本·赭拉哈和鄂斯曼·本·奥封。"

"他们是根据谁的背诵而收集《古兰经》的?"

"当时给他们背诵的计四人。他们是奥补顿拉·本·麦斯武德、伍板叶·本·卡尔补、麦翁祖·本·赭白尔和萨里睦·本·奥补顿拉。"

"关于'这是人们为塑像宰的牺牲'这句经文,你作何解释呢?"

"经文中所谓的塑像,系指偶像而言。那是人们雕塑出来当主宰膜拜的。"

"关于'你知道我心中的事,我可不知你心中的事'这句经文的意思,你是怎么解释的?"

"这句经文的意思是:'你知道我的真情和我内心的一切,我却不知道你心中想的什么事情。'因为'你是深知隐情、奥秘者'这句经文,便是这种解释的证据。也有人解释为:'你知道我的实质,我却不知道你的实质。'"

"关于'信士们！别抛弃安拉给予你们的美好享受吧'这句经文，你是怎样解释的？"

"据钻哈可长者说，曾经有一群穆斯林宣称：'我们不娶老婆，只穿粗毛布衣。'因此安拉才降这节经文来改正他们的错误。据改托德说，降这节经文的原因，是当时阿里·本·艾补·塔里补、鄂斯曼·本·沐斯尔补等先知的同僚宣称：'为了专心膜拜、修行，我们不结婚，只穿粗毛布衣服，过一辈子独身生活。'"

"关于'安拉指亚伯拉罕为知心朋友'这句经文，你作何解释呢？"

"经文中所谓的密友，是指穷人、平民而言的；在别的场合，它具备坦荡心情、鄙夷享受而专心修身的意思。"

经注学家听陶望督督侃侃而谈，行云般对答如流，毫不迟滞，因而心服口服，恭恭敬敬地站起来，对哈里发何鲁纳·拉施德说道："众穆民的领袖啊！我求安拉证明：这个姑娘在经注和其他学术方面都比我高明。"

陶望督督说道："现在我来问你一个问题，如果你能回答，那是再好没有的。否则，我可是要扒你的衣服呢。"

哈里发何鲁纳·拉施德说道："你有什么问题要问他的？只管提吧！"

陶望督督问道："《古兰经》中包括二十三个'科府'①的是什么章的哪句经文？包括十六个'咪母'的是什么章的哪句经文？包括二百四十个'耳乃'的是什么章的哪句经文？没有直接提到安拉的大名的又是哪几章呢？"

经注家听了提出的问题，哑口无言对答。陶望督督说道："脱下你的衣服吧！"经注家果然脱掉衣服。陶望督督这才代他回答，说

---

① 科府是阿拉伯文第二十二个字母的译音；咪母是第二十四个字母的译音；耳乃是第十七个字母的译音。

道:"众穆民的领袖啊!包括十六个咪母的,是《呼德章》中'诺亚啊!你清吉平安地下船去吧……'这句经文;包括二十三个科府的,是《黄牛章》中有关信条的那句经文;包括一百四十个耳乃的,是《高处章》中'摩西为赴我们之约而选拔了民众中的七十名男人……'这句经文。至于不曾直接提到安拉的大名的,它们是《月亮》《至仁主》和《大事》等三章。"

经注家不得不服输,被迫脱下衣服,狼狈地退了下去。一位精明的医生站了起来,说道:"关于神学刚才谈过了;现在开始谈生理学吧。请你告诉我:人是怎样被创造的?人体中有多少血管?有多少骨骼?有多少脊椎?为什么称呼人类的始祖为亚当?"

"人类的始祖之所以被称为亚当,是因为他的皮肤带灰色的缘故;也有人说因为他是用地面上的土壤制造出来的缘故。比如头是取东方的土壤制成的,上身是取麦加的土壤制成的,脚是取西方的土壤制成的。安拉还在亚当的头上装置了七道门,即两只眼睛,两个鼻孔,两只耳朵和一张嘴;叫眼成为视觉器官,耳成为听觉器官,鼻成为嗅觉器官,嘴成为味觉器官,舌成为传达心事的器官;并在他的下身开凿尿道、肛门两处通路,成为排泄器官。亚当本人原是从水、土、火、气四种原质造成的。他身上的黄色属火性,质热而干;黑色属土性,质冷而干;口液属水性,质冷而湿;血液属气性,质热而湿。就因为这种缘故,人类才秉有动物、理智、自然等三种性格。人体内有三百六十根血管,二百四十个骨骼;此外还有一个心,一个脾两个肺,六根肠,一个肝,两个腰子,一个脑和皮、肉,以及听、视、嗅、味、触等五种感觉。心在胸腔内偏右的地方,胃是它的向导,肺是它的扇子。肝在偏右的地方,与心并立;此外还有横膈膜和内脏。胸腔是胸骨和肋骨构成而保护心、肺的胸部。"

"脑分几部分?它有什么功效?"

"脑分为三部分;它有理解、想象、思考、认识和记忆等五种功效,被称为内部的感觉。"

"骨骼的结构如何？"

"骨骼是由二百四十个骨头构成的，分头、躯干和四肢三部分。头部分为头盖和脸面两类。头盖由八片骨头构成，外加四个属耳器官的骨质。脸面由上颚、下颚等十一个骨头构成，外加三十四枚牙齿和一个舌骨。躯干分为脊梁、胸椎和盆骨等三类。脊梁由二十四个脊椎骨构成；胸骨由二十四条肋骨构成，每边各十二条；盆骨由臀部的荐骨和尾骶骨构成。两肢分为上肢和下肢两类，各为一对，即臂和腿。上肢共四节：第一节是肩，包括肩胛骨和锁骨；第二节是上臂，由一个肱骨构成；第三节是前臂，由桡骨和尺骨构成；第四节是手，分为腕、掌、指三部分。腕由八枚腕骨构成，分为两类，每类四枚；掌由五个掌骨构成；指计五个，除拇指由两枚指骨构成外，其余的每指包括三个指骨。下肢分为三节：第一节是股，由一个股骨构成；第二节是腿，由胫骨、腓骨、膝盖等三个骨头构成；第三节是足，分为跗、蹠、趾三部分。跗由七枚跗骨构成，大别为两类：第一类包括两枚骨头，第二类包括五枚；蹠由五枚蹠骨构成；趾计五个，除大拇指由两枚趾骨构成外，其余每趾都包括三枚趾骨。"

"血管的根源是什么？"

"血管的根源是大动脉。所有的血管都从大动脉分布全身，数目之多，只有创造它们的安拉才知道。前面我附带谈过，照一般的说法，血管的总数是三百六十根。此外安拉还在人身上创造了译员般管说话的舌头，灯笼般管看的眼睛，辨香臭的鼻孔，能做事的手，起怜悯作用的肝，起欢笑作用的脾，起狡猾作用的肾，起呼吸作用的肺，仓库般起储蓄作用的胃，柱石般起撑持作用的心脏。所以说做人要心术纯正，身体才健康；心肠邪恶的人，身体就不可救药。"

"诊断外科症候的明显迹象是什么？"

"精明的大夫一看病人的颜色，再摸他的皮肤，即可由皮肤的硬或软，热或冷，燥或湿等方面的感觉中，诊断出病情；还有些症候是有明显朕兆的：比如白眼仁发黄的，证明病人患的是黄疸病；背驼直不起腰的,证明病人所患的是痨病。"

"诊断内科的朕兆又是什么呢?"

"根据朕兆诊断内科的症候,大别为六个步骤:(1)看病人的举止动作,(2)察病人的粪便,(3)注意疼痛的性质,(4)注意疼痛的位置,(5)浮肿的程度,(6)辨别病人身上的气味等。"

"脑疾的原因是什么?"

"饮食过饱,第一餐吃的食物还未消化接着又进餐,不知饱足,这都是患脑疾的原因,也是一个民族消亡的原因。要身体健康,延年益寿,必须早餐早吃,晚饭的时间不退后,并节制性欲,不穿太厚的衣服,不狂饮,少放血;此外应该把肚子分为三部分,使当中的三分之一容纳食物,三分之一容纳水分,三分之一容纳空气。因为肠胃的长度总共只有十八虎口,应该用其中的六虎口盛食物,六虎口盛水,六虎口盛空气。人的一举一动也该庄重严肃;行路时必须轻脚慢步,才合卫生法则,有利于健康。《古兰经》说:'在人面前,不可蹦蹦跳跳地显出妄自尊大的傲慢行为。'就是这个意思。"

"黄疸病的朕兆是什么?患这种病最可怕的又是什么?"

"面色发黄、口干舌苦、性欲减退、脉搏增快等现象,都是黄疸病的朕兆。患这种病最可怕的是发高烧、神志恍惚、发疹、胆血症、浮肿、肠溃疡和口渴等。"

"忧郁病的朕兆是什么?病入腹部时最可怕的是什么?"

"性欲虚旺、犹豫、忧郁、恐怖等现象都是忧郁病的朕兆。病症蔓延至腹部时,须用呕吐或泻肚方法排泄积食,清理肠胃,否则易招郁结、麻疯、毒瘤、脾疳、肠溃疡等症候。"

"医学分为多少部门?"

"大别为两大部门:第一部门是诊断病情;第二部门是进行治疗,使病人恢复健康。"

"什么时候服药最奏效?"

"树林发绿、葡萄结实和天平宫的吉星高照等时,服药最奏效,可以药到病除。"

"什么时候喝酒最使人感觉其味清香、爽口而有益于身体?"

"饭后稍等一会儿才喝酒,最能使人感觉其味清香、爽口而有益于身体。诗人吟得好:

> 刚吃完饭别忙喝酒,
> 免得给自身招致疾病。
> 饭后等一会儿才喝几杯,
> 这能使你达到饮酒的目的。"

"怎样吃饮食才能避免疾病?"

"非饿不食,食勿过饱,这样吃饮食就能避免疾病。希腊的名医伽林说得好:'吃喝必须细嚼慢咽,切勿狼吞虎咽。'这里顺便提一提先知穆罕默德的名言:'肠胃是疾病的屋宇,节制饮食是治病的最好药剂;消化不良和腐烂食物都是各种疾病的根源。'"

"你对澡堂的意见如何?"

"刚吃过饭不宜进澡堂洗澡。先知穆罕默德说得好:'澡堂是屋内最好的享受,因为在澡堂中既可洗涤、洁净身体,又能令人想象地狱中烈火的可畏。'"

"在什么样的澡堂中洗澡最好?"

"在地方宽敞,使用淡水而具备春夏秋冬四季气温的澡堂中洗澡最好。"

"最滋补的食物是什么?"

"妇女们亲手烹调、不太油腻而易于消化的饮食最滋补,比如肉汤泡馍便是有滋味的食品之一;先知穆罕默德曾赞扬说:'饮食中首屈一指的是肉汤泡馍。'"

"菜类中最好的是什么?"

"菜类中最好的是肉食。先知穆罕默德说得好:'肉食在任何时候都是最滋补而受欢迎的食物。'"

"肉食中最好的又是什么呢？"

"肉食中最好的是羊肉；但这是指鲜肉而言，肉干除外；因为肉干的养分不多。"

"你对水果的意见如何？"

"水果成熟时，尽可随便吃用；超过季候的，就该抛弃。"

"应该怎样喝凉水？"

"喝凉水应该有节制，不可满口满口的喝，也不宜一口气喝够，否则会惹起头痛或呛出其他的毛病。此外，洗澡后、刚睡醒和房事后都不宜喝凉水；饭后也不宜于喝凉水；饭后年轻人待十五分钟，上年纪的人待四十分钟喝水最合卫生。"

"你对饮酒的意见如何？"

"《古兰经》里的告诫，莫非你还嫌不够吗？安拉说：'酒、赌博、拜佛和求签都是妖魔的肮脏行为，你们避而远之吧！也许你们会因此而成功的。'又说：'他们问你关于酒和赌博的利弊，告诉他们吧：二者都是罪大恶极的行径；酒对人来说虽然不无利益，但其中的弊病，毕竟超过利益。'诗人吟得好：

一

你这酒徒吃安拉禁止的食物，
难道一点也不觉得耻辱？
今后应该把它抛得一干二净，
因为这是作奸犯科的行径。

二

我喝酒作孽，
任意糟蹋理性。
酗酒是多么恶劣的癖好！
理智竟然被它摧毁无存。

至于饮酒的好处,不外下面几方面:消散肾砂,健胃消愁,激励慷慨情绪,维护健康,助消化,增体力,治关节炎,清洗肌内污垢,振奋精神,增加体温,助长膀胱的收缩力,健肝,畅通血脉,增加面容的血色,驱逐狂妄念头,阻止头发早白等。如果酒不在被禁戒之列,那么人世间是不会有什么可以代替它的。"

"什么酒最好?"

"用白葡萄制作、经八十天以上的酝酿、色白而不像水的葡萄酒最好。"

"你对放血的看法如何?"

"血液过多的人才需要放血。放血最好的时间是月缺之后,不起云、不落雨、不刮风的晴朗日子,如每月的十七日;假若当天适逢礼拜二,则放血更能奏效。从健脑、明眼、健智方面说,放血比任何疗法见效都快。"

"什么时候放血最好?"

"清晨饭前放血最好,它可以增强人的神志和记忆。相传从前凡有人向先知穆罕默德诉头痛脚疼之苦,他便叫他去放血。放血后,忌食酸涩的饮食,尤其不可吃太咸的食物,因为容易引起坏血症。"

"什么时候最忌放血?"

"最忌放血的时候是礼拜三、六。谁在这两天内放血,那只该归咎他本人。同样严冬盛夏时节,一般也忌放血。比较起来,放血最适宜的时间是暖和的春天。"

"现在请你谈谈房事吧。"

陶望督督听了对方的提议,在哈里发面前,顿时羞得抬不起头来。继而她剀切地说:"指安拉起誓! 众穆民的领袖啊,我不是不能回答这方面的问题;不过在大庭广众中,让我来谈这类事情,实在令人觉得惭愧。"

哈里发何鲁纳·拉施德却鼓励她说:"没关系,小丫头,跟他谈吧。"

陶望督督勉为其难地说道:"房事本是有益于身体健康而值得夸赞的事。适当的房事,足以抑制情绪激动,巩固爱情,招致快感,驱逐凄凉、寂寞情绪。但是如果房事过度,它给身体带来的危害,在夏秋比春冬尤其严重。"

"房事最大的效果是什么?"

"消愁解闷,平息激昂、愤怒情绪,对体强力壮而适应冷、燥气温的人来说,它还有利于脓疮的治疗。这是对一般能节制的人面言。反之,如果房事过度,它不但能减退目力,而且是头疼、腰酸、腿痛等疾病的根源。"

"什么年龄的人行房最惬意?"

"自然是年轻、壮健、性情纯善、情欲旺盛的夫妻了。因为这不但解决性欲,而且对健康大有裨益。诗人吟得好:

> 你举目一瞥,她便体会你的用意,
> 这是出自不须指点、解说的灵性。
> 她妖娆、袅娜的倩影一旦出现,
> 花园中的良辰美景便愧然隐退。"

"什么时候行房最好?"

"夜间饮食消化以后,或白昼早饭之后。"

"最好的水果是什么?"

"石榴和香橼。"

"最好的蔬菜是什么?"

"菊苣。"

"最香美的花卉是什么?"

"蔷薇和紫罗兰。"

"男人的精液是怎样分泌的?"

"男人的肌肉内有一根静脉,与各血管连接,吸收三百六十根脉管中循环的血液,集聚在左睾丸内,同里面固有的液体混合,即变成色白质浓的精液，其味同棕榈树叶的味道相似。"

"飞禽中属胎生的是什么？"

"蝙蝠。"

"什么生物禁闭在大气之外则生，一旦呼吸空气便死？"

"鱼。"

"爬虫中卵生的是什么？"

"蛇。"

大夫问到这里，感到词穷，已提不出别的问题，便缄默不语。陶望督督说道："众穆民的领袖啊！大夫多方面考问我，已经没有可提的问题了。现在我要问他一个问题，如果他答不出来，我就该扒他的衣服了。"

"好的，你向他提问题吧。"哈里发同意她的建议。

于是，陶望督督提出下面的谜语，作为对大夫的回敬，说道："状如地球，脊梁、床位一向不为人眼所见；体小而价廉，胸、喉又狭又扁；不是逃奴、窃贼，却始终受到镣铐、禁闭；不为战斗，经常冲出冲进；不因杀伐，却时常挂花；时日不断消耗它的精力，水继续侵蚀它的体积；虽不犯罪，有时也挨揍；服役期限，终无规定；时而与伴侣分手，继而总要碰头；为人谦恭、服帖，却无丝毫谄媚气息；历来大腹便便，但不是真正怀孕；前仰后合或左倒右倾，都随心所欲；身体染上污垢，可以洗刷干净；跟伴侣相依为命，反目变脸的事件却经常出现；没有胳膊和生殖器，同样要角力、交媾；主人睡眠，它随之而休息；被人咬破肢体，却不吭气、呻吟；向来慈祥成性，比同饮者更谦逊；夜里同老婆分居，白昼则抱着她不撒手；夫妻二人住在高楼大厦的侧面。这个谜语指的是哪两件东西？你猜一猜吧。"

大夫听了陶望督督所说的谜语，茫然不知指的是什么东西，无法应付局面，尴尬得苍白着脸，耷拉着头，哑口无言对答。陶望督督等了一会儿，才进逼一句，说道："大夫，你猜呀！否则，你干脆脱下衣服好了。"

大夫迫不得已,没奈何,站了起来,说道:"众穆民的领袖啊! 我证明这位女郎的医学造诣和其他方面的知识,比我渊博、高明,我可是望尘莫及。"于是果然脱下衣服,狼狈不堪、垂头丧气地归去。

哈里发何鲁纳·拉施德说道:"告诉我们吧,陶望督督,刚才你讲的谜语,到底指的是什么?"

"众穆民的领袖啊! 这谜语所指的是纽扣和纽眼呀。"

陶望督督战胜了大夫,再接再厉,乘胜追击,说道:"你们中谁是天文学家? 请出来吧。"

在坐的学者中有人应声站起来,走到陶望督督面前坐下。她一见学者,忍不住抿着嘴笑了一笑,问道:"你是天文、数学家吗?"

"不错,我是懂天文和数学的。"

"你要问什么问题,请随便提吧。愿安拉援助你!"

"太阳是怎样升起来,又怎样落下去的?"

"太阳从东方升起来,打西方落下去。东西两方之间相隔一百八十度。《古兰经》说:'指东方和西方的主宰起誓。'又说:'安拉规定太阳、月亮分别在白昼和夜间发光,并划定其位置,以便你们知道年月,计算时间。'又说:'月亮是黑夜之王,太阳是白昼之王;日月互相竞赛,彼此追赶。'又说:'太阳不易超过月亮而在夜里和它碰头;夜也不会提早赶在白昼之前;二者各在轨道中环行。'"

"黑夜降临时,白昼的情况怎么样? 白昼光临时,黑夜的情况又是怎样的呢?"

"按《古兰经》的说法,那是安拉叫夜接着昼,叫昼跟着夜嬗递相沿下去的。"

"黄道全周分为几段几宫? 其名称如何?"

"黄道全周分为二十八段,包括在十二宫内。二十八段的名称是:(1)瑟勒塔,(2)摆推奴,(3)素览亚,(4)得布隆,(5)赫格耳突,(6)赫呐耳突,(7)怎拉耳,(8)奈斯勒突,(9)颊鲁辅,(10)者布赫突,(11)卒布勒突,(12)撒尔斐突,(13)奥哇五,(14)叟摩苦,

（15）埃斐勒，（16）祖波拟亚，（17）伊克哩鲁，（18）格勒补，（19）邵勒突，（20）乃尔以睦，（21）白勒歹突，（22）撒尔顿佐比侯，（23）撒尔顿白勒尔，（24）撒尔顿俗巫底，（25）撒尔顿艾哈比也体，（26）凡尔务勒目杠歹姆，（27）凡尔务勒姆岸海鲁，（28）律沙五。这二十八个段落的名称，包括在'艾补者督汉为兹……'这句成语中；其深奥的含意，只是安拉和专门学者知其底细。至于十二宫的名称，它们是：（1）白羊宫，（2）金牛宫，（3）双子宫，（4）巨蟹宫，（5）狮子宫，（6）处女宫，（7）天秤宫，（8）天蝎宫，（9）人马宫，（10）摩羯宫，（11）宝瓶宫，（12）双鱼宫。平均每二又三分之一段落，被划分在一宫的范周内。比如瑟勒塔、摆推奴和三分之一的素览亚，属白羊宫范围；三分之二的素览亚、得布隆和三分之二的赫格耳突属金牛宫；三分之一的赫格尔突、赫呐耳突和怎拉耳属双子宫；奈斯勒突、颓鲁辅和三分之一的者布赫突属巨蟹宫；三分之二的者布赫突、卒布勒突和三分之二的撒尔斐突属狮子宫；三分之一的撒尔斐突、奥哇五和叟摩苦属处女宫；埃斐勒、祖波拟亚和三分之一的伊克哩鲁属天秤宫；三分之二的伊克哩鲁、格勒补和三分之二的邵勒突属天蝎宫；三分之一的邵勒突、乃尔以睦和白勒歹突属人马宫；撒尔顿佐比侯、撒尔顿白勒尔和三分之一的撒尔顿俗巫底属摩羯宫；三分之二的撒尔顿俗巫底、撒尔顿艾哈比也体和三分之二的凡尔务勒目杠歹姆属宝瓶宫；三分之一的凡尔务勒目杠歹姆、凡尔务勒姆岸海鲁和律沙五属双鱼宫。"

"什么是行星？其性质如何？主凶还是主吉？其方位和升降情况如何？"

"座谈的时间虽然不多，我却要尽可能地答复你。最大的行星计七颗：即太阳，月亮，水星，金星，火星，木星和土星。太阳性热而燥，会合时主凶，对立时主吉；它在每宫中逗留三十天。月亮性冷而湿，主吉；它在每宫中逗留两天又三分之一日。水星逢吉星主吉，逢凶星主凶；它在每宫中逗留十七天半。金星湿暖适中，主吉；它在每宫中逗留二十五天。火星主凶；它在每宫中逗留十个月。木星主吉；

它在每宫中逗留一年。土星性冷而燥，主凶；它在每宫中逗留三十个月。太阳的主要方位是狮子宫；它从白羊宫升起，由宝瓶宫降落。月亮的主要方位是巨蟹宫；它从金牛宫升起，由天蝎宫降落；其凶险出自摩羯宫。土星的主要方位是摩羯宫和宝瓶宫；它由天秤宫升起，从白羊宫降落；其凶险出自巨蟹宫和狮子宫。金星的主要方位是金牛宫；它由双鱼宫升起，从天秤宫降落；其凶险出自白羊宫和天蝎宫。水星的主要方位是双子宫和处女宫；它由处女宫升起，从双鱼宫降落；其凶险来自金牛宫。火星的主要方位是白羊、天蝎两宫；它由摩羯宫升起，从巨蟹宫降落；其凶险出自天秤宫。"

天文学家知道陶望督督学识渊博，口齿伶俐，不禁因羡生嫉，存心以计取胜，叫她在哈里发面前丢脸，便说道："小姑娘，我来问你：本月内会不会落雨？"

陶望督督垂头沉吟一会儿，却不作答，致使哈里发疑心她无法对答。天文学家怡然自得，冷言问道："喂！小姑娘，你怎么不说话呀？"

"除非众穆民的领袖允许，我是不吭声的。"

哈里发觉得奇怪，问道："这是为什么呢？"

"恳求陛下赏我一柄宝剑，以便我割掉这个天文学家的脑袋，因为他是个大逆不道的叛教徒呀。"

陶望督督的一席话，引得哈里发和在座的人哄堂大笑。继而她继续说道："天文学家！告诉你吧：五件事情，只是安拉知道其中的底细。因为《古兰经》说：'安拉知道世界末日什么时候降临，他按规定的时间降雨，他知道胎儿的阴、阳性；至于人类么，谁都不明白自己所作所为的结局，也不明白自己将在什么地方咽气；关于这一切，只是安拉深知其究竟。'"

"你说的对，"天文学家表示钦佩，"指安拉起誓！我向你提出这个问题，目的在于试探你的深浅。"

"你要知道，古代编写历书的学者，曾给后人留下一些暗号、标记；那些暗号、标记对观察星象、推算年代好坏却有密切关系；后人从这方面倒是学了不少的经验、阅历。"

"什么经验、阅历呀?"

"比如一年三百六十天,每天有一颗星辰值日。如果大年初一那天适逢礼拜日,则为太阳值日,这就预兆着要过凶年。这样的年头,不仅君王横征暴敛,疫病流行,吵得黎民不能安居乐业,而且天旱不雨,除小麦外,其他扁豆、葡萄等农作物都歉收;从杜摆①初至白尔买哈突②末,是小麦极贱的时期;这期间麻布缺而价昂,各国君王火并,大动干戈,天下大乱,民不聊生。这当中的真情,只是安拉深知其底细。"

"如果大年初一适逢礼拜一呢?"

"那该月亮值日,是风调雨顺、政通人和的丰年预兆。这年头除亚麻、蜂蜜歉收外,粮棉普遍丰产,棉价便宜,'概易海库'③期间,小麦价最贱;但时疫流行,绵羊山羊死亡过半。这当中的真实情形,只是安拉深知其底细。"

"如果大年初一适逢礼拜二呢?"

"那该火星值日,是烽火连绵、杀人流血的凶年兆头。这年头天旱,除大麦、扁豆、蜂蜜丰产价廉外,其他谷物、麻布和水产都缺乏、昂贵;王公贵族间的争夺、火并越演越烈。这当中的真实情形,只是安拉深知其底细。"

"如果大年初一适逢礼拜三呢?"

"那该水星值日,是人与人相互敌对,彼此骚扰的乱世兆头。这年头雨量均匀,一部分庄稼歉收,牲畜、婴孩死亡惨重,雷电交加,海战剧烈。从白尔姆歹④至密斯拉⑤小麦最缺最贵;虽然枣、棉、麻和

---

① 埃及科卜特历五月,相当于公历正月。
② 埃及科卜特历七月,相当于公历三月。
③ 埃及科卜特历四月,相当于公历十二月。
④ 科卜特历八月,相当于公历四月。
⑤ 科卜特历十二月,相当于公历八月。

其他粮食有收成,但是蜂蜜、萝卜、葱蒜等奇缺昂贵。这当中的真实情形,只是安拉深知其底细。"

"如果大年初一适逢礼拜四呢?"

"那该是木星值日,是黎民百姓安居乐业的吉年兆头。这年头雨量充沛,瓜果、粮食、棉、麻、蜜、枣都丰收,水产也多,黎民百姓过丰衣足食的生活。这当中的真实情形,只是安拉深知其底细。"

"如果大年初一适逢礼拜五呢?"

"那该金星值日,是鬼神作怪,坏人招摇撞骗,尔虞我诈的乱世兆头。这年头,霜露过多,秋收有的地方丰产,有的地方歉收;陆海地区到处出现混乱、灾荒景象,蜂蜜、西瓜全无收成,亚麻籽缺乏、昂贵;荷突尔①小麦涨价,艾姆施尔②小麦跌价。这当中的真实情形,只是安拉深知其底细。"

"如果大年初一适逢礼拜六呢?"

"那该土星值日,是希腊等地区的奴隶和穷苦无告的黎民群起反抗、翻身的年成。这年头,云稠雾密,天旱粮食贵,种籽大都腐烂,庄稼歉收,人命草菅;在暴君虐政的蹂躏下,埃及、叙利亚普遍遭殃。这当中的真实情形,只是安拉深知其底细。"

天文学家听了陶望督督的解答,垂头蹙眉不语。陶望督督趁机说道:"现在我来问你几个问题;如果你回答不出来,我就该扒你的衣服。"

"可以的,你问吧。"天文学家同意陶望督督的建议。

"土星住在什么地方?"

"住在第七层天上。"

"木星呢?"

"在第六层天上。"

---

① 科卜特历三月,相当于公历十一月。
② 科卜特历六月,相当于公历二月。

"火星呢？"

"在第五层天上。"

"太阳呢？"

"在第四层天上。"

"金星呢？"

"在第三层天上。"

"水星呢？"

"在第二层天上。"

"月亮呢？"

"在第一层天上。"

"你说的对；现在还要问你最后一个问题。"

"好的，你问吧。"

"星辰共分几类？"

天文学家愕然无言对答。陶望督督说道："给我脱下你的衣服吧。"

天文学家果然把衣服脱下来递给她，表示服输。哈里发何鲁纳·拉施德说道："陶望督督，你给我们解答这个问题吧。"

"众穆民的领袖啊，星辰大别为三类：第一类像灯笼一样挂在最接近大地的那层天上，是给地球照明的；第二类是驱逐窃听天机的妖魔的；《古兰经》说：'我们用繁星装饰天体，并用它们驱逐恶魔。'就是这个意思。第三类是散布在高空中，给海洋照明的。"

"我还要提一个问题，"天文学家做最后的挣扎，"如果她能解答，我才心服口服呢。"

"什么问题？你尽管提吧。"陶望督督同意他再提问题。

"有四种性质相反的物质，是根据其他四种性质相反的物质而配成的；这所指的到底是哪四种物质？"

"这所谓性质相反的四种物质，是指冷、热、湿、燥等四种性质而言的；因为安拉从热性中创造出火，其性热而燥；从燥性中创造出土，其性冷而燥；从冷性中创造出水，其性冷而湿；从湿性中创造出气，其性热而湿。往后安拉再创造白羊、金牛、双子、巨蟹、狮子、处女、天秤、天蝎、人马、摩羯、宝瓶、双鱼等十二宫，叫它们分别具备四种相反的性质。当中白羊、狮子、人马等三宫属火性；金牛、处女、摩羯等三宫属土性；双子、天秤、宝瓶等三宫属气性；巨蟹、天蝎、双鱼等三宫属水性。"

天文学家听了陶望督督的解答，站了起来，剀切地说道："我证明她在天文学方面的造诣和知识，比我渊博、高明。"于是颓然惨败而退。

天文学家退归之后，哈里发何鲁纳·拉施德看在座的学者一眼，问道："你们中谁是哲学家？"

随着哈里发的询问，一个男人站了起来，走到陶望督督面前坐下，问道："什么是时间？它同日子的界线如何？"

"时间这个名词是指昼夜流转的时限而言的；它也是衡量日、月运行的一种标尺。《古兰经》说：'我们从白昼分化出黑夜；天黑时，人们处在黑暗中；对他们来说，这是安拉权能的证据；同样太阳沿固定的轨道运行，那是睿智、伟大的安拉所规定的律令。'"

"叛逆行为是怎样在人身上产生的？"

"先知穆罕默德说过：'叛逆行为在人身上流行，仿佛血液在血管中环行，从而"宇宙""最后的判决""夜"和"时间"都在人们咒骂之列。'又说：'你们别骂时间，因为它是安拉的化身；也别骂宇宙，因为骂它的人得不到安拉的护佑；也别埋怨"最后的判决"，因为毫无疑义，它将按时降临；也别讨厌大地，因为《古兰经》说：'我们从土里创造你们，继而叫你们转本还原，回到地里，并再一次从地里复活你们的尸体。'"

"有五种能吃能喝的生物，但都不是出自父精母血；请问这是指的什么？"

"那是指的亚当、佘睦翁、萨礼和的母驼、以士马利的绵羊和艾补·白克尔逃亡时在山洞中看见的那种飞禽。"

"天堂中有不属于人、神和天使的五种动物,那是指的什么?"

"那是指的雅各的狼、洞中人的狗、阿曾子的驴、萨礼和的母驼和先知穆罕默德骑用而被称为'笃勒笃尔'的那匹骡子。"

"某人有一次做礼拜时,却不在天上,也不在陆地上;这人到底是谁。"

"是所罗门大帝;因为有一次他的毛毯正在空中飞翔的时候,他曾在毛毯上做礼拜。"

"有个男人清晨看一个女仆一眼,这对他来说,是违法行为;正午他又看她,这却是合法的;午后他再看她时,这又算是违法行为;日落时他又看她,却是合法的;夜里他再看她时,这又算是违法行为;第二天清晨他又看她时,这又算是合法的。这到底是一种什么情况呢?"

"情况是这样的;那个男人清晨所看的是别人的女仆,这对他来说,当然是违法行为;可是当天正午,他收买了那个女仆,所以这时看她是合法的;到了午后他恢复了女仆的自由,这时看她算是违法行为;日落时他娶女仆为妻,这时看她当然是合法的;夜里他宣布跟她离婚,这时再看她便算是违法;次日清晨他跟那女人复婚,所以这时候看她便算是合法的。"

"一座坟墓带着埋在坟中的人走路。这指的是什么?"

"这是指一口把约拿吞了的那尾鲸鱼而言的。"

"有一块洼地,太阳只照过它一次;从那次之后直至世界末日,阳光再照不到那里。这是指的什么地方?"

"那是指红海说的;原因是圣摩西逃到海滨,举起拐杖一打海面,海水便按他手下十二个部族的数目退开,现出十二条大道,让他们过去之后才复原;因此当时阳光曾第一次照过那海底下的洼地。"

"是谁的裙边第一次扫过地面的?"

"是何芷尔的裙边第一次扫过地面的;原因是她在萨览面前感

觉惭愧;从那回之后,这便成为阿拉伯人的习性。"

"没有生命,但能喘气。这是指的什么?"

"那是《古兰经》中关于'当黎明喘气的时候'这句话而说的。"

"有一群鸽子分为两部分,一部分栖息在树枝上,另一部分落在树下;树上的鸽子对树下的鸽子说:'如果你们飞一只上树来,你们的数目便等于全数的三分之一;要是我们飞一只下去,你们和我们的数目便相等。'请问这群鸽子共有几只?"

"那群鸽子的总数是十二只;其中七只栖息在树枝上,五只落在树下。如果地上的鸽子飞一只上树去,则树上的鸽数为地上的两倍;要是树上的鸽子飞一只下地去,则树上和树下的鸽数相等,各为六只。"

哲学家听了陶望督督的解答,表示服输,当面脱下衣服,然后悄然归去。陶望督督怡然自得,回头对在座的学者说道:"你们中谁是修辞学家?"

随着陶望督督的询问,大名鼎鼎的伊补拉欣·本·塞亚尔站了起来,走到她面前坐下,说道:"你别把我同别人一般看待。"

"你太高傲自负了,肯定是要败在我手下的。在安拉的默助下,我会扒掉你的衣服呢。你先使人取套衣服来,以备不时之需,这是再好不过的。"

"指安拉起誓!我一定要胜过你,非叫你成为世世代代的笑柄不可。"

"好啊!快替你的誓愿赎罪吧。"

"安拉创造人类之前,先创造了五种东西。这是指的哪五种?"

"水、土、光、黑暗和果实。"

"安拉用他万能之手直接创造的是什么?"

"宇宙、土波树、亚当和伊甸园都是安拉用他万能之手直接创造的;除此之外的万物,安拉只对它们说'有吧!'它们便应声而出了。"

"是谁引导你信仰伊斯兰教的?"

“先知穆罕默德。”

“是谁引导先知穆罕默德信奉伊斯兰教的?”

“安拉的朋友圣亚伯拉罕。”

“伊斯兰教的信条是什么?”

“《作证词》:‘安拉是唯一的主宰,穆罕默德是他的使徒。’”

“什么是你的开始?什么是你的终结?”

“我的开始是一滴精血,它来自大地;我的终结将是一具尸体,再返回到地里;这就是说,我的开始和终结都是大地。诗人吟得好:

> 我被从土地里创造成人,
>
> 能言善辩应对如流;
>
> 最后我归真反璞回到地里,
>
> 似乎不曾离开土地。”

“有一种东西,当初不过是一根木棍,后来却一变而有生命。这是指的什么?”

“那是指圣摩西的拐杖而说的。因为当时他把拐杖往山谷里一摔,凭着安拉的允许,它一下子就变成活生生的蛇蝎。”

“《古兰经》中关于‘它①对我还有其他用处’这句话是什么意思?”

“这句话的意思是:圣摩西曾把它插在地里,让它生根、发芽、开花、结实,从而他在树荫下乘凉,并感觉疲倦时,挂着它步行;睡觉时,叫它保护羊群不被野兽袭击。”

“一个女人从一个童男身上诞生,一个男人从一个处女身上出世。这是指的谁呀?”

“那是指夏娃从亚当身上诞生,和耶稣从玛利亚身上出世而言的。”

---

① 摩西的拐杖。

"有四种火,它们中有的又吃又喝,有的光吃不喝,有的只喝不吃,有的不吃不喝。这是指的哪四种火?"

　　"光吃不喝的,是世间人们使用的火;又吃又喝的,是地狱中烧人的火;只喝不吃的是阳光;不吃不喝的是月光。"

　　"什么是自由的? 什么是强制的?"

　　"圣行是自由的,天命是强制的。"

　　"下面的谜语:

　　　　住在坟墓里,食物摆在头前;

　　　　吃过食品,便开口谈心;

　　　　它边迈步前行,边滔滔说出无声语言;

　　　　谈吐完毕,仍回到坟墓里;

　　　　虽不是活着的人,但人人敬仰、奉承;

　　　　也不是过世的死人,应受主宰怜恤。

诗人所指的是什么?"

　　"诗人所指的是笔。"

　　"下面的谜语:

　　　　身穿两件衣裳,肚中充满血浆;

　　　　咧着一张大嘴,两耳红似玫瑰;

　　　　身上长出鸡冠似的赘疣,啄着自己的肚皮;

　　　　估计一下它的价钱,最多只值五毛。

诗人所指的是什么?"

　　"诗人所指的是墨盒。"

　　"下面的谜语:

　　　　阿拉伯和各国境内都可看见的一种飞禽,

　　　　本身具备银一样白和比金更美的白、黄两种颜色;

　　　　体内血肉、羽毛、骨骼都没有,

煮一煮或炒一炒都是滋补的食物；

　　　但人们分辨不出它是活着的或是死了的生物。

诗人所指的是什么？"

　　"诗人指的是蛋。"

　　"安拉同圣摩西谈过多少语言？"

　　"据先知穆罕默德说，安拉同圣摩西所谈的话，计一千五百十五言。"

　　"有十四种东西同安拉交谈过。它们都是些什么？"

　　"它们是七重天和七层地。当时它们所说的是：'我们应命来了。'"

　　"下面的谜语：

　　　无嘴无腹，动植物是它的食物；

　　　天天供应食物，便欣欣向荣地活着；

　　　一旦给它水喝，生命就告结束。

诗人所指的是什么？"

　　"诗人指的是火。"

　　"下面的谜语：

　　　一对情投意合终身拒绝享受的伴侣，

　　　热情地拥抱在一起过夜，

　　　忠心保护主人的财产、生命，

　　　直到黎明才分袂说再见。

诗人所指的是什么？"

　　"诗人指的是双扇门。"

　　"地狱有几道门？它们的名字叫什么？"

　　"地狱共有七道大门，它们的名字是：（1）赭旱乃牡，（2）勒拶，（3）哈推牡，（4）塞欧鲁，（5）塞丐鲁，（6）赭豁牡，（7）霍委也。"

"下面的谜语：

　　　　拖着一条长辫，

　　　　终日钻过来又钻过去；

　　　　睁着一只独眼，

　　　　既不睡眠也不流泪；

　　　　成年四季裸着身体，

　　　　忙忙碌碌地供应别人各种衣履。

诗人所指的是什么？"

　　"诗人指的是针。"

　　"通往天堂的路有多长多宽？"

　　"通往天堂的路长达三千年的旅程，当中下坡、上坡和平路各行一千年，路面比头发还细，比剑刃还锋利。"

　　"先知穆罕默德在安拉面前能说几次情？"

　　"三次。"

　　"先贤艾补·白克尔是第一个皈依伊斯兰教的信徒吗？"

　　"不错，他是第一个改奉伊斯兰教的穆斯林。"

　　"可是先贤阿里远在艾补·白克尔之前便成为穆斯林了。"

　　"那是因为先知穆罕默德奉命传道时，阿里刚满七岁；由于安拉的恩顾和指引，所以他没求过签，也没拜过佛。"

　　"阿里和阿巴斯两位先贤，谁最高贵最伟大？"

　　陶望督督一听伊补拉欣·本·赛亚尔提的问题，便明白他的阴谋诡计。因为要是她回答说阿里最高贵，那等于轻视哈里发的祖宗，绝对得不到哈里发何鲁纳·拉施德的谅解；因此她感到左右为难，无法对答，脸色一会儿发烧，一会儿苍白。她寻思、犹豫一阵，然后抬头说道："你问两位先贤谁最高贵，其实两位先贤都是最高贵最伟大的。现在让我们继续谈别的问题吧。"

　　哈里发何鲁纳·拉施德听了陶望督督的回答，肃然站起来，说道:"指圣寺的主宰起誓,陶望督督啊! 你说得真对。"

伊补拉欣·赛亚尔接着问道:"下面的谜语:

> 体态既苗条,味道又甜蜜,
>
> 可惜缺少一个矛头,否则与长枪几无差别,
>
> 人人从它身上吸取利益,斋月间日落时吃它的人更普遍。

诗人所指的是什么?"

"诗人指的是甘蔗。"

"比蜜还甜的是什么?"

"比蜜还甜的是孝子的情谊。"

"比剑还锋利的是什么?"

"舌头。"

"比毒药还神速的是什么?"

"嫉妒者的眼睛。"

"转瞬即逝的快感是什么?"

"房事。"

"使人快乐三天的是什么?"

"妇女使用的脱毛剂。"

"最惬意的日子是什么?"

"生意买卖赚钱的日子。"

"一周间都欢乐的是什么?"

"新婚夫妇。"

"最虚伪的人也不否认的真理是什么?"

"死亡。"

"坟墓中的监狱是什么?"

"大逆不道、为非作恶的子嗣。"

"内心的愉快是什么?"

"贤淑的妻子。"

"无形的陷阱是什么?"

"作恶的信徒。"

"比死亡还痛苦的生活是什么?"

"贫穷。"

"无法医治的疾病是什么?"

"坏脾气。"

"洗不净的耻辱是什么?"

"失节的女儿。"

"有一种生物,生长在荒郊野外,经常与人为敌;它的身体结构,具备七种动物的形态。这指的是什么?"

"你先脱衣服,我再给你回答吧。"

哈里发何鲁纳·拉施德在旁说道:"你先解答吧!到该脱衣服的时候,他自然会脱的。"

陶望督督果然解释说:"你所指的是蝗虫。因为它生就马头似的头颅,牛颈一样的脖子,鹰翅般的翅膀,驼腿似的脚杆,蛇尾一样的尾巴,蝎肚一样的肚子,羚角似的触角。"

伊补拉欣·赛亚尔听了陶望督督的解答,站起来,说道:"我向在座的各位证明,她的学问、见识,比我渊博、高明。"接着脱下衣服,递给陶望督督,气愤地说道:"拿去吧,安拉不会因它而叫你走运的。"

哈里发何鲁纳·拉施德赶忙吩咐侍从拿套衣服来,赏给伊补拉欣·赛亚尔;然后对陶望督督说:"根据当初你的诺言,还有象棋不曾较量呢。"于是召集善于弈棋和玩双陆的能手,摆下棋盘,让他们同她对弈。棋手每走一步,她都用旁敲侧击的办法破坏对手为攻势,终于很快就把对方的老将给将死。但棋手故作镇静,托言说:"我这是有意让你将死它,俾你自命为棋界能手罢了。现在再来第二盘,让我给你点厉害看看。"

第二盘一开始,棋手便非常小心谨慎,暗自警告自己:"好生注意吧！否则她又要占上风了。"因此他每走一步,必先再三斟酌、考虑,始终稳步慢行。可是走着走着,忽听她说"将军!"这才大吃一惊,衷心钦佩她的棋艺和过人的机警、聪明。

陶望督督抿着嘴笑了一笑,说道:"大棋手! 这回咱俩打个赌吧:第三盘我让你王后、右边的炮和左边的马;如果你胜利,我把衣服输给你;要是你吃败仗,我就扒你的衣服。这样行吗?"

"我同意你的建议和所提的条件。"棋手愿意打赌。

棋子摆好,陶望督督撤去她的王后和一马一炮,然后说道:"大棋手,请走吧!"

棋手先走了一步,暗自说:"在这样的优势下,我怎能不胜利呢?"于是全神贯注全局。陶望督督却若无其事,从容移动棋子,逐步推进,先使过河卒子深入敌阵,让它变得像王后那样威武的同时,再拿别的兵马挡住对方的去路,故作牺牲,借此分散对手的注意力,让他见子打子。对手只顾吃子的时候,她说道:"升斗既公平,粮食又纯净,你饱餐一顿吧,不过贪嘴是会害命的。莫非你不明白吗:我肯牺牲,是为打掩护呀! 你看:老将给将死了。现在你该脱衣服了。"

"请留给我裤子穿吧,安拉会恩赏你呢。"棋手说着把衣服脱下来,递给陶望督督。临行还赌咒说,大凡陶望督督在巴格达境内,他决不跟人比赛。

棋赛结束后,一个最长于双陆棋的大师来到陶望督督面前,预备跟她较量。陶望督督说道:"假若我胜利,你输什么给我?"

"输给你一千金和二十套名贵衣服。当中有十套是君士坦丁出产、镶金绣花的锦缎服,其余十套是天鹅绒的。如果我胜利,那只要你写一张承认你是我手下败将的证明书。"

"好的,照你的提议办吧。"陶望督督欣然同意对方的意见。

双陆棋一开始,陶望督督旗开得胜,速战速决,轻易战胜敌手。对方惊佩她的技艺,口服心服,慨然说道:"指众穆民的领袖起誓,像她这样的能手,是举世无双的。"

哈里发何鲁纳·拉施德怀着钦佩心情,问道:"陶望督督,你会弹唱吗?"

"不错,我稍懂一点。"

哈里发吩咐侍从给陶望督督取来珍藏在宫中的一具古乐器,并叫乐师们前来参与盛会。陶望督督把装在有黄流苏的红绸袋中的乐器取出来一看,原来是一具无比珍贵的琵琶,被前人弹奏得又光又滑。陶望督督一见如故,视为珍宝,像慈母哺乳婴孩般把它抱在怀里,一口气弹了十二支歌曲。在座的人听了她的弹奏,十分感动,每个人的心情,像澎湃的波涛,波动得无法抑制。继而她边弹边唱道:

> 请缩短疏远的距离,摒除冷淡的心情,
> 因为我随时随地把你牢记在心里。
> 我为你终日哭泣、悲伤、呻吟,
> 一心盼望你给予同情、怜惜。

哈里发何鲁纳·拉施德听了陶望督督熟练的弹艺和悠扬的歌喉,十分感动,说道:"愿安拉恩顾你,并慈悯你的老师。"

陶望督督受宠若惊,即时跪倒在哈里发脚下,吻了地面,表示衷心感谢。哈里发吩咐取来赏银,当面赏给她的主子艾补·哈桑十万金,接着对陶望督督说道:"你希望我赏你什么呢?只管说吧。"

"恳求陛下准我返回原来的主人家中去。"

"可以的。"哈里发何鲁纳·拉施德慨然答应她的要求,于是赏她五千金,并当面把她退还给她的主人艾补·哈桑,而且还委他在宫中任职,做陪侍官。

从此,陶望督督同艾补·哈桑情投意合,结为恩爱夫妻,过着舒适、愉快的幸福生活,直至白发千古。

死 神 的 故 事

一

　　古代有个赫赫有名的国王,为人骄傲自满,好大喜功。有一天,他异想天开,要率领朝中文武官员,巡视全国各地,好向老百姓夸耀他的威武富豪。主意打定之后,他立刻命令朝中官员,准备旅途中需要的一切,并吩咐保管服装的仆人选出最华丽的盛装,叫管理车马的选出各种的骏马,作为巡狩之用。官吏和仆从们诚惶诚恐,遵循命令,准备一切之后,国王这才亲自从选择出来的服装、骏马中,剔选自己认为最豪华最骏壮的一部分,然后穿戴打扮起来,跨在配着镶满珠宝、玉石的金鞍银辔的骏马上,率领文武官员和士兵,浩浩荡荡,前呼后拥地出发。在旅途中,他洋洋得意,显示出矜骄、高傲、自满的情绪,飘飘然以为自己的豪华富贵,天下第一,欣然夸道:“世间有谁能和我比高下呢?”

　　正当国王目空一切,兴高采烈,得意忘形的时候,马前突然出现一个衣衫褴褛的陌生人,从容问候他。可是国王冷眼相向,默然不理不睬;陌生人却毫不客气,伸手抓住他的马缰不放。国王喝道:“撒手吧! 你不知道你牵着的到底是谁的马缰啊。”

　　“我有事请求你。”

"有什么请求的,待我下马来,你再说吧。"

"这是一桩秘密事,我只能对你耳语。"

国王把耳朵凑了过去,陌生人这才悄悄地对他说:"我是死神,我要拿走你的灵魂呢。"

"请你慢一步,让我转回宫去,向妻室儿女和亲戚朋友做最后一次话别吧。"

"不,你不能回宫了;你的寿限已经告终,从此再不能和他们见面了。"

死神回答着,从容拿走了他的灵魂,让他的尸体僵然倒在地上。

二

死神拿走国王的灵魂,从容离开他的尸体,继续前去执行别的任务。他找到一个廉洁、守本分、为人正直公道的好人,笑容可掬地问候他,说道:"告诉你这位廉洁守本的好人吧:我这儿有一件秘密事请求你。"

"有什么事,请你对我耳语好了。"

"我是死神呀。"

"欢迎你! 赞美安拉,我早就等着你了。你迟迟不肯光临,这叫我等得太寂寞了。"

"如果你还有什么事要做,请快去做吧。"

"除了急于要见伟大的主宰之外,我没有别的事了。"

"你愿我怎样拿走你的灵魂呢? 我是奉命必须按照你的愿意拿走它的。"

"那么请你慢一步,让我沐浴熏香,做最后一次祷告吧。在我叩拜之时,请你拿走我的灵魂好了。"

"好的;我是奉安拉的命令,前来按你的愿意拿走你的灵魂的。

既然如此，我照你的吩咐执行任务好了。"

廉洁、守本的好人喜笑颜开，沐浴、熏香之后，诚心诚意地祷告；于是死神趁他叩拜的时候，遵照他的愿意，从容拿走了他的灵魂。

三

古代有个非常有权势的国王，横征暴敛，刮削民脂民膏，并在宫中囤积世间应有尽有的各种物品，专供自己挥霍、享乐之用。他希望尽情享受那些数不完用不尽的财富，便鸠工建筑一座高耸入云、极其富丽堂皇的宫殿，装上两扇无比坚固结实的大门，到处设置了侍卫、门警和成群的婢仆。他深居简出，养尊处优地躲在宫中，过着舒服、快乐、如意的享乐生活。

有一天，国王很高兴，吩咐厨师做出丰富的山珍海味，大宴家人、幕僚，并款待侍从婢仆们，热热闹闹地共聚一堂，准备吃喝享受。国王本人坐在宝座上，依着靠枕，面对当前的盛况，高兴快乐，洋洋自得，暗中对自己说："我的自身呀！世间应有的享受，我全都给你收集起来了，你安心自如的享受吧，万寿无疆地吃喝这些可口的珍馐美味吧。"

国王正在自鸣得意之时，门前来了一个衣衫褴褛的不速之客，拉着门环不住地敲门。他肩上挂着一个褡裢，仿佛是个讨饭的乞丐。那紧急、响亮的敲门声，响彻整个宫室，甚至震动了国王的宝座。侍卫、婢仆们骇然震惊，急急忙忙奔到门前，怒形于色地骂道："该死的家伙！这是干什么呀？你为什么这样不懂礼仪？你等一等，待国王宴罢，我们把残汤剩饭赏给你。"

"请告诉你们的主人，叫他出来见我，我有要紧事和他商量。"

"你这个贱种，滚你的吧！你是什么人，胆敢要我们主人出来见你？"

"别多嘴多舌，你们只管进去通知主人好了。"

婢仆、侍从们转进宫去，如实报告一番；国王听了，大发雷霆，问道："为什么你们不驱逐他？为什么不剥掉他的衣服，打他一个皮破血流？"

国王刚说完，接着又是一阵敲门声，比头次更紧急、更厉害。这回侍卫和婢仆群起而攻之，拿起器械、棍棒，涌到门前。不速之客见他们来势凶猛，大吼一声，喝道："你们全都给我站住，不准动；我是死神啊！"

婢仆和侍从们听了，如闻晴天霹雳；大家一怔，吓得面面相觑，一个个呆若木鸡，没有了理智，哆嗦着动弹不得。国王吩咐侍从："告诉他吧，叫他随便拿一个人做我的替身好了。"

"我不拿别人做你的替身，"死神说，"我是专门为你而来的；现在我非叫你离开这些你平生搜刮、剥削来的财物不可。"

国王听了无法可想，长吁短叹，伤心哭泣，埋怨道："是这些财物欺骗了我，贻害了我，阻止我膜拜主宰啊，愿安拉诅咒它们。当初我以为金钱万能，可以得到它的帮助，可是今天我才明白是它给我带来了罪孽。现在我只好赤手空拳地打回老家去，财富全都留给仇人去享受。"

国王在悲伤、懊悔之余，仿佛听见一股嗡嗡的声音在他耳中盘旋："你凭什么埋怨我呢？你应该埋怨你自己才对。安拉从土里创造了我和你，把我寄托给你，让你好生准备来世的旅费；教你充分利用我，救济孤苦贫困，修桥补路，建设城防寺院；可是你却自私自利，一直把我储备起来，供你私人享乐，不知感激，反而抹煞我的好处。现在你不得不把我扔给你的仇人，你自己忧愁懊悔不迭，我有什么过失叫你这样埋怨、诅咒呢？"

国王坐在宝座上，望着席上的珍馐美味，还来不及吃喝，那嗡嗡的声音还袅袅不绝于耳的时候，死神就毫不犹豫，拿走了他的灵魂，让他的尸体僵然倒在地上。

四

　　古代以色列有个非常权威非常暴虐的国王,宫中警卫森严。有一天国王坐在宝座上,发号施令,正在威风凛凛,得意忘形的时候,突然有个魁梧奇伟,形貌蛮悍的大汉闯进宫来。国王害怕他的蛮劲,不愿接见他,一骨碌跳将起来,面对着他问道:"喂!你是谁?是谁让你进来的?谁使你到我宫里来?"

　　"是屋子的主人要我来的;我要上哪儿去,没有人能阻拦我。我去见帝王将相也不需要通报、请示;我不怕帝王的威权和势力;再横暴的人也无法欺负我;碰在我手里的人,谁也休想逃脱性命。我是破坏人间幸福的,是专门使人失群离散的。"

　　国王听了大汉之言,惊慌失措,吓得倒在地上,昏迷不省人事。过了一会儿,他慢慢苏醒过来,说道:"你是死神呀。"

　　"不错,我是死神。"

　　"指上帝起誓,求你宽限一日的期限,让我有个忏悔的余地,好向上帝求饶,并把存在库中的钱财全都归还物主,免得总清算之日,我挑着债务的重担,会受严厉的惩罚呢。"

　　"差得太远了!差得太远了!这是没有办法的。你的寿岁是有限的,甚至你的呼吸也是规定过的,这我怎么能够推迟它呢?"

　　"那么求你宽限一个钟头吧。"

　　"一个钟头也在规定的范围之内,早就消逝了,只怪你自己昏庸、糊涂啊。你充分享受过生存的全部时间,现在只剩最后的一次呼吸了。"

　　"我死了,被埋在坟里,那时候谁和我在一起呢?"

　　"那只有你的功德陪随你了。"

　　"可是我没有功德呀。"

　　"那么毫无疑义,你得归宿到地狱里。"

死神剀切地回答着,拿走了他的灵魂。国王倒了下去,尸体横陈地上;霎时间宫中响起一片悲哀哭泣的声音。死神回头望一望,冷静地说道:"如果他们知道他的归宿,他们会哭得更凄惨呢。"

亚历山大大帝和弱小民族的故事

　　相传从前亚历山大大帝东征西讨,开疆拓土,侵略、征服各国。有一次在征程中,路经一个弱小民族的境界,便派使臣去找他们的国王前来臣服、听令。只因那个弱小民族贫如水洗,生活非常简单,吃的是山茅野菜;而他们惯于未死之前,先做准备,总是把坟墓挖在自家门前,认真守护,经常打扫、修整,并时常到坟里膜拜安拉,怡然自得。他们的国王不应亚历山大大帝召唤,对使臣说:"我不仰仗他,没有见他的必要。"

　　亚历山大大帝亲自去见国王,问道:"你们的情况如何? 我看你们既无金银钱财,又缺生活必需物品;你们是怎样过活的?"

　　"生活方面的享受,任何人对它都是不会满足的。"国王简单地回答一句。

　　"你们干吗把坟挖在门前?"

　　"让它成为眼睛的标记,俾我们一见它便想起死亡,而不忘却来世,从而解除贪恋红尘的心愿,进而无牵无挂、虔心虔意地膜拜我们的主宰。"

　　"你们干吗吃山茅野菜?"

　　"因为不愿叫我们的肚子成为禽兽的坟墓,也因为饮食的美味再怎样也不可能超越咽喉而存在呀。"国王回答着伸手取出一个头骨,放在亚力山大大帝面前,问道:"大王知道这是谁的脑壳吗?"

"不知道。"

"这头骨的主人,原是一个帝王。他生前暴虐无道,虐待百姓,恃强凌弱,终身过着横征暴敛、无恶不作的生活,直至恶贯满盈、寿终正寝,安拉才拿走他的灵魂,让地狱做他的归宿地。这便是那个帝王的脑壳。"

弱小民族的国王解释毕,接着又拿出另一个头骨,摆在亚历山大大帝面前,指着问道:"你知道这是谁的脑壳吗?"

"不知道。"

"这个脑壳的主人,原来也是人间的帝王之一。他生前公正廉明,慈良成性,毕生关怀、爱护老百姓。他死后,安拉带他的灵魂进天堂去,并提升他的品级。"弱小民族的国王解释毕,伸手摸着亚历山大大帝的脑袋,问道:"看一看你吧!到底你是这两个帝王之中的哪一个呢?"

亚历山大大帝被问得瞠目结舌,无言对答;可他有动于衷,忍不住痛哭流涕,把国王搂在怀里,说道:"如果你愿陪随我,我将拜你为相,同你平分江山。"

"差得太远了!差得太远了!我可是不乐意干这种事呀。"弱小民族的国王剀切地谢绝亚历山大大帝。

"为什么呢?"

"因为你的钱财太多,拥有人世间的一切,弄得人们都变成你的仇敌。而我呢,由于知足、安贫,身外无物,既不追求荣华,也不需要富贵,所以博得人们同情,谁都乐意做我的朋友。一言以蔽之,我所有的一切,仅仅是知足而已。"

亚历山大大帝听了国王由衷之言,不禁感慨万千,再一次拥抱他,吻他的额头,然后惘然告辞归去。

国王艾诺史尔旺的故事

　　相传从前国王艾诺史尔旺执政期间,政通人和,国泰民安,因而他以公正廉明著称。有一次国王装病,卧床不起,召集亲信、可靠的幕僚至床前,对他们说,他身染疾病,卧床不起;据太医说,这种病症,须服以土墼配制的药剂才能痊愈。因此吩咐他们分头去全国各地走一趟,以便在荒无人烟的村庄里,从断墙残壁间,替他物色一个古老破旧的土墼,拿来做配药之用。

　　幕僚听从国王艾诺史尔旺的吩咐,诚惶诚恐,分道扬镳,不辞辛苦、跋涉,走遍全国各地;最后陆续归来,大伙谒见国王,报告旅行经过,说道:"臣等奉命出去,月夜奔波,足迹遍全国,可是始终找不到一个荒凉的村庄,也不见一幢坍塌的屋宇,因而此去等于虚行,始终没有找到一个古老破旧的土墼。"

　　国王艾诺史尔旺听了幕僚的报告,笑逐颜开,喜不自胜,欣然感赞安拉一番,然后对幕僚们说:"这回我派你们出去,目的是要你们做我的耳目,对我的国家做一次察访,俾我知道什么地方还有坍塌、破烂的房屋,以便兴工修补、建筑。现在经过踏看,各村寨的房屋都完整,这证明我国的设施是完备的,情况是良好而有秩序的,建筑已渐臻齐全完善地步。感谢、赞美安拉,愿他长保我的臣民兴旺、康宁。"

　　像上面这样的事情,说来倒不算稀奇。原来古代的某些贤君明主,爱民如子,毕生为国为民,经过长期惨淡经营,抱负才得实现。那是因为他们知道国家越兴旺,人烟越稠密,庶民的欲望、需求越大越多。兼之他们对先圣贤关于"宗教依靠国王,国王依靠军队,军队依靠金钱,金钱依靠栽种、经营,栽种、经营依靠国王公平待遇黎民"的名言深信不疑,因而他们不让属僚、下吏作威作福,也不许一人恶霸蛮横;还因为他们知道在暴君虐政下,黎民不能安居乐业,则怨言百出,咒骂连天,会相率弃国他迁,结果税收减少,国库空虚,势必形成家破国亡之局面,对国王来说,此自速灭亡之道也。

以色列法官和妻室的故事

相传从前以色列人中有个法官,他的妻室非常贤淑、美丽,而且耐性、节操很好。法官要上巴勒斯坦去朝山敬香,托他弟弟代理职务,并管理家务。

法官的弟弟知道嫂嫂生得窈窕美丽,对她一向怀着邪僻的爱慕心情,因而法官动身起程之后,他便亲近嫂嫂,进而调戏她,企图奸污她。她可是严加拒绝,始终保持贞操。经过无数次的要求、诱惑,可一直没达到奸淫的目的。他大失所望,又怕哥哥朝山归来,嫂嫂会把他的不法行为告诉他,因而恼羞成怒,索性反咬一口,诬她犯通奸罪,暗中邀约几个坏人作证,向国王起诉。

国王按通奸罪,判她以乱石击毙的处分。执法之日,人们挖个地坑,让她坐在里面,然后从四面八方投石打她,边投石边叫道:"让地坑做她的坟墓吧!"石头像雨点般落在她身上,直把她埋没了。

她虽然被打伤,幸而还没断气,因而不停地呼喘、呻吟。当天夜里,一个乡下人从那里路过,听见呻吟声,赶忙把她救出来,带到村中,把她交给老婆调理、医治。

过了一些日子,她的伤养好了,村人的老婆留她住在另一间屋子里,代她保育自己的婴儿。从此她算是有了生存的余地。然而祸不单行。在她替人带孩子期间,有个匪徒看中她的姿色,用尽各种办法引诱、调戏她,企图奸污她,可她不受骗,始终保持贞操。匪徒欲不得逞,决心要杀害她。

一天夜里,匪徒趁她入睡之时,带着匕首,悄悄地越墙进屋去,走到床前,手起刀落,使劲戳了下去,满以为可以一刀结果她的性命了。然而事实竟然出乎意料。匪徒的刀刺中的却不是她,而是睡在她身边的婴孩。孩子算是做了她的替身,她的生命得以保全。匪徒知道被杀的是孩子,感到恐怖,落荒而逃。

次日清晨,她从梦中醒来,见身边血淋淋被害的孩子,莫名其妙,怀着恐怖心情,赶忙跑去报告女主人。女主人怀疑是她做的坏事,一口咬定说:"是你杀死我的儿子!"于是狠狠地鞭挞、折磨她,要宰她偿命。幸亏男主人及时赶来救护她,劝老婆说:"指上帝起誓,这不是她做的。"

这个多灾多难的贤淑女人第二次获救,从主妇家解脱出来,孑然一身,走投无路,无家可归,前途茫茫,不知如何是好。她漫无目的地一直朝前走,路过一个村落,见人群围着被吊在树上的一个男人看热闹,便走过去,问道:"他怎么了?"

看热闹的人告诉她:"他闯了杀身之祸,若不出钱赎罪,就该活活地被吊死。"

眼看那个受刑的男人,她同病相怜,因而不顾一切,慨然掏出袋中仅有的几块钱,递给他们,说道:"你们收下这几块钱,放了他吧!"

那个犯人得救之后,当她的面诚心忏悔,并赌咒发誓,为了上帝,许下终身服侍她的愿心。后来他搭了一个茅舍供她居住,并为她上山打柴,供给饮食,让她安心住在茅舍里勤修苦练,专心膜拜上帝。

过了一些日子,她的道行日彰,神通渐显,凡患病、着魔的人找到她,经她一祈祷便痊愈,因而她的名声越传越远。一般患病的人,不辞跋涉,远道前来求她治疗的,络绎不绝。就在这个时候,从前危害、虐待过她的人都患了不治之疾:比如诬告她通奸,害得她被判死刑的那个她的小叔子脸上生了一个毒瘤;那个毒打她的主妇患了麻风病;那个暗杀她的匪徒害了瘫痪症。他们一个个被病魔缠绕,求愈之心甚切,因而都去求她医治。

先是她丈夫朝山归来,不见妻室的面,便向弟弟打听她的去向。他从弟弟口中知道她死了,因而非常伤感,只好把她委托上帝去估量。继而他眼看兄弟卧床不起,服药无效,便对他说:"弟弟,你不去求那位虔诚、廉洁的妇人给你治疗吗?也许上帝会借她的手使你的病痊愈的。"

"哥哥啊,请你带我去吧!"他同意哥哥的建议,愿意前去就医。

法官果然带着弟弟,不辞跋涉,前往边远的地方去求医。同样的,那个患麻风病的主妇和那个瘫痪的匪徒,也被她丈夫和他家里的人带来求医。他们不约而同地在茅舍门前碰在一起,等着进去治疗。这时候,在他们不知不觉的情况下,她从内面已洞见他们的一切。

过了一会儿,她的仆人开门出来,他们便争相求他转告主人,希望允许他进去就医。仆人进去请示。她慨然允诺,即刻戴上面罩,站在门内接待他们。仆人一开门,她一眼便看见她丈夫和她的小叔,也看见那个主妇和匪徒。她清清楚楚地认识他们,可他们却不知道她是谁。这种情景跟诗人描绘的十分相似:

> 今日受屈的人与凶徒恶棍碰头,
> 一切的隐情已被揭露无遗。
> 在这样的场合里,
> 作奸犯科的歹徒显得卑贱、下流,
> 只有循规蹈矩的良民才算高贵、尊严。
> 我们的主宰把真情昭然揭示在人前,
> 不管罪犯憎恨与否。
> 可叹那违法抗命的叛逆,
> 他似乎不知道上帝的报怨。
> 畏惧、敛迹才是求荣的途径,
> 愿你做个安分守己的良民。

她见他们求愈心切，便开诚布公地指示他们，说道："前来就医的人们，除非你们把犯过的罪、作过的孽全都承认、坦白出来，否则，你们的症候是痊愈不了的。因为奴婢要诚心忏悔，上帝才宽恕他、满足他的愿望呢。"

听了她的开导，法官对他弟弟说："弟弟，你真心诚意地忏悔吧，别执迷不悟了。要诚心悔过，你的病才可望痊愈的。"

"现在我要说真心话了：我呀……"法官的弟弟开始忏悔，把他调戏嫂嫂不遂而诽谤、诬告她，以至害死她的罪行，从头到尾，详细叙述一遍，最后说道："这都是我所干的罪孽啊。"

接着那个患麻风病的娘儿忏悔道："从前我家里有个女佣人，我曾经把不相干的罪名加在她身上，刻意毒打她，存心弄死她。这是我犯的罪过啊。"

继而那个瘫痪的匪徒忏悔道："我曾经调戏一个善良妇女，因达不到奸淫目的而怀恨在心。某天夜里我溜进屋去暗杀她，却杀死她身边的一个婴孩。这是我所干的罪孽啊。"

虔诚、廉洁的妇人听了罪犯们的忏悔，知道他们所招供的都是事实，证明他们虔心悔悟，因而开始替他们祈祷，喃喃地哀求道："上帝啊！按照你叫他们看见罪犯所遭受的痛苦那样，恳求你也叫他们看一看顺从者应享受的荣幸吧！因为你是全知、万能的呀。"

经她一祈祷，几个病人都痊愈了，一个个都恢复了健康，大伙儿破涕为笑，皆大欢喜。

那期间，法官一直睁大眼睛，从头到脚地仔细端详那个虔诚、廉洁的妇人，对她的音容举止很感兴趣。她问他干吗这样打量她。他回道："我的元配已经过世了。如果她还活着，我一定会说'你就是她'。"

这时候，她觉得没有再缄默、回避的必要，于是揭下面罩，露出本来面目，爽然承认她就是他的元配。从此夫妻二人邂逅相遇，不禁喜出望外，认为夫妻分而后合，显然是上帝的无上恩赏，因而感激涕零，相对泣不成声。

当此之时，危害过她的那个主妇、匪徒和法官的弟弟眼看她的遭遇和结局，愧喜交加，恧然一再求她饶恕并收容他们。她慨然宽恕他们，欣然接受他们的要求。于是他们终于做了她的随从，跟她在一起专心膜拜上帝，埋头修功悟道，直至白发千古。

圣寺中一个廉妇的故事

相传从前一个有名望地位的人叙述他的经历时说:朝觐期间,某天夜里,我正环游圣寺的时候,忽然听见一股如泣如诉、异常凄惨的感叹声。我侧耳倾听,只听得那感叹声断断续续地说道:"宽大、博施的主宰啊! 为报答你赏赐的无上恩惠,我将永不变心地遵守约言。"听了那凄咽的感叹声,我的心感动得几乎飞腾起来,差一点停止了呼吸。被好奇心驱使,我朝声音出处走了过去,仔细一看,那感叹的原来是个女人。我走近她,向她致意,说道:"安拉的女仆啊,你好!"

"你好。愿安拉慈悯、恩赏你!"她回问一声,并替我祈祷。

"指伟大的安拉起誓,我来问你:你矢言要遵守的到底是什么约言呀?"

"如果你不指万能的安拉起誓,我是不肯向你泄露秘密的。请看我手中这个吧!"

我一看,见她手中抱着一个酣睡的婴孩,便问道:"是你的孩子吗?"

"不错,是我的儿子。我带着他离开家乡,乘船前来朝觐。中途飓风突起,船被汹涌澎湃的波涛打破,全船人遇难。我母子攀伏在一块木板上,才免于死亡。可是祸不单行,那木板被风吹浪打,漂摇不定,我母子的生命危在旦夕,随时有淹死的可能。正当挣扎、祈祷之不暇,却有一个水手攀到我母子攀伏的那块木板之上。按理说,我同他应该互助共济,设法摆脱灾难才对。然而那个水手行为不端,心术不正,居然对我说:'指安拉起誓,还在船中我就看中你,现在总算来到你面前了,你必须以身许我,否则我就推你下海。'我严词责备他:'你这该死的家伙!碰到这样的惊险、灾难,岂不是你连警醒、觉悟的心肠都没有一点吗?'他却厚颜无耻地说:'这样的事件我遇过很多次,都没淹死,所以我不在乎。'我劝告他:'你这个人呀!我们在灾难中,要安分守己,才可望平安脱险;反之,胆大妄为,那只会加深灾祸,是自寻死亡呀。'他可不听忠告,始终缠绵、威胁,非逼我跟他通奸不可。我被逼无奈,怕他下毒手,只好骗他说:'慢来!等孩子睡熟再说吧。'他可不听我的,伸手从我怀里夺去孩子,随即把他扔在海中。我眼看他对孩子的残酷行为,气得愁肠寸断,显然,我的灾难更加沉重了。处在那样的情况下,除了向安拉求援,我能有什么办法呢!于是我忍着怒气,抬头望着天空,向安拉求救,祈祷道:'善于排难解纷的主宰哟!你是万能的,求你保护我,别叫这个野兽伤害我吧,'我哀求、祈祷之后,接着便有一头海兽浮出水面,一口吞掉那个水手。这时候木板上仅剩我一人,寂然飘在茫茫大海中,任风吹浪打,想着无辜被害的孩子,感到心如刀割,肝肠寸断,忍不住痛哭流涕,凄然吟道:

> 眼珠般亲爱的儿子一旦失去,
> 惦念减弱我的耐性。
> 我身受溺毙的威胁,
> 恋念又在心头燃起炽烈的火焰。
> 除非安拉伸出援救之手,
> 否则我的苦难便永无止境。
> 我主!你曾亲眼看见我的遭遇,
> 母子一旦生离死别。
> 愿你本怜悯心肠让我母子重逢,

这是我仅有的最后希望和目的。

我在木板上漂泊了一昼夜。次日清晨,我举目一望,发现远方出现帆影。在风浪的吹打下,木板一直被推向前,终于漂到我看见帆影的那只船前。船中人把我救到他们船里,让我坐下。我摆头一看,见我的儿子跟他们在一起。我喜不自胜,跳起来,扑过去把他搂在怀里,说道:'请问你们,这孩子是我的,怎么他会在你们船里?'经我这样一问,他们回道:'昨天我们在海中航行,突然间船停住不动了。我们一看,原来是一个像城市那么庞大的海兽拦住它的去路。当时这个孩子躺在海兽背上,吮着他自己的大拇指,因此我们就把他救上船来。'我听了孩子得救的经过,这才把自己的旅行和遭遇,全都告诉他们。安拉使我母子再生、重逢,我衷心感激,并许下愿心,决心不离开圣寺,以膜拜安拉、服务圣寺为终身职务。从那回以后,凡是我希望、要求的,安拉无不应允。"

我听了那个妇人叙述她的经历,心有所感,掏出钱包,打算拿钱接济她,却没想到我的举动会激怒她。她一声叫骂起来:"孬种,去你的吧!我告诉你安拉的慈悲、仁德事迹,难道是为从别人手中获得布施吗?"她断然拒绝,我不能获得她的谅解,只好狼狈告退,悄然吟道:

> 多少恩惠安拉暗中施赏出去,
> 聪明人却视而不见。
> 多少困难事情在奋发后终于变得轻而易举,
> 满腔的郁闷也因之而消灭。
> 多少天灾人祸会一朝突然临头,
> 晚上悦目畅怀的运气也会无端接踵降临。
> 某天你因故感到惶惑、急促不安之际,
> 就该越发信赖安拉的解脱、保佑。
> 此外还须求先知替你说情,

因为每个穆民都可借说情达到希望和目的。

她果然信守约言,住在圣寺中,以打扫院落并埋头膜拜安拉为终身职务,直至白发千古。

马立克·迪诺尔和黑奴的故事

相传从前马立克·本·迪诺尔叙述他的经历时说:那年巴士拉天旱成灾,我们几次出去求雨都没求下来。后来我又同尔塔温·赛勒谟、萨彼特·白诺尼、乃基·普科五、穆罕默德·本·瓦叟尔、阿尤勃·粟海体亚尼、哈彼补·法尔西、哈萨尼·本·艾补·西楠、鄂台白图·武辽睦、萨礼和·穆子尼等同道的知心朋友一起出去求雨,当时学校中的儿童也停课参加求雨。到了郊外,大家站在礼拜坛上,哀祷、祈求,直至傍晚仍不见落雨,人们陆续回家去了;最后只剩我和萨彼特·白诺尼还留在礼拜坛上。天黑时候,我们看见一个面貌端正、脚杆细长、肚子很大、下身穿着最多只值两块钱的粗毛裤衩的黑人来到那里。他取水小净之后,从容走上礼拜坛,利索地礼了两拜,然后开始祈祷。他抬头望着天空,喃喃地哀求道:“我主!奴婢向你所乞求的丝毫无损你的财富,但什么时候才能获得你的允许呢?岂不是答应奴婢们的要求,会给你的库藏带来亏损吗?我向你起誓,凭你爱我的缘故,恳求你即时降给我们雨水吧。”他刚祈祷毕,接着就满天乌云密布,继而雨点像从皮水袋口中注出似的,倾盆大雨下个不停。我们离开礼拜坛时,积水淹齐踝骨。

我对那黑人的言行,莫测高深,老觉得奇怪,因而不自主地一直走到他面前,直截了当地责问他:“你这个该死的黑人!你说那样的话,一点也不觉得害臊吗?”

黑人回头瞪我一眼，反问道："我说什么了？"

"你对安拉说'凭你爱我的缘故'。我来问你：你是打哪儿知道他爱你呢？"

"你这个只图享受而不顾灵魂的家伙，去你的吧！安拉凭知识、学问启发我、让我认识他的时候，我究竟算什么呢？你可是亲眼看见他答应我的要求了，这难道还不是他爱我的缘故吗？"继而他接着说："告诉你吧：他爱我的程度跟我爱他的程度是同等的。"

"再跟我谈一会儿吧！愿安拉慈悯你。"

"对不起，因为我是一个奴隶，必得遵循主子的命令。现在我该干活去了。"

那黑人说罢，扬长而去。我们只好拉长距离，追随在他后面，仔细窥探他的行踪；最后见他走进奴贩商的屋子。当时已是深更半夜时候，如果等待下去，觉得时间太长，只好各自回家。

次日清晨，我们去到那个奴贩商的屋里，对奴贩商说："你这儿有奴隶吗？卖个给我们使唤吧。"

"有的是；总共百多个，都是预备出卖的。"奴贩商说着叫奴隶们一个跟一个地走出来让我们选择。

我们先后看了七十个奴隶，却不见那个黑人在他们行列中。奴贩商说："除此之外，没有其他的奴隶了。"我们大失所望，正预备走时，发现屋后有间破烂不堪的茅屋，走过去一看，见那个黑人站在里面。我喜不自胜，说道："指安拉起誓，就是他！"于是赶忙去见奴贩商，对他说："把那个黑人卖给我吧！"

"他是一个一无可取的倒霉家伙；夜里只知悲哀哭泣，白昼却长吁短叹地老是悔恨不已。"

"就是因为这个我才要买他呢。"

奴贩商出声一唤，黑人便睡眼惺忪地走了出来。奴贩商指着他对我说："他的缺点我可说清楚了。你既然喜欢他，随意出点钱买走他吧。往后出什么差池，你可别怪我啊。"

"他的名字叫什么？"

"他叫迈蒙。"

我花二十个金币买了黑人，牵着他的手，向奴贩商告辞，预备带他回家。他回头看我一眼，说道："我的主子呀，你干吗买我？指安拉起誓，我是不适于侍奉人的。"

"指我的头颅、身体起誓，我买你，只为我要侍奉你呀。"

"这是为什么呢？"他觉得奇怪。

"昨晚在礼拜坛上我们不已认识了吗？"

"你看见我了？"

"我还跟你谈过话呢。"我提醒他。

听了我的回答，他默不作声，只顾朝前走，一直进入清真寺，从容礼了两拜，随即喃喃地祈祷："我主！你已向人显露出你我之间的秘密，这叫我感到万分惭愧，从此我活着还有什么意义？现在第三人既已洞悉我们之间的秘密，我起誓，恳求你立刻把我的灵魂拿回去吧。"

他祈祷毕，俯首伏在地上。我在一旁等了好一会儿，不见他抬起头来，便过去推他，这才发觉他不声不响地瞑目长逝了。

我把他的尸体放平，让他仰面躺着，并拉直他的手脚，仔细端详，只见他满脸光泽，笑容可掬，显出雍容、怡然自得的神情。

我们面对黑人的遗体正感到惊奇诧异的时候，突然有个青年进入清真寺，向我们问好，说道："为我们这位迈蒙弟兄的身后，愿安拉重重地报答你们的恩情。喏！这是他的寿衣，请拿它装殓他的遗体吧！"

那青年说着递给我两匹白布。我接在手里一看，只觉得那样美好的布帛，是我们从来没见过的。于是我们洗涤、装殓他的遗体，并把他埋葬在郊外。从此他的坟墓终于变成游人络绎不绝的胜迹；至今每逢天旱年成，人们惯于扶老携幼地上那儿去求雨。

一对以色列夫妇的故事

相传从前以色列人中有个善良、虔诚的信徒,向来虔心虔意地膜拜上帝,并勤勤恳恳地劳作,过着节俭、朴实的淡泊生活。他的妻室非常贤淑,历来言听计从,全力协助丈夫操作。两口子坚持斋戒、礼拜,靠做托盘、裱扇子糊口。每天午前两人在家辛勤劳作,午后男的带着成品去大街小巷叫卖,换取生活费用;生活虽然清苦,但无冻馁之虞。

有一天午后,男的照例带着托盘、扇子出去做生意,从一家富豪门前路过,被女主人看见,对他昳丽的容貌和温良的举止很感兴趣,终于一见倾心,无从抑制爱慕心情,便趁丈夫不在家的好机会,吩咐丫头:"你想个办法把那个卖托盘、扇子的人唤到我们家中来吧!"

丫头遵循命令,果然跑出大门,叫他站住,说道:"喂!上我们家来,让我们太太看看你的货色吧,她要买几件呢。"

他认为女仆说的是实话,进她家去卖东西也不碍事,于是果然走了进去,按她的指示坐下来。却想不到那丫头把门一关,接着太太也就从房里嬉皮笑脸地走了出来,一把扯着他的裰子,生吞活剥地把他拽进房去,娇滴滴地说道:"长期以来我老想跟你幽会,想你想得忍耐不住了。喏!这屋子为你而打扫、熏香出来了,吃喝的也备办齐全了;你只管放心,今晚老爷是不回家过夜的。往昔呀,多少个王公富豪一再巴结、谄媚我,希望和我亲近,但我从来没理睬过谁,今天我可是毫无保留地许身给你了。"她喋喋不休地一口气说了一大串,只顾谈情说爱;对方却慑于犯罪作孽,唯恐将来在上帝面前吃罪不起,因而耷拉着脑袋,惭愧得抬不起头来。当时他的境遇,诗人曾作如下的描绘:

> 在我与她交欢之际可能犯下不可赦免的罪孽,
> 只有廉耻心足以保护我不栽跟头。
> 我的羞耻是一副救命药剂,
> 忘掉羞耻她的疾病就不能痊愈。

虔诚的犹太教徒一心要摆脱她的纠缠,但苦无办法,不得已他勉强说道:"我向你要一样东西。"

"你要什么?"

"给我一壶洁净的水,让我带到屋顶的晒台上去洗掉屁股上的污垢,免得被你看见。"

"我的屋子宽敞得很,有的是暗室、密所;再说沐浴室也是现成可用的。"

"不过上屋顶的晒台上去洗涤,这是我唯一的希望目的。"

"好吧,"女主人慨然答应他的要求,随即吩咐丫头:"给他预备一罐水,带他往晒台上去洗吧。"

女仆听从主人的吩咐,果然灌了一壶水,带他去到屋顶的晒台上,把水递给他,然后规规矩矩地走下楼去。他喘口气,赶忙洗个小净,礼了两拜,祈祷一番,然后居高临下,俯视地面,打算纵身跳下去。他仔细一看,屋顶太高,生怕摔碎身体,因而犹豫起来;可是他回心一想:若不趁此脱身,就得被逼犯罪作孽,将来怎受得了上帝的惩罚!想到这里,顿时觉得跳下去即使粉身碎骨、牺牲性命,也是轻而易举、没有什么可怕的了;于是他喃喃地向上帝控诉:"主啊!你看见我的遭遇了;因为你是万能的,所以我的境遇是瞒不过你的。"当时他的情形诗人曾作如下的描绘:

我把心灵、思虑都呈现在你面前，

最秘密的事情你全都知悉。

在不得已的情况下我大声呼吁，

而缄默时的一片情操却尽在不言中。

你是独一无二的上帝，

可怜、无辜的我向你诉苦、求援。

我原有的愿望想必可以实现，

只是心灵快就脱身飞去。

舍生是最难实践的一桩事情，

但在你的命令下却变得轻而易行。

在试验后若蒙垂青、怜恤，

那只有你能使我履险若夷。

    虔诚的犹太教徒决心摆脱淫妇的纠缠，鼓足勇气，纵身一跳，只觉得飘然如在梦中，一会儿便从屋顶落了下来。他睁眼一看，见自己安然站在地上，感到无比快慰，认为他既没犯罪作孽，又能保全性命，这是上帝冥冥中的恩赐、保佑，所以衷心感赞上帝。

    脱身后，他赤手空拳地回到家中，比往日回家的时候都迟。老婆见他两手空空，一无所有，觉得奇怪，问他迟归的原因：为何一点货物不剩，到底是做了什么事情，怎么不带食物回家。他只得老老实实地把碰到的意外，从头到尾，详细叙述一遍。老婆听了，说道："赞美上帝，是他替你消除祸患而保全你的生命。"接着她又说："当家的，咱们的邻居都知道咱们每天晚上生火做饭，今晚如果不生炉子，他们会发觉我们没有吃喝。为感谢上帝，咱们只好掩盖实情，继续斋戒、礼拜吧。"于是她起身拿柴火生着炉子，敷衍邻居，欣然吟道：

我生起炉火敷衍邻里，

进而掩盖我的欲念。

我乐意接受主上的判决，

或许我的谦卑行为能博得他的同情。

一切布置妥帖之后，她同丈夫一起盥洗一番，然后双双地礼拜、祈祷起来。这时候，邻居的一个娘儿上她们家来讨火。她应声说："你自个进厨房去点吧！"

那娘儿走到炉边点了火，随即大声提醒主人："喂！别叫面饼烤焦掉，快来收拾吧。"

她听了邻居叫唤，对丈夫说："这个娘儿说什么，你听见吗？"

"你出去看一看吧！"

她果然走出房门，去到炉前一看，见炉中全是白面饼，知道是上帝恩赐的，不禁感激涕零，赶忙拿面饼回到房中，两口子饱餐一顿，然后赞颂上帝，感谢他的恩赐。继而她欣然说道："当家的，让我们虔心虔意地祈祷吧！或许上帝会赏赐我们什么，免得我们终日为生活奔波、劳碌，这我们就可以安安静静、专心一致地斋戒、礼拜了。"

"好的，你说的对。"丈夫同意妻室的提议，于是两口子夫唱妇随地行动起来：丈夫喃喃地向上帝祈福求寿，老婆在侧"从心所愿！心愿如是"地随声附和着。这时候，咔喳一声，屋顶蓦地裂开一条缝隙，接着从缝隙中流下无数红宝石，房中顿时充满珠光宝气，俨若白昼。他俩的愿望一旦实现，欢喜若狂，衷心感谢上帝一番，然后收拾宝石，忙到深更半夜才熄灯睡觉。

当天夜里，两口子沉浸在甜梦中，女的似乎梦见自己身在天堂中，见一幢宫殿里陈列着一行行的讲座和一排排的椅子。她一打听，才知道讲座和椅子是为先知们和一般虔诚的信徒设置的。继而她打听她丈夫的座位，走过去一看，见那张椅子破烂不堪，当中有一条缝隙。接着她又打听那缝隙的来历，才知道那缝隙原来是通过屋顶落入室中那批红宝石遗留下来的痕迹。她骇然从梦中惊醒，回忆着梦境长吁短叹，悲哀哭泣，毅然向丈夫建议："当家的，快祈求上帝把这些红宝石收放到原来的地方去吧！因为今生忍受短暂的饥寒，跟来世在群贤行列中，长期坐一张破交椅所感受的痛苦比起来，那是最容易不过的事呢。"

　　她丈夫果然虔心虔意地祈祷,恳求上帝收回恩赐。他的祈祷受到上帝的应答,结果两口子亲眼看着那些红宝石腾空从屋顶的缝隙飞走。从此两口子仍然夫唱妇随,边劳作自食其力,过清苦生活,边埋头膜拜上帝,直至白发千古。

汉昭祝和信士的故事

相传从前汉昭祝·本·郁稣福·塞格斐执政期间,下令缉捕一个很有名望的大人物。人逮到后,押进宫去,汉昭祝亲自审讯,骂道:"安拉的死敌呀!你能逃到哪里去?安拉可是比你更能干呢。"继而吩咐手下的人:"把他送进监狱,戴上顶重的脚镣手铐,并做个仅够容他一身的牢笼监禁、看管起来,不准他出来,也别让人接近他。"

手下的人诚惶诚恐,唯命是听,果然把那犯人送进监狱,找来一个铁匠给他钉脚镣手铐。铁匠举起铁锤每捶一下,他总是仰视天空,喃喃地说道:"难道宇宙间的一切不是他的吗?"

戴起脚镣手铐之后,他被关进特为他制备的囚笼,开始过孤苦、寂寞的牢狱生活。他触景生情,欣然吟道:

> 唯众目仰望的你才是我的希望和目的,
> 我也只能靠托你那广大无边的恩惠。
> 我的境遇丝毫瞒不过你的视听,
> 能看你一眼这是我最终的目的。
> 他囚禁我严加考验,
> 可叹离乡背井的我惨遭不白冤屈。
> 在孤苦寂寞的情况下提念你使我感到慰藉,
> 睡不着觉时只有你是我促膝谈心的伴侣。
> 你将怜惜下情这是可以理解的事情,

因为只有你深知我胸中埋藏的一切。

当天夜里狱吏布置一番,吩咐狱卒小心看管监狱,然后回家过夜。次日清晨,狱吏回到狱中踏看,不见昨天逮捕的那个重要犯人的踪影,只剩脚镣手铐堆在一边。他这一惊非同小可,认为自己失职、惹祸,非被处死不可,因而毫不迟疑,赶忙转回家去,跟妻室儿女最后话别一番,然后把寿衣和护尸药膏挟在腋下,一口气跑到宫中,来到汉昭祝面前,预备自首,承担应得的罪罚。

汉昭祝嗅到护尸药膏的芬芳气味,惊而问道:"这是什么?"

"主上!这是我带来的。"

"谁叫你干这个的?"

狱吏把犯人失踪的经过,从头详细叙述一遍。汉昭祝听了,大发雷霆,骂道:"你这个该死的家伙!昨天你听见他说什么没有?"

"对,我听见了。昨天铁匠给他钉脚镣手铐的时候,他抬头望着天空,喃喃地说道:'难道宇宙间的一切不全是他的吗?'"

汉昭祝气得无奈,只好对狱吏解释说:"傻家伙!你还不明白吗:就是犯人当你面所提说的他,在你不在场的时候,把他给放走的呀?"

消息传出宫外,民间议论纷纷,某诗人曾吟诗寄意:

> 我主!多少灾祸蒙你替我消除,
> 舍你宇宙间我就不能安身立足。
> 多少灾难事变我无法估计,
> 幸亏你屡次叫我免遭厄运。

铁匠和女郎的故事

　　相传从前有个虔诚、爱道的信徒,听人说某城市中有个铁匠,能把手伸进炉中,拿出烧红的铁块而手不会灼伤。在好奇心的指使下,他不辞跋涉,直去到那座城中,找到那个铁匠,站在一旁,仔细观看铁匠打铁。果然名不虚传,他的确是以手代钳,从炉火中取出烧红的铁块的。他耐心等铁匠打完铁,这才趋前向他问好,说道:"今夜我打算上你家去做客,你允许吗?"

　　"欢迎得很,请吧!"铁匠慨然答应他的要求,于是带他回到家中,当最亲密的朋友殷勤招待,一块儿吃晚饭,并同床睡觉。他暗中注意铁匠的举止动静,却不见他专心膜拜、修炼,与常人毫无不同的地方,因而觉得奇怪,想道:"他恐怕是故意隐瞒真情,不让我知道个中的秘密吧。"

　　为了解真情实况,只好延长做客期限;第二和第三天晚上,仍继续在铁匠家中过夜,暗中窥探他的行动。只见他利用短暂的时间,在礼拜、祈祷方面,除遵循天命、圣行外,并不附加什么,也不是整夜勤修苦练。他莫名其妙,迫不及待,便直截了当地向他本人打听,说道:"老兄啊!据说你是得道的人,你的神通我曾亲眼看见,可是我仔细观看你的举止,却不见你像显奇迹的人那样专心修练,到底你的道行是由何而来的?"

　　"这里面的原因说来话长,容我从头告诉你吧!"铁匠爽然乐意答复对方提出的问题，"事情是这样开始的：当初我爱上一个女郎，经常跟她见面，多次生方设法引诱、调戏她，存心跟她苟合。她可是非常贞节，断然拒绝我的要求，因而我没有能够达到奸淫目的，所以闷闷不乐、怀恨在心。

"有一年久旱不雨，大闹饥荒，灾情严重，人们普遍挨饥受饿。有一天我坐在家里，忽然听见敲门声，赶忙开门一看，原来是我爱过的那个姑娘站在门前。刚见面她就对我说：'我饿极了，不得已前来仰求你，请看安拉的情面，给我点吃的度命吧。'

"当时我趁机报复，埋怨道：'当初我想你想得要死，为了你，我吃够苦头，这种情况难道你不知道吗？现在除非你以身许我，我是不会给你饮食吃喝的。'

"'宁可饿死，我不敢犯罪作孽。'她说罢从容归去。

"过了两天，她又来敲我的门，一见面，把头次说过的话，原样对我重说一遍，我也同样拿第一次说过的话回答她。她进我家来，倒身坐下，眼看要饿死了。我拿饮食摆在她面前引诱她，她眼泪汪汪地哀求道：'看安拉的情面，让我吃喝吧！'

"'不，指安拉起誓，除非你以身许我。'我坚持己见。

"'饿死事小，失节事大。对我来说，饿死比犯罪作孽要强得多。'她说罢，撇下饮食，站起来边走边吟道：

> 天地间充满我主的恩惠，
> 我的控诉、遭遇瞒不过你的视听。
> 灾祸、大难一旦临头，
> 当中夹着不堪言谈的情节。
> 我像一个口渴的人看见一条河流，
> 但眼睁睁喝不到其中的一点一滴。
> 在转瞬即逝的吃喝享受与遗臭终身的犯罪行为这
> 　　两桩事实面前，
> 我的灵魂跟我始终聚讼纷纭。

她的身影在吟叹声中，消逝在我眼前。经过两天之后，她又来敲门。我开门一看，见她气息奄奄，有气无力，微声细气地说道：'我被饥馑磨得声嘶力竭，无法可施，除你之外，我不能抛头露面地去求别人。你能看安拉的情分，给我点饮食充饥吗？''不，除非你以身许我。'我坚持己见，断然拒绝。

"她进我家来，坐下。当时没有现成可吃的饮食，我临时动手去做。我弄好饮食，盛在大碗里，正预备端出来给她吃喝的时候，幸亏安拉指点，我一下子觉悟起来，这才埋怨自己，暗自说：'我真该死呀！这不过是一个脑筋简单、信仰单纯的女流，但她忍饥耐饿，一再拒吃饮食，直坚持到忍无可忍的最后关头；可我自己呢，从始至终，老断不了奸淫念头。主啊！我诚心向你忏悔，对以往的种种邪僻念头，我痛心疾首，从今以后，我改过自新，恳求你饶恕我的罪行。'

"我忏悔了一番，欣然来到她面前，把饮食递给她，恭恭敬敬地说道：'不碍事，你只管放心吃吧！我这是看安拉的情面才救济你呢。'

"她听了我的解释，猛然抬头望着天空，喃喃地祈祷起来，说道：'我主！如果这人说的话是出自真心实意，那恳求你替我报答他的一片好心，在今生和来世里，都别让火灼伤他的身体，因为你是万能的，是有求必应的。'

"我让她吃着，自个儿回到厨房去灭火，那正是隆冬时节，天气寒冷，我哆嗦着偶然不慎，弄翻了火炉，一块炽烈的柴炭落在我脚上，我丝毫不感觉疼痛。我把那块柴炭捡起来，捏在手里，也不见手指被灼伤。这时候，我恍然大悟，原来是安拉应答她的祈求了。于是赶忙来到她面前，说道：'我向你报喜吧！安拉应答你的祈祷了。'接着我把碰到的事，从头叙述了一遍。

"她听了非常感动，即时放下手中的食物，抬头仰视天空，喃喃地祈祷道：'我主！你是万能的，像你应答我的要求、满足我的愿望这样，恳求你拿走我的灵魂吧！'

"她刚祈祷毕,随即从容瞑目长逝。这显然是她的虔诚感动安拉,博得他的怜惜,因而慨然应答她的要求。"

女郎死后,消息传开了,人们争相乐道其事,某诗人也为此事而赋诗。诗云:

> 她替诱她通奸的罪犯祈祷、求情,
> 安拉答应她的请求,饶恕他的罪行。
> 他答应满足她的需求,
> 拿她渴望的食物摆在她眼前。
> 只望得到一口饮食充饥、度命,
> 她第一次登门向他诉苦、求援。
> 怀着寻求同情、怜悯心情,
> 她再一次登门向他苦苦哀求。
> 为要满足情欲他始终坚持作孽念头,
> 一心以为最后必然达到奸淫目的。
> 虽然他没有悔悟心愿,
> 安拉依然给他改过忏悔的机会。
> 衣食掌握在安拉手里,
> 他按规定源源给予奴婢。

隐士和国王的故事

　　相传从前以色列人中,有个以勤修苦练、廉洁淡泊闻名的虔诚信徒,他一旦祈祷,上帝便应答他的要求,满足他的愿望。他惯于白昼遨游山中,夜间通宵埋头膜拜、修练。山中有大量的雨水供他盥洗、饮用。他一走动,头上经常出现彩云替他遮阴,因而长期过着深山隐居的恬淡生活,直至他怡然自得,热情一度减退之时,上帝才撤销他头上的彩云,对他的祈祷,也不再有求必应了。这使他感到无比忧愁苦闷,回忆着往昔的优越境遇,不胜今昔之感,因而悲从中来,终日长吁短叹,坐卧不宁。有一天在睡梦中,蓦地有人对他说:“如果你想恢复头上的彩云,快去请国王替你祈求吧! 假若国王肯替你祈求,上帝会看他的情面使你达到希望目的呢。”接着梦中人慨然吟道:

> 国王的权力其大无比,
> 他是公正、廉洁的典型。
> 要解决困难问题,
> 须找国王代为申请。
> 假若他肯替你祈求,
> 上帝会给你降下大量云雨。
> 在他那里碰见的一切,
> 会使你感到心旷神怡。
> 欲达此目的须经过荒凉、不毛的戈壁、原野,

并继续不断地跋涉、迈进。

听了梦中人的嘱咐和吟诵,他一觉醒来,感到无限欢喜快慰,决心遵循梦中人的指示,去找那个公正廉洁的国王,求他帮助。于是毅然决然,即时动身起程,不辞跋涉之苦,越过高山平原,穿过荒无人烟的戈壁漠野,终于有志事成,最后到达国王所在的京城。他急于求成,赶到王宫门前,只见一个守门的,衣冠楚楚,正襟危坐在一张高大的交椅上,便走过去向守门的问好。守门的回敬他一声,问道:"你有何贵干?"

"我受人欺侮,前来向国王申冤,求他主持公道。"

"今天你不能进去见国王,因为他每星期只有一天的工夫处理案件。你安心回去吧! 等受理之日再来不迟。"守门的说明理由,并告诉他受理的日期。

听了守门的解释,他大为恼恨,颇不以国王的办法为得计,因而含愤不平,敢怒而不敢言地暗自嘀咕道:"他用这种办法对待庶民,怎能替天行道呀!"没奈何,只得忍气吞声,不欢而退。

他耐心等待,直至受理之日降临,这才欣然赶到王宫门前,见那里站满申冤告状的人群。他挤在人丛中,等了一会儿,宫门开处,宰相衣冠楚楚地率领侍从出现在人前,大声说道:"申冤告状的各行人等,都进来吧!"

他随人群走进王宫,见国王坐在宝座上,其他文臣武将,按品级之尊卑、地位之高下,顺序坐列两旁,派头、形势异常威武、严肃。宰相顺序引告状的人至国王面前申诉。国王秉公正直地替他们排难解纷。轮到隐士申诉时,他被引到国王面前。国王看他一眼,怡然说道:"竭诚欢迎你这位彩云的主人! 你稍坐一会儿,等我判完案件,咱们再去谈吧。"听了国王的嘱咐,他不禁感到尴尬、狼狈,同时承认国王具有超人的高贵品质和非凡、卓绝的见解。

国王任劳任怨地判完各种案件,这才起身与臣僚们分手,并牵着隐士,带他走向内宫。他俩并肩来到内宫门前。守门的黑人身穿盔甲,手持弓箭,威风凛凛,一见国王驾临,便诚惶诚恐、小心翼翼地趋前伺候,赶忙开了大门,让国王和隐士手牵手地走了进去。

跨进内宫大门,再往前走了一段路程,眼前便出现一道小门。国王亲自动手开门,带隐士走了进去,两人便一下子从巍峨富丽堂皇的王宫中来到零落、阴暗、寂寞、可怕的角落里,原来这便是国王起居饮食的住室;室中除了一张礼拜毯、一个盥洗用的水罐、几床棕榈叶编织的席子外,空空洞洞,一无所有。

国王卸了王冠宫服,换上一身粗毛长袍,头戴一顶圆锥形毡帽,然后从容坐下,让隐士坐在他身边,这才出声呼唤王后。

"我就来,什么事呀?"王后在房内应声。

"我家来客人了,你知道是谁吗?"

"哦! 是彩云的主人吧。"

"对的,这就不碍事了,你出来见客人吧。"

国王吩咐毕,一个幻影般的女人姗姗从房中走了出来。她头戴面纱,身穿粗毛长裤,喜笑颜开,面容新月般闪闪发光。

国王、王后和隐士坐在一起交谈起来。国王先开口说:"老兄,你想知道我们的情况呢,抑或我们先替你祈祷,让你快走?"

"听一听你们二位的事迹,这是我巴望已久的夙愿。"隐士坦率地说出他的心愿。

"我的祖宗前辈都是帝王,他们世世代代父传子受、子死孙继地递嬗继承王位,直至他们相继过世,王位传到我头上。当初我有志云游四方,讨厌这种事业,打算还政于民,让黎民管理他们自己的事,但唯恐群龙无首,天下大乱,则影响纲纪不振、宗教废弛,所以只好因袭旧制,勉为其难地继承王位。我执政之初,给官吏们规定合法的薪俸,并在官府门前设置阍侍,镇压邪恶,保护善良,维持纲纪。每当公毕,我回到自己家里,脱掉王冠宫服,换上这套破旧衣帽,然后随心所欲地做自己的事。拙荆原是我的堂妹,跟我志气相投,向来协助我修功悟道,始终陪我过淡泊清苦的隐逸生活。我们夫妻拿这种棕榈叶编织席子,用赚来的钱糊口度日,过这种自食其力的生活,至今将近四十年了。愿上帝保佑,你暂且待下来,等我们卖掉席子,再给你买吃的。今晚留你在此过夜,若上帝愿意,明天你再带着你需要的东西满载而归吧。"

当天傍晚时候,一个年约五岁的孩子来到国王家中,替国王拿席子去卖,并给他买来馍馍和蚕豆。国王和王后拿馍馍和蚕豆招待客人,跟隐士一起吃喝。

饭后熄灯睡觉。隐士心事重重,总是睡不熟,便暗中窥探国王的动静,只觉得午夜时候,国王夫妇便起床勤修苦练,埋头膜拜上帝,时而发出凄婉的伤感声,一直坚持到黎明。接着他开始祈祷,喃喃地说道:"我主,你的这个奴婢切望你恢复他的彩云,这桩事对你来说是轻而易举的。主啊!恳求你满足他的愿望,让彩云再出现在他头上吧。"同时还有王后在旁"心愿如此,心愿如此"的和祷声。

国王和王后祈祷毕,空中蓦地出现风起云涌的现象,国王知道那是上帝应诺祈祷的征兆,赶忙唤醒隐士,欣然说道:"给你报个喜信,你的愿望可以实现了。"

隐士不虚此行,终于达到希望的目的,喜不自胜,当面感谢国王夫妇,然后告辞,启程回山。在漫长的旅途上,随时有一片白云给他遮阴,免遭日晒之苦,情况跟往昔完全一样。而且从那回以后,每当他祈祷的时候,上帝总是有求必应。他感激涕零,欣然吟道:

> 上帝有其特殊、杰出的奴婢,
> 他们的心在他智慧的花园里漫游。
> 因为胸中蕴藏着绝对秘密,
> 所以身体显得格外沉寂。
> 他们兢兢业业守口如瓶,
> 但在洞见天机方面却是大智若愚。

穆斯林战士和基督教女郎的故事

相传从前哈里发鄂迈尔·本·汉塔补执政期间,有一次他派一支军队,开往叙利亚讨伐敌人,把敌人的一个堡垒围得水泄不通。当时穆斯林军中有一对同胞弟兄骁勇善战,名声很大,敌人为之胆寒。

有一天,堡垒的指挥对他身边的将领说:"只要那对穆斯林哥俩被擒或战死,我保证敌人的围攻是会不攻而自破的。"将领们听了指挥的见解,怀着雄心壮志,千方百计地设陷阱,生方设法地打埋伏,集中火力对付他们的强敌,最后那对穆斯林同胞兄弟,果然一个阵亡,另一个被俘。

堡垒指挥逮到俘虏,反而感到左右为难,慨然叹道:"如果把他斩首,这未免凄惨、可惜,要是把他放走,那会养痈遗患呢。假若他能改奉基督教,助我一臂之力,那该是多惬意的事呀!"

"报告指挥,"一个将领自告奋勇,挺身出来替指挥想办法,"让我诱惑他,叫他背叛他的宗教吧。这是因为阿拉伯人是有名的色徒,我的女儿生得十全十美,这个俘虏看见她,准会色迷而变节呢。"

"既是这样,我把人交给你,你去笼络他吧。"

将领胸有成竹,把俘虏带回家去,叫他的女儿收拾打扮一番,穿上顶漂亮的衣服,花枝招展地端饭菜给俘虏吃,毕恭毕敬地站在一旁,像婢女伺候老爷似的听他使唤。俘虏以一个阶下囚的处境,居然蒙受这样的优待,不禁受宠若惊。他眼看那种不祥之兆,只会暗中乞求安拉保佑，同时闭起眼睛，终日埋头祈祷，朗诵《古兰经》。他朗诵的音调婉转动听，很能吸引人，那个基督教姑娘逐渐对他产生强烈的爱慕心情。经过七日的接近，她憋不住内心澎湃的爱慕情绪，便不自主地说道："但愿他同意我改奉伊斯兰教，做一个虔诚的穆斯林。"她当时的情形，诗人曾作如下的描绘：

> 我的心房供你栖息，灵魂替你赎罪，
> 这向往的心愿难道会惨遭拒绝？
> 我愿与家庭、亲戚诀别，
> 还打算把英豪否认的宗教抛弃。
> 我证明安拉独一无偶，
> 证据凭此确立，怀疑因之而消灭。
> 如果他给予同期待相反的判决，
> 心头上炽烈的爱之火焰难免不被泼灭。
> 或许往日严封的门户一旦开启，
> 一线希望会在频繁的患难之余蓦地实现。

基督教女郎憋得慌，心烦意乱，忍无可忍，最后只得倒身跪在穆斯林青年面前，说道："我要改奉伊斯兰教，我说的话你没听见吗？"

"你说的什么话呀？"

"我要你给我解释伊斯兰教的道理呢。"

穆斯林青年果然给她详详细细地解释、阐扬伊斯兰教的道理，并教她礼拜的规矩和方法。女郎听了口服心服，毅然皈依伊斯兰教，并沐浴、礼拜，一切按穆斯林的办法行事。之后她对青年说："我为你而信仰伊斯兰教，最终目的是要获得你的怜惜、眷顾呀。"

"必须有主婚人、聘金和两个公正的证婚人，伊斯兰教才许可随便缔婚的。现在我可是一无证婚人，二无主婚人，三无聘金，这怎么能跟你缔婚呢？要是你能想办法让我们离开这个地方，那我就可以去到伊斯兰教地区。现在我向你保证，到了那里，除你之外，我决不娶别的女人为妻。"

"好的,让我去想办法吧。"

基督教女郎决心跟穆斯林青年逃走,便私下同她的父母商量,说道:"这个穆斯林青年已经回心转意,乐意改奉基督教。我当面同他谈婚姻问题,他回答说:'在我的同胞手足被杀害的地方结婚,这对我是不太适宜的,如果能换个地方,那我就可以心安理得地做这件事情。'现在我认为让我陪他到另一个地方去,这是不碍事的,我向父亲母亲和指挥官担保,迟早总会叫你们的希望成为事实的。"

基督教将领听了女儿的建议,赶忙把情况报告指挥官。指挥官听了报告,非常喜欢,吩咐将领打发他的女儿陪穆斯林青年上她提名的乡村中去料理她俩的婚姻大事。

基督教女郎和穆斯林青年的计划一帆风顺地实现了,便双双旅行到乡村中,彼此相依相随、忧心忡忡地暂时住下。当时穆斯林青年触景生情,慨然吟道:

> 他们说:"动身起程的时候已经降临。"
> 我说道:"旅行曾给我多少次威胁?"
> 除却一程又一程地越过荒原、漠野,
> 我心版上并不存在任何顾虑。
> 只要爱人愿往他乡做客、旅行,
> 我便乐意亦步亦趋地追随、奉陪。
> 我让欲望充当向导随之动身成行,
> 因为条条道路都可通向目的地。

他俩在村中逗留一天,等到天黑,便动身逃走。二人骑着一匹快马,继续不停地奔波、跋涉了一整夜,黎明时候,他勒住马缰,岔入路旁的僻静地方打尖休息,趁机盥洗一番,然后开始晨祷。这时候,忽然听见军器碰撞的银铛声和马勒的叮当声混成一片,继而又清楚地听见谈话声和马蹄声。穆斯林青年大吃一惊,对基督教姑娘说道:

"基督教的追兵赶到了,咱们人困马乏,寸步难行,这该怎么办呢?"

"你胆怯、害怕了?"

"是的,可怕极了。"

"你所告诉我关于安拉的权力和他对求救者的援助哪儿去了?咱们快来祈祷,求主保佑吧。"

"好的,你说得真对。"他接受姑娘的建议,果然屈膝跪了下去,虔心虔意地祈祷,求主保佑他俩摆脱基督教徒追击,平安打回老家去。他祈祷时,姑娘也跪在一旁,"心愿如此,心愿如此"地和祷着。祈祷毕,他慨然吟道:

> 即使头戴王冠身为皇帝,
>
> 我一时一刻也离不开你的救济。
>
> 你是我绝无仅有的靠背,
>
> 如果这点希望一旦实现我便事事如愿。
>
> 你的恩泽澎湃、奔腾,
>
> 满足了任何人的要求。
>
> 我被自作的罪孽重重包围,
>
> 只有你那磅礴的赦免之光可以洗净我的罪行。
>
> 恳求善于驱灾除祸的你向我伸出援救之手,
>
> 因为除你之外谁都驱除不了这种灾星。

穆斯林青年刚吟罢,便听见马蹄声来到他面前,接着他那战死疆场的同胞弟兄的声音也随之而出现。当时只听得那声音明朗地说道:"我的同胞兄弟,你别忧愁顾虑!在你后面赶来的是安拉派来的天神,他们是奉命前来给你俩证婚、贺喜的,安拉已经把功臣、烈士应得的报酬赏赐你们,并为你们卷拢地面,缩短你们和家乡之间的距离,今天清晨你们便可平安回到麦地那城。跟哈里发鄂迈尔见面时,请代我向他致意,告诉他我衷心感佩他的奋斗精神,祝愿他的功绩蒙受安拉最高的赏赐。"继而天神们齐声欢呼、祝福,同声说道:"远在人祖亚当诞生两千年前,安拉便替你俩安排下这宗姻缘。"就这么样他俩转危为安,顿时陶醉在欢喜、快乐的气氛中,无形中他俩的信心增强,意志更坚定了。

那天黎明前哈里发鄂迈尔照例鸡鸣起床晨祷。在平常的日子里,他每天按时起床,先盥洗,然后进清真寺去礼拜。由于他去得早,经常跟他一起祈祷的只有两个人,所以他惯于朗诵《古兰经》中较长的《牲畜章》或《妇女章》,故意延长祈祷时间,等人们慢慢从梦中醒来,然后盥洗,并从远近赶来参加祈祷时,第一拜还未结束,而寺中已有人满之患。继而他领导礼第二拜,这才选短小的章节朗诵,意在节省时间。可是那天祈祷时,他却一反平时的习惯,礼第一拜和第二拜,都只朗诵短小的章节。他匆匆做完礼拜,回头对在场的人说:"咱们出城欢迎一对新婚夫妇去吧!"他说罢,带头出发。

人们对他的指示莫名其妙,都觉得奇怪,可是一个个都追随他往外走。他们刚出城门,便跟从敌人手中逃回来的那个穆斯林青年战士和他的基督教新娘子碰头、见面,大伙向他俩祝福,欢天喜地地迎接他俩进城。哈里发鄂迈尔吩咐备办丰盛的筵席,跟穆斯林们一起庆祝婚典,热闹空前。

从此一对恩爱夫妻,佳偶天成。他俩爱情的结晶,生出勇敢的儿子,儿子长大娶妻,生下武勇的孙子。他俩眼看着子孙繁荣昌盛,一个个秉有骁勇、无畏的传统血性,足以继承祖先遗志,为圣教而战,保全民族气节,因此夫妻毕生过着舒适、快乐的幸福生活,直至白发千古。

医生和公主的故事

　　相传从前名大夫散羽迪·伊补拉欣·本·汉瓦嗣叙述他的经历时说：有一回，我心血来潮，打算暂时离开家乡，去非伊斯兰教的国家走走，顺便行医。我多次犹豫，始终打消不了这个念头，最后整装出发，在安拉的保佑下，跋涉了老远的路程，进入基督教盛行的一个国度里，走遍了许多村镇，所幸碰到的基督教徒，都闭眼不看我，老远地离开我，因此我能顺利地一直朝前走。最后路过一座大城市，见城门外面坐着一群奴隶，他们身穿甲胄，手持钉头槌，一见我便站起来，拥到我面前，问道："你是医生吗？"

　　"不错，我是行医的。"我回答他们。

　　"跟我们进宫去听国王吩咐你吧！"他们说着把我带到宫中，来至国王面前。

　　国王形貌昳丽，仪表威严。他打量我一眼，问道："你是医生吗？"

　　"是的。"我回答国王。

　　"你们带他去替她治病吧！"国王吩咐手下的人，"不过在诊治前，必须告诉他医病的条件。"

　　国王手下的人遵循命令，带我退了出来，说道："公主患了重病，服药无效，医生们都束手无策，兼之凡来替公主治病而医药无效的医生，都被国王处死。情况如此，你自己斟酌看吧。"

"国王既然叫我替公主医病,你们就带我去见她吧!"我毫不迟疑,欣然愿意冒险替公主医病。

他们果然带我去到后宫里公主的闺房门前,轻轻把门一敲,公主便在里面应声,说道:"快让妙手回春、深谙诀窍的大夫进房来吧!"接着她还吟道:

> 大夫已经光临,
> 赶快开门迎接!
> 我胸中的微妙秘密,
> 你们可以极目一瞥。
> 多少个朝夕相处的人反而成为陌生路人!
> 几许远隔千里的却属亲眷、知心。
> 在你们中间我只算得是举目无亲的异乡人,
> 安拉才要我去他乡寻找慰藉。
> 信仰把我们联贯在一起,
> 彼此见面时像亲昵的爱人重逢。
> 鉴于守护人与责难者勾结阻挠、作祟,
> 他才叫我们见面。
> 我对一切流言蜚语只能嗤之以鼻,
> 该死的你们不必在责难、埋怨方面枉费精力。
> 因为暂时存在、终归要毁灭的东西并不是我的目的,
> 我所向往、追求的却是不朽不灭的永恒。

随着吟诵声,房门开处,出现一个老头,说道:"请进来吧!"我走了进去,顿觉满室馨香扑鼻,眼见前面靠近屋角的地方挂着垂帘,帘后隐约透出断续、微弱的呻吟声,一听便知那是一个瘦骨嶙峋的病人的哼声。我坐在帘前,刚要向病人祝福、致敬,便忆起先知"跟基督、犹太人碰头见面,别向他们祝福、致敬,必要时把他们挤在一边"的遗训,因而才闭口打消了祝福、致敬的念头。可是就在这时候,帘后

407

已提出了质问："汉瓦嗣，你干吗不向我祝福、致敬？"

我大吃一惊，问道："你是从哪儿认识我的？"

"只要念头健全、心地光明，舌头便道出隐匿在身心深处的秘密。昨天我虔心虔意祈祷，恳求他派位圣徒来替我解围，把我从迷津里救出去。当时屋角里突然发出回声，说道：'你别忧愁顾虑，我们将派伊补拉欣·汉瓦嗣来替你治病。'"

"你害什么病呀？"

"四年以来，在交际往来、聊天闲谈之间，我闻到真理的气息，因而寻根究底地锐意追求，结果引起亲属们歧视、猜疑，说我害疯癫病。在这种情况下，每来个医生给我治病，我所感受的只是寂寞、灰心。每次与探望病人的人见面，我总是感到无限的惊奇、恐惧。"

"是谁指引你如此这般追寻真理的？"

"是天意。是它显著的标记、明白的证据。比如说，你一旦来到一条大路面前，凭眼力便可看出它通往什么地区。"

我跟她谈得情投意合、津津有味的时候，负责伺候她的那个老头走进房来，挨到帘前，小心翼翼地跟她说话，问道："医生的脉理如何？"

"这位医生高明极了，他把我的病根给找出来了。"

老头听了公主的回答，顿时眉开眼笑，对我显得格外谦恭礼貌。继而他急急忙忙跑去向国王报喜。国王关照我给公主认真治病，并吩咐宫里的人以礼待我。

我留在王宫中，天天到公主房里去看病，跟她谈心。时间过得很快，不知不觉便过了七天。这时候公主对我说："散羽迪·伊补拉欣，咱们几时迁往伊斯兰教盛行的地方去？"

"你怎么能出去？谁敢带你去？"我表示怀疑。

"谁差你到这儿来，谁就敢带我去。"她的决心很大。

"是啊，你说得真对！"我同意她的想法，并跟她商议，准备出走。

次日黎明，我跟她一起悄然离开王宫，走出城门，在安拉保佑下，终于没被人看见,因而一帆风顺地旅行到麦加。从此她在圣寺附近卜居下来,坚持斋戒、礼拜,勤勤恳恳地生活了七年,便眠目长逝。她死后,遗骸埋在麦加郊外。像她那样虔诚、认真的穆斯林,我生平还没见过第二人。愿安拉慈悯她在天之灵,并慈悯下面一诗的撰写人。

> 盈盈泪眼、憔悴面颜显出疾病症象,
> 家人给我请来医生治病。
> 大夫揭开我的面纱诊断病情,
> 只见瘦骨嶙峋、气息奄奄的一个身影。
> 他说道:"病属沉疴,无药可服,因为相思病的秘密
> 　不可凭猜测忖摩。"
> 他们说:"病历既然不明,开方、服药都无济于事。"
> 我说道:"医药怎能对我的疾病发生效力? 你们不必替
> 　我着急,因为我向来不凭猜测判断事情。"

隐 士 的 故 事

    古代有个洁身自爱、与世无争的人,卜居在深山中,从事修行,过着淡泊的生活。他隐居的那座山麓的路旁,有一眼泉水,供来往过路的人饮用。

    隐士每天经常坐在山中树林深处,沉思默想,赞颂安拉,冷眼观察山下过路人的动静。有一天,他照例躲在深林中,面对山下,无意间看见一个骑士从泉水旁边经过,跳下马来,卸下脖子上的钱袋,放在地上,坐着饮水、休息,继而匆匆跨马而去,忘了携带放在地上的钱袋。

    骑士走了不久,接着来了另一个过路人,坐下喝了泉水,拾起骑士遗在路旁的钱袋,从容而去。继而来了一个樵夫,放下背上沉重的木柴,喝水解渴,并坐下休息。这时候,骑士惊慌失措地转了回来,赶到泉边,恶狠狠地瞪着樵夫,问道:“我遗忘在这儿的钱袋哪里去了?”

    “我不知道。”樵夫说。

    骑士忿然抽出宝剑,一剑杀死樵夫,仔细搜检他的衣服,可是什么也没发现,这才茫然而去。隐士亲眼看了这桩事件的始末,心有所感,愤恨不平,喟然叹道:“我的主宰啊!一个过路人拾走骑士的钱袋,无辜的樵夫却被骑士杀害,这到底是怎么一回事呀?”

    隐士叹息之后,安拉冥冥中启示他说:“你还是埋头修炼吧。世俗的事不该你来干预、过问。这桩事件的始末,并不像表面上那样简单,而是很曲折、复杂的。你要知道:那个骑士的父亲,原来是个坏人;在过去的日子里,那个过路人的父亲,曾被他勒索了一千金币,因此我这才叫骑士替他父亲偿还欠款。至于那个樵夫,他曾杀死骑士的父亲,所以今天应该给骑士以替父报仇的机会。"

隐士听了启示,恍然大悟,暗自想道:"现在我明白了,所谓冤冤相报,原来就是这个道理啊!"

摆渡者和隐君子的故事

　　相传从前埃及的一个虔诚廉洁的穆斯林叙述他的经历时说:我一生是在尼罗河两岸以摆渡为业的。有一天,我照例坐在小船中等候过河的人,忽然来了一位老人,满面春风地向我问好。我回问一声,他便对我说:"请看安拉的情面,免费渡我到对岸去吧!"

　　"可以的,请上船吧!"我慨然答应他的要求。

　　"还请你看安拉的情面,给我点吃的充饥吧!"

　　"好,请吃吧!"我毫不迟疑地满足他的要求。

　　老人安详地坐在船中,穿一身补丁破袍,拄着一根拐杖,身边还带着一个皮水袋。船抵东岸,快下船时,他对我说:"我打算托付你一桩事情。"

　　"什么事?只管说吧!"我乐意接受他的托付。

　　"看来我大去之日已近。明天正午,劳你去那棵大树下面看看!"他指一指岸上的一棵大树。"那时候我已离开人世,劳你洗一洗我的尸体,拿我枕着的寿衣给我穿起来,替我祈祷一回,然后把我埋葬在沙地里。至于我遗下的破袍一件,皮水袋一个,拐杖一根,请你暂时收存起来,等有人来向你索取时,再交给他好了。"

　　老人的嘱咐使我感到惊奇诧异,好不容易地过了一宿。次日清晨醒来,我老惦念着他嘱托的事,提心吊胆地等着到时候好去履行诺言。可是正午时,我却把这桩事忘得一干二净,直至晡祷时才一下子想了起来,赶忙跑到他指定的地方,一看,见他僵然躺在树下,果然死了。他枕着一袭崭新的寿衣,发出馨香扑鼻的麝香气味。我按照他的嘱咐,洗涤、装殓他的尸体,并替他祈祷,然后埋葬,最后带着他的遗物,渡回西岸。

第二天早晨,城门开了,从城中出来一个青年人,满身细软,手上还带着指甲划的遗痕。据我所知,他是不大正派的一个花花公子。他直接来到河边,打量我一番,问道:"你是摆渡的吗?"

"不错,我是摆渡的。"

"请把寄存在你这里的东西交给我吧!"

"寄存的什么东西呀?"

"一件旧袍子,一个皮水袋,一根拐杖。"

"是谁留给你的?"

"我不太清楚,只因昨夜参加朋友的婚礼,我吃喝、歌唱到黎明才去休息。刚睡熟,便蒙眬见有人告诉我,说道:'一位隐士已经寿终正寝,安拉让你继承他的职位。他的衣钵——一件旧袍,一个皮水袋和一根拐杖,寄存在摆渡者手里,你上河边去取,那是他留传给你的。'"

我把死者的遗物交给青年。他即时脱掉身上的漂亮衣服,穿起那件破袍,带着皮水袋和拐杖扬长而去。碰到这样一桩想象不到的奇异事情,我因羡而生嫉妒情绪,不自主地气得悲哀哭泣。当天夜里,梦中看见安拉开导我:"启示你这个虔诚的奴婢吧:岂不是因为我叫一个奴婢转本还原到我面前,你便感觉遗憾吗?须知这是我的恩惠,该谁享受我便给谁,因为我是万能的,为所欲为的。"我从梦中惊醒,恍然大悟,欣然吟道:

> 追求者从爱人方面无从满足愿望、目的,
> 其实是你所期望的超出正当要求范围。
> 你的俯允、亲近只算得是恩愿、同情的表现,
> 即使他断然拒绝,也不该有埋怨情绪。

对他的拒绝若不肯乐天安命，

那你去吧！反正任何地方都不适于你栖息。

或者是辨别不清‘他那远中有近’的区别，

这只怪你的身影远远落后于爱情。

即使我的残生经受爱情踩躏，甚至此身被人带去割头，

但这一切都离不开你的支配范围。

离别、拒绝、聚首在我看来其间毫无差别，

你的任何分配我都乐意接受而无怨言。

博取你的欢心、惬意是我爱你的唯一目的，

只要你认为分手适宜，我一定遵命奉行。

虔诚的犹太教徒变为国王的故事

相传从前以色列人中有个善良、守本的大富翁,他的独生子忠实、虔诚,很有福气。到了晚年,富翁年迈气衰,卧病不起。他的儿子在侧侍奉汤药,见老人气息奄奄,早晚就要与世长别,因而说道:"父亲,您老人家有话就快嘱咐我吧。"

"儿啊!我死后,你处世接物,必须小心谨慎,无论碰到什么真实或虚假的事情,都不可指上帝乱发誓言。"

富翁死后,做儿子的谨小慎微,认真遵循父亲临终的遗言。后来那句遗言传开了,以色列人中的一个坏人,便利用他的弱点,前来向他敲诈,说道:"令尊生前和我有交往,还欠我一笔钱,这桩事你是清楚明白的,老人家既已过世,责任在你身上,你应该替他清理债务,把欠款如数赔还我。如果你不承认,请你发誓好了。"

他因为严格遵循父亲的遗言,不敢随便发誓,宁可在钱财方面吃亏,按对方的要求,如数赔还。但想不到这个先例一开,其他许多的坏人互相效尤,此去彼来,都向他勒索、敲诈,弄得他赔不胜赔,结果父亲的遗产都赔光了,害得他一家人衣食无着,一贫如洗。最后他只好对他贤淑、厚道的妻室说:"向我讨债的人越来越多,当初我手中有钱的时候,可以尽量应付他们,现在咱们的财产都赔光了,如果再有人来讨债,我和你就非被逼死不可。目前第一件重要的事是赶快解脱自身,趁早逃往没有熟人的地方去,苦讨苦吃的过生活。"于是他毅然决然,带着老婆和两个小儿子,茫无目的地乘船逃亡。命运规定的一切,非人力可以挽回,前人留下的诗句,却给他无限的鼓励:

被迫而亡命的人哟!
你将因祸而得福。
千万别因离乡背井而忧愁,
因为陌生人可以在异乡获得幸福。
珍珠如果不离开贝壳,
王冠就不会成为它的住所。

俗话说得好,祸不单行。他携带家眷在海中航行,中途飓风突起,船被风浪打碎,他们一家人落在海里,每人抓着一块木板各逃性命。他的妻室和一个儿子,流落到不同的地方,免于死难,另一个儿子被过往船中的人捞起来得救,他本人被风浪打到一个荒岛上,保全了性命。

他脱险登陆后,怀着感谢心情,用海水盥洗一番,然后高声祈祷,虔心虔意地膜拜上帝。礼拜毕,他攀到一棵树上,摘果子充饥,还找到一眼泉水解渴。从此饮食有了着落,他越发感激上帝,每日按时祈祷、礼拜,不知不觉就过了三天。这时候忽然听见有人对他说:“孝顺父母、敬畏上帝的人啊,你别忧愁苦恼!你散失了的钱财,上帝会补偿你,因为岛上有的是金银宝藏,是上帝预备给你享受的,你去把财宝取出来使用吧!往后上帝将派遣船只到这儿来经营,你可是要优待过往的客商,好生同他们交往。这样一来,人心就倾向你了。”

他听了启示,去到指定的地方,果然发现宝藏;接着过往船只靠岸停泊经营的络绎不绝,都得到他的优待和照顾,彼此结下了深厚的感情。他对航海的商人们说:“欢迎你们经常到这儿来做买卖,并希望你们告诉其他航海的商人,只管开船到这儿来经营,他们带来的货物,我尽量购买,他们需要岛上的土产,也可随便运走。”他的号召果然发生效用,人们一传十,十传百,他的好名声一下子传开了。开来岛上停泊经营的船只日益增加,从各地方前来投奔他的人也越来越多,都得到优待。不到十年工夫,原来的荒岛,已开辟、建设成为人烟稠密的繁荣国家,他一跃而为国王。他的好名声远播遐迩,前来岛上投奔他的日有其人,都得到优待、照顾。

那些前来投奔他的人中,还有他的大儿子和二儿子。情况是这样的:原来从他率领家眷流亡,船遇险失事,他们一家人流落失散,生死不明,幸亏两个儿子都得救,免于死亡。大儿子跟收留他的人读书写字,结果知书识礼,很有造诣。二儿子跟收留他的人学做生意,管财的本领很大。他老婆遇见一个好心肠的生意人,很信赖她,托她保管钱财,当面许下诺言,一辈子不欺骗她,愿帮助她认真奉行犹太教的教义,而每次出去经营,都带她同去同归。

他的名声传开之后,大儿子虽然不知道国王是他的生身之父,可是闻风前来投奔他,一见面就博得他的信任,被委为秘书。他的二儿子听到他公正廉明的美名,虽然不知道他是自己的父亲,但也像其他的人一样前来投奔他,博得他的信任,被委为管家。从此弟兄二人萍水相逢,同在宫中任职,经过相当长的时间,都不知道彼此间的血缘关系。

收容他老婆的那个生意人,听了国王优待商人的消息,即时收集大批华丽衣料和名贵的特产,带着那个妇人,乘船前去岛国进贡。国王收下礼物,感到无限高兴快慰,格外优待商人,加倍赏赐他。只因商人的贡礼中,有一部分稀罕的药材,国王不知其用途和名称,需要做些解释,便对商人说:"今晚你在我宫里留宿吧!"

"跟我同来的还有一位妇女,她在船中等着我呢,我必须亲自照顾她,这是我对她的诺言。因为她是一位非常贤淑的女流,她的祈求和主意,给我招致了很大的财富和幸福呢。"

"你只管放心,我会派顶忠实、可靠的官员去船中保护她和你的货物的。"

商人同意国王的建议,愿意在宫中过夜。于是国王吩咐秘书和管家:"若是上帝愿意,今晚你二人去这位商家的船中过夜,好生保护里面的货物,不可疏忽大意。"

秘书和管家遵循命令,诚惶诚恐地来到船上,一个坐在船头,一个坐在船尾,埋头赞颂上帝。到了深夜,经不起瞌睡袭击,蒙蒙欲睡,因而其中的一人对另一个说道:"喂!咱俩奉命前来看管船中货物,如果因打瞌睡弄出岔事来,那才吃罪不起呢。现在咱们来谈谈过去的遭遇和见闻,避免打瞌睡吧。"

"唉!提起我的遭遇,实在令人痛心。"另一个应声说,"我从小就跟父母和一个同胞兄弟失群离散,至今他们生死不明。我那个失散了的同胞手足是和你同名的。我们一家人失散的原因是这样的:家父带我母亲和我们弟兄二人乘船旅行,中途遇险,船被风浪打破,我们一家人淹在海里;我幸而得救,免于死难,可是我的父母和兄弟,至今下落不知,生死不明。"

"请问令尊令堂尊姓大名?"

对方刚说出两个名字,他便倒身抱着对方不放,说道:"指上帝发誓,你真是我的同胞手足呢!"于是弟兄二人喜不自胜,彼此畅谈别后相思离愁和各自的遭遇。他俩的母亲在舱中倾耳静听两个儿子谈心,明白个中底细,可她抑制满腔激情,一直保持镇静。

次日清晨,是他俩回宫的时候了,哥哥说:"走,咱们回宫去再谈吧!""对的。"弟弟应诺着,于是哥俩相亲相爱地约着走了之后,接着那位生意人也回到船中来。可是出乎他的意料,只见他关心、尊敬的那个妇人,愁眉不展,闷闷不乐。

"你怎么了?"他赶忙打听情况。

"昨晚你打发来船中那两个家伙,言行不端,真令人恼恨。"妇人说出她苦恼的原因。

商人听了妇人之言,不禁怒火上冲,蹒跚奔到宫中,把两名官员的不轨言行报告国王。国王的秘书和管家,向来勤勤恳恳,忠诚老实,尤其他俩是虔诚的犹太教信徒,因而博得国王的信任和爱护。可是一夜间竟发生意外事件,国王不得不即刻唤他俩出来,并邀请那位妇人到场,俾当面对质,弄清是非曲直。

两造到齐之后,国王当面问那个妇人:"夫人,这两个官员到底做了什么坏事?"

"启禀主上,我以最伟大的上帝的名义恳求陛下:先让他俩把昨晚说过的话重说一遍!"

"昨夜晚你俩说的什么?"国王问他的秘书和管家,"现在从头说来,一句都不准隐瞒。"

两个官员无端受累,莫名其妙,只得遵循命令,把昨晚的谈话,从头到尾,详细重述了一遍。

国王耐心听完哥俩的谈话,立刻从宝座上站了起来,边跑边喊,奔到两个儿子面前,一下子把他俩紧紧地搂在怀里,说道:"指上帝起誓,真的,你俩是我的亲儿子呢。"

这时候,那个妇人扯下面纱,露出她的本来面目,说道:"指上帝起誓,我是他俩的生身之母呢。"

从此他们一家人,久别重逢,一朝团圆聚首,过着舒适、快乐的幸福生活,直至白发千古。

这桩史实越传越远,人们争相乐道其事,诗人曾作如下的描绘:

> 任何一桩事情总有它归根结蒂的机缘,
> 但不管怎样也逃不出成功与失败的范围。
> 任何灾难都值不得忧愁、顾虑,
> 因为祸福是递嬗、变幻无常的。
> 也许大祸一夜间蓦地临头,
> 可事件本身难说不是幸福的因缘。
> 多少可怜人曾被目为卑贱、下流,
> 但终有扬眉吐气、出人头地的时候。
> 此人显然是遭灾、罹祸的典型,
> 饱经沧桑世交的严厉折腾。

命运拆散他的和乐家庭，
举家四口只落得四分五裂。
上帝对他眷顾、体贴入微，
让他阔别之后与妻子重又聚首。
上帝的恩威盖乎天地人神之间，
明显的证据增强信徒的崇拜、敬仰心情。
他本来跟我们接近得没有丝毫距离，
但最聪明的人都觉察不出他的举止、动静。

艾博·哈桑·党拉祝和癞病患者的故事

相传从前艾博·哈桑·党拉祝叙述他的经历时说:过去我经常去麦加巡礼,所以老马识途,对里程和饮水站比较认识得清楚,因而一般旅客都乐意跟我同行。有一年,我打算再往麦加朝觐,并参拜圣陵,心里想:"反正我认识里程,此次我一个人轻轻便便地去吧。"

我打定了主意,果然一个人动身起程。到了哥底西亚,我进清真寺去投宿,见里面坐着一个患癞病的旅客。刚见面他便对我说:"艾博·哈桑,让我陪你一块儿上麦加去吧!"当时我心里嘀咕:"我故意摆脱其他的旅客,怎么能跟患癞病的人同路呢?"我毫不迟疑,剀切回答说:"我不跟任何人同路。"他听了我的回答,默不作声。

次日清晨,我动身起程,一个人在旅途上迈步前进,傍晚到达尔格白图,去清真寺里投宿。刚跨进清真寺大门,便看见那个患癞病的人安然坐在礼拜坛上,不禁大吃一惊,暗自叹道:"赞美安拉!此人怎么先我赶到这儿来了?"我惊慌未定,只见他抬头看我一眼,喜笑颜开地说道:"艾博·哈桑啊!病人做出来的事,健壮者见了,会感觉奇怪呢。"碰到那样的事情,我一直感觉彷徨、迷离,整夜不曾合眼。

第二天早晨,我离开尔格白图,一个人继续赶路程。到了尔勒封图,我进清真寺去投宿,又跟那个患癞病的人碰在一起。当时我抑制不住敬佩心情,跑过去,倒身跪在他面前,亲切地吻他的脚,说道:

"我的主人啊！让我陪你一起去吧。"

"对不起，你的愿望是无法满足的。"他断然拒绝我的要求。

我不得陪他同行，气得唉声叹气，最后忍不住痛哭流涕。当时他劝我说："冷静些，别太着急！哭是不管用的。"接着他从容吟道：

在可能范围内你拒绝与我同行，
在不可能的情况下你硬要我把你追随。
条条道路你霸着行，
干吗还这样伤心哭泣？

你见我疲弱不堪，满身疾病，
还说："如此羸弱病体，不能早去晚归。"
安拉把恩惠赏给从没想望它的人享受，
他的崇高、伟大难道你不曾看见？

我的肢体固然残缺、瘫痪不灵，
兼之我穷得没有旅费；
因而不可能像其他旅客那样顺利到达圣地，
这情形在你和一般人看来显然是天经地义。

幸亏独一无二的造物主存在宇宙间，
他的恩惠取之不尽用之不竭。
我生存在他的福泽里，
他可是不向我索取分文报酬。

祝你平安早期成行，
别管我孤独彳亍道前。
因为离乡人过惯了孤独生活，
只有寂寞能给孤独的离乡人带来慰藉。

在尔勒封图同那个患癫病的人分手后,我每到一处饮水站,都见他先我赶到那里。可是到了麦地那,反而看不见他的踪影,也听不到他的消息。后来我跟艾博·叶曾督·白斯塔密、艾补·白克尔·史布律和其他的哈只们邂逅相遇,彼此在一起谈心,我把碰到患癫病之人的经过和我待人接物失当的情况告诉他们。他们听了,说道:"你碰到的那位患癫病的人叫艾补·贾尔斐尔·麦祉祚睦。今后你还想跟他同路,那可是太不容易的事了。天旱年头,人们经常喊着他的大名去求雨。每当他替人祈祷,总是有求必应呢。"

我听了他们的谈话,增加了敬仰之情,越发想跟他碰头见面,因此我随时祈祷,恳求安拉给我们有再见面的机会。有一天,我站在人丛中听宣道的时候,觉得有人扯我的衣角。我回头一看,见艾补·贾尔斐尔站在我后面。我一时兴奋过度,大喊一声便昏倒,人事不知。过了一会儿,我慢慢苏醒过来,已不见他的踪影。从此我想念他的心情有增无减,终日闷闷不乐,走投无路,只求安拉给我机会,再见他一见。

这样过了没有多久。有一天,我觉得有人扯我的衣角,回头一看,见艾补·贾尔斐尔站在我后面。一见面他便对我说:"我今天特意来看你。来吧! 你有什么要求?只管对我说。"

我恳求他替我祈祷三件事情:第一,望安拉赏我一副敬爱穷人的心肠;第二,别让我有隔日的粮食;第三,赏我一双能见其尊颜的慧眼。

他答应我的要求,果然替我祈祷一番,然后从容归去。显见得安拉已经答应他的祈求了,因为从那回以后,我对穷人的观感根本起了变化。指安拉起誓,如今在我心目中,人世间最可敬爱的莫过于穷人。而且一年多以来,我果然过着家无隔夜食的生活,可我满身轻松愉快,毫无冻馁之虞。至于我的第三个要求,总有一天可望实现,因为安拉是慷慨、仁慈的。诗人吟得好:

隐君子的装饰品不外严肃温厚、吃苦耐劳,

他的服装却是褴褛不堪的一袭破袍。

苍白原是他真面目的本色，
再加上残月给他抹上一缕淡黄的光泽。

通宵祷告祈求和无休止的畏罪哭泣，
在折磨他的精力。

在寂寥的陋室中记住安拉是他无上的慰藉，
黑暗的深夜里也只有安拉陪他谈心。

孤苦无告的人们固然求他救济、支援，
甚至于飞禽走兽也指望他的爱护、怜惜。

安拉曾为他叫灾难、祸患普遍流行，
干旱年代也因他而沛然降下倾盆大雨。

什么时候他呼吁安拉停止灾难、疫疬流行，
那般恶霸、暴君之流就可一朝被人驱逐撵走。

人们一个个贫病得有气无力，
他是绝无仅有的济世良医。

他心地纯洁、眉目间闪出慈祥的光线，
这种迹象明眼人洞察无遗。

不知其特征而鄙弃他的人哟！
活该倒霉的罪过才叫你和他隔绝。

你被镣铐束缚而越想追踪他的足迹，
罪过反而更拉长你和他之间的距离。

当初若知其内情，你一定接受他的请求，
如今即使哭坏眼睑也后悔莫及。

患鼻黏膜炎的人不可能辨别鲜花的香味，
金缕衣的价钱也只能是经纪人知悉。

要相逢除非你赶快求主给予再见的机缘，
这样做或许命运会暗中助你一臂之力。

此去若能顺利达到见面的目的，
便可抛弃疏远、阔别带来的烦恼而长期休息。

唯一、万能的安拉创造广阔的乐园，
道道大门敞开来迎接每个追求者进去游息。

哈西补·克里曼丁的故事

哈西补·克里曼丁的诞生和遭遇

相传从前希腊有个叫多尼亚尔的大哲学家,他的弟子很多,堪称桃李满天下。当时一般知名的哲人,都钦佩、景仰他的渊博、伟大,大家都师承他的学派。然而美中不足,多尼亚尔的哲学理论固然高深,对学术有了不朽的建树,可直到晚年还没有子嗣。有一天晚上,他意识到没有一个儿子来继承他的学术遗产,因而惴惴不安,感到悲哀、苦恼。继而他忽然想起:上帝对祈求的人是应答的,他的恩惠门前是不设警卫的,他的赏赐是不受限制的,他不但不拒绝祈求者,而且是尽量赏赐的。于是他虔心虔意地祷告,恳求仁慈的上帝赏他一个儿子,继承他的遗产,并让他的儿子过丰衣足食的幸福生活。

哲学家多尼亚尔祷告、祈求一番,把整个希望理想寄托在上帝身上,然后泰然自若地跟老伴安息睡觉。他的虔诚感动上帝,因而他的祈求得到应答,当天夜里,他的老伴果然身怀有孕,这给他夫妻带来了无限的欢喜快乐。这样过了没有多久,他便带着书籍旅行到别的地方去讲学。后来在归途中,船只遇险,他的书籍全都沉入海底,他自己幸亏攀着一块木板,得以保全性命;他的书籍,除随身装在衣袋中的五页外,其他全部损失。回到家中,他把仅剩的五页残书珍藏在一个匣子里,封锁起来,作为传家贵宝。这时期他老婆的肚子越来越大,已接近分娩时期,他便吩咐道:"我大去之日已近,将动身起程,离开这世俗寓所,打回永久不变的老家去。我死后,也许你生下的是个男孩,那就给他取名哈西补·克里曼丁吧。希望你好生抚养他。他长大成人,问到我的遗产时,把匣中的五页书拿给他。他读了遗书,懂得它的意思,慢慢会成为一代饱学之士呢。"接着他替老婆祈祷一番,呼喘几声,便瞑目长逝。他逝世的噩耗传了出去,亲戚朋友都同声哀悼,大家替他料理善后,洗涤他的遗骸,慎重装殓,举行隆重葬礼,送到山上埋葬之后,才各自回家。

大哲学家死后不久,他老婆临盆,生下一个可爱的男孩。她遵照丈夫的遗嘱,给儿子取名哈西补·克里曼丁,还请一班占星家替他预卜一生的祸福吉凶。他们仔细卜课之后,对她说:"夫人请听:令郎的寿命很长,不过年轻时代,他要经受很大的风险、磨难。如能通过这段危险关头,他会成为当代最知名的哲人呢。"

她怀着忧喜参半的心情,勤勤恳恳地哺乳儿子;满两周岁时断奶,长到五岁时送进学堂攻读;可惜他对书本不感兴趣,不好好读书,学了几年,毫无成就,白费光阴,做母亲的只好送他去学手艺。他还是不安心,混了几年,结果一无所成。做母亲的望子成龙心切,但眼看儿子读书不能上进,从工也学不到手艺,因而气得只会伤心哭泣。亲戚邻居非常同情、可怜她的处境,规劝道:"给他娶个媳妇吧!也许结婚后,为关心老婆的疾苦,他会振作起来找正事做呢。"

她觉得亲戚邻居说的有道理,便托人替儿子说亲,果然给他娶了媳妇。然而事与愿违,结婚之后,过了很长的一段时间,他依然故我,还是不务正业。做母亲的左右为难,无法可施。这时候,她的亲戚邻居中那些以砍柴为业的小伙子觉得她可怜,大家约着来见她,说道:"给你的儿子买一匹驴、一柄斧和一对绳子,让他跟我们一起上山去砍柴,卖柴所得的钱,我们照人头分,他应得的一份,可以拿回来添作家用。"

她听了樵夫们的建议,喜出望外,毅然决然给儿子买了一匹驴、一柄斧和一对绳子,然后带他去见樵夫们,当面把他托付给他们。当时他们安慰她:"你别为这个孩子担忧!他是咱们先哲的子嗣,上帝会给他好道路走呢。"于是当天他们就带他上山,砍了柴,驮到城中,卖掉,给他一份钱拿回去使用。就这样他们带哈西补·克里曼丁天天上山砍柴。过了很长的一段时间,有一天,他们照例去山中砍柴,碰到暴雨倾盆而下,大伙儿奔进山洞去躲雨。克里曼丁一个人坐在角落里,闲极无聊,拿手中的斧子乱敲着玩,忽然听见地下发出空响的回声,知道山洞下面是空的,便继续敲挖起来,结果发现一块带环的圆扁石头。他喜不自胜,大声呼唤。

　　樵夫们闻声奔到他面前,看见那块带环的圆扁石头,就不顾一切,七手八脚地把它拔了起来,仔细打量,见石头下面有门。他们开门一看,原来是个装满蜂蜜的库藏,便有人提议:"这个库藏里装满了蜂蜜,我们必须回家去弄些器皿来装蜂蜜,然后驮进城去卖,卖得的钱大家分享。但要留一个人在这里看守,保护我们的权利不受别人侵占。"

　　"我留在这里看守好了,你们快回去取器皿吧。"克里曼丁自告奋勇,愿意留在山洞里看守蜂蜜。

　　樵夫们让克里曼丁留在山洞中,即时赶回家去,取来坛坛罐罐,装满蜂蜜,用毛驴驮进城去卖了,第二次又进山去装运。就这样,他们不辞辛苦,来往装运蜂蜜,每天跑好几趟,接连装运了好多天。那期间,克里曼丁老留在山洞中看管蜂蜜,直坚持到蜂蜜快搬完的时候,樵夫中有人存心不良,对其他的伙伴说:"最初发现库藏的是克里曼丁,明天回家去,如果他跟我们争论起来,强调是他发现库藏,硬要独享卖蜜所得的钱,那我们难免是要吃亏的。为避免发生意外事情,我认为只好让他下库藏去装剩余的蜂蜜;待他下去之后,我们赶快溜走;他出不来,结果只会活活地困死在库藏中,也不会有人知道他的下落。"

樵夫们听了那个家伙的坏主意，都同意他的办法，大伙回到山洞中，对克里曼丁说："喂！克里曼丁，你下去，把剩余的蜂蜜舀在罐中，待我们运走吧。"克里曼丁毫不迟疑，跳到库中，把剩余的蜂蜜舀在罐中，然后喊道："喂！伙伴们，蜂蜜都装完了，快把我拉出去吧。"他唤了一阵，始终没人回答，才知道受骗，边呼吁求救，边伤心哭泣，最后凄然叹道："全无办法，只盼伟大的上帝拯救了。"

樵夫们把克里曼丁骗到库中，让他一个人困在里面，然后驮着蜜，打着毛驴，急急忙忙去到城中，卖了蜂蜜，这才哭哭啼啼地去见克里曼丁的母亲，向她报丧说："令郎哈西补不幸遇险丧命，愿你节哀顺变，保重身体。"

"他是怎么死的?"克里曼丁的母亲吓得要命。

"我们去到山中，天忽然下起倾盆大雨，我们跑进山洞去躲雨，不知不觉之间，令郎的毛驴脱缰逃跑;他赶往山谷中牵毛驴，不想就在这个时候蹦出一条饿狼，把他叼走，他的毛驴也叫狼吃掉了。"

老人家知道儿子的下场，气得无奈，只会打自己的面颊，抓土撒在头上，哭得死去活来。从此她孤苦伶仃，终日悲哀哭泣，仅靠每天樵夫们送些饮食给她糊口、度命。

那些樵夫们卖蜜赚了大钱，便改行经商，在城中开铺子，经营生意买卖，生意兴隆，过着吃喝玩乐的奢华生活。

哈西补·克里曼丁同蛇女王不期而遇

哈西补·克里曼丁困在库藏中出不去，气得号啕痛哭，正感到绝望之时，忽然有个大蝎子跌下来，落在他身旁。他大吃一惊，跳将起来，即时杀死蝎子，暗自想道："这库藏原是装满了蜂蜜的，没有一处缝隙，这蝎子到底是从哪儿来的呢?"他心里怀疑，走到蝎子跌落的地方，摆着头左右仔细打量，发现正是蝎子跌落之处，有一条裂缝，透出一线光芒。他抽出随身携带的砍刀,对准那裂缝乱撬一阵,终于把裂缝撬得有窗户那么大小,然后通过裂口,爬了出去,朝前面走了一会儿,来到一条宽长的走廊中。他沿着长廊,迈步勇往直前,到尽头处,便是一道大铁门,门扣上锁着一把银锁,锁上挂着一把金钥匙。他走到门前,打门缝里窥探,见里面闪着强烈的光芒。他取下钥匙,开门,走了进去,朝前行了一会儿,到达一个大湖岸边,见湖中闪烁着银色的光泽,湖旁有一架用碧玉堆砌的小山,山顶上摆着一张镶满珍珠宝石的黄金宝座,宝座的周围摆着一排排的交椅,有黄金的,有白银的,有翡翠的,形形色色,应有尽有。他感叹着走到宝座前,把周围的交椅一数,计一万二千张。他坐在宝座上,面对珠光宝气的湖山,如入仙境,感到无限的惊奇、羡慕,不知不觉便睡着了。但不多一会儿,一片咝咝沙沙鼓鼻、打哨的喧哗声把他吵醒。他睁眼一看,见周围的每张交椅上,坐着一丈多长的一条大蛇,它们的眼睛火球般炯炯发光。他这一惊非同小可,吓得口干舌燥,认为非死不可了,怕得要命。继而他朝前一看,见湖中全是小蛇,密密层层,它们的数目,只有上帝知道。

不多一会儿,湖中出现一条大蛇,由远而近,慢慢爬了过来。那大蛇像一头骡子,背上驮着一个金盘,盘中坐着一条浑身像水晶一样透明闪光的人面蛇身的母蛇。当人面蛇身的母蛇被驮到哈西补·克里曼丁面前时,她便说起话来,问他好。接着坐在交椅中的一条大蛇赶忙趋前,端起金盘,把她放在宝座上。她刚坐定,其他在座的蛇便一起俯伏在地,向她叩拜、祝福。她发号施令,叫它们起来,指示它们坐下,然后对哈西补·克里曼丁说:"小伙子,你到咱们蛇国来,不要害怕,我是它们的女王呀。"

哈西补·克里曼丁听了女王的嘱咐,如释重负,顿时打消了恐惧心情。这时候女王吩咐摆出苹果、葡萄、石榴、阿月浑子、榛实、椰子、杏仁和芭蕉招待他,说道:"欢迎你,小伙子!你叫什么名字?"

"我叫哈西补·克里曼丁。"

"我们没有别的饮食招待你,这些水果,你随便吃吧。在这里,你只管放心,不要害怕。"

哈西补·克里曼丁听了蛇女王的嘱咐,果然开怀大吃起来。他吃饱肚子,虔心感谢、赞美上帝一番。蛇女王见他吃饱,吩咐拿走盘子,然后跟他交谈,问道:"哈西补·克里曼丁,你是哪里人?怎么到这儿来的?你的情况如何?"

哈西补·克里曼丁把他的际遇:父亲死后母亲怎样养育他,怎样送他入学读书没有进步,怎样送他学手艺没有成就,怎样给他买驴跟樵夫们上山砍柴,怎样发现库藏中的蜂蜜,怎样被伙伴们骗入库藏,怎样碰到和杀死蝎子,怎样撬开裂缝逃出库藏,怎样发现和开启大铁门进入蛇国的经过,从头到尾,详细叙述一遍。最后说道:"这一切是我过去的不幸遭遇,今后我还要碰到什么悲惨事件,那只有上帝知道了。"

"你只管放心!今后你遇到的必定是好事情。不过我要留你跟我住些日子,以便我把自己的奇怪经历,全都说给你听。"

"听明白了,遵命就是。"哈西补·克里曼丁欣然愿意留下。

于是女王果然给他讲了下面的故事:

布鲁庚亚的故事

从前埃及被以色列人统治的时代,他们的一个国王不但聪明博学、信仰诚笃,而且好学不倦,向来博览群书,手不释卷。他的儿子叫布鲁庚亚,聪明英俊,有乃父风。国王年迈力衰,卧病不起,群臣进宫谒见,问候、祝福他。国王当群臣的面说道:"爱卿们,我大去之日已近,快要动身起程,离开今生,前往来世去。除了希望你们群策群力辅佐太子布鲁庚亚,我没有别的事好嘱托你们。我证明上帝是独一无偶的。"他说完最后一句话,喘息几声,便瞑目长逝。

国王驾崩,群臣服丧哀悼,隆重举行葬礼,一致拥戴太子布鲁庚亚登极为王,执掌政权。新王布鲁庚亚为人公正,爱民如子,在他执政期间,老百姓安居乐业,到处显出国泰民安、欣欣向荣的升平景象。有一天他打开国库,查看先王遗留下来的财物,却在一个库藏中,发现一道小门。他怀着好奇心,开门一看,原来是一间为静坐、索居而设置的密室。室中有一根白云石柱子,柱上摆着一个乌木匣子。布鲁庚亚取下匣子,打开一看,见匣中装着一个金盒。他取出金盒,打开过目,原来里面藏着一本书籍。他拿出书籍,翻开阅读,见里面记载着有关先知穆罕默德的消息,说他是最后被差遣的一位先知。

国王布鲁庚亚从那本书里知道先知穆罕默德的信息,顿生向往、爱慕心情,于是召集著名的神学者、牧师、祭师和僧侣,拿那本书给他们看,并读给他们听,说道:"信士们,现在我应该把先父从坟里刨出来,烧他的尸骨呢。"

"你干吗要烧他的尸骨呢?"牧师、僧侣们大为吃惊。

"因为他把这本书收藏起来,不让我过目,而这本书的内容,原是他从《旧约圣经》和圣亚伯拉罕的典籍中节录出来的,但他把书密藏在库藏里,不让任何人读它。"

"令尊既已过世,埋在坟里,他做的事委托上帝去裁处好了,你别刨他的尸首吧。"

国王布鲁庚亚听了那些名人劝他的口气,知道他们不容他那样对待先王,因而毅然撇下他们,径往后宫去见太后,说道:"娘,儿在父王库中找到一本书籍,里面记载着先知穆罕默德的消息,说他是最后被差遣的一位先知。我知道这个消息后,对先知穆罕默德油然发生爱慕、向往心情,因此我要出去周游各地,以便和他碰头见面,否则我会因想念他而致命呢。"他说着脱掉宫袍,披上一件斗篷,脚上套一双芒鞋,临行时又提醒他母亲:"娘,你可别忘了替儿子祈祷啊。"

"儿啊!"他母亲哭哭啼啼地说,"你走了,叫为娘的怎么办呀?"

"我和你的事情,我统通委托给上帝了;现在我心中半点耐性都不存在了。"说走就走,他毅然决然抛下江山社稷,微服出走,谁都不让知道,径向叙利亚迈进,直赶到海滨,碰巧有船只正张帆预备启行,便乘船与一般旅客同舟,开始航海旅行。船在海中顺利航行,路经一个岛屿,便靠岸停泊。旅客纷纷登陆游览,布鲁庚亚随他们上岸,一个人静悄悄坐在一棵树下休息,经不起瞌睡袭击,不知不觉便呼呼地进入梦乡。

他酣睡一觉醒来,一口气奔到海滨,可为时太晚,船已经开走了,因而流落在岛上。这时候,他看见岛上出现蟒蛇,有的大如骆驼,有的粗如枣树,它们异口同声、滔滔不绝地念着赞美上帝、祝福先知穆罕默德的颂词。这情景使他感到无比惊奇诧异。继而蟒蛇慢慢走近他,跟他交谈起来,问道:"你是谁?打哪儿来?叫什么名字?要上哪儿去?"

"我叫布鲁庚亚,是以色列人;我爱先知穆罕默德爱得几乎发狂,所以出来找他。请问你们是谁?"

"我们原是住在地狱里的;为了惩罚叛教徒,上帝才创造我们呢。"

"你们是怎么到这儿来的?"

"告诉你吧:布鲁庚亚,由于地狱里温度过高,沸腾得太厉害,所以每年夏冬之际,它分别呼吸各一次。它呼气时,把我们给喷出来,这时候天气炎热,夏季开始。待它吸气时,把我们给吸进去,这时候冬季降临,天气寒冷。"

"在地狱中还有比你们更大的蟒蛇吗?"

"有的是。须知我们之所以被它呼出来吸进去,只是因为我们太小的缘故。其实,地狱中的每条蟒蛇都是顶大的,大到像我们这样个子的蛇爬进它鼻孔去,它是毫无感觉的。"

"你们念念有词、滔滔不绝地赞美上帝,祝福先知穆罕默德,可你们是从哪儿认识先知穆罕默德的?"

"先知穆罕默德的名字写在天堂门上,而且随时随地同上帝的大名联在一起,因此我们才爱慕而祝福他呢。"

布鲁庚亚听了蟒蛇的叙述,对先知穆罕默德越发增加了向往、爱慕心情。他急于要达到追求、寻找的目的,即时与蟒蛇告别,匆匆赶到岸边,谋求出路。碰巧有船拢岸停泊,他趁机登船,离开荒岛,跟船中的旅客们同舟,大家欢欢喜喜地航行了几天,到达另一个岛屿。船靠岸停泊,他登陆,一直向前走了一会儿,又发现了无数的蟒蛇,有顶大的和顶小的,数量之多,只有上帝数得清楚。其中有一条像水晶一样透明、发光的白蛇,坐在一个金盘中,驮在一条大象似的蛇背上,那就是蛇中的女王,她也就是我自己。一见他我就向他问好,说道:"你是谁? 是做什么的? 从哪儿来? 上哪儿去? 你的名字叫什么?"

　　"我是以色列人,叫布鲁庚亚。我从圣经里读到先知穆罕默德的信息,因而发生景仰、爱慕心情,所以我才出来寻找他。你是谁? 是做什么的? 这些蛇围着你干吗?"

　　"我是蛇中的女王。布鲁庚亚,当你同先知穆罕默德见面时,请代我向他致意吧。"

　　布鲁庚亚和我告别,乘船继续航行,直旅行到巴勒斯坦。在耶路撒冷城中,有个大学者,精通几何、天文、算术、炼丹、招魂等学术,一生埋头苦读,博览群书,尤其对《旧约》《新约》和亚伯拉罕的天书颇有研究,人们管他叫奥封。他珍藏的书籍中,有一本记载说:谁戴上所罗门大帝的戒指,便可呼唤人神禽兽,统辖宇宙万物。另一本书记载说:所罗门大帝死后,尸骸装在棺里,被送到七个海洋之外的地方安葬;他的戒指仍戴在他的手指上,任何人神都不可能获取那个戒指;他葬身的地方,任何航海家的船只都不可能通过七个海洋渡到那里。此外还有一本书记载说:草本植物中有一种草药,谁找到那种草药,榨出其中的液汁,用它涂在脚上,便可在任何海洋上通行无阻,而脚不会被海水打湿。那种草药稀罕名贵,除非跟蛇女王同行,否则是无法找到的。

　　布鲁庚亚来到耶路撒冷城中,坐在街头祷告,被那个叫奥封的学者看见,便走过去问候他。他回问对方一声,仍继续祷告。奥封仔细打量,见他边祷告,边阅读《旧约圣经》,便靠拢他,问道:"小伙子,你叫什么名字? 从哪儿来? 要上哪儿去?"

"我叫布鲁庚亚,是从埃及来的;为了寻找先知穆罕默德,我才离乡背井,不辞跋涉,立志云游各方,要走遍天下呢。"

"你站起来,到我家去,让我当客人招待你。"

"听明白了,遵命就是。"布鲁庚亚欣然接受奥封的邀请。

奥封牵着布鲁庚亚的手,亲切地领他回到家中,当上宾殷勤款待他,跟他谈天,说道:"告诉我吧,老弟,你这么热爱先知穆罕默德,不辞跋涉远道去寻找他,你这是从哪儿知道他的? 到底是谁教你走的这条道路?"

布鲁庚亚把他的经历,毫不掩饰地从头到尾,详细叙述一遍。奥封听了布鲁庚亚的叙述,惊奇得几乎丧失理智。继而他一本正经地对布鲁庚亚说:"带我去见蛇女王吧! 往后我会领你去找先知穆罕默德的。因为现在距先知穆罕默德诞生的日期还远着呢。目前咱们只要捉住蛇女王,把她装在笼中,带到山里,便可借她找到一种草药。因为带着蛇女王所经之地,各种草本植物,会说明它们本身的用途呢。这个秘密,是我从一本书中发现的。据那本书说,有一种草药,找到它的人把液汁榨出来,涂在脚上,便可在任何海上通行无阻,而脚不会被海水打湿。如果咱们捉住蛇女王,借她找到那种草药,再放走她,然后榨出液汁,涂在脚上,渡过七个大海,去到所罗门大帝葬身之地,从他手指上取下那个戒指,这就达到最后目的;从此咱们像他在世那样,一方面呼唤人神,统辖宇宙万物;另一方面,咱们前往黑海中,喝几口生命之水,以便寿命延长到世界末期,待先知穆罕默德诞生,咱们便可跟他见面了。"

"既是这样,我带你去岛上找蛇女王好了。"布鲁庚亚欣然同意奥封的办法。

奥封得到布鲁庚亚的同意,即时动手,做了一个铁笼,预备两个大碗,盛着酒和奶,然后跟布鲁庚亚一起动身起程,航行了几昼夜,去到蛇女王居住的岛上,摆下铁笼,把盛满酒和奶的两个大碗放在笼中,然后悄然退到僻静地方躲藏起来。

过了一会儿,蛇女王来到铁笼面前,定眼看一看笼中的两个大碗,接着嗅到奶味,便从驮着她的那条大蛇背上爬了下来,钻进铁笼,一口气喝完碗中的酒,接着一下子醉倒。奥封看清楚那种情形,赶忙跑过去,关上笼门,随即与布鲁庚亚带着铁笼就走。

蛇女王酒醒过来,睁眼见自身被关在铁笼中,被一个陌生人顶在头上,一股劲朝前走,旁边跟随着布鲁庚亚。一见布鲁庚亚之面,她不禁怒火上冲,愕然叹道:"哦!原来这是我不肯伤人应得的报酬呀。"

布鲁庚亚听了蛇女王的埋怨,即时回答她,解释道:"女王只管放心,不必害怕,我们绝对不伤害你;我们只是要借重你找到一种草药罢了。因为那种草药,谁找到它,取出其中液汁,涂在脚上,便可通行海上,而脚不会弄湿。我们一找到那种草药,便转回原地,放你回去。"

奥封和布鲁庚亚带着蛇女王去到蔓草丛生的深山中,从各种草本植物之前经过。他俩足迹所到之处,每种野草都说明它自身的用途。一路之上,他俩倾耳左闻右听,但觉野草谈话之声,此起彼落,大有应接不暇之感。就在这样的情况下,他俩勇往直前,聚精会神地注意听取,经过很长的路程,终于听见一种异草清脆地说道:"我这种草药呀,谁弄出我秆内的液汁,拿它涂在脚上,便可通行海上,他的脚不会被海水打湿。"

奥封停住脚步,放下铁笼,和布鲁庚亚一起动手采拔那种草药,收集了够用的数量,然后捣一捣,扭出秆中的液汁,装满两瓶,保存起来,并把剩余的涂在脚上,这才带着蛇女王往回走。继续跋涉了几昼夜,回到蛇女王居住的岛上,打开铁笼,放出蛇女王。

蛇女王回到本土,恢复自由,沾沾自喜,对奥封和布鲁庚亚说:"二位拿这种液汁,打算干什么用?"

"拿它涂在脚上,借此渡过七个海洋,前往所罗门大帝葬身之地,以便取下戴在他手指上的戒指。"

"企图攫取戒指这件事,对你俩来说,未免太冒失而妄为了。"

"何以见得呢?"

"因为那个戒指是上帝给所罗门大帝的恩惠,使他借此显赫一世。当时他向上帝祈祷说:'我主,你是最慷慨、仁慈不过的,恳求你把人类所没有的权力赏赐我吧。'由此看来,那个戒指,不是你俩可以弄得到手的。倒是在你俩采药那架山中,另外有一种草药,吃了它,可以长生不老,直到世界末日才死亡。那种长生不老的药,跟你俩采到的这种草药比起来,它的利益可大多了,因为你俩采到的这种草药,不见得会使你俩达到希望目的吧。"

奥封和布鲁庚亚听了蛇女王的一席话,感到犹豫,可事已至此,犹豫也不管用,因而只好抖擞精神,按原来的办法行事,跟蛇女王告别,拿液汁涂在脚上,开始在海上旅行,不停地迈步勇往直前,并欣赏海中的各种奇异、美妙景象,继续不断地从一个海洋奔到另一个海洋,先后渡过七个海洋,前面便出现一座高耸入云的翡翠山岳,山中流着玉泉,尘土发出麝香气味。眼看那种情景,他俩不禁喜出望外,不约而同地说道:"咱们总算来到目的地了。"于是再接再厉地迈步向前,到了距山麓不远的地方,一幢巍峨的圆顶建筑物便映入眼帘,建筑物中射出强烈的光芒。

他俩满怀信心地赶到山麓,走进建筑物一看,只见里面摆着一张镶满珍珠宝石的赤金床,周围摆着无数的交椅,所罗门大帝身穿绣金镶珠宝的绿绸衣,静悄悄地躺在床上,右手摆在胸前,中指上戴着的戒指闪出耀眼的光芒,比其他珠宝射出的光芒更强烈。

奥封看清楚里面的情况,信心十足地教布鲁庚亚几句誓愿和咒语,嘱咐道:"你不息地念誓愿和咒语吧,直待我取下戒指为止。"于是他试探着慢步走了过去,可是刚到床前,床下突然蹦出一条大蟒,粗声吼叫起来,吼声震撼了整个地面,同时火苗便从它嘴里喷射出来，并警告奥封说："如果你不赶快退出去，非送命不可。"奥封只顾念他的誓愿，不曾被大蟒吓倒。大蟒再吼叫一声，喷出炽烈的火焰，整个地方几乎被火焰燃烧起来；接着它又警告奥封："该倒霉的家伙！你再不退走，我就烧死你。"

布鲁庚亚听了大蟒的警告，眼看那种恐怖景象，吓得魂飞魄散，拔脚跑了出来，一头栽倒，昏迷不省人事。只是奥封老奸巨猾，死心塌地地一心要盗取宝物，所以不动声色地壮着胆，走到床边，伸手捏着所罗门大帝中指上的戒指，正在脱取的一刹那，大蟒第三次喷出最强烈的火焰，一下子把他烧成灰烬。

布鲁庚亚慢慢苏醒过来，懊悔不该冒此危险，忍不住痛哭流涕，同时他想起当初蛇女王所说"图谋攫取戒指这件事，对你俩来说，未免太冒失而妄为了"这句含有劝诫的语言，越发懊悔不迭。他感到狼狈、迷惘，赶忙离开那奇怪、可怕的境界，沿来时经过的路线，回到海滨，怀着惊奇、恐惧心情，在那里过夜。

次日，他拿身边的液汁涂在脚上，然后动身起程，在海面上迈步向前，一路之上，尽情欣赏海中的奇异景象和美妙风光。他跋涉了几昼夜，从一个天堂般的海岛面前路过，被美丽的景致所吸引，便上岸去游览。他行了一程，才知道那是一个无比广阔的大岛，见番红花代替了地上的泥土，红玉和各种名贵宝石成为泥土中的沙砾，而且成行的素馨花排成篱墙，其他各种最名贵的树木如芦荟、沉香、茄楠等，并各种芳香美丽的花卉如水仙、素馨、丁香、甘菊、百合、紫罗兰等，以及甘蔗般的芦苇等植物也应有尽有。还有各种形态美丽、鸣声动听的雀鸟，在树枝上叫出音乐般悦耳的鸣声，即使落魄失意的人听了，也会感到心旷神怡。那里还有滚滚湍流的河渠，清澈见底的涌泉，所有的水都是香甜的；还有伶俐的麂子，活泼的野犊等小动物，在树林中蹦蹦跳跳，来来往往，显得岛上的一草一木，一鸟一兽都是美好可爱的，因而他徘徊其中，觉得跟奥封来时，并未经过此地，显然是走错路了，但他依依不舍，流连忘返，直逗留到傍晚，才攀到一棵大树上去过夜。

他念念不忘岛上的美丽景物，快要睡熟的时候，忽然听见嘈杂的骚乱声，睁眼仔细一看，见一个庞大的海兽浮出水面，狂叫一声，叫声震惊了岛上的禽兽，他自己也感到惊奇、恐怖。随着那个海兽的叫声，海中涌现出许多各种类形的海兽，一起爬上岸来；每只海兽的前爪拿着一颗像灯笼那样闪闪发光的宝石，照得海岛如同白昼。息了一会儿，岛上无数的狮子、老虎、豹子等各种野兽，也都成群结队，来到海滩上，跟海兽一起聚会、交谈，直到天亮才各自归去。

布鲁庚亚怀着恐怖心情，溜下树来，去到海滨，拿身边的液汁涂在脚上，然后踏上旅程，在第二个大海中，继续跋涉了几昼夜，来到一架高山脚下，朝前一看，那里的山谷一望无际，谷中的石头都是磁石，里面还有狮、兔等动物。他振奋精神，开始爬山逾岭，穿过崎岖不平的羊肠小道，傍晚下到山麓，捡被潮水冲到海滩上的干鱼充饥，并找到一个大石头，打算躲在石头后面过夜。他嚼着干鱼刚坐定，便听见响动声，大吃一惊，定眼一看，原来是一个大豹子向他奔来。他看来势凶猛，处境危急，眼见就会被它咬死、吃掉，故临机应变，赶快拿身边的液汁涂在脚上，即时逃跑，奔进第三个大海。黑夜里，他冒着狂风，勇往直前，继续不停地跋涉。清晨，路过一个大岛，便上岸去游览。

岛上有茂盛的森林，也有干枯的树木。他摘果子充饥，赞颂上帝一番，然后漫步游览，至日落才找个地方睡觉。就这样，他晓行夜宿，整整旅游了十天，最后来到海滨，拿身边的液汁涂在脚上，随即动身起程，进入第四个大海，继续跋涉了一昼夜，路过一个海岛，顺便上岸去游览。岛上尽是白沙，不长草木，只有一种小鹰在沙里做窝。他走了一程，觉得没有好看的地方，便转到海滨，拿身边的液汁涂在脚上，然后动身起程，走进第五个大海，继续跋涉了一昼夜，来到一个小岛上，见土壤和山石都透明如水晶，地上到处都是矿脉，树木非常奇怪，花色金黄，那样的树木是他在旅途中从来不曾看见的。他漫步周游，流连忘返,至日落天黑,见树上的金花星辰般灿烂发光。眼看那种景象,他觉得非常奇怪,仔细思量,认为树上的黄花被太阳晒枯,落在地上,经海风吹拂,集压在石头下面,慢慢变为矿脉,被人采去作为炼金的妙丹。

布鲁庚亚在小岛上留宿至次日天明,这才拿身边的液汁涂在脚上,然后动身起程,进入第六个大海。他勇往直前,继续跋涉了几昼夜,来到一个岛上。他走了一程,发现两架山上,长满了各种树木,树上的果实,有的像挂着头发的人头,有的像倒吊着的绿鸟,有的像仙人掌,果汁滴在人身上会燃烧起来;其中有的果子呜咽哭泣,有的哈哈发笑。他绕了一个圈子,碰到许多奇奇怪怪的事物,最后到达海滨,坐在一棵大树下面休息,参悟上帝创造宇宙万物的奥妙。日落天黑时,他栖息在大树上,忽然听到海中出现骚乱声,仔细一看,原来是一群出水的海姑娘,欢天喜地地走上岸来,每人手里拿着一颗灿烂的宝石,像灯笼一样闪闪发光。她们聚会在大树下面,唱歌、跳舞、游戏、谈天,通宵达旦,直玩乐到黎明,才尽欢而散,一起回到海中。

眼看海姑娘们走了,他才怀着惊奇的心情,从树上溜到地面,拿身边的液汁涂在脚上,然后动身起程,走进第七个大海。他勇往直前,继续跋涉了两个月。在这段漫长的旅程中,始终没碰到一个海岛。他长期与陆地隔绝,饿得无奈时,捞一尾鱼充饥;沿途备尝艰苦,坚持走完长距离的海程,最后到达一个树林茂盛、河渠潺流的岛上。当时正是阳光明媚的清晨,他漫步游览,东张西望,胸中感到无限的欢喜快慰,不知不觉来到一棵苹果树下,伸手去摘苹果,却听见有人对他说:"你敢摘苹果,我把你掰成两截!"

他朝声音出处一看,见那里站着一个四丈长的巨人,大吃一惊,吓得要命,哆嗦着问道:"你干吗不让我摘苹果?"

"因为你是人类,你的始祖亚当不守约言,胆敢违拗上帝的命令,随便偷吃苹果的缘故。"

"你是做什么的?这个地方归谁管?果树是什么人的?你叫什

么名字？"

"我叫佘拉锡亚；这地方和果树都是国王索乎尔的主权；我是他的部下，受他委托管理这个地方。你是谁？从哪儿来？到这儿来干吗？"

布鲁庚亚把他的姓名和经历，从头到尾，详细叙述一遍。佘拉锡亚听了表示同情，嘱咐道："你别害怕！"于是拿饮食招待他。他饱餐一顿，然后告辞，动身起程，逾过荒山，穿过戈壁，继续跋涉了十天，忽然发现前面烟尘弥漫空中，便向那方面走过去；继而又听见喊杀声和器械碰撞的混战声。他急急忙忙奔到烟尘起处，原来那是无比广阔的山谷地带；朝前一看，见许多人骑着战马，互相厮杀，杀得血流满地，尸积遍野。他们喊出如雷的吼声，抢着矛、剑、铁棒和弓箭，越战越起劲，杀得不可开交。布鲁庚亚眼看那种拼杀，莫名其妙，吓得目瞪口呆，茫然不知该怎么办才好。这时候，战士们发现他，便停止战斗，一大群战士涌过来，望着他露出惊奇的神情。其中有个战士走到他面前，问道："你是什么东西？从哪儿来？要上哪儿去？是谁指使你到这儿来的？"

"我是人类，因为热爱先知穆罕默德，所以出来找他，可是我走错路了。"

"我们生平没见过人类，人类也从来没到过这个地方。"他们都觉得惊奇诧异。

"你们是什么呢？"

"我们是天神。"

"你们住在什么地方？干吗互相残杀？这是什么地方？"

"我们居住的地方叫白玉佐武，每年上帝派我们到这儿来讨伐妖魔一次。"

"白玉佐武在什么地方？"

"在戈府山外，它与戈府山之间的距离，约莫有七十五年的里程。我们奉命前来讨伐妖魔的这个地方，原是古帝王尚多德·本·

翁顿的故国，因而被称为尚多德·本·翁顿的故乡。我们平时除了赞颂、膜拜上帝之外，没有别的事情。我们的国王叫索乎尔，这回我们非带你去让他看看不可。"

布鲁庚亚果然被天神带到白玉佐武，睁眼看见到处张着绿绸大帐篷，数目之多，指不胜屈；其中有个红绸帐篷特别高大，至少有百多丈宽；帐篷的绳和桩全是蓝丝线和金银制成的。他怀着惊奇诧异的心情被带进那个大帐篷，一看，才知道那是神王索乎尔的宫殿。神王坐在镶满珠宝的红金宝座上，公侯和文臣武将分别站在左右两旁伺候。他跪下去吻了地面，毕恭毕敬地向神王致敬、问好。神王回问一声，说道："过来吧！"并吩咐摆一张椅子在他身边，让布鲁庚亚坐下，随即跟他交谈起来，问道："你是什么东西？"

"我是人类，属以色列族。"

"你的情况、境遇如何？你是怎样到这儿来的？"

布鲁庚亚把他的境遇和旅途中的见闻，从头到尾，详细叙述一遍。神王索乎尔听了，感到惊奇诧异，吩咐设宴款待他。霎时间帐中摆出一千五百个硕大无比的金、银、铜盘，最大的盘中盛着五十头热气蒸腾的骆驼，有的盛着二十头骆驼，有的盛着五十只绵羊。眼看那么丰富的饮食，布鲁庚亚感到无比惊奇诧异。他陪他们饱餐一顿，接着又吃摆出来的各种可口的水果。饭后，他们异口同声地赞颂上帝，并祝福先知穆罕默德。布鲁庚亚听见他们祝福先知穆罕默德，非常惊讶，对神王说："我要问你几桩事情。"

"你问吧！"神王允许他提问题。

"你们都是谁？你们的本质是什么？你们是从哪儿认识先知穆罕默德而如此祝福、景仰他？"

"告诉你吧，布鲁庚亚，当初上帝创造地狱，分布为七层，一层在另一层之上，层与层之间相距一千年的里程。第一层叫'赫旱乃牡'，是为犯罪而不忏悔的穆斯林预备的；第二层叫'勒拶'，是为叛教徒预备的；第三层叫'哈杜牡'，是为叶艾侏者、麦艾侏者人预备的;第四层叫'塞欧鲁',是为妖魔的党徒预备的;第五层叫'塞丐鲁',是为不祷告的人预备的;第六层叫'赫豁牡',是为犯罪的犹太、基督教徒预备的;第七层叫'霍委也',是为伪君子预备的。我们是天神,我们的本质是火,因为上帝是用火创造我们的。最初上帝在地狱中创造了两个动物的始祖,第一个叫海狸突,是雄的,形如狮子;第二个叫麦狸突,是雌的,形状如狼。海狸突与麦狸突交配,第一胎生蛇和蝎,继而蛇蝎交配,子孙代代繁殖,从此无数的蛇、蝎在地狱中,惩罚下地狱的罪人。后来海狸突与麦狸突的第二胎生了七男七女,成年后,男女互配,各生子女。第二胎七弟兄中的六个子嗣都守本,孝顺父母,只是叫'伊补律斯'的老七例外,因而曾一度变为爬虫。后来他改邪归正,虔心膜拜上帝,步步高升,一跃而为上帝御前的天神们的领袖。可是当上帝创造了人祖亚当,命伊补律斯向亚当叩拜、庆贺的时候,他高傲自大,不肯叩拜、庆贺,因而触怒上帝,才被驱逐下凡,并受到诅咒。今日充满天地之间的妖魔鬼怪,便是他的子孙。至于他六个哥哥的后嗣,却都是循规蹈矩的天神,我们属于其中的一部分。以上所述,便是我们的本质。布鲁庚亚,现在你该知道我们的来历了吧?"

"如此说来,赫旱乃牡既是最高的第一层地狱,里面的刑罚也许是最简易的了。"

"不错,赫旱乃牡中的刑罚比较起来是最简易的,可是里面有一千架火山,每架火山下有七万个火谷,每个火谷中有七万座火城,每座火城中有七万幢火堡,每幢火堡中有七万所火屋,每所火屋中有七万张火床,每张火床上有七万种刑罚。至于其他几层地狱嘛,其中各种刑罚的数量,只有上帝知道。"

布鲁庚亚听了神王索乎尔的叙述,吓得目瞪口呆,一下子晕倒,昏迷不省人事。过了一会儿,他慢慢苏醒过来,哭哭啼啼地说道:"神王啊!像我这样的人,将会有什么样的结局呢?"

"布鲁庚亚,你甭害怕。你要知道:凡是敬爱先知穆罕默德的人,火是不会烧他的;为了先知穆罕默德的情面,他是在被赦免之列的,而且凡是皈依先知穆罕默德而信其道的人,火是会回避他的。"

布鲁庚亚惊喜参半,感到无限的快慰,说道:"恳求神王派个卫兵,送我回家吧。"

"送你回家这件事,除非奉上帝的命令,我们是无能为力的。如果你急于要离开我们的国土,我可以给你预备一匹马,供你骑用,叫它送你到边界地区,那儿有藩王白拉侯亚的兵马守关。他们见你骑着的马,知道是我的,会扶你下马,并打发它回来的。这是我们能力范围内可做的事,此外就无能为力了。"

布鲁庚亚听了神王之言,大失所望,忍不住伤心啜泣,说道:"既然如此,就按神王的办法,送我到边境好了。"

神王索乎尔吩咐侍卫给布鲁庚亚牵来一匹大马,大伙扶他上马,嘱咐道:"中途你别下马,也别打它或呵斥它,否则你会被摔死的。你只管不声不响地让它带你到了终点,待它站定时,才可以下马,然后各自去你的。"

"听明白了,遵命就是。"布鲁庚亚应诺着动身起程,穿过一排排的帐篷,走了很长的一段路程,才来到神王索乎尔的厨房前,见里面一口口庞大的吊锅,每口锅中煮着五十头骆驼,锅下喷出熊熊的火焰。眼看那么大的烹器,他感到万分惊诧,定睛呆呆地望着不动。神王见他如此感兴趣,满以为他肚饿、贪嘴,因而吩咐侍卫给他拿来两头烤骆驼,挂在马屁股上,供他享受。

布鲁庚亚向神王索乎尔和他的侍卫告辞,骑着神马,不停地向前迈进。到了边境,神马止步站定,他才从容下马,抖掉满身的灰尘。这时候一群把关的走了过来,一见神马,便知底细,于是牵着神马,带着布鲁庚亚去见他们的国王白拉侯亚。

走进一个辉煌灿烂的大帐篷,国王白拉侯亚坐在中央,公侯和文臣武将分立左右两旁,周围站满侍卫。布鲁庚亚向神王白拉侯亚致敬、问好。神王白拉侯亚回问一声,让他坐在自己身边,并吩咐摆出饮食款待客人,陪他大吃大喝。吃饱喝足之后,侍卫撤去杯盘,接着摆出水果。布鲁庚亚边吃边冷眼观看,觉得这里的排场,跟他在神王索乎尔帐中所见的大同小异。这时候神王白拉侯亚和他交谈起来,问道:"你是什么时候离开神王索乎尔的?"

"两天以前。"

"这两天内你知道走了多少路程吗?"

"不知道。"

"已经走了七十个月的里程了。当初你骑这匹马时,它害怕你,因为知道你是人类,所以它要把你摔下来,幸亏他们拿这两头骆驼压住它,才没发生意外呢。"

布鲁庚亚听了神王白拉侯亚的叙述,感到不寒而栗,衷心感谢上帝保佑他平安脱险。继而神王白拉侯亚向布鲁庚亚打听情况,说道:"告诉我吧:你遇到过什么事物? 你是怎样到这个地方来的?"

布鲁庚亚把他自己的身世、际遇和旅途中的经历,从头到尾,详细叙述一遍。神王白拉侯亚听了,感到惊奇诧异,同时非常同情怜悯布鲁庚亚的境遇,因而留他住下。

布鲁庚亚在神王白拉侯亚国中做客,整整逗留了两个月,才欣然告辞,动身起程,在荒芜的原野,跋涉了一昼夜,来到一座高山脚下。他毫不迟疑,一直往上爬,终于到达山顶,见那里坐着一个巨神,口中念念有词地正在赞颂上帝、祝福先知穆罕默德,眼睛呆呆瞅着摆在身前那块平板上写着的黑白两种字迹,两只翅膀,一只伸向东边,一只伸向西边。他走过去,向巨神致敬、问好。

巨神回问一声,说道:"你是谁? 你从哪儿来? 要上哪儿去? 你叫什么名字?"

"我是人类,属以色列族;因为敬爱先知穆罕默德,所以不辞远道跋涉,专诚出来访他。我叫布鲁庚亚。"

"你到这儿来,沿途的情况如何?"

布鲁庚亚把他在旅途中的经历和见闻,从头到尾,详细叙述一

遍,致使巨神感到无比惊奇诧异。继而他打听对方的情况,说道:
"请你告诉我:这块平板上写的什么？你在这儿干什么？你叫什么
名字？"

"我叫米喝以勒,是奉命在这儿调度昼夜的变化的;这是我的终
身职务。"

布鲁庚亚对米喝以勒的职务、形象和巨大的个子深感惊奇,匆匆
跟他告别,跋涉了一昼夜,进入一个无比广阔的草原,里面有七条河
流,而且树木成林。面对那么幽静、广阔的景物,他又惊又喜,兴致勃
勃地勇往直前,来到一棵大树前,见树下有四个天神。他走过去仔细
打量,见他们的形貌各不相同;其中一个像人,一个像野兽,一个像飞
禽,一个像牡黄牛。他们一个个埋头赞颂上帝,各自祈祷道:"我的
主宰呀！你是万能的,恳求你凭据真理和先知穆罕默德的情面,多多
怜悯、宽恕我的同类!"

布鲁庚亚对他们的形状和祷告深感惊奇,匆匆离开草原,跋涉了
一昼夜,到达戈府山,见一个巨神坐在山顶,喃喃地赞颂上帝,祝福先
知穆罕默德,两手不停地一会儿伸出去,一会儿缩回来,一会儿捏起
拳头,一会儿展开手指。他走到巨神面前,问候他。巨神回问一声,
说道:"你是谁？从哪儿来？上哪儿去？你叫什么名字？"

"我是人类,属以色列族;我叫布鲁庚亚,因为景仰先知穆罕默
德,所以出来访问,可我走错路了。请问:你是谁？这是什么地方？
你在这儿做什么？"

"这是环绕着大地的戈府山;上帝在大地上创造的每一块陆地,
都在我的掌握之中;我是在这里执行上帝的命令的;举凡上帝要什么
地方地震或灾荒或丰收或战争或和平,都是经我一手执行的;大地的
脉络也都集中在我手里。"

"在你坐镇的戈府山外,上帝还创造其他的陆地吗？"

"不错,还创造了一块无比广阔的银色陆地,叫'白玉佐武',它
的广度只有上帝知道,居住在那里的都是天神,他们终日赞颂上帝,

祝福先知穆罕默德。每逢礼拜五他们都集会在此山中,整夜膜拜、赞颂上帝,自愿把他们赞颂应得的报酬送给先知穆罕默德信徒中的有罪之人,以便他们得到解救。那般天神的这种赞颂,一直要延长到世界末日呢。"

"在戈府山外,上帝还创造别的山脉吗?"

"不错,还创造了一架绵延五百年里程的冰山,用它挡住地狱的温度,否则赭旱乃牡的火焰会烧毁大地的。在戈府山外还有四个世界,都比戈府山内的大地大四十倍;那些世界,有的是黄金的,有的是白银的,有的是红玉的,各具不同的色彩,但无昼夜之分;那些世界里都住着天神;他们不知道人类的始祖亚当和夏娃,只是专诚赞颂上帝,祝福先知穆罕默德,并替他的信徒祈祷。告诉你吧,布鲁庚亚:上帝把那些世界创造为七层,摆在一个巨神肩上;那巨神的个子和形象只有上帝知道;所谓的巨神是立足于一个磐石之上的,磐石是顶在一头牡牛头上的,牡牛是站在一尾巨鲸背上的,鲸鱼是浮在一个大海里面的。据说圣摩西凭上帝的默示知道那尾鲸鱼的时候,便祈求道:'主啊!让我看一看那尾鲸鱼吧。'上帝慨然应允,命一个天神带他去到鲸鱼浮沉的那个大海中,这才吩咐道:'摩西,你看鲸鱼吧!'他应声举目一看,只见鲸鱼闪电般从他眼前掠过。他一下子被吓倒,昏迷不省人事。一会儿他慢慢苏醒过来,上帝才问他:'摩西,你看见鲸鱼了吧?你知道它的身体有多长多宽吗?'他回道:'主啊!指你的尊严、伟大起誓,鲸鱼我不曾看见,只是一头牡牛从我眼前掠过,估计它的身长足有三日的里程呢,我可不明白那牡牛到底是干什么的。'上帝说道:'摩西,你所见其身长有三日里程的那头牡牛,其实那不过是它的头颅而已。告诉你吧:摩西,跟那尾巨鲸同样大小的鲸鱼,我每天要创造四十尾呢。'摩西听了上帝之言,深感他创造力的伟大。"

"上帝在巨鲸浮沉的那个大海下面还创造了什么呢?"

"还创造了无比广阔的一层大气,大气下面是无边无际的一层烈火,烈火下面是大得无以复加、被称为'蜂勒革'的一条巨蟒。幸亏那巨蟒对上帝有所顾惧,否则它上面的火层、气层、大海连同最高层的巨神和他肩着的世界,会全被它不声不响地一口吞掉呢。当初上帝创造了巨蟒,对它说:'我有一份寄存物,打算托你代为保存。'它回道:'有什么事要我做的,只管吩咐吧。'上帝吩咐它:'你张开嘴吧!'巨蟒果然张开大嘴,上帝这才把地狱塞在它肚里,说道:'好生保存它吧!'地狱摆在巨蟒腹中,要到世界末日,上帝才派天神们拿铁链去把它捆绑起来,拖到火场,叫它打开大门,那时节,山大的火星子将从地狱中喷射出来。"

听了巨神的谈话,布鲁庚亚吓得心神不宁,哭哭啼啼地向他告别,朝西边走了一程,来到一道紧关着的大门前,一看,见那里坐着两个动物,一个像狮子,另一个像公黄牛,口中念念有词地赞颂上帝,祝福先知穆罕默德。他走过去,向它俩问好。它俩回问一声,说道:"你是谁?从哪儿来?要上哪儿去?"

"我是人类,因为景仰先知穆罕默德,所以出来访问,可我走错路了。请问二位在这儿做什么?"

"喏!你看见的这道大门,我们是看守它的,此外我们的职务便是赞颂上帝,祝福先知穆罕默德。"

"这道大门里有什么?"

"不知道。"

"指伟大的上帝起誓,请开门让我看看里面的东西吧!"

"这道门不但我们不能开,除了伽百利天神外,其他谁都开不了。"

布鲁庚亚赶忙向上帝祈求,说道:"主啊!恳求你派天神伽百利到这儿来,打开这道门,让我进去看看吧。"

上帝应允布鲁庚亚的要求,霎时间天神伽百利便出现在他面前,问候他,并开了那道大门,说道:"我奉上帝的命令,前来为你开门,请进去吧。"于是待他走了进去,这才照原样关锁大门,各自归去。

布鲁庚亚进门一看,原来那是一个汪洋大海,海水一半是咸的,一半是淡的,有两座红宝石山围绕着大海。他慢步去到山麓,见山中有天神,都专诚赞颂上帝,祝福先知穆罕默德。他走过去,问候他们,并打听山、水的情况。他们回问他好,说道:"这个地方,位于天顶之下,海水通达到大地上的各个海湖之中。我们奉命把海里的咸水和淡水,分别灌输在各海湖之中,这是我们的终身职务,一直要做到世界末日呢。至于大海周围的这两座宝石山,却起着保水作用,不让海水向外漫溢。请问:你是从哪儿来的? 要上哪儿去?"

布鲁庚亚把他的经历,从头到尾,详细叙述一遍,并向他们打听方向,拿身边的液汁涂在脚上,然后告辞,在海上跋涉了一昼夜,碰到一个漂亮小伙子,彼此问候、交谈几句,随即分手,接着见四个天神,闪电般迎面而来。他挡住他们,向他们问好,说道:"请问各位尊姓大名?"

经他一问,天神中第一个说:"我叫伽百利。"第二个说:"我叫易斯拉斐勒。"第三个说:"我叫米柯伊勒。"第四个说:"我叫尔子拉伊勒。"

"你们匆匆忙忙,有何贵干? 要上哪儿去?"

"我们奉上帝的命令,前去东方收妖,因为那儿出现一条凶恶的大蟒,毁坏了一千座城镇,人畜都叫它吃光了。我们要去逮捕它,把它扔到地狱里。"

布鲁庚亚怀着敬仰、钦佩心情和他们分手,按自己的惯例迈步向前,持续跋涉了一昼夜,来到一个岛上。他迈步走了一程,发现一个人影,便赶忙走过去,仔细打量,原来是个满面光泽的漂亮青年,坐在两座坟墓旁边,唉声叹气地呜咽、啜泣。他觉得奇怪,向青年问好,说道:"你是谁? 叫什么名字? 这两座坟中到底埋着什么人的尸体? 你干吗这么悲哀哭泣?"

青年抬头看布鲁庚亚一眼,放声号啕痛哭,如注的泪水浸湿了衣襟,继而开口说道:"弟兄啊! 我的身世、经历古怪、离奇得很。你坐下来,跟我谈谈你的见闻、来历、去向和姓名吧;之后我再讲我的身世、经历给你听好了。"

布鲁庚亚果然坐在青年身旁,开始讲自己的身世经历:父亲死后如何继承王位、如何开启库藏而发现木匣中的书籍、如何从书本中知道先知穆罕默德的信息而生景仰心情和出来访问的经历和见闻,从头到尾,详细叙述一遍,最后说道:"这便是我一生的经历和见闻,今后的情况如何,将有什么样的结局,那只有上帝知道了。"

青年听了布鲁庚亚的叙述,长叹一声,说道:"可怜人啊! 你这一生的经历、见闻,跟我自己的比起来,还不算离奇古怪。告诉你吧:布鲁庚亚,所罗门大帝在世时,我是和他见过面的,我一生的经历和见闻是数不尽说不完的。我的历史的确离奇、古怪;愿你安心坐下来,让我把生平的事迹和待在这里的原因,详细讲给你听吧。"

布鲁庚亚和詹莎

布鲁庚亚怀着好奇的心情,果然安心坐了下来,表示倾耳静听,青年便振振有词地欣然说道:先父名叫塔谊武睦斯,是赫赫有名的卡彼勒国王,统治着白尼·佘赫朗人。当时白尼·佘赫朗这个民族中,有一万名英勇善战的酋长,每个酋长拥有一百座壁坚堡固的城镇,此外还有七个独立王国在他管辖之下,各国君王都服服帖帖地从东西各方向他称臣纳贡。他为人公正廉明,得天独厚,权力很大;可是美中不足,膝下还没子嗣,因而随时耿耿若有所失,一心盼望上帝赏他一个儿子,待他百年归天后,继承江山社稷。有一天,他满怀愿望,召集国内知名的学者、哲人和占星家,对他们说:"你们替我占卦一回,给我算一算命,看一看在我这一生中,上帝是否会赏我一个儿子,继承王位?"

哲人和占星家唯命是从,诚惶诚恐地既细心研究书本,又仔细观察星宿,然后异口同声地说道:"启禀主上,据我们占卦的结果,知道陛下将来是会有继承人的,而替陛下生太子的,却只能是虎拉萨国王的女儿。"

国王喜出望外,快乐到极点,重赏哲人和占星家,送走他们,随即召见宰相,面授机宜。当时任宰相职位的叫奥谊努·佐尔,文武双全,有千夫之勇。国王把哲人和占星家占卦的结果告诉他,说道:"爱卿,我要你预备行李,去虎拉萨国走一遭,替我向该国王的女儿求婚。"

"听明白了,遵命就是。"宰相应诺着退了下去,即时准备行李,并调兵遣将,把大队人马集合在城外,待命出发。同时国王写了一封求婚的信,并把宫中的丝绸、珠玉、宝石、金银和名贵的簪环首饰剔出一大批,计一千五百驮,用骆驼和骡子驮着,作为聘礼,交宰相带去求婚。

宰相奥谊努·佐尔奉国王之命,带领人马货驮,动身出发,继续跋涉,直达虎拉萨境内。虎拉萨国王白赫勒旺听了国王塔谊武睦斯的宰相前来聘问的消息,赶忙预备粮草,吩咐大臣带领人马,出去迎接,彼此见面言欢,在一起吃喝、寻乐,整整休息了十天,这才动身,向京城迈进。国王白赫勒旺亲身出城迎接宰相奥谊努·佐尔,向他问好,和他拥抱,招待他在城堡中住下。宰相把带来的大批礼物献给国王,并呈上国王塔谊武睦斯的信件。国王白赫勒旺拆开一看,见里面写道:

卡彼勒国王塔谊武睦斯致书虎拉萨国王白赫勒旺陛下:

敬祝政躬康泰,政通人和为祷。寡人曾因后嗣之忧,邀集哲人、占星家代为占卜,知寡人将得子继承王位,而替寡人生子者,贵国之公主也。

今遣宰相奥谊努·佐尔携礼物聘问贵国,替寡人向陛下求亲,缔结婚约。伏乞陛下慨然允诺,切勿迁延、推诿,盖彼之需求,即寡人之愿望也。陛下之善举,寡人自当竭诚领受。故此联姻之事,陛下不可等闲视之,妄加拒绝。

须知:寡人身为卡彼勒国王,拥有白尼·佘赫朗之望族,堪称得天独厚,属泱泱大国之君主;如能与令媛结为白发夫妻,则陛下与寡人即可结为一体,共谋国家大事,可望长治久安。今后寡人当按年度奉赠大批财物,以备陛下不时之需。区区之心,尚乞思复。

国王白赫勒旺读了国王塔谊武睦斯的信,不禁喜出望外,热烈欢迎、款待宰相,欣然说道:"阁下不远千里而来,对于成全你的希冀,我深抱喜悦心情,即使国王塔谊武睦斯需要我的生命,我一定乐于捐献。"于是即时回到后宫,向公主、王后和眷属报喜,跟她们商议公主的终身大事。大伙都同意结这头亲事,异口同声地说道:"你觉得该怎么办,就怎么办吧。"

国王白赫勒旺征得王后和公主们的同意,随即去城堡中见宰相奥谊努·佐尔,说明他来求亲的事颇受欢迎,并当面宣布愿结姻亲的消息。宰相知道求亲的事成功,如释重负,这才心安理得地待下来,等候办理缔婚手续。似水流年,转瞬便过了二月,宰相急于交差,谒见国王,说道:"启禀主上:臣下远道前来求亲,恳求陛下施恩,使臣等之希望早日实现,俾臣等择吉还乡。"

"听明白了,遵命就是。"国王慨然应诺,即时吩咐预备订婚必需的一切,并邀请宰相、朝臣和大牧师参与订婚仪式,替公主和国王塔谊武睦斯之亲事写下婚书。同时国王给公主预备了富丽的妆奁,其中包括无法形容的稀罕珍宝和金属器皿,并下令装饰城郭,隆重庆祝公主的喜事。

公主出阁之日,全城欢腾,国王依依不舍地送至郊外。宰相奥谊努·佐尔辞别国王白赫勒旺,小心翼翼地护卫公主满载而归。国王塔谊武睦斯听到宰相奥谊努·佐尔胜利归来的消息,吩咐大摆筵席,并装饰城郭,欢天喜地地和公主结为恩爱夫妻。婚后,公主身怀有孕,妊娠期满,生下一个男孩,像满圆的月亮,又白又胖。国王欢喜若狂,召集知名的哲人和占星家,对他们说:"你们替这个婴孩算算命,告诉我他这一生的吉凶祸福。"

哲人和占星家诚惶诚恐地认真观察星宿,仔细卜课之后,说太子的命运光明吉利,只是十五岁时要遇一次风险;如能闯过难关,就可征服异己而成为更伟大的国王,终身过最幸福的生活。国王喜出望外,给太子取名詹莎,嘱咐奶娘和保姆好生哺育。太子年龄刚满五岁,国王就教他读《新约》,学武艺。太子年龄还不满七岁,便知书而能骑射。继而他的武艺与年俱增,逐渐精通各种武艺,终于成为英勇的战士,国王感到无限的欢欣快慰。

有一天国王塔谊武睦斯吩咐预备猎器和马匹,率领太子詹莎和一班人马上山狩猎。在山中追逐、围猎野兽,随从的人争先恐后,大显身手,直哄闹到午后该收拾下山的时候,太子詹莎忽然看见一只毛色稀罕、美丽的羚羊,蹦蹦跳跳地落荒逃窜,便跟踪追去猎捕,另外还有七名随从也策马前去协助太子追逐逃窜的羚羊。他们快马加鞭,毫不放松,直跟踪追到海滨,眼看羚羊无处可逃,马上就可被捕;但是想不到它却纵身跳入水中,泅到停泊在海里的一只渔船中去躲避。太子詹莎和随从滚鞍下马,涉水去到船中,捉住羚羊。正预备带着猎获物归队的时候,太子詹莎忽然看见海中的一个大岛,他对随从们说:"我要去那个岛上逛一逛。"

"听明白了,遵命就是。"随从齐声应诺着,一齐动手划船,去到岛上,游览一回,然后转到海滨,坐上船,带着羚羊,划船驶向原岸。这时候天已黑定,不辨方向,船任风浪吹打,东漂西荡。太子詹莎和随从们在船中过了一夜。次日清晨醒来,只见水光接天,一望无际,就这样他们迷失在茫茫的大海中。

国王塔谊武睦斯见太子詹莎追捕羚羊,一去不归,只好打发随从们,分道扬镳,去各处寻找。当中有一队人马沿途来到海滨,发现待在那里看守马匹的一个随从,便问他太子和其他六个随从的去向。他把情况从头说了一遍,他们这才把他和马匹一起带回猎场,向国王报告寻找太子的经过。国王听了,痛哭流涕,懊丧得既摔王冠,又咬手指。国王痛定思痛,即时写封信,派人送往太子詹莎游玩的那个岛上,并征集一百只船,派战士乘着分头去海中寻找太子。一切分配妥帖,这才垂头丧气地率领剩余的人马回城。回到宫中,国王把太子詹莎失踪的消息告诉王后。王后知道太子詹莎的去向不明,以为他死了,打着自己的面颊,哭得死去活来。

那些奉命寻找太子詹莎的战士,划着船在茫茫大海中整整漂流了十天,到处寻找,始终不见太子詹莎的踪影,没办法,只得大失所望地回宫去交差。

太子詹莎和六个随从失迷方向,漂流在大海中,找不到出路,生命危在旦夕,随时有翻船落海的可能。后来他们乘坐的小船被飓风刮到一个岛屿附近,他们才慢慢把船划到岸边,大伙登陆,走了一程,发现一眼流泉,泉旁坐着一个男人,便走过去向他问好,只听那人鸟鸣般叽叽喳喳地跟他们交谈起来,还摆着头左张一会儿右望一回。他们莫名其妙,正感到奇怪的时候,那怪人的身体突然裂开,变为两半,朝不同的方向遁去。一会儿,山后蹦出无数的怪人,一哄拥到泉边,接着一个个的身体都裂为两半,露出要吃人的狰狞面目,悍然扑了过来。太子詹莎见势头不对,带着随从拔脚逃避,一口气奔到海滨,跳上小船,划着逃命。他惊魂未定,回头见身边仅剩三个随从,其余三人落在怪人手中,被他们吃了。

詹莎和虎口余生的三个随从,相依为命,划着小船航行了一昼夜,在茫茫大海中,不知该驶向什么地方。这时候,他们饥肠辘辘,饿得要命,只好宰羚羊充饥。继而飓风突起,小船被风浪吹打到一处海滩。他们一看,知道是另一个岛屿。岛上有河流和结实累累的茂盛果树,景色幽美,俨然是一座人间乐园。詹莎喜不自胜,对随从说:"你们有人先上岸去察看一下岛上的情况吧。"

"让我先去察看一番,再来报告情况吧。"一个随从自告奋勇,愿意上岸去了解情况。

"一个人去不行,应该你们三个人一起去,我在这儿等你们。"就这样詹莎打发三个随从登陆,去察看岛中的情况。

三个随从奉命登陆,东张西望,始终不见一个人影。继而他们试探着深入到中部,发现那里有一座云石城堡,里面的屋宇都是用透明的水晶石建成的。堡中有花园和池塘;花园里遍地都是馨香扑鼻的鲜花,茂密的果树上结着各种干果和鲜果,还栖息着鸣声动听的雀鸟;池旁有一间大厅,里面摆着成排的椅凳,中央摆着一张镶满珍珠宝石的赤金床。三个随从身在富丽堂皇的城堡中,走遍了整个庭园,却不见一个人影,觉得惊奇、诧异,赶忙回到海滨,报告察看的结果。

詹莎听了随从的报告,说道:"我非亲眼看一看那个城堡不可。"于是舍舟登陆,跟随从来到城堡中,如入仙境。他身在优美的景物中,眼看富丽堂皇的建筑,顿觉心旷神怡,惊奇、羡慕到极点。他们在花园中游息,吃树上的鲜果,陶醉在鸟语花香的气氛中,流连忘返。继而他们漫步游览整个城堡,至天黑才来到池旁的大厅中,打算在里面过夜。詹莎坐在中央的赤金床上,随从分别在侧伺候。这时候,他触景生情,想着远离宫廷,分别父母,离乡背井,流落异地,不禁悲从中来,潸然泪下,随从也陪他痛哭流涕。这当儿,忽然外面传来闹哄哄的喧噪声。他们赶忙从噪声出处望过去,见池边涌来无数的猿猴,多如飞蝗。他们大吃一惊,吓得要死。

原来那个岛屿是猿猴聚居的地方,岛中的城堡也是它们所具有的。那天傍晚,它们发现停在海滨的小船,就捣沉它,然后大喊大叫地涌到城堡中。詹莎和随从正感到惊慌失措的时候,一群猿猴已经进入大厅,来到他面前,跪下去吻了地面,然后站起来,把手贴在胸前,规规矩矩地分班站在两旁。接着另一群猿猴捉来几只羚羊,当面宰了,剥下皮,拿去烤熟,盛在金银大盘中,端来摆在厅里,指点着叫詹莎和随从去吃。他果然下床来,带着随从,陪猿猴们大嚼特嚼,饱餐一顿。大伙儿吃饱后,撤走金银大盘,接着又摆出水果。詹莎和大伙儿吃了水果,感谢上帝一番,然后比着手势问道:"你们是做什么的? 这幢城堡是谁的?"猿猴中的头目比着手势回道:"这城堡原是大卫之子所罗门大帝的。他在世时,每年都到这儿来逛一趟。告诉你吧:现在你成为我们的国王,我们是你的臣仆了。从此你跟我们一起吃喝吧,你所吩咐的,我们全都照办。"头目说罢,跟其他的猿猴一齐跪下去,吻了地面,然后顺序退出大厅,各自归去。

詹莎和随从分别在赤金床和左右的椅上,安然睡了一夜。次日清晨,猿猴中四个将相一类的头目来见詹莎,随身还带来大批军队。待队伍一排排围绕着詹莎站定之后,那将相一类的头目这才走过来,比着手势,指着队伍对他说,要他公公道道地管辖、对待它们。队伍欢呼着退了出去,只留下少数几个,作为詹莎的随身侍从。接着作为侍从的猿猴牵来几匹形如战马的大狗,每只狗头上套着一根粗铁链。詹莎眼看那种类型的大狗,只觉得惊奇诧异。这时候,作为将相的猿猴指点詹莎和他的随从,叫他们骑马跟它们一块儿走。他们果然骑上马,怀着惊奇的心情,跟它们和那些骑马的和步行的队伍,一起离开城堡,走了一程,路过海滨他们登陆的地方。詹莎一看,他乘坐的那只小船已不翼而飞,心中觉得奇怪,便问猿猴宰相:"停泊在这儿的那只小船哪儿去了?"

"启禀主上,"猴相回答说,"你们靠岸登陆之时,我们便知道你是来做我们的国王的。我们只怕彼此见面时,你们会坐着小船逃跑,因此我们把小船给弄沉了。"

詹莎听了猴相的回答,回头看随从一眼,叹道:"我们没有办法离开这个地方了,不过我们对上帝所安排的事,应该逆来顺受。"于是随猴队继续向前走,来到一条河边,见对岸有一座高山,山上尽是食尸鬼。他问猴相:"那些食尸鬼是干什么的?"

"它们是我们的仇敌,我们是来跟它们打仗的。"

詹莎仔细一看,见食尸鬼身体粗壮,骑着大马,有的昂着牛头,有的摆着驼面,奔下山来,集合在岸上,跟猿猴的兵马对垒、战斗起来。食尸鬼凶形毕露,猛勇进攻,拿柱石般的石头砸向猴阵,越打越猛烈,差一点就要打败猿猴兵马。詹莎眼看形势危急,便大声疾呼,喝令随从:"你们快张弓搭箭,射死食尸鬼,打退它们。"

随从遵循命令,即时张弓,迎头射击,射死许多食尸鬼。敌人无法抵御,抱头鼠窜,拔脚逃跑。猿猴兵马依赖詹莎打败敌人的弓箭,顿时胆壮气盛,便涉水乘胜追击,打死许多食尸鬼,活着的却逃得无影无踪。詹莎和他的随从,跟随猿猴兵马一直向前,来到一座高山脚下,见那里立着云石碑碣,便走过去,见碑文写道:

> 奉告读此碑文的人:
>
> 你既到此,便是猿猴的国王。在你执政期间,猿猴可以安居,免受食尸鬼的侵扰。你欲离开彼辈他往,此处仅有两条出路:(一)沿山麓往东,行三月的里程,经野兽、食尸鬼、妖魔、精灵盘踞栖息的险恶地带,直通环绕陆地的大洋区。(二)沿山麓向西,行四月的里程,过蚂蚁谷至火焰山,须经十日的苦难历程,始可越过火焰山;山下有澎湃的河流,逢礼拜六河水枯竭见底;河旁有大城,为该地唯一的城郭,居民都信奉犹太教。
>
> 立碑人 所罗门·本·大卫

詹莎读了碑文,痛哭流涕。他回头看随从一眼,把碑文所记载的全都告诉他们。继而他骑上马,跟打胜仗而欢欣鼓舞的猿猴兵马,一起动身起程,转回城堡。从此他住在城堡中,做了国王,统治岛上的猿猴。

似水流年。詹莎来到岛上,不知不觉也就过了一年半。有一天,他吩咐随从准备一番,带领大批兵马出去打猎寻乐。经过平原、漠野,从一个地方转到另一个地方,越走越远,终于到达一处广阔的谷地。根据云石碑的记载,他知道那谷地就是所谓的蚂蚁谷。于是他吩咐兵马停下来,大伙在一起吃喝玩乐,流连忘返,整整逗留了十天。就在最后一天傍晚,他悄悄地对三个随从说:"我打算带着你们逃走,从这里越过蚂蚁谷,去投奔犹太城。也许上帝会让我们摆脱这些猿猴而指引我们一条出路呢。"

"听明白了，遵命就是。"随从们同意詹莎的办法。

天黑下来不久，詹莎和随从全副武装，腰中佩着宝剑、匕首，并携带弓箭，连夜潜逃，从天黑跋涉到日出，一刻也不敢停留。

次日清晨，猿猴队伍醒来，不见詹莎和他的随从，知道他们不告而走，赶忙分两队兵马，一队向东，一队朝西，分头追赶。朝西的一队兵马，快马加鞭，马不停蹄，冲入蚂蚁谷，勇往直前，终于发现詹莎和随从的行踪，便加快速度，存心赶上去杀死他们。可是差一点快赶上他们的时候，忽然间一群蚂蚁从地里钻了出来，多如飞蝗，每个蚂蚁的身体，跟狗一般大小。它们拦住猿猴，互相厮打起来。许多猿猴被蚂蚁吃掉，而不少的蚂蚁也被猿猴打死，彼此伤亡惨重。从形势看，蚂蚁固然占优势，一个蚂蚁对一个猿猴，一口把它咬成两截；可是猿猴也不示弱，它们每十个围攻一个蚂蚁，把它撕碎；彼此越打越凶，越打越起劲，一直打到天黑。詹莎和随从趁机逃跑，继续在谷中跋涉了一夜。天明时，詹莎见一群猿猴跟踪追来，毫不放松，便大声呼唤随从，吩咐道："拿宝剑砍它们。"

随从遵循命令，即时抽出宝剑，左右招架、抵抗；可是一个无比粗大、露着象牙般犬齿的猿猴，突然蹦到前面，一口咬死了一个随从，其余的猿猴便奔向詹莎。这时候，詹莎和两个随从，势孤力弱，抵挡不住，跳下一个斜坡，向洼地逃避，发现那里有一条大河，而且有一群蚂蚁挡住去路。幸亏一个随从，奋不顾身，向前猛冲，手起剑落，一剑把一个蚂蚁砍成两截。这时候蚂蚁群起而围攻他，詹莎和另一个随从才趁机奔到河岸上，纵身跳到河中，力图泅往对岸；可是水流太急，刚到中游，随从被水冲走，詹莎努力挣扎，使出全身气力，终于抓住长在对岸而伸到河中的一根树枝，爬到岸上，脱下衣服，拧一拧，晒在地上，然后赤身坐下，想着自身的悲惨、危险遭遇，忍不住伤心啜泣。

天慢慢黑下来。詹莎流落在茫茫无垠的荒山漠野中，恐怖得要命，尤其随从死得一个不剩，使他格外感到孤苦寂寞。为保全性命，避免发生意外，他只好钻进山洞去过夜。次日天明，他走出山洞，迈步向前,沿途采山茅野草充饥,继续跋涉了几昼夜,进入火焰山。他鼓足勇气,东转西拐、横冲直撞,终于闯过惊险的关山,眼前便是石碑上记载的那条汹涌澎湃的河流,河那边犹太城隐约在望。他息下来,耐心等到礼拜六河水枯竭,才越过河床,迈步投奔犹太城。他怀着满腔希望来到城中,却不见一个人影,到处寂静无声,俨然是一座死城。他胡乱推开一所住宅的大门,走了进去,见里面的人默不作声,一句话不说,便自我介绍,说道:"我是离乡人,饿极了,给我点吃的度命吧!"他们仍不开口说话,只是比着手势指指食物,叫他吃喝。他果然坐下来,大吃大喝,饱餐一顿,并跟他们一起过夜。

次日清晨,主人问候他,表示竭诚欢迎,问道:"你从哪儿来?要上哪儿去?"他听了主人的问话,号啕痛哭一场,然后把他的身世、经历,从头到尾,详细叙述一遍,最后还提到他父亲的国都。

"这个都城我们从来没听说过,"主人表示惊奇,"不过到这儿来经营生意的商队,却说那里有个叫也门的王国。"

"商队们传说的也门王国,离这儿有多远?"

"据商队说,他们从也门到这儿来,走了两年零三个月的路程。"

"商队什么时候再来?"

"明年他们就来。"

詹莎听了主人的回答,大失所望,忍不住痛哭流涕,回忆着别乡离井、远离父母、沿途的遭遇、随从的死亡和自身前途的暗淡,越哭越伤心。主人表示同情、怜悯,安慰他说:"小伙子,你别哭了,安心在我们这儿住下吧。等明年商队来时,我们打发你跟他们一起回去。"

詹莎果然安心住下来,等机会回家。似水流年,转瞬便过了两月。这期间,他每天都出去,在大街小巷中溜达,看看风土人情。那天他照例在街上东张西望,忽然听见有人高声召唤,说道:"有谁愿以一千金币和一个女郎作为报酬而替我们做一个上午的工作吗?"他听了召唤,认为这工作要是不危险,那么干一个上午的活路,他绝不会拿一千金币和一个女郎作为报酬的。他边思索边走到召唤者面前,说道:"我愿做这个工作。"

召唤人听了詹莎应召,喜不自胜,带他去到一幢大屋子中,里面的陈设富丽堂皇,一个犹太商人,坐在一张乌木椅上。召唤者走到商人面前,毕恭毕敬地说道:"老板,三个月以来,我一直在城中召唤,直到今天才有这个青年应召。"

商人听了报告,表示欢迎詹莎,带他进入阔气的客室,吩咐仆人端来各种可口的饮食,陪他吃喝,饭后又陪他饮酒,彼此痛痛快快地吃饱喝足,商人才起身出去。一会儿,他回到客室,手中拿着一袋金币,并随身带来一个窈窕美丽的妙龄女郎,说道:"这钱袋中的一千金和这个姑娘,是我给你的报酬,请收下,明天再替我工作吧。"他说罢,把钱递给詹莎,叫姑娘陪他坐下,然后退了出去。

詹莎和姑娘在商人家中过了一夜。次日清晨,他去澡堂沐浴。商人打发仆人给他送去一套名贵的绸衫,表示尊敬、爱护。仆人们耐心等他洗完澡,拿绸衣给他穿起来,然后小心翼翼地伺候他回家。商人吩咐仆人摆出饮食,并拿来竖琴、琵琶等乐器,陪他吃喝、弹唱、说笑,直欢乐到深更半夜,才分手,各去安息。

第二天早晨,詹莎去澡堂洗澡回来,商人对他说:"今天你该替我工作了。"

"听明白了,遵命就是。"詹莎欣然应诺。

商人吩咐仆人牵来两匹骡子,他和詹莎各骑一匹,并辔动身起程,马不停蹄地老往前走;正午时候,来到一架望不见顶的高山脚下。商人跳下马来,叫詹莎也下马,并递给他一把刀、一根绳,吩咐道:"给我宰掉这匹骡子。"

詹莎听从吩咐,别起衣裳的下摆,卷卷袖口,拿绳绑住骡子的四条腿,摔倒它,用刀一宰,再剥掉皮,割下头和四肢,于是活生生的一匹骡子,一下子就变成一堆鲜肉。商人喜形于色,再一次吩咐他:"你破开它的肚子,钻了进去,让我把你缝在里面,你躲在里面仔细看一会儿,无论看见什么东西,必须即时告诉我。"

詹莎遵循命令，果然拿刀破开骡肚，钻了进去。商人即时拿针线把他缝在里面，然后远远地离开被宰的骡子，找僻静的地方躲藏起来。不一会儿，一只大鸟落在山麓，攫着死骡飞到山顶，正啄食的时候，詹莎挣扎着割断缝线，从死骡肚子里爬出来。大鸟看见詹莎，落荒展翅高飞远走。詹莎站了起来，左右前后一看，只见遍地都是骷髅和被太阳晒焦的僵尸。他大吃一惊，叹道："全无办法，只盼伟大的上帝拯救了。"他俯视山下，见商人站在那里，大声对他说："你把周围的石头扔些下来，我再告诉你下山的路线吧。"

詹莎一口气扔下二百个石头，然后对商人说："告诉我下山的路，我再给你扔一次石头吧。"商人可不理睬，只把扔下的石头收集起来，给他骑来的那匹骡子驮着扬长而去。所谓的石头，原是山中出产的钢玉石、橄榄石等最名贵的璞玉。

詹莎困在山顶，上天无路，入地无门，只会哭哭啼啼地恳求上帝援救。过了三天之后，他觉得不该待在那里等死，便站起来，动身寻找出路。他摸索着滑过崎岖的山坡，匍匐着爬下陡崖，采山茅野草充饥，跋涉了两个月，来到一处边缘地区，见远方的山谷中长着树木，还有鸟兽出没其间。眼看那种景象，他喜出望外，便向那方走去。继续行了一个多小时，来到一个山谷中，见溪水潺流，便沿溪而下，终于进入他在山中看见的那个山谷里。他漫步其间，东张西望，仔细欣赏优美的景致，突然发现一幢高耸入云的宫殿；不禁欣喜若狂，急急忙忙奔到宫殿门前，见门外站着一个满面春光、和颜悦色的老头，挂着一根红玉髓禅杖。他走到老人面前，向他问好。老人回问一声，热情欢迎他，说道："我的孩子，你坐下休息吧！我来问你：这个地方从来没人到过，你到底是从哪儿来的？要上哪儿去？"

詹莎坐在门前，听了老人的问话，想起颠沛流离、九死一生的苦难遭遇，忍不住伤感起来，哭得一时说不出话来。老人眼看他的可怜相，非常同情怜悯，说道："孩子，别哭了！你悲哀哭泣，使我感到心酸难过。"他说着拿来吃的东西，摆在詹莎面前，说道："吃吧，吃饱了再说。"

詹莎腹饥难耐,狼吞虎咽地饱餐了一顿,然后虔心虔意地感谢上帝。这时候,老人开口说道:"孩子,我要你对我谈谈你的情况,把所碰到的事,全都告诉我。"

詹莎果然把他的身世、经历,从头到尾,详细叙述一遍。老人听了,感到惊奇诧异。接着詹莎对老人说:"老人家,请你告诉我:这幢宫殿是谁的?这广阔的山谷地带归谁管辖?"

"告诉你吧!孩子:这幢宫殿和这个山谷,以及殿中谷里的一切,都是属于所罗门大帝的。我叫纳斯尔,受所罗门大帝的托付,管理这幢宫殿;他还教我各种鸟语,委我主宰世上的飞禽,被称为鸟王。须知:每只雀鸟每年都到这儿来朝拜一次,经过大帝检阅,然后各自归去。我待在这里,就是为此。"

詹莎听了老人的叙述,触目惊心,痛哭流涕,说道:"老伯伯,我该怎么办才能回到家乡祖国?"

"不瞒你说,我的孩子,你已经来到戈府山附近,要离开这个地方,除非等百鸟来朝之日,我嘱咐一只雀鸟,让它顺便带你回去。现在你留下来,跟我一起吃喝,随便玩耍,等百鸟来朝之日再说吧。"

詹莎果然住了下来,跟老人生活在一起,吃喝玩耍,谈笑取乐,到处游览,吃各种鲜果,过着安逸、舒适的快乐生活,直至接近百鸟来朝之日,老人才站了起来,递给他一串钥匙,说道:"詹莎,你拿这串钥匙去打开宫中的每间屋子,进去看看里面的陈设,当中只是末的一间屋子不可随便开启。你要是不听告诫,随便开那道门进去,这对你来说,只会有害无益。"老人说罢,再三叮咛,然后和他分手,出去等待接见来朝的飞禽。

詹莎听从老人吩咐,拿钥匙开了宫中的房门,进去观看。他按顺序从头一、二地左开这间,右开那间,把所有大小房屋都看遍了,最后来到那间老人禁止开启的房前,见门上锁着一把金锁,很感兴趣,自言自语地说道:"这间房屋比其他任何房屋都特殊,老头子却不许开启,里面到底藏着什么呢？我可是非进去看一眼不可;反正上帝既然主宰着奴婢,他必然会使奴婢事事如意。"他嘀咕着举起手中的钥匙,毫不迟疑地开了锁,推门进去一看,见里面有个大池塘,池水清澈见底,池底的沙砾都是用名贵宝石、珠玉和金属做成的。池畔有个用金砖、银瓦、水晶柱建筑的凉亭,窗格子是用红玉髓制成的,地板是用橄榄石、风信子石、翡翠和珠宝按镶嵌的方式铺成的;亭子中央有个纯金喷水池,池中装满了清水;喷池周围蹲着一群用黄金白银雕塑的禽兽,一股股的泉水从它们肚中喷射出来;每当微风吹入它们耳中,口里便发出喊喊喳喳的说话、歌唱声;凉亭左近有一个大厅,厅中摆着一张嵌满珍珠、宝石的钢玉宝座;宝座旁边张着一个五丈多宽、镶珠玉的绿绸帐篷,篷中摆着所罗门大帝的绒毯。大厅周围是一座花园,园中长着茂盛的果树,树上结着累累的果实;花坛上玫瑰、罗勒、蔷薇和各种芬芳的花卉,应有尽有;清风袭来,花香扑鼻,树枝在空中摇来摆去,景致非常幽美。他怀着羡慕心情,漫步庭园中,仔细欣赏各种奇奇怪怪的景物,陶醉在馨香气氛中,流连忘返。继而他进入大厅,在宝座上坐了一会儿,然后钻进帐篷,倒身呼呼地睡熟了。

詹莎睡了一觉,从梦中醒来,漫步走出大厅,在门前的一张椅上坐下。正当他面对着美妙的景物,感觉兴趣盎然的时候,忽然看见三只状如鸽子的小鸟飞到池边,游戏一会儿,然后脱掉羽衣,随即变成三个面如满月、身段窈窕的绝世佳人,一起步入池塘,无拘无束地边游泳,边谈笑取乐。她们洗完澡,走出池塘,约着去花园中游玩。他呆呆地注视她们的举止动作,尤其她们轻盈、活泼、美丽的体态,使他感到心荡神驰,不自主地站起来,随之去到花园中,挨近她们,恭恭敬敬地问候一声,接着说道:"请问几位显贵的小姐,你们都是谁呀?是从哪儿来的?"

她们回问他好,接着其中最小的说道:"我们从天国下凡,是到这儿来消遣、寻乐的。"

詹莎知道她们是仙女下凡,越发觉得她们美丽可爱,便向最小的仙女诉苦、乞怜，说道："可怜我吧，仙子！我一生奔波、流离，尝尽各种苦头，恳求你多多同情、怜悯我。"

"别讲这些废话，去你的吧！"小仙女断然拒绝他的请求。

詹莎痛哭流涕，越哭越伤心，凄然吟道：

> 一位窈窕美丽的少女，
> 身披绿衣散着头发在花园中消遣。
> 我问她："请教你的尊姓大名？"
> 她回道："咱是用火炭烧灼爱人心灵的一个女性。"
> 我向她倾吐景仰、崇拜的恋念痴情，
> 她说道："你向石头诉苦、求爱而不自觉。"
> 我说道："即使你的心肠硬如石头，
> 　　　　上帝可叫泉水穿过顽石淌流。"

仙女们听了詹莎的吟诵，启齿哈哈大笑一阵，然后若无其事地继续嬉戏、歌唱，尽情寻欢作乐。詹莎摘鲜果奉承她们，跟她们一起享受，并陪她们在大厅中过夜。

次日清晨，仙女们从梦中醒来，穿上羽衣，随即变成鸽子般的小鸟，展翅飞回去了。詹莎的心似乎被她们带走，因而惴惴不安，徘徊不知所措，气得昏头昏脑，终于失去知觉，一头栽倒，昏迷不省人事。

老头纳斯尔嘱咐詹莎一番，跟他分手后，接着百鸟按期前来朝王。他分类接见飞禽，让它们吻他的手。朝拜别，他对飞禽说："我这儿有个青年，他是被命运从老远的地方驱使到这儿来的。现在我要你们顺便把他带回去。"

"听明白了，遵命就是。"百鸟异口同声地回答鸟王。

老头纳斯尔回到宫殿中，不见詹莎；他边呼唤，边寻找，最后见他禁止詹莎开启的那间房屋的门开着，便走了进去，发现詹莎睡在园中的树下，昏迷不省人事。他赶忙拿香水洒在詹莎脸上，救醒了他。

詹莎蒙眬醒来，摆头左右看了一眼，身边除老头纳斯尔外，谁都

不见,顿觉心烦意乱,苦恼有增无减,凄然吟道:

> 她的身段既苗条,皮肤又细腻,
> 像十四晚上的明月笑容可掬地出现在我眼前。
> 她的媚眼足以掠夺人的理性,
> 一口皓齿两片朱唇似乎是均匀的珍珠盛开的玫瑰。
> 黑夜般闪光的长发一直披到屁股下面,
> 求爱者千万别因她不束发成髻而嗟叹、惋惜。
> 她拉满眉弓射出一瞥之箭,
> 再远的距离都能正中鹄的。
> 她的体态过分窈窕肤色格外细腻,
> 只可惜一副心肠比顽石有过之无不及。
> 好一个集美丽之大成的仙女!
> 人世间没有谁能与她媲美。

纳斯尔听了詹莎的吟诵,莫名其妙,说道:"孩子,我不是嘱咐你别开这间房门吗?快把你在这里面所看见和碰到的事告诉我吧。"

詹莎坐着不动,慢慢把他碰见三个姑娘并跟她们在一起游玩的经过,从头到尾,详细叙述一遍。纳斯尔听了,恍然大悟,说道:"你要知道,我的孩子!那三个姑娘原是神的女儿,她们一年一次到这儿来消遣,从早快快乐乐地玩到午后,才尽欢从容归去。"

"她们的家在哪里?"

"指上帝起誓,我可不知道她们的家在哪里。孩子,别再胡思乱想了,你应该振作精神,快跟我来,好让我嘱托飞禽带你回家去。"

詹莎惊叫一声,顿时晕倒,昏迷不省人事。一会儿他慢慢苏醒过来,哭哭啼啼地说道:"老伯伯,我一心只希望跟那几个姑娘再见一面,现在不要回家了。告诉你吧:我即使死在你面前,也不再提念父母了。即使今年之内只见我爱慕的人儿一面,我也心甘情愿。"继而他哭着吟道:

但愿幽灵不在有情人中作祟，
也愿上帝不替人类创造爱情。
假若心灵不为爱你遭受火刑，
我的眼泪就不至于顺腮奔流。
爱情的烈火焚烧着我的肌肉，
我日夜规劝心灵忍受一切折磨。

詹莎吟罢，倒身跪了下去，边吻老头纳斯尔的脚，边苦苦哀求："可怜我吧！上帝会疼爱你呢。替我解除困难吧！上帝会援助你呢。"

"我的孩子，指上帝起誓，我不认识那几个姑娘，我也不知道她们住在什么地方。不过你既然爱上她们中的一个，就在我这儿继续待下来吧。因为到来年的今天，她们姊妹依然要到这儿来消遣的。那时候，你悄悄躲在花园中的树下，等她们脱下羽衣，进池塘洗澡、嬉戏的时候，你趁机把所看中那个姑娘的羽衣拿起来，挟在腋下。她们洗完澡，上岸来穿衣服的时候，那个遗失羽衣的姑娘，会显出笑容，好言求你还她的羽衣呢。如果你把羽衣赔给她，那你的目的就难于实现了，她会穿上羽衣，一去而不复返呢，从此你就休想同她见面了。因此，你必须紧紧挟着羽衣，暂别给她，等我接见飞禽转来，再替你二人撮合，然后打发你带着她回你老家去。这桩事想必我是可以做得到的，除此之外，那就无能为力了。"

詹莎听了老头纳斯尔的谈话，感到心满意足，又在老头处待了一年。那期间，他天天屈指计算过去的日子，推算百鸟朝王的日期。似水流年。不知不觉已届百鸟朝王之期，老头纳斯尔对他说："现在我要去接见飞禽，你按照我的吩咐行事吧。"

"听明白了，遵命就是。"詹莎应诺着，等老头走了之后，随即进入花园，悄然躲在树下。可是他等了一天，不见姑娘们飞来，又耐心等了一天，直到第三天仍不见她们的踪影。他大失所望，长吁短叹，哭得昏迷不省人事。息了一会儿他慢慢苏醒过来，一会儿抬头仰望天空,一会儿低头凝视地面,一会儿呆看池塘,一会儿熟视池边的空地,心烦意乱,惴惴不安。正当他忧愁、苦恼到极点的时候,忽然三只鹰一般大小的鸽子,从空降落在池畔,摆头东张西望一会儿,既不见人踪,也不见神影,这才脱掉身上的羽衣,随即变为三个窈窕美丽的姑娘,赤裸裸地一丝不挂,长脖细项,白得像银做的。她们一起进入池塘,嘻嘻哈哈地边洗澡边游戏,非常欢喜快乐。

　　詹莎躲在园中的树下,仔细窥探,隐约听见她们中的大姐说:"姊妹们,我生怕有人躲在这里偷看我们。"二妹回道:"姐姐,这幢宫殿里,自所罗门大帝时代起,从来就没有人、神的足迹。"三妹笑嘻嘻地说道:"指上帝起誓,二位姐姐只管放心;如果真有人躲在这里面,其目的只不过是想把我弄到他手里罢了。"于是三姊妹说说笑笑,一直由浅入深地游了过去。詹莎抑制不住满腔激情,心怦怦地跳个不止,眼看她们越游越远,已经到了池塘中央,他才蹦出来,闪电般跑到池畔,把他最钟情的那个小三妹的羽衣拿起来,然后出现在她们眼前。

　　姑娘们回头看见詹莎,大吃一惊,吓得发抖,赶忙把身体藏在水中,慢慢回到池边,仔细一看,见詹莎面如十五晚上的满月,是个标致漂亮的小伙子,开口问道:"你是谁?你到这儿来干吗?你拿三妹佘睦瑟的衣服做什么?"

　　"你们请上岸来,让我把情况告诉你们吧。"

　　"你是做什么的?干吗拿我的衣服?我们姊妹都不认识你,你是怎么知道我的?"

　　"我眼珠般的仙子呀!你快出水来,我再叙述我的情况、经历和认识你的原因吧。"

　　"我心肝般的人儿哟!请还我衣服,让我穿起来,遮盖着羞体,再到你面前去吧。"

　　"美丽的仙子呀!我现在给你衣服,就是为爱情而自杀了,这怎么可能呢?因此,非等鸟王纳斯尔回来,我是不给你衣服的。"

"不给我衣服，你就退一退，让我的两位姐姐上岸去穿衣服，以便她俩给我一样东西遮羞吧。"

"听明白了，遵命就是。"詹莎果然离开她们，回到大厅里。

三姊妹一起上岸穿衣服，大姐拿她自己的一件薄衬衫给三妹暂时蔽体。佘睦瑟身披衬衫，明眸皓齿，满面春光，仿佛是一轮初升的明月，又像一只活泼伶俐的小羚羊，袅袅娜娜，迈着轻盈的步履，姗姗走进大厅，见詹莎坐在宝座上，便问他好，说道："漂亮的小伙子啊，你算是害了我也害了你自身了。不过你应该谈谈你的情况，让我们明白个中的真实情形。"

詹莎不言语，只顾悲哀哭泣，衣襟被泪水淋湿。佘睦瑟知道他爱自己，便靠近他，握着他的手，让他坐在自己身边，拿衣袖替他拭泪，说道："小伙子，别哭了，把你的情况告诉我吧。"

詹莎果然把他的身世、经历和见闻，从头到尾，详细叙述一遍。佘睦瑟听了，长叹一声，说道："我的主人啊！你既然这般爱我，请把衣服还给我，让我穿起来，跟姐姐们一道回家去，把你爱我的心意告诉父母，然后转来，再随你回你的老家去。"

詹莎痛哭流涕，说道："你存心杀害我，难道这种不法行为是上帝许可的吗？"

"我的主人哟！我凭什么理由存心杀害你呀？"

"因为衣服到你手里，你穿上它，高飞远走掉，这便立刻气死我了。"

佘睦瑟和两个姐姐听了詹莎的回答，忍不住哈哈大笑。继而她安慰他，说道："你放心快快乐乐地过活吧！我一定同你结婚。"她说着把詹莎搂在怀里，紧紧地抱着他，不停地痛吻他的额角和腮颊，亲热得了不得；过了好一会儿她才松手，陪他坐在宝座上。这时候，佘睦瑟的大姐站了起来，一溜烟跑到花园中，摘些水果，采一束馨花，拿来摆在詹莎和佘睦瑟三妹面前。于是三姊妹和詹莎，大伙围着享受，边谈笑边嬉戏，陶醉在快乐的气氛中。在佘睦瑟眼中，詹莎越发标致漂亮了,情不自禁地说道:"指上帝起誓,亲爱的,我爱你爱到极点,我一辈子不离开你了。"

詹莎听了佘睦瑟亲密的谈话,顿觉心旷神怡,喜不自胜,哈哈地笑得合不拢嘴。她们正玩得兴高采烈的时候,老头纳斯尔接见过飞禽赶回来了。她们起身迎接,问候他,吻他的手。他笑逐颜开地表示欢迎她们,说道:"坐下来吧,坐下来吧!"接着他对佘睦瑟说:"这个小伙子非常爱你;我指上帝对你起誓,你应该敬重他,跟他结为夫妻,因为他身为太子,他父亲是卡彼勒国王,统辖着广阔的国土呢。"

"听明白了,遵命就是。"佘睦瑟毕恭毕敬地站在老头面前,吻他的手,表示愿意接受他的劝告。

"如果你说的是真心实话,就该指上帝对我起誓,保证一辈子不欺骗他。"

佘睦瑟果然当面发誓,说一定要跟他结婚,保证终身不欺骗他。末了她重复说:"老伯伯,你放心吧!我一辈子不离开他了。"

老头纳斯尔相信佘睦瑟的誓言,回头对詹莎说:"赞美上帝,他总算叫你达到目的了。"詹莎满心欢喜快慰,乐不可支,从此他跟佘睦瑟三姊妹在老头纳斯尔的卵翼下,住在宫殿中,过着吃喝、谈笑、游玩的快乐生活。

似水流年,不知不觉也就过了三月。有一天佘睦瑟对詹莎说:"我打算跟你上你的老家去,咱们在那里结婚,以便更好地过幸福生活。"

"听明白了,遵命就是。"詹莎同意佘睦瑟的意见,即时找老头纳斯尔商量,把佘睦瑟的意见告诉他,说道:"我们要回老家去了。"

"好的,你俩一道回去吧。你可是要好生保护她。"

"听明白了,遵命就是。"詹莎接受老头的吩咐。

佘睦瑟向詹莎索取羽衣,并恳求老头纳斯尔,说道:"老伯伯,叫他还我的衣服,让我穿起来吧。"

老头纳斯尔果然吩咐詹莎:"詹莎,把衣服还给她吧。"

"听明白了,遵命就是。"詹莎应诺着赶忙走进大厅,把藏着的羽衣拿出来,递给佘睦瑟。

佘睦瑟接过羽衣,穿戴起来,先向老头纳斯尔致谢一番,然后向两位姐姐告别,说道:"二位姐姐回到家中,请把我认识詹莎和彼此相爱的经过告诉父亲母亲。"接着她嘱咐詹莎:"你来坐在我背上,紧紧抓住我的羽衣,免得跌下去。同时你必须闭起眼睛,塞住耳朵,免得听见星球转动的隆隆声而受惊。"

詹莎听从佘睦瑟的吩咐,坐在她背上,正预备起飞的时候,老头纳斯尔说道:"等一等,我还要嘱咐几句,免得你们走错路。"于是他把去卡彼勒的方向和路线,详细指点一番,并再一次嘱咐詹莎好生保护佘睦瑟。

佘睦瑟把老头纳斯尔的话牢牢记在心里,然后带着詹莎展翅飞腾起来,风驰电掣般从早持续飞到傍晚,到达一处有树木、河流的盆地,她才对詹莎说:"我打算落下去逛一逛,并在这里过夜。"

"你想怎么办就怎么办吧。"詹莎同意她的意见。

佘睦瑟敛翅落在地上。詹莎从她背上跳了下来,亲切地吻她的额角。二人并肩坐在河畔休息一会儿,然后起身漫步游览景物,摘果子充饥,在一棵大树下面露宿。

次日清晨,佘睦瑟唤醒詹莎,让他坐在自己背上,然后展翅腾空,继续不停地飞行。正午来到一处广阔的平原地带,临空可以看见河流、树林、纵横的阡陌和出没于山林中的野兽。她仔细打量,恍然大悟,原来这是临行时老头指点她必经的最后之地,属卡彼勒国土,离京城不远,于是毅然敛翅落在草坪上,摘果子充饥,坐着休息、谈心,说道:"亲爱的,你知道我们飞了多少路程吗?"

"不知道。"

"已经飞了三个月的里程了。"

"赞美上帝! 我们算是平安到家了。"

詹莎和佘睦瑟满心欢喜,正感觉高兴快乐的时候,忽然眼前出现两个男人,毕恭毕敬地向他问好。詹莎一打量,知道是当天跟国王和他出来打猎的两个随从,其中还有跟他追羚羊至海滨留在岸上看马的那个随从。主仆久别重逢,皆大欢喜,亲热得了不得。继而两个随从请示说:"恳求太子准许我们先回去报喜信。"

"好的,"詹莎答应随从的要求,"你俩赶回宫去,报告我回来的消息,并给我们捎来帐篷,让我们在此休息七天,然后热热闹闹、隆隆重重地进城吧。"

两名随从快马加鞭,一口气奔到宫中,来至国王塔谊武睦斯面前,说道:"给国王陛下报喜了!"

"喜从何来?"国王莫名其妙,"莫非我的儿子詹莎回来了吗?"

"是的,太子詹莎已经回来了,现在他在离城不远的克拉尼草原上。"

国王塔谊武睦斯听了太子詹莎归来的好消息,喜出望外,但因欢喜过度,一下子晕倒,昏迷不省人事。息了一会儿,他慢慢苏醒过来,吩咐宰相赏两名随从每人一套华丽衣服并若干金币。

"听明白了,遵命就是。"宰相应诺着即时取来衣服和赏银,当面赏给两名随从,说道:"拿去吧! 这是给你俩的奖赏,无论你俩报的喜信是真是假。"

"我们并未假报喜信。刚才我们跟他在一起,还问候他,吻他的手呢,并且是他吩咐我们来给他取帐篷的。他要在克拉尼草原中休息七天,等文武官员们去迎接他。"

"我儿子的情况如何?"国王关心太子的健康。

"他很健康。他身边有个苗条美丽的女郎,好像是从天堂中带来的仙女。"

国王塔谊武睦斯听了随从的叙述,证实太子回来的消息不假,便吩咐吹鼓手打鼓、吹号,表示热烈庆贺,同时一方面打发人分头向王后和宰相、文臣武将们的夫人去报喜信,因而太子詹莎归来的消息很快就传遍全城。另一方面即时准备队伍,亲身率领一队人马出城,径向克拉尼草原去迎接太子。

詹莎和佘睦瑟并肩卿卿我我地谈心,等随从给他们送帐篷来,忽见迎面开来一队人马,越来越近。他站起来,面向开来的人马走过去。到了彼此碰头的时候,那队人马知道他是太子詹莎,赶快下马,走到他面前问候他,吻他的手。他边招呼骑兵,边不停地向前走,直来到国王面前。

国王塔谊武睦斯一见太子詹莎,滚鞍下马,把儿子搂在怀中,如获珍宝,乐极而悲,父子抱头痛哭一场,然后各骑一匹战马,并辔率领人马走了一程,然后选择河边宽敞的地方宿营。

骑兵张起帐篷,插好旌旗,然后既敲锣打鼓,又吹号角、笛子,庆祝太子平安归来,锣鼓喧天,整个原野都欢腾起来。国王吩咐侍从给佘睦瑟张起一个红绸帐篷,供她息宿,还陪太子一起进帐去看她,表示衷心欢迎、爱护。

佘睦瑟起身迎接国王,跪下去吻了地面。国王让佘睦瑟和太子詹莎分别坐在他的左右边,喜笑颜开地和他俩寒暄,说道:"儿啊!把离别期间你的遭遇全都告诉我吧。"

太子詹莎果然把他的经历和见闻,从头到尾,详细叙述一遍。国王听了感到惊奇诧异,怀着感激心情,回头对佘睦瑟说道:"赞美上帝,是他叫你和詹莎邂逅相遇,并因此而使我们父子重逢聚首的;对我们来说,这是无上的恩赏呢。告诉我吧!现在你需要我做什么?为了尊敬你,感谢你,凡是你需要的,我全都应允。"

"恳求陛下替我在花园中建筑一幢宫殿,屋宇下面须有清澈的流水。"

"听明白了,遵命就是。"国王慨然答应她的要求。

国王和佘睦瑟正亲切谈话的时候,王后和宰相、文臣武将们的夫人忽然赶到宿营地。詹莎赶忙出去迎接,母子久别重逢,抱头泣不成声。王后欢喜过度,边流泪边吟道:

　　快乐突然向我包围、袭击,

过多的喜悦逼我痛哭流涕。

眼睛啊！

你跟泪水已经结为不可分割的整体，

忧愁时你伤心哭泣，

快乐时你也感激涕零。

国王起身转回他自己的帐篷去，让宰相和大臣们的夫人跟佘睦瑟见面言欢，同时詹莎也扶王后去他自己的帐篷中，母子促膝谈心，互道别后的思念、离愁。彼此正谈得津津有味的时候，宰相夫人和其他的太太们突然一哄涌到帐前，对王后说："佘睦瑟小姐给你请安来了。"王后起身迎接，互相问候，行见面礼，让她坐在自己身边，寒暄几句，然后跟宰相夫人和其他的太太们一起，送她回到她自己的帐篷中，大伙儿热热闹闹地陪她说笑、谈天。

国王喜不自胜，洋洋得意，大赏官兵，跟他们一起吃喝、玩乐，尽情欢度了十天，才吩咐收拾，尽欢而归。他和太子并辔率领将相和卫队，浩浩荡荡地回到城中。这时候城郭被装饰得焕然一新，家家张灯，户户结彩，街道上铺着华丽的地毯，锣鼓喧天，黎民奔走相告，都出来看热闹；大公贵人们趁机大发慈悲，广施博济，全城欢庆，整整热闹了十天。佘睦瑟受到隆重的欢迎、接待，满心欢喜快乐。

国王践约鸠工大兴土木，在御花园中替佘睦瑟建筑宫殿。詹莎暗中吩咐匠人凿空一块白云石，把佘睦瑟的羽衣摆在里面，然后叫他们把石头作为新建宫殿的石桥基石，埋在地下。

宫殿按期落成，巍然矗立在御花园中；屋下的渠道里，流水潺潺不停；屋内的布置陈设非常富丽堂皇，一切极尽匠心，弄得尽善尽美，国王这才在宫中替太子詹莎和佘睦瑟举行隆重的婚礼，大宴宾客，热闹空前。当天佘睦瑟刚步入宫殿，即时就嗅到她穿着飞翔的那件羽衣的气味，并察知它的所在，一心一意要把它弄到手，因此耐心等到夜阑人静，詹莎已经呼呼睡熟了，才蹑手蹑脚地走出洞房，来到石桥下面，掘出那个藏羽衣的空心石头，撬掉封口的铅，取出羽衣，穿在身上,展翅飞上屋顶,大声呼唤守夜的人,说道:"你们给我请太子詹莎来,让我向他告别吧。"

詹莎被仆人唤醒,听了他们的报告,赶忙跑出来,见佘睡瑟身穿羽衣,站在屋顶上,大吃一惊,说道:"你这是干什么呀?"

"亲爱的,指上帝起誓,我爱你爱到极点。我送你回到家乡故国,让你和父母见面、团聚,这使我感到无限的欢欣、快慰。如果你像我爱你这样的爱我,那请到赵赫尔·台库尼城堡里去找我吧。"她说罢,展翅扬长飞回家去。

詹莎惊慌失措,吓得要命,一跟头栽倒,昏迷不省人事。仆人赶忙奔往王宫,报告事件的经过。国王哭哭啼啼地连夜乘马赶到御花园,见太子詹莎躺在地上,认为他是太爱佘睡瑟,所以才气昏死的。于是赶忙抢救,拿蔷薇水洒在他脸上。詹莎慢慢苏醒过来,睁眼见国王坐在他身边,顿时想起飞走了的娇妻,忍不住痛哭流涕。国王问道:"儿啊!你怎么了?"

"父王,告诉你吧:佘睡瑟是一个仙女,她生得美,我一见钟情,爱她爱到极点。她的一件羽衣原来在我手里,不穿那件羽衣,她是飞不起来的。我已经把那件羽衣装在一个像箱子一样被凿空的石头里,并用镕铅封上口,再把石头埋在宫殿的墙脚下面。可是那石头终于被她掘出来,羽衣回到她手里。她穿上羽衣,飞上屋顶,对我说:'我爱你,已经把你送回家园,让你和父母见面。如果你爱我,请到赵赫尔·台库尼城堡去找我。'她说毕,展翅飞回去了。"

"儿啊,你别为此忧愁苦恼!我们可以把国内的行商和旅行者找来,向他们打听那个城堡的所在。待地点打听清楚,我们便上那儿去,向佘睡瑟的父母求亲,以便你娶她为妻。但愿上帝给予方便,顺利达到目的。"国王安慰、嘱咐太子几句,随即回到宫中,即时召集最亲信的四个臣僚进宫,吩咐道:"你们替我把城中的行商和旅行者召集起来,向他们打听一下赵赫尔·台库尼城堡的情况。任何知道那个城堡而指出它的所在的人,我都赏他五万金。"

"听明白了,遵命就是。"四个臣僚异口同声地应诺着告退出去,诚惶诚恐地执行命令,即时登门拜访常往外地经商的生意人和经常出门远游的旅行者,向他们打听赵赫尔·台库尼城堡的所在。他们不辞劳苦,走遍全城,所有的行商和旅行者都问过了,可是谁也不知道那座城堡到底在什么地方。没奈何,他们只好没精打采地回宫去报告打听的结果。

国王听了臣僚的报告,大失所望,但他仍不甘心,只好另想办法。于是一方面吩咐臣僚们去民间物色几个比宫娥彩女还美丽而能弹唱歌舞的妙龄女郎,拿来陪太子詹莎游玩,企图借此迷惑他,让他忘记佘睦瑟。另方面派一批人分头去各邻国各岛屿和各地区察访,探听赵赫尔·台库尼城堡的所在。他们不辞奔波跋涉,辛辛苦苦地密察暗访了两个月,却一无所得,谁都不知道赵赫尔·台库尼城堡在什么地方。没奈何他们只得败兴而返,如实报告国王。

国王用尽办法,始终察访不出赵赫尔·台库尼城堡的所在,至此已告计穷策尽,一筹莫展,气得唉声叹气,痛哭流涕。他悲叹伤感之余,信步来到御花园中的宫殿里,只见太子詹莎身在弹筝弹竖琴的翩翩歌舞的脂粉队中,他的心却念念不忘佘睦瑟,因而精神萎靡,形容憔悴,越来越不像样了。他疼爱儿子,好言安慰他,说道:"儿啊!到现在我还没察访出赵赫尔·台库尼城堡的所在,可是我已经给你找来比佘睦瑟还美丽的女子了。"

太子詹莎听了国王的慰言,大失所望,眼泪汪汪的哭着吟道:

> 爱慕她的心情始终不渝,
> 只是耐性消逝得无影无踪。
> 我忠心耿耿维护爱情,
> 累得身患不治之疾。
> 离别的火焰烤焦我的骨节,
> 命运什么时候让我和佘睦瑟重逢?

古人说得好,祸不单行。国王正为太子詹莎的婚事感到忧心如焚,废寝忘食的时候,突然又碰到大敌当前的祸事。原因是这样的:国王塔谊武睦斯曾恃强一度侵犯印度,烧杀掳抢,无所不为,同印度结下世仇。而当今的印度国王凯腓督整军经武,励精图治,一跃而为拥有庞大部队的强悍国王。他手下的一千个酋长,每人管辖着一千个部落,每个部落拥有四千骑士。他有四名英明的文臣和许多骁勇的武将,至于士卒之多,堪称全国皆兵。他统治下的一千座大城,每座建有上千的堡垒。当此兵精粮足之时,鉴于国王塔谊武睦斯溺爱儿子而不理国务,实力逐渐减退,目前正因太子詹莎的婚姻大事陷于忧愁苦闷状态,认为是报仇的大好机会,所以毅然决然召集文臣武将,对他们说:"你们都还记得吧,从前卡彼勒国王塔谊武睦斯侵犯我国,杀死我的父兄,抢劫我们的财物,你们中任何人的衣食财帛都遭洗劫。他还杀害你们的亲戚,俘虏你们的眷属。据我所知,该国王溺爱太子詹莎,不理国务,兵力已经减退,正是我们报仇雪耻的大好机会。现在我命令你们,赶快预备粮草、武器,开大兵去讨伐卡彼勒,杀死塔谊武睦斯父子,占领他的国土。事关报仇雪耻的大事,谁都不得疏忽大意。"

"听明白了,遵命就是。"文臣武将齐声应诺着告退,诚惶诚恐地分头预备兵革、粮草,并调兵遣将,整整经过三个月的充分准备,一切办妥帖了,国王凯腓督这才率领三军,高举旌旗,敲着战鼓,吹着军号,浩浩荡荡地誓师出发,一鼓作气地越过边界,侵入卡彼勒境内,任意抢劫、蹂躏当地的老百姓,遇大人就杀,见小孩就掳。

噩耗传到京城,国王塔谊武睦斯闻听之下,大为恼火,即时召集文臣武将,跟他们商讨对策,说道:"你们要知道:印度国王凯腓督带领人马侵入我国境内,要跟我们打仗,他的兵马多得无法估计。对这桩事,你们的意见如何?该怎么办呢?"

"启奏国王陛下,"臣僚们齐声回答,"我们认为应该开大兵出去,跟他打一仗,把他撵走。"

"那就预备打吧!"国王决定出兵打仗。于是吩咐部下尽快预备,发给他们盔甲、刀剑和各种杀敌制胜的武器。

将相们遵从国王的命令,调集大军,抬着旌旗,敲着战鼓,吹着军号,在国王塔谊武睦斯率领下,浩浩荡荡出师迎敌,继续跋涉,行至边境,在距敌人不远的宰赫兰山谷中驻扎下来。国王塔谊武睦斯亲手给国王凯腓督写封信,盖上印,封起来,派一个使臣往敌营去下战书,并打发探子分头探听敌情。

送信的使臣揣着战书,迈步走近敌营,举目一看,见无数的绸缎帐篷和招展的绿绸旌旗。当中有个格外高大的红绸帐篷,非常惹人注目,周围站着大批战士。他走近那个大帐篷,一打听,知道是国王凯腓督的行营。他仔细打量,见国王凯腓督坐在一张镶满珍珠宝石的交椅上,文臣武将分立两旁,威风凛凛,赫然不可一世。他知道已经来到目的地,刚掏出战书的时候,便有几个战士来到他面前,接过他手中的信,并带他一起去到国王面前,呈上他带来的信。国王凯腓督拆开信,见上面写道:

卡彼勒国王塔谊武睦斯致书印度国王凯腓督陛下:

首先我向你指出,你侵犯我国,显然这是匪徒恶棍行为。如果你是人生父母养的,则作为一国之长,你是干不出这种勾当来的。你擅自侵入我国,劫财害命,任意蹂躏无辜良民,难道不是暴君、霸徒的行径吗?我若知道你胆敢侵犯我国土,势必发兵迎头痛击,绝不让你有机可乘。现在如果你迷途知返,打消作恶念头,撤走兵马,这对你我来说都是上策。否则,请到战场上来和我刀枪见面可也。

国王凯腓督读了国王塔谊武睦斯的战书,即时写一封应战书,交前来下书的使臣带回去。使臣揣着回信,急急忙忙赶回宿营地,跪在国王塔谊武睦斯面前,吻了地面,然后呈上回信,说道:"启禀主上:臣下此去下书,见敌营中兵将之多,指不胜屈;看来他们的援兵也是源源不绝的。"

国王塔谊武睦斯拆开回信，见上面写道：

印度国王凯腓督致书卡彼勒国王塔谊武睦斯陛下：

我可以正告你：我们一定要报仇，非把耻辱雪洗干净决不罢休。我们要踏破你的江山，捣毁你的宝座，进而杀死你臣民中的老弱残废，只留青少年当奴隶。非如此不足以平吾人心头之恨。明日战场见面，让你看一看我的威力。

国王塔谊武睦斯读了应战书，愤怒到极点，命宰相奥谊努·佐尔率一千骑兵连夜开往敌营，趁其不备，大杀一场。

"听明白了，遵命就是。"宰相奥谊努·佐尔应诺着即时率领人马出动，预备半夜时候偷袭敌营。

国王凯腓督同样命令他的宰相额突勒封率领五千骑兵，开往宰赫兰山谷，进袭国王塔谊武睦斯的营盘。宰相额突勒封遵从命令，率领人马，向敌营出动，预备给敌人以致命的打击。

两支军队各自抱着偷袭敌营、屠杀对方的愿望，不辞辛苦跋涉，黑夜行军，继续向前迈进，直到半夜时候，才走了一半路程，彼此就中途碰在一起，发生遭遇战，厮杀起来，一直混战到天明。宰相额突勒封的队伍死伤过半，活着的弃甲曳兵，败北逃回营地。国王凯腓督见部下狼狈不堪的混乱情况，大发雷霆，骂道："该死的家伙们！ 初次出征就损兵折将，大吃败仗，你们这是怎么搞的？"

"启奏主上，臣等随宰相额突勒封出征，向敌营进军，马不停蹄地跋涉到半夜时候，刚走完一半路程，便在宰赫兰山谷附近，跟国王塔谊武睦斯的宰相奥谊努·佐尔率领的部队发生遭遇战。我军受到包围，跟敌人短兵相接，奋勇厮杀，混战至天明；一场大战，只杀得血流成河，尸积遍野。我军伤亡过半，活着的人马，又受到敌人的象队追逐、屠杀。当时烟尘弥漫战地，谁也看不见谁，局势万分危急，臣等如不迅速撤退，势必全军覆没而不剩一人生还的。"

国王凯腓督听了败将们的报告,勃然骂道:"从此太阳不再保佑你们了,它会严厉谴责、诅咒你们呢。"于是他急于要报复,立刻调集全部人马,编为十五队,每队一万骑兵,在三百名骑象的酋长指挥下,打着旌旗,敲着战鼓,吹着军号,浩浩荡荡地开上前线。

宰相奥谊努·佐尔凯旋归来,国王塔谊武睦斯非常欢喜快慰,下令军中击鼓鸣号,热烈庆祝、慰问一番,然后检查部下,总计此役阵亡二百名骁勇将士。于是再接再厉,调集大军,编为十队,每队十万人马,并选拔一百名骑象的酋长,分列在他的左右,一起带往前方迎敌。

两支大军排立在阵前,人山人海,战场有人满之患,拥挤不堪,双方鼓号齐鸣,人喊马嘶,吼声震野,烟尘弥漫空中,彼此杀伐,从早交锋、鏖战,越战越起劲,越杀越凶猛,直至太阳落山,才收兵各回营地。国王凯腓督清点人马,计伤亡五千之众,心中非常恼火。国王塔谊武睦斯清点部下,共损兵折将三千名,心里也很懊恼。

次日,两军重整旗鼓,开至阵前,都怀着战胜对方的雄心壮志。国王凯腓督激励部下,说道:"你们中谁冲出去打头阵,给咱们突破一条杀伐的门路?"

名望地位很高的酋长白尔铿库响应号召,驱象靠近国王,纵身跳下象来,跪下去吻了地面,恳求国王准他出去打头阵。国王首肯,他便一跃骑在象上,冲到阵中,向敌人挑战,说道:"谁敢和我交锋?谁不怕死?谁敢和我对垒?"

国王塔谊武睦斯听了敌将的挑战,回头望部下一眼,问道:"你们中谁出去跟他对打?"

一个骑高头战马的将领闻声走出队伍,策马奔至国王面前,下马跪下去吻了地面,恳求国王准他上阵与敌将对垒。国王同意,他跃身上马,奔到阵中,只听对方问道:"你是谁?胆敢小看我,单枪匹马出来交锋!你叫什么名字?"

"我叫矮钻夫尔·本·凯姆亥夷理。"

"早在国内我就听人说过你。注意吧!这是将级的交锋哩。"

矮钻夫尔·本·凯姆亥夷理听了对方的警告,愤然抽出胯下的锤矛,跟执剑的白尔铿库对垒起来。彼此互显身手,猛勇地打了几回合,白尔铿库便趁机对准对方的头颅,一剑劈下去,砍在他的高顶盔上,未击中要害。矮钻夫尔不曾受伤,反手回击,锤矛打在白尔铿库身上,打得他血肉横飞,贴身象背,顿时丧命。当此之时,国王凯腓督阵中冲出一人,高声问道:"你是何人,胆敢杀我哥哥?"说着举起锐利的长枪,一矛刺穿矮钻夫尔的铠甲,击中他的大腿。矮钻夫尔临机应变,抽出腰中的宝剑,手起剑落,拦腰把白尔铿库的弟弟砍为两截,待他翻身落马,死在血泊中,才勒转马头,奔回阵营。

国王凯腓督眼看白尔铿库弟兄二人战死疆场,气得要命,大声疾呼,命令部下:"冲吧!你们冲进战场,狠狠地杀敌报仇吧。"同时国王塔谊武睦斯也趁机激励将士奋勇杀敌。于是两个阵营中,鼓号齐鸣,将士剑拔弩张,一齐涌进战场,互相厮杀起来,喊杀声、马嘶声、军器碰撞声混成一片。将士们有的猛勇进攻,有的稳扎稳打,有的吓得胆战心惊,抱头鼠窜,临阵逃亡。两军旗鼓相当,斗志昂扬,因此彼此越打越起劲,越杀越凶猛,一场大战,只杀得血流成河,尸积遍野,直到太阳偏西,彼此才收兵回营。

国王塔谊武睦斯和国王凯腓督收兵回营,各自清点部下;前者阵亡五千战士,损折旌旗四面;后者损兵折将六百名,遗失旌旗九面。从此两军休战,三天内彼此没有接触。国王凯腓督趁此写一封信,派使臣星夜送给他的母舅国王冯衮·克勒补求援。国王冯衮·克勒补收到国王凯腓督求援的信,即时调兵遣将,亲身率领大军前来增援。

这天国王塔谊武睦斯怡然坐在帐篷中,突然有人进帐报告消息,说道:"启奏主上,臣下见远方烟尘飞扬,弥漫空中,但不知此事是吉是凶。"国王闻信大吃一惊,即时派人出去探听情况。

"听明白了,遵命就是。"差人齐声应诺着立刻跑出去探听消息。一会儿,他们急急忙忙回到帐中,说道:"启奏主上,臣等前去探听消息,见烟尘散处,出现打着七面旗帜的七支部队,每支部队有三千人马;他们一起开往国王凯腓督阵营去了。"

国王冯衮·克勒补率领支援队伍赶到国王凯腓督阵营,向国王凯腓督问好,说道:"你怎么了?干吗动干戈呀?"

"莫非你不知道国王塔谊武睦斯跟我有杀父杀兄之仇吗?我是来报仇雪耻的。"

"愿太阳保佑你!"国王冯衮·克勒补祝愿着欢天喜地的随国王凯腓督进入帐篷。

太子詹莎住在御花园中的宫殿里,整整两个月的工夫没见他父亲一面,也不让侍奉他的姑娘们接近他,心中总是惴惴不安,废寝忘食地苦闷得要死。有一天,他问随从:"我父亲怎么样?干吗他不来看我?"随从把国王和印度国王凯腓督之间发生战争的事从头叙述一遍。他听了,说道:"给我牵战马来,我要上前线见父王去。"

"听明白了,遵命就是。"随从应诺着果然给他牵来一匹战马。

太子詹莎牵着战马,想道:"现在只能照顾我自己了,我应该上犹太城去。到了那里,也许上帝会让我跟雇我替他做事的那个商人见面,说不定他会像第一次那样利用我替他做事情。如果真能这样,则此中的利益是谁都看不见的。"于是他跨上战马,率领一千战士踏上征程,扬言要开往前线,协助父亲打仗。人们信以为真,都啧啧称赞。他们马不停蹄,继续跋涉到日落,在一个大草原中宿营。当晚人困马乏,战士很快就呼呼入梦。太子詹莎趁部下睡熟,黑夜里悄悄起床,束紧腰带,跨上战马,径向巴格达出发。原因是他曾听犹太人说,巴格达城中,每隔两年便有一队客商去犹太城经营生意。因此,他暗自说:"我先往巴格达,然后跟客商同路,一起上犹太城去。"他打定主意,不辞辛苦跋涉,匹马单刀,勇往直前地向巴格达迈进。

次日,在草原中宿营的人马从梦中醒来,不见太子詹莎和他的战马,便分头寻找。他们找遍了附近的任何地方,始终不见他的踪影。没奈何,只好奔到国王塔谊武睦斯阵营中,报告太子詹莎不知去向的消息。国王怒不可遏,气得嘴里直喷火星,把王冠摔在地上,垂头丧气地叹道:"大敌当前,儿子又不知去向,处此内忧外患频仍的境地,实在没有办法,只盼上帝拯救了。"大臣们非常同情国王的处境,纷纷劝解、安慰他,说道:"主上,你忍耐吧! 逆来顺受,将来总会有好结局呢。"

国王塔谊武睦斯既丢失了儿子,在战场上又损兵折将,因而心灰意懒,无心恋战,索性撤退人马,闭关自守,避免与国王凯腓督交锋。战士撤退下来,在老百姓的协助下,修整武器、工事,制备射石器,坚守城池,不让敌人有可乘之机。国王凯腓督率领部队,来至城下挑战,待了七夜八昼之久,对方却听而不闻,闭门不出;没奈何,只好退回营地,从事医治病伤人员,企图伺机再起。从此国王塔谊武睦斯与国王凯腓督之间虽然没有发生大规模的血战,可是局部间的小接触倒不可免,因而断断续续的冲突局面,整整持续了七年之久。

太子詹莎在荒山原野中跋涉,每到有人烟的地方,便打听赵赫尔·台库尼城堡的所在,但人们都不知道,都对他说:"我们从来没听人说过这个城名。"他打听犹太城的方向,却有个商人告诉他在极东地区,并对他说:"本月内你随我们上印度的麦孜勒戈城去吧。到了那里,你继续往前走,经过虎拉萨、佘睦翁、海瓦勒兹姆等大城市之后,再行一年零三个月的里程,便可到达犹太城。"

詹莎耐心等到商旅出发之日,便跟他们一起动身起程。到了麦孜勒戈城中,他打听赵赫尔·台库尼城堡的所在,还是没人知道,都说:"我们从来没听人说过这个地名。"可他仍不灰心,忍饥耐寒,勇往直前,备尝风霜之苦。经过虎拉萨,去到佘睦翁城,打听清楚犹太城的方向,继续跋涉了几昼夜,不知不觉间来到他摆脱猿猴的那个地区。于是沿着前次走过的路线,再经几昼夜的跋涉,终于来到犹太城附近的那条大河前面。他耐心等到礼拜六河水枯竭,然后过河,进入犹太城,找到前次寄宿的那户人家,向主人和他的家属问好。一见面,大伙儿喜欢得了不得,赶忙拿饮食给他吃喝,问道:"这一向你上哪儿去了?"

"我在上帝的国土中呢。"他胡乱回答着饱餐一顿,然后倒身睡觉。

第二天他在城中溜达,听见大街上有人大声说:"有谁愿意以一千金币和一个美丽姑娘作为替我们做半天工作的报酬吗?"

他听了召唤,走过去应召,说道:"我愿意做这个工作。"

"那你跟我来吧!"召唤人带詹莎去到前次他去过的那个犹太富商家中,对主人说:"老板,你要做的事,这个小伙子愿意干哩。"

"欢迎你!"商人欢欢喜喜地接待詹莎,领他进入内室,陪他吃喝,还把一千金币和一个美丽女郎作为报酬交给他,让她陪他好好过夜。

第二天,詹莎带着他的报酬来到他寄居的那户犹太人家里,把姑娘和一千金币交给主人,然后回到富商家中,陪他骑马一起去到巍峨的那架高山脚下。他听从商人的吩咐,用他给他的刀和绳子,先绑倒一匹马,杀死它,剥下皮,割掉头和四肢,并破开肚子。接着商人吩咐道:"你钻进马肚去,让我把你缝在里面吧。你在马肚中,无论看见什么,须即时告诉我。这就是我给你报酬而要你替我做的事情。"

詹莎果然钻进马肚,商人便拿针线把他缝在里面,赶忙远远地离开那匹死马,找个地方躲藏起来。一会儿,空中落下一只大鸟,攫着死马,展翅飞逃,落在高山顶上,正要啄食马肉的时候,詹莎割断缝线,突然从马肚里爬了出来,吓得大鸟高飞远走。他俯视山下,见犹太商人站在山麓,只有麻雀那么大小。他大声问道:"老板,你要我给你做什么呀?"

"把你周围的石头扔些给我,我再告诉你下山的路吧。"

"五年前你叫我这样做过了。当时我扔了石头,你可不告诉我下山的路,让我困在山中,又饿又渴,吃尽了苦头,差一点赔了性命。如今你存心害我,又把我引到这个地方来。指上帝起誓,我可是一个石头也不扔给你了。"詹莎回答犹太商人几句,振奋精神,沿着前次经历过的陡绝、险峻的路线,前去寻找鸟王纳斯尔老头。他眼泪汪汪怀着悲愁情绪,日以继夜地跋涉,沿途吃野草充饥,喝泉水解渴,经过长途跋涉,终于来到所罗门大帝的行宫所在地,见鸟王纳斯尔老头坐在宫殿门前,赶忙趋前,吻他的手。

纳斯尔老头起身迎接,并问候他,说道:"我的孩子,你跟佘睦瑟一起欢欢喜喜、快快乐乐地回家去了,现在怎么你又上这儿来呢?"

詹莎哭哭啼啼地把他同佘睦瑟之间的经过从头叙述一遍,最后说道:"她临飞时对我说:'如果你真爱我,请上赵赫尔·台库尼城堡去找我吧。'"

"我的孩子,指上帝起誓,我可不知道那个城堡呀。"纳斯尔老头觉得惊奇诧异,"指所罗门大帝的权威起誓,我活到这个年纪,关于赵赫尔·台库尼这个城名,到现在为止,我还是第一次听见哩。"

"爱情快把我给折腾死了,我该怎么办呢?"

"你忍耐忍耐吧!等百鸟来朝王时,我向它们打听,也许它们中有谁知道赵赫尔·台库尼城堡的所在呢。"

詹莎听从纳斯尔老头的指示,耐心跟他在一起,住在当初他发现佘睦瑟和她姐姐在里面洗澡那个池塘对面的宫殿中,耐心等了好久。有一天,他照例待在屋中,纳斯尔老头突然来看他,说道:"我的孩子,百鸟朝王的日期快到了。你来学几句鸟语,到时候随我一起去见雀鸟,才好向它们打听赵赫尔·台库尼城堡的所在呢。"

詹莎喜不自胜,兴高采烈地很快就学会了几句问答、应酬的鸟语。接着到了百鸟朝王之期,他随纳斯尔老头出去接见雀鸟。各种雀鸟按类别顺序觐见纳斯尔老头,恭恭敬敬地问候他。每接见一类,詹莎便向它们打听赵赫尔·台库尼城堡的所在。而每一类雀鸟的回答都是:"这个城堡,我们这一辈子都没听说过。"他打听不到城堡的所在,大失所望,痛哭流涕,气得昏迷不省人事。

纳斯尔老头觉得可怜,没奈何,只好吩咐一只大鸟:"你把他送回卡彼勒去吧。"同时还叙述卡彼勒的大略情形和方向。

"听明白了,遵命就是。"大鸟接受了命令。

纳斯尔老头扶詹莎骑在大鸟背上,嘱咐道:"你小心些,坐正些,千万不可偏歪,免得被大风刮走。此外你必须塞住耳朵,否则,天体旋转、海涛翻滚的声响会把你震得晕头转向呢。"

詹莎听从纳斯尔老头的吩咐,坐正身子,塞住耳朵,大鸟便驮着他展翅腾空,继续不停地飞了一昼夜,落在兽王沙·白德律面前,说道:"我们迷失方向,认错地方了。"它说着要带詹莎起飞。他可不愿意,说道:"把我扔在这里,各自去你的吧。往后我要是不死在此地,便自己走回家去。"大鸟果然扔下詹莎,各自高飞远走。

兽王沙·白德律觉得奇怪,跟詹莎交谈起来,问道:"我的孩子,你是谁?刚才飞走的那只大鸟,它是从什么地方把你带到这儿来的?这到底是怎么一回事情?"

詹莎把他的身世、经历,从头到尾,详细叙述一遍。兽王听了,感到惊奇,说道:"指所罗门大帝的权力起誓,那个城堡在什么地方,我自己也不知道。如果我管辖的兽类中有谁知道城堡的所在,我们要重赏它,并打发它带你上那儿去。"

詹莎痛哭一场,别无办法,只好耐心等待兽王的援助。一会儿兽王沙·白德律拿来几块牌子,递给他,说道:"你收下这牌子,记住上面的记录;等一会儿百兽前来朝王之时,以便向它们打听赵赫尔·台库尼城堡的所在。"

詹莎收下兽王给他的牌子,耐心等待着。不一会儿,各种兽类果然陆续到来。它们一类一类地分别觐见兽王沙·白德律,毕恭毕敬地问候他。他趁机向它们打听赵赫尔·台库尼城堡的所在。结果谁都不知道,每一兽类的回答都是:"我们不知道该城堡在什么地方,连这个名字都没听过。"

詹莎大失所望,痛哭流涕,深悔当初不跟鸟王纳斯尔派送他的那只大鸟一起归去。兽王沙·白德律安慰他:"我的孩子,你别为此忧愁、苦恼。我有一个哥哥,名叫尚摩胡,在神王中,他的地位跟纳斯尔的很相似,都是数一数二、首屈一指的。所罗门大帝在世时,他违拗命令,曾一度被拘押。如今他管辖这区域内的神类,或许他知道那城堡的所在。"于是给他哥哥写了一封信,交詹莎带在身边,然后派一头野兽带他去见神王尚摩胡。

詹莎骑在野兽背上,日以继夜地旅行了几天,终于来到神王尚摩胡的住处。野兽在距神王较远的地方站定,他便从兽背上跳下来,迈步去到神王尚摩胡面前,吻他的手,并呈上兽王沙·白德律写给他的信。

神王尚摩胡读了信,知道詹莎的来历,热情欢迎他,剀切地说道:"指上帝起誓,我的孩子,你寻找的那个城堡,我活到这把年纪还没见过呢,而且从来也没听人说过。告诉我吧:你是谁? 是从哪儿来的? 打算上哪儿去?"

詹莎大失所望,痛哭一场,随即把他的身世和遭遇,从头到尾,详细叙述一遍。神王尚摩胡听了,感到惊奇诧异,说道:"我的孩子,你所寻找的那座城堡,我不认为所罗门大帝在世时会听人说它,他本人也不见得亲眼见过它。不过我认识一位修炼到家、年龄很高的老道,住在深山老林中。他神通广大,法术多端,禽兽和神类都信服他,听他使唤。他历来孜孜不倦,精益求精,道术越修越高明,因此一班神王都甘拜下风,听他指挥。所罗门大帝在世时,我违抗命令,他就是叫那个精明强干的老道把我给收押起来的。直到现在,我还服他管呢。他经常旅行,足迹遍天下;条条道路、各个方向和各区域中的城镇、乡村、城堡,他都了如指掌;显然没有一个地方能瞒过他的视听。我可以送你去看他,也许他会告诉你城堡的所在。要是他不能告诉你,那么世上就不会再有谁知道那城堡的所在了。原因是他的法术太高明,神通太广大,不仅飞禽走兽和神灵都皈依他,听他使唤。他做了一根拐杖,分为三截;需要食物时,把拐杖插在地里,一念咒语,第一截中便出现肉和血,第二截中出现鲜奶,第三截中出现大麦和小麦;要多少有多少,不要时,把它拔起来,带回道院。他叫叶巫姆粟,住在金刚石建筑的道院中。他精通各种符箓、咒语,不愧为一个恶作剧的魔法老道,而且经他一手创造了许多稀奇古怪的东西,因此说他是个能工巧匠,也是名副其实的。我一定打发一只大鸟带你去见那个老道。"

神王尚摩胡唤出一只有四只翅膀的大鸟,吩咐它带詹莎去看老道叶巫姆粟。大鸟的每只翅膀有三丈长,脚杆有象腿那么粗壮;它每年只飞翔两次,专门有一个叫塔姆顺的助手饲养它,每天从伊拉克弄两头骆驼来剁给它吃。大鸟听从吩咐,让詹莎坐在它背下,带着他飞了几昼夜,来到金刚石道院所在的深山老林中。詹莎走进道院,见老道叶巫姆粟正在院中修功悟道,便走到他面前,跪下去吻了地面,然后毕恭毕敬地站在一旁。

老道叶巫姆粟看詹莎一眼,说道:"欢迎你,我的孩子,告诉我吧:你离乡背井,远道而来,究竟为了何事?"

詹莎哭哭啼啼地把他的身世和遭遇,从头到尾,详细叙述一遍。老道听了感到惊奇,说道:"我的孩子,指上帝起誓,我生平没听人说过那座城堡。虽然从圣诺亚时代起至所罗门大帝掌政这漫长的期间,我一直管辖着禽兽和神灵,可是从来不见有谁听过或见过那座城堡,我也不认为所罗门大帝在世时会听人说过那座城堡。不过,我的孩子,你忍耐着吧,等禽兽和神灵来朝之日,我向他们打听消息,也许他们中有谁告诉我那城堡的所在,这就好办了。"

詹莎在金刚石道院中待了很久,终于等到禽兽和神灵来朝之日,便随老道叶巫姆粟出去接见禽兽和神灵。老道趁机替他打听城堡的消息,可他们中没有一个人说我见过它,或我听人说过它;恰恰相反,他们中任何人的回答都是:"我没见过那座城堡,我也没听人说过它。"詹莎大失所望,气得唉声叹气,痛哭流涕;没奈何,只好虔心虔意地向上帝诉苦、祈求。就在这个时候,一只庞然的黑鸟突然从空降落,最后赶到,诚惶诚恐地觐见老道叶巫姆粟,吻他的手。老道向它打听赵赫尔·台库尼城堡的所在。大黑鸟说道:"主上,我们一家原是住在戈府山外老远的水晶山中。记得当我和我的弟兄们还是雏鸟的时候,我的父母每天出去给我们打食。有一天两老照例出去打食,却整整七天不曾归家,我们弟兄几乎饿死了。到了第八天两老才哭哭啼啼地回到家中,我们追问两老久不回家的原因。他俩说:'我们碰到一个凶神,被他当为俘虏,押送到赵赫尔·台库尼城堡中,交给国王佘赫龙治罪。国王佘赫龙要杀我们,幸亏我们苦苦哀告,求他可怜我们家中的雏鸟,他才饶我们的命。'如果我的父母还活着,他俩一定会告诉你们那城堡的所在地呢。"

詹莎听了大黑鸟的叙述,痛哭一场,然后对老道说:"求你派这只黑鸟送我上戈府山外那座水晶山中他父母栖息的地方去。"

老道答应詹莎的要求,即时吩咐黑鸟,说道:"黑鸟啊!这个青年无论吩咐你什么,你都听从他吧。"

"听明白了,遵命就是。"黑鸟应诺着让詹莎骑在他背上,展翅飞腾起来,驮着他继续不停地飞了几昼夜,中途在水晶山麓停下,休息一会儿,然后继续起飞;经过两天的飞行,来到它出生的地方停下,告诉詹莎:"这里就是我们居住的老地方。"

詹莎眼看白茫茫一片荒野,无边无际,控制不住伤感情绪,潸然泪下。他痛哭一场,说道:"请你带我飞往从前你的父母给你们打食的那个地方去吧。"

"听明白了,遵命就是。"黑鸟应诺着让他骑在背上,继续飞了七夜八昼,然后落在一架高山顶上,说道:"到此为止;此山之外的地方,我就不认识了。"

詹莎感到精疲力竭,经不起瞌睡袭击,倒身呼呼地睡熟了。他睡够之后,慢慢从梦中醒来,发现一道道强烈的光芒,布满远方的整个空际。面对那样的景象,他感到迷惘、发愣;他不知道光芒原是从他所寻找的那座城堡中放射出来的,距他所在的地方有两个月的里程。那城堡是红宝石建成的,里面的屋宇是黄金的,还有成千的尖塔,都是用生产在深海中的名贵珠宝、金属建成的,因此它以宝石城堡而得名,是一座堂皇、巍峨的大城堡。国王叫佘赫龙,是佘睦瑟三姊妹的父亲。

当初佘睦瑟跟詹莎告别,逃出他的宫殿,一口气飞回赵赫尔·台库尼城堡中,和父母家人见面、言欢,告诉他们詹莎和她邂逅相遇的情况,叙述他旅行各地碰到的奇观异闻和对她一见倾心,而她也钟情他、同意跟他结婚,并最后毅然跟他分手的经过。她的父母听了,认为她的行为不对,埋怨道:"你如此对待他,这是上帝所不容许的。"于是他把女儿佘睦瑟和詹莎相识、互爱的事实告诉侍从们,吩咐道:"今后你们中无论谁碰到这个年轻人,就带他来见我。"此外佘睦瑟还对她母亲说:"詹莎非常爱我,他一定会来找我的;因为那天我站在屋顶上向他告别,临飞前对他说:'你如果真爱我,请上赵赫尔·台库尼城堡去找我。'"

詹莎怀着好奇心情,向那闪烁发光的遥远方向出发,以便知道那是怎么一回事情。他不辞辛苦、跋涉,日以继夜地爬山越岭,不停留地向目的地迈进的时候,不想他的行踪被奉国王佘赫龙之命前往革鲁睦斯山区巡逻的一个差使发现,便来到他面前,问候他,说道,"你叫什么名字?"

詹莎怕得要命,回问一声,说道:"我叫詹莎,被一位叫佘睦瑟的仙女给迷住了。她的苗条、美丽我一刻也忘不了,爱她爱到极点。当初她答应跟我结为夫妻,已经随我去到我们家里,可是后来她又跟我分手,去得无影无踪,我是来找她的。"他提起往事,忍不住痛哭流涕,越哭越伤心。

巡逻之神目睹詹莎的真情实感,大为感动,安慰他说,"不必伤心,你的目的很快就会成事实的。你要知道:公主佘睦瑟非常钟情你,她对父母说过你爱她的情形,因此城堡中谁都喜欢你。现在你可以安心、快乐了。"于是他把詹莎肩起来,带他转回城堡去。

报喜信的把詹莎到来的消息报进宫去。国王、王后和公主佘睦瑟闻信,不禁喜出望外。国王佘赫龙率领侍从、卫队,骑马出城迎接。一见面,詹莎吻国王的手;国王把他搂在怀里,亲热得了不得。国王吩咐侍从拿出一套嵌金银、镶珠宝的彩色绸衣和一顶人世间罕见的王冠,给他穿戴起来,并牵来一匹仙马,让他骑着,然后隆重地迎接他进城。

詹莎被卫队簇拥着跟国王佘赫龙并辔入城,来到王宫门前下马,然后随国王进宫,见宫殿的墙壁是宝石、钢玉和名贵金属砌成的,地板是水晶、碧玉和翡翠铺成的,到处金碧辉煌,珠光宝气,令人胆怯生畏。他触景生情,喜极而悲,不禁潸然落泪。国王替他拭泪,说道:"你已经来到目的地,就不必忧愁、哭泣了。"

到了宫中,仙童仙女前来迎接、侍候。国王让他坐在身边,吩咐摆筵款待,陪他吃喝。饭后,洗过手,王后姗姗出来见他,说道:"感谢上帝! 他保佑你平安无恙呢。你经历无限痛苦、流离,现在总算达到目的了;在长期失眠之后,你该好生安息、睡觉了。"于是她转身进后宫去叫公主佘睡瑟,带她出来见詹莎。

公主佘睡瑟随母亲一起来到詹莎面前,问候他,吻他的手,然后悤然站在一旁,在父母面前,不好意思抬头看他。接着她的两个姐姐也出来看詹莎,问候他,吻他的手。他和她们久别重逢,反而相对无言,临了还是王后搭讪着说道:"欢迎你,我的孩子! 我女儿佘睡瑟年幼无知,粗心大意,不会处事;她错待了你,实在不该,请你看我们的情面,原谅她吧。"

詹莎听了王后之言,狂叫一声,一跟头栽倒,昏迷不省人事。国王大吃一惊,赶忙急救,拿混麝香的蔷薇水洒在他脸上。他慢慢苏醒过来,呆呆地望着公主佘睡瑟,爽朗地说道:"感谢上帝! 是他泼灭我心中的火焰,让我达到目的了。"

"不错,上帝保佑你平安无恙。"公主佘睡瑟应声说,"詹莎啊,告诉我别后你的遭遇和你上这儿来的经过吧。因为我们的国土与世隔绝,跟其他的国王互不相识、往来,所以谁都不认识通达此地的路线,也没有谁听人说过它,甚至于很多神灵都不知道赵赫尔·台库尼城堡的所在。"

詹莎果然把他的遭遇:怎样打听赵赫尔·台库尼城堡的消息,沿途感受的艰难困苦和奇观异闻,以及他父亲同国王凯腓督之间的战争等,从头到尾,详细叙述一遍。最后说道:"佘睦瑟啊!这一切,全都是为了你呀。"

王后听了詹莎的叙述,十分感动,慨然说道:"如今你的希望已经实现,我们将把佘睦瑟赏给你当丫头使唤。若是上帝愿意,我们预备下月给你俩举行婚礼,以便你俩配为恩爱夫妻,好让她随你转回老家去。我们还要派一千名神兵护送,你可以吩咐其中一小部分神兵对付国王凯腓督的人马,转瞬间便可战胜敌人。如果你需要,我们每年都可以给你派遣神兵,帮助你对付敌人。"

詹莎听了王后的诺言,欢喜若狂。国王佘赫龙坐在宝座上,发号施令,吩咐文臣武将主持婚礼筹备工作,并装饰城郭,准备公主佘睦瑟结婚日,热烈庆祝七昼夜。

"听明白了,遵命就是。"官僚们接受命令,即时行动起来,整整忙碌了两个月,婚礼筹备工作就绪,整个城郭焕然一新,然后正式举行结婚仪式,盛况空前。

新婚之后,太子詹莎和公主佘睦瑟一对年轻、美貌的恩爱夫妻,形影不离地过着极其甜蜜、快活的吃喝玩乐生活。光阴荏苒,不知不觉也就过了两度寒暑。有一天詹莎跟佘睦瑟聊天,说道:"当初令尊曾许下诺言,说婚后我和你可以回我的故乡去住满一年,然后再回到这儿来过一年。现在是实践诺言、让我们回乡的时候了。"

"听明白了,遵命就是。"佘睦瑟应对一声,于是当天晚上去见她父亲,把詹莎白天所说的话说给他听。国王佘赫龙知道詹莎思乡心切,决心履行诺言,说道:"听明白了,可以照办。不过你俩稍微忍耐几天,让我先替你俩预备行李,待下月初打发你们成行好了。"佘睦瑟把她父亲的话转告詹莎。于是小两口耐心等待旅行的日期到来。

到了出发的日期,佘睦瑟和詹莎双双向国王、王后和两位姐姐告别,在陪嫁的三百神童三百神娃簇拥下,坐在国王给他夫妻特制的一顶镶珠宝玉石、挂着绿绸绣金彩帐的红金轿子中,由成千护送队中选出的四名强壮神兵抬着动身起程。国王佘赫龙骑马亲身送行,依依不舍地行了一程又一程,直到正午才停步,谆谆嘱咐詹莎款待佘睦瑟,并一再嘱托卫队好生护送他夫妇一番,然后分手,勒转马头回宫。同时四名神兵抬着轿子飞腾起来,开始长途旅行,以日行三十个月里程的速度,在高空继续不停地飞行了十天,到达卡彼勒境内,由识途的神将革拉颏什指挥着慢慢向京城降落。

国王塔谊武睦斯率领部下,与国王凯腓督的人马长期交战、对垒,终因损兵折将过多,寡不敌众,一败涂地,求和不得,被敌人围得水泄不通,京城旦夕就要陷落,别无办法,眼前只有死路一条,故决心上吊,摆脱当前的苦难。于是与宰相、官僚话别几句,然后回到后宫,与王后做最后的话别。当此千钧一发,国破家亡的最后关头,宫中顿时出现一片呜咽、号啕的哭吼声。

詹莎远道胜利归来,却碰见山河变色,大敌兵临城下,京城危在旦夕,只好指示神兵将轿子降落在宫廷院落内,与公主佘睦瑟迅速走出轿来,指着周遭紧急、窘迫的景象,对她说:"我亲爱的心肝、眼珠呀!你看一看我父亲目前所处的险恶、可怕的境况吧。"

佘睦瑟眼看国王塔谊武睦斯和他的臣民的狼狈、混乱情况,毫不迟疑,即时吩咐护送她的神兵出动,狠狠地攻打敌人,说道:"把他们杀绝斩尽,别让一个人活着。"詹莎趁机嘱咐猛将革拉颏什,叫他前去活捉国王凯腓督。

神兵遵循命令,抬着轿子,一起飞出城去,落在空旷地方,悄然张起帐篷,等到半夜时候才开始进攻敌人的营盘,趁其不备,大肆屠杀。他们如入无人之境,有的把骑象的敌人连人带象,每次抓住十个或至少八个,飞上高空,使劲一扔,一个二个被砸得粉碎;有的抢着锤矛,一矛一个地刺死敌人。猛将革拉颏什奔进国王帐中,掳着睡梦沉沉的国王凯腓督,飞回原地,把他绑在轿子中,叫四个神兵抬起来,悬在空中,让他可望而不可即地看着部下被屠杀。国王凯腓督从梦中醒来,见自身已在缧绁之中,上不沾天,下不接地地悬在空中,气得只会暗自伤心、流泪。

国王塔谊武睦斯在千钧一发,危如累卵的生死关头,一旦见儿子詹莎突然归来,欢喜过度,狂叫一声,一下子晕倒,昏迷不省人事。宫里人赶忙急救,拿蔷薇水洒在他脸上。一会儿他慢慢苏醒过来,把儿子搂在怀中,父子抱头痛哭流涕。他还不知道敌人已经受到神兵的屠杀。佘睦瑟姗姗走到他面前,吻他的手,说道:"主上,我父亲的神兵正在攻打敌人,陛下上高楼去观战吧。"

国王塔谊武睦斯由詹莎和佘睦瑟陪随着,登上宫中最高的楼阁,居高临下,俯视城外,只见敌阵中,从东到西,由南到北,面面受敌,到处都燃起了战火。神兵一个个争先恐后,猛勇杀敌。他们中有的抢锤矛使铁棒,对准象兵一棒打下去,连人带象被打得粉身碎骨,血肉混成一片;有的抓住成群的逃兵,一声叱咤,吓得他们一个个胆破身死;有的捉住二十个骑兵飞腾起来,使劲一抛,把他们摔得粉身碎骨。经过两天的杀伐,终于把敌人全部消灭。最后国王凯腓督被押进宫。国王塔谊武睦斯吩咐一个叫佘睦瓦鲁的神兵,给他钉上脚镣手铐,关进黑牢,同时打发人向王后报喜,并命令打开城门,派人敲着鼓向四面八方传播捷报。

报喜信的来到后宫,向王后报告太子詹莎带来人马,打败敌人的好消息。王后急急忙忙奔出来迎接詹莎。一见面,她就把詹莎紧紧地搂在怀中;由于欢喜过度,她顿时昏倒,人事不知,人们赶快拿蔷薇水洒在她脸上。息了一会儿,她慢慢苏醒过来,抱着詹莎,喜极而悲,抑不住激情而痛哭失声。公主佘睦瑟走到王后面前,亲切地问候她;于是婆媳俩互相拥抱着不放,过了好一会儿才松手,坐下来寒暄、诉苦。

随着喜报的传播,文臣武将,相率进宫,向国王塔谊武睦斯和太子詹莎庆功、贺喜;流亡在各地的王公大臣、残兵败将也陆续归来贺喜;尤其老百姓相率前来进贡、献礼的,络绎不绝;王宫门庭若市,直热闹了好久。接着国王塔谊武睦斯重新给太子詹莎和公主佘睦瑟举行婚礼,下令装饰城郭,大宴宾客,表示热烈庆祝。结婚之日,全城欢腾,公主穿着新衣,戴着簪环首饰,装饰、打扮得花枝招展,真算得是人间仙子。洞房花烛之夜,詹莎送给佘睦瑟一百个苗条美丽的宫娥彩女,供她使唤,表示对她的敬爱。

过了一些日子,佘睦瑟慈悲为怀,大发善心,自告奋勇地晋见国王塔谊武睦斯,替国王凯腓督说情,全力解救他,说道:"饶恕他,放他回家去吧,往后他再放肆、作祟,我派手下一名神兵,把他逮来治罪就行了。"

"听明白了,照办就是。"国王塔谊武睦斯听从佘睦瑟的劝解,决心释放国王凯腓督,于是吩咐佘睦瓦鲁把他从黑牢中押上来。

国王凯腓督镣铐锒铛地被押到国王塔谊武睦斯面前,赶忙跪下去吻地面,诚惶诚恐地听候发落,可想不到国王塔谊武睦斯却和颜怡色地下令解掉他的脚镣手铐,赏他一匹跛足马,慨然放他回家,说道:"公主佘睦瑟替你说情,解救了你,现在你可以回去了。今后如果你再作怪,势必重踏覆辙,她吩咐一声,神兵会马上把你擒回来的。"

国王凯腓督率领全国之师,不可一世地进攻卡彼勒,到头来,全军覆没,他本人成为阶下囚,最后只落得一条残生,骑着一匹跛足马,狼狈不堪地归去。

从此詹莎和佘睦瑟一对年轻、美貌的恩爱夫妻,跟国王塔谊武睦斯住在宫中,共享荣华富贵,过着舒适、快活的幸福生活。

坐在两座坟前的青年人,详细叙述了太子詹莎的身世、际遇之后,最后说道:"布鲁庚亚我的好弟兄哟!不瞒你说,我本人就是詹莎;刚才所谈的种种危险事件,都是我亲身的经历呀。"

布鲁庚亚知道他是詹莎,大吃一惊,说道:"告诉我吧,詹莎兄:这两座坟中到底埋着谁的尸首?你干吗坐在坟前悲哀哭泣?"

"告诉你吧,布鲁庚亚:我和佘睦瑟结婚后,过着非常愉快、舒适的幸福生活。那时候我们在卡彼勒住满一年,然后又去赵赫尔·台库尼城堡中住一年。我们在两地之间往来,是坐在那顶轿子中,被神兵抬着在空中飞行的。"

"詹莎兄!从你的家乡上赵赫尔·台库尼城堡去,有多远的路程?"

"我们每天飞行三十个月的里程,因此只需十天的工夫就可到达目的地。我们每年旅行一次,轮换着在两个地方生活,这种情况继续了好多年都没改变。可是好景不长。那次我们照例旅行,路经此地时,中途落下来,欣赏岛上的风光。我们坐在海滨吃喝玩耍,对此良辰美景,感到无限乐趣。佘睦瑟兴高采烈地说:'我要下海去洗澡。'于是她和婢女们脱掉衣服,一起下水去游泳。我一个人在岸上散步,让她们洗个痛快。不幸海中出现一尾大鲨鱼,咬伤佘睦瑟的腿。她狂叫一声,倒在水里。婢女们吓得惊慌失措,纷纷逃避。待身边的姑娘把她救上岸时,她已气绝身死。我一见她的尸体,顿时晕倒,昏迷不省人事。后来我慢慢苏醒过来,忍不住痛哭流涕,并吩咐神兵抬着轿子飞回城堡去报丧。过了不久,她的亲属赶到这儿来办理善后,洗涤、装殓她的尸体,就地挖坟埋葬了她。他们劝我随他们回城堡去,我可不愿意,只对她父亲说:'恳求你在她坟旁,替我挖一座生圹,俾我命尽之时,葬身其间。'他满足我的愿望,吩咐随从,果然在她的坟旁,替我挖了这座生圹,然后相率归去,只留我一个人在这里悲哀哭泣。这便是我坐在这两座坟前伤心哭泣的原因,也是我这一生的结局。"

詹莎说罢,凄然吟道:

> 亲爱的人儿一旦归去,
> 人世间顿时显得面目全非。
> 屋宇中没有丝毫温暖的家庭乐趣,
> 和睦可亲的邻里见面时不再点头招手,
> 莫逆的朋友中找不到一个谈心的知己;

灿烂光明的宇宙变得黯然漆黑一片。

布鲁庚亚听了詹莎的谈话，骇然震惊，暗自说道："指上帝起誓，当初我满以为我自己是遨游世界、走遍天下的人；可是听了他的惊险、离奇经历，才恍然大悟，原来我自己的经历是微不足道的，我自己的见闻也忘得一干二净了。"继而他对詹莎说："老兄，求你行行好，告诉我离开此地的安全路线吧。"

詹莎果然给布鲁庚亚指出方向。于是他告别詹莎，重上征程，继续迈步向前。

布鲁庚亚重返故乡

布鲁庚亚告别詹莎，按照他指示的方向，继续跋涉了几昼夜，来到汪洋大海之滨。他拿出身边的液汁，涂在脚上，然后在海面上滑行，继续迈步向前。路经一个岛屿，便上岸去游览。那里有茂盛的树林，清澈的河流，香甜的果实；景致幽美，俨然是一座人间乐园。他兴致勃勃地漫步到处游览，发现当中有棵非常高大的树木，叶大如帆。他来到树下，见那里摆着筵席，有各种名贵的肴馔，还看见树上栖息着一只大鸟；它的身体是珍珠、翡翠的，脚是白银的，嘴是红宝石的，羽毛是贵金属的；嘴里继续不停地赞颂上帝，祝福先知穆罕默德。碰到那样的景象，他觉得奇怪，不自主地跟大鸟谈起话来，问道："你是谁？你在这儿做什么？"

"我原是天堂中的一只飞禽，远在亚当被撵出乐园时代，我就随他下世来了。我的弟兄哟！告诉你吧：亚当被上帝赶出乐园时，他赤裸裸的什么也没携带，只摘了四个树叶遮羞。后来那四个树叶落在地上，其中一个被蚕吃了，蚕便吐出丝来；一个被羚羊吃了，羚羊肚里便出现麝香；一个被蜂吃了，蜂便酿出蜜来；一个落在印度境内，那里便出产香料。我来到世上，曾周游各地，蒙上帝护佑，最后才到此定居。这是天神和各地得道的圣贤欢聚、游息之地。每逢礼拜五，他们便到这儿来做客,树下的筵席是上帝从天堂中送来款待他们的。每周一次,他们整天在此吃喝享受,至黎明才尽欢而散。这筵席既丰富而又鲜美;每次吃剩的饮食,待他们散后才撤走。你既到这儿来,请随便吃喝吧。"

布鲁庚亚饥不择食,果然坐下来大吃大喝,饱餐了一顿,然后虔心虔意地感谢上帝。这时候侯兹尔大圣突然来到。布鲁庚亚起身迎接,问候一声,便要动身起程。树上的大鸟挽留他,说道:"布鲁庚亚,你暂别走,陪侯兹尔大圣坐一会儿吧。"

布鲁庚亚果然坐了下来,侯兹尔大圣便问他:"你是做什么的?告诉我你的来历吧。"

布鲁庚亚滔滔不绝地把他的身世、经历,从最初起直至碰见侯兹尔大圣为止,详细叙述了一遍,最后说道:"请教大圣:从这儿上埃及去,还有多少里程?"

"两地之间相隔九十五年的里程。"

布鲁庚亚听了侯兹尔大圣的回答,吓得痛哭流涕,跪下去吻他的手,哀求道:"我奔波得九死一生,却一无所得。现在恳求你行行好,帮助我摆脱流浪生活吧。上帝会报答你呢。"

"你祈祷吧!求上帝允许我送你回家好了。"

布鲁庚亚哭哭啼啼地虔心祈求、祷告。他的真诚感动了上帝,上帝便默示侯兹尔大圣送他回家。于是侯兹尔大圣对布鲁庚亚说:"抬起头来,上帝已经应答你的祈祷,让我送你回埃及去了。现在你同我靠拢在一起,紧紧地搂着我,然后把眼睛闭起来。"

布鲁庚亚果然依附着侯兹尔大圣,两手紧紧地抱着他,然后闭起眼睛,侯兹尔大圣这才带着他迈了一步,随即说道:"你睁眼吧!"

布鲁庚亚睁眼一看,见自己已置身于他的宫殿门前。他喜不自胜,回头向侯兹尔大圣致谢,可是大圣已去得无影无踪。他怀着感激、喜悦心情走进宫殿。他母亲一见他,欢喜过度,狂叫一声,顿时晕倒,昏迷不省人事。人们赶忙洒水在她脸上。她慢慢苏醒过来,把儿子紧紧地搂在怀里,痛哭流涕。布鲁庚亚九死一生,一旦回到母亲面前,悲喜交集,一会儿呜咽,一会儿发笑。他的亲友和臣民闻讯前来拜望、祝贺的,此去彼来,宫中有人满之患。他平安归来的消息传开后,各地的臣民,不辞跋涉,远道赶来京城进贡、献礼,同声祝贺,锣鼓喧天,热闹空前。布鲁庚亚把他的经历、见闻,不惮其烦地详细讲给前来朝拜的人听。他们听了,感到惊奇诧异,都洒下同情、感激的眼泪,一个个哭得声嘶力竭。

哈西补·克里曼丁回家之后

哈西补·克里曼丁听了蛇女王讲的故事,感到惊奇、诧异,对布鲁庚亚最后回到埃及跟母亲欢聚的结局抱着羡慕、向往心情,因而触景生情,思家心切,便剀切地恳求蛇女王,说道:"求你行行好,派个助手送我回到地面,俾我返回家去,与老母、妻室团聚。"

"你要知道,哈西补!你出去之后,回到家中,一进澡堂去洗澡,这就要我的命了,因为这桩事同我的性命是分不开的。"

"我对你发誓,出去之后,我终身不进澡堂洗澡。假若非洗澡不可的时候,我就在家中洗。"

"你即使对我赌一百个咒,也不管用,我不会相信你。因为你是人类,而人是不讲信用的。你的始祖亚当曾对上帝发过誓言,尽管上帝创造了他本人,并吩咐天神们叩拜他,尊敬他,可是到头来,他依然毁约,违拗命令,把誓言忘得一干二净。"

哈西补听了蛇女王的回答,大失所望,忍不住痛哭流涕,越哭越伤心。在座的蛇觉得他可怜,都为同情他而流泪,一齐替他向蛇王求情,说道:"求主上大发慈悲,随便派我们中的一个送走他吧,只让他发个重誓,今后终身不进澡堂就可以了。"

哈西补当众蛇之面,发下重誓,保证出去后,一辈子不进澡堂洗澡。蛇女王回心转意,果然指派一条蛇,吩咐道:"你送哈西补·克里曼丁回地面去。"

"听明白了,遵命就是。"被指派的蛇欣然接受命令,即时带领哈西补离开蛇王,从一个地方走向另一个地方,经过漫长的路程,最后从一眼枯井下面,送他返回地面。

哈西补回到地面,得见天日,满心欢喜快乐,急急忙忙赶天黑前回到城中,来至自家门前,砰砰地敲门。他母亲闻声开门一看,见儿子哈西补站在门前,不禁喜出望外,忍不住狂叫一声,扑在他身上,号啕大哭。他老婆听见婆婆的哭声,赶快跑出来一看,才知道是丈夫回家来了,欢喜若狂,边问候他,边吻他的手。他们母子、夫妻久别重逢,欢天喜地地走进屋去,彼此刚坐定,哈西补迫不及待地首先向他母亲打听从前和他一起上山打柴、让他困在库藏中的那些伙伴的消息。他母亲说:"当日他们一起来见我,对我说,你在山中叫狼吃掉了。现在他们开铺子做生意买卖,当大老板,手头有的是财物,生计宽裕,日子好过极了。咱婆媳俩度命的饮食,是他们逐日供给的。这已成为他们的习惯,长年累月,一直没间断。"

"明天你老人家去找他们,告诉他们我旅行回来了,叫他们来跟我见面、谈谈。"

次日,哈西补的母亲果然按照儿子的嘱咐,去找他的伙伴们,对他们说:"哈西补·克里曼丁已经旅行回来了。你们都上我家去看看他,问候问候他吧。"

"听明白了,遵命就是。"他们应诺着彼此面面相觑,一个个的脸色霎时变得苍白。继而他们每人送给她一套绣金绸裳,说道:"这几套衣服带给你儿子去穿吧!请你告诉他,我们明天到府上去看他。"

"听明白了,遵命就是。"哈西补的母亲应诺着告别他们,回到家中,把他们赠送的衣服递给儿子,并说明个中情况。

那几个改行经商的樵夫,从听了哈西补·克里曼丁平安归来的消息,便惴惴不安,左右为难,觉得事情不好办。没奈何,只好邀请几个生意场中经验阅历丰富的同行,向他们求教,商议解除困难的办法,讲明他们与哈西补·克里曼丁之间的过往和侵占他的权利的原委,最后说道:"现在我们对哈西补该怎么办呢?"

"你们应该把每个人的钱财、产业各分给他一半。"商人们开诚布公地替他们想出如上的解决困难的办法。他们都同意商人们的建议,于是每人带着自己钱财的一半,大伙儿一起去到哈西补·克里曼丁家中,亲热地问候他,吻他的手,把钱递给他,说道:"收下吧!这是我们发现那笔横财中你应分的一份。现在我们前来向你道歉、请罪。"

哈西补收下钱财,欣然说道:"往事都过去了,不提它了。那一切都是生前注定了的,也是无法避免的。"

"走吧!我们陪你在城中散步、解闷,然后上澡堂去洗澡吧。"

"不去了。我赌过咒,这一辈子不再上澡堂去洗澡。"

"既是这样,那就上我们家去玩,在一起吃喝,做我们的客人吧。"

"听明白了,遵命就是。"哈西补欣然接受伙伴们的邀请,果然上他们家里去做客。

伙伴们把哈西补·克里曼丁当上宾款待,轮流着每人招待他一天,同食同宿,亲热得了不得。就这样他跟他们打得火热,一起吃喝、谈笑、玩耍,热热闹闹、快快乐乐地过了七天,才轮流周全。后来,他手头有钱,一跃而为既有产业又有铺子的富商,城中的生意人都来拜望他。他趁机把他的经历和见闻讲给他们听,博得大家的称赞,被推为商界中的头目,过着丰衣足食的幸福生活。

有一天哈西补因事出街,从澡堂门前路过,叫掌柜看见了。旧友相逢,分外亲热,赶忙趋前问候他,拥抱他,说道:"来吧,来吧!进澡堂去洗个澡,让我殷勤伺候你,好好替你擦一擦背。"

"对不起,我赌过咒,终身不进澡堂洗澡。"他断然拒绝掌柜的邀请。

掌柜大发誓愿,说道:"你要是不随我进澡堂去洗澡,我的三个老婆就等于被我休过三次了。"

哈西补听了掌柜的誓愿,感到尴尬,左右为难,说道:"老兄,你要叫我的子嗣变成孤儿吗?要叫我倾家荡产吗?打算给我招惹杀身之祸吗?"

掌柜不问个中理由,倒身俯伏着吻了哈西补的脚,说道:"请你进澡堂洗澡,出自我的敬意,如果因此发生什么差池,我本人一律承担好了。"于是他和澡堂中的几个仆役,一齐动手,七手八脚,推的推,拽的拽,硬把哈西补弄到澡堂里,替他脱掉衣裤,然后引入浴室。他靠墙坐下,刚开始洗头,便有二十个大汉冲到他面前,恶狠狠地吓唬他,说道:"你这个胆大包天的坏种!胆敢反抗国王;快站起来,跟我们见国王去。"他们叫嚷着把他包围、监视起来,同时派人进宫去报信。

过了一会儿,国王恺尔子东的一个大臣,率领六十名随从,骑马赶到澡堂中,跟哈西补·克里曼丁见面,问候他,说道:"欢迎你进宫去走走。"于是赏掌柜一百金,吩咐随从给哈西补牵来一匹坐骑,照拂他骑着,然后带他一起回到宫中,即时摆筵款待他,陪他吃饱喝足,洗过手,这才赏他两套名贵衣服,每套价值五千金,然后跟他谈话,说道:"你要知道:国王恺尔子东身为波斯君王,拥有七洲的广阔幅员;现在他身患麻风症,太医束手无策,生命危在旦夕。据古书记载,他的命运掌握在你手中,只有你能替他根治。因此你今天到来,正赶上救急,这是上帝赏赐我们的无上恩惠呢。"大臣说罢,跟内臣一起,带哈西补走向寝宫。

哈西补·克里曼丁听了大臣的谈话,如在五里雾中,怀着惊奇诧异的心情,随他们进入深宫内院,跨过七道宫门,来到寝宫里。只见国王恺尔子东躺在龙床上,脸上覆着纱巾,不断地发出沉痛的呻吟声。当时在侧侍奉他的,有成百的郡王和上千的酋长,一个个坐在金交椅上,身边站着手持刀剑、斧钺的侍卫。哈西补一旦碰见那么森严的场合，一下子叫国王恺尔子东的威严给吓愣了。他小心翼翼地走到床前，跪下去吻了地面，毕恭毕敬地替国王祈求、祷告。祈祷毕，宰相佘姆呼尔走过来迎接他，让他坐在国王右边的交椅上，然后摆出筵席，陪他和在座的王侯将相一起吃喝。饭后，洗过手，然后各就己位坐下。继而宰相慢吞吞地站起来，在座的人都肃然随他起立。他慢步挨近哈西补，说道："因为你能根治国王的疾病，所以我们都预备侍奉你，无论你要什么，我们都能给你，即使你要分享一半国土，都做得到的。"他说罢牵着哈西补的手一起走至床前。哈西补伸手揭开国王脸上的纱巾一看，见他气息奄奄，差一点就要咽气，对他们希望救活他的念头，深抱绝望、惊奇心情。宰相吻一吻哈西补的手，说道："我们要你替国王治病，你的报酬，我们可以立刻兑现；这便是我们找你来的最终目的。"

"我虽然是先贤多尼亚尔的子嗣，可是惭愧得很，先父的衣钵，我一点儿也没继承，因为我总共只读过三十天书，对医学一窍不通。要是我有一技之长，我自然是乐意替国王治病的。"

"你不必饶舌！我们知道你的本领高强，东西各国的大夫谁都望尘莫及，所以只有你能根治国王的疾病。"

"我既不知国王患什么病，也不懂药方，这叫我怎么医治呢？"

"国王需要服用的药剂，都在你手里。"

"如果我真有这样的药剂，我是最乐意替他医病不过的。"

"国王需要服用的药剂，你是最清楚不过的。不瞒你说，他所需要的药剂就是蛇女王。你知道她的住处，你见过她，你跟她在一起待过。"

哈西补听了宰相之言，才知道这无端的祸患，原是因进澡堂而惹下的。他百般懊悔不该进澡堂，无奈噬脐莫及，但他勉强抵赖，说道："国王需要服用的药剂怎么会是蛇女王呢？我可不认识她，我这一辈子也没听过这个名称。"

"你别否认事实！我有证据证明你认识她，你还跟她在一起住过两年呢。"

"我不认识她,也没见过她;这样的事我是第一次从你们口中听到的。"

宰相佘姆呼尔拿来一本古籍,翻开仔细斟酌一番,随即念道:"蛇女王将同一男人相遇。该男人在王宫中居留两年后返回地面。尔后,该男人但进澡堂洗澡,其肚皮之颜色必然变黑。"宰相念罢,接着对哈西补说:"看一看你的肚皮吧!"

哈西补·克里曼丁解衣一看,见肚皮果然呈现一片黑色,可他强调说:"从我母亲生我之日起,我的肚皮原来就是黑的。"

"我很早就在每家澡堂中指派三名仆从,叫他们窥探洗澡的人,发现肚皮发黑的,即时向我报告。你上澡堂洗澡的时候,他们发现你的肚皮发黑,就派人前来报告消息。今天可碰到你了,这是事先我们料想不到的。现在我们唯一需要你的是:告诉我们你是从什么地方回到地面来的。你只要指出那个地点,便让你回家,我们可以捕获蛇女王;捕捉她的人,我们这儿有的是。"

听了宰相的解释,在场的王侯将相群起干预此事,大伙儿威胁哈西补·克里曼丁,逼他指出蛇女王的所在。哈西补越发懊悔不该进澡堂洗澡,埋怨自己太粗心大意;可他仍然抵赖,说道:"我没见过那样的事,连听都没听过。"

宰相佘姆呼尔眼看好说不行,便决心来硬的,干脆吩咐严刑拷打。行刑吏遵循命令,脱掉哈西补·克里曼丁的衣服,狠狠地鞭挞;一顿毒刑,打得他死去活来,差一点要当场被折磨致死。眼看打的差不多了,宰相才对他说:"我们有确凿的证据,证明你知道蛇女王的住处,你干吗要否认呢?快告诉我们你出来的那个地方吧,我们会派人去捉她,这是不会连累你的。"于是装出疼顾的模样,扶他起来,吩咐赏他一套绣金镶玉的名贵衣服。在宰相软硬兼施、威逼利诱的摆弄下,没奈何,哈西补·克里曼丁不得不屈服,说道:"好的,我指那个地方给你们看吧。"

宰相佘姆呼尔欢喜若狂,即时吩咐备马,率领王侯将相,随哈西补·克里曼丁出发。哈西补骑着马在前面带路,继续跋涉,直到山洞前下马。哈西补唉声叹气、哭哭啼啼地带他们进入山洞,来至库旁,指着说道:"我便是从这儿回到地面的。"

宰相佘姆呼尔一屁股席地坐下,忙点火焚香,然后喃喃地念起咒语来。因为他不但是个精通风水的地理先生,而且还是一个老奸巨猾的魔法师。他每念一道符咒,便增添一些香面。他埋头念完三道符咒,这才神气十足地大声说道:"蛇女王!快出来吧。"

随着宰相的喊声,库藏侧面便有一道大门豁然洞开,接着出现霹雳似的响声。他们以为是山崩地裂,一个个被震昏,有的人当场吓死。继而从大门中走出一条象一般大的巨蟒,眼和嘴里喷出一团团的火星,背上驮着一个镶满珠宝玉石的赤金盘,盘中坐着妇面蛇身、光芒四射的蛇女王。她摆着头左右观看,炯炯的目光顿时落在哈西补·克里曼丁身上,便声泪俱下地伤心哭泣,凄然说道:"哈西补哟!你不是发誓终身不进澡堂洗澡吗?你的诺言、誓语哪儿去了?然而埋怨也不管用,反正生前注定了的事是逃避不了的。显然上帝非叫我死在你手中不可了,显然是要牺牲我的性命来医治国王恺尔子东的疾病呀。"

哈西补·克里曼丁听了蛇女王的责问,哑口无言对答,惭愧得掩面哭泣。讨厌的宰相佘姆呼尔听了蛇女王的谈话,走过去伸手去捉她。蛇女王声色俱厉地喝道:"住手,你这鬼祟的家伙!你敢动手,我吹口气,准叫你化成灰烬。"接着她回头呼唤哈西补·克里曼丁,说道:"你过来,把我举起来,放在你们带来的那个盘子中,然后顶着我走吧。反正命运注定我要死在你手里,你要回避也是不可能的。"

哈西补·克里曼丁按照蛇女王的吩咐,把她举起来,放在盘中,顶在头上,然后下山。在回城的途中,蛇女王悄悄地跟哈西补·克里曼丁谈起话来,说道:"哈西补,你虽然违背誓言,干了这种背信弃义的坏事,不过这一切都是生前注定了的,我不能全怪你,所以我要忠告你几句。你听我说吧！"

"蛇女王啊！有什么话只管说吧。无论你吩咐什么，我都遵从你的命令。"

"你带我去到宰相家中，他叫你宰我，把我剁为三截；你可别听他的，推故说你不会宰，让他亲自动手宰我、剁我。他宰我剁我之后，会得到国王恺尔子东召他进宫的命令。在他进宫之前，他把我装在一口铜锅里，再把铜锅摆在炉上，然后吩咐你：'生火煮蛇吧！等水沸之时，把汤中的浮沫舀出来，装在瓶中，等冷却后，喝掉它，这会消除你身上的痼疾呢。之后，你等着看，待汤中第二次漂起泡沫时，再把它舀出来，装在另一个瓶中，摆着等我来喝，以便医治我腰上的疾病。'他临走时会给你两个玻璃瓶，作为装浮沫之用。他走后，你赶快生火煮肉，等锅中的水沸腾起来，出现泡沫时，才把它舀出来，装在第一个玻璃瓶中，但你千万不可喝它，否则对你是有害无益的。之后，你再加火，等第二次漂起浮沫时，才把它舀出来，装在第二个玻璃瓶中，等冷却后，你一口喝掉它。这样一来，你的心胸豁然开朗，一下子就成为不学而自通的大学者。等宰相回来向你要第二瓶浮沫时，你拿第一瓶给他，然后冷眼看他喝汤之后的下场吧。最后，你把煮熟的蛇肉盛在一个铜盘中，送进宫去奉敬国王。先拿块肉给他吃下肚去，伺候他躺下，用手巾盖着脸，让他睡到正午，等肉消化了，再给他一杯酒喝。凭此单方，便可药到病除，他的健康就完全恢复。你可是要牢牢记住我的嘱咐，千万不可疏忽大意。"

哈西补·克里曼丁边行，边听蛇女王谈话，直至回到城中，来至相府门前，宰相余姆呼尔这才吩咐哈西补·克里曼丁："随我来吧！"他俩进入相府，其余的人马便各自归去。哈西补·克里曼丁小心谨慎地把顶在头上的蛇女王取下来，刚喘了一口气，宰相便吩咐他："替我宰掉蛇女王！"

"我不知道怎么宰，我可是从来没宰过。如果你居心要宰她，你自己动手吧。"

宰相佘姆呼尔毫不迟疑,把蛇女王从盘中拿出来,一刀宰了她。哈西补·克里曼丁眼看宰相的残酷行为,忍不住痛哭失声。宰相哈哈大笑几声,骂道:"你这个没头脑的家伙!宰一条蛇,有什么值得伤心的?"他讥笑着把蛇女王剁为三截,装在一口铜锅中,放在炉上,刚坐下来,预备生火煮肉。这当儿,国王恺尔子东的钦差大臣突然赶到,通知他说:"国王要你马上进宫听令。"

"听明白了,遵命就是。"他应诺着站起来,拿两个玻璃瓶递给哈西补·克里曼丁,吩咐道:"你来生火煮蛇肉吧!待水煮沸,汤中漂起浮沫时,把它舀出来,装在这两个玻璃瓶中的一个里,等冷却后,你喝掉它,这会消除你身上的宿疾并保全你更健康呢。之后,你得添火继续再煮,直到第二次汤中漂起浮沫时,才把它舀出来,装在第二个玻璃瓶中,摆着等我来喝。因为我腰痛,喝这种药剂,我的痼疾或许可望痊愈。"他嘱咐毕,随钦差大臣进宫去了。

哈西补·克里曼丁果然生火煮蛇肉,仔细等到沸腾的汤中漂起浮沫,便舀出来,装在瓶中,摆起来不动它。接着添火又煮,待汤中第二次漂起浮沫,再舀出来,装在另一个瓶中,好生收藏起来。这时候蛇肉煮熟了,他端下锅,灭了火,静静地坐着等宰相来处置。

宰相佘姆呼尔慌慌张张赶回相府,一见哈西补·克里曼丁便问道:"你到底做了什么呀?"

"相爷吩咐的,全都做了。"

"第一个玻璃瓶中的浮沫,你是怎么处置的?"

"刚才全都叫我给喝了。"

"我看你的身体一点变化也没有。"

"啊哟!相爷哪,我全身上下,从头到脚,像火烧一样,热得支持不住了。"

"那么给我第二瓶浮沫喝吧!也许它能医治我腰上的痼疾呢。"狡猾的宰相佘姆呼尔掩饰着他的阴谋诡计,把第一瓶浮沫拿在手里,毫不迟疑地当第二瓶浮沫倒在嘴中,一口咽下肚去。可他刚喝了浮沫,瓶子就落到地上,他的身体逐渐膨胀起来,站立不住,一跟头栽倒,顿时气绝身死。他的下场,正是害人终害己的结局。古人说得好:"掘井谋害别人,掘井者却是跌在井中的第一人。"

哈西补·克里曼丁眼看那种情景,大吃一惊,吓得不敢喝第二瓶浮沫,怕中毒。继而他想起蛇女王的嘱咐,暗自说:"如果第二瓶浮沫中果真有毒,宰相是不会叫留给他来喝的。"于是自言自语地说道:"现在我托庇上帝,决心喝它了。"

哈西补·克里曼丁不顾一切,大胆喝了第二个瓶中的浮沫,上帝便叫他心中涌出智慧的源泉,替他揭开鉴赏学术园地的慧眼,致使他顿时心情舒畅,感到无限的快慰。他把蛇肉盛在铜盘中,端着走出相府。在往王宫的途中,他抬头仰望天空,一眼看穿了七层天,视线接触到最高层的天表,穹苍中的一切:诸如天体之运行、行星和恒星之间的差别、海空的外形等错综复杂现象,无不罗列在他眼前。从种种现象方面,他受到启迪,转瞬变为精通几何、占星、天文、数学等学术的泰斗,从而对日蚀月蚀和宇宙变化的各种原理,都了若指掌。继而他俯视大地,则地面上的植物、埋在地下的矿藏,都映在他的眼帘,且能识别其特质和用途。他受到这方面的启迪,摇身一变而为精通医术、炼丹、点金等法术的大师,从而掌握了点铁成金、点石成银的技能。他扬扬得意地来到王宫中,在国王恺尔子东面前跪下去吻了地面,然后从从容容地向他报丧,说道:"宰相佘姆呼尔不幸一旦丧命,伏乞陛下节哀顺变,并祝愿陛下万寿无疆!"

听了宰相的噩耗,国王恺尔子东非常悲伤,忍不住痛哭流涕。在座的王侯将相,也因宰相之死而声泪俱下地悲哀哭泣。国王追问宰相暴死的原因,说道:"宰相佘姆呼尔刚才还非常健康地在我身边,他回相府去,是为看一看蛇肉煮熟了好给我取来的,怎么他一会儿就死了?这到底是何缘故?他究竟碰到什么不测之祸?"

哈西补·克里曼丁把宰相吩咐他生火煮蛇肉和他回家喝了浮沫、身体浮肿、肚子鼓胀而气绝身死的始末,从头到尾,详细叙述一遍。国王听了，大失所望，忧心如焚，叹道："宰相佘姆呼尔死了，我该怎么办呢？"

"陛下不必忧愁顾虑，"哈西补·克里曼丁说，"我可以替你医病，包管三天后，不叫你身上存在一丁点疾病。"

国王恺尔子东心情舒畅，欣然说道："我一心一念只盼望医好身上的疾病，只要能根治，即使花几年工夫，我也满不在乎。"

哈西补·克里曼丁即时动手，把盛蛇肉的盘子摆在国王面前，先拿一截蛇肉喂他，然后叫他静静地躺下，替他盖好被，并拿一块手帕覆在他脸上，这才坐在床前，小心伺候。待国王恺尔子东一觉从正午睡到日落，他所吃的蛇肉已经消化了，哈西补·克里曼丁便唤醒他，给他一杯酒喝，然后安排他继续安安静静地睡觉。

次日清晨，国王恺尔子东醒来，哈西补·克里曼丁又给他一截蛇肉吃，让他再睡觉，然后又给他酒喝。就这样，接连三天之内，国王恺尔子东吃完三截蛇肉，结果药到病除，他的皮肤逐渐瘪下来，遍体的结痂全都剥落，接着从头到脚，透出了一身大汗。这时候他的疾病已然痊愈，全身上下，丝毫疾病的踪迹都不存在了。哈西补·克里曼丁暗自欢喜，说道："陛下必须上澡堂去洗澡。"于是伺候国王恺尔子东上澡堂去，痛痛快快地洗了一个澡。

国王恺尔子东回到宫中，精神抖擞，神气十足，身体像一根银棒，光滑得闪闪发光，不仅病体痊愈，元气完全恢复，而且身体比患病前还健旺、结实。他欣然穿戴起最华丽的衣冠，坐在宝座上，让哈西补·克里曼丁坐在身旁，一起进餐。饭后，洗过手，又促膝对饮、谈心。

为了庆贺国王恺尔子东病体痊愈、恢复健康之喜，朝中的文臣武将，下令装饰城郭，敲锣打鼓，表示热烈庆祝，同时约伙成群地进宫朝贺，大伙欢欣鼓舞地齐聚一堂。朝拜、祝愿毕，国王恺尔子东当群臣的面宣布道："爱卿们，这位便是替我根治疾病的哈西补·克里曼丁。我已经委他为宰相，继任宰相佘姆呼尔的职位。今后你们中谁爱戴他,就等于爱戴我;谁尊敬他,就等于尊敬我;谁服从他,就等于服从我。"

"听明白了,遵命就是。"群臣异口同声地应诺着站了起来,走到哈西补·克里曼丁面前,亲切地吻他的手,问候他,祝他荣任宰相职位之喜。

国王恺尔子东赏哈西补·克里曼丁一套绣金、镶珍珠宝石的名贵衣服。嵌在衣服上的每颗宝石,至少值五千金。还赏他三百名男仆、三百名月儿般美丽的女仆、三百名埃塞俄比亚姑娘、五百匹驮着财帛的骡子和无数的家畜,如绵羊、水牛、黄牛等,应有尽有。此外国王还号召文臣武将、绅耆和黎民给他送礼。

哈西补·克里曼丁在朝臣们的陪送下,骑马去到国王提供他居住的官邸中,正襟危坐,接受属僚们的祝贺。文臣武将们毕恭毕敬地趋前吻他的手,并纷纷献礼,奴颜婢膝地奉承他,谄媚他。他母亲和一般至亲密友听到他封爵拜相的消息,欢喜若狂,迫不及待地赶来祝福他因祸得福、升官发迹的好命运。同样,他那些发了财的砍柴伙伴,也因他得到高官享厚禄而前来贺喜。继而他骑马率领仆从,去抄前任宰相余姆呼尔的家,没收他的财产,攫为己有。

哈西补·克里曼丁前半生受尽折磨,可是在上帝的巧安排下,终于从目不识丁、不学无术的境况,一跃而为精通医理、天文、几何、占星、炼丹、点金、招魂等学术的泰斗,兼之位高爵显,因而声望越传越远,闻名于天下。有一天,他跟母亲闲谈,说道:"娘,我父亲在世时,是一位绝代的大学者。他过目的书籍,想必是汗牛充栋的。告诉我吧:他老人家死后,究竟遗留下什么典籍、什物呀?"

他母亲听了儿子的询问,起身把他父亲临终前用来保存五页残卷的那个匣子拿出来,递给他,说道:"你父亲的书籍,总共只遗留下盛在这个匣中的五页。你拿去看吧!"

哈西补·克里曼丁打开匣子,取出里面的五页残卷,仔细读了一遍,感觉不够味,追问道:"娘,这五页书不过是一本书籍的某部分而已,其余的哪儿去了?"

"你父亲逝世前,曾携带全部书籍出去讲学,不幸中途遇险,全舟覆没,他的书籍全都沉入海底。幸亏上帝保佑,他免于死难,仅身边的五页书籍未曾散失。他旅行归来,当时我已身怀有孕。他对我说:'也许将来你生下的会是一个儿子。这五页书,你好生收藏起来,待孩子长大问我的遗产时,拿出来交给他,对他说:"除此之外,你父亲不曾给你遗下什么东西。"'喏! 这便是他的全部遗产。"

哈西补·克里曼丁从母亲口中,知道他父亲多尼亚尔晚年的境遇,伤感之余,只好把他留下的五页残书,作为传家宝,精益求精地仔细研读。兼之公余之暇,总是手不释卷,埋头孜孜不倦地钻研各种学术,成为当代绝无仅有的大学者,过着极其舒适、幸福的生活,直至白发千古。